Das Buch

Kurz vor ihren alljährlichen Ausgrabungen in Ägypten hat Archäologin Amelia Peabody alle Hände voll zu tun: Die Reisevorbereitungen laufen auf Hochtouren, und auch die Hochzeit von David und Lia will bedacht sein. Aber da überschlagen sich die Ereignisse. In das Haus der Peabodys wird eingebrochen und ein wertvoller Skarabäus gestohlen, David wirft man Schmuggelgeschäfte vor. Doch ist Lias zukünftiger Ehemann wirklich ein Schmuggler? Auch in Ägypten geht die Suche nach dem wahren Täter weiter. Als am Ausgrabungsort erst eine Leiche und dann ein wertvolles geheimes Grab gefunden werden, steht die Familie vor einer Zerreißprobe ...

Die Autorin

Elizabeth Peters hat an der University of Chicago in Ägyptologie promoviert. Mit ihren Romanen ist sie immer wieder auf den Bestsellerlisten, außerdem erhielt sie bereits zahlreiche Preise, wie 1986 den Antony Grand Master Award und 1989 den Agatha Award. Elizabeth Peters hat zwei Kinder und zwei Enkelkinder. Sie lebt in Chicago und in Frederick, Maryland.

Von Elizabeth Peters sind in unserem Hause bereits erschienen:

In der Reihe um Amelia Peabody (chronologisch):

Im Schatten des Todes
Der Fluch des Pharaonengrabes
Der Mumienschrein
Im Tal der Sphinx
Der Sarkophag
Verloren in der Wüstenstadt
Die Schlange, das Krokodil und der Tod
Der Ring der Pharaonin
Ein Rätsel für Ramses
Die Hüter von Luxor
Der Fluch des Falken
Der Donner des Ra
Der Herr der Schweigenden

Weitere Romane von Elizabeth Peters:

Der blutrote Schatten
Der geheimnisvolle Schrein
Kreuzfahrt ins Ungewisse
Die Straße der fünf Monde

Elizabeth Peters

Der Fluch des Falken

Roman

Aus dem Englischen
von Beate Darius

Ullstein

Besuchen Sie uns im Internet:
www.ullstein-taschenbuch.de

Umwelthinweis:
Dieses Buch wurde auf chlor- und säurefreiem Papier gedruckt.

Ullstein Verlag
Ullstein ist ein Verlag des Verlagshauses Ullstein Heyne List GmbH & Co. KG.
Neuausgabe
1. Auflage Mai 2003

Published by Arrangement with Dr. Barbara Mertz
Dieses Werk wurde vermittelt durch die Literarische Agentur Thomas Schlück GmbH, Garbsen.
Titel der amerikanischen Originalausgabe: *The Falcon at the Portal* (Avon Books, Inc., New York)
Übersetzung: Beate Darius
Redaktion: Martina Sahler
Umschlaggestaltung: Sabine Wimmer
Gesetzt aus der Sabon, Linotype
Satz: KompetenzCenter, Düsseldorf
Druck und Bindearbeiten: Elsnerdruck, Berlin
Printed in Germany
ISBN 3-548-25740-2

Für Ray

Alles Schöne und Gute
und noch viel mehr …

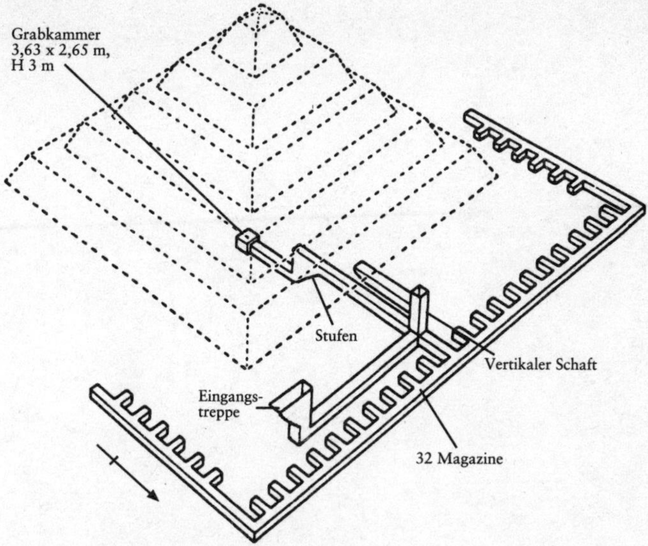

Die Stufenpyramide von Zawiet el-Aryan

Vorwort

Der werte Leser wird sicherlich bemerken, daß zwischen der vorhergehenden Veröffentlichung von Mrs. Emersons Memoiren und diesem Titel eine Zeitspanne von mehreren Jahren liegt. Bislang ist die Suche nach den verschollenen Manuskripten leider ergebnislos verlaufen, doch die Herausgeberin gibt die Hoffnung nicht auf. Genau wie in dem früheren Band hat sie an den entsprechenden Stellen Teile aus Manuskript H sowie Briefe aus Sammlung B einfließen lassen.

Die Zitate zu Beginn jedes Kapitels stammen aus dem Titel *Ein Gefangener der Araber* von Sir Percival Peabody (erschienen im Selbstverlag, London, 1911). Aufgrund der hervorragenden Beziehungen eines Londoner Freundes befanden wir uns in der glücklichen Lage, ein Exemplar dieses überaus seltenen Werks bei einem Souvenirverkäufer im Covent Garden zu erstehen (Preis: 50 Pence). Der Text ist eine frappierende Mischung aus zwei der schlimmsten Literaturgattungen: den prahlerischen, zu jener Zeit gern gelesenen Abenteuerromanen und den damals üblichen Tagebuchaufzeichnungen von Reisenden und Staatsdienern. Die von Mr. Peabody zum Ausdruck gebrachten Ansichten sind nicht intoleranter und ignoranter als die vieler seiner Zeitgenossen; im Gegenteil, die Parallelen zwischen seinem Œuvre und anderen Memoiren sind so gravierend, daß man meinen könnte, er habe sich dieser schamlos und freimütig bedient. Doch auch wenn der Gedanke an ein strafbares Plagiat auf der Hand liegt, möchte die Herausgeberin darauf nicht näher eingehen.

Wie stets bin ich befreundeten Anhängern der Ägyptologie zu Dank verpflichtet für ihre konstruktive Unterstützung und die Beschaffung schwer zugänglicher Materialien: Dennis Forbes (dessen Opus magnum *Gräber, Schätze, Mumien* jetzt erhältlich ist); George B. Johnson; W. Raymond Johnson, dem Direktor des Chicago House in Luxor; und insbesondere Peter Dorman vom Institut für Orientalistik, der das umfangreiche Manuskript gelesen und eine Reihe von Fehlern ausgemerzt hat.

Mein tief empfundener Dank gilt auch den großartigen, kompetenten und begeisterungsfähigen Mitstreitern von Avon Books, die die Emersons unisono unter ihre Fittiche genommen haben: den Verlegern Mike Greenstein und Lou Aronica; den Super-Publizistinnen Joan Schulhafer und Linda Johns; und insbesondere Trish Grader, meiner Lieblings-Lektorin. Ihr hättet Amelia bestimmt zu einem Umdenken hinsichtlich ihrer unhöflichen Bemerkungen gegenüber »dem publizistischen Gewerbe« bewegen können.

Ein Hinweis auf die arabische und die altägyptische Schreibweise ist in diesem Zusammenhang unerläßlich. Beide Sprachen kennen den Gebrauch von Vokalen nicht, so daß gewisse Transliterationen nicht eindeutig wiedergegeben werden können beziehungsweise Varianten entstanden sind. Mrs. Emerson neigt zu der in ihrer Jugend gängigen Schreibweise, bedient sich jedoch in einigen Fällen auch des modernen Äquivalents. In diesem Zusammenhang bittet die Herausgeberin bei gelegentlich auftretenden Widersprüchlichkeiten um Nachsicht.

1

Bei Tagesanbruch griffen sie an. Der Lärm donnernden Hufschlags weckte mich auf, und mir war schlagartig klar, was das bedeutete. Die Beduinen waren auf dem Kriegspfad!

»Was erheitert dich denn so, meine Liebe?« wollte ich wissen.

Nefret blickte von ihrem Buch auf. »Tut mir leid, wenn ich dich gestört habe, Tante Amelia, aber ich konnte mir das Lachen nicht verkneifen. Hast du je davon gehört, daß sich die Beduinen auf den Kriegspfad begeben? Vermutlich mit Federkopfschmuck und gezückten Tomahawks!«

Die Bibliothek unseres Hauses in Kent ist eigentlich das Heiligtum meines Gatten; aufgrund ihrer angenehmen Atmosphäre versammelt sich allerdings die gesamte Familie gern dort, insbesondere bei schönem Wetter. Mit Ausnahme meines Sohnes Ramses hatten wir uns an diesem herrlichen Herbstmorgen alle dort eingefunden; ein kühler Wind strömte durch die riesigen, geöffneten Fenster, und das Sonnenlicht zauberte goldene Reflexe auf Nefrets rotblondes Haar.

Nefret, die es sich auf dem Sofa gemütlich gemacht hatte, trug anstelle eines sittsamen Kleides einen bequemen, aus Rock und Bluse bestehenden Zweiteiler. Seit wir sie aus der entlegenen Oase in der nubischen Wüste zu uns geholt hatten, wo sie die ersten 13 Jahre ihres Lebens verbracht hatte, war sie mir so lieb geworden wie eine Tochter. Allerdings war es mir trotz aller Bemühungen nicht gelungen, ihr sämtliche dort angenommenen Eigenheiten auszutreiben. Emerson behauptet, daß sie einige dieser sonderbaren Einstellungen von mir übernommen hat. Ich halte meine Abneigung gegenüber Miedern und meinen Glauben an die Gleichberechtigung der Frau nicht für absonderlich, muß jedoch zugeben, daß Nefrets Angewohnheit, mit einem langen Messer unter dem Kopfkissen einzuschlafen, etwas ungewöhnlich anmutet. Allerdings sehe ich keinen Grund zur Kritik, da unsere Familie häufiger mit gefährlichen Zeitgenossen konfrontiert ist.

Hingegossen an seinen Schreibtisch, knurrte Emerson mißfällig wie ein verschlafener Bär, den man mit einem Stöckchen gereizt hat. Mein geschätzter Gatte, der berühmteste Ägyptologe aller Zeiten, sah einem solchen Pelztier in diesem Augenblick überhaupt recht ähnlich: seine breiten Schultern steckten in einer scheußlichen, viel zu engen Jacke aus braunem Wollstoff (die er sich irgendwann einmal ohne meine Beratung gekauft hatte), und seine schwarzen Locken waren wild zerzaust. Er arbeitete an seinen Aufzeichnungen unserer letzten Ausgrabungssaison und befand sich exakt in der Stimmung, die einen Menschen befällt, der diese Aufgabe bis zum letzten Augenblick hinauszögert und dann in Zeitverzug gerät.

»Liest du etwa dieses verfluchte Buch von Percy?« wollte er wissen. »Ich dachte, ich hätte dieses verdammte Ding in den Kamin geworfen.«

»Hast du auch.« Nefret bedachte ihn mit ihrem Grübchenlächeln. Die ihn bewundernden ägyptischen Arbeiter bezeichnen Emerson als Vater der Flüche; aufgrund seines cholerischen Temperaments und seiner hünenhaften Statur fürchtet ihn sozusagen ganz Ägypten. Wer ihn kennt, läßt sich von seinen Temperamentsausbrüchen allerdings nicht einschüchtern, und Nefret konnte ihn schon immer um den kleinen Finger wickeln.

»Ich habe ein weiteres Exemplar aus London angefordert«, bemerkte sie sachlich. »Bist du denn gar nicht neugierig, was er schreibt? Schließlich ist er dein Neffe.«

»Er ist nicht *mein* Neffe.« Emerson lehnte sich in seinem Sessel zurück. »Sein Vater ist nicht mein, sondern Tante Amelias Bruder. James ist ein hinterhältiger, scheinheiliger, verlogener Schwachkopf, und sein Sohn ist noch schlimmer.«

Nefret kicherte. »Was für eine Aneinanderreihung von Attributen! Ich kann mir nicht vorstellen, daß Percy noch schlimmer sein soll.«

»Ha!« entfuhr es Emerson.

Emersons Augen sind von einem strahlenden Saphirblau, das sich sogar noch vertieft, wenn er gereizt ist. Jede Erwähnung eines meiner Familienangehörigen versetzt ihn grundsätzlich in Rage, doch bei besagter Gelegenheit war mir klar, daß er sich nur zu gern ablenken ließ. Er rieb sich sein markantes Kinn, das ein überaus anziehendes Grübchen ziert, und blickte zu mir.

Ein der abgedroschenen Phrase zugeneigter Autor würde es vielleicht eher so umschreiben: unsere Blicke verschmolzen miteinander. Das geschieht oftmals, denn seit jenem glücklichen Tag, an dem sich unserer beider Herzen fanden und wir uns mit Leib und Seele der Ägyptologie verschrieben, stehen mein geliebter Emerson und ich in regem gedanklichem Austausch. Ich hatte den Eindruck, mich in dieser saphirblauen Iris zu spiegeln, (Gott sei Dank) nicht, wie ich wirklich bin, sondern so, wie Emerson mich in seiner liebevollen Verklärung sieht: als sein Ideal weiblicher Schönheit trotz meiner störrischen schwarzen Haarpracht, stahlgrauer Augen und stellenweise üppig gerundeter Silhouette. Darüber hinaus lag in seinem zärtlich anerkennenden Blick eine unterschwellige Bitte. Er wollte, daß *ich* diejenige war, die seine Arbeitsunterbrechung billigte.

Auch ich hatte nichts gegen eine Ablenkung. Schon seit mehreren Stunden hatte ich eifrig Notizen zu Papier gebracht, Listen aufgestellt und Kurzmitteilungen an irgendwelche Geschäftsleute verfaßt. In besagtem Jahr war mehr zu tun als sonst üblich – es handelte sich nicht nur um die gewohnten Pläne für die bevorstehende Ausgrabungssaison in Ägypten, sondern auch um die Vorbereitungen für zwei Hausgäste sowie die anstehende Hochzeit eines uns allen überaus am Herzen liegenden Paares. Meine Finger waren vom Schreiben verkrampft, und genaugenommen war ich leicht verärgert, daß Emerson Percys Buch verbrannt hatte, bevor ich einen Blick hineingeworfen hatte.

Das einzig weitere anwesende Familienmitglied war David. Eigentlich war er gar kein Angehöriger, doch das würde sich bald ändern, da er in wenigen Wochen meine Nichte Lia heiratete. Als die beiden das Aufgebot bestellten, wäre es fast zu einem Skandal gekommen. David war Ägypter, der Enkel unseres verstorbenen und tief betrauerten Rais Abdullah; Lia war die Tochter von Emersons Bruder Walter, einem herausragenden englischen Wissenschaftler auf dem Sektor der Ägyptologie, und meiner lieben Freundin Evelyn, der Enkelin des Earl of Chalfont. Die Tatsache, daß David ein begabter Künstler und ein ausgebildeter Ägyptologe war, besaß für Menschen, die alle Angehörigen »dunkler Rassen« als minderwertig ansahen, keinerlei Bedeutung. Glücklicherweise ist uns die Einstellung solcher Menschen verflucht egal.

Die von langen, dichten Wimpern umrahmten Lider halb gesenkt, blickte David verträumt lächelnd aus dem Fenster. Er war ein attraktiver junger Bursche, groß und kräftig, mit gut geschnittenen Gesichtszügen, und in der Tat war seine Hautfarbe nicht dunkler als die Ramses', dem er (zufälligerweise) sehr ähnlich ist.

»Soll ich einige Passagen laut vorlesen?« bot sich Nefret an. »Ihr beiden habt so intensiv gearbeitet, daß euch eine kleine humorvolle Abwechslung guttun wird, und David hört ohnehin nicht zu. Er träumt nur von Lia.«

Die Erwähnung seines Namens riß David aus seinen romantischen Tagträumen. »Ich höre sehr wohl zu«, protestierte er errötend.

»Ärgere ihn nicht, Nefret«, sagte ich, obwohl ich nicht glaubte, daß ihm das etwas ausgemacht hätte; sie waren wie Bruder und Schwester und Lia Nefrets beste Freundin. »Lies ruhig vor, wenn du magst. Meine Finger sind ohnehin völlig verkrampft.«

»Hmmm«, meinte Emerson.

Da Nefret das als Zustimmung werten durfte, räusperte sie sich und fing an, laut vorzulesen.

»Bei Tagesanbruch griffen sie an. Der Lärm donnernden Hufschlags weckte mich auf, und mir war schlagartig klar, was das bedeutete. Die Beduinen waren auf dem Kriegspfad!

Man hatte mich davor gewarnt, daß die Stämme in Aufruhr lebten. Meine geliebte Tante und mein Onkel, die ich in jenem Winter bei ihren archäologischen Ausgrabungsarbeiten unterstützte, hatten mich von meinem Vorhaben abbringen wollen, den Gefahren der Wüste allein zu trotzen, doch ich war fest entschlossen, ein edleres, ein einfacheres Leben fernab der Scheinheiligikeit jeder Zivilisation zu führen ...«

»Gütiger Himmel«, entfuhr es mir. »Er war uns beileibe keine Unterstützung, und wir konnten es kaum erwarten, ihn wieder loszuwerden!«

»Die meiste Zeit verbrachte er in der zivilisierten Scheinheiligkeit der Kairoer Cafés und Clubs«, schnaubte Emerson. »Außerdem war er ein verfluchter Quälgeist!«

»Hör auf zu fluchen«, wandte ich ein. Nicht daß ich angenommen hätte, meine Ermahnung zeitigte auch nur die geringste Wirkung. Schon seit Jahren versuche ich mit gleichbleibendem Mißerfolg, Emersons unflätigen Sprachgebrauch auszumerzen und die Kinder von einer Nachahmung abzuhalten.

»Soll ich weiterlesen?« fragte Nefret.

»Verzeihung, mein Kind, aber meine Empörung ließ sich nicht vermeiden.«

»Ich werde einige Absätze überspringen«, erwiderte Nefret. »Er läßt sich ohnehin lang und breit darüber aus, wie sehr er Kairo verabscheute und sich nach der friedvollen Stille der verlassenen Wüste sehnte. Nun zurück zu den Beduinen:

»Ich griff nach meiner Pistole, die ich stets bei mir trage, rannte aus dem Zelt und feuerte schnurgerade auf den dunklen Schatten, der auf mich zustürmte. Ein lauter Aufschrei bewies mir, daß ich mein Ziel getroffen hatte. Ich streckte noch einen weiteren von ihnen nieder, doch sie waren schlichtweg in der Überzahl. Zwei Männer packten mich, und ein dritter entwand mir die Pistole. Aufgrund der zunehmenden Helligkeit bemerkte ich die Gestalt meines getreuen Dieners und sah den Knauf eines riesigen Messers an Alis von einem zerrissenen, blutüberströmten Gewand bedeckter Brust; der bedauernswerte Junge, er war gestorben, weil er mich zu verteidigen versuchte. Ihr Anführer, ein dunkelhäutiger, bärtiger Unhold, schritt auf mich zu.

›Nun, Inglizi‹, schnaubte er. ›Du hast fünf von meinen Männern niedergemetzelt. Dafür wirst du mir büßen.‹

›Dann töte mich‹, entgegnete ich. ›Erwarte nicht von mir, daß ich um Gnade flehe. Das verbietet mir mein englischer Stolz.‹

Ein heimtückisches Grinsen verzerrte sein von gräßlichen Narben entstelltes Gesicht. ›Ein schneller Tod wäre zu einfach für dich‹, zischte er. ›Nehmt ihn mit.‹«

Emerson rang die Hände. »Hör auf! Kein Wort mehr davon! Percys Prosa ist so zermürbend wie seine sprichwörtliche Dummheit, ganz zu schweigen von seiner offensichtlichen Selbstgefälligkeit. Darf ich dieses Exemplar ins Feuer werfen, Nefret?«

Kichernd preßte Nefret die gefährdete Lektüre an ihre Brust. »Nein, Sir, das Buch gehört mir, und du bekommst es nicht. Ich freue mich schon auf Ramses' Kommentare.«

»Was hast du eigentlich gegen Percy, Sir?« wollte David wissen. »Vielleicht sollte ich ihn nicht so nennen, aber –«

»Nenn ihn, wie du willst«, brummte Emerson.

»Hat dir Ramses etwa nicht von seinen Zusammenstößen mit Percy erzählt?« fragte ich. Mit Sicherheit hatte er das, schließlich war David der beste Freund und Vertraute meines Sohnes.

»Ich habe mehrere miterlebt«, erinnerte mich David. »Als – äh – Percy vor drei Jahren in Ägypten war. Mir war klar, daß Ramses für seinen Cousin – äh – nicht sonderlich viel übrig hatte, trotzdem hielt er sich mir gegenüber bedeckt. Du weißt doch, wie er ist.«

»Ja«, meinte ich. »Das weiß ich. Er behält viel zuviel für sich. Das war immer schon so. Seit jenem Sommer, in dem Percy und seine Schwester Violet einige Monate bei uns verbrachten, können die beiden sich nicht ausstehen. Percy war zwar erst zehn Jahre alt, aber schon damals ein durchtriebener Lügner, und die ›kleine Violet‹ war keinen Deut besser. Sie haben Ramses übel mitgespielt und ihn sogar erpreßt. Selbst in seinem zarten Alter war er bereits erpreßbar«, gestand ich. »Wie üblich beschäftigte er sich wieder einmal mit Dingen, die sein Vater und ich nicht erfahren sollten. Sein eigentliches Vergehen war im Vergleich zu Percys Missetaten relativ harmlos. Der Glaube an die kindliche Unschuld zählt zwar keineswegs zu meinen Schwächen, doch ein so hinterhältiger und skrupelloser Junge wie Percy ist mir noch nie begegnet.«

»Aber das liegt Jahre zurück«, wandte David ein. »Als ich ihn kennenlernte, war er überaus gewinnend.«

»Gegenüber dem Professor und Tante Amelia«, korrigierte Nefret. »Ramses behandelte er herablassend, und dich strafte er mit Verachtung, David. Und mir machte er ständig irgendwelche Anträge.«

Damit hatte sie Emersons hundertprozentige Aufmerksamkeit auf ihrer Seite. Er erhob sich aus seinem Sessel und katapultierte seine Füllfeder durch die Bibliothek. Tintenkleckse verunzierten die Marmorbüste von Sokrates – es geschah nicht zum ersten Mal, daß er in dieser Form malträtiert wurde. »Was?« brüllte er (Emerson, um genau zu sein). »Einen Heiratsantrag? Warum hast du mir das nicht früher erzählt?«

»Weil du dann die Beherrschung verloren und Percy vermutlich übel zugerichtet hättest«, lautete die nüchterne Antwort.

Daran zweifelte ich keine Sekunde lang. Die herausragenden körperlichen Fähigkeiten meines Gatten haben sich im Laufe der Jahre ebensowenig verändert wie sein überschäumendes Temperament.

»Bitte, Emerson, beruhige dich«, warf ich ein. »Du kannst doch nicht jedem Mann an die Gurgel gehen, der Nefret einen Antrag macht.«

»Das würde auch zuviel deiner kostbaren Zeit beanspruchen.« David lachte. »Trotzdem würde er es tun, nicht wahr, Nefret?«

Nefrets wohlgeschwungene Lippen verzogen sich zu einem angedeuteten Lächeln. »Ich besitze eine Menge Geld und dank dem Professor die Autorität, es nach meinem Gutdünken auszugeben. Vermutlich ist das die Erklärung.«

Das war nicht die einzige Erklärung. Nach englischem Schönheitsempfinden ist Nefret eine hübsche junge Frau mit kornblumenblauen Augen, goldblondem Haar mit einem leichten Kupferschimmer und einer Haut so hell wie ... nun, sie wäre lilienweiß, wenn Nefret im Freien einen Hut trüge.

Nefret warf das Buch beiseite und stand auf. »Vor dem Mittagessen unternehme ich noch einen kleinen Ausritt. Kommst du mit, David?«

»Ich werde einen Blick in Percys Buch werfen, falls du es ausgelesen hast.«

»Alter Faulpelz! Wo ist Ramses? Vielleicht hat er Lust mitzukommen.«

Mit Sicherheit muß ich keineswegs erwähnen, daß *ich* nicht für den barbarischen Spitznamen meines Sohnes verantwortlich zeichne. Wir hatten ihn nach seinem Onkel Walter getauft, aber niemand hatte ihn jemals so genannt; schon im frühen Kindesalter hatte ihn sein Vater scherzhaft Ramses gerufen, weil er die dunkle Hautfarbe der Ägypter und die Arroganz der Pharaonen besaß. Ramses' Aufzucht kostete mich Nervenkraft, doch meine unermüdlichen Anstrengungen hatten Früchte getragen; er war nicht mehr so ungestüm und unverblümt wie früher, und sein Naturtalent für Sprachen hatte sich in einem solchen Maße entwickelt, daß er trotz seines vergleichsweise jugendlichen Alters in weiten Kreisen als Fachmann für altägyptische Sprachwissenschaft galt. Laut Davids Aussage befand er sich gegenwärtig auf seinem Zimmer und arbeitete an den Texten eines Folgebandes zu den

Tempeln von Karnak. »Er bat mich, ihn nicht zu stören«, fügte David vorsichtig hinzu. »Du hältst dich besser auch daran.«

»Pah«, entfuhr es Nefret. Allerdings verließ sie den Raum durch die Terrassentür und ging nicht durch die Eingangshalle in Richtung Treppe. David hob das Buch auf und ließ sich erneut in seinen Sessel sinken. Ich wandte mich wieder meinen Aufstellungen zu und Emerson seinem Manuskript – aber nicht lange. Die nächste Unterbrechung nahte in Gestalt unseres Butlers Gargery, der eintrat und einen Besucher für Emerson ankündigte.

Emerson streckte seine Hand aus. Betont mißfällig schüttelte Gargery den Kopf. »Er hatte keine Karte, Sir. Er wollte mir weder seinen Namen noch den Anlaß seines Besuches nennen, sondern erwähnte lediglich, daß es sich um irgendwelche Kunstschätze handelt. Ich hätte ihn vor die Tür gesetzt, Sir, aber... nun, Sir, er behauptete, daß es Ihnen noch leid tun würde, wenn Sie ihn nicht empfingen.«

»Wie bitte?« Emerson zog seine dichten schwarzen Brauen zusammen. Nichts beeinflußt das berühmt-berüchtigte Temperament meines Gatten mehr als eine offene oder auch unterschwellige Drohung. »Wohin haben Sie ihn gebeten, Gargery? In den Salon?«

Gargery richtete sich kerzengerade auf und versuchte überheblich zu wirken. Da er nur etwa 1,65 m groß und sein stupsnasiges Gesicht für Blasiertheit nicht geschaffen ist, war der Versuch zum Scheitern verurteilt. »Ich habe besagte Person ins Eßzimmer verfrachtet, Sir.«

Eine gewisse Belustigung siegte über Emersons aufkeimenden Zorn; seine Augen funkelten. Da ihm der gesellschaftliche Dünkel völlig fehlt, lenken ihn Gargerys diesbezügliche Demonstrationen hervorragend ab. »Vermutlich bietet man einer ›Person‹ ohne Visitenkarte keinen Stuhl an, aber das

Eßzimmer? Haben Sie keine Angst, daß er mit den Silberplatten durchbrennt?«

»Bob steht vor der Eßzimmertür, Sir.«

»Gütiger Himmel. Der muß ja aussehen wie ein Ganove. Sie haben mich neugierig gemacht, Gargery. Bringen Sie ihn her – nein, ich gehe besser zu ihm, da er so sorgfältig auf die Geheimhaltung seiner Identität bedacht zu sein scheint.«

Selbstverständlich begleitete ich Emerson. Seine halbherzig vorgebrachten Einwände ignorierte ich.

Das Eßzimmer gehört nicht unbedingt zu den ansprechendsten Räumlichkeiten unseres Hauses. Aufgrund der niedrigen Decke und der kleinen Fenster wirkt es etwas düster, was die schweren, dunklen jakobitischen Möbel und die Mumienmasken an den holzvertäfelten Wänden zusätzlich unterstreichen. Die Hände hinter dem Rücken verschränkt, inspizierte unser Besucher gerade eine dieser Masken. Statt des unheimlichen Individuums, das ich nach Gargerys Äußerungen erwartet hatte, fiel mein Blick auf einen gebeugten, grauhaarigen Mann. Kleidung und Stiefel waren abgetragen, dennoch flößte er Respekt ein. Und Emerson kannte ihn.

»Renfrew! Was zum Teufel soll dieser theatralische Aufzug bezwecken? Warum haben Sie nicht –«

»Pst!« Der Bursche legte den Zeigefinger an seine Lippen. »Wenn ich Ihnen meine Gründe nenne, werden Sie mich verstehen. Schicken Sie Ihren Butler fort. Ist das Ihre Gattin? Nein, stellen Sie mich nicht vor, für solche Kinkerlitzchen bleibt mir keine Zeit. Sie fortzuschicken ist vermutlich zwecklos, da Sie ihr ohnehin alles erzählen. Das ist Ihre Sache. Wenn Sie wollen, können Sie sich setzen, Mrs. Emerson. Ich stehe lieber. Ich nehme auch keine Erfrischung. Ich will den Nachmittagszug erreichen. Auf diese Geschichte kann ich keine Zeit mehr verschwenden. Habe mich ohnehin viel zu lange damit herumgeschlagen. Habe es ausschließlich Ihnen zu Gefallen getan. Punkt.«

Seine Worte kamen in kurzen, abgehackten Sätzen, die ihm kaum Zeit zum Luftholen ließen, und obwohl er sich gewählt und ohne grammatikalische Fehler ausdrückte, hatte er den leichten Akzent der Ostlondoner. Seine Kleidung und seine Stiefel hätten abgebürstet werden müssen, und auch sein Gesicht schien von einer leichten Staubschicht bedeckt. Man rechnete schon fast mit Spinnweben hinter seinen Ohren. Doch die hellgrauen Augen unter den dunkelgrauen Brauen blickten messerscharf. Mir war klar, warum Gargery ihn falsch eingestuft hatte, und deshalb beging ich nicht den gleichen Fehler. Emerson hatte mir von ihm erzählt. Er war ein Emporkömmling, ein Frauenfeind und Einsiedler, und er sammelte chinesische und ägyptische Antiquitäten, persische Miniaturen sowie alles, was seinen exzentrischen Geschmack befriedigte.

Emerson nickte. »Dann kommen Sie zur Sache. Irgendeine Neuerwerbung, deren Echtheit ich attestieren soll?«

Renfrew grinste. Seine Zähne waren genauso graubraun wie seine Haut. »Genau deshalb schätze ich Sie, Emerson. Reden auch nicht lange um den heißen Brei herum. Hier.«

Er griff in seine Manteltasche und warf achtlos einen Gegenstand auf den Tisch, wo er mit einem lauten Knall liegen blieb.

Es handelte sich um einen Skarabäus, einen der größten, die ich jemals gesehen hatte, aus der türkisfarbenen, in der Frühzeit häufig gebrauchten Fayence (einer Keramiktechnik). Der Rücken war wie der Panzer des Käfers gerundet und mit angedeutetem Kopf und Gliedmaßen versehen.

Die kleinen Skarabäen waren beliebte Amulette, die die Lebenden und die Toten gern als Glücksbringer trugen. Die größeren – unter ihnen der berühmte »Hochzeits-Skarabäus« von Amenophis III. – dokumentierten häufig bedeutende Ereignisse. Dieser hier gehörte offenbar zu letzterer Gattung;

als Emerson ihn aufhob und umdrehte, bemerkte ich die Hieroglyphenreihen auf der flachen Unterseite.

»Was steht da?« wollte ich wissen.

Emerson betastete sein Kinngrübchen – eine Angewohnheit, wenn er verwirrt oder nachdenklich ist. »Soweit ich es erkennen kann, handelt es sich um die Umseglung Afrikas im 12. Regierungsjahr von Sesostris III.«

»Was! Dann ist es ein historisches Dokument von einzigartiger Bedeutung, Emerson.«

»Hmmm«, brummte Emerson. »Nun, Renfrew?«

»Nun, Sir.« Erneut bleckte Renfrew seine ungepflegten Zähne. »Ich überlasse Ihnen den Skarabäus für den von mir gezahlten Preis. Mein Stillschweigen kostet Sie darüber hinaus keinen Pfennig.«

»Stillschweigen?« wiederholte ich. Sein Verhalten – und auch das Emersons – mutete irgendwie merkwürdig an. Sämtliche Alarmglocken schrillten in meinem Kopf. »Wovon redet er, Emerson?«

»Es ist eine Fälschung«, erwiderte Emerson knapp. »Er weiß es. Offensichtlich wußte er es noch nicht, als er ihn erwarb. Wer hat Ihnen die Gewißheit verschafft, Renfrew?«

Renfrews leicht geöffneten Lippen entfuhr ein spröder, rasselnder Laut, sein Versuch eines Lachens, nahm ich an. »Ich dachte mir schon, daß Sie das bemerken würden, Emerson. Sie haben recht, ich hatte keine Ahnung, daß es sich um eine Fälschung handelte; ich wollte eine genaue Übersetzung und schickte deshalb eine Kopie der Inschrift an Mr. Frank Griffith. Neben Ihrem Bruder und Ihrem Sohn ist er der beste Übersetzer auf dem Sektor altägyptischer Texte. Sein Urteil war gleichlautend mit dem Ihren.«

»Aha.« Emerson warf den Skarabäus auf den Tisch. »Dann brauchten Sie doch gar keine weitere Beurteilung.«

»Ein vernunftgeprägter Mensch drängt immer auf eine

zweite Stellungnahme. Wollen Sie nun den Skarabäus oder nicht? Ich habe nicht vor, durch diesen Kauf Geld zu verlieren. Ich werde ihn an jemand anderen verkaufen – ohne Griffith zu erwähnen –, und früher oder später wird man herausfinden, daß er nicht echt ist und, genau wie ich, seine Spur bis zu dem Verkäufer zurückverfolgen und dessen Namen in Erfahrung bringen. Ich glaube nicht, daß Ihnen das recht wäre, Professor Emerson. Sie halten doch große Stücke auf den Jungen, nicht wahr? Wie ich hörte, heiratet er sogar in Ihre Familie ein. Es wäre doch, gelinde gesagt, peinlich, wenn man ihn der Fälschung von Antiquitäten überführte.«

»Sie widerwärtiger alter... alter Halunke«, zischte ich. »Wie können Sie es wagen, David etwas Derartiges zu unterstellen?«

»Ich unterstelle gar nichts, Mrs. Emerson. Suchen Sie den Händler auf, von dem ich das hier erworben habe, und fragen Sie ihn nach dem Namen des Mannes, der ihm das Stück verkaufte.«

Aus Manuskript H

Ramses schreckte in seinem Sessel hoch, ließ seine Füllfeder fallen und fluchte.

»Ich habe angeklopft.« David verharrte auf der Schwelle. »Hast du mich nicht gehört?«

»Ich versuche, das hier fertigzustellen.«

»Es ist bald Teezeit. Du hast den ganzen Tag daran gearbeitet. Und du hast das Tablett mit deinem Mittagessen nicht angerührt.«

»Fang du nicht auch noch an, David. Es ist schon schlimm genug, daß mir Mutter und Nefret ständig zusetzen.«

Stirnrunzelnd betrachtete er die akribisch zu Papier gebrachten Hieroglyphen. Die Füllfeder, die ihm nach Davids plötzlichem Auftauchen aus der Hand geglitten war, hatte ein Eulen-Symbol in ein schlangenartiges Ungeheuer mit einem langen Schwanz verwandelt. Er griff nach einem Blatt Löschpapier und entschied dann, die Tinte erst trocknen zu lassen, bevor er den Schaden ausbesserte.

»Du warst sehr krank. Wir waren alle sehr besorgt um dich.«

»Das liegt Monate zurück. Mittlerweile bin ich wieder völlig gesund. Ich brauche niemanden, der mich wie ein Kind dazu ermahnt, meinen Porridge zu essen und früh ins Bett zu gehen.«

»Nefret ist Ärztin«, warf David vorsichtig ein.

»Sie hat ihre Ausbildung nie beendet.« Ramses rieb sich die Augen. »Es tut mir leid. Ich habe es nicht so gemeint. Unter den frauenfeindlichen Voraussetzungen ist ihre Hartnäckigkeit hinsichtlich der Fortführung ihres Medizinstudiums bewundernswert. Ich wünschte mir nur, daß sie nicht ständig an mir herumexperimentierte!« Er nahm ein Glas vom Tablett, nippte daran und verzog das Gesicht. »Die Milch ist sauer.«

David trat ein und schloß die Tür. »Wie wäre es statt dessen mit einem Bier? Ich habe sie gerade aus der Eiskiste genommen.«

Aufgrund der Kälte waren die braunen Flaschen beschlagen. Ramses' verkrampfte Schultern entspannten, und er bedachte seinen Freund mit einem anerkennenden Blick. »Das war ein guter Gedanke. David, tut mir leid, was ich heute morgen gesagt habe.«

»Freunde müssen nicht immer gleicher Meinung sein. Ist doch unwichtig.«

»Ich lehne deine Einstellung nicht grundsätzlich ab. Ich denke nur – «

»Ich weiß. Es spielt keine Rolle, glaub mir.«

Er bot Ramses eine Zigarette an und zündete sie vor seiner eigenen an. Es war genau wie früher, als sie Ramses' Mutter entwischt waren, um sich verbotenen Genüssen wie Biertrinken und Rauchen hinzugeben. Ramses fragte sich, ob David das Ganze absichtlich provoziert hatte.

Seit David in eine Geschichte verwickelt war, die Ramses für gefährlich und sinnlos hielt, war ihr Verhältnis gespannt. Auch er sympathisierte mit der Unabhängigkeitsbewegung der jungen Generation von Ägyptern, dennoch war er sich sicher, daß sie gegenwärtig keine Chance auf Erfolg hatte. Ägypten stand unter britischem Protektorat, und aufgrund der unsicheren politischen Situation im östlichen Mittelmeerraum konnten die Engländer nicht riskieren, die Kontrolle über einen Anrainerstaat am Suezkanal zu verlieren. Die Wahl des zweifelhaften Kitchener of Khartoum zum ägyptischen Generalkonsul signalisierte eine Politik der Härte gegenüber den Nationalisten. David hatte eine großartige Karriere und eine glückliche Ehe vor sich. Es wäre reiner Wahnsinn gewesen, das Risiko von Exil und Gefängnis einzugehen.

»Ich weiß nicht, ob du das gesehen hast.« David zog einen dünnen Band aus seiner Manteltasche.

Ramses war erleichtert über diesen Themawechsel. »Percys Meisterwerk? Ich wußte, daß Nefret ein Exemplar besitzt, habe es allerdings noch nicht gelesen.«

»Schau dir dieses Kapitel an. Du brauchst nicht lange, schließlich bist du ein geübter Leser.«

Er hatte ein Stück Papier in die entsprechende Seite geklemmt. »Gut, daß du Bier mitgebracht hast«, meinte Ramses und nahm das Buch in Empfang. »Vermutlich wird Percys Prosa nur durch den betäubenden Genuß von Alkohol erträglich.«

Seit zwei Wochen war ich ihr Gefangener. Zaal besuchte mich täglich. Anfänglich diente das der Bedrohung und Einschüchterung, doch mit der Zeit entwickelte er eine seltsame Zuneigung für mich. Wir verbrachten viele Stunden mit Diskussionen über den Koran und über die Lehre des Propheten. »Du hast ein gutes Herz, Engländer«, sagte er eines Tages. »Ich hoffe, deine Freunde werden das Lösegeld bezahlen; es wäre betrüblich, wenn ich dir die Kehle aufschlitzen müßte.«

Natürlich hatte ich nicht vor, so lange zu warten, bis mein unglücklicher Vater und tief betroffene Freunde zu meiner Rettung eilten. Nachdem die Verletzungen anläßlich meiner Gefangennahme verheilt waren, brachte ich tagtäglich mehrere Stunden mit körperlicher Ertüchtigung zu, soweit mein winziger Kerker dies zuließ. Schattenboxen, Liegestütze und konsequente Gymnastik brachten mich bald wieder zu Kräften. Diese Aktivitäten verbarg ich vor Zaal. Wann immer er meine Zelle betrat, lag ich auf dem Diwan. Ich hoffte, daß meine vorgetäuschte Schwäche und die ihm eigene Arroganz zu einem übersteigerten Vertrauen seinerseits führen würden. Eines Tages käme er allein, ohne seine Bewacher, und dann ... dann wäre er meiner Gnade ausgeliefert!

Als ich eines Nachmittags seinen üblichen Besuch erwartete, sprang die Tür auf, und ich sah mich nicht Zaal gegenüber, sondern zwei seiner Helfershelfer, die einen dritten Mann in ihre Mitte genommen hatten. Bis auf seine Hose hatten sie ihn sämtlicher Kleidungsstücke entledigt; seine dunkle Hautfarbe und das zerzauste schwarze Haar verrieten seine Nationalität. Mit gesenktem Kopf zerrten sie ihn in den Raum und warfen ihn auf den Diwan.

Hinterhältig grinsend tauchte Zaal im Türrahmen auf. »Du verfügst über Medizin, Engländer. Benutze sie. Er ist der Sohn meines größten Feindes, und ich will nicht, daß er zu früh stirbt.«

Die Tür knallte ins Schloß, und ich hörte das Klirren von Bolzen und Kette.

Ich drehte mich zu meinem unverhofften Gast um. Er war vom Diwan geglitten und flach auf den Rücken gefallen. Ein schwarzer Vollbart betonte die Gesichtszüge eines klassischen Arabers – schmale Lippen, eine auffällige Hakennase und dichte, schwarze Brauen. Brust und Arme waren von Striemen übersät, dennoch schien er nicht ernsthaft verletzt. Vermutlich war er vor lauter Angst ohnmächtig geworden.

Ich richtete ihn auf, doch als ich ihn in Sitzhaltung brachte und ihm einen Schluck Brandy einflößen wollte, spuckte er diesen aus.

»Das ist verboten«, erwiderte er in kehligem Arabisch und wiederholte diese Aussage dann in holprigem Englisch. Er war jünger als von mir zunächst angenommen und für einen Araber recht groß, wenn auch hager.

»Ich spreche deine Sprache«, erwiderte ich. »Wer bist du, und warum hat man dich gefangengenommen?«

»Mein Vater ist Scheich Mohammed. Ich bin Feisal, sein ältester Sohn. Zwischen ihm und Zaal besteht eine Blutfehde.«

»Dann geht es also nicht um Lösegeld?«

Der junge Bursche zuckte heftig zusammen. »Nein. Er wird mich foltern und meinen Kopf – sowie diverse andere Körperteile – meinem Vater überbringen lassen.«

»Dann müssen wir fliehen, und zwar bald.«

»Wir?« Erstaunt starrte er mich an. »Warum solltest du ein solches Risiko eingehen? Dir wird Zaal kein Haar krümmen. Sicherlich werden deine Freunde das Lösegeld zahlen.«

Ich unterzog mich nicht der Mühe einer Erklärung.

Schließlich hätte das nur ein Engländer nachvollziehen können.

Ich plante, ihn in jener Nacht fortzuschaffen, noch bevor Zaal mit seiner Folter beginnen konnte. Unseligerweise hatte sich Zaal in den Kopf gesetzt, uns an selbigem Abend noch einmal aufzusuchen. Er war sturzbetrunken und suchte Zerstreuung. Ich kann weder den genauen Wortlaut des entsetzlichen Vorschlags wiedergeben, den er meinem Gefährten machte, noch Feisals ablehnende Antwort. Mit der Bemerkung »Also ziehst du die Peitsche vor?« befahl Zaal vieren seiner Männer, die hagere, eingesunkene Gestalt des Burschen zu packen und ihn festzuhalten.

Mein Angebot, mich anstelle von Feisal auspeitschen zu lassen, beruhte nicht ausschließlich auf meiner edlen Gesinnung. Mein Fluchtplan wäre ernsthaft ins Wanken geraten, wenn mich ein bewußtloser oder verletzter Begleiter behindert hätte – denn es war selbstverständlich undenkbar, daß ich ihn zurückließ. Ich wußte, daß ich Folterqualen bei weitem besser überstehen würde als ein Araber.

Aufgrund des Alkohols und seiner Blutrünstigkeit war Zaal viel zu erregt, um einem solchen Angebot widerstehen zu können. Dieser Kreatur hätte es eine gewaltige Befriedigung verschafft, einen Engländer um Gnade flehen zu hören. Natürlich hatte ich das keineswegs vor. Feisal trat einen Schritt auf mich zu. Ich rief ihm zu, daß er mein Angebot annehmen solle, und dann preßte ich entschlossen meine Lippen zusammen, damit diesen kein weiterer Laut entfuhr. Sie rissen mir das Hemd vom Leib und warfen mich auf den Diwan. Zwei von ihnen packten meine Fußknöchel, die beiden anderen meine Handgelenke, und dann hielten sie mich fest. Zaals Peitsche knallte auf meinen Rücken. Ich biß die Zähne zusammen, um den brennenden Schmerz auf meiner Haut lautlos ertragen zu können...

Mit seinem Hemdsärmel saugte Ramses den Spritzer Bier von der Seite auf, an der er den Großteil des Tages gearbeitet hatte. Als er David das Buch zuwarf, krümmte er sich immer noch vor Lachen. »Hier, mehr kann ich einfach nicht ertragen.«

»Du hast das Beste verpaßt«, erwiderte David, während er einige Seiten umblätterte. »Als du und er eure Blutsbrüderschaft besiegelt, bevor er dich sicher im Zelt deines Vaters abliefert und dann allein in die Nacht hinausreitet.«

»Zweifellos auf seinem getreuen weißen Hengst, unter dem kalten Licht der Sterne am Wüstenhimmel. Er hat eine Vorliebe für banale Adjektive, schätze ich...« Zu spät dämmerte ihm die Bedeutung mehrerer Pronomen. Schlagartig wurde er ernst. »Wovon sprichst du eigentlich?«

David warf das Buch zu Boden. »Vielleicht bin ich etwas langsam, Ramses, aber ich bin keineswegs dumm. Percy war in die Wüste geritten, und wir anderen trafen in jenem Frühjahr gerade die Vorbereitungen für unsere Rückreise nach England, als der Professor und Tante Amelia die Lösegeldforderung von Zaal erhielten. Du hattest Reisner bereits zugesagt, den Sommer über mit ihm in Samarra zu arbeiten. Ich dachte mir nichts dabei, als du einige Tage früher als geplant aufbrechen wolltest, doch daß Percy kurz nach deiner Abreise aus Kairo benommen schwankend, aber unverletzt zurückkehrte, verblüffte mich. Jetzt ist mir alles klar. Im großen und ganzen schreibt er Unsinn, dennoch wäre ihm seine Flucht nicht ohne deine Unterstützung gelungen, und wer außer dir hätte der ›hagere‹ junge Prinz ansonsten sein können? Mit Sicherheit nicht Feisal. Er wird dich umbringen, wenn er erfährt, daß du dich törichterweise seines Namens bedient hast.«

»Ich werde ihm erklären, daß du es warst.«

Grinsend schüttelte David den Kopf. »Ich hätte nicht Kopf und Kragen für Percy riskiert. Warum hast du es getan?«

»Verflucht, wenn ich das wüßte!«

David schien empört. »Wieviel von diesem ... diesem Unsinn ist wahr?«

»Also ...« Ramses leerte sein Bier und wischte sich den Mund an seinem anderen Ärmel ab. »Also, wenn du es genau wissen willst – nicht viel.«

Ramses hatte genau gewußt, was zu tun war, als die Lösegeldforderung bei ihnen eingetroffen war. An ihrer Echtheit bestand kein Zweifel; mit eigener Hand hatte Percy einen verzweifelten Hilferuf hinzugefügt. Selbst sein Vater mußte eingestehen, daß sie Percy nicht der Gnade des wankelmütigen Zaal ausliefern durften; er war ein Verräter und ein Trunkenbold, und nur Gott allein wußte, wozu er in seiner Brutalität fähig war.

»Dann«, bemerkte Emerson düster, »würde sich England verpflichtet fühlen, diesen blutrünstigen Irren zu rächen, und unschuldige Menschen müßten sterben. Hölle und Verdammnis! Wir werden das Geld aufbringen müssen, vermute ich.«

»Onkel James wird es dir niemals zurückerstatten«, warf Ramses ein. »Eher würde er einer verhungernden Bettlerin ihren letzten Pfennig abschwatzen.«

Keiner unterzog sich der Mühe, diese Stellungnahme zu entkräften, nicht einmal seine Mutter. Sie kannte ihren Bruder nur zu gut und verabscheute ihn vermutlich noch mehr als Emerson. Die Familienehre verlangte allerdings eine rasche Reaktion, und Ramses nahm sich der Sache an, indem er einige Tage früher als geplant nach Palästina aufbrach.

Er wußte, wo er Zaal finden konnte. Als er im Jahr zuvor mit Reisner in Palästina gearbeitet hatte, hatte er eine Menge von dem Burschen gehört. Zaal war ein Räuber alten Stils, der

Araber und Europäer gleichermaßen ausplünderte und nach jedem Beutezug auf sein verfallenes, zum Hauptquartier umfunktioniertes Schloß zurückkehrte. Seine Anhänger waren ein dreckiger Haufen, genauso feige und korrupt wie Zaal, dennoch wäre ein direkter Angriff auf das Schloß aufgrund seiner Lage und der Festungswälle gefährlich gewesen. Die alten Kreuzritter hatten gewußt, wie man eine Festung errichtete.

Ramses hatte nicht die Absicht, direkt anzugreifen. Es dauerte nicht lange, bis er seine Vorbereitungen getroffen hatte; schließlich hatte er überall Freunde und Bekannte. Die kleine, von ihm ausgewählte Oase befand sich in der Nähe des Schlosses. Mit einem beeindruckenden Bart und der eleganten Verkleidung eines weithin bekannten, vornehmen Zeitgenossen ließ er sich dort nieder und wartete in der Gewißheit auf Zaals Reaktion, daß dieser von ihm erfuhr. Ein einsamer, wohlhabend wirkender Reisender mit einem schwer beladenen Lastkamel stellte ein unwiderstehliches Angriffsziel dar.

Er leistete nur geringen Widerstand, als die zusammengewürfelte Reiterhorde ihn fortschleppte. Von zwei der Männer stümperhaft gefesselt, ertrug er einige Tritte und Schläge mit der den Arabern eigenen, stoischen Gelassenheit, bis ein Freudenschrei derjenigen, die das Lastkamel inspizierten, seine Peiniger ablenkte. Diese hinterhältigen Schweine kamen nicht einmal auf die Idee, ihn zu fragen, welches Mißgeschick ihn so lange in der Oase aufgehalten hatte, oder Vermutungen anzustellen, warum der edle, fromme Prinz Feisal eine Ladung Whiskey auf seinem Kamel transportierte.

Sie hatten mehrere Flaschen geleert, bevor sie ihn auf ein Pferd warfen und seine Füße an den Steigbügeln festbanden. Insgeheim wünschte sich Ramses, daß sie etwas mehr Eile an den Tag legten. Einer der Schurken hatte sein elegantes Gewand und seine Lederstiefel für sich beansprucht, und die

Sonne brannte auf seine nackte Haut. Er war erleichtert, wenn auch nicht erstaunt, daß sie den Whiskey entluden und untereinander aufteilten, bevor sie aufsaßen. Zaal hätte ihn ansonsten für sich und seine Günstlinge beansprucht.

Nachdem sie über einen steilen, gewundenen Felspfad geritten waren, zeichnete sich schließlich die Turmruine vor dem Himmel ab. Aufgrund des Gebrülls der Anführer sprang das Tor auf, und Ramses vergegenwärtigte sich sorgfältig jede Einzelheit der Innenanlage. Ein offener Innenhof, einige einfache Verschläge für Männer und Pferde, ein gewaltiger, auf der Innenseite des Tores angebrachter Riegel ... Nein, es würde keineswegs schwierig werden, sofern Percy nicht bewegungsunfähig war.

Er freute sich auf ein Wiedersehen mit seinem Cousin, doch zunächst mußte er Zaal gegenübertreten. Die Konfrontation hatte ihre interessanten Aspekte und war nur unwesentlich unangenehmer als erwartet. Zaal mußte sich seine Führungsposition ausschließlich aufgrund seiner Hinterhältigkeit erkämpft haben, da seine Körperstatur alles andere als beeindruckend war. Von mittlerer Größe, mit graumeliertem Haar und Bart, war er so fett, daß er dem gefräßigen, krummbeinigen Dämon Bes ähnelte, als er auf seinen Gefangenen zuwatschelte.

»Wer ist denn dieser Bauer?« wollte er wissen. »Warum habt ihr ihn hergebracht?«

»Er ist ein einflußreicher Mann«, beharrte der Bandenführer. »Er trug ein seidenes Gewand mit Goldstickerei ...«

»Ach? Und wo ist es dann?«

Eine lautstarke Diskussion über den Verbleib der Kleidung schloß sich an. Ramses unterbrach die Männer. Er verschränkte seine Arme vor der Brust, blickte hochnäsig auf Zaal hinunter und offenbarte seine Scheinidentität.

»So ist das also.« Zaals Schweinsäuglein hellten sich auf. »Der Sohn von Scheich Mohammed.«

»Der älteste Sohn«, korrigierte Ramses entsprechend blasiert.

»Soso. Dann würde er doch bestimmt eine hohe Summe für deine Freilassung zahlen?«

»Wenn ich wohlbehalten zurückkehrte, ja.«

Er dehnte das entscheidende Wort und senkte die Lider. Er hatte schon einiges über Zaals Methoden erfahren und keineswegs das Bedürfnis, in die verschlagenen Augen seines ihn taxierenden Gegenübers zu blicken.

Grinsend kratzte sich Zaal den Kopf. »Selbstverständlich. Ich will doch auf gutem Fuß mit deinem ehrenwerten Vater stehen. Setz dich, und wir unterhalten uns. Trink mit mir Tee.«

Vielleicht bleibe ich besser charakterfest stehen, dachte Ramses im stillen, insbesondere, wenn es meinem Vorhaben zweckdienlich ist. »Der Sohn meines Vaters setzt sich nicht mit Verrätern und Banditen an einen Tisch.«

Zaals Grinsen wurde lediglich breiter.

»Das ist unhöflich, junger Freund. Shakir, erteile ihm eine Lektion, wie er sich bei mir zu benehmen hat.«

Während zwei Männer Ramses festhielten, gehorchte Shakir. Nach einigen Peitschenhieben entschied er, daß er seinen Standpunkt lange genug vertreten hatte, und sank in sich zusammen, allerdings etwas zu spät; ihm war kaum bewußt, daß sie ihn aus dem Zimmer und dann eine lange Treppe hinaufzerrten. Der Raum, in den sie ihn schleiften, hatte keinerlei Ähnlichkeit mit einer Gefängniszelle; durch seine halb geschlossenen Lider bemerkte er das Sonnenlicht, den mit Teppichen bedeckten Boden – und seinen Cousin, der bequem auf einem Stapel von Kissen thronte. Dann warfen sie ihn bäuchlings auf einen Diwan, woraus er schloß, daß er ebenfalls dort bleiben sollte.

Eine kluge Entscheidung. Das sich daran anschließende Gespräch zwischen Percy und Zaal war aufschlußreich.

»Wer zum Teufel ist das?« lautete die erste Frage seines Cousins.

»Ein junger Mann, der, so hoffe ich, ein guter Freund von mir werden wird.«

»Was ist mit dem Lösegeld?« drängte Percy. »Hast du irgendwas gehört?«

»Nein. Es ist noch zu früh. Warum beklagst du dich? Du lebst hier wie ein Pascha. Willst du mehr Brandy? Haschisch? Eine Frau? Du mußt lediglich deine Wünsche äußern.«

»Ja, aber ...«

»Sei nett zu meinem neuen Freund«, säuselte Zaal. »Erkläre ihm, wie angenehm er hier leben kann, wenn er ebenso kooperativ ist wie du.«

Nachdem Zaal verschwunden war, schritt Percy eine Zeitlang leise murmelnd auf und ab. Dann vernahm Ramses das gurgelnde Geräusch einer Flüssigkeit. Er drehte sich auf die Seite und setzte sich auf. Percy beobachtete ihn mürrisch über den Rand seines Glases hinweg, aus dem er gerade trank.

»Brandy«, erklärte er. »Willst du auch einen?«

Ramses schüttelte den Kopf. »Das ist verboten.«

»Dein Problem.« In einem Zug leerte Percy sein Glas.

Ganz offensichtlich hatte er Ramses nicht erkannt. Letzterer erhob sich und ging zum Fenster, das offen und unvergittert war. Es überblickte den Hof, und in etwa zwei Metern Tiefe befand sich das Dach eines weiteren Gebäudes.

Percy reagierte keineswegs begeistert auf »Feisals« Fluchtplan. »Warum zum Teufel sollte ich das riskieren? Meine lieben Verwandten werden das Lösegeld beibringen.«

»Mein Vater ebenfalls. Doch bis es soweit ist, habe ich keineswegs vor, wie ein Mädchen oder ein kleines Kind tatenlos herumzusitzen.«

Gezwungenermaßen unterhielten sie sich in englischer Sprache, da Percys Arabischkenntnisse miserabel waren.

Percy zeigte nicht einmal so viel Interesse an seinem Gefährten, daß er ihn fragte, wo er Englisch gelernt habe. Seine Haltung gegenüber Ramses' Vorschlägen blieb betont abweisend, und dieser glaubte schon fast, daß er Percy bewußtlos schlagen und ihn wegschleifen müßte. Doch dann schaltete sich das Schicksal in der unangenehmen Person von Zaal ein.

Es wurde bereits dunkel. Percy hatte eine der Öllampen angezündet und saß maulend auf seinem Kissenstapel, weil sein Abendessen überfällig war. Als die Tür aufging, blickte er stirnrunzelnd auf.

Zaal torkelte herein. Er war sehr betrunken und überaus anlehnungsbedürftig, allerdings nicht so töricht, daß er sie allein aufsuchte. Zwei seiner kräftigsten Männer begleiteten ihn. Als er den Gefangenen seinen interessanten Vorschlag unterbreitete, brach Percy in lautes Protestgeschrei aus.

»Laß mich in Ruhe! O Gott... bitte... nimm ihn!« Er streckte den Arm aus und deutete auf seinen Gefährten, dann verkroch er sich im hintersten Winkel des Zimmers.

»Mit Vergnügen«, meinte Zaal. »Ich habe dich aus reiner Gastfreundschaft mit einbezogen.«

Er breitete seine Arme aus und schlenderte gefährlich schwankend in Ramses' Richtung. Ramses entwand sich ihm problemlos und schüttelte den Kopf. »Nein.«

»Nein?« Zaal schien alles andere als betroffen. »Dein Eigensinn gefällt mir, mein Schatz, aber jeder Widerstand wäre unklug.«

»Vergnüg dich mit deinesgleichen«, schlug Ramses vor, wobei er eine deutlichere Umschreibung wählte. »Sicherlich lungern irgendwelche Hunde um den Misthaufen herum.«

Während Zaal wutschnaubend schwankte, stürzten sich die Wachen auf Ramses. Ein Blick auf seinen Cousin bewies ihm mit erschreckender Deutlichkeit, daß er aus dieser Ecke keine Hilfe erwarten durfte. Falls Percy den Mut zur Gegenwehr aufgebracht hätte, wären sie mit den Wachen und Zaal fertiggeworden, und der Fluchtweg hätte ihnen mit Zaal als Geisel offengestanden.

Blieb ihm lediglich, Zaal davon abzuhalten, daß er seinen Cousin übel zurichtete. Was seine eigene Person betraf, so mußte er den Schaden so gering wie möglich halten. Ersteres war nicht weiter schwierig; offensichtlich war Zaals Interesse an Percy erst aufgekeimt, als ihm der faszinierende Gedanke an ein Rendezvous zu dritt gekommen war. Allerdings hat jede edle Gesinnung ihre Grenzen, und er hatte keinesfalls die Absicht, Zaals Phantasien Folge zu leisten. Ein sorgfältig kalkulierter Tritt intensivierte die Wirkung des Brandys und gewährleistete, daß Zaal vorübergehend keine diesbezügliche Aktivität unternahm. Die sich daran anschließenden Peitschenhiebe von Zaals getreuen Helfershelfern waren eher nachlässig – und verflucht angenehmer als die Alternative. Als er einige Stunden später darauf hinwies, daß es Zeit zum Aufbruch sei, erklärte sich Percy einverstanden.

»Genau unter Percys Zimmerfenster befand sich ein flaches Dach, von wo aus man mit Leichtigkeit zu Boden springen konnte«, schloß Ramses. »Er hätte jederzeit ausbrechen können, wenn er nicht ein so – äh – vorsichtiger Mensch wäre. Mir war klar, daß sich Zaals Männer in jener Nacht bis zur Besinnungslosigkeit betrinken würden, deshalb warteten wir, bis ihr Lärmen in lautes Schnarchen überging, dann machten wir uns auf den Weg. Der schwierigste Teil bestand darin, nicht über schlafende Gestalten zu stolpern.«

»Dann warst du also derjenige, der die Peitschenhiebe einsteckte.«

Ramses zuckte die Schultern. »Ich wollte noch in derselben Nacht fliehen und befürchtete, daß Percy völlig zusammenbrach, wenn irgend jemand Hand an ihn legte. Außerdem war es halb so wild. Zaal hätte mich ohnehin aufgespart für... Ach, zum Teufel damit. Du hast mich eiskalt erwischt, trotzdem hoffe ich, daß du es niemandem erzählst. Insbesondere Percy.«

»Warum nicht? Ihn öffentlich zu brüskieren wäre vermutlich gegen die guten Sitten, aber was ist daran so verwerflich, ihn grundsätzlich zu beschämen?«

»Gütiger Himmel, David, bist du wirklich so naiv in deiner Menschenkenntnis? Seit unserer Kindheit hegt Percy einen Groll gegen mich. Was meinst du, wie er sich fühlte, wenn er erführe, daß ich der einzige Zeuge seiner verachtenswerten Vorstellung bin?« Ramses erhob sich und lockerte seine verkrampfte Muskulatur. »Bevor ich nach unten gehe, ziehe ich wohl besser ein frisches Hemd an. Offenbar habe ich jede Menge Bier darauf gekleckert.«

So einfach ließ David sich nicht abwimmeln. »Was wirst du in dieser Sache unternehmen?«

»In welcher Sache? Ach so – du meinst Percys interessante Hirngespinste. Nichts. Und du ebenfalls nicht. Wenn du auch nur ein Wort von dieser Geschichte erwähnst – «

»Nicht einmal gegenüber Nefret?«

»Schon gar nicht gegenüber Nefret.«

»Es ist immer dasselbe«, entfuhr es David. »Warum weigerst du dich ständig, dich gegenüber einem Mädchen in einem vorteilhaften Licht darzustellen, um sie zu beeindrukken? Schon seit Jahren liebst du sie. Erzähl mir jetzt nicht, daran habe sich irgend etwas geändert.«

»Nennen wir es schlicht und einfach so: Ich habe beschlossen, mir mein Hirn nicht länger an ihrer abgrundtiefen Gleichgültigkeit zu zermartern. Wenn sie meinen reinen Charakter und mein überdurchschnittlich gutes Aussehen bislang nicht zu schätzen weiß, wird ihr das vermutlich nie gelingen.«

»Aber sie empfindet – «

»Zuneigung zu mir?« Ramses mußte dem kindischen Drang widerstehen, David sein mit Bierflecken übersätes Hemd an den Kopf zu werfen. »Das weiß ich. Und genau deshalb darfst du ihr kein Sterbenswort verraten. Selbst wenn sie dir Geheimhaltung zusagte, würde ihr aufbrausendes Temperament irgendwann mit ihr durchgehen, und sie könnte es nicht lassen, Percy zu foppen oder irgend jemandem die Wahrheit an den Kopf zu werfen, der eine negative Bemerkung über mich gewagt hätte. Dann würde Percy alles erfahren, und er haßte mich noch mehr. Ich habe schon genug Widersacher.«

»Dem kann ich nicht widersprechen.« David nahm die verschmähte Lektüre und stand auf. »Trotzdem, wie könnte dir dein Cousin gefährlich werden? Er ist viel zu feige, um dich direkt anzugreifen, und kein englischer Gentleman würde einem Gegner ein Messer in den Rücken jagen, nicht wahr?«

Ramses wandte sich ab und durchwühlte seinen Kleiderschrank. Es fiel ihm schwer, ruhig zu bleiben, wenn David sich über Anstandsformen, Ehrgefühl und die Verhaltensmuster eines englischen Gentlemans ausließ. Er verachtete diesen Snobismus genauso wie David, und das wußte sein Freund.

Er unterdrückte seine Verärgerung, nahm ein frisches Hemd und wandte sich zu seinem Freund um. »Sag Mutter, daß ich gleich nach unten komme.«

Vor dem Hinausgehen warf David Ramses einen langen, kritischen Blick zu. Es war fast so, als sähe er sein Ebenbild in einem Spiegel. Der genaue Beobachter hätte sie nie verwechselt, doch eine oberflächliche Beschreibung paßte auf beide – 1,80 m groß, Augen und Haare schwarz, schmales Gesicht, olivfarbene Haut, vorstehende Nase, Statur ... hager?

Grinsend zog Ramses sein Hemd an und knöpfte es zu. Percy war ein Scherz – ein schlechter Scherz, ein Aufschneider, ein Feigling und ein Schnüffler. Nein, jemandem ein Messer in die

Rippen zu stoßen war nicht sein Stil, aber es gab andere Möglichkeiten, einem Widersacher zu schaden – Methoden, die ein aufrichtiger Mann wie David niemals nachvollziehen könnte. Ramses' Grinsen verschwand, und ein leichter Schauer jagte durch seinen Körper, als spürte er, daß ihm jemand bereits sein Grab schaufelte.

Als Ramses den Raum betrat, saßen wir anderen bereits beim Frühstück. Am Abend zuvor hatte ich es für angeraten gehalten, ihm einen kurzen Vortrag zu halten, daß er sich bei seiner Arbeit nicht übernahm und zu wenig Schlaf bekam, und ich stellte zufrieden fest, daß er sich das offenbar zu Herzen genommen hatte – was keineswegs immer der Fall war –, denn die (für eine Mutter) untrüglichen Anzeichen von Müdigkeit waren nicht vorhanden. Wie die Ägypter, denen Ramses so stark ähnelt, hat auch er schwarze Augen und lange, dichte Wimpern. Wenn er übermüdet ist, sind seine Lider halb gesenkt, und unter seinen Augen zeichnen sich dunkle Ringe ab. Er tat so, als bemerkte er meine intensive Begutachtung nicht, und stopfte Eier und Schinken, Toast und Muffins in sich hinein.

Die anderen hatten darüber diskutiert, wer unsere ägyptischen Freunde abholen sollte, die an diesem Tag in London von Bord gingen. Eine Hochzeit ohne die Mitglieder aus Davids Familie, die ihm und auch uns sehr nahe standen, wäre undenkbar gewesen. Jetzt, wo der geschätzte Abdullah verstorben war, waren sie nur noch zu dritt. Selim, Abdullahs jüngster Sohn, hatte den Platz seines Vaters als unser Rais eingenommen; Daoud, einer von Davids zahlreichen Cousins, hing sehr an Lia, was auf Gegenseitigkeit beruhte; Fatima, die in unserem ägyptischen Haus nach dem Rechten sah, war uns eine zuverlässige Freundin geworden.

Alle wollten sie abholen, sogar Gargery. Die Diskussion verlief lautstark. Emersons Stimme klang immer ungeduldiger. Rose, unsere treue Haushälterin, bestrich für Ramses Muffins mit Butter und beschwatzte ihn, zu Hause zu bleiben und sich auszuruhen. Also wirklich, dachte ich empört, mit Sicherheit gab es keinen Haushalt, in dem sich so viele Personen zur freizügigen Meinungsäußerung berufen fühlten! Ich muß zugeben, daß unsere Beziehung zu einigen unserer Bediensteten ungewöhnlich ist, und das hängt teilweise mit den kriminellen Begebenheiten zusammen, die unseren häuslichen Frieden so häufig gestört haben. Einem Butler, der einen Knüppel so souverän zu bedienen weiß wie einen Bratspieß, gebühren gewisse Privilegien, und Rose war seit Ramses' viertem Lebensjahr seine treue Verfechterin, deren Zuneigung selbst mumifizierte Mäuse, die Explosionen diverser Chemikalien und der von ihm ständig ins Haus geschleppte Dreck nichts anhaben konnten.

»Rose hat recht, Ramses.« Ich nickte ihr zu. »Das Wetter scheint unbeständig, und du könntest dir eine Erkältung zuziehen.«

Ramses blickte von seinem Teller auf. »Wie du willst, Mutter.«

»Worauf willst du eigentlich hinaus?« bohrte ich.

»Ich kann mir nicht vorstellen«, erwiderte mein Sohn, »warum du meine bereitwillige Zustimmung zu deinem vernünftigen Vorschlag als Anzeichen für – «

»Ganz recht«, warf Emerson ein, der genau wußte, daß Ramses seinen Sermon beliebig lange fortführen konnte, bis die eigentliche Aussage schließlich in einem Gewirr von Nebensätzen unterging. »Ich werde an deiner Stelle mitfahren.«

Das hatte ich befürchtet. Emersons Begleitung des Empfangskomitees war eine Sache; eine andere allerdings die Tatsache, daß er mit Sicherheit darauf bestand, das Automobil zu steuern. Die Bewohner des Ortes hatten sich an seinen Fahrstil gewöhnt und verließen fluchtartig die Straße, wenn er das Fahrzeug aus der Garage holte. Allerdings durfte man nicht damit rechnen, daß die Einwohner Londons so viel Einsicht zeigten.

Nachdem ich allen Anwesenden freie Meinungsäußerung zugestanden hatte, was in einer Demokratie nur recht und billig ist, klärte ich sie über meine Entscheidung auf.

»Nefret muß auf jeden Fall dabeisein; Fatima wird sich in weiblicher Begleitung wohler fühlen. David ebenfalls, schließlich handelt es sich um seine Familie. Für weitere Insassen ist in dem Automobil kein Platz. Wie ihr wißt, ist Daoud groß und kräftig. So, das wäre geklärt. Am besten brecht ihr umgehend auf. Ruft an, falls das Schiff verspätet eintrifft oder ihr anderweitig aufgehalten werdet. Fahrt vorsichtig. Zieht euch der Witterung entsprechend an. Auf Wiedersehen.«

Am Spätnachmittag setzte Regen ein, und der wolkenverhangene Himmel sorgte für eine frühe Abenddämmerung. Gegen Mittag hatte Nefret angerufen und erklärt, daß der Dampfer mit einigen Stunden Verspätung im Hafen einlaufen würde. Alles war vorbereitet; in jedem Zimmer brannte ein knisterndes Kaminfeuer, das Haus war einladend erleuchtet. Ich stand gerade am Fenster des Salons und schaute erwartungsvoll hinaus, als mich eine Stimme zusammenschrecken ließ.

»Sie können frühestens in einer Stunde hier sein, Mutter. Du bist doch nicht etwa beunruhigt? David ist ein hervorragender Fahrer.«

»Er wird aber nicht am Steuer des Wagens sitzen, Ramses. Nefret wird darauf bestehen, ihre Fahrkünste unter Beweis zu stellen, und er besitzt nicht den Mumm, sie davon abzuhalten.« Ich wandte mich vom Fenster ab. Er stand dicht neben mir, obwohl ich seine Schritte nicht bemerkt hatte. Ich verabscheue seinen geräuschlosen, katzenhaften Gang, und als ich seinen durchnäßten Mantel und sein feuchtes Haar betrachtete, entfuhr mir die verärgerte Bemerkung: »Du bist schon wieder ohne Kopfbedeckung im Freien gewesen. Wie oft muß ich dir noch sagen – «

»Deine Besorgnis ist zwar gut gemeint, aber zwecklos, Mutter. Warum setzt du dich nicht an das Feuer, und ich läute nach dem Tee? Nefret hat mit keinem Wort erwähnt, daß wir warten sollen.«

Dem konnte ich nicht widersprechen, deshalb setzte ich mich auf den von ihm hingeschobenen Stuhl. Nachdem er geläutet hatte, lehnte er sich an den Kaminsims. »Ich möchte dich hinsichtlich einer Sache etwas fragen«, hub er an, während er in seiner Manteltasche wühlte.

Erstaunt blickte ich auf das von ihm hervorgezauberte Objekt. Es lag zusammengerollt auf seiner Handfläche, hatte verschlafene blaue Kulleraugen und winzige Schnurrhaare. Es war so entspannt, daß es zu Boden gestürzt wäre, hätten es nicht Ramses' feingliedrige Finger umschlossen. Er schien ebenso erstaunt wie ich.

»Das ist eine Katze, mein Lieber«, sagte ich und lachte. »Eher noch ein Kätzchen. Dann bist du also im Stall gewesen, um Hathors neuen Wurf zu inspizieren.«

»Ich hätte es fast vergessen«, erwiderte Ramses nachdenklich. »Es krabbelte in meine Tasche und schlief ein, deshalb nahm ich – äh – das war es nicht, was ich dir zeigen wollte, Mutter.«

Das Klappern von Geschirr kündigte die Ankunft von Gargery und einem der Mädchen an, das das Teetablett trug. Ihnen dicht auf den Fersen war Emerson mit zerknülltem

Hemd, zerzaustem Haar, tintenverschmierten Händen und einem strahlenden Lächeln.

»Noch nicht eingetroffen?« wollte er wissen, während er sich forschend im Zimmer umschaute, als rechnete er damit, daß sich Fatima hinter einem der Sessel und Daoud hinter dem Vorhang versteckt hatte. »Ramses, warum stehst du da und hältst die Katze fest? Laß sie runter, mein Junge, und setz dich. Hallo, meine liebe Peabody. Hallo, Gargery. Hallo – äh – wer ist denn das?«

»Sarah, Sir«, erwiderte Gargery. »Sie ist seit einer Woche bei uns und mittlerweile, so glaube ich, in der Lage, den Salon zu betreuen.«

»Gewiß. Hallo, Sarah.« Er schritt auf das bedauernswerte Mädchen zu und hatte offensichtlich vor, ihr die Hand zu schütteln.

Emerson hat absolut kein Gespür im Umgang mit unseren Hausangestellten. Er behandelt sie wie seine Gesellschaftsschicht, was für sie extrem schwierig ist. Wer in unseren Diensten bleibt, gewöhnt sich schließlich an ihn, doch dieses Mädchen war jung und recht hübsch, und obwohl Gargery sie sicherlich vor Emerson gewarnt hatte, stieß sie einen unterdrückten Entsetzensschrei aus, als er sich freundlich interessiert vor ihr aufbaute.

Ramses eilte zu ihrer Rettung, drückte Emerson das Kätzchen in die ausgestreckte Hand, nahm dem Hausmädchen das schwere Tablett ab und stellte es auf einen der Tische. Der Blick des Mädchens folgte ihm mit verklärter Bewunderung. Insgeheim seufzte ich. Diesmal traf es also Ramses. Alle neuen Mädchen verliebten sich in meinen Gatten oder meinen Sohn – beziehungsweise in beide. Das war nicht weiter tragisch, da es Emerson ohnehin nie auffiel und Ramses viel zu gut erzogen war, als daß er sich anstößig verhalten hätte – jedenfalls nicht in meinem Haus! Ich fand es nur allmählich störend, ständig mit irgendwelchen verträumt blickenden Hausangestellten zusammenzustoßen.

Ich erklärte Gargery, daß wir uns selbst bedienten, und er zog sich gemeinsam mit Sarah zurück. Emerson setzte das Kätzchen auf sein Knie. Die meisten unserer Katzen waren Abkömmlinge zweier ägyptischer Exemplare und besaßen die entsprechenden Charakteristika: ein braungestromtes Fell, lange Ohren und eine überdurchschnittliche Intelligenz. Wie sich dieses kleine Geschöpf entwickelte, konnte man unmöglich vorhersagen, doch der Kopf des Kätzchens hatte eine verblüffende Ähnlichkeit mit dem seiner Großmutter – vielleicht aber auch Urgroßmutter, ich wußte es nicht mehr ganz genau – Bastet, Ramses' langjähriger Gefährtin. Mittlerweile hellwach und neugierig geworden, kletterte es über Emersons Hemd auf seine Schulter.

Emerson schmunzelte. »Hat sie schon einen Namen?«

»Sie ist erst sechs Wochen alt«, erwiderte Ramses. »Für diesen Wurf hat Nefret sich noch keine Namen überlegt. Vater, ich wollte Mutter gerade fragen – «

»Wie gut, daß die ägyptische Götterwelt so unerschöpflich ist«, bemerkte Emerson. »Wir haben zwar schon eine ganze Reihe der geläufigeren Namen vergeben – Hathor, Horus, Anubis, Sekhmet –, aber es gibt noch eine Vielzahl unbekannterer Gottheiten. Fang sie ein, Ramses, sie hat das Sahnekännchen im Visier.«

Das winzige Geschöpf war in einem Riesensatz von seiner Schulter auf den Teetisch gesprungen. Ramses nahm sie und hielt sie trotz ihres Kreischens und Kratzens fest, während ich etwas Sahne in einen Unterteller goß und diesen auf den Boden stellte. Emerson hatte seinen Spaß daran, als das Kätzchen zu trinken versuchte und gleichzeitig schnurrte. Ich fand es weniger lustig, daß sie den Perserteppich mit Sahnespritzern bekleckerte.

»Mutter«, sagte Ramses, während er seine blutenden Finger gedankenverloren an seinem Hemd abwischte. »Ich wollte dich fragen – «

»Laß das«, entfuhr es mir. »Nimm eine Serviette. Gütiger Himmel, du bist genauso ungehobelt wie dein Vater; unmöglich, euch beide einmal in sauberen Hemden anzutreffen! Was wird Rose dazu sagen – «

»Warum bist du denn so ungehalten, Peabody?« wollte Emerson wissen. »Ich hoffe, du hast nicht wieder eine deiner berühmten Vorahnungen? Wenn doch, so will ich nichts davon wissen.«

Die Anrede mit meinem Mädchennamen machte mir klar, daß er sich trotz des unterschwelligen Vorwurfs bester Laune erfreute. Als wir uns das erste Mal begegneten, sprach er mich mit meinem Nachnamen an wie einen ebenbürtigen Wissenschaftler – soll heißen, einen Mann –, und das hatte sich im Verlauf der Jahre zu einem Barometer für Zuneigung und Anerkennung entwickelt. Ich nannte ihn auch nie bei seinem Vornamen Radcliffe, den er zutiefst verabscheut.

»Aber nein, mein Lieber«, erwiderte ich lächelnd. »Am heutigen Abend zählen für mich nur die Belange der liebevollen Freundin und Gastgeberin. Ich möchte, daß alles optimal verläuft! Wegen Selim mache ich mir eigentlich keine Gedanken, da er schon in England war und sich für einen Mann von Welt hält, aber Daoud befindet sich zum ersten Mal im Ausland, und Fatima war die meiste Zeit ihres Lebens eine konservative muslimische Ehefrau, eine verschleierte, unterdrückte Analphabetin. Ich fürchte, daß die vielen neuen Eindrücke sie überwältigen werden. Und wie wird sie mit Rose zurechtkommen?«

»Ich kann mir nicht vorstellen«, wandte Emerson ein, »warum Roses Meinung von einer solchen Bedeutung für dich sein sollte. Verflucht, Peabody, du beschwörst Probleme herauf, wo gar keine sind. Nach dem Tod ihres Mannes besaß Fatima den Mut, an dich heranzutreten und um ihre Einstellung als Haushälterin zu bitten; sie verfügte über die Intelligenz und Initiative, Lesen und Schreiben zu lernen, und sie spricht Englisch. Ich schätze, sie hat jeden Augenblick der Reise genossen.«

»In Ordnung, Emerson, ich gebe zu, daß ich nervlich etwas angespannt bin. Ich mag nicht, wenn Nefret im Dunkeln Auto fährt, noch dazu bei Regen und Nebel; ich mache mir Sorgen, daß sich unsere lieben Freunde erkälten – sie sind unser scheußliches naßkaltes Wetter nicht gewohnt. Ich mache mir Gedanken wegen der Hochzeit. Was, wenn die beiden nicht glücklich werden?«

Emersons Gesicht hellte sich auf. »Ach, das ist es. Vor einer Hochzeit geraten Frauen immer in Panik«, erklärte er Ramses. »Ich weiß zwar nicht warum, da sie zunächst darauf erpicht sind, die Leute unter die Haube zu bringen, doch sobald die Sache geklärt ist, überkommen sie plötzliche Aufregung und Besorgnis. Warum sollten Lia und David nicht glücklich werden?«

»Sie sind mit einer Vielzahl von Problemen konfrontiert, Emerson! Die gedankenlosen Europäer werden sie brüskieren und verletzen, und falls David der Antiquitätenfälschung verdächtigt wird –«

Ramses' unterdrückter Aufschrei ließ mich innehalten. »Ach, mein Lieber«, bemerkte ich. »Ich hätte das nicht sagen sollen.«

»Zum Teufel, warum denn nicht?« knurrte Emerson. »Du weißt ganz genau, daß wir keineswegs beabsichtigten, das vor Ramses geheimzuhalten. Wir wollten lediglich einen günstigen Moment abpassen, das ist alles. Mach nicht so ein finsteres Gesicht, mein Junge.«

Ramses' hochgezogene Augenbrauen, die so dicht und

schwarz wie die seines Vaters sind, entspannten. »Und jetzt ist der günstige Moment gekommen, Sir?«

»Ganz offensichtlich«, bekräftigte Emerson. »David ist derjenige, der nichts davon erfahren darf – wenigstens vorübergehend. Peabody, darf ich dich bitten, den – äh – Gegenstand aus meiner Schreibtischschublade zu holen, während ich Ramses aufkläre?«

»Mach dir keine Mühe, Mutter«, bemerkte Ramses. »Ich schätze, das hier ist der besagte Gegenstand.«

Er zog den Skarabäus aus seiner anderen Manteltasche.

»Hölle und Verdammnis!« schnaubte Emerson. »In diesem Haus existiert nicht die Spur einer Privatsphäre! Vermutlich bist du darauf gestoßen, als du einen Umschlag oder eine Briefmarke in meinem Schreibtisch suchtest?«

»Eine Füllfeder«, erwiderte Ramses kleinlaut. »Das Schubfach war unverschlossen, Vater. Da du mich ohnehin zu Rate ziehen wolltest...«

Während Emerson die Sachlage schilderte, hangelte sich das Kätzchen an Ramses' Hosenbein hoch und hinterließ häßliche Ziehfäden. Dann hockte es sich auf sein Knie und putzte sich emsig, wenn auch unerfahren.

»Hast du mit dem Händler gesprochen?« fragte Ramses.

»Bislang fand ich noch nicht die Zeit.« Emerson griff zu seiner Pfeife und dem Tabaksbeutel. »Wir müssen diese Sache vorsichtig angehen, mein Junge. Falls bekannt wird, daß der Skarabäus eine Fälschung ist, wird man David als ersten verdächtigen. Jeder kennt seine Lebensgeschichte. Als wir ihm das erste Mal begegneten, war er der Lehrling von Abd el Hamed, einem der besten Antiquitätenfälscher von ganz Luxor. Seitdem hat er sich zu einem qualifizierten Ägyptologen mit einem ausgeprägten Sprachgefühl entwikkelt, und er hat sich auch bereits einen Namen als Künstler gemacht. Der Skarabäus gehört nicht zu den normalerweise auffälligen Fälschungen; er wurde von einem Mann hergestellt, der die altägyptische Sprache und die klassischen Fertigungstechniken beherrscht. Zum Teufel, ich würde David sogar selbst verdächtigen, wenn ich ihn nicht so gut kennen würde.«

»Vater«, setzte Ramses an.

»Dank deiner raschen Reaktion können wir eine Weile Stillschweigen bewahren«, sinnierte ich. »Mit dem Erwerb des Skarabäus hast du dir Mr. Renfrews Schweigen erkauft. Vermutlich zweifelt der Händler selbst nicht an der Echtheit des Stücks, und Griffith hat lediglich eine Kopie der Inschrift gesehen. Ich nehme an, es handelt sich tatsächlich um eine Fälschung?«

»Stellst du meine berufliche Kompetenz in Frage, Peabody?« Emerson grinste mich an. »Ich gebe zwar unumwunden zu, daß ich keine Kapazität auf dem sprachwissenschaftlichen Sektor bin, trotzdem verfüge ich über ein gewisses Gespür. Das verdammte Ding fühlt sich nicht einmal echt an! Darüber hinaus wirst auch du mich nicht überzeugen können, daß die Ägypter jener Epoche bereits über die entsprechenden Schiffe und Seekarten für eine solche Reise verfügten.«

»Sir«, meldete sich Ramses unüberhörbar zu Wort.

»Vermutlich hast du die Inschrift bereits übersetzt?«

»Ja, Sir.«

»Wozu dann diese Förmlichkeit? Leg los.«

»Es handelt sich um eine Sammlung verschiedener Quellen, einschließlich der Punt-Inschriften von Königin Hatschepsuts Expedition und eines recht obskuren griechischen Textes aus dem zweiten Jahrhundert vor Christus. Gewisse Ungereimtheiten – «

»Spar dir die Details«, unterbrach ich ihn, während ich aufsprang und zum Fenster eilte. Keinerlei Hinweis auf ein Automobil; was ich gehört hatte, waren wohl Windgeräusche gewesen. »Die logische Folgerung liegt klar auf der Hand. Wie sollen wir vorgehen?«

»Jemand muß mit dem Antiquitätenhändler sprechen«, erwiderte Emerson. »Die Nachforschungen müssen indirekter Natur sein, da er keinen Verdacht schöpfen darf. Wir sollten ebenfalls versuchen, die anderen Fälschungen aufzuspüren.«

»Die anderen?« Wenn mir nicht so viele Dinge durch den Kopf gegangen wären, hätte ich diesen Schluß vermutlich selber gezogen. »Gütiger Himmel, ja! Wir müssen davon ausgehen, daß es noch weitere gibt, nicht wahr?«

Nachdenklich kaute Emerson am Mundstück seiner Pfeife. »Die Fälschung von Kunstschätzen ist ein einträgliches Geschäft, und ein so geschickter Handwerker wie dieser Bursche wird nicht nach einem Stück aufhören. Sollten die anderen allerdings so hervorragend sein wie dieser Skarabäus, sind sie nicht leicht zu entlarven.«

»Das hieße, daß sie auch für uns nicht so einfach aufzuspüren sind«, bemerkte ich. »Wie in aller Welt sollen wir sie dann finden? Wir wollen schließlich keinen Verdacht erwecken, daß ein neuer, äußerst geschickter Fälscher am Werk ist.«

Ramses erhob sich und setzte das Kätzchen von seinem Knie auf seine Schulter. »Darf ich mich dazu äußern?« fragte er.

»Du kannst es ja versuchen«, entgegnete Emerson mit einem kritischen Blick in meine Richtung.

»Bei allem Respekt«, fuhr Ramses fort, »muten wir uns nicht etwas zuviel zu? Ich bezweifle, daß David euch – ich meine, uns – dankbar wäre, wenn wir ihn nicht einweihten. Er ist kein Kind mehr, und er hat eine Reputation zu verlieren.«

»Nicht nur seine Reputation.« Emerson betastete sein Kinngrübchen. »Du erinnerst dich doch an den Fall des jungen Bouriant. Er landete im Gefängnis, weil er gefälschte Antiquitäten verkaufte. Für David sähe die ganze Sache noch schlimmer aus. Er ist Ägypter und würde entsprechend verurteilt.«

Ein schrecklicher Gedanke, doch ich fing mich rasch wieder. »Die Fälle weisen keinerlei Parallelen auf, Emerson; David ist unschuldig, und das werden wir beweisen! Selbstverständlich müssen wir ihm früher oder später reinen Wein einschenken, aber augenblicklich ist er entsetzlich angespannt; er hat es wirklich verdient, seine Hochzeit zu genießen und – äh – alles, was dazu gehört, ohne sich den Kopf anderweitig zu zerbrechen. Sicherlich können wir diese kleine Sache innerhalb von wenigen Wochen aufklären.«

»Wie?« entfuhr es Ramses ungewöhnlich aufgebracht. »Wie sollen wir weitere Fälschungen aufdecken, solange wir gar nicht wissen, was wir eigentlich suchen? Wärest du in der Lage, einzuschätzen, wie viele ägyptische Kunstfälschungen mittlerweile den Markt überschwemmen? Wir wissen nicht einmal, wie lange sich das Ganze schon hinzieht! Falls die anderen Fälschungen (ja, wir müssen von weiteren ausgehen) so hervorragend gemacht sind wie dieser Skarabäus, wird niemand je Verdacht schöpfen.«

»Der Skarabäus ist schon fast zu perfekt«, warf Emerson ein.

Ramses nickte. »Ein Meisterwerk, doch die Inschrift ist so grotesk, daß man sich fragen muß, ob es sich um einen privaten Scherz oder um eine arrogante Art der Herausforderung handelt. Die anderen sind vielleicht nicht so augenfällig.«

Er war nervös im Zimmer auf und ab geschritten. Plötzlich blieb er vor dem Kamin stehen und betrachtete einen Gegenstand über dem Kaminsims, der durch einen Rahmen vor Hitze und Rauch geschützt wurde. Die kleine Alabasterbüste von Nefret war eine von Davids ersten Skulpturen gewesen, nachdem wir ihn in unsere Familie aufgenommen hatten. Gemessen an seinen späteren Werken war sie zwar einfach, dokumentierte aber deutlich Davids einzigartige Begabung.

Der Feuerschein fiel auf Ramses' schmales, dunkelhäutiges Gesicht. Er erhellte die Blutflecken auf seinem Oberhemd, die von den Katzenkrallen auf Hose und Jacke hinterlassenen Spuren und die zerzausten Locken, die ihm in die Stirn fielen. Im nassen Zustand war sein Haar stark gewellt, und das Kätzchen hatte eifrig versucht, es zu trocknen.

»Um Himmels willen, Ramses, geh und zieh dich um«, bemerkte ich. »Und bring die Katze zurück in den Stall.«

Emerson sprang auf. »Zu spät. Sie sind soeben eingetroffen. Wir besprechen das später. Kein Wort zu einem der Anwesenden, haben wir uns verstanden?«

Ein Lichtstrahl geisterte über das Fenster, und eine Reihe schriller Hupsignale zeugte vom Eintreffen des Automobils und seiner Insassen. Emerson stürmte zur Tür. Ramses ließ das Kätzchen in seiner Tasche verschwinden.

»Gib mir den Skarabäus«, sagte ich rasch. »Ich werde ihn wieder in die Schreibtischschublade zurücklegen.«

Als ich aus dem Zimmer eilte, hörte ich bereits, wie die Vordertür geöffnet wurde; fröhliches Gelächter und aufgeregte Stimmen drangen zu mir, und über allem erhob sich Emersons begeisterter Begrüßungsschrei: »Salam aleikum! Marhaba!«

2

Der Araber hat ein Faible für die weiße Frau. Wenn er sie heiratet, unterdrückt er sie naturgemäß schon bald; selbstverständlich jedoch werden wir unseren Ehefrauen und unseren Schwestern und unseren Liebsten den Umgang mit ihnen untersagen.

»Gott sei Dank, daß das vorüber ist!«

Allerdings äußerte ich mich nur leise. Die Zeremonie war keineswegs vorüber, und feierliche Stille erfüllte die alte Kapelle von Schloß Chalfont. Doch die schicksalsträchtigen Worte waren ohne jeden Zwischenfall gesagt, und vor dem Antlitz Gottes galten sie als Mann und Frau.

Ich bin kein sentimentaler Mensch. Mein bestes Spitzentaschentuch war völlig trocken, doch als die Akkorde des Schlußchorals ertönten und David seine junge Frau am Arm durch das Kirchenschiff führte, trat bei ihrem Anblick ein feuchter Glanz in meine Augen. Lia trug ein schlichtes Brautbukett aus Farnkraut und weißen Rosen und den Brautschleier ihrer Großmutter; wie eine feine Schneedecke lag die kostbare, alte Brüsseler Spitze auf ihrem blonden Haar. Weiß und duftend schritten sie an uns vorüber, und David wandte den Kopf und lächelte mich an.

Ramses und Nefret, ihre Trauzeugen, schlossen sich ihnen an. Nefret sah aus wie der personifizierte Frühling, ihr schwanengleicher Hals und ihr hochgesteckter rotblonder Haarschopf wirkten in Verbindung mit dem hellgrünen Kleid wie eine auf einem Stengel thronende Blüte. Ich nahm an, daß sie dafür verantwortlich zeichnete, daß Ramses weder an seiner Krawatte zerrte, noch sein Haar in Unordnung brachte oder sein weißes Leinenhemd beschmutzt hatte; ich war zu intensiv mit den Vorbereitungen beschäftigt gewesen, um ein Auge auf ihn zu haben. Man verzeihe mir meinen mütterlichen Stolz, aber die beiden legten uns wirklich alle Ehre ein. Meiner Ansicht nach würde Ramses' Erscheinungsbild nie so beeindrukkend wirken wie das seines Vaters, trotzdem waren seine schlanke, aufrechte Gestalt und seine Gesichtszüge ansprechend. Genau wie David blickte auch er im Vorübergehen zu mir. Ramses lächelte nur selten, doch als sich unsere Blicke trafen, schien sich sein ernster Gesichtsausdruck etwas aufzuhellen.

Ihre verstohlenen Blicke signalisierten mir, daß diese Verbindung ohne meine Unterstützung und mein Einlenken niemals zustande gekommen wäre. Anfänglich waren Lias Eltern absolut dagegen gewesen. Daraufhin erklärte ich ihnen, daß ihre ablehnende Haltung lediglich aus den ungerechtfertigten Tabus ihrer Gesellschaftsschicht resultierte. Meine Argumentation war wie immer erfolgreich. Hatte ich deswegen in den letzten Tagen ein so merkwürdiges Unwohlsein verspürt? Hatte ich tatsächlich deshalb gespannt den Atem angehalten, als die entscheidende Frage gestellt wurde? Hatte ich allen Ernstes damit gerechnet, daß sich jemand erheben und Einwände gegen diese Eheschließung äußern könnte? Lächerlich! Es gab weder rechtliche noch moralische Gründe gegen diese Heirat, und die Ansichten engstirniger, intoleranter Menschen hatten für mich kein Gewicht. Und doch, falls die beiden nicht glücklich wurden oder sich eine Tragödie anschloß, lag die Hauptverantwortung bei mir.

Emerson, der überaus sentimental ist (das allerdings niemals zugeben würde), hatte den Kopf abgewandt und wühlte in seiner Jackentasche. Es überraschte mich nicht, daß er kein Taschentuch fand. Erfahrungsgemäß findet er nie welche. Ich drückte ihm meins in die Hand. Sein Gesicht immer noch von mir abgewandt, schneuzte er sich lautstark.

»Gott sei Dank, daß das vorüber ist«, erklärte er.

Ich zuckte zusammen. »Warum sagst du das?«

»Nun ja, es war zweifellos sehr schön, aber diese ganze Predigt wurde immer langweiliger. Warum gehen die jungen Leute nicht einfach weg und – äh – gründen einen Hausstand, wie es im alten Ägypten üblich war?«

Schloß Chalfont, der Wohnsitz von Evelyns Vorfahren, ist ein düsteres altes Gemäuer, und der Rittersaal der älteste und düsterste Teil überhaupt. Das Bauwerk entstammt dem 14. Jahrhundert, doch die frühe viktorianische Begeisterung für die Gotik hatte sich in einigen unseligen Auswüchsen und Restaurierungen niedergeschlagen, darunter auch mehreren gräßlich geschnitzten Eichenkandelabern. Dunkle Regenwolken hingen vor den bleiverglasten Fenstern, doch im Kamin knisterte ein helles Feuer, überall funkelten Leuchter und Kerzen, und Blumen und Grünpflanzen schmückten die grauen Steinwände. Der Boden war mit Orientteppichen bedeckt. Die lange Festtafel war verschwenderisch eingedeckt; leise Musik erklang von der Galerie, wo die Musiker plaziert waren.

Katherine Vandergelt gesellte sich zu mir an den Tisch und nahm dankend ein Glas Champagner von einem der Diener an. »Sie haben überaus ungewöhnliche Freunde, Mrs. Emerson«, bemerkte sie liebenswert ironisch. »Ägypter in Landestracht; Hausangestellte, die sich mit ihren Dienstherrn zwanglos auf einer gesellschaftlichen Ebene bewegen; und ein ehemaliges spiritistisches Medium, das nur aufgrund Ihrer liebenswürdigen Intervention vor dem Gefängnis bewahrt wurde.«

Das bezog sich auf ihre Person, obwohl sie hoffnungslos übertrieb. Geldmangel und die Notwendigkeit, für ihre vaterlosen Kinder sorgen zu müssen, hatten sie in diesen fragwürdigen Beruf hineingedrängt, den sie mit Freuden wieder aufgegeben hatte. Ihre Eheschließung mit unserem reichen amerikanischen Freund Cyrus hatte auf beiderseitiger Anziehungskraft basiert und nur marginaler Hilfestellung meinerseits bedurft. Bezüglich dieser Verbindung plagte ich mich nicht mit Selbstvorwürfen, denn die beiden waren überaus glücklich. Genau wie wir standen die Vandergelts vor ihrer Abreise nach Ägypten, wo sie die Wintermonate verbrachten. Gelegentlich wurden sie von Katherines Kindern aus deren erster, unglücklicher Ehe begleitet.

»Nicht zu vergessen Tante und Onkel der Braut, deren Begegnungen mit absonderlichen Mumien und Meisterverbrechern nur zu oft die Seiten der Sensationspresse bereichern«, erwiderte ich mit einem gewinnenden Lächeln.

»Von Ihren Verwandten ist niemand anwesend?«

»Gütiger Himmel, Katherine, Sie wissen genug von meinen Brüdern, um zu verstehen, daß sie zu den letzten gehören, die ich hier sehen will. Mein Neffe Percy, den Sie vor einigen Jahren kennenlernten, steht stellvertretend für alle anderen. Vermutlich haben Sie sein widerliches kleines Buch gelesen. Er hat doch allen Exemplare geschickt.«

»Es ist überaus unterhaltsam«, meinte Katherine mit einem Lächeln, das ihre Wangen rundlicher wirken ließ und ihre mandelförmigen Augen zu Schlitzen verengte. Bei unserer ersten Begegnung hatte mich ihr großflächiges Gesicht an das einer Tigerkatze erinnert; ihr Lächeln besaß einen Anflug von Zynismus, genau wie bei Katzen – die zumeist von Natur aus und aufgrund der gesammelten Erfahrung Zyniker sind.

»Das ist mir zu Ohren gekommen. Allerdings kann ich meine Zeit nicht auf solchen Unsinn verschwenden. Was Emersons Familie betrifft, so besteht sie lediglich aus Walter. Ich glaube, die Familie ist zerstritten; auf meinen Vorschlag, daß diese Hochzeit ein passender Anlaß für eine Familienzusammenführung sein könnte, erklärte mir Emerson, daß es dafür zu spät sei, da seine Eltern beide verstorben wären. Selbstverständlich verfolgte ich das Thema nicht weiter, da es meinen geliebten Gatten schmerzlich berührte.«

»Selbstverständlich«, pflichtete mir Katherine bei.

Evelyn und Walter bewegten sich nicht in den gesellschaftlichen Kreisen der Umgebung, trotzdem wußten sie genau, was ihre engstirnigen ländlichen Nachbarn von dieser Verbindung hielten. Leider wurde diese Einstellung von den meisten unserer archäologischen Bekanntschaften geteilt, die die Ägypter, mit denen sie zusammenarbeiteten und -lebten, als minderwertig ansahen. Gewisse Anhänger beider Gruppen wären einer Einladung bestimmt gefolgt, aber nur aus schnöder Neugier. Deshalb hatten wir entschieden, sie nicht einzuladen. Lediglich unsere engsten Freunde und Anverwandten waren anwesend, und Katherine hatte mit der unkonventionellen Zusammenstellung der Gästeliste sicherlich recht.

Gargery plauderte mit Kevin O'Connell und dessen Frau. Kevins fragende blaue Augen blickten von Daoud, der in seinem bombastischen Turban fast zwei Meter groß war, zu Rose, deren überschwenglich mit Seidenblumen geschmückter Hut jeden Augenblick abzuheben schien. Ich zweifelte keine Sekunde lang daran, daß er insgeheim schon die Story formulierte, die er zu gern in seiner verfluchten Zeitung abgedruckt gesehen hätte. Der Gentleman und der Journalist standen in Kevin stets auf Kriegsfuß, trotzdem war ich mir sicher, daß der Gentleman bei dieser Gelegenheit sein Wort hielt. Schließlich hatte ihm Emerson damit gedroht, daß er im Falle einer Veröffentlichung einige Indiskretionen über O'Connell verbreiten würde.

Die fröhlichen Stimmen der Kinder übertönten die leise geführte Unterhaltung der Erwachsenen. Ich sah sie immer noch als Kinder an, obwohl die meisten von ihnen bereits zu jungen Männern und Frauen herangereift waren; wie rasch doch die Zeit vergeht, dachte ich in einem Anflug von Melancholie. Raddie, der älteste Sohn der jüngeren Emersons, hatte Oxford mit Auszeichnung absolviert; genau wie sein Vater war er ein höflicher, gebildeter Mann, der sich gerade angeregt mit Nefret unterhielt. Die Zwillinge Johnny und Willy standen zusammen mit Ramses in einer Ecke. Johnny, das komödiantische Talent der Familie, hatte wohl gerade eine hanebüchene Geschichte zum besten gegeben, denn ich hörte Ramses' schallendes Gelächter, was bei ihm selten vorkommt. Lias jüngere Schwester Margaret balgte sich mit Bertie und Anna, den beiden Kindern von Katherine. Evelyn unterhielt sich mit Fatima, die zur Feier des Tages ihren Schleier abgelegt und auf ihr tristes schwarzes Gewand verzichtet hatte. Emerson hatte Walter und Cyrus Vandergelt beiseite gezogen und gestikulierte angeregt. Hinsichtlich ihres Gesprächsthemas gab ich mich keinen Illusionen hin.

Katherine lachte. »Ist es nicht typisch – die Männer hocken zusammen und diskutieren über die Archäologie, und die Frauen sprechen von ... Sie müssen mich bremsen, Amelia, daß ich mich nicht einer Anwandlung als Ehestifterin hingebe.«

»Das ist bei solchen Gelegenheiten doch ganz natürlich«, erwiderte ich. »Was meinen Sie, wer ist der nächste? Keins von Ihren Kindern; sie sind noch zu jung.«

»Alt genug, um die ersten Reize zu bemerken. Ich muß leider sagen, daß Anna Ramses schon im letzten Jahr das Leben schwer gemacht hat. Allerdings hat er das souverän gehandhabt, denke ich.«

»Er hat reichlich Erfahrung«, entgegnete ich süffisant. »Ich kann mir nicht vorstellen, warum sie es tun.«

Schmerzhaft stieß Katherine mir ihren Ellbogen in die Rippen, und ich bemerkte Ramses neben mir. »Verzeihung«, sagte er. »Habe ich ein vertrauliches Gespräch unterbrochen?«

»Es war absolut nichts Vertrauliches«, erklärte Katherine schelmisch. »Wir spekulierten gerade über Liebesbeziehungen. Was halten Sie von Nefret und Raddie, Amelia? Er scheint von ihr hingerissen zu sein.«

»Er wirkt völlig hypnotisiert«, erwiderte ich, denn auch ich hatte Raddies verträumten Blick und sein sentimentales Lächeln bemerkt. »Sie flirtet hemmungslos mit ihm.«

»Sie will schlicht und einfach in Übung bleiben«, konterte Ramses. »Außerdem kann ihr Raddie nicht das Wasser reichen. Besser, ich erlöse den armen Kerl von ihr.«

Die Musiker, die leise im Hintergrund gespielt hatten, stimmten einen Walzer an, und Braut und Bräutigam eröffneten den ersten Tanz. Bald schon gesellten sich Walter und Evelyn zu ihnen. Ramses hatte Nefret von ihrer Beute fortgezerrt; während er sie im Kreise schwang, bauschten sich ihre lindgrünen Röcke auf. Johnny tanzte mit einer jungen Dame namens Curtis oder Curtin, einer Schulfreundin Lias.

Alle anderen verlor ich an diesem Punkt aus den Augen, da mich mein Gatte mit einer besitzergreifenden Geste auf die Tanzfläche führte (genauer gesagt, trug). Mit Emerson Walzer zu tanzen erfordert absolute Konzentration; er kennt nur diese eine Schrittfolge und vollführt sie mit derselben Energie, die sämtliche seiner Aktivitäten auszeichnet. Unglücklicherweise hatte mein geliebter Emerson das Orchester angewiesen, eine ganze Reihe von Walzern aufzuspielen.

Da die anwesenden Herren in der Überzahl waren, wurden die Damen stark gefordert. Im Verlauf des Nachmittags tanzte ich mit fast allen männlichen Gästen, einschließlich Gargerys und, zu meiner freudigen Überraschung, Selims, der überaus zufrieden und anziehend wirkte, obwohl er sich einen Bart hatte wachsen lassen, um seinen Männern mehr Respekt einzuflößen. Er erklärte, daß ihm Margaret Tanzstunden gegeben habe und daß er in England jede sich bietende Möglichkeit zur praktischen Anwendung nutzen würde, weil ihm diese neue Aktivität gefiel und er seine Ehefrauen darin unterweisen wolle.

Ich kann mich an keinen glücklicheren Tag erinnern. Später überlegte ich, ob bereits eine gewisse Vorahnung das Ganze überschattet hatte, die zwar nicht den schmerzvollen Gedanken an einen zukünftigen Verlust suggeriert, sondern die augenblickliche Daseinsfreude verstärkt hatte. Hätten wir doch nur gewußt, daß wir zum letzten Mal ein so unbeschwertes Beisammensein genossen.

Am späten Nachmittag zogen sich die Frischvermählten zurück, um ihre Reisegarderobe anzulegen. Mit einem lachenden und einem weinenden Auge und der üblichen Abschiedszeremonie reisten sie schließlich ab; und nachdem die Kutsche »mit unbestimmtem Ziel« in der nebligen Abenddämmerung verschwunden war, kehrten wir in den Saal zurück.

»Fast wie bei einem Begräbnis, nicht wahr?« bemerkte Emerson. »Sobald der oder die Hauptakteure aus den Augen sind, fängt der gemütliche Teil an.«

Die einzige Person, die diese ungebührliche Bemerkung aufschnappte, war Cyrus Vandergelt, der Emerson viel zu lange kannte, als daß ihn dessen Äußerungen noch erstaunten. Sein faltiges, sonnengegerbtes Gesicht verzog sich zu einem breiten Grinsen. »Ich habe mich bereits bestens amüsiert. Noch nie habe ich einer Hochzeit beigewohnt, die so verflucht lustig war! Ich werde Selims ägyptischen Tanzstil nie vergessen, während der Bräutigam auf einen Topf trommelte, einer auf einer Spielzeugpfeife trällerte und wir anderen ihn händeklatschend umringten.«

»Ich auch nicht«, erwiderte ich wehmütig. »Vielleicht haben wir aber auch dem Champagner zu sehr zugesprochen.«

»Dann trinken Sie noch ein Glas«, meinte Cyrus. »Schließlich wollen wir dieses Fest stilvoll beenden. Ein Hoch auf das Orchester! Los geht's!«

Aus Manuskript H

Ramses konnte seine Eltern problemlos davon überzeugen, daß sie Nefret erst nach der Hochzeit von dem Skarabäus erzählten. Sie überließen es ihm, sie zu informieren; Selim, Daoud und Fatima waren gemeinsam mit ihnen zum Amarna House zurückgekehrt, und seine Eltern waren vollauf mit der Bewirtung ihrer Gäste und den letzten Vorbereitungen für die Abreise beschäftigt. So lautete zumindest ihr Vorwand. Sie wußten, wie Nefret auf eine Beschuldigung ihres Freundes reagieren würde. Ramses ebenfalls. Für den Fall, daß sie sich in einen Tobsuchtsanfall hineinsteigerte, entschied er, diese Unterredung am besten weitab vom Haus zu führen, und schlug ihr deshalb einen Ausritt vor.

Es war ein grauer, stürmischer Tag, und der Wind rötete Nefrets Wangen. Deren Farbe intensivierte sich, als sie seinen Worten lauschte.

Ihr Wutausbruch war weniger hitzig, als er erwartet hatte, obwohl sie sich einer ganzen Reihe von Emerson übernommener Kraftausdrücke bediente und auch einiger, von denen Ramses gar nicht gewußt hatte, daß sie ihr geläufig waren. Dann verengten sich ihre Augen zu dem Blick, den er fast noch mehr fürchtete als ihr aufbrausendes Temperament. »Hast du schon mit diesem verfluchten, miesen Händler gesprochen?«

»Dafür fehlte mir bislang die Zeit. Ich habe mir vorgenommen, morgen nach London zu fahren.«

»Nicht morgen. Ich habe Fatima einen Stadtbummel versprochen.«

»Aber –«

»Du fährst nicht ohne mich nach London, Ramses. Wir werden das übermorgen in Angriff nehmen.«

Am späten Vormittag brachen sie auf. Nefret beklagte sich kein einziges Mal, daß er ihr zu langsam fuhr. Das war ein schlechtes Zeichen, ebenso wie ihre gerunzelte Stirn und ihre krampfhaft gefalteten Hände. Sie hatte die Fährte aufgenommen, und wenn sie einen Anhaltspunkt fand, dann konnte sie genauso unbeherrscht und unvernünftig reagieren wie seine Mutter. Als sie die Brücke zum Londoner Stadtkern überquert hatten und in Richtung Bond Street fuhren, sah sich Ramses gezwungen, Nefret an eine für sie unangenehme Verhaltensregel zu erinnern.

»Du hast mir versprochen, daß du mir das Reden überläßt.«

»Das habe ich.« Ihre blauen Augen blitzten auf. »Und ich darf dich daran erinnern, daß ich mit der von euch vorgeschlagenen Vorgehensweise nicht einverstanden bin.«

»Das hast du bereits mehrfach explizit zum Ausdruck gebracht«, erwiderte Ramses. »Sieh mal, Nefret, mir gefällt das Ganze auch nicht. Ich habe Mutter und Vater zu überzeugen versucht, daß wir David umgehend einweihen oder zumindest Esdaile mit der Wahrheit konfrontieren sollten. Aber du weißt doch, wie die beiden sind.«

»Sie versuchen immer noch, uns und David zu beschützen.« Sie seufzte. »Das ist überaus nett von ihnen, aber auch verflucht zermürbend!«

»Sie sind lange nicht mehr so schlimm wie früher.«

»Nein. Früher hätten sie den Skarabäus mit keinem Wort erwähnt. In Ordnung, wir versuchen es mit ihrer Methode, aber ich wüßte verflucht gern, wie du an irgendeine sinnvolle Information gelangen willst, ohne zuzugeben, daß David nicht derjenige war, der ihm dieses Stück verkauft hat.«

»Wir werden sehen.«

Das Antiquitätengeschäft wirkte protzig, und der Eigentümer thronte salbungsvoll wie ein Feldherr inmitten seiner überteuerten Waren. Daß ihm Mitglieder der »überaus geschätzten Familie von Ägyptologen« die Ehre eines Besuches erwiesen, hätte er nie zu hoffen gewagt. Es war ein offenes Geheimnis, daß »der Professor« Antiquitätenhändler verabscheute, aber er war beileibe nicht wie die anderen. Der unbescholtene Ruf seines Unternehmens war noch nie angezweifelt worden...

Die gewünschten Information in Erfahrung zu bringen, ohne ihre tatsächlichen Beweggründe zu enthüllen, gestaltete sich als heikel und langwierig. Während er praktisch jeden feilgebotenen Gegenstand inspizierte, gelang es Ramses, Esdaile eine Beschreibung des Mannes zu entlocken, von dem dieser den Skarabäus gekauft hatte. Sie war äußerst vage, da Ramses nicht wagte, nach solchen Einzelheiten wie Größe und Haarfarbe zu fragen; als enger Freund von Mr. Todros sollten ihm diese selbstverständlich bekannt sein. Schließlich nannte Esdaile ihnen einen akzeptablen Preis für eine Kette aus Amethysten und Goldperlen, die Nefret bewundert hatte – »als Zeichen meines guten Willens gegenüber meinen geschätzten jungen Freunden« –, woraufhin Ramses nicht umhin konnte, das Stück zu kaufen.

»Haben Sie schon einen Abnehmer für Mr. Todros' Skarabäus gefunden?« fragte er, während er ihm die Geldscheine zuschob.

»Und auch für die anderen Kunstgegenstände.« Feixend

rieb sich Esdaile die Hände. »Sie waren ungewöhnlich erlesen, müßt ihr wissen.«

Überrascht öffnete Nefret den Mund. Ramses stieß ihr seinen Ellbogen in die Rippen. »Ach ja, die anderen«, murmelte er, während ihm schlagartig einfiel, daß er damit hätte rechnen müssen. »Ich hoffe, daß sie an Sammler gingen, die ihren Wert zu schätzen wissen.«

»Aber natürlich.« Für einen kurzen Augenblick zögerte Esdaile. »Aufgrund meines Berufsethos darf ich selbstverständlich keine Namen nennen. Allerdings ist er ein alter Bekannter Ihres Vaters, und zweifellos hat er bereits –«

»Wer?« entfuhr es Nefret aufgebracht. Dann rang sie sich ein bezauberndes Lächeln ab, weil sie Esdailes erstaunten Blick bemerkte.

»Ich sollte es eigentlich nicht sagen ... aber die Uschebtis werden in Kürze ihren Platz in einer Ausstellung finden.«

»Im Britischen Museum?« meinte Ramses mit tonloser Stimme.

»Genau dort. Mir war klar, daß Sie das bereits wußten. Ja, Mr. Budge hat sie persönlich gekauft. Er kauft nicht oft bei britischen Händler, müssen Sie wissen, da er das Gewünschte meist direkt von den Ägyptern bezieht, aber ich informiere ihn stets umgehend, wenn ich etwas Ungewöhnliches hereinbekomme, und als ich ihn über die Herkunft der Uschebtis aufklärte, konnte er nicht widerstehen.«

Ramses fixierte den Antiquitätenhändler. Ihm war bewußt, daß er sich wie ein Idiot verhielt. »Herkunft«, wiederholte er.

»Ja, die Stücke entstammten der Sammlung des Großvaters Ihres Freundes. Der alte Mann war doch Ihr Vorarbeiter, nicht wahr? Um es mit den Worten von Mr. Budge zu umschreiben: Wer könnte über bessere Quellen verfügen als der langjährige Rais des geschätzten Professors Emerson?

Mr. Budge war hocherfreut und verließ schmunzelnd mein Geschäft. Er... Aber, Miss Forth, was haben Sie denn? Ist Ihnen unwohl? Hier – setzen Sie sich – «

Mit festem Griff umklammerte Ramses Nefrets schmale Schultern. »Frische Luft«, meinte er. »Sie leidet unter Atemnot und braucht lediglich frische Luft.«

Er griff nach dem Päckchen mit der Kette, schob es in seine Manteltasche, packte seine sprachlose »Schwester« und bugsierte sie hinaus. Erst an der nächsten Ecke wagte er in einem versteckten Hauseingang seine Umklammerung zu lockern.

»Hast du etwa geglaubt, ich fiele in Ohnmacht?« Nefrets Augen sprühten Blitze.

»Du? Ich befürchtete, du würdest Esdaile an die Gurgel gehen. Damit hättest du lediglich Öl ins Feuer gegossen.«

»Etwas so Dummes hätte ich nie gemacht. Aber einen Mann zu beschuldigen, der die Loyalität in Person war – und der tot ist und sich gegen eine so abscheuliche Beschuldigung nicht mehr zur Wehr setzen kann – «

»Sei nicht so dramatisch.« Er schüttelte sie. Als sie zusammenzuckte, ließ er sie los. »Was ist denn?«

»Ich werde blaue Flecken davontragen«, erwiderte Nefret mit grimmiger Genugtuung. »Mußtest du denn so grob zu mir sein?«

»Gütiger Himmel, Nefret, es tut mir leid!«

»Vielleicht konntest du nicht anders.« In einem ihrer faszinierenden und unberechenbaren Stimmungswechsel trat sie näher an ihn heran, umklammerte seine Mantelaufschläge und lächelte in sein zerknirschtes Gesicht. »Du warst selbst etwas aufgebracht. Gib es zu.«

»Vielleicht war ich das. Trotzdem würden die meisten Leute nichts Verwerfliches darin sehen, wenn Abdullah Kunstschätze gesammelt hätte. Alle tun es – außer natürlich Vater. Das Kairoer Museum kauft von Händlern, deren Stücke vielfach illegalen Exkavationen entstammen, Budge kauft direkt bei den Grabräubern – «

»Kein Wunder, daß Budge so begeistert war«, stieß Nefret zwischen zusammengebissenen Zähnen hervor.

»Ja. Vater hat ihn sowohl unter vier Augen als auch öffentlich dessen bezichtigt, was Budge mittlerweile von Abdullah annimmt. Großer Gott, 50 Prozent aller Grabräuber in Luxor sind Abdullahs Verwandte, und die anderen 50 Prozent waren alte Bekannte. Falls Abdullah etwas Derartiges hinter Vaters Rücken getan hätte, wäre der Professor über die Maßen verletzt und wütend.«

Sie senkte den Kopf und schwieg. Das Ganze nimmt sie doch sehr mit, dachte er im stillen und reichte ihr seine Hand. »Laß uns heimgehen, meine Liebe. Was wir wissen wollten, haben wir erfahren.«

»Hmmm.« Einen Augenblick später blickte sie ihn an, hakte sich bei ihm ein und bemerkte nüchtern: »Wir haben das Mittagessen verpaßt. Laß uns irgendwo zum Tee einkehren, bevor wir nach Hause fahren.«

»In Ordnung.«

»Wie gut, daß Tante Amelia nicht mitgekommen ist«, bemerkte Nefret, während sie zum Auto schlenderten. »Du weißt, was sie für Abdullah empfindet. Wenn sie das erfährt, wird sie *aus der Haut fahren*!«

»Ich befürchte, du hast recht. Sie hing sehr an dem liebenswerten alten Burschen.«

»Weißt du, daß sie manchmal von ihm träumt?«

»Nein, das wußte ich nicht.« Er öffnete ihr die Wagentür.

»Vielleicht hätte ich dir das nicht erzählen sollen. Schließlich verabscheut sie jegliche Sentimentalität.«

»Von mir erfährt sie kein Sterbenswort. Aber es ist wirklich rührend. Hast du dich jemals gefragt ...« Er schlenderte zur Fahrerseite und stieg ein. »Hast du dich jemals gefragt, was er ihr Augenblicke vor seinem Tod zugeflüstert haben könnte?«

Nefret lachte auf die ihr eigene übermütige Art. »Aber, Ramses, ich wußte ja gar nicht, daß Männer diesbezüglich neugierig sind! Natürlich habe ich darüber nachgedacht. Sie hat nie davon gesprochen, und ich glaube auch nicht, daß sie das jemals erwähnen wird. Er fehlt uns allen, aber zwischen den beiden bestand eine ganz besondere Beziehung.«

»Ja. Wo möchtest du denn jetzt den Tee einnehmen?«

Daß ihre Wahl auf das Savoy fiel, überraschte ihn – normalerweise zog sie eine ungezwungenere Atmosphäre vor. Trotzdem schöpfte er keinerlei Verdacht, als sie sich entschuldigte, sobald der Kellner ihnen einen Tisch zugewiesen hatte. Sie kehrte schneller als von ihm erwartet zurück, und selbst seinem ungeschulten männlichen Blick fiel auf, daß sie weder ihr Make-up erneuert noch ihr windzerzaustes Haar geglättet hatte.

»Was hast du denn nun schon wieder vor?« fragte er, während er ihr einen Stuhl hinschob und dann erneut Platz nahm.

Nefret streifte ihre Handschuhe ab. »Mir ist eingefallen, daß sie diese Woche in der Stadt sind. Du hattest noch nicht das Vergnügen, sie kennenzulernen.«

»Wen?«

»Da sind sie.« Sie stand auf und winkte.

Sie waren zu zweit, ein Mann und eine Frau; jung, gut gekleidet und offensichtlich Amerikaner. Beide waren ihm unbekannt, doch als Nefret sie vorstellte, erinnerte er sich an ihre Namen. Jack Reynolds war im Jahr zuvor mit Reisner in Gizeh gewesen. Er hatte eine gewisse Ähnlichkeit mit seinem Mentor und, was noch verblüffender war, mit Theodore Roosevelt, dem früheren amerikanischen Präsidenten, denn er hatte die gleiche untersetzte Statur, einen buschigen Backenbart und ziemlich vorstehende Zähne. Lediglich die Brille fehlte, aber das konnte noch kommen; schließlich war er erst in den Zwanzigern.

Das Mädchen war seine Schwester, dunkelhaarig, mit rosigen Wangen, wohlproportioniert und angenehm ungezwungen. Sie reichte Ramses die Hand und schüttelte errötend den Kopf, als er sie mit Miss Reynolds ansprach.

»Aber nicht doch, wir nennen Nefret bei ihrem Vornamen, und sie hat schon so viel von Ihnen erzählt, daß Sie mir fast wie ein guter alter Bekannter vorkommen. Ich heiße Maude. Darf ich Sie Ramses nennen? Ich finde, das ist einfach ein schnuckeliger Name.«

»Halt den Mund und setz dich, Maude«, wandte ihr Bruder mit einem breiten Grinsen ein. »Ihr müßt darüber hinwegsehen, Leute, sie ist einfach schlecht erzogen. Trotzdem hoffe ich, daß wir die Förmlichkeiten beiseite lassen können, Ramses. Es ist mir eine große Ehre, Sie endlich kennenzulernen. Ich habe Ihre sämtlichen Artikel und auch Ihr Werk über die ägyptische Grammatik gelesen, und Mr. Reisner hält Sie für den begabtesten jungen Burschen auf diesem Sektor.«

»Ach, tatsächlich?« Etwas überwältigt von so viel Herzlichkeit fand Ramses, daß seine Reaktion steif und blasiert geklungen hatte. Grinsend fuhr er fort: »Das größte Kompliment, das er *mir* jemals machte, war, daß ich als Exkavator in zehn Jahren vielleicht halb so gut wie mein Vater sein würde, sofern ich weitermachte.«

Maude starrte ihn mit halb geöffneten Lippen an. Ihr Bruder brach in schallendes Gelächter aus. »Alle Achtung, das war ein Kompliment. Ich hoffe doch, daß wir in dieser Saison viele von Ihren Leuten antreffen werden. Wo arbeiten Sie denn diesmal?«

»Der Professor informiert uns immer erst in allerletzter Minute«, erwiderte Nefret mit einem reizenden Schmollen.

»Aber Maudie, jetzt sag mir doch endlich, was du in London machst? Hoffentlich hat Jack dich nicht ständig in dieses alte, verstaubte Britische Museum geschleift.«

Das war eine unverschämte Parodie auf das gekünstelte Gehabe der armen Maude, blieb dem Opfer, das bereitwillig reagierte, jedoch verborgen. Die Mädchen tauschten sich über Modehäuser und gemeinsame Freunde aus, während Jack die Archäologie aufgriff und Ramses versuchte, allen dreien zuzuhören. Insgeheim fragte er sich, was zum Teufel Nefret eigentlich einfiel – abgesehen davon, daß sie den Großteil der Sandwiches verspeiste und ihre Freundin lächerlich machte. Schließlich schob sie ihren Teller fort und bat um eine Zigarette.

»Wir wollten die Damen keineswegs ausschließen.« Jack wieherte erneut. »Ich schätze, das ganze Gerede über die Ägyptologie langweilt euch.«

Nefret machte ganz den Eindruck, als wolle sie ihn rüde zurechtweisen. Hastig durchwühlte Ramses seine Jackentasche und kramte sein Zigarettenetui sowie ein in Seidenpapier gewickeltes Päckchen hervor. Er bot Nefret das Etui an und entzündete ein Streichholz. In seiner Eile warf er das Päckchen achtlos auf den Tisch. Der Inhalt breitete sich violett und golden schimmernd vor ihnen aus.

Maude hielt den Atem an. »Sagt mal, das ist aber schön. Ist sie echt?«

Nefret blies eine Rauchwolke aus und meinte freundlich lächelnd zu Maude: »Echt, wie meinst du das? Ramses hat sie mir gerade gekauft, war das nicht süß von ihm? Bei Esdaile. Kennt ihr das Geschäft? Die Kette ist echt, trotzdem solltet ihr aufpassen, wenn ihr dort etwas kauft; wir – äh – erstanden dort vor kurzem eine überaus geschickt gemachte Fälschung.«

»Warum habt ihr sie dann gekauft?« fragte Jack.

»Wir hatten unsere Gründe«, erwiderte Nefret geheimnisvoll.

Ramses hielt es für angeraten, das Thema zu wechseln.

Als sie das Savoy verließen, war es bereits dunkel. Einer der Bediensteten fuhr den Wagen vor und schaltete die Beleuchtung ein. Während Ramses Trinkgelder verteilte, glitt Nefret hinter das Steuer.

»Na?« fragte sie, während sie das Automobil in den fließenden Londoner Abendverkehr einzufädeln versuchte.

Ramses riß die Augen auf. Sie hatte noch nie einen Unfall gehabt, trotzdem zerrte ihr Manöver an seinen Nerven.

»Na was? Nefret, dieser Omnibus – «

»Er sieht mich doch.«

»Was hast du denn nun schon wieder vor?«

»Ich werde meine Fahrermütze aufsetzen. Mein Haar weht in alle Himmelsrichtungen.«

»Das habe ich bemerkt. Warum tauschen wir nicht die Plätze? Vermutlich brauchst du für dieses Accessoire genauso beide Hände wie für das Lenkrad.«

Sie schnitt ihm eine Grimasse, dennoch nahm sie ihn beim Wort und legte mitten auf der Straße eine Vollbremsung hin. Sie fuhr wie ein Ägypter – und David, der wirklich ein waschechter Ägypter war, wie eine übervorsichtige alte Dame. Soviel zum Thema Stereotypen, dachte Ramses bei sich und rannte um den Wagen, während die frustrierten Fahrer mehrerer Fahrzeuge lautstark hupten und zeterten.

»Was hältst du eigentlich von den Reynolds?« fragte sie, während sie ihr Haar unter ihrer Kappe verstaute.

»Du hältst *ihn* doch bestimmt nicht für unseren Fälscher?«

»Für mich ist jeder verdächtig. Ich fasse zusammen, was wir bislang über diesen Burschen wissen.« Sie drehte sich zu ihm um und listete anhand ihrer Finger auf: »Erstens ist er ausgebildeter Ägyptologe; du hast selbst gesagt, daß dieser Text nicht von einem Laien stammen kann. Zweitens ist er ein ziemlicher Neuling auf diesem Gebiet – «

»Möglich, aber nicht einwandfrei erwiesen. Esdaile erwarb die Gegenstände im vergangenen April, trotzdem wissen wir nicht, ob nicht schon früher etwas zum Verkauf angeboten wurde.«

»Eine stichhaltige Vermutung«, erklärte Nefret unbeirrt. »Drittens ist er jung – ein faltiger alter Mann hätte sich nicht als David ausgeben können. Viertens spricht er Englisch wie ein Einheimischer, um Mr. Esdaile zu zitieren – «

»Das schließt Jack aus«, meinte Ramses.

Sie brach in ihr melodisches Lachen aus. »Also, wer ist hier die intolerante Person, du oder ich?«

»So habe ich das nicht gemeint«, protestierte Ramses. »Ich wollte damit lediglich zum Ausdruck bringen, daß sein amerikanischer Akzent – äh – auffällig ist.«

»Nicht, wenn er von einem vorgetäuschten ägyptischen Akzent überlagert wird«, bemerkte Nefret triumphierend. »Fünftens weiß er eine Menge über uns – er kennt Davids Namen, sein äußeres Erscheinungsbild und seine Beziehung zu unserer Familie. Das gleiche gilt für Abdullah. Das bestätigt die Vermutung, daß er Ägyptologe und noch dazu hervorragend informiert über uns ist.«

»Diese Informationen könnte er aus den Zeitungen bezogen haben. Über Mutter und Vater wird häufiger berichtet, insbesondere von ihrem Freund O'Connell.«

»Zum Teufel, Ramses, wir müssen doch irgendwo anfangen! Wenn du jeden verfluchten Punkt von mir abstreitest – «

»Ist ja schon in Ordnung. Vielleicht hast du in sämtlichen Punkten recht. Trotzdem kann ich Reynolds nicht ernst nehmen. Da wäre zum einen die winzige Sache mit dem Motiv. Die Reynolds müssen über private Mittel verfügen. Archäologen, die von ihrem Gehalt leben müssen, steigen nicht im Savoy ab.«

»Wir kennen das Motiv nicht«, wandte Nefret ein. »Vielleicht ist es abwegig und undurchsichtig. Lach nicht! Manche Leute haben irrationale Motive.«

»Zweifellos.«

»Was hältst du von Maude?«

»Ich fand, daß du dich ihr gegenüber sehr unverschämt verhalten hast.«

»Das habe ich, stimmt's?« Nefret kicherte. »Wenn du es genau wissen willst, war sie im letzten Jahr überaus unhöflich zu David. Sie hat ihn zwar nicht wie einen Dienstboten behandelt, doch es kam dem sehr nahe. Maudie und ich haben uns nicht viel zu sagen; Jack war derjenige, der uns ständig aufeinanderhetzte. Der hat verflucht Nerven, wenn er meint, daß Frauen nichts anderes im Kopf haben als Flirten und Klamotten.«

»Du hegst einen Groll gegen ihn, was?«

»Sofern meine Freunde betroffen sind, ja. Ist dir aufgefallen, wie sie bei der Erwähnung von Esdailes Namen zusammenzuckte?«

»Das war nicht sie, das war ich. Ich dachte, wir hätten uns darauf geeinigt, die Fälschungen nicht zu erwähnen.«

»Im Zusammenhang mit David. *Ihn* habe ich schließlich nicht erwähnt. Ist ja auch egal; wenn die Reynolds wirklich unschuldig sind, wie du behauptest, dann ergeben meine Andeutungen für sie verflucht keinen Sinn.«

Die Kinder kehrten erst spät zurück. Bezüglich ihrer Enthüllungen hatte ich mir ein vertrauliches Gespräch mit ihnen erhofft, mußte mich jedoch in Geduld üben, da das Abendessen bereits angekündigt war. Ramses flüsterte mir lediglich zu, daß sie eine Menge zu erzählen hätten. Glücklicherweise zogen sich unsere Gäste wie üblich früh zurück. Es war kurz vor elf, als Emerson und ich aus unserem Zimmer zu Ramses schlichen.

Obgleich Rose mittlerweile den würdigen Status einer Haushälterin innehatte, bestand sie nach wie vor darauf, in Ramses' Zimmer persönlich sauberzumachen. Das war ein hoffnungsloses Unterfangen; zehn Minuten nachdem sie den Raum verlassen hatte, waren sämtlichen Möbelstücke erneut mit Kleidungsstücken, Büchern, Unterlagen und Ramses' diversen Versuchsobjekten übersät. Allerdings muß ich ihm zugute halten, daß er wenigstens versucht hatte, Ordnung zu schaffen, und im Kamin brannte ein knisterndes Feuer.

Nefret saß im Schneidersitz vor dem Kamin, und Horus thronte auf ihrem Schoß. Horus war das größte und furchteinflößendste Exemplar unserer derzeitigen Katzenschar, und Nefrets Zuneigung ihm gegenüber war mir unbegreiflich. Er schien diese auf seine mürrische Art zu erwidern und ließ sich lediglich ihre Streicheleinheiten gefallen. Er tolerierte Emerson und mich, konnte David nicht ausstehen und strafte Ramses mit Verachtung, der diese Einstellung erwiderte.

»Verflucht, ich komme mir vor wie ein Spion«, brummte Emerson und warf sich in einen Sessel. »Nach wie vor bin ich der Meinung, daß wir wenigstens Selim ins Vertrauen ziehen sollten. Er ist ein aufgeweckter junger Bursche und verfügt über langjährige Erfahrung im Umgang mit Fälschern.«

»Hmmm«, meinte ich. »Nefret, das ist eine sehr schöne Halskette. Vermutlich eine Neuerwerbung?«

»Ramses hat sie mir gekauft.«

Den Rücken an ein Bücherregal gelehnt, saß mein Sohn auf dem Boden und hatte das Kätzchen auf dem Schoß. Es folgte ihm bereits wie ein Welpe. Ich hatte den Verdacht, daß die Zuneigung der kleinen Katze nicht gänzlich uneigennützig war, da mehrere von Ramses' Jackentaschen verdächtige Fettflecken aufwiesen und unsere Katzen verrückt nach Hühnchen waren. Ich erhob keine Einwände, denn ich war froh, daß Ramses wieder eine Beziehung zu einer der Katzen entwickelte; er war unserer geliebten, verschiedenen Bastet, der Stammesmutter unserer Katzenschar, treu ergeben gewesen und hatte sich standhaft geweigert, eine andere zu akzeptieren. Bastet hatte uns stets nach Ägypten begleitet, wie es Horus mittlerweile auch tat; trotzdem hatte Ramses entschieden, daß das Kätzchen für die diesjährige Reise noch zu jung sei.

Während sein Blick von mir zu seinem Vater wanderte, erklärte er: »Die Perlen sind echt, aber sie sind neu geschnürt worden – vermutlich nicht in der ursprünglichen Anordnung. Ich hielt es für angeraten, etwas zu kaufen, Vater, um zu verbergen –«

»Ja, ja«, knurrte Emerson. »Und sonst?«

Ramses wiederholte die Personenbeschreibung, die er dem Händler entlockt (seine Umschreibung) hatte. Emerson seufzte. »Verflucht! Ich hatte gehofft, daß die Ähnlichkeit nicht so frappierend wäre.«

»Genaugenommen war die Beschreibung recht vage, Vater. Ein gutaussehender junger Bursche, nicht so dunkelhäutig wie die meisten Ägypter (ich frage mich, wie viele Ägypter er persönlich kennt?), ungefähr meine Größe und Statur.«

»Der Turban war ein Fehler«, warf Nefret ein. »David trägt nie einen.«

»Die Leute gehen davon aus, daß Ägypter einen Turban oder einen Fez tragen«, erwiderte Ramses, während er das Kätzchen streichelte. »Das ist Teil der Verkleidung. Und man kann einen Turban dazu verwenden, die eigentliche Größe zu verschleiern.«

»Du weißt doch noch mehr, oder?« fragte ich. »Raus damit, Ramses.«

Während er den Verlauf des Gespräches schilderte, gelang es mir nur mit Mühen, meinen Zorn zu unterdrücken. Als ich Abdullah zum ersten Mal begegnete, war er mir überaus mißtrauisch und ablehnend gegenübergetreten. Ich, eine untergeordnete Frau, hatte es nicht nur gewagt, meine Meinung laut zu äußern, sondern ich hatte mich auch zwischen ihn und den Mann gestellt, den er über alles bewunderte. Unsere merkwürdige Freundschaft hatte sich im Laufe der Jahre entwikkelt und vertieft, und sein heldenhafter Tod hatte mich mit tiefer Trauer erfüllt. Abdullahs berufliche Standards waren so hoch gewesen wie die europäischer Archäologen – wenn nicht sogar höher als die der meisten!

»Etwas Derartiges hätte er nie getan«, sagte ich. »Niemals. Das hätte er als Verrat an unserer Freundschaft gewertet.«

Sein Verständnis für meine aufgebrachte Reaktion half Emerson, seine eigene Wut zu bezähmen. Er tätschelte meine Hand und sprach mit leiser, schnurrender Stimme, die seine Gegner fast noch mehr fürchten als sein Gebrüll.

»Unser unbekannter Widersacher ist ein kluger Halunke, nicht wahr? Abdullah kannte in Ägypten jeden Händler und jeden Grabräuber. Falls er eine eigene Sammlung von Kunstschätzen zusammengetragen hätte, wäre diese von hervorragender Qualität. Die Erwähnung seines Namens verschaffte den gefälschten Stücken eine glaubwürdige Herkunft und erhöhte zweifellos den Preis. Das Schwein konnte schließlich nicht wissen, daß ausgerechnet wir die Fälschung entlarvten. Gütiger Himmel, ich wäre fast bereit zu glauben, daß er sogar diese Möglichkeit einkalkuliert hat! Ihr begreift doch, in welche Situation er uns gebracht hat? Um David zu schützen, müssen wir den Schein aufrechterhalten. Niemand würde seine Berechtigung anzweifeln, die Sammlung seines Großvaters zu veräußern; wenn sich allerdings herausstellte, daß es sich um Imitationen handelt ...«

»Früher oder später«, erklärte ich, »wird es jemand bemerken.«

»Wir haben eine gute Chance, daß das eher später der Fall sein wird«, erwiderte Emerson. »Wenn überhaupt. Du weißt, daß es gar nicht so einfach ist, eine geschickte Fälschung zu entlarven; Repliken befinden sich in den unterschiedlichsten Museen, einschließlich unseres geschätzten Britischen Museums! Budge könnte eine Fälschung nicht von einem Original unterscheiden, solange nicht ›Made in Birmingham‹ im Sokkel eingraviert ist.«

Keiner von uns reagierte auf diese (leicht) übertriebene Unterstellung. Emersons Verachtung für den Kustos der ägyptischen Abteilung war uns allen wohlvertraut. Um gegenüber meinem Gatten gerecht zu bleiben, sollte ich hinzufügen, daß seine Einstellung von vielen Ägyptologen geteilt wurde, wenn auch nicht so offensichtlich. Selbst wenn Budge herausfand, daß es sich bei den Uschebtis um Fälschungen handelte, würde er nur ungern sein Mißgeschick zugeben; trotzdem wäre es unehrenhaft gewesen, den Betrug mit unserem Schweigen zu decken, auch wenn David ernsthafte Gefahr drohte.

Eine Zeitlang war nur das Knistern der Flammen und das verschlafene Schnurren des Kätzchens zu hören.

»Wenigstens wissen wir jetzt, wonach wir suchen«, bemerkte Ramses mit unterkühlter, gleichgültiger Stimme. »Alle Gegenstände, die angeblich von David verkauft wurden oder Abdullah gehört haben könnten. Je mehr wir davon aufspüren, um so größer wird unsere Chance, ein Verhaltensmuster zu entwickeln, das uns einen Hinweis auf die Identität dieses Individuums gibt.«

»Ganz recht«, pflichtete ihm Nefret bei. »Aber wie sollen wir deiner Meinung nach vorgehen? Wir können die Antiquitätenhändler nicht rundheraus fragen, ob sie in neuerer Zeit

Kunstgegenstände von David erworben haben; sie würden sich wundern, warum er uns das verschwiegen hat.«

»Gütiger Himmel, das stimmt«, ereiferte ich mich. »Wir dürfen nicht den leisesten Verdacht erregen, daß die Transaktionen nicht einwandfrei waren. Aber wie ...«

Ich beendete meinen Satz nicht. Das war auch nicht notwendig; wir alle kannten die Antwort. Als ich Emersons Gesichtsausdruck bemerkte, sank mein Herz ins Bodenlose. Seine Augen glänzten, seine zuvor verkrampfte Mundpartie umspielte ein Lächeln.

»Indem wir unsere wahre Identität verschleiern«, erklärte er ausgelassen. »Das ist es. Als reicher Sammler verkleidet, werde ich behaupten, daß ich gerüchteweise von einigen hervorragenden Stücken gehört habe, die vor kurzem auf den Markt gekommen sind –«

»Nein, Emerson«, warf ich ein. »Nein, mein Lieber. Du nicht.«

»Warum zum Teufel eigentlich nicht? Ich hoffe doch«, schnaubte Emerson, »du willst damit nicht andeuten, daß ich eine solche Maskerade nicht ebenso kompetent wie jeder ... jeder andere bewältigen kann.«

Vielsagend blickte er zu Ramses.

Ramses' Erfahrung in der zweifelhaften Kunst der Tarnung seiner Identität war für seinen Vater eine ständige Quelle des Verdrusses, andererseits erfüllte sie ihn auch mit Stolz; zum einen war sie von einem Individuum ausgelöst worden, das Emerson ganz besonders verachtete, zum anderen wünschte sich mein Gatte insgeheim, daß er seinen Sohn auf diesem Gebiet übertraf. Er hat eine Neigung zum Theatralischen und eine Vorliebe für Bärte, und das vermutlich, weil ich ihn nicht nur einmal, sondern sogar zweimal dazu überredet hatte, sich von seinem eigenen zu trennen! Unglücklicherweise kann Emerson mit dieser Fähigkeit nicht glänzen. Seine auffällige

Körperstatur verurteilt jede Verkleidung zum Scheitern, und sein aufbrausendes Temperament geht bei der geringsten Provokation mit ihm durch.

Klugerweise schwieg Ramses. Ich hingegen erwiderte: »Ich deute nichts an, Emerson, sondern sage es so, wie es ist. Es gibt nichts, was die Farbe deiner saphirblauen Augen, deine markante Kinnpartie, deine imposante Größe oder deine beeindruckende Muskulatur verändern könnte.«

Die Adjektive wirkten zwar besänftigend, trotzdem hatte er sich viel zu sehr in seinen Plan verrannt, als daß er kampflos aufgegeben hätte. »Ein Bart«, hub er an.

»Nein, Emerson. Ich weiß, wie sehr du Bärte liebst, aber für diesen Zweck sind sie ungeeignet.«

»Ein Bart *und* ein russischer Akzent«, schlug Emerson vor. »Njet, Towarischtsch!«

Ramses stöhnte leise. Nefrets Lippen zitterten. Sie versuchte, ernst zu bleiben.

»Also gut«, erwiderte ich. »Ich werde dich begleiten, natürlich ebenfalls inkognito. Als deine Ehefrau? Nein, als deine Geliebte. Eine französische Geliebte. Mit tizianroter Perücke und einer dicken Schicht Make-up, des weiteren – äh – enganliegender champagnerfarbener Seide und jeder Menge Schmuck. Topas oder meinetwegen auch Citrin.«

Emerson starrte mich an. Sein Gesichtsausdruck verriet mir, daß er sich gerade bildhaft den von mir beschriebenen Aufzug vorstellte. »Hmmm«, brummte er.

»Vater«, entfuhr es Ramses. »Du willst doch nicht etwa zulassen, daß Mutter in der Öffentlichkeit als ... als – «

Emerson brach in schallendes Gelächter aus. »Gütiger Himmel, laß dich nicht ins Bockshorn jagen, mein Junge. Du weißt doch, daß sie hemmungslos übertreibt. Zumindest glaube ich nicht ... Also gut, Peabody, ich gebe mich geschlagen. Wir überlassen es Ramses, was?«

»Danke, Vater.«

»Trotzdem ist die Sache mit der französischen Geliebten eine fabelhafte Idee«, meinte Nefret nachdenklich. »Ich brauche nicht einmal eine Perücke. Etwas Henna reicht völlig aus.«

Aus Briefsammlung B

Liebste Lia,

eigentlich müßte ich »und David« hinzufügen, denn ich weiß sehr wohl, daß Du in den ersten überglücklichen Momenten Eurer jungen Ehe alles mit ihm teilen möchtest. Trotzdem, meine Liebste, hoffe ich, daß Du David meine sämtlichen Geständnisse nicht anvertraust. Weißt Du (natürlich weißt Du das), daß Du die erste und einzige Frau bist, die ich jemals zur Freundin hatte? Tante Amelia und ich stehen uns zwar sehr nahe, aber manche Dinge würde sie einfach nicht verstehen. Liebe Lia, bereite Dich also auf eine Flut von Briefen vor. Einige werden Dich auf Eurer Reise vielleicht nie erreichen, trotzdem ist das Schreiben ein kleiner Ersatz für die vielen langen Gespräche, die wir sonst führen.

Du wirst nie erraten, wen Ramses und ich letzte Woche in London getroffen haben – Maude Reynolds und ihren Bruder Jack – erinnerst Du Dich noch? Die Amerikaner, die im letzten Jahr mit Reisner zusammen waren. Nach den üblichen Floskeln wie »Welch eine Überraschung!« und »Was hat euch denn nach London verschlagen?« machte ich sie miteinander bekannt.

Ramses versuchte sich sogleich als Unscheinbarkeit in Person, wie immer, wenn er unverdächtig und harmlos erscheinen will. Natürlich absolut erfolglos, zumindest bei Frauen.

Maude plauderte und flirtete ungehemmt mit ihm. Es schien ihm zu gefallen, denn er lächelte sie tatsächlich an. Vielleicht hat sein Lächeln eine solche Wirkung, weil er normalerweise so ernst ist. Hätte Maude nicht gesessen, wäre sie zu Boden gesunken.

Auf seine kauzige Art ist Jack ein recht netter Bursche. Wenn er nur nicht alle Frauen so freundlich-herablassend behandelte wie seine hirnlose Schwester! Er erklärte uns, daß er und Maude eine Europareise unternähmen, bevor sie die Wintersaison erneut in Kairo verbringen wollten.

Wir nahmen den Tee mit ihnen im Savoy ein, wo sie logierten. Maude war einfach entzückend mit ihren langen schwarzen Locken, den riesigen braunen Augen und den rosigen Pausbäckchen. »Unsinn!« wirst Du jetzt sagen. Sicher, ich gebe es zu – ich habe immer schon wohlproportionierte Mädchen mit gesunder Gesichtsfarbe beneidet – schließlich sind nicht nur Maudes Wangen rundlich! Ich bin einfach zu dünn und habe keinen Busen und weiß einfach nicht, wie ich entzückend aussehen soll!

Natürlich haben sie sich auch nach Dir und David erkundigt.

Esdailes Enthüllungen lieferten ein weiteres Problem bei unserer Suche nach dem Fälscher. Ramses drängte nach wie vor darauf, daß wir die Sache publik machen sollten, aber selbst er mußte zugeben, daß es entsetzlich gewesen wäre, wenn David über Dritte von dieser Sache erfahren hätte – eine logische Konsequenz, sofern die Geschichte an die Öffentlichkeit drang. Nefret, die seine Meinung vertrat, ließ sich von diesem Argument überzeugen, obwohl es ihr nicht behagte.

Einige einleitende Nachforschungen wurden erforderlich;

wir konnten nicht jeden Händler und Privatsammler in ganz Europa aufsuchen. Emerson und ich diskutierten noch über eine sinnvolle Vorgehensweise, als Ramses plötzlich verschwunden war. Daraufhin zur Rede gestellt, gestand Nefret, daß sie wüßte, wo er sich aufhielte, und daß er weder etwas Ungesetzliches noch Gefährliches vorhabe; alle weiteren Fragen wies sie höflich zurück.

Zwei Tage später tauchte er so plötzlich, wie er verschwunden war, wieder auf und reagierte auf unsere aufgebrachten Fragen, indem er uns einen Stapel Telegramme überreichte. Ein Blick auf eines der Telegramme erklärte alles. Es war an einen Mr. Hiram Applegarth im Savoy Hotel adressiert und lautete: HABE VOR KURZEM VON UNTADELIGER QUELLE ZWEI HERVORRAGENDE SKARABÄEN ERWORBEN STOP ERWARTE IHREN BESUCH.

Emerson, der die Telegramme überflog, fluchte ununterbrochen und endete mit einem lautstarken »Hölle und Verdammnis! Hast du jedem europäischen Antiquitätenhändler ein Telegramm geschickt? Das muß doch ein Vermögen gekostet haben. Und war es unbedingt erforderlich, im Savoy zu logieren?«

»Es war unumgänglich, den Eindruck von Reichtum zu suggerieren«, erklärte Ramses. »Ich mußte ihnen eine Antwortadresse nennen, und unsere eigene wäre doch wohl kaum in Frage gekommen.«

»Da du weder deinen Vater noch mich um Geld gebeten hast, hast du vermutlich Nefrets dafür verwendet«, bemerkte ich.

»Es ist nicht *mein* Geld«, ereiferte sich Nefret, bevor Ramses antworten konnte. »Es gehört uns allen. Ihm, euch, David, Lia. Wir sind doch eine Familie, oder etwa nicht? Ich habe euch immer gesagt – «

»Ja, mein Schatz, das hast du.« Ich musterte meinen Sohn,

der meinem Blick mit extrem rätselhaftem Gesichtsausdruck begegnete. Als Nefret sagte: »Was mir gehört, gehört auch euch«, hatte sie das ehrlich gemeint; doch manchen Menschen fällt es leichter zu geben als zu nehmen, und daß Ramses ihre Unterstützung akzeptierte, war gewiß bemerkenswert. Dabei handelte es sich nicht allein um ihre Anerkennung als gleichberechtigte Persönlichkeit, er hatte auch seinen tief verwurzelten Stolz überwinden müssen. Ich bedachte ihn mit einem anerkennenden Lächeln. »Wir wollen es dabei belassen, schließlich scheint dein Vorgehen Wirkung gezeigt zu haben.«

»Jedenfalls liefert es uns mehrere relevante Hinweise«, erklärte Ramses. »Ich – Nefret und ich – mußten umgehend handeln. Schließlich werden wir in einer Woche abreisen.«

Das entsprach der Wahrheit, und wir alle fieberten diesem Zeitpunkt entgegen. Die tristen Herbsttage lagen vor uns; an den kahlen Zweigen hingen nur noch vereinzelte gelbe Blätter, und die letzten Rosen waren bereits erfroren. Die Tage wurden kürzer, die Witterung war feucht und kalt.

Kurz gesagt, das Wetter war ideal für kriminelle Aktivitäten. An jenem Abend hatte sich der Pförtner mit seiner Familie in sein Haus zurückgezogen und die Vorhänge vor der regnerischen Dunkelheit geschlossen. Selbst unsere verwöhnten und trägen Hunde waren in einer solchen Nacht nicht bereit, ihre warme Hütte zu verlassen. Wir hatten den Tag mit Besichtigungen zugebracht, und auf meinen Vorschlag hin zogen sich alle früh zurück.

Wenigstens *dachte* ich, daß wir alle früh schlafen gingen. Eigentlich hätte mir klar sein müssen, daß Ramses meinen mütterlichen Ratschlag ignorierte. Ich kam gar nicht erst dazu, ihn zu fragen, warum er um diese frühmorgendliche Stunde (es war exakt zwei Uhr) nicht schlief. Sein Zimmer befindet sich über der Bibliothek, und das Fenster stand weit offen (ich bin eine glühende Verfechterin der Vorzüge frischer Luft), trotzdem bezweifle ich, daß aufgrund des Unwetters außer Ramses noch weitere Personen das Geräusch zerberstenden Glases gehört hatten. Schließlich behaupten die Ägypter, daß unser Sohn die Wasserflöhe im Nil husten hört.

Außerdem wäre es Ramses nicht im Traum eingefallen, uns um Hilfe zu bitten. Statt dessen stellte er seine Nachforschungen auf eigene Faust an.

Der Lärm, der sich seiner Konfrontation mit den Einbrechern anschloß, hätte Tote geweckt. Selbst Emerson, der tief und fest schlief und jede Berechtigung auf eine ungestörte Nachtruhe hatte, schoß aus dem Bett. Er stolperte über einen Stuhl, so daß ich die Tür noch vor ihm erreichte, doch als ich in die Eingangshalle stürmte, vernahm ich dicht hinter mir sein keuchendes Fluchen. Wir durften keine Zeit verlieren, ich streifte nicht einmal einen Morgenmantel über; die Detonation, die mich aufgeweckt hatte, war ein Schuß.

Ich hätte nicht einmal genau gewußt, wo die Auseinandersetzung stattfand, wenn ich nicht eine weiße Gestalt vor mir bemerkt hätte. Bleich wie ein Gespenst, floh sie durch die dämmrige Halle, bis sie den Treppenabsatz erreichte, und dann... Einen verzweifelten Augenblick lang glaubte ich tatsächlich, sie könne fliegen. Ein unüberhörbarer Aufprall und ein lautes »Verflucht!« dokumentierten mir, daß die Gestalt ein Mensch war – um genau zu sein, handelte es sich um Nefret, die das Treppengeländer hinuntergerutscht war, um wertvolle Sekunden zu gewinnen. Sie rappelte sich hastig auf und stürmte durch den Flur in Richtung Bibliothek.

Meine Bewältigung der Stufen gestaltete sich notgedrungen weniger stürmisch. Emerson, der im hellwachen Zustand eine ungeahnte Schnelligkeit entwickelt, stieß am Fuß der Treppe mit mir zusammen. Er packte meine schwankende Gestalt, blickte wütend um sich und schnaubte: »Wo zum Teufel...«

Die Antwort lag klar auf der Hand; der Lärm einer heftigen Auseinandersetzung, das Zersplittern von Einrichtungsgegenständen und das Licht, das in den Flur drang, wiesen einwandfrei auf die Bibliothek. Emerson verwendete einen überaus üblen Kraftausdruck und zerrte mich weiter.

Unseren Augen bot sich ein Bild der Zerstörung. Der Regen drang durch die zersplitterte Fensterscheibe ins Zimmer, und überall lagen Glasscherben. Man hatte die Stühle umgeworfen und Bücher aus den Regalen gerissen. Eine reglose Gestalt lag bäuchlings vor dem Schreibtisch; mehrere Schubfächer standen offen, und ihr Inhalt breitete sich auf dem Teppich aus. Diesen zierten zwei weitere Männer, die verzweifelt miteinander kämpften. Einer von ihnen war ein stämmiger Mann in schäbiger, dunkler Kleidung; seine rechte Hand tastete nach einer Pistole, wurde aber im gleichen Augenblick von seinem Gegner gepackt, bei dem es sich – der werte Leser wird es unschwer erraten – um meinen Sohn handelte, der lediglich mit seiner bevorzugten Nachtwäsche, einer weiten Baumwollhose, bekleidet war. Geschmeidig wie eine Feder tänzelte Nefret mit gezücktem Messer um sie herum und wartete nur auf eine günstige Gelegenheit zum Einsatz ihrer Waffe. Fluchend sprang sie beiseite, als der Einbrecher Ramses zu Boden warf – geradewegs in das zerbrochene Glas. Allerdings lockerte dieser seine Umklammerung nicht, und die von ihm hervorgestoßenen Beschimpfungen wiesen ihn eindeutig als Sohn seines Vaters aus.

»Aus dem Weg, Nefret«, brüllte Emerson. Er packte den Einbrecher am Mantelkragen, hob ihn in die Luft und entwand seiner zitternden Hand die Pistole. Blutüberströmt und keuchend richtete Ramses sich langsam auf. Als er wieder zu Atem gekommen war, galten seine ersten Worte Nefret.

»Verflucht! Warum hast du ihn nicht verfolgt?«

Emerson blickte von der reglosen, auf dem Teppich liegenden Gestalt zu dem zappelnden Bündel, das er auf Armeslänge von sich hielt. »Gab es noch einen weiteren?« wollte er wissen.

»Ja«, stieß Nefret hervor. »Ich habe ihn nicht verfolgt, weil ich dachte, daß Ramses vermutlich Unterstützung bei den beiden anderen brauchen würde. Ich Dummkopf! Bitte verzeih mir!«

»Verflucht, er hat den Skarabäus an sich genommen!«

»Bist du sicher?« fragte ich, während Emerson abwesend den Einbrecher schüttelte und Nefret ihren Bruder fixierte.

»Ja«, erwiderte Ramses. »Als ich Licht machte, hatte dieser Bursche ihn bereits in der Hand. Sobald ich auf ihn losging, warf er ihn dem dritten Halunken zu, der meiner Ansicht nach völlig kopflos war, denn er spurtete geradewegs durch die verschlossenen Terrassentüren.«

»Was hat dieser hier gemacht?« fragte Emerson interessiert und deutete auf den am Boden liegenden Einbrecher.

»Er versuchte sich einzumischen«, entgegnete sein Sohn.

»Wie ich sehe, hatte auch er eine Pistole«, bemerkte Emerson. »Du kannst sie ruhig aufheben, meine liebe Peabody; zweifellos ist er nicht in der Lage, sie zu benutzen, trotzdem kann Vorsicht nie schaden. Ramses, entschuldige dich bei deiner Schwester.«

»Entschuldigung«, murmelte Ramses.

»Wenn ich darüber nachdenke, fühle ich mich recht geschmeichelt«, erwiderte Nefret in einem ihrer plötzlichen Stimmungswechsel, die manche Leute so reizend fanden (andere wiederum zum Verzweifeln). Sie eilte zu Ramses und kreischte kurz auf, weil sie in eine Glasscherbe getreten hatte.

Emerson hob Nefret mit seinem freien Arm auf und bugsierte sie auf einen Stuhl. »Paß auf, wo du hintrittst, Ramses, du trägst ebenfalls keine Hausschuhe. Jetzt ist es zu spät, den Flüchtenden zu verfolgen. Ich vermute allerdings, daß uns dieser Gentleman mit Vergnügen alles Wissenswerte berichtet.«

Er grinste den Einbrecher, einen stämmigen Burschen, freundlich an und hielt ihn weiterhin am Kragen gepackt, als wäre er so leicht wie ein Kind. Mittlerweile war das gesamte Haus aufgewacht, und eine ganze Anzahl von Bediensteten scharrte sich um uns, brüllte Fragen und drohte mit den unterschiedlichsten Mordwaffen. Verzweifelt musterte der Einbrecher Emerson, der mit bloßem, durchtrainiertem Oberkörper vor ihm stand – den mit seinem Knüppel bewaffneten Gargery – Selim, der ein noch längeres Messer als Nefret gezückt hatte – verschiedene Diener, die mit Schürhaken, Äxten und Fleischklopfern ausgestattet waren – und die hünenhafte Gestalt Daouds, der sich ihm unaufhaltsam näherte. »Verflucht, das ist ja eine ganze Armee!« stieß er hervor. »Dieser verlogene Bastard sagte doch, daß Sie irgendein Professor sind!«

Als wir alles geklärt hatten, dämmerte bereits der Morgen. Ich hatte gut und gern zwanzig Minuten damit zugebracht, alle Glassplitter aus Ramses' Rücken und Nefrets Füßen zu entfernen, und ich bezweifelte, daß sich die Blutflecken jemals wieder aus dem Teppich beseitigen ließen. Die beiden Einbrecher wurden von unserer örtlichen Polizeidienststelle abgeführt. Der auf dem Boden liegende Mann war zwar wieder bei Bewußtsein, bestand jedoch jammernd darauf, daß er nicht laufen könne und auf einer Bahre transportiert werden müsse. Er schien ziemlich übel zugerichtet.

Der andere Eindringling hatte zwar seine Bereitschaft zur Kooperation signalisiert, konnte aber keinerlei Hinweise auf den Mann liefern, der ihn und seine Kumpane angeheuert hatte. Er hatte sie in irgendeiner billigen Londoner Spelunke angesprochen, wo man solche Kleinganoven (laut meiner Information) am ehesten antrifft. Genau wie zuvor hatte der Schurke eine dunkle Hautfarbe und einen Turban, und er hatte ihnen einen kleinen Vorschuß gezahlt mit der Aussicht auf eine größere Summe bei Lieferung. Den von ihm gewünschten Gegenstand hatte er bis ins kleinste Detail beschrieben und ihnen zur Vereinfachung der Suche eine Postkarte mit einem Skarabäus gezeigt. Er hatte ihnen sogar einen ungefähren Grundriß des Hauses mitgegeben und Emersons Arbeitszimmer als wahrscheinlichsten Ort für ein Versteck genannt.

Nachdem er seine Taschen durchwühlt hatte, kramte Bert (der Einbrecher) diese Skizze hervor, und es erstaunte mich keineswegs, daß auf dem Blatt mit Ausnahme einer auffälligen Markierung für besagten Raum nichts vermerkt war. Der Halunke war kein Risiko eingegangen. Statt ein Treffen in London zu vereinbaren, hatte er darauf bestanden, vor den Toren des Parks zu warten, wo er ihnen im Austausch für den Skarabäus den Rest des Geldes übergeben wollte.

Eine Verfolgung schien ganz offensichtlich sinnlos. Der Schurke mußte den Schuß gehört, das hell erleuchtete Haus bemerkt und sogleich begriffen haben, daß sein Plan gescheitert war. Hatte er es dennoch gewagt, so lange zu warten, bis er den Skarabäus von dem dritten Eindringling in Empfang nehmen konnte? Vielleicht würden wir das nie erfahren. Wir fanden weder eine Spur von dem Einbrecher noch von dem Skarabäus oder dem Schurken, obwohl wir das Grundstück bei Tageslicht sorgfältig durchkämmten. Der Regen hatte sämtliche Fuß- und auch die Reifenspuren möglicher Fluchtfahrzeuge beseitigt.

Ich sorgte dafür, daß alle Teilnehmer der Suche trockene Sachen anzogen, dann fanden wir uns in dem kleinen Eßzimmer zu einem verspäteten und herzhaften Frühstück ein. Gargery war nach wie vor verstimmt, daß er nicht rechtzeitig am Ort des Geschehens aufgetaucht war, um erfolgreich seinen Knüppel zu schwingen.

»Sie hätten mich sowie Bob und Jerry informieren müssen, daß Ihnen Schwierigkeiten drohten«, meinte er vorwurfsvoll. »Dann hätten wir Wache gehalten.«

»Da gab es nichts zu informieren«, versicherte ich ihm. »Wir hatten keinen Grund, so etwas zu befürchten. Ich kann es immer noch nicht glauben. Warum sollte er – um wen auch immer es sich handeln mag – zu solch extremen Mitteln greifen, um diesen Gegenstand wieder in seinen Besitz zu bringen?«

»Weil dieser verfluchte Gegenstand«, erwiderte Ramses, »ganz offensichtlich Rückschlüsse auf seine Identität zuläßt. Aber was könnte das sein?«

»Dir ist nichts aufgefallen?« fragte ich.

»Nein«, entgegnete Ramses merklich betrübt.

»Noch wichtiger ist in diesem Zusammenhang doch die Frage, woher der Bursche wußte, daß er sich in unserem Besitz befand«, wandte Nefret ein.

»Hmhm.« Mit einem Geräusch, das an eine Metallsäge erinnerte, rieb sich Emerson über sein mittlerweile von Bartstoppeln gezeichnetes Kinn.

»Die Konsequenzen dieser Frage können wir später erörtern«, sagte ich. Selim und Daoud lauschten mit wachem Interesse. Mittlerweile hatten sie sich an unsere kleinen kriminalistischen Zwischenfälle gewöhnt, trotzdem würde einer der beiden, vermutlich Selim, früher oder später nach näheren Einzelheiten fragen. Normalerweise wären sie die ersten gewesen, die wir ins Vertrauen gezogen hätten. In dieser Situation zog ich es allerdings vor, auf eine Enthüllung vorerst zu verzichten.

»Kommt Zeit, kommt Rat«, fuhr ich fort. »Vielleicht schlaft ihr noch ein wenig oder ruht euch zumindest aus.«

»England ist ein gefährliches Land«, bemerkte Selim. »Wir sollten nach Ägypten zurückkehren, wo ihr in Sicherheit seid.«

Aus Briefsammlung B

Liebste Lia, liebster David,

wie ich höre, hat Euch Tante Evelyn bereits von dem Einbruch berichtet, deshalb will ich Euch in aller Eile beruhigen. Tante Amelia rief den armen Mr. O'Connell an und beschimpfte ihn fürchterlich, weil er von der Geschichte berichtet hatte. Allerdings druckte nicht nur seine Zeitung entsprechende Artikel. Ich befürchte, daß jeder englische Journalist den Namen Emerson kennt! Die Berichte waren wie stets übertrieben; der einzige Wermutstropfen war das Lieblingsstück des Professors, die Büste des Sokrates, die von einer Kugel zertrümmert wurde. Mit Ausnahme des einen Einbrechers wurde niemand verletzt.

Sollte es Tante Evelyn noch nicht erwähnt haben, wir werden bald in Eure Fußstapfen treten, zumindest bis Italien. Der arme Daoud hat treuherzig zugegeben, daß er auf der Hinreise entsetzlich seekrank war, deshalb werden wir den Zug nach Brindisi nehmen und – statt der direkten Schiffspassage von London – dort an Bord des Dampfers gehen. Der Professor hat sich großzügig bereit erklärt, unterwegs haltzumachen, um unseren Freunden einige interessante Plätze zu zeigen. Da Ihr den Professor kennt, wird es Euch sicherlich nicht überraschen, daß seine Reiseroute lediglich Städte mit Museen und Geschäften umfaßt, in denen ägyptische Kunstschätze zu finden sind …

Als wir Brindisi erreichten, war ich nicht das einzige Mitglied unserer Gruppe, das froh war, Europa für das sonnige Ägypten einzutauschen. In Paris hatte es geregnet und in Berlin geschneit; bei unserer Ankunft in Turin empfing uns gräßliches Schneegestöber. Daoud war von diesem ihm unbekannten Phänomen völlig überwältigt; mit offenem Mund stand er da und starrte auf die Wilhelmstraße, bis sein Gesicht blau gefroren und seine Füße zu Eis erstarrt waren. Jetzt litt er an einer schweren Erkältung und war so bemitleidenswert wie alle mir bekannten Männer. (Mit Ausnahme von Emerson, der fast nie krank ist und der sich wie ein Besessener gebärdet, wenn es ihn doch einmal erwischt hat.)

Sobald wir an Bord gegangen waren, verfrachtete ich Daoud ins Bett, rieb ihn mit Kampfersalbe ein, wickelte ihn in dicke Decken und verabreichte ihm ein starkes Schlafmittel. Das Wetter war stürmisch und die See rauh; Fatima zog sich in ihre Koje zurück, und Selim, der mit Daoud eine Kajüte teilte, erklärte, daß er nicht die Absicht habe, diese vor Alexandria zu verlassen. Sie waren nicht die einzigen Seekranken; an jenem Abend fand sich lediglich eine kleine Schar von Passagieren im Speisesaal ein. Selbst die feuchten Tischtücher konnten nicht verhindern, daß die Teller über den Tisch schlitterten und die Gläser umstürzten. Dank der beruhigenden Wirkung von Whiskey-Soda (einem Patentrezept für zahllose Leiden, einschließlich der Seekrankheit) blieben wir anderen davon verschont, und das Unwohlsein unserer armen Freunde lieferte uns die Gelegenheit für einen Kriegsrat, den wir nach einem hervorragenden, wenn auch etwas turbulenten Mahl in Emersons und meinem Salon einberiefen.

Eigentlich war es recht gemütlich, das Wasser plätscherte vor dem Bullauge, und die Öllampe schwang heftig hin und her und warf faszinierende Schatten auf die Wände des kleinen Raums. Horus' imposante Erscheinung sorgte dafür, daß Nefret nicht von ihrem Schemel glitt. Emersons starker Arm hielt mich auf einem weiteren fest, und Ramses hatte sich auf den Boden gesetzt und stützte seine Beine an der Wand ab.

»Also, wie viele haben wir bislang ausfindig gemacht?« wollte ich wissen.

Ramses zog eine zerknitterte Liste aus seiner Jackentasche. »Sieben, einschließlich des ursprünglichen Skarabäus. Leider konnten wir nur drei der verbleibenden sechs erwerben – zwei Skarabäen mit königlichen Kartuschen und eine kleine Statue des Gottes Ptah. Die anderen hatten bereits den Besitzer gewechselt. Ich habe mir alle drei angesehen und keinen auffälligen Makel entdecken können. Wenn wir in Kairo sind, werde ich einige chemische Versuche durchführen.«

»Wenn wir die drei in Kairo noch haben«, knurrte Emerson, der Einbrüche in sein Heim sehr persönlich nahm.

»Unsinn, Emerson«, wandte ich ein. »Der Fälscher hat keine Chance, diese Gegenstände mit uns in Verbindung zu bringen. Vermutlich hätte niemand Mr. Applegarth oder – äh – seine Freundin – erkannt.«

Ich hätte Ramses mit Sicherheit nicht hinter der Darstellung des wohlhabenden, älteren amerikanischen Sammlers vermutet; sogar sein Akzent war eine verblüffend exakte Nachahmung der Stimme unseres Freundes Cyrus. Nefret hatte ihn begleitet, zwar nicht in champagnerfarbener Seide und mit Citrin behangen, aber das von ihr gewählte weinrote Kostüm war beinahe ebenso aufreizend. Das einzige, was dafür gesprochen hatte, war die Tatsache, daß es ihre Identität perfekt verschleierte. Mir war jedoch aufgefallen, daß sie das Mieder mit mehreren Taschentüchern ausstaffiert und so viel Make-up aufgelegt hatte, daß es für drei Frauen gereicht hätte.

»Wir wissen aber immer noch nicht, wieso er den ersten Skarabäus bei uns vermutete«, bemerkte Ramses.

»Dreimal darfst du raten«, entfuhr es Nefret. »An jenem Nachmittag im Savoy habe ich gegenüber Jack Reynolds einen überaus eindeutigen Hinweis fallen lassen.«

»Ja, aber das grenzt die Möglichkeiten beileibe nicht entsprechend ein«, erwiderte ihr Bruder aufgebracht. »Jack könnte deine Bemerkung gegenüber Dritten kolportiert haben. Vielleicht hat Mr. Renfrew doch nicht wie versprochen Stillschweigen gewahrt. Der Übeltäter war möglicherweise erneut bei Esdaile und erfuhr, daß wir dort waren und Fragen zu ›Mr. Todros‹ gestellt haben. Irgend jemand könnte eine Indiskretion begangen haben.«

»Ich nicht«, erwiderte Nefret ungehalten. »Du behauptest immer, ich könne meine Zunge nicht im Zaum halten. Das ist ungerecht.«

Ramses warf seiner Schwester einen mißfälligen Blick zu und nickte dann. »So langsam bekommen wir doch ein Bild von dem Burschen, oder nicht? Falls er kein Ägyptologe ist, verfügt er jedenfalls über außerordentliche Kenntnisse; handelt es sich bei ihm nicht um den Künstler, dann hat er zumindest Kontakte in diese Richtung. Er ist verflucht gut informiert über unsere Gepflogenheiten, unser Umfeld und unseren Bekanntenkreis. Keiner der von ihm aufgesuchten Händler kannte David persönlich, *er* jedoch kennt David gut genug, um gewisse Charakteristika nachzuahmen, einschließlich Davids Vorliebe für den Gebrauch der englischen Sprache, obwohl ihm Deutsch, Französisch und Arabisch ebenfalls geläufig sind.«

»Er ist ein Meister der Verstellung«, pflichtete ihm Nefret bei.

»Eigentlich nicht«, erwiderte Ramses. »Es gehört nicht viel dazu, die Gesichtsfarbe zu verändern, einen Bart anzukleben und einen Turban aufzusetzen.«

Ein besonders heftiges Schlingern des Dampfers versetzte die Öllampe erneut in Schwingungen. Das Spiel von Licht und Schatten verwandelte Emersons wutverzerrtes Gesicht in eine diabolische Maske. Ich wußte, was – oder besser gesagt: an wen – er dachte. Niemand anderem als dem Meisterverbrecher gelang es, daß Emerson sich in einen solch unbändigen Zorn hineinsteigerte.

Seinen richtigen Namen und seine wahre Identität hatten wir nie erfahren. Er war ein Meister der Verstellung und der intelligenteste Verbrecher, dem wir jemals begegnet waren. Jahrelang hatte dieses kriminelle Genie in der frevelhaften Unterwelt des Antiquitätenschmuggels und der Kunstfälschungen regiert. Er hatte sämtliche von Ramses erwähnte Charakteristika – und einige weitere, ebenso verachtenswerte –, einen morbiden Sinn für Humor und, wie er mir irgendwann einmal anvertraute, die weltweit besten Fälscher an der Hand.

»Heraus damit, Emerson«, drängte ich. »Du verdächtigst Sethos, nicht wahr?«

»Nein«, erwiderte Emerson.

»Du verdächtigst ihn ständig. Gib es zu. Tu deinen Gefühlen keinen Zwang an; sonst wird alles nur schlimmer und dann –«

»Ich verdächtige ihn aber nicht. Du etwa?«

»Nein, in diesem Fall nicht. Er hat mir geschworen, daß er mir und meinen Lieben niemals etwas antun würde –«

»Werde jetzt bitte nicht rührselig«, schnaubte Emerson. »Du bist vielleicht so töricht, die Beteuerungen dieses Halunken hinsichtlich seiner edelmütigen und unerwiderten Leidenschaft für bare Münze zu nehmen, aber ich weiß es besser. Zum Teufel, Peabody, warum mußtest du ihn ins Spiel bringen? Mit dieser Sache kann er nichts zu tun haben.«

»Da stimme ich dir zu, Sir«, warf Ramses ein.

»Ach ja, tatsächlich? Darf ich fragen warum? Und«, fügte Emerson hinzu, »ich darf dich darum bitten, nicht die alberne Schönfärberei zu übernehmen, die deine Mutter bei diesem charakterlosen Verbrecher betreibt.«

»Nein, Sir. Ein Mann, der eine ältere amerikanische Dame und einen blasierten, jungen englischen Aristokraten zu verkörpern weiß, würde niemals zu einer so plumpen Tarnung wie dieser greifen. Er wäre als Howard Carter oder als Wallis Budge aufgetreten – vielleicht aber auch als Professor Radcliffe Emerson.«

3

Ich zog mein Schwert und schlitzte dem Burschen den Arm auf. Schreiend und blutüberströmt rannte er davon. Das Mädchen fiel vor mir auf die Knie. »Allah sei mit dir, Effendi«, flüsterte sie und drückte ihre Lippen auf meine staubigen Stiefel. Sanft zog ich sie hoch …

Noch vor Sonnenaufgang trafen wir in Alexandria ein, doch aufgrund der in den arabischen Ländern üblichen Langsamkeit war das Mittagessen längst vorüber, als die Passagiere mitsamt ihrem Gepäck von Bord gingen. Im Hafen wimmelte es von einheimischen Händlern und Kaufleuten, die sich aus Leibeskräften brüllend vorwärts schoben und ihre Waren feilboten. Doch selbst die Hartnäkkigsten unter ihnen machten Emerson Platz, der wie ein Pharao am Kai entlangschritt. Man wird mich sicherlich nicht der Übertreibung bezichtigen, wenn ich behaupte, daß uns die meisten Ägypter inzwischen kannten, und wer noch nicht von uns gehört hatte, wurde aufgrund des vielstimmigen Begrüßungschors umgehend über unsere Identität in Kenntnis gesetzt: Marhaba, Sitt Hakim! Salam aleikum, Vater der Flüche! Nur Misur, das Licht von Ägypten, ist zurückgekehrt! Willkommen, Bruder der Dämonen …

Letzteres, so muß ich leider sagen, ist der ägyptische Kosename für meinen Sohn. Bettler, Taschendiebe und Hehler begrüßten ihn überaus überschwenglich, und er schien sie alle *namentlich* zu kennen.

Aufgrund der starken Sonneneinstrahlung hatte ich meinen Schirm geöffnet, deshalb bemerkte ich die näher kommende Gestalt erst, als Ramses leise fluchte. Ich hob den Kopf. Obwohl die Person nur mittelgroß war, wirkte sie in der prächtigen Uniform eines Offiziers der ägyptischen Armee (die von ungnädigen Zeitgenossen mit der eines Wiener Hofmarschalls verglichen wird) und mit ihrem blasierten Stechschritt wesentlich imposanter. Sein Gesicht, von dem ich früher einmal angenommen hatte, daß es dem meinen glich, wurde teilweise von einem besonders gewaltigen Backenbart verdeckt. Bart, Haar und Augenbrauen waren zu einem fahlen Braun gebleicht, und seine puterrote Hautfarbe zeugte von einem ordentlichen Sonnenbrand.

Er hatte uns fast erreicht, als er Emerson auffiel. Einen strategischen Augenblick lang war mein Gatte aufgrund seiner Verblüffung sprachlos.

»Aber, Percy«, sagte ich. »Was zum Teufel machst du denn hier?«

Mein ungeliebter Neffe riß seinen Fez herunter und verbeugte sich. Mit einem selbstgefälligen Lächeln deutete er auf die goldenen Tressen, Epauletten, Schwert, Schärpe und eine Reihe vergoldeter Knöpfe. »Wie du siehst, liebste Tante Amelia, bin ich in die ägyptische Armee eingetreten. Ich hatte so gehofft, daß ihr es noch nicht wüßtet; ich wollte euch überraschen.«

Die Fahrt mit dem Schnellzug von Alexandria nach Kairo dauert gut und gern drei Stunden, trotzdem fluchte Emerson immer noch, als der Zug in den Hauptbahnhof einlief. Percy hatte uns nicht lange aufgehalten; er erklärte uns, daß er der Sondereinheit »Alex« angehöre, einer Mission von entscheidender Bedeutung, und daß er der Versuchung nicht habe widerstehen können, uns als einer der ersten zu begrüßen. Ganz offensichtlich schien er nur darauf zu warten, daß wir Fragen zur näheren Erläuterung seiner Mission stellten, damit er sich geheimnisvoll und wichtig geben konnte. Aber keiner von uns tat ihm den Gefallen.

»Ich frage mich, ob er vorübergehend von der Polizei von Alexandria eingesetzt wird oder von der britischen Kriminalpolizei«, meinte Ramses nachdenklich. »Russell hat den Auftrag, den Import von Haschisch zu unterbinden, und er wird zusätzliches Personal benötigen, um erfolgreich zu agieren.«

»Hölle und Verdammnis!« schnaubte Emerson. Allerdings weckte Ramses' Äußerung sein Interesse, so daß er das Fluchen einstellte und seinen Kommentar beisteuerte. »Hmmm. Zusätzliche Männer helfen Russell auch nicht weiter, da der Küstenstreifen viel zu ausgedehnt ist. Was der braucht, ist ein Informant, der für eins der ganz großen Tiere wie Abd el-Quadir el-Gailani arbeitet und der ihn bei einer Lieferung vorwarnen kann.«

»Augenscheinlich«, erwiderte Ramses.

Sein Vater warf ihm einen skeptischen Blick zu. »Ich verbiete es dir ausdrücklich. Ich brauche dich für die Exkavation.«

»Ich hatte gar nicht vor –«, hub Ramses an.

»Das will ich auch nicht hoffen!« entfuhr es Nefret. »Unser vorrangiges Ziel ist das Aufspüren dieses verfluchten Fälschers. Soll Percy ruhig den Spitzel spielen und sich lächerlich machen. Ich frage mich, ob er wohl im Schlaf noch seine Stechschritte einübt.«

»Genug von Percy«, erwiderte ich streng. »Ich habe keineswegs die Absicht, mich auf ihn einzulassen, und ich finde jede Diskussion über diesen Jungen müßig. Wir sind da; Emerson, zieh bitte deinen Mantel, Krawatte und Hut an. Du auch, Ramses. Nefret, binde Horus die Leine um.«

Da Nefret wie eine streitschlichtende Mama notgedrungen zwischen Ramses und dem Kater sitzen mußte, kauerte mein Sohn in der Ecke, Nefret neben ihm, und Horus lümmelte sich träge auf der restlichen Sitzfläche. Er fauchte, als sie ihm das Halsband anlegte; er war so verwöhnt wie ein fetter Pascha und hatte absolut nicht das Bedürfnis zu laufen, sofern er jemanden fand, der ihn trug. Allerdings erklärte sich dazu nicht einmal Emerson bereit.

Zu unserer Begrüßung hatte sich eine ganze Reihe unserer treuen Männer eingefunden, allesamt Mitglieder aus Abdullahs umfangreicher Familie, die seit vielen Jahren für uns arbeiteten. Einige wohnten in Luxor, andere wiederum in dem Dorf Atiyah südlich von Kairo. Ihre Willkommensrufe galten uns allen; dennoch standen die heimkehrenden Verwandten diesmal im Mittelpunkt des Interesses. Mir war klar, daß Selim und Daoud ihrer Heimkehr entgegenfieberten, wo das ganze Dorf auf die Berichterstattung ihrer Abenteuer wartete. Deshalb verabschiedeten wir uns vorübergehend von ihnen und stiegen in unsere Droschke.

Der Verkehr wurde von Jahr zu Jahr schlimmer; mittlerweile machten die Automobile den Karren, Pferdewagen, Kamelen und Eseln ihre Rechte streitig, ganz zu schweigen von den Fußgängern, die ihr Leben aufs Spiel setzten, sobald sie eine der Hauptverkehrsstraßen betraten. Es dauerte fast eine halbe Stunde, um vom Bahnhof zum Kai zu gelangen, trotzdem beschwerte sich nicht einmal mein ungeduldiger Gatte über diese Verzögerung. Es war einfach herrlich, zurückgekehrt zu sein, die heiße, trockene Luft einzuatmen, im Dezember blühende Rosen und Bougainvillea zu betrachten, die vertraute Geräuschkulisse Kairos wahrzunehmen – den traurigen Singsang der Begräbniszeremonien, das Rufen der Wasser- und Limonadenverkäufer. Und es war beinahe überwältigend, am Ende der kurzen Fahrt die vertrauten Umrisse meiner geliebten Dahabije wiederzusehen, auf der ich so viele schöne Stunden verlebt hatte.

Emerson hatte das Hausboot gekauft und nach mir benannt. Ich brachte es nicht über mich, es aufzugeben, obwohl es für unsere ständig wachsende Familie und unsere ausgedehnte Bibliothek (ganz zu schweigen von Nefrets aus allen Nähten platzendem Kleiderschrank) viel zuwenig Raum bot.

Endlich wieder in heimatlichen Gefilden, sittsam verschleiert und bekleidet und eifrig bemüht, ihre Aufgaben als Haushälterin wieder aufzunehmen, plagte sich Fatima mit den schlimmsten Selbstvorwürfen. Sie hätte nicht nach England reisen dürfen. Sie hätte in Kairo bleiben und dafür sorgen sollen, daß die Dahabije für unsere Ankunft vorbereitet war. Dazu war niemand außer ihr in der Lage. Ihre Nichte Karima war verantwortungslos. Ihr Neffe, Karimas Mann, war ein fauler Nichtsnutz und – was noch gravierend hinzukam – ein Mann. Mit absoluter Sicherheit waren die Böden schmutzig, die Betten nicht gemacht und das Essen ungenießbar …

Meiner Ansicht nach hatte Karima eine wesentlich bessere Arbeit geleistet als der gute alte Abdullah, der diese Aufgabe früher verantwortet hatte, doch während wir von einem Zimmer zum anderen schlenderten, kritisierte Fatima ihre Nichte in einem fort. Mit der Ankündigung, daß sie alles noch einmal machen müsse, flüchtete Fatima in ihre Kajüte, um ihre gute Garderobe abzulegen, und ich verabschiedete mich unter Dankesbezeugungen von Karima. Sie war überaus froh, daß sie endlich gehen konnte.

Vermutlich werden wir mit steigendem Alter verwöhnter

und anspruchsvoller. Das Badezimmer, das mich während meines ersten Rundgangs auf der *Philae* (so hieß das Hausboot damals) tief beeindruckt hatte, erschien mir jetzt entsetzlich unpraktisch. Da ich als letzte davon Gebrauch machte, traf ich auch als Schlußlicht im Salon ein. Dieses geräumige Zimmer befand sich im Schiffsrumpf und verfügte über große Fenster, unter denen sich ein langes Sofa befand. Ramses und Emerson packten bereits die mitgebrachten Bücher aus, hatten diese Tätigkeit jedoch – typisch Mann! – auf halbem Wege unterbrochen und die Bände auf dem Boden, den Stühlen und Tischen liegengelassen. Nefret saß auf dem Sofa und Horus zu ihren Füßen; er schnurrte und vergnügte sich mit irgendwelchen Papierfetzen, vermutlich den Überresten von Briefen und Umschlägen. Ramses kauerte im Schneidersitz auf dem Boden und war in einen schwergewichtigen deutschen Folianten vertieft, während Emerson die unter der gepolsterten Sitzbank angebrachten Schränke durchwühlte.

»Keine Kritik, Peabody«, erklärte er, als er meinen Gesichtsausdruck bemerkte. »Wir können die Bücher nirgends unterbringen, da die Regale bereits überfüllt sind. Verflucht, wir brauchen mehr Platz.«

»Du sprichst mir aus der Seele, Emerson. Vermutlich erwartest du jetzt, daß ich ein Haus finde und mich um alles kümmere – um die Renovierung, Möbel, Personal –«

»Wer hat hier von einem Haus gesprochen?« wollte Emerson wissen. »Wir müßten lediglich ein paar Tische und Stühle entfernen –«

»Vielleicht auch die Betten? Vermutlich könnten wir auch auf dem Boden sitzen oder schlafen. Emerson, dieses Thema haben wir bereits Dutzende Male diskutiert. Du weißt, daß wir Lia und David versprochen haben, ihnen die *Amelia* während ihres Aufenthalts zu überlassen; jungverheiratete Paare erwarten sicherlich eine gewisse Privatsphäre. Du weigerst dich nur, weil du es nicht einsiehst, einige Stunden deiner kostbaren Exkavationszeit in dieses, für uns alle sinnvolle Projekt zu investieren. Und außerdem – «

»Setz dich und trink einen Whiskey, Mutter«, warf Ramses ein.

»Wo soll ich mich denn noch hinsetzen? Danke, nein, Nefret, ich möchte mich nicht mit Horus anlegen, er scheint mir heute abend besonders übellaunig.«

Horus fletschte die Zähne. Ramses befreite den bequemsten Polstersessel von einem Bücherstapel und legte diese auf den Boden. »Hier, Mutter. Ich hole dir einen Whiskey und deine Post.«

Wie üblich übte das göttliche Getränk eine besänftigende Wirkung aus. Ich nahm den Stapel Umschläge entgegen und sagte: »Ist das alles für mich? Vermutlich hast du deine Post bereits gelesen. Stand irgend etwas Interessantes darin?«

»Nein.« Ramses schüttelte den Kopf.

Da ich mit dieser Antwort gerechnet hatte, wandte ich mich meinen eigenen Mitteilungen zu. Einen dicken Brief von Evelyn legte ich beiseite, um ihn in einer meiner Mußestunden zu lesen. Die anderen waren Willkommensgrüße. Es erfüllte mich mit Freude, die vertrauten Namen zu lesen, liebe Freunde wie Katherine und Cyrus, Howard Carter, Mr. und Mrs. Quibell und andere bald wiedersehen zu dürfen. Eine Mitteilung entstammte unerwarteter Herkunft; als ich sie las, entfuhr mir ein kurzer Aufschrei der Überraschung.

»Stellt euch vor! Miss Reynolds schickt eine Einladung zum Mittagessen. Du erinnerst dich doch noch an sie und ihren Bruder, Emerson; wir lernten sie im letzten Jahr kennen.«

»Ich erinnere mich zwar, sehe aber keinen Grund, warum wir diese Bekanntschaft vertiefen sollten«, brummte Emerson. »Verflucht, wir haben auch so schon genug Freunde. Sie stören einen nur bei der Arbeit.«

»Aber doch nicht unsere Fachkollegen, Emerson. Mr. Reisner lobte den jungen Mr. Reynolds in den höchsten Tönen, und seine Schwester ist für eine Amerikanerin ganz reizend. Sie schreibt, sie habe erfahren, daß wir ein geeignetes Domizil suchen – «

»Und von wem hat sie das erfahren?« knurrte Emerson.

»Von mir nicht, Emerson, das versichere ich dir.«

Nefret räusperte sich. »Ich erzählte euch doch, daß Ramses und ich die beiden in London getroffen haben. Vielleicht habe ich im Verlauf des Gesprächs etwas Derartiges erwähnt.«

»Aha, verstehe. Das würde die Sache erklären. Seid ihr denn so gut befreundet, Nefret?«

»Nein«, erwiderte Nefret. Kurz darauf fuhr sie fort: »Maudes freundliche Geste hat auch nichts mit ihrem Interesse an *meiner* Person zu tun.«

»Was? Oh! Ramses, hast du ihr etwa – «

»Ja, Mutter«, entgegnete mein Sohn in dem überaus blasierten Tonfall, mit dem er mich gelegentlich zu verärgern versucht. »Ich hielt ihre Hand, blickte ihr tief in die Augen und murmelte ihr leidenschaftliche Liebesschwüre ins Ohr, als ihr Bruder gerade nicht zuhörte. Sie war Wachs in meinen Händen. Später lockte ich sie weg und verlangte von ihr, ein Haus für uns zu suchen.«

»Ramses!« kreischte ich.

Nefret schüttelte den Kopf. »Also wirklich, Ramses, es macht keinen Spaß mehr, dich zu foppen.«

»Hattest du das damit beabsichtigt?« bohrte mein Sohn.

»Genug«, sagte ich streng. »Ihr seid zu alt, um euch über die junge Dame lustig zu machen. Ich werde ihre Einladung annehmen und erwarte von euch, daß ihr euch anständig benehmt.«

»Zum Teufel mit dir, Amelia«, brüllte mein Gatte. »Ich bin doch nicht nach Ägypten gekommen, um mit irgendwelchen jungen Damen zu speisen. Ich bin hier zum Arbeiten, und genau das habe ich auch vor. Gleich morgen früh werde ich damit beginnen. Selbstverständlich erwarte ich, daß du und die Kinder mich begleiten.«

»Dich begleiten? Wohin? Du hast es bislang nicht für notwendig gehalten, uns über unser diesjähriges Ausgrabungsgebiet zu unterrichten. Also wirklich, Emerson, deine Verschwiegenheit geht mittlerweile so weit, daß sie kein normaler Mensch mehr ertragen kann. Erwartest du, daß wir brav hinter dir durch die Wüste stapfen, bis du sämtliche Friedhöfe von Memphis abgeklappert hast? Solange du mir keine genaueren Angaben machst, tue ich keinen Schritt!«

Emerson bedachte mich mit einem besonders idiotischen Grinsen und griff nach seiner Pfeife. »Rate mal.«

Während der zurückliegenden Jahre war unser Berufsleben recht wechselhaft verlaufen, da Emerson sich mit Monsieur Maspero angelegt und Mr. Theodore Davis zutiefst verärgert hatte. Davis besaß die Exkavationsgenehmigung für das Tal der Könige, in dem wir seinerzeit tätig gewesen waren. Mit Ausnahme dieser Stätte hatte Maspero meinem Gatten jedes Ausgrabungsgebiet rund um Theben angeboten; daraufhin hatte Emerson getobt und erklärt, daß er ausschließlich das Tal der Könige akzeptiere und sonst gar nichts.

Schließlich bekam er gar nichts und beschloß in der für ihn typischen, aufbrausenden Art, den Staub von Theben für immer abzuschütteln – so seine überspitzte Umschreibung. Vierhundert Meilen weiter nördlich befinden sich in der Umgebung des modernen Kairo die Ruinen der alten Hauptstadt Memphis mit ihren jahrtausendealten Begräbnisstätten, und exakt in dieses Gebiet beabsichtigte Emerson unsere Aktivitäten zu verlagern.

Ich war gelinde gesagt bestürzt, da wir ein komfortables Haus in Luxor gebaut und nach meinen Wünschen ausgestattet hatten. Allerdings sollte ich dafür eine Entschädigung bekommen. Natürlich meine ich damit die Pyramiden. Daß ich eine tiefe Leidenschaft für Pyramiden hege, ist zwar nur einer von Emersons kleinen Scherzen, trotzdem gebe ich gern zu, daß sie zu meinen Lieblingsbauwerken zählen.

»Welche würde dir denn gefallen, Peabody?« hatte Emerson anläßlich unserer ersten Diskussion in dieser Sache gefragt. »Die Große Pyramide oder eine der anderen in Gizeh?«

Es war mir mehr oder weniger gelungen, meine Aufregung zu verbergen. »Du kannst mir doch nicht einfach irgendeine Pyramide anbieten. Schließlich weißt du sehr genau, daß sich die Amerikaner, die Deutschen und die Italiener die Konzession für Gizeh teilen. M. Maspero wird vermutlich niemanden vor den Kopf stoßen wollen, nur um dir einen Gefallen zu erweisen.«

»Hmhm«, brummte Emerson. »Also gut, Peabody, wenn du mit dieser Einstellung an die Sache herangehst – «

»Mit welcher Einstellung? Ich habe lediglich gesagt, daß – «

Es würde zu nichts führen, den weiteren Verlauf dieses Gespräches wiederzugeben. Ich hatte natürlich recht; wir hatten keine Exkavationsgenehmigung für Gizeh, und es bestand auch absolut kein Grund zu der Annahme, daß sich daran in dieser Saison etwas ändern würde.

»Ich soll raten?« wiederholte ich. »Was für ein Unfug! Ich verbiete mir diesen kindischen, verantwortungslosen – «

»Dann rate ich«, meinte Nefret rasch. »Handelt es sich um Abusir, Professor?«

Emerson schüttelte den Kopf. »Abu Rauwasch?« schlug Ramses vor.

»Schon besser«, schmunzelte Emerson.

Ich bin ein von Natur aus optimistischer Mensch. Neue Hoffnung keimte in mir auf. »Dahschur, Emerson?« entfuhr es mir übermütig. »Sag jetzt nicht, daß du den Firman für Dahschur bekommen hast?«

Emersons selbstgefälliges Lächeln verschwand, und er senkte den Blick. Statt seine Beschämung jedoch reumütig zuzugeben, fing er an zu fluchen. »Hölle und Verdammnis, Peabody! Ich weiß, wie sehr du dich nach Dahschur zurücksehnst; meinst du, ich etwa nicht? Diese Pyramiden sind bei weitem interessanter als die in Gizeh, und die dortigen Friedhöfe sind noch nie entsprechend erforscht worden. Ich gäbe zehn Jahre meines Lebens –«

»Sag nicht so etwas Idiotisches, Emerson«, unterbrach ich ihn.

Emersons Gesicht verdunkelte sich. »Damit will sie zum Ausdruck bringen«, meinte Nefret rasch, »daß wir für keine Pyramide Ägyptens auf zehn Jahre deiner Gesellschaft verzichten wollten. Stimmt's, Tante Amelia?«

»Gewiß. Was hattest du denn gedacht?«

»Hmhm«, brummte Emerson. »Na schön. Verflucht, Maspero beansprucht Dahschur für sich selbst.«

»Jeder will Dahschur«, warf Ramses ein. »Petrie und Reisner haben sich auch schon erfolglos darum beworben. Also, wenn es nicht Dahschur ist, was dann? Lischt?«

Emerson schüttelte den Kopf. »Vermutlich kann ich es euch ebensogut sagen. Eine wirklich hervorragende Neuigkeit. Ich weiß, ihr werdet genauso erfreut sein wie ich. Zawiet el-Aryan heißt die Stätte. Inklusive Pyramide. Sogar zwei davon.«

»Teufel noch!« entfuhr es mir.

»Es betrübt mich, eine solche Ausdrucksweise an dir feststellen zu müssen, Peabody. Du hast doch selbst einmal gesagt, daß du mit Freuden in Zawiet el-Aryan arbeiten würdest.«

»Hat diese Pyramiden nicht bereits 1905 Signor Barsanti erforscht?« fragte Ramses, während ich langsam meine Beherrschung zurückgewann und Emerson sehr laut und sehr schnell sprach, meinem Blick jedoch auswich.

»Barsanti ist Architekt und Restaurator, aber kein Exkavator, und die von ihm veröffentlichten Ausgrabungsberichte sind entsetzlich ungenau. Die Pyramiden in Zawiet el-Aryan mögen zwar nicht überwältigend wirken – «

»Ha!« schnaubte ich.

» – aber sie bieten eine ganze Reihe interessanter Perspektiven. Man denke nur an den versiegelten, leeren Sarkophag und die – «

Ich fiel Emerson ins Wort. »Hast du nun die Konzession von M. Maspero oder nicht?« drängte ich.

Emerson funkelte mich an. »Deine Frage macht mich tief betroffen, Peabody. Habe ich jemals etwas behauptet, das nicht der Wahrheit entsprach?«

Ich beschloß, die mir schlagartig einfallenden Beispiele zu verdrängen. »Ich habe nicht deine Ehrlichkeit angezweifelt, sondern lediglich deine – äh – Interpretation des von Maspero vielleicht Gesagten. Du mußt wissen, er *ist* Franzose.«

»Aber Reisner nicht.« Er triumphierte über diese unwiderlegbare Tatsache. »Ein offener und ehrlicher Kerl, wie alle Amerikaner. Im vergangenen Jahr war er eine Zeitlang in Zawiet el-Aryan, aber sein Terminplan ist bereits so eng gesteckt mit der Konzession für den Sudan und seiner Arbeit in Samarra, ganz zu schweigen von Gizeh. Er war derjenige, der Maspero davon überzeugte, uns Zawiet el-Aryan zu überlassen.«

»Wie nett von ihm«, murmelte ich. Mr. Reisner zählte zu unseren Freunden und war ein renommierter Wissenschaftler, dennoch wäre ich vermutlich aus der Haut gefahren, wenn er jetzt zugegen gewesen wäre. Sein Terminplan platzte tatsächlich aus allen Nähten, schließlich besaß er Konzessionen für einige der begehrtesten Stätten im östlichen Mittelmeerraum. Und uns überließ er die Brosamen.

Da Emerson meine Gedankengänge erriet, beeilte er sich

hinzuzügen: »Wie du weißt, befindet sich das Ausgrabungsgebiet nur wenige Meilen südlich von Gizeh, von daher wäre es angenehm, dort ein Haus zu haben.«

»Ich bin ja so froh, daß du mir zustimmst«, erwiderte ich honigsüß. »Im Anschluß an unser Mittagessen mit Miss Reynolds und ihrem Bruder werden wir uns den von dir erwähnten Ort einmal genauer ansehen. Ich werde Fatima bitten, deinen guten Tweedanzug zu bügeln, dazu kannst du dann die schöne saphirblaue Krawatte tragen, die ich dir zu Weihnachten geschenkt habe. Die, die du ständig verlegst.«

Das Grübchen in Emersons markantem Kinn zuckte verräterisch. »Ich vergaß, dieses überaus kleidsame Accessoire einzupacken, Peabody.«

»Das dachte ich mir, deshalb habe ich es für dich eingepackt.«

Einen Moment lang mußte Emerson mit seiner Beherrschung kämpfen. Dann grinste er. »Auch gut, Peabody. Darf ich dir einen Kompromißvorschlag machen? Ich werde mich zwar nicht mit diesem verfluchten Ding in der Öffentlichkeit zeigen, aber ich werde dich zu diesem Mittagessen begleiten und mir dieses verdammte Haus kurz ansehen – am Mittwoch. Morgen werden wir das Ausgrabungsgebiet besichtigen.«

»Morgen haben wir unsere Verabredung mit Miss Reynolds, Emerson.«

Nach einer Weile erklärte Nefret, daß sie sich zur Ruhe begeben wolle, woraufhin sie mit Horus beladen fluchtartig den Salon verließ. Da er keine Möglichkeit zur Einmischung sah, folgte Ramses kurze Zeit später ihrem Beispiel und überließ es Emerson und mir, die Sache auszubaden. Es endete, wie ich es vorhergesehen hatte. Emerson entschuldigte sich bei mir, daß er mich eine unsägliche Tyrannin von Ehefrau genannt hatte, und demonstrierte mir, daß er zumindest auf einem Gebiet der Hausherr war. Seine Aufmerksamkeiten sind besonders unwiderstehlich, wenn er aufgebracht ist.

Bevor wir uns zurückzogen, zündete Emerson die saphirblaue Krawatte an und warf die zurückbleibende Asche über Bord.

Früher einmal hatte es länger als eine Stunde gedauert, vom Zentrum Kairos zu den Pyramiden zu gelangen. Sicherlich, die Reise war staubig und beschwerlich gewesen; trotzdem sind mir die Fahrten in der offenen, zweisitzigen Kutsche stets in bester Erinnerung geblieben, wenn wir die Brücke über den Fluß überquerten, der damals noch nicht von den Touristendampfern eines gewissen Mr. Cook überschwemmt wurde, und der Straße zu den Pyramidenfeldern folgten, die von Palmen und grünen Auen gesäumt war. Mittlerweile verwandelten Automobile und Motorräder den früher aus Eseln, Kamelen und Kutschen bestehenden Verkehr in ein gefährliches Chaos, und eine Straßenbahn kutschierte die Insassen vom Ende der großen Nilbrücke bis zum Mena House Hotel in der Nähe der Pyramiden. Die Vorstadt Gizeh – nicht zu verwechseln mit dem Dorf gleichen Namens – erfreute sich in den letzten Jahren wachsender Beliebtheit und dehnte sich ständig aus. Emerson läßt sich häufiger zu der Feststellung hinreißen, daß nicht alle modernen Annehmlichkeiten Verbesserungen der guten alten Zeit darstellen.

Das Heim der Reynolds war eine der neuen Villen mit Blick auf den Fluß und den zoologischen Garten. Wir waren nicht die einzigen Gäste; Miss Maude hatte mehrere Leute eingeladen, die ich als die jüngere Generation unter den Ägyptologen bezeichnen möchte. Ich war mir sicher, daß das der Zerstreuung Emersons dienen sollte, der sich bei gesellschaftlichen

Anlässen bekanntermaßen langweilt. Wie mir zu Ohren gekommen war, bestand Miss Maudes »Umgang« normalerweise aus solchen Zeitgenossen, die wir verzweifelt zu meiden versuchten – aufreizenden jungen Damen und blasierten jungen Beamten.

Einen Großteil der anderen Gäste kannten wir bereits – Jack Reynolds natürlich sowie Geoffrey Godwin, einen weiteren von Reisners Assistenten; Rex Engelbach und Ernst Wallenstein, ein zurückhaltender neuer Teilnehmer der deutschen Gizeh-Expedition, der von Emersons Gegenwart so gebannt schien, daß er die ganze Zeit kein Wort über die Lippen brachte. Des weiteren ein junger Wissenschaftler namens Lawrence, der eine kurze Ausgrabungssaison in Syrien verbracht hatte und jetzt einen Monat lang mit Petrie bei Kafr Ammar arbeitete. Die einzig anwesenden Frauen waren Nefret und ich, Miss Maude und eine unscheinbare, kleine alte Dame – eine Tante oder Cousine, die offiziell als Anstandsdame für die beiden jungen Reynolds fungierte. Maude und ihr Bruder behandelten sie eher wie ein sperriges, zerbrechliches Paket, hoben sie von einem Stuhl auf den anderen, wo sie schließlich verstört lächelnd sitzen blieb, bis sie erneut umquartiert wurde. Ich konnte mir nicht vorstellen, daß sie Miss Maude von irgend etwas würde abhalten können, was diese sich in den Kopf gesetzt hatte.

Anfänglich verhielten sich die jungen Männer fürchterlich reserviert gegenüber Emerson, was diesen überaus frustrierte. Schließlich brach Mr. Lawrence das Eis – besser gesagt, er sprang für Petrie in die Bresche, als Emerson sich zu einer kritischen Bemerkung hinreißen ließ.

»Ich halte es für eine Ehre, in dieser Saison für Professor Petrie arbeiten zu dürfen«, bemerkte er steif. »Sie, *Sir*, erwähnt er mit respektvoller Bewunderung.«

»Einen Teufel tut er«, erwiderte Emerson so humorvoll wie

möglich. »Seit Jahren schon sind wir freundlich gesinnte Gegner, und ich weiß genau, was er von mir hält. Er kann Ihnen das eine oder andere zur Exkavation vermitteln, sofern sie nicht vorher schon an einer Lebensmittelvergiftung gestorben sind. Es ist mir ein Rätsel, warum er nicht längst schon das Zeitliche gesegnet hat; er läßt halbleere Konservendosen herumstehen, bis sie zu schimmeln anfangen, und erwartet von seinen Leuten, daß sie das verdorbene Zeug essen. Peabody, entsinnst du dich noch, als Quibell irgendwann in unser Lager stolperte und um Brechwurz bat?«

Ich unterbrach ihn, bevor er seine Ausführungen vertiefte – Beschreibungen von Erkrankungen des Magen-Darm-Traktes eignen sich keinesfalls für die Mittagstafel –, trotzdem hatte er die jungen Männer aufgrund seiner ungezwungenen Art auf seine Seite gezogen, und eine angeregte archäologische Diskussion schloß sich an, die, wie könnte es anders sein, von Emerson angeführt wurde. Als er unsere nächste Ausgrabungsstätte ins Gespräch brachte, entfuhr Jack Reynolds zu meiner Rechten ein erstaunter Aufschrei.

»Zawiet el-Aryan? Ich wußte zwar, daß Mr. Reisner keine weitere Saison dort verbringen wollte, kann mir aber trotzdem nicht vorstellen, was Sie an diesem Ort interessiert. Wir entdeckten nur wenig Aufschlußreiches. Nicht wahr, Geoff?«

Die Unterschiede zwischen den beiden Männern hätten nicht ausgeprägter sein können – Jack war forsch, rotwangig und stämmig gebaut, Geoffrey hingegen ätherisch blaß und so zurückhaltend, wie Jack unverblümt war. Eine verlegene Röte überzog seine blassen Wangen, als er sich Emersons kritischem Blick ausgesetzt sah, der eine vernichtende Wirkung auf empfindliche Naturen ausübt. »Dem kann ich nur zustimmen«, murmelte er. »Das Gebiet ist Ihrer nicht würdig, Professor.«

»Pah«, erwiderte Emerson aufgebracht. »Mr. Godwin, Sie haben nicht die richtige Einstellung zur Archäologie.« Woraufhin er Godwin lang und breit erklärte, wie dessen Einstellung auszusehen habe. Nefret, die neben dem jungen Mann saß, empfand Mitleid und lenkte Emerson mit einem scherzhaften Einwurf ab.

Als mir auffiel, daß wir von Ramses so gut wie nichts gehört hatten – was in der Tat ungewöhnlich ist –, stellte ich fest, daß Miss Maude von ihm Besitz ergriffen und ihn zu ihrem Tischherrn auserkoren hatte. Das Benehmen junger amerikanischer Damen ist zwar freizügiger und ungezwungener, dennoch begriff ich recht schnell, daß Nefrets Andeutungen hinsichtlich Miss Maudes Interesse an meinem Sohn leider zutrafen. Sie hatte Mr. Lawrence, der an ihrer anderen Seite saß, den Rücken zugewandt und plauderte unentwegt, ohne Ramses die Chance zu einem Kommentar zu geben. Ich hätte ihr gleich sagen können, daß das nicht der richtige Weg war, um seine Zuneigung zu gewinnen.

Nach dem Essen zogen sich die Damen in den Salon zurück, und die Herren schlenderten in Jack Reynolds Arbeitszimmer. Diese absurde Ausgrenzung habe ich in meinem eigenen Haus nie geduldet, nahm sie jedoch bei dieser Gelegenheit hin, da ich Miss Maude unbedingt besser kennenlernen wollte. Bei näherer Betrachtung ihrer Person manifestierte sich mein erster Eindruck; sie war teuer und modisch unbequem gekleidet, ihr Kleid hatte einen so engen Rock, daß sie wie die Chinesinnen mit ihren umwickelten Füßen nur trippelnd vorankam. Sie schien eifrig bemüht, mit mir und Nefret Freundschaft zu schließen, und musterte interessiert deren hübsches, schlichtes Kleid. Ihre Gesprächsthemen waren allerdings extrem langweilig und bestanden in erster Linie aus Klatschgeschichten über ihre Freunde und aus Fragen zu Ramses. Bei Nefret, die genauso gelangweilt war wie ich, siegte schließlich ihr Sinn für Humor. Die Geschichten um ihren Bruder, mit denen sie Miss Maude erfreute, wurden immer hanebüchener, so daß ich mich letztlich zu einem Einschreiten gezwungen sah.

»Wenn wir uns das Haus noch heute nachmittag anschauen wollen, dann müssen wir uns beeilen«, warf ich ein. »Was machen eigentlich die Männer?«

Brandy trinken und Rauchen, lautete die logische Antwort. Ich war froh, daß Ramses sein Glas nicht angerührt hatte und daß Emerson gar keins hatte. Mein Gatte schmollte, da die Unterhaltung von der Ägyptologie auf ein Thema umgeschwenkt war, das ihn kaum interessiert – Feuerwaffen. Jack präsentierte soeben seine Waffensammlung, die sich in einer verschlossenen Wandvitrine befand.

»Wofür brauchen Sie die denn alle?« fragte ich, während ich mit geschürzten Lippen die Vielzahl der tödlichen Waffen musterte.

Offenbar war Jack weder gewohnt, daß weibliche Wesen in sein Refugium vordrangen, noch daß sie abseitige Fragen stellten. »Selbstverständlich für die Jagd, Mrs. Emerson. Und zum Schutz natürlich auch. Schlangen, verstehen Sie.«

»Mein Gatte verwendet einen Teekessel«, erwiderte ich. »Emerson, bist du bereit zum Aufbruch?«

Grinsend gesellte sich Emerson zu mir. Mit ernster Miene und frostigem Blick folgte Ramses seinem Beispiel. Er verabscheut den Jagdsport.

Alle bestanden darauf, uns zur Besichtigung des von Miss Maude entdeckten Hauses zu begleiten. Es war ein angenehmer Spaziergang von etwa zwei Kilometern über eine von schattenspendenden Bäumen gesäumte Allee und entlang dem träge dahinfließenden Strom, dennoch glaube ich nicht, daß Miss Maude ihn sehr genoß. Ihr enger Rock und ihre hochhackigen Schnürstiefel machten es erforderlich, daß sie sich bei jemandem einhakte, und sie mußte mit ihrem Bruder vorliebnehmen, da Nefret bereits von Ramses Besitz ergriffen hatte. Meiner Ansicht nach war es reine Boshaftigkeit, die Nefret dazu inspirierte, da sie eigentlich keine Unterstützung gebraucht hätte; ihr weiter, wadenlanger Rock und die flachen Schuhe ermöglichten ihr die gleiche Bewegungsfreiheit wie den Männern.

Ein düster blickender Portier in staubiger Galabija führte uns durch das Haus. Größe und Lage des Anwesens waren ideal. Es befand sich nördlich des früheren Dorfes und etwas südlicher als der neue Stadtteil und verfügte über ein riesiges Grundstück. Erbaut hatte es ein früherer Staatsminister, dessen Karriere plötzlich bergab gegangen war. Als vorausblikkender Mensch war es ihm gelungen, das Land ungeschoren und mit einem Vermögen an Edelsteinen zu verlassen, die er in seine Jackentaschen eingenäht hatte. Die Villa, als etwas anderes hätte man sie nicht bezeichnen können, zeugte von seinem guten und zweifellos erlesenen Geschmack. Sie mußte ein Vermögen gekostet haben, denn das Bauwerk war solide und der Stil eine ansprechende Mischung aus ehrwürdigem Charme und modernem Komfort. Drei Flügel mit je zwei Stockwerken umschlossen einen riesigen Innenhof mit einem Marmorspringbrunnen in der Mitte. Der zur Straße gelegene Eingang führte durch eine riesige und geschmackvoll dekorierte Eingangshalle in den Innenhof. Wunderschöne, filigrane Eisengitter bedeckten die Fenster des Raums, der einst den Harem beherbergt hatte; des weiteren gab es mehrere, nach europäischem Standard eingerichtete Badezimmer. Ein weiterer Vorteil bestand darin, daß das Anwesen nicht weit von der Hauptstraße und der Straßenbahnlinie entfernt lag, die von Kairo zu den Pyramiden führte.

Nachdem ich mir das Haus bis in den letzten Winkel angeschaut hatte, schloß ich mich den anderen (die es satt hatten, jeden Schrank und jedes Wasserrohr zu inspizieren) im Hof an und teilte ihnen meine Entscheidung mit. »Das Anwesen erfüllt genau unseren Zweck. Noch vor Weihnachten werden wir einziehen, und ich hoffe doch, daß Sie an diesem Tag alle mit uns feiern.«

Miss Maude riß ihre großen braunen Augen auf. »So bald schon? Meine liebe Mrs. Emerson, ich brauchte allein drei Wochen, um die ganzen Spinnen aus unserem Haus entfernen zu lassen!«

»In solchen Dingen verfüge ich über entsprechende Erfahrung«, erwiderte ich. »Noch heute abend werde ich den Makler aufsuchen und den Vertrag unterzeichnen. Morgen früh können unsere Leute aus Atiyah hier sein; Selim werde ich damit beauftragen –«

»Selim?« Emerson unterbrach sein Gespräch mit Jack Reynolds und wirbelte herum. »Selim kann ich nicht entbehren, Peabody. Ich will, daß er sich morgen die Ausgrabungsstätte ansieht.«

»Du kannst doch nicht schon morgen mit den Ausgrabungen anfangen, Emerson.«

»Zum Teufel, warum denn nicht? Genau deshalb bin ich doch hier«, schnaubte Emerson. »Um zu graben und nicht, um Böden zu schrubben oder Vorhänge, Töpfe, Pfannen und Möbel auszusuchen.«

Der Anblick Emersons, der sich aufgrund seines kleinen Temperamentsausbruchs mit zornesfunkelnden Augen und bebendem Kinngrübchen bedrohlich vor mir aufrichtete, hat auf mich stets beeindruckende Wirkung. Ich erwiderte: »Etwas Derartiges erwarte ich gar nicht von dir, mein Lieber. Meinetwegen kannst du die Ausgrabungsstätte nach Herzenslust inspizieren, aber du wirst es ohne Selim tun müssen. Ich brauche ihn.« Dann wandte ich mich Geoffrey zu, der unsere Auseinandersetzung ebenso wie alle anderen überaus interessiert verfolgt hatte, und erklärte: »Selim ist unser Rais, müssen Sie wissen. Seine Familienangehörigen arbeiten schon seit vielen Jahren für uns. Viele von ihnen wohnen in Atiyah, einem etwas südlich von hier gelegenen Dorf.«

»Oh, ja.« Geoffrey nickte. »Alle Exkavatoren beneiden Professor Emerson um seine gut ausgebildeten Männer. Ich glaube, David Todros, den ich im vorigen Jahr kennenlernte, ist einer von ihnen.«

»Das ist nicht ganz richtig«, wandte Ramses ein. »David ist ausgebildeter Archäologe. Außerdem gehört er jetzt zu unserer Familie, da er vor kurzem meine Cousine geheiratet hat.«

»Das wäre also geklärt«, meldete ich mich zu Wort.

»Nein, ist es nicht«, wandte Emerson ein. »Peabody, ich schlage vor, wir einigen uns auf einen Kompromiß, ja? Kompromisse«, erklärte er den jungen Leuten, »sind sowohl für den häuslichen als auch den internationalen Frieden unabdingbar. Mrs. Emerson und ich sind zwar fast immer einer Meinung, trotzdem hilft ein Kompromiß über die gelegentlich auftretenden, kleinen Differenzen hinweg. Wir werden uns morgen das Ausgrabungsgebiet ansehen und danach kannst du nach Herzenslust schrubben und fegen! Wie gefällt dir das, meine Liebe?«

Es ist unmöglich, Emerson etwas abzuschlagen, wenn er sich für besonders gerissen hält, und außerdem sollten interne Diskussionen nicht in aller Öffentlichkeit geführt werden. »Einverstanden«, lenkte ich ein. »Jetzt machen wir uns besser auf den Heimweg. Miss Reynolds, ich danke Ihnen für Ihre Unterstützung in dieser Sache und für das hervorragende Mittagessen.«

Wir trennten uns im besten Einvernehmen, und als wir in die Straßenbahn kletterten, erklärte ich: »Es ist schön, so nette junge Menschen als Nachbarn zu haben.«

»Solange du nicht von mir erwartest, daß ich regelmäßig mit Maude Tee trinke und mir ihre Klatschgeschichten anhöre«, erwiderte Nefret. »Gütiger Himmel, wie langweilig sie ist! Meiner Ansicht nach hat sie sich gegenüber Mr. Lawrence überaus unhöflich verhalten. Genau wie du, Ramses; magst du ihn nicht?«

»Mir kommt er entsetzlich oberlehrerhaft vor, allerdings kenne ich ihn zu wenig, um ihn sympathisch oder unsympathisch zu finden. Als ich in Palästina mit Reisner zusammenarbeitete, wurde er mir vorgestellt. Er arbeitete irgendwo an der syrischen Grenze.«

»Er ist kein Ägyptologe?« fragte Nefret.

»Nein.«

»Dann kann er auch nicht zu den Verdächtigen zählen.«

»Vorsichtig ausgedrückt, kaum«, erwiderte Ramses mit einem schwachen Lächeln.

»Wovon sprecht ihr eigentlich?« wollte Emerson wissen.

»Von dem Fälscher natürlich«, erwiderte Nefret. »Diese kleine Sache hast du doch hoffentlich nicht vergessen, Professor. Wenn wir ihn überführen wollen – «

»Das werden wir aber nicht, indem wir jeden dahergelaufenen Ägyptologen verdächtigen«, meinte Emerson aufgebracht. »System und Methode – «

»Scheinen uns keinen Schritt weiterzubringen«, erklärte Nefret. »Gehen wir heute abend in den Souk, Tante Amelia?«

»Ja. Schließlich müssen wir« – ich warf einen Blick zu Emerson – »Vorhänge, Töpfe, Pfannen und Möbel aussuchen.«

Emersons Lippen verzogen sich zu einer Grimasse, die nur entfernt an ein Lächeln erinnerte. »Denk nur ja nicht, du könntest mich auf diese Weise abhängen, Peabody. Deine illegalen Methoden kenne ich zur Genüge. Der Einkauf von Töpfen und Pfannen ist bestimmt nicht dein Hauptanliegen. Du beabsichtigst, die Antiquitätenhändler aufzusuchen – sie auszufragen, sie zu nötigen und zu tyrannisieren. Aber nicht ohne mich, meine Liebe. Du hast die unangenehme Angewohnheit, die falschen Leute zu verärgern.«

»Genauer gesagt, kriminalistisches Gespür.« Nefret lachte. »Du wolltest mich doch mitnehmen, nicht wahr, Tante Amelia?«

»Gewiß. Ich brauche deinen Rat bei den Vorhängen.«

Aufgrund dieses kleinen Scherzes prusteten wir los. Wenigstens Nefret und ich.

Als wir zur Dahabije zurückkehrten, erzählte ich Fatima von dem neuen Haus, woraufhin sie freudestrahlend Eimer und Wischtücher, Besen und Putzmittel zusammentrug. Dann suchten wir das Maklerbüro auf und unterschrieben den Vertrag. Das war rasch erledigt. Die Ägypter wissen, daß sie mit Emerson nicht feilschen können.

Mittlerweile gibt es moderne Geschäfte in Kairo, die eine Vielzahl europäischer Waren anbieten, und manche Straßenzüge sind kaum noch unterscheidbar von westlichen Einkaufsmeilen; trotzdem hat sich die Khan el Khalil ihren geheimnisvollen orientalischen Charme bewahrt, insbesondere in den Abendstunden. Die schmalen Gehwege sind mit Matten ausgelegt, und die auf den Steinbänken vor ihren Läden sitzenden und schwatzenden Händler ähneln den Märchenfiguren aus Tausendundeiner Nacht.

Als erstes besuchten wir die Stoffverkäufer, deren farbenfrohe Seidenballen und mit Gold- und Silberfäden durchwirkte Damaststoffe im Schein der Öllampen schimmerten. Da ich genau wußte, was ich wollte (wie stets) und was es kosten durfte, brauchte ich nicht lange, um Gardinen- und Vorhangstoff auszusuchen. Trotzdem verdrehte Emerson die Augen und murrte, so daß ich beschloß, seine Geduld nicht auch noch bei der Möbelauswahl auf die Probe zu stellen. Die Betten, Schränke und Tische auf der Dahabije mußten fürs erste genügen und konnten auch später noch ersetzt werden.

Als wir uns dem Geschäft näherten, dessen Besitzer wir als ersten aufsuchen wollten, überkam mich ein überaus unangenehmes Gefühl. Es handelte sich nicht um eine Vorahnung, sondern um meine Erinnerung, die diese Empfindung hervorrief; denn hier hatten Emerson und ich in den düsteren Mitternachtsstunden die Leiche des früheren Besitzers entdeckt, die von der Ladendecke herunterbaumelte. Der Anblick der starren Gestalt und des entsetzlich aufgedunsenen Gesichts hatten einen nachhaltigen Eindruck bei mir hinterlassen. Jetzt wurde das Geschäft von Abd el Attis Sohn geführt, der in jeder Beziehung schlimmer war als sein Vater. Aziz Aslimi hatte früher einen Laden im europäischen Viertel auf der Muski betrieben, sich jedoch als so schlechter Geschäftsmann erwiesen, daß er ihn aufgeben und auf die Khan el Khalil zurückkehren mußte. Meine entsetzlichen Erinnerungen störten Aziz vermutlich nicht im geringsten. Er war beileibe kein sensibler Mann. Allerdings, so dachte ich, war er auch kein Krimineller, außer vielleicht im Hinblick auf die Machenschaften, die fast jeder Kairoer Antiquitätenhändler betrieb. Keiner von ihnen kann es sich leisten, besonders skeptisch hinsichtlich der Herkunft der feilgebotenen Waren zu sein.

Das Geschäft war klein und die Eingangstür schmal; wir mußten beiseite treten, um einen Kunden vorbeizulassen – einen gebeugt gehenden, grauhaarigen Mann in altmodischem Gehrock und weißem Schal. Er blinzelte uns kurzsichtig an, berührte seinen Hut und murmelte: »Verzeihung. Einen guten Abend.« Dann humpelte er davon.

»Wir sind ihm etwas zu dicht auf den Fersen«, flüsterte Emerson und zog mich am Arm. »Warte einen Augenblick, Peabody.«

Ich sah zwar keinen Sinn darin, da nicht einmal ich, seine

eigene Mutter, Ramses wiedererkannt hätte, wenn ich seiner Verwandlung nicht beigewohnt hätte – was mir allerdings vergönnt gewesen war. Trotzdem warteten wir noch eine Weile, bevor wir eintraten. Mr. Aslimi gab sich geschmeichelt über unseren Besuch und bestand darauf, daß wir zusammen Kaffee tranken.

Die gleichen ausgedehnten Höflichkeitsbezeugungen erwarteten uns in den anderen von uns aufgesuchten Geschäften, so daß wir erst spät zur *Amelia* zurückkehrten, wo uns Ramses in seinem Normalzustand im Salon erwartete.

»Irgendwelche Erfolgsmeldungen?« wollte er wissen.

»Keine einzige«, erwiderte ich. »Dein Vater hätte mich nicht begleiten dürfen. Er besitzt weder die Geduld noch das Fingerspitzengefühl für derartig delikate Nachforschungen. Man kann keine Informationen beziehen, wenn man die Leute anbrüllt und bedroht – «

»Ich habe meine Stimme kein einziges Mal erhoben«, entfuhr es Emerson wütend. »Was das Bedrohen von Leuten anbelangt, so warst du diejenige, die Aslimi erklärt hat – «

»Aber, liebster Professor, reg dich nicht auf.« Nefret setzte sich auf seine Sessellehne und legte ihm zärtlich eine Hand auf die Schulter. »Ich bezweifle, daß wir dort irgendwelche brauchbaren Informationen erhalten hätten. Ramses, du warst ebenfalls erfolglos, oder?«

Ramses schüttelte den Kopf. »Damit hatte ich bereits gerechnet. Vergeßt nicht, daß der Bursche sorgfältig jeden Käufer gemieden hat, der David persönlich kannte oder der bemerkt hätte, daß er kein Ägypter ist.«

»Es sei denn, er *ist* Ägypter«, warf ich ein.

»Pah«, entfuhr es Emerson. »Hör endlich auf, im trüben zu fischen, Peabody. Wenigstens können wir uns jetzt ziemlich sicher sein, daß dieses Schwein keinen Kairoer Händler aufgesucht hat.«

»Und das erhärtet unsere früheren Vermutungen«, bemerkte Ramses. »Der Bursche ist Engländer oder Europäer. Oder«, fügte er mit einem Blick auf Nefret hinzu, »Amerikaner. Warum sollte er das Risiko eingehen, seine Fälschungen hier an den Mann zu bringen, wenn er in Europa wesentlich gefahrloser bessere Preise erzielen kann? Wir wissen, daß er sich im letzten Sommer in Europa und in England aufgehalten hat, denn in diesem Zeitraum wurden sämtliche Stücke verkauft, aber kein Objekt kam vor April auf den Markt. Das läßt darauf schließen, daß es sich um eine neuere Unternehmung handelt.«

»Das hilft uns auch nicht weiter«, maulte Nefret. Dann hellte sich ihr Gesicht auf. »Kommt, wir stellen eine Liste der Verdächtigen auf.«

»Zu früh«, meinte Ramses und blickte sie herablassend an.

»Der Meinung bin ich nicht«, erwiderte ich. »Wir haben sämtliche Schlußfolgerungen getroffen, die uns aufgrund der unzureichenden Informationen möglich sind. Warum sollen wir nicht etwas spekulieren – oder, besser gesagt, theoretisieren? Das kann nicht schaden und führt vielleicht doch zu irgend etwas.«

»Vermutlich hast du schon wieder eine deiner widerwärtigen Listen angefertigt«, meinte Emerson resigniert.

»Ja, ich habe eine Liste zusammengestellt. Und was den Begriff widerwärtig anbelangt – «

»Ich auch«, warf Nefret rasch ein. »Wer steht denn zuoberst auf deiner, Tante Amelia?«

»Vermutlich kann ich das unschwer erraten«, murmelte Ramses.

»Tu dir keinen Zwang an«, meinte ich mit einem argwöhnischen Blick in seine Richtung.

»Howard Carter.«

Nefret schnappte nach Luft, Emerson fluchte, und ich entgegnete streng: »Hast du wieder einmal in meinen Unterlagen herumgeschnüffelt, Ramses?«

»Nein, Mutter. Ich weiß doch, wie dein Verstand arbeitet. Gegen Carter sprechen drei Dinge. Er ist Künstler und Ägyptologe, und er hat kein geregeltes Einkommen. Drei Jahre lang war er ohne feste Anstellung und konnte sich nur mit Mühe über Wasser halten, und jetzt ist er immer noch von launenhaften Gönnern wie dem Earl of Carnarvon abhängig. Der Reiz eines kleinen Zubrots wäre doch nur verständlich.«

»Du vermutest also Habgier hinter seinem Motiv«, schloß ich.

»Eine logische Annahme, oder etwa nicht? Vielleicht sind es aber auch sonderbare und abwegige Motive, die ich nicht nachvollziehen kann...« Er blickte zu Nefret, und eines seiner seltenen Lächeln glitt über seine ernsten Züge. »Das einzige Motiv, das mir in diesem Zusammenhang einfällt, ist die Ablehnung Davids oder unserer gesamten Familie, und das wäre sicherlich weit hergeholt. Es gibt einfachere und direktere Mittel, um uns eins auszuwischen.«

»Ganz recht«, knurrte Emerson. »Ich weigere mich, über sonderbare und abwegige Motive zu diskutieren. Das offensichtliche Motiv ist doch das Bedürfnis oder der Wunsch nach Geld. Das würde zwar auf Carter zutreffen, aber ihn als Künstler zu bezeichnen ist völliger Quatsch. Wir suchen einen Bildhauer und keinen Maler.«

»Diese beiden Berufsgruppen schließen sich nicht zwangsläufig aus«, erklärte Ramses, bevor ich meine Meinung äußern konnte. »Und der Fälscher und der Wissenschaftler müssen noch lange nicht ein und dieselbe Person sein.«

»Das spräche erneut gegen Carter«, gestand Emerson. »Er hat jahrelang in Luxor gearbeitet, als Inspektor der Antikenverwaltung, als Händler und als Exkavator. Vermutlich steht er mit jedem Fälscher in Gurneh auf du und du.«

»Er brauchte keinen Fälscher, da er selber Künstler ist«, bemerkte ich. »Das gleiche trifft auf die anderen von mir erfaßten Personen zu.«

»Nun mach mal halblang, Peabody. Wie viele solcher Personen gibt es denn überhaupt?« wollte Emerson wissen.

»Du wärest überrascht, Emerson. Was ist beispielsweise mit Signor Barsanti?«

»Lächerlich, Peabody. Er ist mindestens Fünfzig und ein absolut unbeschriebenes Blatt. Ich dachte, wir wären übereingekommen, daß unser Verdächtiger zu der jüngeren Generation zählt.«

»Lediglich eine Vermutung, Emerson. Veränderte Lebensumstände können einen bislang ehrlichen Menschen zu verbrecherischen Machenschaften hinreißen. Signor Barsanti wurde ursprünglich als Konservator und Restaurator eingestellt. Ein Mann, der ein Kunstwerk restaurieren kann, kann es auch fälschen. Dann sind da noch Mr. Quibell und seine Gattin. Als wir sie kennenlernten, kopierte Annie Inschriften in Sakkara, du erinnerst dich? Ich wage zu behaupten, daß sie die Sprache entsprechend beherrscht, um die Fälschungen eigenhändig herzustellen. Mr. und Mrs. de Garis Davies haben Kopien der Grabmalereien in Theben angefertigt, die fast so exakt sind wie die unserer lieben Evelyn, und – «

»Warum in Dreiteufelsnamen sollte irgendeiner von ihnen so etwas tun?« schnaubte Emerson. Unsere Blicke trafen sich. »Schon gut, Peabody, schon gut. Wir lassen das Motiv im Augenblick außen vor. Wer noch?«

»Karl von Bork. Obwohl ich mich normalerweise vehement dagegen sträube, Ehefrau und Ehemann als eine Einheit zu betrachten, befürchte ich, daß das bei Karl und Mary zutrifft. Sie war Künstlerin, noch dazu eine hervorragende, als er sie, gemeinsam mit uns, kennenlernte. Ich sollte noch erwähnen«, fügte ich hinzu, »daß sie ausschließlich von Karls Einkünften leben und mehrere kleine Kinder haben. Kinder sind ein nicht unerheblicher Kostenfaktor, eins kommt zum anderen, und ein Mann, der sich aus freien Stücken nie auf ein Verbrechen einließe, gerät aus Sorge um seine Liebsten schließlich in diesen Teufelskreis.«

»Wie es von Bork schon einmal passiert ist«, meinte Emerson mit finsterer Miene. »Verflucht, Peabody, ich muß zugeben, daß du eine ernstzunehmende Behauptung aufgestellt hast.«

»Aber er ist doch ein Freund von uns!« entfuhr es Nefret.

»Mr. Carter ebenfalls«, bemerkte Ramses. »Ist dir noch nicht aufgefallen, daß, wenn es sich bei dem Übeltäter um einen Ägyptologen handelt, er einer unserer Freunde oder wenigstens ein guter Bekannter sein muß?«

»Wir dürfen die Möglichkeit nicht ausschließen«, sagte Emerson, »daß es sich um zwei Personen handelt und daß zumindest der Künstler Ägypter ist. Der verstorbene und wenig geschätzte Abd el Hamed war der einzige mir bekannte, der über eine solch herausragende Begabung verfügte, aber die von uns gesuchte Person ist uns vielleicht nicht bekannt – ein Fälscher von außergewöhnlichem Talent, entdeckt und ausgebildet von unserem hypothetischen ... Gütiger Himmel! Wir verlieren den Boden unter den Füßen und diskutieren ins Blaue hinein.«

»Korrekt«, erwiderte ich. »Es wird Zeit, daß wir die Offensive ergreifen! Wenn wir gegenüber den vermeintlich Verdächtigen einige Anspielungen machten – «

Mit einem lauten Aufschrei sprang Emerson auf. »Ich wußte es! Ich wußte, daß du das sagen würdest! Ich verbiete dir ausdrücklich, durch Kairo zu spazieren und wahllos irgendwelche Leute krimineller Aktivitäten zu bezichtigen! Man sollte doch annehmen, daß du mittlerweile gelernt hast, den Kopf nicht unter das Messer der Guillotine zu legen, nur um einen besseren Blick auf den Scharfrichter zu erhaschen. Konzentriere dich auf das verfluchte Haus. Dort gibt es genug zu tun, was dich von Gefahren fernhalten wird.«

»Selbstverständlich wartet dort eine Menge Arbeit«, erwiderte ich einlenkend. »Und diese wird sich rascher und leichter bewältigen lassen, wenn ich auf eure volle Unterstützung zählen kann. Damit meine ich euch alle drei. Es wäre ungerecht, mir die lästigen Aufgaben wie Reinigung und Umzug zu überlassen, während ihr euch mit den Pyramiden vergnügt. Da stimmt ihr mir doch sicherlich zu.«

»Selbstverständlich«, ereiferte sich Nefret.

»Kein einsichtiger Mensch könnte deine Logik entkräften«, meinte Ramses.

»Pah«, schnaubte Emerson.

»Das wäre also geklärt«, erwiderte ich eher optimistisch als überzeugt. »Wenn wir morgen das Ausgrabungsgelände inspizieren wollen, sollten wir uns jetzt besser zurückziehen.«

»Würde es euch etwas ausmachen, wenn ich morgen nicht mitkäme?« fragte Nefret. »Ich muß noch einen Besuch machen. Man erwartet mich sicherlich.«

Fragend blickte ich zu Emerson. An seinem finsteren Blick und seinen zusammengepreßten Lippen bemerkte ich, daß ihm die Idee ebenso mißfiel wie mir, er aber genau wie ich wußte, daß jeder Widerspruch zwecklos war.

»Tu, was du für richtig hältst, Nefret«, erklärte ich.

»Das tut sie sowieso«, warf Ramses ein. »Hast du etwas dagegen, wenn ich mitkomme, Nefret?«

Ihre blauen Augen blitzten auf. »Als Anstandsdame oder als Leibwächter, Ramses?«

»Als Freund.«

»Du weißt genau, wie man ein Mädchen rumkriegt, nicht wahr?« Lächelnd reichte sie ihm ihre Hand. Als er danach griff, biß ihm Horus in den Finger.

Aus Manuskript H

»Wie weit ist es denn noch?« fragte Ramses.

»Wir sind gleich da.« Nefret hakte sich fester bei ihm ein und hüpfte elegant über eine dampfende Ansammlung von Kamelmist. Sie sah ihn nicht an. Den Blick konzentriert auf den Boden zu heften war in den Gassen von el Was'a auch unumgänglich, da man dort im Zickzackkurs undefinierbaren Substanzen ausweichen mußte.

Die engen, gewundenen Gassen waren zwar überaus belebt, aber noch nicht so überfüllt, wie sie es in den späten Abendstunden sein würden, wenn die Läden vor den Parterrefenstern geöffnet wurden, die Frauen ihre Plätze hinter den Eisengittern einnahmen und sich lautstark gestikulierend den Männern feilboten, die sie wie Schlachtvieh taxierten. Das Gebiet zwischen Ezbekieh und Hauptbahnhof war so berühmt-berüchtigt, daß es sogar von Reisegruppen aufgesucht wurde, allerdings nicht von denen des ehrenwerten Mr. Cook.

Weit und breit waren sie die beiden einzigen Ausländer, und Nefret war in ihrer Hose, den Stiefeln und ohne Kopfbedekkung vermutlich so unauffällig wie eine ausgebrochene Tigerin. Die Passanten starrten sie an und tuschelten, machten ihnen jedoch Platz. Die Kamele und Esel allerdings nicht. Ramses zerrte Nefret beiseite, um einen Karren vorbeizulassen. Schlammspritzer klatschten auf seine Stiefel. Wenigstens hoffte er, daß es Schlamm war.

»Konntest du dir nicht einen gepflegteren Ort aussuchen?« fragte er.

»Das mußt ausgerechnet du fragen. Sie wären nicht zu mir gekommen. Ich mußte sie aufsuchen.«

Bei dem Haus handelte es sich um eines der hohen, schmalen, nichtssagenden Gebäude der Kairoer Altstadt. Es gab weder Hausnummer noch Namensschild, und nachdem Nefret geläutet hatte, wurden sie einer intensiven Prüfung durch einen engen Türschlitz ausgesetzt, ehe sie das Klirren der Kette und das Ächzen der Scharniere vernahmen. Diese Geräusche wurden von einem schrillen Jammern untermalt, das die meisten Europäer sicherlich für einen Klagelaut gehalten hätten. Ramses wußte, worum es sich handelte; deshalb war er auch keineswegs erstaunt, als die Tür aufsprang und Nefret von einer Gruppe Frauen umringt wurde, die sie vor Freude kreischend zu umarmen versuchten.

Eine Frau mittleren Alters, die über ihrem langen Gewand einen Arztkittel trug, trat entschlossenen Schrittes auf Ramses zu und reichte ihm die Hand. Ihre schwarze Haarpracht war von grauen Fäden durchzogen und ihr Arabisch von einem starken syrischen Akzent gefärbt.

»Marhaba, Effendi Emerson. Welch eine Ehre für unser Haus.«

»Nenn ihn einfach Bruder der Dämonen«, sagte Nefret und lachte. »Ramses, das ist Dr. Sophia.«

Er hatte sie noch nicht kennengelernt, aber gehört, daß Nefret und seine Mutter voller Bewunderung und Respekt von ihr sprachen. Beides hatte sie sich mühsam erkämpfen müssen; die syrischen Christen waren zwar etwas liberaler in ihrer Einstellung als die meisten Bewohner des mittleren Ostens, trotzdem war es Sophia Hanem erst nach langen Jahren der Auseinandersetzung mit ihren Eltern und der Regierung gelungen, in Zürich ihr Medizinstudium zu absolvieren. Nefret war überglücklich gewesen, als sie sich bereit erklärt hatte, die Klinik zu übernehmen.

Ramses wartete im Büro, während Nefret mit der Ärztin die Visite unternahm. Es handelte sich um einen hellen, sonnigen Raum mit großen Fenstern zum Innenhof, dessen blitzsauberer Steinboden und weiße Wandfront im verblüffenden Gegensatz zu der schmutzigen Straße standen. Ein Mädchen im Alter von höchstens dreizehn Jahren brachte ihm Tee; er konnte nicht umhin, sich insgeheim immer wieder zu fragen, ob sie zu den unglückseligen Kindern gehörte, die die Klinik erfolgreich vom Joch der Erniedrigung und der sprichwörtlichen Sklaverei befreit hatte. Einige der Mädchen waren sogar noch jünger. Es dauerte eine ganze Weile, bis Nefret zurückkehrte und sich dann überstürzt verabschiedete. Die Ärztin schien aufgrund ihrer schroffen Art keineswegs betroffen; sie lächelte Ramses lediglich betrübt an und schüttelte den Kopf. Er nickte, denn er hatte verstanden.

Seine Mutter hatte ihn gewarnt. »Sie ist immer übelster Laune, wenn sie die Klinik besucht hat. Nimm es nicht persönlich, wenn sie dich anfährt. Sie ist nicht wütend auf dich, sondern – «

»Wegen des Entsetzens, das sich ihr dort bietet, und ihrer Unfähigkeit, daran etwas zu ändern. Schon gut, Mutter, ich bin es gewohnt, von Nefret brüskiert zu werden.«

Die Tür fiel hinter ihnen ins Schloß. Nefret ließ zu, daß er ihre Hand nahm, und hakte sich bei ihm ein. Er wußte nicht, was er sagen sollte. In ihrer gegenwärtigen Stimmung könnte sie jede anerkennende Äußerung oder sein Mitgefühl mißverstehen. Er war schon fast entschlossen, es zu riskieren, als sie erstarrte und ihren Blick fokussierte – nicht auf ihn, sondern auf zwei europäisch gekleidete Männer mit einem Tarbusch als Kopfbedeckung. Beide rauchten Zigarren. Als er Nefret bemerkte, blieb der größere der beiden schlagartig stehen, redete kurz auf seinen Begleiter ein und kam dann auf sie zu. Die Menschenmenge teilte sich so abrupt wie das Rote Meer vor Moses. Selbst in Zivilbekleidung hatte ein Offizier diese Wirkung auf die Bürger von el Was'a.

»Gütiger Himmel, Nefret, was machst du denn hier?« Achtlos warf Percy die Zigarre fort und nahm seinen Fez ab. »Laßt euch zu eurer Sicherheit von mir begleiten.«

»Ich fühle mich völlig sicher«, erwiderte Nefret. »Und ich weiß sehr wohl, was ich tue. Darf ich fragen, Leutnant, zu welchem Zweck *du* hierhergekommen bist? Die Bordelle auf der Wagh-el-Birka entsprechen doch eher dem englischen Geschmack.«

Von einer Dame erwartete man, daß sie weder diesen Begriff kannte, noch daß sie über die sogenannten Annehmlichkeiten besagter Kairoer Etablissements informiert war. Percy lief puterrot an und blickte hilfesuchend zu Ramses, der sich krampfhaft das Lachen verkniff.

»Ich sag's ja! Da siehst du es, Ramses, es war ein Fehler, sie hierherzubringen ... sie aufzuklären über ... über ...«

»An deiner Stelle würde ich so etwas nicht behaupten«, meinte Ramses in ernstem Ton.

Es war zu spät. Nefrets Gesicht war beinahe so rot wie das von Percy.

»Verflucht, Ramses hat mich in keinster Weise über Bordelle aufgeklärt«, brüllte sie. »Meinst du, ich würde noch ein einziges Wort mit ihm reden oder ihm die Hand reichen, wenn ich glaubte, daß er solche Etablissements aufsuchte? Ein Mann, der sich dieser armen Frauen bedient, ist die erbärmlichste Kreatur auf Erden. Wie steht es denn mit dir, Leutnant Peabody? Du hast mir immer noch nicht gesagt, weshalb *du* hier bist.«

Schließlich fand Ramses die Situation alles andere als amüsant. Nefret bebte vor Zorn, Percys Gesicht hatte eine überaus ungesunde Färbung angenommen, und allmählich waren sie von Schaulustigen umringt. Eine häßliche öffentliche Szene hätte ihnen gerade noch gefehlt.

»Du bist doch dienstlich hier, alter Junge, oder?« versuchte er Percy zu Hilfe zu kommen, und in seiner Stimme schwang lediglich ein leichter Anflug von Sarkasmus.

»Ja.« Percy griff den Hinweis auf. Ramses bewunderte ihn fast, daß er sich so rasch gefangen hatte. »Gelegentlich kommen unsere Männer hierher. Selbstverständlich tun wir alles, um sie von ihrem Vorhaben abzubringen.«

Ramses nickte bekräftigend. »Eine gute Einstellung. Wir sollten ihn nicht länger aufhalten, Nefret. Vater und Mutter warten sicher schon im Shepheards auf uns.«

»Ja, natürlich. Es tut mir leid, Percy, wenn ich dich falsch eingeschätzt habe.« Sie lächelte ihn an.

Das war Nefrets Problem – eines ihrer Probleme, dachte Ramses im stillen. Sie war so wechselhaft wie ein englischer Frühlingstag, einem stürmischen Gefühlsausbruch folgte von einem Augenblick auf den anderen ein strahlendes Lächeln. Manche Menschen begingen den Fehler, sie für oberflächlich und sprunghaft zu halten, weil ihre Gefühle so wechselhaft waren. Er wußte es besser. Nefret hätte es fertiggebracht, einen Burschen zusammenzuschlagen und Minuten später dessen Prellungen zu verarzten.

»Du hast Ramses ebenfalls falsch eingeschätzt«, fuhr sie fort. »Es war meine Idee, hierherzukommen. Ich dachte, du hättest davon gehört, daß ich eine Klinik für die Prostituierten eröffnet habe. Sie bekommen keine andere medizinische Unterstützung und brauchen sie vermutlich am dringendsten.«

»Oh. Oh, ja. Ich habe davon gehört, aber ... aber ich hätte niemals angenommen, daß du selbst nach dem Rechten siehst!« Nefrets Stirn umwölkte sich erneut, und Percy beeilte sich, hinzuzufügen: »Ich kann meine Bewunderung für deinen Mut und deinen Einsatz nicht in Worte fassen. Trotzdem, meine liebe Nefret, fällt es mir schwer, dir zu verzeihen, daß du mich eines so verachtenswerten Verhaltens für fähig hältst. Das kannst du nur wiedergutmachen, indem du gestattest, daß ich dich sicher zum Hotel zurückbegleite.«

»Ich denke, das schaffe ich schon«, meinte Ramses kleinlaut. »Wir wollen deiner Pflichterfüllung nicht im Wege stehen.«

Sie ließen Percy feixend und an seinem Schnurrbart zwirbelnd stehen und nahmen ihren Weg durch die engen Gassen wieder auf. »Geh aufrecht«, murmelte Nefret. »Warum schlurfst du denn so?«

»Tue ich das?«

»Du hast dich wie ein Vollidiot benommen.«

»Habe ich das?«

Nefret lachte und drückte seinen Arm.

Sie waren nicht weit vom Shepheards entfernt. Es grenzte an Ironie, daß sich die elegantesten Hotels der Stadt in der Nähe des »Rotlichtdistrikts« befanden.

»Es ist schön, daß du wieder da bist«, meinte Nefret schüchtern.

Nefret? Schüchtern? Erstaunt blickte Ramses zu ihr hinunter. »Eigentlich war ich doch gar nicht fort«, erklärte er.

»Nicht in diesem Sommer, aber du hast schon seit mehreren Jahren keine einzige Saison durchgängig mit uns zusammen verbracht.«

Er bemerkte den unterschwelligen Vorwurf und sann auf eine Antwort, die ihn zu keinem Geständnis zwang. »Ehrlich gesagt fand ich Mutters geliebte Dahabije, wie sie sie zu nennen pflegt, etwas beengend.«

Nefret lachte. »Ich weiß, was du meinst. Es war vermutlich nicht der Platzmangel, sondern eher das Gefühl, daß Tante Amelia jeden unserer Schritte verfolgte und jedes Wort mitbekam.«

»Das neue Haus bietet offensichtliche Vorteile. Mutter hat

sich tatsächlich bereit erklärt, uns einen eigenen Flügel zu überlassen. Aber vermutlich war es Vaters Idee.«

»Die beiden sind wirklich süß«, erwiderte Nefret zärtlich. »Sie errötet immer noch wie eine viktorianische Jungfrau, wenn er sie ansieht, und er überlegt sich nach wie vor fadenscheinige Ausreden, um uns loszuwerden, wenn er mit ihr allein sein will. Glauben sie wirklich, daß wir nicht wissen, wie sie zueinander stehen?«

»Vielleicht gefällt ihnen dieses Spiel. Ich frage mich, ob wir Mutter überreden können, daß sie uns die Schlüssel für unsere Zimmer aushändigt.«

»Ich werde darauf bestehen«, erwiderte Nefret entschieden. »Gib es zu, Ramses, sie rechnete damit, daß ich die Klinik besuchen würde, und hat dich angewiesen, mich zu begleiten.«

»Nein. Ehrenwort.« Sein Vater hatte darauf gedrängt, obwohl es keineswegs erforderlich gewesen wäre.

In der Tat gab es vermutlich keinen Stadtteil von Kairo, den Nefret nicht unbehelligt und angstfrei hätte aufsuchen können. Ein sentimentaler Mensch hätte behauptet, daß sie aufgrund ihres Engagements für die ärmsten Mitglieder der Bevölkerung tief verehrt wurde. Ramses, dem jede Sentimentalität fehlte, vermutete eher das Gegenteil. Die meisten ägyptischen Männer verachteten Frauen grundsätzlich und Prostituierte im besonderen. Sie hatten keine Einwände dagegen vorgebracht, als sie in el Was'a ein öffentliches Krankenhaus für gefallene Mädchen eröffnen wollte, sie deshalb aber mit Sicherheit auch nicht bewundert. Nein; Nefrets Immunität hing teilweise mit ihrer Nationalität zusammen und mehr noch mit den unverblümten Hinweisen, die er und David in gewissen Gegenden geäußert hatten – ganz entscheidend jedoch hatte sie mit der Tatsache zu tun, daß sie unter dem Schutz des berühmt-berüchtigten Vaters der Flüche stand.

Sie passierten die koptische Kirche – ein weiteres Paradoxon, wie die Moralisten erklärten – und schlenderten in Richtung Ezbekieh und Sharia el Kamal. Ramses blickte auf seine Taschenuhr.

»Wir sind spät dran. Sicherlich warten sie schon auf uns.«

Doch das war nicht der Fall. Während die Minuten verstrichen, wurde Nefret immer nervöser. »Irgend etwas stimmt da nicht«, erklärte sie.

»So rasch können sie noch nicht in Schwierigkeiten stekken«, wandte Ramses ein, um sie beide zu beschwichtigen. Er kannte seine Mutter. »Selim ist bei ihnen – «

»Tante Amelia schafft es immer und überall, Schwierigkeiten heraufzubeschwören.« Sie kniff die Augen zusammen und überlegte. »Du denkst doch nicht etwa, daß sie uns angelogen haben? Vielleicht sind sie gar nicht nach Zawiet el-Aryan aufgebrochen. Vielleicht haben sie sich auf die Jagd nach dem Fälscher begeben!« Sie schob ihren Stuhl zurück. »Es ist besser, wir suchen sie.«

»Und wo? Sei doch vernünftig, Nefret. Es ist wesentlich wahrscheinlicher, daß Vater auf etwas Interessantes gestoßen ist und jegliches Zeitgefühl verloren hat. Du weißt doch, wie er zu seiner Arbeit steht, und Mutter ist fast noch schlimmer. Er würde nicht zulassen, daß sie in Schwierigkeiten gerät.«

4

Ein Engländer, der in den arabischen Ländern Schwäche zeigt, wirft einen Schatten auf seine gesamte Nation und gefährdet damit seine Landsleute. Unsere unantastbare moralische Überlegenheit ist unsere einzige Waffe gegen die undisziplinierten Wilden.

Das Wissen, daß Ramses Nefret in eine der übelsten Gegenden der Stadt begleiten würde, beruhigte mich etwas, obwohl sie vermutlich überall in Kairo sicherer aufgehoben war als in London oder Paris. Es gab keinen Missetäter in Ägypten, der nicht den Zorn des Vaters der Flüche fürchtete, keinen Schurken, dem nicht bewußt war, daß Emersons Gattin und Adoptivtochter unantastbar waren. Wie Emerson es einmal mit seinen poetischen Worten umschrieben hatte: »Sollte ihnen auch nur ein Haar gekrümmt oder eine Falte ihres Kleides zerknittert werden, dann reiße ich dem Burschen bei lebendigem Leibe die Eingeweide heraus.«

Darum brauchte ich mir also keine Sorgen zu machen. Hinsichtlich Nefrets Unternehmung beruhigt, stand ich noch vor Sonnenaufgang auf, so daß wir bei Tagesanbruch nach Zawiet el-Aryan aufbrechen konnten. Ich verspürte den vertrauten archäologischen Nervenkitzel, während ich Stiefel,

Hose sowie meine Arbeitsjacke mit den unzähligen Taschen anzog und meinen Gürtel umschnallte, der eine ganze Reihe nützlicher Utensilien enthielt – eine kleine Flasche Brandy, eine Wasserflasche, Streichhölzer und Kerzen, Schere, Zwirn, um nur einige zu nennen. Emerson regte sich nach wie vor über diesen – wie er es ausdrückte – überflüssigen Schnickschnack auf, der beim Gehen einen Heidenlärm veranstaltete, dennoch war mir klar, daß er mich lediglich aufzog. Wie oft hatte uns der eine oder andere dieser sinnvollen Gegenstände schon vor einem grauenvollen Schicksal bewahrt!

Ich stopfte meine kleine Pistole in eine Jackentasche, ein sauberes weißes Taschentuch in die andere und nahm meinen Schirm. Ich war bereit!

Emerson saß bereits beim Frühstück. Mit einer Kaffeetasse und einem Buch bewaffnet, hockte Ramses neben ihm.

»Was ist denn das?« fragte ich, da mir der Titel bekannt vorkam.

»Die Exkavationsberichte«, erwiderte Ramses, ohne aufzublicken.

»Signor Barsantis Bericht über Zawiet el-Aryan?«

»Gehört auch dazu.«

»Und?«

»Und was? Ach so. Es gibt einige interessante Anhaltspunkte.«

»Welche denn?«

»Iß dein Frühstück auf, Peabody«, warf Emerson ein.

»Ich habe ja noch gar nicht angefangen.«

»Dann fang an. Ich will aufbrechen. Du hättest den Bericht selber lesen können.«

»Das hätte ich auch getan, wenn du mir dein Vorhaben eher geschildert hättest.«

Emerson stellte sich taub. »Wo ist Nefret?«

Ramses schloß das Buch und legte es beiseite. »Vermutlich

kleidet sie sich an. Es besteht keine Eile; wir haben noch Zeit.«

»Dann hat sie ihre Meinung also nicht geändert, daß sie die Klinik besuchen will?«

»Nein, Sir, ich glaube nicht. Das geht schon in Ordnung, Vater.«

»Hmhm.« Emerson strich sich über sein Kinn. »Ja. Dann treffen wir uns zum Mittagessen im Shepheards. Seid pünktlich.«

Einer unserer Männer brachte uns über den Fluß, wo Selim bereits mit den Pferden wartete, die wir im Sommer bei ihm in Pflege gaben. Das ursprüngliche Paar vollblütiger Araber war ein Geschenk unseres Freundes Scheich Mohammed an David und Ramses gewesen; im Laufe der Jahre hatten die beiden einige ebenso prächtige Nachkommen gezeugt. Selim hatte Risha und Asfur für uns gesattelt und saß auf Nefrets Stute Moonlight. Ich hatte den Eindruck, daß unser junger Rais etwas übernächtigt wirkte, und sagte das auch meinem Gatten.

»Es war unüberlegt von dir, Emerson, Selim so früh aus den Federn zu holen. Vermutlich ist er die letzten Nächte kaum im Bett gewesen, weil er das Wiedersehen mit seinen Freunden feiern mußte – «

»Und mit seinen Frauen«, brummte Emerson. »Ob er ihnen wohl schon den Walzer beigebracht hat?«

Ich hielt es für ratsam, das Thema auf sich beruhen zu lassen.

Das Hochwasser war bereits zurückgegangen, trotzdem bedeckte der Wasserspiegel vereinzelte Felder, in denen sich das Sonnenlicht reflektierte. Büffelherden grasten im Schilf, und weiße Reiher stolzierten durch die Pfützen. In der Ferne erhoben sich auf dem hellen Kalksandstein der Wüste die majestätischen Silhouetten der Pyramiden von Gizeh.

Es gab zwei Routen, die wir hätten nehmen können. Ich

glaube, ich habe bereits darauf hingewiesen (und der informierte Leser weiß das ohnehin), daß der Fluß zu beiden Seiten von einem fruchtbaren Uferstreifen gesäumt wird. Da Ackerland kostbar war (und je nach Jahreszeit unter Wasser stand), errichteten die alten Ägypter ihre Grabstätten in der Wüste. Wir konnten der Küstenstraße in südlicher Richtung folgen und dann durch das Landesinnere nach Zawiet el-Aryan vorstoßen, konnten aber auch über das Hochplateau von Gizeh reiten und dann durch die Wüste nach Süden. Gegenüber Emerson bemerkte ich, daß es kein großer Umweg sei, *den* Pyramiden einen kurzen Besuch abzustatten. Mein Gatte erklärte sich einverstanden, sofern es sich um eine kurze Stippvisite und nicht um einen ausgedehnten Aufenthalt handelte.

In der Tat hatten wir die Cheopspyramide bereits verlassen und näherten uns der von Chephren, als ein Aufschrei Emersons mein Interesse auf eine näher kommende Gestalt lenkte, die winkend und rufend auf sich aufmerksam zu machen versuchte.

»Hallo, Karl«, rief ich, als er keuchend vor mir stand. »Schön, Sie zu sehen. Ich wußte ja gar nicht, daß Sie dieses Jahr hier sind.«

Karl von Bork nahm seinen Tropenhelm ab, wischte sich über sein schweißnasses Gesicht und verbeugte sich germanisch zackig vor uns. Seit unserer ersten Begegnung hatte er etwas zugelegt, doch sein Grinsen war freundlich wie immer, sein Bart gepflegt und seine Begrüßung herzlich.

»Guten Morgen, Frau Professor, Herr Professor! Es ist mir ein Vergnügen, Sie wiederzusehen! Aber ja, ich bin für den geschätzten Professor Junker tätig und assistiere ihm bei der Archivarbeit für das Deutsche Institut in Kairo. Des weiteren überwache ich die Ausgrabungen auf den westlichen Begräbnisfeldern, die, wie Sie wissen – «

»Ja, das wissen wir«, unterbrach ihn Emerson. »Hallo, von

Bork. Habe Ihren Artikel in einer Zeitschrift gelesen. Törichter Unfug, wissen Sie, was Sie von den frühen königlichen Grabstätten in Sakkara behauptet haben.«

»Ach ja? Aber, Professor, die Monumente von Abydos – «

Ich fuhr Emerson mitten in seiner aufgebrachten Kritik ins Wort. »Karl, Sie sollten nicht ohne Kopfbedeckung in der Sonne herumstehen; setzen Sie sofort Ihren Helm wieder auf. Wie geht es Mary? Und den Kindern? Sie haben drei, nicht wahr? Oder waren es vier?«

Ich hätte mich besser nicht danach erkundigt; Karl zog ein dickes Bündel mit Schnappschüssen aus seiner Brusttasche. Es dauerte eine ganze Weile, bis ich alle begutachtet hatte, da er jedes Foto mit einer detaillierten Schilderung der Schönheit, Intelligenz und der Kinderkrankheiten des jeweils abgelichteten Sprößlings untermalte. Es freute mich, zu hören, daß Mary von der Krankheit völlig genesen war, die sie sich Jahre zuvor zugezogen hatte. Ich hatte sie schon immer sehr gemocht; während des Baskerville-Falles hatte sie als Künstlerin für uns gearbeitet, und ihre Eheschließung mit Karl gehörte zu den wenigen angenehmen Erinnerungen an diese unselige Geschichte.

Eine Weile gelang es Emerson, seine Langeweile zu überspielen – wie die meisten Männer interessiert er sich wenig für Kinder, sofern es nicht seine eigenen sind –, doch schließlich unterbrach er unser Gespräch mit einer Frage zur gegenwärtigen Exkavationssaison. Karl wollte wissen, wo wir arbeiteten, zeigte sich überrascht, daß wir kein interessanteres Gebiet ausgewählt hatten, und bot sich an, uns seine neue Mastaba zu zeigen.

»Heute nicht«, erwiderte ich entschieden. »Nein, Emerson, das ist mein voller Ernst. Wir müssen weiter, wenn wir Nefret und Ramses pünktlich treffen wollen.«

»Ach ja, verzeihen Sie, ich habe ganz vergessen, Sie danach

zu fragen. Sind sie gesund, das schöne Mädchen und der kleine Ramses?«

»So klein ist er nun auch nicht mehr.« Ich lachte. »Danke der Nachfrage, Karl, den beiden geht es hervorragend. Ich werde Vorkehrungen für eine baldige Zusammenkunft treffen. Komm, Emerson!«

Die Pyramiden sind kilometerweit zu sehen, und während wir in Richtung Süden ritten, folgte ihnen mein sehnsüchtiger Blick, bis mich Emerson, der meine diesbezüglichen Empfindungen nur zu gut kannte, recht ungehalten darauf hinwies, meine Aufmerksamkeit auf den Pfad zu lenken und nicht ständig über meine Schulter zurückzuspähen.

»Wir sind fast da«, brüllte er und vollführte eine weit ausholende Geste.

Ich fragte mich, worauf zum Teufel er eigentlich hinwies.

Zu jenem Zeitpunkt war Zawiet el-Aryan eine der verlassensten archäologischen Stätten in Ägypten. Man könnte sie auch mit »langweilig« umschreiben. Die beiden Begriffe stehen in diesem Zusammenhang häufig als Synonyme, da lediglich die interessanten Gebiete von Touristen besucht werden. Kein Tourist kam jemals nach Zawiet el-Aryan.

Irgendwie beschlich mich der Verdacht, daß das letztlich einer der Gründe gewesen war, warum Emerson sich für dieses Ausgrabungsgebiet entschieden hatte. Mein geschätzter Gatte ist beileibe nicht wählerisch in seinen Antipathien, doch abgesehen von gewissen Fachkollegen sind die Touristenströme sein größtes Ärgernis. Es war hoffnungslos, ihn darauf hinzuweisen (wie ich das unzählige Male getan hatte), daß viele dieser Besucher ein echtes, wenn auch laienhaftes Interesse an den Kunstschätzen hatten und daß ihr Informationsdefizit bedauerlich, aber nicht verachtenswert sei. Emersons Reaktion war kurz und bündig. »Verflucht, sie stehen mir im Weg.«

In Zawiet el-Aryan würde ihm das mit Sicherheit nicht passieren.

»Da ist sie«, verkündete er in feierlichem Ton. »Die Stufenpyramide.«

Ich glaube, ich darf ungestraft behaupten, daß keine meiner Geschlechtsgenossinnen ihrem Gatten tiefer verbunden ist als ich. Als Mensch und als Ägyptologe ist Emerson einfach unübertroffen. Sobald mein Blick allerdings auf den formlosen Steinhaufen fiel, mußte ich mir auf die Lippe beißen, um ihn nicht anzuschreien. Überall lagen Steine und Mörtel verteilt. Die Überreste des verfluchten Monumentes bildeten lediglich einen niedrigen, gewölbten Hügel, dessen Gipfel vielleicht 12 Meter hoch war.

»Gibt es unterirdische Gänge?« fragte ich erwartungsvoll.

»Hmmm? Oh, ja. Ein Stollen, mehrere Passagen, vermutlich eine Grabkammer. Leer. Hmmm. Ich überlege gerade...«

Letzteres entging mir. Emerson ritt fort.

»Wohin willst du denn?« brüllte ich.

»Ich möchte mir die andere Pyramide ansehen. Sie befindet sich im Nordwesten.«

Ich bin ein von Natur aus optimistischer Mensch; ich versuche stets, das Gute zu sehen und einen Silberstreif am Horizont zu entdecken. Aus irgendeinem Grund spielte mir diese positive Grundhaltung an jenem Tag einen Streich, und meine Laune schwenkte von Bitterkeit in abgrundtiefe Wut um, als ich sah, was Emerson hocherfreut als »die andere Pyramide« bezeichnete. Auf deren früheres Vorhandensein deutete nicht einmal ein Schutthaufen hin. Es gab auch keine unterirdischen Gänge, sondern lediglich einen riesigen Graben, der tief ins Gestein hinabführte. Der Treibsand hatte ihn fast zugeweht.

Emerson saß ab. In Begleitung von Selim stolzierte er entlang der breiten Furche, bis er schließlich verkündete: »Für den Anfang brauchen wir 50 Männer und ebenso viele Korbträger. Sobald ich mir einen Überblick verschafft habe ... Peabody! Willst du keinen Blick riskieren?«

Er eilte zu mir und zerrte mich mit einem solchen Schwung aus dem Sattel, daß mein Fuß im Steigbügel hängenblieb und ich in seine Arme sank. »Ein bißchen eingerostet am ersten Arbeitstag, was?« fragte er.

An seinen muskulösen Brustkorb geschmiegt, blickte ich zu ihm auf und spürte, daß meine Wut schlagartig verflog, als er mich treuherzig anlächelte. Er war so glücklich mit seinen verfluchten Ruinen, dieser unverbesserliche – man sollte es nicht für möglich halten – Romantiker!

»Üppig, aber dennoch wohlgeformt«, murmelte er, während er besagte Region tätschelte und mir eine gelöste Haarsträhne unter den Helm schob. »Du veränderst dich nie, meine geliebte Peabody. Deine Figur ist noch immer so anziehend und diese Locken so schwarz wie bei unserer ersten Begegnung im Boulaq Museum. Hast du deine Seele an den Teufel verschachert, um dir ewige Jugend zu erkaufen?«

Ich sah absolut keine Veranlassung, das Fläschchen Haarfärbemittel in meinem Toilettentisch zu erwähnen. Man sollte die Illusionen eines Ehemannes niemals zerstören, und außerdem wandte ich es ohnehin nur selten an.

»Das gleiche könnte ich dich fragen, mein lieber Emerson«, erwiderte ich. »Aber vielleicht ist dies nicht der richtige Zeitpunkt –«

»Der Zeitpunkt ist goldrichtig. Verflucht«, fügte er hinzu, da sein Nasenrücken gerade eine empfindliche Bekanntschaft mit dem Rand meines Tropenhelms gemacht hatte.

»Selim –«

»Zum Teufel mit Selim«, brummte Emerson, riß meinen Helm herunter und zog mich mit sich fort.

Die Unterbrechung war kurz, aber motivierend und veranlaßte Emerson zur Nachdenklichkeit. Er ging sogar so weit, daß er mich um meine Meinung bat, welche »Pyramide« er denn in Angriff nehmen solle, und da ich nachsichtig gestimmt war, enthielt ich mich einer sarkastischen Kommentierung dieses Begriffs. Meine Wahl fiel auf die Stufenpyramide. Emerson grinste.

»Du willst doch nur durch diese verfluchten Fundamente kriechen. Also wirklich, Peabody, deine Vorliebe für dunkle, stickige und staubige Tunnel gibt mir langsam zu denken.«

»Aha«, sagte ich mit neuerwachtem Interesse. »Unter den Fundamenten befinden sich also dunkle, stickige und staubige Tunnel?«

Emerson schmunzelte. »Überaus dunkel und staubig. Sollen wir sie uns genauer ansehen?«

Selim, der sich taktvoll hinter einen Felsen zurückgezogen hatte, tauchte soeben wieder auf, und ich sagte: »Wir sollten den Rückweg antreten, Emerson, schließlich haben wir uns für zwei Uhr mit den Kindern verabredet.«

»Uns bleibt noch jede Menge Zeit«, erwiderte Emerson erwartungsgemäß.

Also machten wir uns auf den Weg zu der anderen Ruine (bei dem Begriff »Pyramide« drehte sich mir der Magen um), die sich zwar weiter südlich befand, aber auch näher an der Zivilisation. Bei klarer, trockener Luft kann man unendlich weit sehen (wenn sich die Morgennebel aufgelöst haben und sofern kein Sandsturm im Anzug ist). Ich konnte einfach nicht widerstehen und warf von Zeit zu Zeit einen Blick in die Richtung von Gizeh; die absolute Perfektion seiner Silhouette zog mich magisch an. Wir waren noch nicht weit geritten, als ich weitere Gestalten bemerkte, die sich uns näherten. Ich bat Emerson, stehenzubleiben.

»Ich sehe drei Reiter, die in unsere Richtung kommen, Emerson. Ich denke – ja, es sind Miss Maude und ihr Bruder sowie Mr. Godwin. Vermutlich suchen sie uns.«

»Warum?« wollte Emerson wissen.

»Weil wir gestern erwähnten, daß wir das Ausgrabungsgebiet aufsuchen wollten. Ein reiner Höflichkeitsbesuch.«

»Du und deine Höflichkeitsbesuche«, brummte Emerson. »›Infame Neugier‹ träfe den Nagel vermutlich auf den Kopf. Haben sie nichts Besseres zu tun, als mich zu belästigen?«

»Scheinbar nicht. Mr. Reisner weilt immer noch im Sudan, und ihre gemeinsame Saison beginnt erst im Januar. Zweifellos möchten sie uns ihre in diesem Gebiet gesammelten Exkavationserfahrungen mitteilen.«

Die jungen Leute hatten uns bald erreicht. Miss Maude wirkte sehr geschäftsmäßig in ihrem geschlitzten Rock mit passender Jacke und handgenähten Schnürstiefeln. Ich nahm nicht an, daß sie uns *ihre* Exkavationseindrücke zugute kommen lassen wollte, schließlich hatte sie keine; meine Vermutung für den Grund ihres Auftauchens bestätigte sich rasch, denn ihr strahlendes Gesicht verfinsterte sich, als sie Ramses' Abwesenheit feststellte.

Geoffrey hielt sich bescheiden im Hintergrund und überließ es Jack Reynolds, den Großteil der Unterhaltung zu bestreiten. Er hatte mehrere Wochen damit zugebracht, die Friedhöfe rund um die Pyramide (seine Bezeichnung) freizulegen, und bot sich für einen Rundgang an.

Emerson nahm das Angebot sichtlich erfreut an, und wir gingen gemeinsam los, wobei die untröstliche Miss Maude das Schlußlicht bildete. Während ich Jacks Ausführungen lauschte, beeindruckte mich seine Kompetenz zunehmend, obwohl er bereitwillig zugab, daß ihnen nicht die entsprechende Zeit in diesem Gebiet geblieben sei und er von daher viele der von Emerson gestellten Fragen nicht beantworten könne.

Jacks Aussage zufolge war das Bauwerk tatsächlich irgendwann einmal fertiggestellt worden. Es hatte sich um eine Stufenpyramide wie die prachtvolle Grabstätte Djosers bei Sakkara gehandelt, die aus 14 Stufen beziehungsweise Ebenen bestand. Die ursprüngliche Höhe einzuschätzen wäre ein hoffnungsloses Unterfangen gewesen, da die oberen Ebenen zu einem riesigen Geröllhaufen verwittert waren. Mr. Reisner hatte das Fundament auf der Ostseite und einige nördlich gelegene Teile freigelegt; der Rest war immer noch unter Schuttmassen verborgen. Auf der Nordseite klaffte ein riesiges Loch, das den Blick auf Steinstufen freigab, die im spitzen Winkel in tiefste Dunkelheit führten. Trotz der kurzen Zeitspanne, die seit Mr. Reisners Tätigkeit verstrichen war, hatte der Wüstensand die Öffnung bereits wieder halb zugeweht.

»Ist das der Eingang zu den unterirdischen Gängen?« fragte ich, während ich mich vorbeugte und hineinspähte.

»Ja, Ma'am. Seien Sie vorsichtig, Mrs. Emerson, wenn Sie das Gleichgewicht verlieren, stürzen Sie sehr tief.« Geoffrey packte mich sanft, aber entschlossen am Arm.

»Die Treppe ist zehn Meter tief«, meinte Emerson. »Dann folgt ein langer Gang mit mehreren Abzweigungen, der im rechten Winkel auf eine weitere Treppe stößt; einer dieser Seitengänge führt zu einer leeren Grabkammer. Der Plan verweist auf einen senkrechten Schacht, der vom Ende des Hauptgangs direkt an die Oberfläche führt. Dieser Eingang befindet sich ...« Er legte eine Hand über seine Augen und trottete davon.

Wir folgten Emerson in westliche Richtung, wo eine tiefere Grube oder Unebenheit auf ein Öffnung deutete. »Hier ist die Stelle, wo der Stollen an die Oberfläche tritt«, dozierte Emerson. »Was befindet sich darin?«

»Was soll sich darin befinden?« fragte Jack verwirrt.

»Na, irgend etwas muß drin sein«, erwiderte Emerson geduldig, »sonst würden wir den Boden sehen können. Die ursprünglichen Bauherren haben ihn mit Sicherheit nicht offengelassen; das wäre ja einer Einladung zum Grabraub gleichgekommen. Stimmen Sie insoweit mit mir überein?«

»Ja, Sir, das ist naheliegend«, erwiderte Jack.

»Soso. Freut mit, daß Sie mir zustimmen. Also müssen diejenigen, die den Stollen gegraben haben, ihn mit irgend etwas aufgefüllt haben, nicht wahr? Barsanti verweist auf das Mauerwerk im oberen Teil. Reisners Bericht erwähnt nichts dergleichen. Was ich mit meinen bescheidenen Mitteln in diesem Zusammenhang herausfinden will«, fuhr Emerson fort, »ist, ob das ursprüngliche Füllmaterial noch vorhanden ist – woraus es besteht – auf welche Länge der Stollen damit ausgekleidet ist – und ob der Schacht noch irgend etwas anderes beinhaltet, wie beispielsweise Opfergaben, Grabbeigaben oder weitere Grabkammern.«

Ich glaube, daß Jack Emersons Verhalten sonderbar fand, da er jedoch wenig Sinn für Humor besaß, dämmerte es ihm nicht. Geoffrey verzog das Gesicht, hütete sich jedoch zu lachen. »Soweit ich weiß, Professor, hat noch niemand in dem Schacht gegraben«, bemerkte er. »Unser Exkavationstrupp mit Sicherheit nicht.«

»Gütiger Himmel«, schnaubte Emerson. »Wie ich Ihren Mut bewundere! Wenn das Füllmaterial – was auch immer es sein mag – in den Durchgang eingebrochen wäre, hätte es Sie bei lebendigem Leib begraben.«

»Wir haben uns die meiste Zeit mit den Nebengräbern und der Außenfassade der Pyramide beschäftigt«, wandte Jack ein. Emersons übertriebener Sarkasmus ließ sich nicht mehr ignorieren; wütend nagte der junge Mann an seinem Schnurrbart.

»Pah«, seufzte Emerson, dieses Spiels überdrüssig geworden. »Die veröffentlichten Berichte sind entsetzlich ungenau. Wo sind Reisners Feldaufzeichnungen?«

Jack war sichtlich schockiert. »Ich weiß es nicht, Sir. Ich bin sicher, er würde sie Ihnen mit dem größten Vergnügen überlassen, aber ohne seine Erlaubnis kann ich – äh – könnte ich Sie Ihnen selbst dann nicht aushändigen, wenn ich über ihren Verbleib informiert wäre.«

»Macht nichts«, brummte Emerson. »Ich werde ohnehin wieder ganz von vorn anfangen müssen.«

»Emerson«, wandte ich ein. »Es ist schon spät.«

»Ja ja. Nur noch eine Minute, Peabody.«

Woraufhin er ohne jede weitere Vorwarnung behende auf den Geröllhaufen kletterte und einen kleineren Erdrutsch aus Kieseln und Bruchsteinen auslöste.

»Gott im Himmel, seht euch das an!« entfuhr es Jack staunend. »Ich hätte nicht geglaubt, daß ein solcher Hüne von einem Mann so flink sein kann.«

»Er übertrifft sämtliche um ihn rankenden Legenden«, meinte Geoffrey mit einem merkwürdig schiefen Lächeln. »Wußten Sie, Mrs. Emerson, daß ich die meisten über Ihren Gatten gehörten Geschichten anzweifelte, bevor ich den Professor persönlich kennenlernte?«

»Die einzig unglaubwürdigen Geschichten beziehen sich auf seine magischen Kräfte«, erwiderte ich lachend. »Obwohl er bei Bedarf hervorragende Geisterbeschwörungen zelebriert. Was alles andere anbelangt, so ist es einfach unmöglich, im Zusammenhang mit Emerson zu übertreiben.«

»Selbiges trifft auf Ihre gesamte Familie zu«, erwiderte Geoffrey höflich. »Sie sind in Ägypten ebenfalls zur Legende geworden, Mrs. Emerson, und bei Ramses wird es nicht mehr allzu lange dauern.«

»Ich habe keine Vorstellung, wie Sie diesen Eindruck gewinnen konnten«, entgegnete ich. Allerdings hatte ich einen Verdacht. Maude mußte einige der absurden Geschichten kolportiert haben, die Nefret ihr erzählt hatte.

Auf dem Gipfel angelangt, legte Emerson schützend eine

Hand über seine Augen und ließ den Blick über die Umgebung schweifen. Seine überwältigende Statur zeichnete sich vor dem strahlendblauen Himmel ab, und sein schwarzes Haar schimmerte wie das Gefieder eines Raben. Ich fragte mich, was zum Teufel er mit seinem Helm angestellt hatte.

»Was macht er da oben?« wollte Maude wissen.

Ihr Bruder kicherte abfällig. »In deinem Spatzenhirn ist kein Platz für die Archäologie, nicht wahr? Wenn du die Ausführungen deines Bruders konzentriert verfolgt hättest, würde sich diese Frage erübrigen. Er sucht zugeschüttete Grabstätten. Manchmal deuten Schatten auf eine Bodenvertiefung oder ein Stück Mauerwerk hin. Allerdings wird er um diese Tageszeit nicht viel erkennen können. Die Sonne steht zu hoch.«

Offensichtlich kam Emerson zu dem gleichen Schluß, denn er trat den Abstieg an. »Sei vorsichtig!« brüllte ich, als sich ein Stein unter seinem Fuß löste und zu Boden prallte. Geoffrey flüsterte Jack irgend etwas zu, woraufhin dieser rief: »Auf der anderen Seite kommen Sie leichter wieder herunter, Professor.«

Diesen Vorschlag hatte ich ihm gerade machen wollen. Der Abstieg war gefährlicher als der Aufstieg, da ein falscher Schritt den Kletterer kopfüber in den Abgrund befördert hätte, und das ohne die geringste Hoffnung, sich vor dem Aufprall auf den felsigen Boden schützen zu können. Auf der Ostseite war das Gestein immer noch so beschaffen, daß es wie eine improvisierte Treppe wirkte. Emerson griff Jacks Vorschlag auf und tastete sich ein Stück entlang des Felsgesteins, bis er schließlich seinen Abstieg fortsetzte. Er befand sich ungefähr sechs Meter über dem Boden und bewegte sich mit derselben Eleganz und Schnelligkeit, die er während des Aufstiegs bewiesen hatte, als er plötzlich innehielt, schwankte und den Halt verlor. Taumelnd und schwankend ruderte er heftig mit den

Armen, um die Balance zurückzugewinnen. Einmal befand sich sein Körper fast rechtwinklig zur Wand, und ich war mir sicher, daß er es nicht schaffen würde, doch unter Aufwendung aller Kräfte gelang es ihm, sich erneut vor die Oberfläche zu werfen, und dieser Aufprall weckte in mir die schlimmsten Befürchtungen hinsichtlich diverser Rippenbrüche.

Natürlich war ich bereits zu der Stelle gerannt, an der ich mit nichts anderem als seinem weiteren Aufprall gerechnet hatte. Ich fing an hochzuklettern und war kaum überrascht, Selim zu sehen, der abseits von der Gruppe gestanden hatte und jetzt neben mir den Aufstieg wagte.

Emerson stemmte sich gegen die unebene Oberfläche, er hatte mir den Rücken zugewandt, seine aufgeschürfte, blutende Hand umklammerte einen Mauervorsprung. Er wandte den Kopf und blickte nach unten.

»Verflucht, was macht ihr denn hier? Geh mir aus dem Weg, Selim, und zerr sie mit dir.«

»Zerren, wer?« schrie ich. Seine Schläfe mußte gegen einen Felsquader gestoßen sein. Blut klebte an seinem Haar und lief ihm über seine Wange.

»Wen«, korrigierte Emerson mit einem wütenden, aber immerhin wohltuend wirkenden Grinsen. »Um genau zu sein – dich, Peabody. Ein leichter Schlag auf den Schädel löst nicht zwangsläufig Amnesie aus. Hölle und Verdammnis«, fügte er hinzu, »die gesamte verfluchte Bande ist auf dem Weg nach oben.«

Das war schlichtweg Übertreibung; Maude war unten geblieben, rang die Hände und blökte wie ein Schaf. Emersons wüste Beschimpfungen ließen die jungen Männer schon nach kurzer Zeit innehalten; sie drehten um, Selim folgte ihnen, und Emerson schwang sich neben mich, um mir mit hilfreichen Gesten und Ratschlägen den Abstieg zu erleichtern. »Dieser Stein ist lose, tritt auf den nächsten ... was zum Teufel hast du dir dabei eigentlich gedacht? ... war schon fast unten ... wenn ich gestürzt wäre, hatte ich euch beide mitgerissen. Dein Herz mag ja stark sein, obwohl ich das bezweifle, aber die Stärkste bist du deshalb noch lange nicht. Wie kannst du ein solches Wagnis unternehmen, du liebenswerte Idiotin?«

Letzteres war nur ein leises Murmeln, da wir den Boden erreicht hatten und von unseren entsetzten Begleitern umringt wurden. Maude kreischte auf und schlug die Hände vors Gesicht, als sie Emersons Kopf sah. Blutverschmiert, staubig und verschwitzt, bot dieser einen grauenvollen Anblick. Geoffrey legte schützend seinen Arm um das Mädchen.

»Ich habe Sie gewarnt, Sir«, rief er. »Im letzten Jahr wäre ich beinahe selbst auf diesem Stück gestürzt; der Hügel ist überaus instabil.«

»Das habe ich bemerkt«, erwiderte Emerson. »Trotzdem ist es mir gelungen.«

Daraufhin zog er eine große, ausgebleichte Tonscherbe aus seiner Jackentasche. Darauf befand sich eine Reihe mit schwarzer Farbe aufgemalter Hieroglyphen.

Miss Maudes fürsorglichen Vorschlag, uns in ihrem Haus zu stärken und medizinisch betreuen zu lassen, lehnten wir ab, da wir uns ohnehin schrecklich verspätet hatten. Das Wasser in meiner Flasche und meine kleine medizinische Ausrüstung reichten, um Emerson halbwegs wiederherzustellen. Er hatte zwar zahlreiche, aber glücklicherweise ungefährliche Kratzer und Hautabschürfungen davongetragen; Kopf- und Gesichtsverletzungen bluten immer sehr stark. Wir nahmen den direkten Weg zur Straßenbahnstation am Mena House, wo wir die Pferde Selims Obhut überließen und uns von unseren jungen Bekannten verabschiedeten. Jack Reynolds versicherte uns zum Abschied, daß sie uns mit dem größten Vergnügen bei den Ausgrabungen behilflich sein würden, da ihre offizielle Arbeit erst in einigen Wochen begann.

In Kairo angelangt, nahmen wir eine Droschke zum Hotel. Während der Fahrt nötigte ich Emerson die mitgebrachte Krawatte auf, glättete sein Haar mit meinem Taschenkamm und klopfte den Sand von seiner Jacke. Diese Aktivitäten nahm er mit stoischer Gelassenheit hin und meinte lediglich: »Willst du mir nicht auch noch gleich das Gesicht waschen und die Zähne putzen?«

Ich schüttelte den Kopf. »Ich habe mein Bestes versucht, Emerson, trotzdem befürchte ich, daß die Kinder, gelinde gesagt, schockiert sein werden. Du siehst grauenvoll aus.«

Die Kinder waren nicht die einzigen, die Emersons Erscheinungsbild mit Entsetzen quittierten. An allen Tischen drehte man sich neugierig zu uns um, als mein beeindruckender und ramponierter Gatte den Speisesaal betrat. Nefret hatte die Tür beobachtet; sie sprang auf und eilte auf uns zu.

»Liebster Professor, was ist passiert? Komm, wir kehren umgehend zur Dahabije zurück, und dann untersuche ich dich.«

»Was, jetzt?« Emerson hakte sich bei ihr ein und führte sie zurück zum Tisch. »Ich brauche etwas zu essen und keinen unnötigen Wirbel, mein Schatz. Wir hatten einen anstrengenden Morgen.«

»Macht ganz den Eindruck«, meinte Ramses, der sich erhoben hatte und mir einen Stuhl zurechtrückte. »Du bist doch nicht etwa ernsthaft verletzt, Vater?«

»Nein, nein, nur ein Treffer auf den Schädel. Ich erzähle euch alles, sobald wir bestellt haben. Ich verhungere. Wo bleibt dieser verfluchte Kellner?«

Das Personal des Shepheards kennt Emerson zur Genüge. Ich vermute, daß er einen Teil des Ausbildungsprogramms für neue Kellner darstellt: wie falte ich eine Serviette, wie gieße ich Wein ein und wie werde ich mit Professor Emerson fertig? (Ignorieren Sie sein exzentrisches Äußeres und Benehmen und befolgen Sie umgehend seine Anweisungen.) Die Reaktion auf seine Frage stellte sich beinahe zeitgleich ein, und nachdem ich meine bescheidene Bestellung aufgegeben hatte, wandte ich mich den Kindern zu.

»Und wie habt ihr den heutigen Vormittag verbracht, meine Lieben? Ich nehme doch an, es war nichts Außergewöhnliches?«

»Wenn du damit auf Mordversuche oder unerklärliche Vorkommnisse anspielst, liegst du ganz richtig«, entgegnete Ramses.

Nefret, die soeben ihren Mund geöffnet hatte, schloß ihn wieder. Emerson reichte dem Kellner die Menukarten, breitete seine Serviette aus und setzte zu einer interessanten Darstellung der Stufenpyramide an. Ramses stellte eine Reihe von Fragen, und Emerson begann, auf das Tischtuch zu zeichnen.

»Laß das«, sagte ich. »Wo ist dein Notizbuch?«

Emerson griff in seine Jackentasche. Statt des Notizbuchs zog er die an diesem Morgen entdeckte Tonscherbe hervor.

»Was ist das?« fragte Ramses und griff danach.

»Der Grund für das kleine Mißgeschick deines Vaters«, erwiderte ich, während Emerson seine anderen Taschen durchwühlte.

Ich bemühte mich um eine präzise Zusammenfassung der morgendlichen Ereignisse. Nefrets ausdrucksvolles Gesicht verzog sich belustigt, als ich ihr von unserem Zusammentreffen mit den Reynolds und Geoffrey erzählte.

»Die arme Maude«, murmelte sie. »Der weite Weg für nichts und wieder nichts.«

Ramses konzentrierte sich auf die Tonscherbe und ignorierte demonstrativ ihre Bemerkung.

»Die jungen Burschen wirken überaus ehrgeizig«, meinte Emerson in beiläufigem Ton. »Vielleicht sollten wir ihr Angebot annehmen und ihre Hilfe für ein paar Wochen beanspruchen. Die beiden kennen das Gebiet bereits.«

»Sie hätten dich vor dem losen Gestein warnen müssen«, wandte Ramses ein.

»Gütiger Himmel, es bestand absolut kein Grund, mich zu warnen. Ich konnte mit eigenen Augen erkennen, daß die Bausubstanz brüchig ist. Ich war etwas unvorsichtig, das ist alles.« Emerson löffelte den Rest seiner Suppe und winkte dem Kellner. »Es erschien mir merkwürdig, ausgerechnet dort oben eine so große Tonscherbe zu finden. Unser erstes Artefakt, was? Allerdings sagt mir die Inschrift nichts.«

»Unzusammenhängende Hieroglyphen«, erwiderte Ramses. »Hieratisch vermutlich – charakteristisch für das mittlere Königreich. Möglicherweise die ersten Übungen irgendeines jungen Schreibers.«

»Nimm das schmutzige Ding vom Tisch und iß deinen Reis«, wies ich ihn an.

»Ja, Mutter.«

»Was machen wir heute abend?« fragte Nefret.

»Einkäufe erledigen.«

Emerson seufzte.

»Ohne dich, Emerson. Du siehst doch nur ständig auf die Uhr und nörgelst herum. Nefret und ich werden uns um den Kauf der erforderlichen Möbel kümmern. Du kannst gemeinsam mit Ramses anfangen, die Bücher zusammenzupacken.«

»Das hat keine Eile«, versetzte Emerson.

»Gemessen an dem Tempo, wie du Bücher einpackst, doch. Ich gedenke noch vor Weihnachten umzuziehen. Selim habe ich angewiesen, uns morgen mit der gesamten Mannschaft vor dem Haus zu erwarten – Zimmerleuten, Maurern, Anstreichern und Reinigungskräften.

Emerson runzelte die Stirn. »Ich habe Selim gesagt –«

»Ich habe deine Anordnung widerrufen.«

Aus Briefsammlung B

Liebste Lia,

es ist überaus treulos von Dir, nicht hier zu sein, wenn ich so dringend mit Dir reden müßte. Flitterwochen sind keine Entschuldigung. Heute nachmittag ist etwas passiert, was ich unbedingt jemandem anvertrauen muß, da ich mich seitdem so entsetzlich unwohl fühle. Im weiteren Verlauf des Briefes wird Dir klar, warum ich weder Tante Amelia noch den Professor oder Ramses ins Vertrauen ziehen kann. Schon gar nicht Ramses!

In meinem letzten Brief berichtete ich Dir, daß Percy aufgetaucht ist. Ich wünschte, Du wärest dabeigewesen, als er uns begrüßte; ich schätze, er hatte keine Ahnung, wie albern er in dieser protzigen Uniform aussah, mit seinem roten, sonnenverbrannten Gesicht und dem riesigen Backenbart. Sein Auftreten hätte jeden schockiert. Tante Amelia war außer sich und funkelte ihn aus stahlgrauen Augen an; der Professor stieß einen wüsten Fluch aus und wäre vermutlich sogar handgreiflich geworden, wenn ich nicht ein Stolpern vorgetäuscht und ihm heftig auf den Fuß getreten hätte. Und Ramses? Meine liebe Lia, was hattest Du erwartet? Er entwickelt sich mehr und mehr zum unnahbaren Pharao. Früher gelang es mir gelegentlich, ihn mit einem kleinen Scherz aus der Reserve zu locken, doch inzwischen läßt ihn das kalt. Selbst wenn ich splitterfasernackt in sein Zimmer stolzierte, würde er vermutlich nur verwirrt blinzeln und fragen, ob ich keine Angst vor einer Erkältung hätte.

Ich scheine den Faden zu verlieren, würde Tante Amelia jetzt behaupten. Also fasse ich zusammen: Ich hatte nicht damit gerechnet, daß wir Percy häufiger sehen würden, nachdem wir wußten, daß er aus Alexandria zurückgekehrt war. Die jungen Offiziere verbringen den Großteil ihrer Zeit im Turf Club oder in den renommierten Hotels oder auf den zahllosen Privatpartys. Ich habe seine Hartnäckigkeit unterschätzt. Er kam nicht persönlich vorbei – vermutlich hat er begriffen, daß der Professor seine Gegenwart nicht besonders schätzt –, sondern schickte mir Einladungen zu diversen Partys und Tanzveranstaltungen. Ich ließ ihm jedesmal umgehend eine Absage übermitteln und erklärte ihm, daß ich keine Zeit für gesellschaftliche Aktivitäten hätte.

Strenggenommen entsprach das nicht der Wahrheit, da wir Maude Reynolds und ihren Freundeskreis auch mehr als genug um uns haben. Sie und ihr Bruder gehören zu unseren nächsten Nachbarn, und es ist unmöglich, ihre Einladungen auszuschlagen. Ich habe nichts gegen Geoffrey und Jack; sie haben tatkräftig an den Ausgrabungen mitgewirkt, und mittlerweile schätze ich beide sehr, vor allem Geoff. Eines Morgens kreuzte er mit einem Karren voller Blumen und Grünpflanzen vor unserem Haus auf – Rosen, Christsternen, Zitronen- und Orangenbäumchen sowie mehreren Klettergewächsen, die er eigenhändig im Innenhof einsetzte. Einen größeren Gefallen hätte er Tante Amelia nicht erweisen können; die beiden waren den ganzen Morgen vollauf mit dem Bepflanzen, Düngen und Bewässern beschäftigt und plauderten dabei über Gartenbau.

Ramses und ich haben das traurige Los gezogen, sowohl den Professor als auch Tante Amelia zufriedenstellen zu müs-

sen. Er möchte uns jeden Tag zu der Ausgrabungsstätte mitnehmen, sie hingegen, daß wir uns in dem neuen Haus nützlich machen. Ein ganz schöner Drahtseilakt! In wenigen Tagen werden wir umziehen – Inschallah!

Ich verliere erneut den Faden. Du errätst sicherlich warum. Ich werde mir einen Ruck geben und es hinter mich bringen.

Die meisten Männer verstehen den Hinweis, wenn man ihre Einladungen ständig ablehnt. Allerdings bleiben die jungen Offiziere hier in Kairo des öfteren hartnäckig; ihre Phantasieuniformen und ihr affektiertes Gehabe üben auf die unerfahrenen englischen Mädchen sichtlich Eindruck aus, und deshalb glauben manche von ihnen, daß ihnen keine Frau widerstehen kann. Es kann kein Zufall gewesen sein, daß Percy allen Ernstes aufkreuzte, als ich allein auf der Dahabije war. Tante Amelia hatte Ramses und den Professor (der lautstark protestierte) zu dem Haus mitgeschleift, während ich meine Sachen zusammenpacken sollte – ich gebe zu, ich hatte das immer wieder vor mir hergeschoben. Erzähl mir jetzt nicht, ich hätte ihn nicht empfangen sollen, Lia; als Mahmud mir seine Karte übergab, war er bereits im Salon des Hausbootes. Ich dachte, ich könnte ihn loswerden, noch bevor die anderen zurückkehrten.

Ein weniger dreister Mann hätte vielleicht bemerkt, daß er nicht willkommen war. Ich trug meine Arbeitsgarderobe – Stiefel, Hose und Hemd. Kannst Du Dir einen weniger verführerischen Aufzug vorstellen? Ich setzte mich auf einen der Stühle statt auf das Sofa, damit er nicht neben mir Platz nehmen konnte. Ich erklärte ihm, daß ich beschäftigt sei, und fragte ihn unverblümt, was er wollte. Er verschwendete keine Zeit, das kannst Du mir glauben. Bevor ich wußte, wie mir geschah, beugte er sich so dicht über mich, daß ich jedes einzelne Haar seines Schnurrbarts erkennen konnte.

Das Problem bei Stühlen ist, daß sie leicht umkippen. Auf jede Aktion, so heißt es, folgt eine Reaktion; ich hatte Angst, mich zur Wehr zu setzen, weil ich befürchtete, mitsamt meinem Stuhl rücklings umzufallen – eine nicht auszudenkende und, in diesem Fall, hilflos ausgelieferte Position. Also blickte ich ihn fest an und schnaubte: »Percy! Wie kannst du es wagen!«

Das klang so albern, daß ich kaum ernst bleiben konnte. Allerdings hatte es bei früheren Gelegenheiten schon häufiger Wirkung gezeigt. Percy grinste blöd und richtete sich auf. Ich schoß hoch und stellte mich hinter meinen Stuhl.

»Du behauptest, ein Offizier und Gentleman zu sein«, bemerkte ich. »Wenn du dich nicht dementsprechend zu benehmen weißt, dann verschwindest du besser.«

»Verzeih mir«, murmelte er. »Ich war nicht Herr meiner Sinne. Du bist so reizend, so begehrenswert –«

»Dann war es also mein Fehler, daß du dich wie ein Schuft aufführst?«

»Du verstehst mich nicht. Ich möchte dich heiraten.«

Ich lachte – nicht dieses vornehme, damenhafte Kichern, sondern aus vollem Halse. Es überkam mich völlig spontan, trotzdem empfand er das vermutlich als eine der empfindlichsten Beleidigungen. Er lief dunkelrot an, und ich fand – zumindest vorübergehend – zur Beherrschung zurück.

»Nein«, erwiderte ich. »Unter gar keinen Umständen. Selbst dann nicht, wenn du der einzige Mann auf Gottes weiter Erde wärest. Eher würde ich den Tod durch die Folter vorziehen.«

»Das kann nicht dein Ernst sein«, erwiderte Percy.

Es gelang mir, ruhig zu bleiben. Ich war ziemlich stolz auf mich, denn etwas Provokativeres kannst Du Dir doch auch nicht vorstellen, oder? Statt dessen bemerkte ich sachlich:

»Die anderen werden bald zurück sein. Wenn der Professor dich hier antrifft – oder Ramses – «

»Aha«, schnaubte Percy wie ein Schmierenkomödiant. »Du willst also wirklich zulassen, daß Tante Amelia dich mit meinem Cousin Ramses verheiratet? Ich hatte dir mehr Grips zugetraut. Er ist kein Mann für dich, Nefret.«

An diesem Punkt verlor ich schließlich die Beherrschung. Erinnerst Du Dich noch daran, als wir über diese interessante Stelle in Percys Buch diskutierten? David sollte Dir eigentlich nicht verraten, was Ramses ihm anvertraut hatte, und Du durftest es mir nicht sagen; aber wir erzählen uns alles, nicht wahr, liebste Lia? Du hast mich um Geheimhaltung gebeten, wie Du es gegenüber David zugesagt hattest. Lia, ich habe mein Wort gebrochen! Ich konnte nichts dafür. Daß er es wagte, abfällig über Ramses zu sprechen! Ich sagte Sir Percy offen ins Gesicht, daß er Ramses nicht das Wasser reichen könnte, nannte ihn einen Schnüffler, einen Lügner und einen Feigling – und vermutlich noch einiges mehr. Meine Ratio war außer Kraft gesetzt, und als ich schließlich entsetzt nach Luft schnappte, hatte ich die ganze Geschichte ausgeplaudert.

Erst als ich Percy ins Gesicht blickte, wurde mir schlagartig bewußt, was ich angestellt hatte. Wie es bei sonnenverbrannter Haut häufig der Fall ist, war es aufgrund des Schocks voller roter und weißer Flecken.

»Das wußte ich nicht«, murmelte er.

»Offensichtlich nicht, denn sonst hättest du diesen Unsinn nicht geschrieben, den wir jederzeit widerlegen könnten.«

»Ist das wirklich wahr?« Er faßte sich wieder. »Ich wollte sagen – du würdest seinen Antrag vorziehen?«

»Also wirklich, Percy, das ist ja lächerlich!« Trotzdem war mir alles andere als zum Lachen zumute; langsam begriff ich, welche Katastrophe ich angerichtet hatte. »Ramses hat mir

kein Sterbenswort davon erzählt. Er wollte nicht, daß jemand davon erfuhr.«

»Und wie hast du es herausgefunden? Ich meine, wieso glaubst du – «

»Er hat es zugegeben, aber erst, nachdem einer von uns selbst darauf gekommen war.«

»Einer von uns«, wiederholte Percy.

»Weder Tante Amelia noch der Professor, zumindest glaube ich das nicht. Wir haben ihm versprochen, unser Wissen für uns zu behalten. Bitte ...« Ihn um etwas zu bitten, fiel mir außerordentlich schwer, doch schließlich brachte ich es über mich. »Bitte, sag nichts davon.«

Percy straffte die Schultern und schob sein Kinn vor. »Ich würde dir jeden Wunsch erfüllen, Nefret, aber in diesem Fall befinde ich mich in einer unmöglichen Situation. Ramses hat mich wissentlich hintergangen – aus den ehrenhaftesten Motiven, dessen bin ich mir sicher –, aber da ich jetzt die Wahrheit erfahren habe, schulde ich ihm den verdienten Dank. Ein Offizier und Gentleman könnte gar nicht anders reagieren.«

Mir dreht sich schlichtweg der Magen um, wenn ich an die abgedroschenen Phrasen denke, mit denen ich ihn anflehte, sich nicht wie ein Offizier und Gentleman zu verhalten. Ja, ich mußte ihn anflehen. Ob er sich tatsächlich dazu herabgelassen hätte, weiß ich nicht; etwas Derartiges paßt eigentlich nicht zu ihm. Trotzdem wollte ich kein Risiko eingehen. Mir war klar, daß Ramses fuchsteufelswild sein würde, wenn er herausfand, daß ich ihn verraten hatte. Schließlich erklärte sich Percy widerwillig bereit – um mir einen Gefallen zu tun.

Nach seinem Aufbruch zitterte ich am ganzen Körper und mußte mich hinsetzen. Du kennst mein überschäumendes Temperament, Lia; ich fahre zu schnell aus der Haut, und wenn ich wieder klar denken kann, werde ich von Reue und

Schuldgefühlen geplagt. Nicht, weil ich Percy vor den Kopf gestoßen hatte – er hatte es verdient, obwohl ich zugeben muß, daß er erstaunlich gefaßt blieb. Ich rechnete damit, daß er tobte und alles vehement abstritt. Trotzdem kann ich es mir nicht verzeihen, daß ich Ramses verraten habe. Auch eine stillschweigende Übereinkunft ist bindend. Du wirst doch nichts sagen, oder? Nicht einmal gegenüber David.

Aus Manuskript H

Es war fast Mitternacht, als Ramses, lediglich mit einer weiten Baumwollhose bekleidet, die Dahabije verließ. Nachdem er ins Wasser geglitten war, wartete er einen Augenblick; da er keine Warnung von dem Wachtposten vernahm, der auf der anderen Seite des Hausbootes am Ufer saß, schwamm er einige Meter flußabwärts, wo er seine Kleidung versteckt hatte. Die verlassene Hütte, kaum mehr als ein Haufen verwitterter Nilschlammziegel, hatten er und David schon häufiger benutzt, wenn sie in diversen Tarnungen die Souks und Kaffeehäuser aufsuchen wollten. Ramses bereute es immer noch, daß er sein Alter ego als Ali die Ratte hatte aufgeben müssen; jahrelang hatte ihm diese Verkleidung gute Dienste erwiesen, bis einer ihrer unangenehmeren Widersacher Alis wahre Identität aufdeckte.

In jener Nacht verzichtete er auf eine Tarnung. Eine Verkleidung hätte seinen Plan zum Scheitern verurteilt, für den er sich dieser Mühen unterzog. Da ihm klar gewesen war, daß er ans Ufer würde schwimmen müssen, hatte er einige Kleidungsstükke in der Ruine deponiert. Das war verflucht umständlich, trotzdem durfte er keinesfalls riskieren, daß der nächtliche

Wachtposten, einer von Selims zahllosen Cousins, seinem Vater berichtete, daß er das Hausboot verlassen hatte, wenn man ihn schlafend im Bett vermutete. Achmed hätte sich eher die Kehle aufgeschlitzt, als den Vater der Flüche zu belügen.

Er zerrte das Bündel mit seiner Kleidung aus einem Spalt im Mauerwerk, trocknete sich ab und zog sich an. Unwillkürlich überlegte er, warum ausgerechnet ihm das Unglück beschieden war, einer so energiegeladenen und neugierigen Familie anzugehören. Es war beinahe unmöglich, sich ohne stichhaltige Gründe von ihnen zu entfernen. Wenn er nicht bei den Ausgrabungen erschien, wollte sein Vater wissen, wo zum Teufel er gewesen war; tauchte er zu den Mahlzeiten nicht auf, traktierte seine Mutter ihn mit Fragen; wollte Nefret etwas von ihm und er war nicht auffindbar, dann vermutete sie umgehend, daß er ohne ihr Wissen irgendeine geheimnisvolle, möglicherweise gefährliche Mission unternahm. Das wäre ein Verstoß gegen ihr oberstes Gesetz gewesen, welches David und er formuliert hatten und vehement vertraten; gemessen an den Situationen, mit denen sie häufiger konfrontiert waren, handelte es sich um eine sinnvolle Vorsichtsmaßnahme, und Ramses hielt sich zähneknirschend daran, weil er genau wußte, daß Nefret es ebenfalls nicht einhalten würde, wenn er es außer acht ließe. Vermutlich würde sie die von ihm hinterlassene Notiz nicht als korrektes Äquivalent für eine mündliche Benachrichtigung werten, doch er tröstete sich mit dem Gedanken, daß er vermutlich tot war, wenn sie den Zettel noch vor seiner Rückkehr fand.

Er hatte ihr zwar schriftlich erklärt, wohin er ging, aber nicht warum. Die Gründe gestand er sich selbst nur widerwillig ein; sie waren nicht fundiert, illoyal und unfair, und doch führten sie zu einer unangenehm überzeugenden Logik. David sympathisierte mit der Sache der Nationalisten. Solche Gruppen benötigen Geld. David hatte betont, daß er das Lia von ihren Eltern vermachte Geld nicht anrühren würde. Hatte er weniger Skrupel, wenn er mit gefälschten Antiquitäten handelte, um der von ihm vehement vertretenen Sache damit finanzielle Unterstützung zu gewährleisten? Er wäre nicht der erste Mann, der von seinen hohen Idealen getäuscht wurde.

Eine Stunde nach Verlassen des Bootes befand sich Ramses in demselben Kaffeehaus, das er bereits zweimal aufgesucht hatte; er stellte die gleichen Fragen und erhielt die gleichen Antworten. Niemand hatte den von ihm gesuchten Mann gesehen. Niemand wußte, wer er war.

Ramses zahlte und blickte finster in die winzige Mokkatasse. Einen Teufel würde er tun, dieses Gebräu zu trinken; seit drei Nächten goß er Kaffee in sich hinein, und das Koffein zerrte an seinen Nerven. Er erhob sich und wirkte in seiner europäischen Kleidung besonders auffällig. Er hatte nicht damit gerechnet, daß ihn jemand zu seiner Beute führen würde, trotzdem hatte Wardani sicherlich mittlerweile von seinem Interesse erfahren. Jetzt lag es an Wardani, ob er den Kontakt herstellte.

Auf seinem Rückweg zum Fluß entschied er sich für die dunkelsten Gassen und winkte den Droschkenfahrern ab, die ihn in der Hoffnung auf einen Fahrgast ansprachen. Sobald er die Hauptstraße verlassen hatte, begegneten ihm nur noch wenige Passanten, die ihre Gesichter gegen die kalte Nachtluft vermummt hatten. Am liebsten hätte er erleichtert aufgeseufzt, als einer von diesen auf ihn zuschoß und seinen Arm umklammerte.

»Keine Bewegung, kein Laut«, bemerkte eine ruhige Stimme. »Spürst du die Messerklinge?«

»Ja.« Es war kaum mehr als ein leichter Stich unter seinem linken Schulterblatt.

Eine weitere Silhouette näherte sich ihm von rechts. Rasch verbanden sie ihm die Augen.

»Kindische Spielchen.« Genau wie sie sprach Ramses Arabisch, und einer von ihnen lachte leise auf.

»Na, dann komm mit, Bruder der Dämonen, und wir werden dein Spielchen spielen.«

Er ging mit ihnen und versuchte den vorübergehenden Verlust seines Sehvermögens durch andere Sinneswahrnehmungen zu kompensieren. Als sie stehenblieben, hätte er ihren Weg mit Leichtigkeit zurückverfolgen können, und er erkannte auch das Etablissement, das sie soeben betraten. Der Geruch war unverkennbar. Die britischen Behörden versuchten, den Import von Haschisch zu unterbinden, hatten aber bislang lediglich erreicht, daß das Rauschmittel begehrter und teurer geworden war. Ramses wartete, bis die Tür hinter ihm und seinen Begleitern ins Schloß fiel, bevor er reagierte.

»Also gut«, bemerkte er gegenüber dem einen, den er nun gegen die Wand stemmte, indem er dem Burschen dessen eigenes Messer an die Gurgel hielt. »Sollten wir uns nicht ein angenehmeres Plätzchen zum Reden suchen?«

Wie er vermutet hatte, handelte es sich bei seinem Gegenüber um Wardani persönlich. Er hatte sich einen Bart wachsen lassen, der sein arrogantes Kinn und seine markanten Wangenknochen verbarg. Ungerührt lächelnd blickte er zu dem Mann, der stöhnend am Boden lag. »Ein weiteres kindisches Spielchen, mein Freund. Das war nicht nötig und überaus unfein. Ihr wußtet, daß euch von uns keinerlei Gefahr drohte.«

»Ich mag es nicht, wenn man sich in meine Angelegenheiten einmischt.«

»Ihr wart zu neugierig«, korrigierte Wardani. »Und mit welcher Hingabe, mein Bester! Wenn du jetzt die Güte haben würdest, mir mein Messer zurückzugeben, führe ich dich in meine erbärmliche Hütte.«

Er führte sie über eine baufällige Treppe zum Ende des Ganges. Der andere Mann erhob sich mit schmerzverzerrtem Gesicht und war Ramses so dicht auf den Fersen, daß sein keuchender, ungleichmäßiger Atem trotz der quietschenden Bodendielen unüberhörbar war. Er schien verärgert, trotzdem drehte sich Ramses weder um noch beschleunigte er seine Schritte. Schwäche zu zeigen hätte in ihrem dummen, kleinen Spiel fatale Auswirkungen gehabt.

Der Raum, den Wardani betrat, war klein und schäbig möbliert und wurde lediglich von einer rußenden Öllampe erhellt. Wardani setzte sich auf den Diwan und bedeutete Ramses, sich neben ihm niederzulassen.

»Kaffee? Pfefferminztee?«

»Danke, nein, auch kein Haschisch.« Der Geruch war zwar schwächer geworden, aber immer noch wahrnehmbar. Ramses rümpfte die Nase. »Diesen Zufluchtsort hätte ich beileibe nicht gewählt. Haschischspelunken auszuheben hat sich zu einem beliebten Sport bei den jungen Polizeibeamten entwikkelt, und dieser Bart kann dein Erscheinungsbild auch nicht wirkungsvoll verändern.«

»Ein Bekannter hat mir dieses Zimmer lediglich für unsere Zusammenkunft überlassen«, meine Wardani sachlich. »Ich wechsle häufiger meinen Wohnsitz.«

»Dann bist du also nicht ins Drogengeschäft eingestiegen, um Geld zu machen?«

Ein wütendes Funkeln trat in seine dunklen Augen. »Willst du mich beleidigen? Drogen sind der Untergang meines Volkes. Ich bin genauso erpicht darauf, den Handel zu unterbinden wie eure Polizei, aber sie unternehmen die falschen Schritte. Aufklärung ...«

Ramses ließ ihn dozieren. Er hegte eine tief verwurzelte Abneigung gegenüber Männern, die in diesem besitzergreifenden Ton von »meinem Volk« redeten, dennoch zweifelte er nicht an Wardanis Aufrichtigkeit. Der Bursche war der geborene Demagoge, verfügte über eine wohlklingende, überzeugende Stimme, ein breites Repertoire an eingängigen Klischees und eine hervorragende Gestik. Wardani war keineswegs sein richtiger Name; er hatte ihn zum Zeichen seines Respekts gegenüber einem »Märtyrer« an der Sache angenommen – einem jungen Studenten, der im Vorjahr einen Mordanschlag auf den gemäßigten Premierminister Boutros Ghali Pasha verübt hatte. Eine weitere dieser sinnlosen, übersteigerten Aktionen, die der Sache eher schadeten als nutzten, dachte Ramses voller Entrüstung. Der junge Attentäter war hingerichtet worden, und der Mord hatte zu einer noch kritischeren Haltung gegenüber den Nationalisten geführt.

Der andere Mann hatte den Raum verlassen. Er kam mit einem Tablett zurück, auf dem zwei winzige Tassen mit türkischem Mokka standen. Allein der Anblick der rabenschwarzen Flüssigkeit jagte Ramses einen Adrenalinstoß durch den Körper, trotzdem wäre es ein fataler Fehler gewesen, Wardanis gastfreundschaftliche Geste zurückzuweisen. Schließlich unterbrach er dessen Redefluß. »Das alles ist mir nicht neu.«

»Ja, natürlich. Was macht der Bräutigam?« Grinsend schlug Wardani seine Beine übereinander.

»Er ist froh und glücklich.«

»Das sollte er auch sein, nachdem er eine solche Blüte gepflückt hat.« Sein Grinsen wurde breiter. »Aber, mein Freund, starr mich doch nicht so entrüstet an. Du weißt, daß ich dich damit nicht kränken will. Ich respektiere und verehre alle Frauen. Sie sind die Zukunft Ägyptens, die Mütter einer neuen Generation.«

»Papperlapapp«, schnaubte Ramses. Sie unterhielten sich auf Französisch, Deutsch und Arabisch, als wollte Wardani Ramses' Sprachkenntnisse testen oder seine eigenen unter Beweis stellen. Ramses fuhr auf Englisch fort. »Ich kenne diese Phrasen. Ich sympathisiere mit euren Zielen, aber ich lehne eure Methoden ab. Halte David aus der Sache raus, Wardani.«

»Aha, daher weht der Wind. Ich fragte mich schon, warum du dich der Mühe unterzogst, mich aufzuspüren.«

»Wenn sie dich schnappen – und das werden sie, nachdem Kitchener jetzt fest im Sattel sitzt –, schicken sie dich ins Gefängnis oder in die Wüste – und David ebenfalls. Er kann der Sache in anderer Hinsicht dienlich sein.«

»In welcher Hinsicht?« fragte Wardani bedrohlich leise.

Die Luft war geschwängert vom Rauch der Lampe und von Wardanis Zigaretten, denn er rauchte ununterbrochen. Schulterzuckend nahm Ramses eine aus der ihm angebotenen Packung. »Er könnte Artikel verfassen und Reden halten«, schlug er vor. »Die Arbeit fortführen, die ihm Respekt in einem Beruf eingebracht hat, den bislang nur wenige Ägypter ergreifen durften. Der Erfolg solcher Männer wie David wird die Briten dazu zwingen, eure Forderung nach Gleichberechtigung zu akzeptieren.«

»In hundert Jahren vielleicht«, erwiderte Wardani. »Aber möglicherweise ...«

Gütiger Himmel, komm auf den Punkt, dachte Ramses. Er hatte entsetzliche Kopfschmerzen, wollte seinem Gegenüber jedoch nicht vorgreifen.

»Madame Todros stammt, so glaube ich, aus einem wohlhabenden Elternhaus«, murmelte Wardani.

Endlich war es heraus. Ramses zündete eine weitere Zigarette an und begann mit seinen Ausführungen.

Als er das Etablissement schließlich verließ, waren seine Kopfschmerzen zwar fast unerträglich geworden, aber er hatte sein Ziel erreicht. Falls Wardani nicht jegliche Hoffnung auf Lias Geld für »die Sache« aufgegeben hatte, dann war er weniger scharfsichtig als von Ramses angenommen. Dieses Thema hatte ohne Umschweife zu dem geführt, was Ramses wirklich am Herzen lag, und er hoffte, daß er seine Einstellung deutlich gemacht hatte.

Er entschied, daß er auf die gesundheitsfördernde Wirkung des Schwimmens verzichten sollte, und nahm eine Droschke, die ihn direkt zu den Docks fuhr. Es bestand absolut kein Anlaß, seine Unternehmung noch länger geheimzuhalten. Am folgenden Tag würde er sowohl Nefret als auch seinen Eltern alles beichten.

Der nächtliche Wachtposten sprang sofort auf, als er Ramses' leises Rufen vernahm, und schob eine Planke über den Zwischenraum von Dock und Deck; er wirkte weder überrascht noch neugierig. Die Männer hatten sich an das merkwürdige Verhalten der Familie Emerson gewöhnt.

Ramses tastete sich durch den Gang zu seinem Zimmer. Er war todmüde und hatte seine natürliche Abwehrhaltung abgelegt, sobald er sich an Bord in Sicherheit wußte; als er jedoch seine Zimmertür öffnete und die schlanke Gestalt in seinem Bett bemerkte, war er so entsetzt, daß er beinahe laut aufgeschrien hätte.

Sie hatte eine Lampe brennen lassen. Offenbar hatte sie sich an den einige Jahre zurückliegenden Vorfall erinnert, als sie ohne Vorwarnung in sein Zimmer eingedrungen war und er sie fast erwürgt hatte, bevor er sie erkannte. Nachdem er sich wieder gefaßt hatte, schlich er geräuschlos zum Bett und betrachtete sie.

Die Fensterläden waren geschlossen, und es war stickig im Zimmer. Sie lag auf der Seite, das Gesicht zur Tür, eine Wange auf ihre Hand gebettet. Der Lichtschein vermittelte ihren feuchten Schläfenlocken einen intensiven Kupferton und verlieh ihren dichten Wimpern goldene Reflexe. Als Zugeständnis an das Schamgefühl seiner Mutter hatte sie ein Nachthemd übergestreift, falls man es als solches hätte bezeichnen können – es wirkte eher wie ein Brautkleid aus durchschimmernder weißer Seide mit Rüschen- und Spitzenbesatz.

Ein stechender Schmerz in seinem Brustkorb erinnerte ihn daran, daß er schon eine ganze Weile den Atem anhielt. Langsam ausatmend, dachte er an eine besonders idiotische Bemerkung, die einer dieser Schwachköpfe von Offizieren im Turf Club zum besten gegeben hatte. »Man verhält sich gegenüber einer Dame nicht wie ein Schuft.« Der Umkehrschluß dieser Worte beschäftigte ihn schon seit Tagen. War es erlaubt, sich gegenüber einer Frau wie ein Schuft zu verhalten, wenn diese gar keine Dame war? Wie sah die genaue Definition für »Dame« aus und, in diesem Zusammenhang, für »schuftiges« Verhalten? Sich bei einer schlafenden Dame wie ein Schuft zu verhalten war vermutlich noch verwerflicher. Da ihm jedoch klar war, daß sie ihm ohnehin eine Standpauke halten würde, sobald sie aufwachte, erlaubte er sich zumindest einen kleinen Ausrutscher. Er beugte sich über sie, legte seine Handfläche auf ihre Schläfe und streichelte zärtlich ihre kupferfarbenen Locken.

Sie riß die Augen auf.

»Auf frischer Tat ertappt«, meinte sie.

»Todsicher«, gestand Ramses.

Er zog seine Hand weg und beobachtete, wie sie sich aufsetzte.

»Ich mußte hierherkommen, um deine Nachricht zu finden«, meinte sie vorwurfsvoll. »Normalerweise hättest du sie unter meiner Tür durchschieben können.«

Es hatte keinen Sinn, sie danach zu fragen, warum sie wirklich in sein Zimmer eingedrungen war. Etwas Derartiges machte sie häufiger, wenn sie eine plötzliche Eingebung hatte oder besorgt um ihn war.

»Das war nicht dein erster nächtlicher Ausflug, nicht wahr?« wollte sie wissen.

»Nein.«

»Hast du ihn gefunden?«

»Ja.«

»Gott sei Dank. Du siehst müde aus. Warum legst du dich nicht einfach hin?«

Sie rutschte in ihrem durchschimmernden, blütenweißen Nachtkleid zur Seite, um ihm Platz zu machen.

»Nein«, erwiderte Ramses. »Nett von dir, aber ... Was hast du eigentlich vor, Nefret? Willst du mich erst in Sicherheit wiegen, um mich dann herunterzuputzen? Bring es hinter dich, dann kann ich meine Wunden lecken und schlafen gehen.«

»Ich will dir keine Vorwürfe machen. Ich verstehe, warum du mich nicht mitnehmen konntest.«

»Tatsächlich?«

»Tu nicht so erstaunt. Du weißt, daß auch ich vernünftig sein kann. Spar dir den ausführlichen Bericht für morgen früh auf; sag mir nur, ob Wardani zugegeben hat ... gesagt hat, daß es David war, der ...«

Ihre riesigen, forschenden blauen Augen musterten ihn, als erwartete sie, daß er den Satz zu Ende führte. Körperliche Erschöpfung und seine Verwirrung beeinträchtigten sein Denken. Es dauerte einige Sekunden, bis er begriff.

»Das hast du dich gefragt? Dann war ich nicht der einzige, der ...«

»Wir klingen wie zwei Vollidioten«, bemerkte Nefret bestürzt. »Mein armer Liebling, ich wußte, daß du wie immer Gewissensbisse haben würdest, aber das brauchst du nicht. Auch ich liebe David und hatte ebenfalls meine Zweifel. Aber es dämmerte mir erst, als Tante Amelia neulich abends ganz nüchtern über ihre Verdächtigenliste diskutierte und du betontest, daß es sich allesamt um Freunde handelt, Menschen, die wir normalerweise schätzen und denen wir vertrauen, und dann begriff ich, daß David der naheliegendste Verdächtige von allen ist und daß er sich zwar nie bewußt unehrlich verhalten würde, seine Sache in diesem Fall aber vielleicht über seine Prinzipien gestellt hat und ... ich hasse mich dafür, aber der Gedanke geht mir nicht mehr aus dem Kopf.«

»Mir auch nicht. Allerdings gehe ich mittlerweile davon aus, daß wir das getrost vergessen können.«

»Wirklich? Stimmt das?«

Über ihre kindischen Fragen mußte er schmunzeln. »Ich sagte, daß ich davon ausgehe. Allerdings beharrte Wardani darauf, daß ihm von den Fälschungen nichts bekannt sei, und wenn er gelogen hat, dann verflucht überzeugend.«

»Du hast ihn ganz offen danach gefragt?«

»Ich mußte recht direkt vorgehen, da ich keine andere Möglichkeit sah. Er schien völlig perplex. Ich hoffe nur, daß ich ihm keine Flausen in den Kopf gesetzt habe. Als ich darauf hinwies, daß es nicht nur Davids Ruf, sondern allen Ägyptern sowie der Sache und ihrem Führer schaden würde, wenn man ihn des Handels mit gefälschten Antiquitäten bezichtigte, stimmte er mir allerdings unumwunden zu. Er ist entsetzlich kritisch, was Ehrgefühl und dergleichen anbelangt. Deshalb entschied ich, daß ich ihm am besten reinen Wein einschenkte. In seinem ausschweifenden Stil versicherte er mir schließlich, daß wir zumindest in dieser Sache Verbündete seien und daß er sich um eine Klärung bemühen werde. Ich glaubte ihm. Was zweifellos recht naiv von mir ist.«

»Nein, du hast das einzig Richtige getan. Wirst du es dem Professor und Tante Amelia erzählen?«

»Das ist vermutlich sinnvoll, meinst du nicht? Mutter hat vielleicht auch ihre Zweifel. Und sie ist gelegentlich entsetzlich brutal.«

»In manchen Dingen ist sie brutal und in anderen wiederum hoffnungslos sentimental. Ich denke, David gehört zu der anderen Kategorie – genau wie du und ich und der Professor.«

»Ich?« wiederholte Ramses verblüfft. »Gütiger Himmel, die ganzen Jahre hat sie mich jedes verübten Verbrechens verdächtigt. Aus gutem Grund, das gebe ich zu.«

Mit der ihr eigenen Energie schwang sie ihre Beine aus dem Bett und erhob sich.

»Schlaf jetzt!« befahl sie. »Und, Ramses ...«

»Ja?«

Sie legte ihre Hände auf seine Schultern und blickte zu ihm auf. »Ich weiß, wie sehr dir David fehlt. Du kannst mir genauso vertrauen wie ihm – Männer haben ihre kleinen Geheimnisse, wir Frauen aber auch! Es wäre schön, wenn du einige deiner Sorgen mit mir teilen würdest.«

»Das habe ich doch gerade getan.«

»Weil ich dich eiskalt erwischt habe.« Sie lächelte ihn zärtlich an. »Du weißt, daß ich es jedesmal bemerke, wenn dich etwas bedrückt. Sei nicht so hart gegen dich selbst. Gib zu, daß du dich jetzt besser fühlst, nachdem du mir davon erzählt hast.«

»Ja, das stimmt.« Er grinste sie an. »Danke, mein Mädchen.«

Ihr Gesicht nahm einen merkwürdigen Ausdruck an.

»Du bist ebenfalls müde«, meinte Ramses. »Wir werden die Bombe beim Frühstück platzen lassen. Nachdem Vater seinen ersten Kaffee intus hat.«

Sobald sie sein Zimmer verlassen hatte, entkleidete er sich und fluchte, als er das winzige Loch und den Blutfleck auf seinem Hemdrücken bemerkte. Vielleicht konnte Fatima es stopfen, bevor es seiner Mutter auffiel. Das war allerdings unwahrscheinlich, da ihr nichts entging, und sie würde sich vermutlich aufregen, weil er ein weiteres Hemd ruiniert hatte.

Obwohl er hundemüde war, lag er noch eine Weile wach

und dachte nach, nicht über Davids Probleme, sondern über Nefret. Er begehrte sie wie noch keine Frau zuvor, und doch hatte er der Versuchung widerstanden, ihr seine Gefühle zu offenbaren, da er es nicht riskieren wollte, das zu verlieren, was sie ihm in dieser Nacht vermittelt hatte – Mitgefühl und Zuneigung und ein so tiefes Verständnis, als wäre sie ein Teil seiner selbst. Trotzdem sah er keine Möglichkeit, diese Liebe zu erzwingen, schon gar nicht bei einem Menschen wie Nefret. Entweder traf es sie beide irgendwann wie ein Blitzstrahl oder auch nicht – das war so unvorhersehbar wie das Wetter.

Schließlich schlief er ein.

5

Umgeben von angreifenden Schwertern, kämpfte ich weiter. Wäre da nicht das Mädchen gewesen ...

Meine Entscheidung, in ein größeres Haus umzuziehen, fiel keine Sekunde zu früh. Mittlerweile waren alle gereizter Stimmung. Einer ging dem anderen auf die Nerven. Horus ging ohnehin allen auf die Nerven, und das Eingesperrtsein – denn Nefret erlaubte ihm nicht, die belebten Straßen von Kairo zu durchstreifen – strapazierte *sein* Nervenkostüm. Emerson murrte und kam mir ständig mit irgendwelchen Ausflüchten, wenn ich ihn daran erinnerte, daß er seine Bücher zusammenpacken sollte, doch als ich Mahmud dazu anwies, war ihm das auch nicht recht; Ramses hatte dunkle Schatten unter den Augen und wandelte umher wie ein Gespenst; Nefret grübelte. Als ich sie fragte, ob sie wegen irgend etwas beunruhigt sei, erklärte sie, daß sie Lia und David vermisse.

Nachdem wir erfahren hatten, daß sie erst nach Weihnachten zu uns stoßen würden, waren wir alle enttäuscht. David hatte das phantastische Angebot erhalten, auf Kreta an der Restaurierung der Fresken des Palastes von Knossos mitzuwirken. Er hatte sich schon immer für den minoischen Einfluß in der ägyptischen Kunst interessiert, und diese Einladung von Sir Arthur Evans, einem der renommiertesten Persönlichkeiten auf dem Sektor der Archäologie, war ein Tribut an Davids hervorragenden Ruf als erfahrener Kopist. Es war völlig klar, daß Lia ihm überallhin gefolgt wäre, solange sie nur bei ihm sein konnte.

Meiner Ansicht nach war diese Nachricht allerdings nicht für Nefrets uncharakteristisches Verhalten verantwortlich. Sie war absolut nicht der Typ, der sich trübsinnigen Selbstbeobachtungen hingab. Bei einer ledigen jungen Dame fällt einem sogleich eine mögliche Erklärung für die nachdenkliche Geisteshaltung ein, und ich überlegte, ob vielleicht ein bestimmter junger Mann dahintersteckte. Jack Reynolds und Geoffrey Godwin waren die wahrscheinlichsten Kandidaten, dachte ich im stillen. Beide waren attraktiv, jung, wohlerzogen, gebildet und darüber hinaus Ägyptologen. Eine verständnisvolle Mutter oder, wie in meinem Fall, ein Adoptivelternteil, hätte eigentlich keiner weiteren Erklärung bedurft.

Allerdings erkannte ich bei genauerer Beobachtung, daß Nefret etwas anderes bedrückte und daß ihr keiner der beiden Männer hundertprozentig zusagte. Ihr Verhalten gegenüber Geoffrey war zwar liebenswürdiger als ihr ungezwungen scherzhafter Umgang mit dem lebenslustigen jungen Amerikaner, doch dieser gewisse Blick ... ich bemerkte ihn nicht – und in solchen Dingen irre ich mich nur selten.

Ein Rätsel wurde schließlich gelöst, als uns Ramses seine Begegnung mit dem Führer der jungen ägyptischen Partei schilderte.

Wie gewohnt nahmen wir das Frühstück auf dem Oberdeck ein, und Emerson fluchte wie üblich über die schlechte Luft und den Gestank und den zunehmenden Schiffsverkehr. Ramses gesellte sich verspätet zu uns. Seine dunklen Augenringe wirkten an diesem Morgen besonders auffällig, so daß ich mich, auch wenn ich den jungen Leuten eine gewisse Privatsphäre zubillige, zu der Frage hinreißen ließ, was er in der Nacht getrieben habe.

Es wäre weder korrekt noch gerechtfertigt, wenn ich behauptete, daß Ramses mich häufig anlog. Das brauchte er auch nicht; schon im zarten Kindesalter war er ein Spezialist in Sachen Doppeldeutigkeit gewesen, und diese Fähigkeit hatte er im Laufe der Zeit perfektioniert. Bei besagtem Frühstück erklärte er, daß er uns exakt an diesem Morgen hatte informieren wollen. Ich griff zum Salzstreuer und bat ihn, fortzufahren.

Auch wenn seine Schilderung unzählige Fragen aufwarf, unterbrachen wir ihn nicht – ich nicht, weil ich wußte, daß es verlorene Liebesmüh war, Emerson nicht, weil er erst eine Tasse Kaffee getrunken hatte und noch nicht richtig wach war, Nefret nicht (meine unfehlbaren Instinkte hatten es mir bereits angedeutet), weil sie schon alles wußte.

»Und du denkst, daß er die Wahrheit gesagt hat?« bemerkte Emerson, als Ramses geendet hatte. »Das erleichtert mich. Ich hatte schon geglaubt ...«

»Du auch, Professor?« entfuhr es Nefret.

»Der Verdacht war zwar schrecklich, aber nicht von der Hand zu weisen«, erwiderte Emerson. »Ich vermute, daß es uns allen ähnlich erging, wir das aber nur ungern zugeben wollten.«

»Mir nicht«, meinte ich, während ich Ramses Eier mit Schinken auf den Teller schaufelte. »Ich mache dir keinen Vorwurf, daß du dich vergeblich bemüht hast, Ramses; wenn du jetzt beruhigt bist, war es die Sache wert. Trotzdem hätte ich dir gleich sagen können, daß du dir keine Sorgen machen mußt.«

»Deine Intuition, vermute ich?« fragte Emerson und zog seine Pfeife aus der Tasche.

»Was mich betrifft, beruht das eher auf entsprechender Lebenserfahrung und einer fundierten Menschenkenntnis.«

»Pah«, erwiderte Emerson abfällig. »Ich wage zu bezweifeln, daß du die Sache der Nationalisten überhaupt als mögliches Motiv für Davids Finanzbedarf angesehen hast. Ich gestehe, daß das bei mir nicht der Fall war. Und ich muß sagen, daß die Situation verflucht kompliziert ist. Kitchener ist entschlossen, die radikalen Nationalisten niederzuschlagen, und Wardani ist sein Hauptwidersacher. Ist David sehr engagiert in dieser Bewegung?«

»Nicht so intensiv, daß er den Verdacht der Behörden auf sich zieht«, erwiderte Ramses. »Wenigstens glaube ich das nicht. Ich hoffe, ich konnte Wardani überzeugen, daß er sich von David distanziert. Ob ich erfolgreich war, bleibt abzuwarten.«

»Kannst du David denn nicht zur Vernunft bringen?« drängte Emerson. »Du bist sein bester Freund.«

»Ich habe es versucht.« Ramses hatte sein Frühstück nicht angerührt. Es war immer schwierig, seine Gedanken zu erraten, aber seine Stimme klang ungewöhnlich emotionsgeladen, als er fortfuhr. »Das war ein gravierender Fehler.«

»Warum?« bohrte Nefret.

»Weil ich zu zynisch und zu herablassend war. Das war nicht meine Absicht, aber so hat es vermutlich geklungen – wie ein wohlwollender Vortrag zu seinem Besten. Und genau dieses Verhalten stößt Ägypter wie David und Wardani ab. Als er dann von Deschascheh sprach ... Er ist wie besessen davon, und wieso zum Teufel soll ausgerechnet ich ihm den Rat geben, sich nicht darum zu kümmern?«

Den meisten meiner geschätzten Leserinnen und Leser wird diese Sache vermutlich unbekannt sein. Obgleich sich der Vorfall nur wenige Jahre vor meinem Bericht ereignete und selbst in der britischen Presse für erheblichen Aufruhr sorgte, war er schon bald darauf vergessen. Unser Erinnerungsvermögen ist kurz, wenn es um die Ungerechtigkeit gegenüber anderen geht und wir im besonderen dafür verantwortlich sind. Dieser Zwischenfall war einer der dunkelsten Punkte in der britischen Verwaltungsherrschaft und ein Schandfleck auf der Weste für jeden aufrichtigen Engländer.

Die Taubenverschläge aus Nilschlammziegeln sind ein vertrauter Anblick in den ägyptischen Dörfern, da die Bauern Tauben zur Fleischversorgung züchten. Als eine Gruppe britischer Offiziere in dem Ort Deschascheh auf Taubenjagd ging, waren die Bewohner verständlicherweise entrüstet; ein renommierter britischer Autor hat es einmal so umschrieben: Es war, als hätte eine Gruppe chinesischer Sportschützen sämtliche Enten und Gänse auf dem Teich eines Landwirts in Devonshire abgeschossen.

Es kam zu einem vorübergehenden Waffenstillstand, doch im Jahr darauf tauchten die Hobbyjäger erneut in Deschascheh auf. Sie waren nur wenige hundert Meter von dem Dorf entfernt, als sie das Feuer eröffneten und die aufgebrachten Dorfbewohner zum Angriff übergingen – nicht mit Gewehren, denn die hatten sie nicht, sondern mit Steinen und Holzknüppeln. In dem sich daran anschließenden Kampf wurden vier Ägypter erschossen, und ein Offizier wurde zu Tode geprügelt, als er den anderen zu Hilfe eilen wollte. Genaugenommen erlag er aufgrund der Sonneneinstrahlung und der Überanstrengung einem Hitzschlag, doch die Behörden beschlossen, seinen Fall zum Exempel zu statuieren. 21 Dorfbewohner wurden verurteilt, vier davon zum Tode, einige zur Zwangsarbeit und der Rest erhielt 50 Stockhiebe. Die Urteilsvollstreckung durch den Strang und die Prügelstrafen wurden am Ort des Geschehens durchgeführt, und die Dorfbewohner, einschließlich der Angehörigen der Verurteilten, mußten zusehen.

Emerson hatte zu denjenigen gehört, die in ungehaltenen Briefen an die englische Presse und im persönlichen Gespräch mit Lord Cromer gegen das entsetzliche Vorgehen protestiert hatten. Selbst jetzt lief sein Gesicht zornesrot an, wenn er sich daran erinnerte.

»Verflucht, ich könnte glatt auf die Idee kommen, mich Wardani ebenfalls anzuschließen«, knurrte er.

Ramses hatte zu seiner üblichen Reserviertheit zurückgefunden. »Genau. Mutter würde jetzt behaupten, daß ein Unrecht das andere nicht aufwiegt, der Zweck noch lange nicht die Mittel heiligt und so fort; um es auf den Punkt zu bringen: Vergeltung macht die Sache nur schlimmer. Der Vorfall in Deschascheh führte zur Ermordung von Boutros Ghali Pasha und damit zu einer noch brutaleren Verfolgung der Nationalisten. Nach außen hin ist die Bewegung gestorben. Und das könnte auch Wardani passieren, wenn sie ihn aufspürten und er sich zur Wehr setzt.«

»Hmmm, ja.« Emerson klopfte seine Pfeife aus. »Vielleicht sollte ich einmal mit David reden.«

»Es wäre jedenfalls besser, wenn die Initiative von dir ausginge und nicht von mir«, gestand Ramses.

»Wir werden ihn so zu beschäftigen wissen, daß er sich nicht in Schwierigkeiten bringen kann«, erklärte Nefret. »Ich bin sicher, daß uns Lia unterstützen wird.«

Da ich meine sämtlichen Aktivitäten und die meiner Gehilfen auf das Haus konzentrierte, hatten wir den Umzug in Rekordzeit bewältigt. Fatima fegte wie ein Tornado durch die Räume und wies den von Selim beschafften Arbeitern ihre Aufgaben zu. Es waren ausschließlich Verwandte und Freunde von ihm und Fatima, die sorgfältig und umsichtig arbeiteten. Selim hatte sich aus dem Staub gemacht; bekniet und unterstützt von Emerson, der ebenfalls das Weite gesucht hatte, waren ihm ständig Ausreden für sein Fernbleiben eingefallen. Ich erhielt eine gewisse Unterstützung von Nefret, absolut keine von Ramses, sehr viel Hilfe von Daoud und seiner Frau Kadija; darüber hinaus kreuzte Maude Reynolds jeden Morgen auf, um mir ihren Beistand anzudienen. Sobald sie herausfand, daß Ramses nicht zugegen war (was für gewöhnlich der Fall war), verschwand sie auf Nimmerwiedersehen.

Ein Flügel der Villa war schon bald bezugsfertig. Die gefliesten Böden glänzten, die weißgetünchten Wände strahlten, Insekten und Nager hatten sich in andere Ausweichquartiere zurückgezogen, und Fatima nähte fleißig Gardinen. Am Donnerstag fand der Umzug statt, und am Freitag, dem Ruhetag unserer muslimischen Freunde, entschied ich, daß auch ich etwas Entspannung verdient hatte. Die anderen waren fast jeden Tag in Zawiet el-Aryan gewesen – zumindest stundenweise (genaugenommen, wann immer sie mir entkommen konnten); beinahe jeden Abend mußte ich mir Emersons begeisterte Schilderungen von seinen Aktivitäten anhören.

Ich schlenderte zu Emersons neuem Arbeitszimmer, um ihn zu informieren, daß ich ihn an diesem Tag besuchen wollte, und freute mich schon auf den Überraschungseffekt. Ich hatte ihn gebeten, seine Bücher einzusortieren. Die Bücher befanden sich noch immer in den Kartons, die Regale waren leer und Emerson nirgends zu sehen.

Nachdem ich das ganze Haus durchkämmt und festgestellt hatte, daß sich alle aus dem Staub gemacht hatten, ging ich zu den Stallungen. Ein Teil dieser Verschläge wurde bereits von dem bevölkert, was Ramses als Nefrets Menagerie bezeichnete. Sie sammelte verstoßene und verletzte Tiere wie andere junge Mädchen Schmuck. In weniger als einer Woche hatte sie einen riesigen, verwahrlosten gelben Hund angeschleppt, eine verwaiste Gazelle und einen Falken mit gebrochenem Flügel. Letzterer würde wieder ausgesetzt werden, sobald sein Flügel verheilt war, falls er nicht zu anhänglich wurde und die Freiheit ablehnte. So reagierte eine ganze Reihe von Nefrets Geschöpfen. Der Hund – eine der häßlichsten Kreaturen, die mir jemals begegnet waren – mußte in seiner Hütte eingesperrt werden, damit er ihr nicht folgte, wenn sie das Haus verließ. Was wir mit der Gazelle anstellen sollten, war mir rätselhaft.

Am Vortag hatte Selim die Pferde aus Atiyah geholt. Wie erwartet, standen die Araber nicht im Stall. Lediglich eines der angemieteten Tiere, eine scheue braune Stute, stand noch in ihrer Box. Als ich Mohammed bat, sie zu satteln, beäugte sie mich kritisch.

Auch Mohammed blickte mich skeptisch an. »Der Vater der Flüche hat ausdrücklich gesagt, daß ich – «

»Kümmere dich nicht darum, was er gesagt hat. Sie sind nach Zawiet el-Aryan aufgebrochen, vermute ich? Bitte, sattle das Pferd.«

»Aber, Sitt Hakim, der Vater der Flüche hat ausdrücklich gesagt, daß ich dich nicht allein fortlassen soll.«

»Unsinn. Glaubst du etwa, daß ich den Weg nicht allein finde? Ich, die ich jeden Zentimeter von Abu Rauwasch bis Gizeh und von Sakkara nach Abusir kenne?«

Ich neige zwar zur Übertreibung, wenn ich Arabisch spreche – eine Angewohnheit, die ich von Emerson übernommen habe –, doch der Tenor meiner Aussage war korrekt.

Mohammed schüttelte betrübt den Kopf. Er wußte, daß ihm eine Standpauke von Emerson drohte, wenn er mich nicht begleitete, und eine Schimpftirade von mir, sofern er weiterhin darauf beharrte. Die Standpauke lag noch in weiter Ferne, die Schimpftirade nicht. Von daher war seine Entscheidung keineswegs verwunderlich.

»Nimm wenigstens deinen Schirm mit, Sitt.«

Die englische Betonung des Wortes klang aus seinem Mund

recht drollig. Mein Schirm wurde mittlerweile für eine Waffe mit ungeahnten magischen Kräften gehalten. Abgesehen von seinem psychologischen Effekt, kann man sich keinen nützlicheren Gegenstand vorstellen: er dient mir als Spazierstock, als Sonnenschutz und – da meine Schirme alle aus einer stabilen Stahlkonstruktion mit geschärfter Spitze bestehen – als Waffe. Ich versicherte Mohammed, daß ich vollbewaffnet aufbrechen würde.

Dann vernahm ich ein leises Fauchen und bemerkte zwei funkelnde grüne Pupillen in der Dunkelheit. Kein Wunder, daß die arme Stute nervös war. Vermutlich war Horus die ganze Zeit über im Stall gewesen, hatte sich als vermeintlicher Löwe aufgespielt und sie aus der Fassung zu bringen versucht.

»Wir beide sprechen uns später noch«, erklärte ich der Katze und führte mein Reitpferd aus dem Stall, bevor ich aufsaß.

Es war ein herrlich klarer und ruhiger Morgen – ein hervorragender Tag für einen Pyramidenbesuch. Verärgerung hat einen unangenehmen Nebeneffekt auf den literarischen Stil; Phrasen wie »sich die Hände blutig arbeiten« und »sich für die Bedürfnisse anderer aufopfern« schossen mir durch den Kopf. Allerdings gehöre ich nicht zu den Menschen, die sich ihre Laune verderben lassen. Sobald ich auf meine abtrünnige Familie stieß, würde ich mit einigen klärenden Worten meinen Standpunkt vertreten; bis es soweit war, wollte ich jeden Augenblick genießen.

Hätte ich zu den leicht zu kränkenden Menschen gezählt, hätte es mich ebenfalls verstimmt, was während meiner Abwesenheit auf der Ausgrabungsstätte passiert war. Nach unserem ersten Besuch hatte ich die Berichte von Signor Barsanti gesucht, die ich zuletzt bei Ramses gesehen hatte. Der Band befand sich nicht in den Bücherregalen im Salon; er lag weder auf dem Oberdeck noch auf Ramses' Schreibtisch.

Schließlich fand ich ihn unter einem der Sessel im Salon, und ich setzte mich sofort hin, um die Aufzeichnungen zu lesen, bevor sie erneut verschwanden.

Meine Aufrichtigkeit zwingt mich zu dem Eingeständnis, daß die Pyramide wesentlich interessanter war als von mir zunächst angenommen. Wie Emerson sich scherzhaft auszudrücken pflegt, fasziniert mich das Innere einer Pyramide, weil es kindliche Phantasien an Höhlen und unterirdische Geheimgänge, Krypten und verborgene Schätze weckt. Meinetwegen kann er sich nach Herzenslust den Kopf zerbrechen über Baumethoden, fossilienhaltige Steinquader und frühgeschichtliche Statik; ich jedenfalls ziehe lange, dunkle und unterirdische Gänge allem anderen vor. Diese Pyramide schien vielversprechend, und ich glaubte keine Sekunde lang, daß Signor Barsanti sie entsprechend erforscht hatte.

Ich war noch keine Meile geritten, als mir kein anderer als Geoffrey Godwin entgegengeschlendert kam.

»Aber, Mrs. Emerson«, rief er und nahm seinen Tropenhelm ab. »Was für ein unverhofftes Vergnügen!«

»Tatsächlich?«

Ein schüchternes Lächeln glitt über sein Gesicht. »Ein Vergnügen, gewiß; unverhofft – nun, nicht ganz. Vor einer Weile bin ich zufällig den anderen begegnet. Sie sagten, daß sie auf dem Weg nach Zawiet el-Aryan seien und daß Sie vermutlich nachkämen, sobald Sie – äh –«

»Feststellten, daß sie mir erwischt sind«, beendete ich seinen Satz. »Das stammte vermutlich von Emerson. Er hatte ganz recht. Ich befinde mich auf dem Weg dorthin, Mr. Godwin.«

»Allein?«

»Ja, warum nicht?«

»Nichts spricht dagegen«, erwiderte er rasch. »Allerdings erscheint mir Ihre Stute etwas nervös.«

»Ich weiß sie zu bändigen«, versicherte ich ihm, während

ich die Zügel kürzer nahm, um den verfluchten Gaul davon abzuhalten, einen vorübertrottenden Esel zu treten.

»Natürlich. Sehen Sie, Mrs. Emerson, ich wohne für ein paar Tage bei Jack und Maude; er arbeitet an einem Artikel, und Maude ist in Kairo. Ich könnte mir eines der Pferde ausleihen und in wenigen Minuten wieder bei Ihnen sein.«

»Das ist zwar nett gemeint, aber vollkommen unnötig«, versicherte ich ihm. »Schließlich bin ich keine Touristin.«

Er grinste und trat schulterzuckend zurück. »Vermutlich wollen Sie umgehend zu den Pyramiden reiten.«

»Vielleicht unternehme ich noch einen kleinen Abstecher zu Karl von Bork. Er ist doch heute dort, oder?«

»Ja, Ma'am. Die Saison von Herrn Junker beginnt früher als unsere. Wenn Sie ganz sicher sind, daß Sie – «

Mein Aufbruch war vielleicht etwas zu abrupt, doch seine Ausführungen nahmen kein Ende, und ich war in Eile.

Karl arbeitete tatsächlich an einer der Mastaben auf den großen westlichen Grabfeldern, einem Gebiet, das den Deutschen zugewiesen worden war – um genau zu sein, sollte ich vielleicht besser sagen, »den Österreichern«. Herr Steindorff, der ursprüngliche Exkavator, war von Herrn Junker von der Wiener Universität ersetzt worden. An besagtem Tag war er nicht zugegen; statt dessen tauchte Karls strahlendes Gesicht aus einem der Löcher auf, und er bot sich an, mir das Grab zu zeigen. Auch wenn die Versuchung groß war (denn das Grab erschien mir überaus interessant), lehnte ich mit der Erklärung ab, daß ich auf dem Weg zu unserer Ausgrabungsstätte lediglich vorbeigekommen sei, um ihn zum Abendessen einzuladen. Natürlich nahm Karl dankend an. Dann erbot er sich, mich zu begleiten, und drängte sich so energisch auf, daß ich mich gezwungen sah, ihn ebenso abrupt wie Geoffrey zu verlassen.

Also wirklich, diese Männer, dachte ich im stillen. Man

sollte doch annehmen, daß ich in der Lage war, auf mich selbst aufzupassen.

Meine Stimmung hob sich, während ich weiterritt und dem schmalen Pfad über das Felsplateau folgte. Sonne und Einsamkeit, Sandwehen und himmlische Ruhe! Der weite blaue Himmel über mir, der ausgebleichte Boden unter meinen Füßen! Als ich über die Besorgnis meiner beiden Freunde nachdachte, lachte ich laut auf. Hier war mein geistiges Zuhause, das Leben, das ich über alles liebte. Es bestand absolut kein Anlaß zu der Befürchtung, daß ich mich verirrte.

Die Stute hatte sich beruhigt und ließ sich problemlos führen, bis jemand auf uns schoß.

Beim ersten Schuß zuckte sie zusammen und wurde nervös; der zweite, der unmittelbar vor uns auftraf, ließ sie scheuen. Ich stürzte nicht, sondern saß ab. Zugegeben, das geschah in aller Eile. Schließlich ist es allemal vernünftiger, Deckung zu suchen, wenn man zur Zielscheibe auserkoren ist.

Hinter einem Felskamm legte ich mich flach auf den Boden, beobachtete, wie meine treulose Stute in einer Staubwolke das Weite suchte, und überlegte meinen nächsten Schritt. Was sollte ich nur tun? Ich hatte mehr als die Hälfte der Strecke bewältigt und war schätzungsweise einen Kilometer von meinem Ziel entfernt – ein kurzer Spaziergang für eine durchtrainierte Frau wie mich, trotzdem hätte meine aufgerichtete Erscheinung ein hervorragendes Ziel abgegeben, und ich hatte keine Lust, auf allen vieren vorwärts zu robben. In meiner derzeitigen Lage zu verharren war vermutlich das Sicherste. Allerdings hatte ich keine Ahnung, wie lange ich dort aushalten mußte, bis jemand kam oder mein unsichtbarer Widersacher die Jagd einstellte. Einige Stunden unter sengender Sonne, und ich wäre so ausgetrocknet wie ein Nilschlammziegel. Wenn Emerson einmal buddelte, dann vermutlich bis zum Einbruch der Dunkelheit, und vielleicht nahm er den Rückweg entlang der Uferstraße und nicht den Wüstenpfad.

Trotzdem bestand kein Grund zum Trübsalblasen. Ich war vollbewaffnet. Mein Schirm und mein Messer waren zwar nutzlos, solange ich dem Burschen nicht frontal gegenüberstand, aber ich hatte noch meine kleine Pistole. Ich hob den Kopf und peilte die Lage.

Hinter mir erhoben sich die Silhouetten der Pyramiden von Gizeh vor dem azurblauen Himmel. Ich wußte, daß sich der Fluß etwas unterhalb von mir zu meiner Linken befand, doch aufgrund meiner geduckten Haltung konnte ich ihn nicht sehen. Eigentlich sah ich ohnehin nichts als typische Wüstenlandschaft – Sand, Geröll und Felsvorsprünge. Hinter einem solchen Felsen mußte mein Gegner auf der Lauer liegen. Die Sonne stand bereits hoch am Himmel. Es war später, als ich gedacht hatte. Zeit zum Angriff!

Ich zog die Pistole aus meiner Jackentasche und nahm meinen Tropenhelm ab. Letzteren stülpte ich über die Spitze meines zweckmäßigen Schirms und hob diesen langsam. Das Ergebnis war überaus erfreulich. Ein weiterer Schuß detonierte. Rasch setzte ich mich auf und feuerte in die Richtung, aus der die Kugel (meiner Meinung nach) gekommen war. Als ich mich erneut flach auf den Boden werfen und vor dem gegnerischen Schuß in Deckung gehen wollte, bemerkte ich einen Reiter, der aus Gizeh in meine Richtung galoppierte. Welche Verwegenheit dieser Bursche doch an den Tag legte! Er gab die perfekte Zielscheibe ab, besser gesagt, er hätte es getan, wenn er nicht so rasch geritten wäre. Aus diesem Grund hatte ihn mein erster Schuß verfehlt, und bevor ich das zweite Mal abfeuern konnte, war er bereits nahe genug, daß ich ihn erkannte. Als er mich bemerkte, straffte er die Zügel, sprang aus dem Sattel, warf sich auf mich und riß mich zu Boden. Er war stärker, als ich aufgrund seiner schmächtigen Statur vermutet hatte; sein Gewicht lastete auf meinem Körper.

»Also wirklich, Mr. Godwin«, bemerkte ich völlig außer Atem. »Ihre Unverfrorenheit ist empörend.«

»Verzeihung, Ma'am.« Er errötete und verlagerte sein Gewicht in eine Haltung, die zwar etwas weniger intim war, meinen Aktionsradius aber genauso effektiv einschränkte. »Habe ich mich geirrt? Ich nahm an, daß diese Schüsse Ihnen galten.«

»Ja, ich glaube, das stimmt. Ich schätze Ihren beherzten Versuch, mich mit Ihrem Körper schützen zu wollen, Mr. Godwin, aber in meinem Rücken befinden sich unzählige scharfkantige Steine. Vermutlich hat der Bursche ohnehin das Weite gesucht.«

Eine Gewehrsalve unterbrach mich. Die Schüsse schienen ziellos und bereits aus beträchtlicher Entfernung abgefeuert zu werden, doch Mr. Godwins Beschützerinstinkt setzte seinen Verstand außer Kraft. Mit einem entsetzten Aufschrei warf er mich erneut zu Boden.

»Verflucht!« zischte ich. »Der Schurke hat mit Sicherheit die Flucht ergriffen; ich höre Hufgetrappel... Gütiger Himmel. Gütiger Himmel! Stehen Sie auf, Mr. Godwin, bevor tatsächlich noch etwas Entsetzliches passiert.«

Allerdings kam jede Warnung zu spät. Statt sich zu entfernen, näherten sich die Pferdehufe; sie verharrten; und über Mr. Godwins Schulter erhob sich ein zu einer gräßlichen Grimasse verzerrtes Gesicht mit gebleckten Zähnen, zornesroten Wangen und funkelnden Augen. Mr. Godwin schnellte aus der Horizontalen in die Vertikale.

»Nein, Emerson, nicht!« kreischte ich. »Schlag ihn nicht! Du befindest dich in einem schrecklichen Irrtum!«

»Tatsächlich?« Er hielt den jungen Mann am Kragen gepackt und in seiner ausholenden Bewegung inne. Allerdings blieb seine Hand zur Faust geballt.

»Mr. Godwin wollte mich beschützen und nicht etwa angreifen.« Ich rappelte mich auf. Weitere Reiter näherten sich. Emersons Hengst Risha hatte alle aus dem Feld geschlagen.

»Ach so«, meinte Emerson. »Bitte vielmals um Entschuldigung, Godwin.«

»Setz ihn doch runter, Emerson«, warf ich ein.

Emerson tat, wie ihm geheißen. Der junge Mann zerrte an seinem Hemdkragen und grinste tapfer. »Ist schon in Ordnung, Sir. Ich mache Ihnen keinen Vorwurf, daß Sie einen falschen Eindruck bekommen. Jemand schoß auf Mrs. Emerson, und ich – «

»Ja ja. Wir haben die Schüsse ebenfalls gehört und wollten der Angelegenheit auf den Grund gehen. Ich dachte mir schon, daß sie meiner Gattin galten. Ständig schießen die Leute auf sie.«

Die anderen waren bei uns angelangt – Nefret auf Moonlight und Ramses auf Davids Stute Asfur. Nefret glitt aus dem Sattel und eilte zu mir. Ihr Anblick erinnerte Mr. Godwin an seine gute Kinderstube. Mit einer gemurmelten Entschuldigung riß er sich den Tropenhelm vom Kopf.

»Reg dich nicht auf, Nefret, ich bin unverletzt«, versicherte ich ihr, als sie mich besorgt abtastete. »Aber Mr. Godwin scheint etwas abbekommen zu haben. Ist das etwa Blut an Ihrer Braue?«

»Tatsächlich?« Er fuhr sich mit der Hand an den Kopf. »Oh. Ja, jetzt erinnere ich mich wieder; ich trug meinen Helm nicht, weil ich so überstürzt hierherritt. Vermutlich haben Sie den Burschen überhaupt nicht bemerkt, Mrs. Emerson – einen verschlagen wirkenden Einheimischen mit einem schwarzen Bart. Er war zu Pferd; er fiel mir während unserer Unterhaltung auf, denn ich fand es merkwürdig, daß er die ganze Zeit wartete und Ihnen schließlich folgte. Wie er Sie beobachtete, gefiel mir gar nicht ...«

Als er taumelte, wollte Emerson nach ihm greifen, doch er sank in Nefrets Arme. Sein Gewicht zog sie langsam, aber unausweichlich zu Boden, wo er seinen Kopf in ihren Schoß bettete.

Ramses hatte nicht abgesessen. Er kauerte im Sattel und betrachtete süffisant grinsend das sich ihm bietende Schauspiel. »Überaus geschickt eingefädelt«, bemerkte er.

»Scher dich zum Teufel, Ramses«, fauchte Nefret.

Geoffreys Ohnmacht währte nur wenige Sekunden. Hastig entzog er sich Nefret und versicherte ihr errötend, daß er keinen Schaden genommen habe. Das schien tatsächlich der Fall zu sein; die Kugel hatte seinen Kopf lediglich gestreift. Trotzdem bestand ich darauf, daß er mit uns zum Haus zurückkehrte, wo ich ihn sachgemäß verarzten konnte. Mein Pferd war vermutlich bis in alle Ewigkeit verschwunden, wo das verfluchte Mistvieh meiner Meinung nach auch bleiben konnte; deshalb hob mich Emerson zu sich auf Risha, und wir ließen die jungen Leute vorausreiten.

»Was hast du denn jetzt schon wieder angestellt?« wollte mein Gatte wissen.

»Ich weiß nicht, wovon du sprichst, Emerson.«

»Doch, das weißt du sehr wohl. Was hast du gesagt und vor allem zu wem, was diesen Zwischenfall ausgelöst haben könnte?«

»Nichts, ich versichere es dir.«

»Keine versteckten Hinweise? Keine unterschwelligen Drohungen?«

»Nein, Emerson, Ehrenwort. Zumindest ist mir nichts dergleichen bewußt.«

»Einen Angriff zu provozieren ist vermutlich eine Möglichkeit, die Identität eines Widersachers in Erfahrung zu bringen«, sinnierte Emerson. »Aber bestimmt keine, mit der ich einverstanden bin, Peabody.«

»Ganz ehrlich, Emerson, ich verstehe das alles nicht. Unsere Nachforschungen waren ein einziger – man könnte fast sagen – frustrierender Mißerfolg. Der einzig positive Aspekt dieses Zwischenfalls – «

»Ich wußte doch, daß du einen finden würdest.«

»Nun ja, es muß doch bedeuten, daß der Fälscher hier ist – in Ägypten, in Kairo, vielleicht sogar in Gizeh! Seine heutige Tarnung war dieselbe, die er in Europa benutzte.«

»Einschließlich des verschlagenen Aussehens und der finsteren Erscheinung?«

»Spar dir deinen Sarkasmus, Emerson. Geoffrey hat nach dem Vorfall vielleicht etwas übertrieben – er ist ein sensibler, phantasievoller junger Bursche. Doch es war das Verhalten des Mannes, das Geoffrey mißtrauisch machte.«

»Hmhm«, brummte Emerson. »Erstaunlich.«

Aus Manuskript H

Der alte Fakir schlenderte ziellos durch die engen Gassen des Souks. Im Vorübergehen warf Nefret ihm lediglich einen Blick zu; ganz offensichtlich gehörte er einem religiösen Orden der Derwische an, er war lediglich etwas größer und wesentlich schmutziger als die meisten anderen. Daoud, der sie an diesem Abend voller Stolz begleitete, schob sie aus dem Weg, als ein Händler mit einem riesigen Backblech voller Brote an ihnen vorüberkam, und deutete auf die geöffnete Tür eines der vielen Läden. Regale mit Schuhen in allen Formen und Größen standen im Freien zur Ansicht; Nefret schenkte ihnen keinerlei Beachtung, sondern betrat den kleinen Raum, auf dessen Schwelle sich der Händler grinsend vor ihr verbeugte.

Als sie das Geschäft einige Zeit später wieder verließ, war der alte Fakir umringt von einer Horde junger Rüpel, die sich feixend über ihn lustig machten. Mit einem entsetzten Aufschrei stürzte sich Daoud auf die Burschen. Allerdings benötigte der Fakir keine Hilfe; er drohte mit seinem langen Stab und fluchte inbrünstig. Die jungen Übeltäter suchten das Weite, und der Fakir setzte sich sabbernd und schimpfend mitten in die Gasse. Er trug keinen Turban; sein langes, verfilztes graues Haar fiel ihm strähnig ins Gesicht.

»Das sind üble Burschen«, meinte Daoud angewidert. »Er ist ein sehr heiliger Mann.«

»Aber vielleicht nicht ganz bei Sinnen?« warf Nefret schelmisch ein.

»Sein Geist wandelt in himmlischen Sphären und nur sein Körper verweilt auf Erden.«

»Gott sei ihm gnädig«, murmelte Nefret. Irgend etwas an dieser sonderbaren Gestalt faszinierte sie. Sie trat näher an ihn heran. »Ein recht malerisches Lumpengewand aus lauter Fetzen und Lappen, oder sollte man es eher als bunten Mantel bezeichnen?«

»Man nennt es auch Ornat«, erwiderte Daoud hochtrabend.

»Hmmm. Oh, beinahe hätte ich es vergessen – geh doch bitte noch einmal zurück und erkläre Mr. el-Asmar, daß ich noch ein weiteres Paar von den soeben bestellten Schuhen haben möchte, nur in Schwarz und so viel kleiner.« Mit Daumen und Zeigefinger deutete sie das Maß an. »Die sind für Lia. Ihre Füße sind kleiner als meine.«

Daouds Gesicht hellte sich auf. »Ah! Eine gute Idee. Wenn sie eintreffen, werden wir ein Freudenfest veranstalten, mit Geschenken, Musik und Unmengen zu essen.«

»Ganz bestimmt.« Zärtlich drückte sie seinen Arm. »Ich werde hier auf dich warten.«

Nachdem seine hünenhafte Gestalt im Schuhgeschäft verschwunden war, griff Nefret in ihre Handtasche und nahm einige Geldstücke heraus. Mit den Münzen klimpernd, ging sie zu dem Fakir, der wie ein formloses Bündel in sich zusammengesunken war, das strähnige Haar verdeckte sein Gesicht.

»Wenn das die Aura der Heiligkeit ist, ziehe ich die Verdammnis vor«, meinte sie leise. »Warum sind deine Verkleidungen nur immer so abgeschmackt?«

»Dreck hält kritische Zeitgenossen auf Distanz«, lautete die kaum hörbare Antwort. »Offensichtlich gehörst du nicht dazu. Ruhi min hina, ya bint Shaitan. (Verschwinde, Tochter des Satans.)«

Er wagte nicht aufzublicken, doch er vernahm ihr leises Kichern und ihre etwas lautere Reaktion. »Wie unhöflich!« Sie warf ihm die Münzen zu Füßen und trollte sich.

Ramses spähte durch seine verfilzte Haarpracht und bemerkte Daoud, der gerade das Geschäft verließ. Keiner der beiden blickte in seine Richtung, trotzdem wartete er, bis sie einen gewissen Vorsprung hatten. Dann rappelte er sich auf und folgte ihnen.

»Hmhm«, meinte ich, nachdem Nefret mit ihrer Schilderung von Ramses' Verkleidung geendet hatte. »Wirklich sehr pittoresk. Warum bist du Daoud und Nefret gefolgt? Er ist stark und vertrauenswürdig genug, um sie zu beschützen.«

Mein Sohn lümmelte sich auf dem Diwan, stemmte die Füße auf den Rand des Springbrunnens und antwortete: »Er würde mit Freuden sein Leben für sie riskieren. Falls dieser bedauerliche Fall jedoch einträte, käme für Nefret vermutlich jede Hilfe zu spät. Nach dem, was dir heute morgen passiert ist, können wir nicht vorsichtig genug sein.«

»Ich brauche keinen Beschützer«, erklärte Nefret erwartungsgemäß. »Ich hatte mein Messer.«

Zum ersten Mal genossen wir die Annehmlichkeiten des Innenhofs unseres neuen Domizils. Das Bewußtsein, meine Sache gut gemacht zu haben, erfüllte mich mit äußerster Zufriedenheit. Schaukelstühle und bequeme Sessel, kleine Tische und Sitzkissen standen rund um den Springbrunnen, dessen Fontäne melodisch plätscherte. Die von Geoffrey mitgebrachten Pflanzen gaben dem Ganzen den letzten Schliff; geschmackvoll ausgewählt und liebevoll eingepflanzt, hatten sie einen kahlen Innenhof in einen Garten verwandelt. Die Töpfe mit Orangen- und Zitronenbäumen, Hibiskus und Rosen waren landestypisch; ihre schlichten Formen und der gebrannte Ton paßten sich harmonisch dem Ambiente an und erinnerten an ihre frühgeschichtlichen Vorläufer. Gewisse Töpfertechniken haben sich seit Tausenden von Jahren nicht verändert.

»Mein heutiges Abenteuer hat einen positiven Aspekt«, bemerkte ich. »Falls jemand von euch noch Zweifel an Davids Unschuld hatte, sind diese damit sicherlich ausgeräumt.«

»Du gehst davon aus, daß der auf dich ausgeübte Anschlag mit der anderen Geschichte zu tun hat«, sagte Emerson. Der Lichtschein der auf einem der Tische stehenden Lampen fiel auf seine nachdenklichen Züge.

»Es steht sicherlich außer Frage, daß sie nicht miteinander in Verbindung stehen«, warf Ramses ein.

»Nicht unbedingt. Deine Mutter gerät ständig in unangenehme Situationen. Sie sucht förmlich danach. Sie zieht sie an. Und sie lebt darin auf.«

»Was für ein Unfug!« entfuhr es mir.

»Wie dem auch sei«, erwiderte Ramses, während Nefret hinter vorgehaltener Hand kicherte, »es gibt lediglich zwei Möglichkeiten. Entweder hat Mutters unliebsamer – äh – Zwischenfall keinen Bezug zu unseren Nachforschungen oder doch. Letzteres erscheint mir wahrscheinlicher. Mutter hat eigentlich nicht *so viele* alte Feinde, die ihr auflauern. Zumindest ... Oder vielleicht doch, Mutter?«

»Hmmm«, meinte ich. »Laß mich nachdenken. Nein, eigentlich nicht. Alberto starb vor einigen Jahren, recht geläutert, wie mir sein Zellenmitbewohner mitteilte, und es erscheint mir unwahrscheinlich, daß Matilda – «

»Geh nicht gleich die ganze Liste durch, das würde zu lange dauern«, wandte Emerson ein. »Wir werden die zweite Alternative als Arbeitstheorie aufgreifen. Hast du uns noch etwas zu sagen, Ramses?«

Eine törichte Frage. Ramses hat stets das letzte Wort.

»Ja, Vater. Von dieser Alternative können wir gewisse andere Möglichkeiten ableiten. Erstens, daß sich der von uns gesuchte Mann irgendwo in Kairo aufhält. Zweitens ist er zu dem Schluß gelangt, daß wir – beziehungsweise Mutter – eine Gefahr für ihn darstellen. Drittens ist seine Unternehmung komplexer als von uns angenommen, und es steht mehr auf dem Spiel als nur der schnöde Profit. Von früher her kennen wir einige Fälscher und auch eine ganze Reihe von Hehlern, die gestohlene Antiquitäten feilbieten. Wie viele von ihnen würden einen Mord begehen, um unentdeckt zu bleiben?«

»Einige«, erwiderte Emerson mit Grabesstimme. »Insbesondere ... Mach den Mund zu, Peabody, und hör auf zu fluchen. Ich habe dir bereits erklärt, daß ich Sethos diesmal nicht verdächtige. Ich dachte an diesen Schurken Riccetti.«

»Seit der Nilpferd-Geschichte sitzt er hinter Gittern«, betonte ich. »Ich glaube, wir hätten es erfahren, wenn er wieder auf freiem Fuß wäre.«

»Damals war der Preis ein unversehrtes Königsgrab mit komplettem Inhalt«, warf Ramses ein. »Eine solche Beute führt zu übertriebener Aktivität von seiten der Ganoven.«

Nefrets Augen funkelten. »Du nimmst doch nicht etwa an ...«

»Wir dürfen nicht damit rechnen, daß uns ein solcher Glückstreffer zweimal im Leben widerfährt.« Emerson seufzte. »Ich befürchte, daß es sich hier lediglich um einen gewöhnlichen Fall von Betrug handelt.«

»Der Begriff ›gewöhnlich‹ trifft nicht ganz zu, Vater«, erwiderte Ramses.

»Nein«, stimmte ihm Emerson zu. »Die Fälschungen haben nichts mit den gewöhnlichen Imitationen gemein. Für die Käufer kann ich kaum Mitgefühl aufbringen; geschieht ihnen ganz recht, wenn sie betrogen werden. Sie haben ohnehin nicht das Recht, irgendwelche Kunstschätze zu erwerben. Ich ließe den Burschen sogar ungeschoren davonkommen, wenn es nicht darum ginge, David jeglichen Verdachts zu entheben.«

Ramses beugte sich mit gefalteten Händen vor und erklärte ungewohnt hitzig: »Dann wird es wirklich Zeit, daß wir Davids Gefühle und Empfindungen nicht länger schonen. Selbst wenn wir uns diesen Luxus leisten könnten, was meiner Ansicht nach unmöglich ist, wäre es verflucht töricht.«

»Hör auf –«, hub ich an.

»Zu fluchen«, stieß Ramses zwischen zusammengebissenen Zähnen hervor. »Verzeih mir, Mutter. Begreifst du denn nicht, daß David früher oder später ohnehin davon erfährt? Das Gerücht wird sich wie gewohnt verbreiten. Die Sammler kommunizieren miteinander, Händler treten an geschätzte Kunden heran. Wer weiß, wie viele vergleichbare Fälschungen noch in zahllosen anderen Geschäften angeboten werden; wir konnten lediglich einen geringen Prozentsatz sicherstellen. Es erstaunt mich ohnehin, daß der eine oder andere unserer Bekannten nicht schon vorher Abdullahs ›Sammlung‹ erwähnte. Ihr könnt mir glauben, daß David alles andere als begeistert wäre, wenn wir ihn nicht informierten. Das ist eine verfluchte – verzeih mir, Mutter – Anmaßung.«

Die darauf folgende Gesprächspause kam einer stillschweigenden Übereinkunft gleich. Ganz offensichtlich war er nicht der einzige gewesen, der zu dieser frustrierenden Schlußfolgerung gelangt war. Natürlich hatte auch ich darüber nachgedacht.

»Du korrespondierst doch mit David, oder?« fragte ich.

»Hin und wieder. Beileibe nicht so häufig wie Nefret und Lia.«

»Männer sind entsetzliche Briefpartner«, schnaubte Nefret. »Ich habe gegenüber Lia noch nichts angedeutet. Du schlägst doch nicht etwa vor, daß wir David die Nachricht in einem Brief übermitteln, oder, Tante Amelia? Der Gedanke gefällt mir ganz und gar nicht.«

»Das war nicht als Vorschlag gemeint. Ich fragte mich lediglich, ob David irgend etwas geschrieben hat, was darauf hinweisen könnte, daß er Wind von der Sache bekommen hat.«

»Ich glaube nicht, daß ich etwas Diesbezügliches von ihm gehört habe«, erwiderte Ramses. »Und du, Nefret?«

»Lia hätte es mir mit Sicherheit geschrieben«, erklärte Nefret im Brustton der Überzeugung.

»Also, was schlagt ihr als weitere Vorgehensweise vor?« wollte Emerson wissen. »Verflucht, Ramses, deine Behauptung, daß wir unsere Strategie ändern müssen, ist ja gut und schön, aber solange man keine sinnvolle Idee parat hat – «

»Ich schlage vor, wir schleichen nicht länger um den heißen Brei herum«, erwiderte Ramses. »Wir müssen Daoud und Selim ins Vertrauen ziehen. Wenn wir diese Angelegenheit bis zur Ankunft von David und Lia nicht geregelt haben, müssen wir ihm reinen Wein einschenken. Vielleicht sollten wir Mr. Vandergelt ebenfalls um Rat fragen. Er steht in engerer Verbindung zu den Sammlerkreisen und den renommierten Antiquitätenhändlern als wir, und sicherlich nicht einmal Mut ... – sicherlich würde ihn niemand des Handels mit Fälschungen verdächtigen.«

»Ganz recht, Ramses«, erwiderte ich. »Die Unterstellung einer gesunden Skepsis werte ich keineswegs als Affront gegen mich. Meiner Ansicht nach ist dein Vorschlag sinnvoll. Katherine und Cyrus sind völlig unverdächtig, und wir dürfen mit ihrer Diskretion rechnen. Sie verbringen die Weihnachtstage bei uns und werden in Kürze eintreffen; zum gleichen Zeitpunkt werden wir es Selim und Daoud erzählen und einen Kriegsrat einberufen!«

Fatima schlurfte heran, um das Essen anzukündigen, und alle außer Nefret erhoben sich; sie mußte zunächst Horus' sämtliche Krallen von ihrem Rock lösen, bevor sie sich rühren konnte.

»Dann sind wir uns also einig«, meinte Emerson. »Versuch wenigstens, dich solange aus allen Schwierigkeiten rauszuhalten, ja, Peabody?«

»Ich kann nicht nachvollziehen, warum du deine Warnung ausgerechnet an mich richtest, Emerson. Wir müssen alle auf uns achtgeben.«

»Hmhm«, brummte Emerson. »Keine weiteren Besuche im Souk, ist das klar?«

»Warum ausgerechnet der Souk?« wollte ich wissen. »Ich wurde nicht im Souk angegriffen. Du willst mich lediglich davon abhalten, weitere Einkäufe zu tätigen. Ich habe noch keine Weihnachtsgeschenke gekauft, und außerdem –«

»Genug!« brüllte Emerson und raufte sich die Haare. »Wenn du unbedingt hingehen mußt, komme ich mit – oder Ramses oder Daoud oder meinetwegen auch der gesamte Arbeitertroß. Hör auf zu streiten und komm zum Abendessen.«

»Unser Gast ist noch nicht eingetroffen, Emerson.«

»Unser Gast? Welcher Gast? Zur Hölle mit dir, Peabody –«

»Karl«, erwiderte ich und schnitt Emerson gekonnt das Wort ab. »Ich habe ihn heute morgen eingeladen. Er wird sicherlich bald hier sein.«

»Da wir es mittlerweile allen und jedem beichten wollen – hast du etwa vor, von Bork ebenfalls von den Fälschungen zu erzählen?« bohrte Emerson.

»Ich dachte, ich könnte das Thema Fälschungen ganz allgemein ansprechen«, gestand ich. »Nur um seine Reaktion zu testen.«

»Oh, ja, das könnte die Sache ein für allemal klären«, entgegnete Emerson. »Sobald du das Thema anschneidest, wird er seine Gabel fallen lassen, leichenblaß werden und alles gestehen.«

Es hätte mich nicht einmal sonderlich erstaunt, wenn Karl exakt so reagiert hätte – sofern er schuldig war, meine ich. Meiner Einschätzung nach war er zu furchtsam und hatte viel zuviel Respekt vor mir, als daß er einen guten Verbrecher abgegeben hätte. Entweder war er unschuldig oder hartgesottener als von mir angenommen, denn meine Erwähnung dieses Themas provozierte keine der von Emerson beschriebenen Reaktionen. Allerdings zeigte sich Karl interessiert und hielt uns einen langen Vortrag über einige ihm bekannte Fälscher und die von ihnen praktizierten Methoden.

Nachdem er sich von uns verabschiedet hatte, versammelten wir uns zu einer abschließenden Tasse Mokka um den Springbrunnen, und Emerson bemerkte süffisant: »Soviel zu deinem neuesten Plan, Peabody. Er hat nicht funktioniert, was?«

»Oh, Emerson, sei nicht töricht. Ich hatte nicht erwartet, daß Karl nervös würde und ein Geständnis ablegte. Allerdings weiß er eine ganze Menge über gefälschte Kunstschätze, nicht wahr?«

Aufgrund der bevorstehenden Ankunft unserer Gäste und der damit verbundenen unvermeidbaren gesellschaftlichen Aktivitäten war Emerson um so entschlossener, uns zu Höchstleistungen an seiner Ausgrabungsstätte zu bewegen. Ich hatte Emerson lediglich foppen wollen, als ich ihm erklärte, daß ich noch nicht alle Einkäufe getätigt hätte. Ein Großteil war erledigt, und ich spürte den erneuten archäologischen Nervenkitzel unter meiner Haut. Aus diesem Grund stand ich eines Morgens mit klopfendem Herzen und voller Vorfreude vor der gerade freigelegten Treppe und bereitete mich auf den Abstieg zum Fundament meiner Pyramide vor.

Emerson verweigerte mir die Erlaubnis. »Verflucht, Peabody«, hub er an. So ging es eine ganze Weile weiter.

Wir hatten ein recht großes Publikum. Nefret und Ramses waren selbstverständlich zugegen und auch unsere Männer. Wir diskutierten immer noch, als sich Maude und Jack Reynolds zu uns gesellten.

Es erstaunte mich keineswegs, Jack zu sehen, der sich rührend um uns bemüht hatte, fast jeden Tag aufgetaucht war und sich – das mußte selbst Emerson zähneknirschend eingestehen – als kompetente Hilfe erwiesen hatte. Maude zu sehen überraschte mich ebenfalls nicht. Sie hatte sich zur regelrechten Landplage entwickelt – für mich jedenfalls. Ob Ramses ähnlich empfand, kann ich nicht beurteilen. Er schien sie zwar nicht zu ermutigen, aber es war schon immer schwierig gewesen, Ramses' Gedankengänge und – vor allen Dingen – seine Aktivitäten einzuschätzen.

Errötend gesellte sich Maude zu ihm und Nefret, die sich während Emersons und meiner Auseinandersetzung diskret zurückgezogen hatten. Selim war ihrem Beispiel gefolgt. Er summte leise und scharrte mit den Füßen. Ich glaubte, einen vertrauten Rhythmus zu erkennen: eins, zwei, drei; eins, zwei, drei ...

Jack war weniger taktvoll als Selim. »Na, Leute, wieder einmal in ein Streitgespräch verwickelt?«

»Wir streiten nicht«, erklärte ich.

»Doch, wir streiten«, bemerkte Emerson. »Ich hätte es wissen müssen. Sie kriegt immer ihren Willen. Schon gut, Peabody, du kannst diesmal mitkommen. Halte lediglich dein Gleichgewicht und stoße mich nicht in den Schacht und schubse mich auch nicht, weil du unbedingt überholen willst.«

»Immer zu Scherzen aufgelegt, mein lieber Emerson«, erwiderte ich.

Jack starrte mich mit offenem Mund an. »Aber, Mrs. Emerson, warum wollen Sie denn unbedingt ins Innere vordringen? Die Pyramide ist völlig leer, und es ist sehr dunkel und stickig und eng.«

Ich ersparte mir die Antwort auf diese unqualifizierte Äußerung und folgte Emerson, der bereits die Stufen hinunterstürmte.

Dieses Verb wird der werten Leserschaft vermutlich einen ungenauen Eindruck vermitteln, denn die Stufen waren so glatt und verwittert, daß sie eher einer Rampe als einer Treppe glichen, und der Abstieg dermaßen steil, daß man nur unter Schwierigkeiten vorwärts kam. Nach einer Weile verlief der Tunnel durch das Felsgestein und der Neigungswinkel wurde flacher. Der Durchgang war nicht besonders lang – schätzungsweise 100 Meter –, doch die uns schon bald umgebende Finsternis ließ ihn wesentlicher länger erscheinen. Ich überlegte, was Emerson wohl hinsichtlich der Beleuchtung unternehmen würde. Unsere Kerzen reichten für den schmalen Gang zwar aus, trotzdem war es fraglich, ob sie in der schlechten unterirdischen Luft weiterbrannten.

Nicht, daß es sonderlich viel zu sehen gegeben hätte. Die Wände bestanden aus unbehauenen Steinquadern, mehrere

Risse durchzogen das Deckengewölbe. Das war kein gutes Zeichen; das Gestein schien von ziemlich schlechter Beschaffenheit, was zwangsläufig auf die Gefahr eines Einsturzes hinweist. Im Augenblick schien jedenfalls keiner zu drohen, beruhigte ich mich insgeheim.

Schließlich blieb Emerson stehen und streckte seinen Arm aus. »Langsam«, rief er, und seine tiefe Stimme hallte durch das Gewölbe. »Ganz langsam, wenn ich bitten darf, mein Schatz.«

Seine an mich gerichtete Warnung war vollkommen überflüssig. Überstürzt durch die Gänge einer Pyramide zu eilen käme mir nie in den Sinn. Selbst wenn ich nicht von der Existenz des tiefen Schachts in besagter Pyramide erfahren hätte, hätte ich nach etwas Derartigem Ausschau gehalten; die Erbauer solcher Monumente planten Stolperfallen und andere Gefahren ein, weil sie hofften, Grabräuber abzuschrecken.

Emersons muskulöser Arm errichtete eine Schranke mit der Wirksamkeit einer Stahltrasse. Er stand wenige Meter vor dem Schacht. Über uns klaffte eine rechteckige Öffnung in der Dunkelheit. Die am Boden befindliche Schachtöffnung war notdürftig mit einigen Planken abgedeckt worden. Links von diesem Schacht gähnte ein weiteres dunkles Loch im Mauerwerk.

»Der Durchgang setzt sich dort fort«, erklärte Emerson und deutete auf diese seitliche Öffnung. »Ich habe mich schon einmal kurz umgesehen – «

»Also wirklich, Emerson! Du wußtest doch, wie sehr ich mich auf die Erforschung der unterirdischen Fundamente gefreut habe! Du hättest ruhig auf mich warten können!«

Emerson kicherte. In den finsteren Tiefen klang es schauerlich. »Du bist einfach unverbesserlich«, erwiderte er zärtlich. »Sieh nach oben, Peabody – «

Er umfing meine Taille und half mir über die Planke, die den Schacht bedeckte.

Obwohl Emerson seine Kerze hochhielt, konnte ich in der gähnenden Öffnung so gut wie nichts erkennen. Schließlich entdeckte ich eine provisorische Leiter an der Wand. »Bist du etwa dort hochgestiegen?« wollte ich wissen.

»Selim hat mir die Leiter gehalten«, erwiderte Emerson in ruhigem Ton. »Der Abstieg ist allerdings nicht empfehlenswert. Ungefähr drei Meter über uns befindet sich der Eingang zu einem weiteren Durchgang; er scheint nie fertiggestellt worden zu sein. Ich frage mich –«

Mit einem mißmutigen Knurren brach er ab. Als ich über meine Schulter in den Gang zurückblickte, bemerkte ich mehrere flackernde Kerzen. Man war uns gefolgt.

Mir entwich ein leise gemurmeltes »Verflucht!«, da die Erforschung einer neuen Pyramide meiner Ansicht nach kein gesellschaftliches Ereignis darstellte. Emerson entfuhr ein wesentlich lauterer Fluch. »Ramses!« brüllte er. »Halte alle zurück. Ich will nicht, daß die Leute sich scharenweise über den schmalen Steg drängeln.«

Dann reichte er mir seine Kerze und setzte mich erneut auf dem Felsboden des Durchgangs ab.

»Ich möchte diesen Gang auskundschaften, Emerson«, sagte ich und deutete auf die Öffnung zu meiner Linken.

»Das war mir klar, Peabody. Warte einen Augenblick.«

»Und den Schacht unter uns.«

»Das kannst du nicht, und ich würde es dir auch nie erlauben.« Emerson rieb sich sein Kinn. »Was sagte ich noch gerade... Verflucht, Reynolds, nehmen Sie Ihre Schwester und halten Sie sie fest. Ramses, wie konntest du zulassen, daß sie hier unten herumgeistert?«

»Er kann nichts dafür«, wandte Nefret ein.

»Doch, das kann er. Er ist der Verantwortliche, wenn ich nicht zur Stelle bin. Falls ich mich Ihnen gegenüber nicht klar ausgedrückt habe, Reynolds, dann ist es hiermit geschehen.«

»Ramses trifft keine Schuld«, ereiferte sich Maude. »Jack auch nicht. Er verwöhnt mich entsetzlich. Brüder sind so, nicht wahr, Nefret? Wo denken Sie hin, Professor, wissen Sie, es ist beileibe nicht das erste Mal, daß ich so etwas mache. Ich hätte es um nichts in der Welt versäumen wollen.«

Ihr prahlerisches Verhalten wirkte wenig überzeugend. Ein leichtes Zittern in der Stimme hatte ihre beherzten Worte untermalt. Gemessen an den Gesichtern der anderen, die im Kerzenschein relativ blaß wirkten, war ihres kreidebleich.

Die Hände in die Hüften gestemmt, stand Emerson leicht schwankend auf dem Steg, vor dem er uns alle gewarnt hatte, und musterte das Mädchen. »Tatsächlich? Dann kommen Sie, und riskieren Sie einen Blick.«

Er ergriff ihren Arm und zog sie vorwärts, bis sie neben ihm stand. Ein Blick in den scheinbar bodenlosen Abgrund setzte ihrem Mut ein Ende. Mit einem unterdrückten Kreischen umklammerte sie Emerson. Der scheinbar lässige Griff seiner Hand hätte eine wesentlich schwerere Person stützen können; unverrückbar wie ein Fels in der Brandung schob er sie zu ihrem Bruder zurück, der mit einem entsetzten Aufschrei vorgeprescht war, als sie schwankte.

»Das ist genau das, was ich meine«, erklärte Emerson, sichtlich aufgebracht. »Zu viele Leute drängen sich auf verflucht engem Raum. Ein falscher Schritt, eine leichte Benommenheit, und schon stürzen sie und reißen möglicherweise andere mit in den Abgrund. Der Steg ist nicht befestigt und könnte leicht verrutschen. Begleiten Sie Ihre Schwester zurück an die Oberfläche, Mr. Reynolds. Für diese Dinge ist sie nicht geeignet.«

»Bin ich wohl!« Nachdem sie sich in der Umklammerung ihres Bruders sicher fühlte, hatte sich Maude erholt. »Das ist mir noch nie passiert. Ehrenwort!«

Emerson hatte sich länger als von mir erwartet zur Beherrschung gezwungen. Jetzt verlor er die Fassung. Sein grollendes »Hölle und Verdammnis!« reichte, um seine Gefühle auszudrücken; die Reynolds traten eilig den Rückzug an, und Ramses – der erstaunlicherweise kein Wort gesagt hatte – gesellte sich zu seinem Vater auf den Steg.

»Das arme Mädchen«, sagte ich zu Nefret. »Man kann ihren Mut nur bewundern. Vermutlich versuchte sie, ihre Furcht vor dunklen, unterirdischen Räumen zu bewältigen.«

»Sie versuchte, eine bestimmte Person zu beeindrucken«, erwiderte Nefret. »Vielleicht plante sie auch, anmutig und ohnmächtig in seine Arme zu sinken.«

»Wie hart von dir, meine Liebe.«

»Ich hatte häufiger mit Miss Maude zu tun als du«, erwiderte Nefret grimmig. »Häufiger als mir lieb war. Ich versichere dir, Tante Amelia, daß sie nicht das geringste Interesse an der Archäologie oder an Pyramiden hat.«

Den restlichen Vormittag verbrachten Emerson und ich im Innern der Pyramide. Es war recht überwältigend. Eine detaillierte Schilderung führte an dieser Stelle zu weit, doch der überdurchschnittlich intellektgeprägte Leser wird zweifellos auf das von Emerson und mir bei der Oxford University Press publizierte Werk zurückgreifen. Das unterirdische Gewölbe war weitläufig und in einem herrlich chaotischen Zustand; die Decke war an mehreren Stellen eingestürzt, und wir mußten uns durch schmale Ritzen zwängen und zogen uns Hautabschürfungen zu – insbesondere Emerson, der erheblich größer und kräftiger ist als ich. Die horizontale Galerie, in welche die seitliche Öffnung des Schachts einmündete, setzte sich fort bis zu einer weiteren kurzen Treppe, die in einen kleinen Raum führte, der vielleicht als Grabkammer hatte dienen sollen. Der Lichtkegel der von uns mitgebrachten Kerzen hatte nur einen begrenzten Radius. Um uns herum herrschte Finsternis. Ein eingeschränktes Gesichtsfeld schränkt auch die geistige Wahrnehmung ein; man sieht nicht das Ganze, sondern lediglich eine Reihe einzelner Facetten. Die Luft war heiß und stickig. Unter besagten Bedingungen funktioniert das Gehirn nur träge.

Laut der von Signor Barsanti veröffentlichten Planskizze führte ein zweiter Durchgang zu einem langen, parallel zur Nordseite der Pyramide verlaufenden Tunnel. Er hatte angedeutet, daß sich Nischen in der Wand dieses Tunnels befänden. Die Genauigkeit seines Plans machte mich mißtrauisch; hatte er tatsächlich jede dieser in das Felsgestein gehauenen Nischen exakt ausgemessen? Waren sie wirklich alle identisch? Welchem Zweck dienten sie?

Antworten auf diese Fragen zu finden gehörte zu unserem Hauptanliegen an jenem Morgen. Selim ging voraus und hielt die Kerze, und Emerson folgte ihm mit einem Stahlmaßband. Mein Notizbuch in der Hand, trug ich sämtliche mir von Emerson zugerufenen Maße ein. Wir folgten dem Anschlußtunnel bis zu seinem Ende, schritten ihn dann in Gegenrichtung ab und machten uns laufend Notizen.

»Die Nischen dienten sicherlich der Aufbewahrung von Gegenständen«, bemerkte ich, und meine Begeisterung ließ sich auch nicht von der Tatsache trüben, daß ich kaum atmen konnte. »Sieh mal da. Ist das nicht – «

Emerson packte mich an meinem Gürtel und zog mich zurück. »Komm nach oben, Peabody, wir sind schon seit über zwei Stunden hier drin. Du bekommst keine Luft mehr.«

Selim, der uns begleitet hatte, trat als erster auf die Planke und hielt mich gemeinsam mit Emerson fest, obwohl ich den Steg auch ohne ihre Hilfe problemlos passiert hätte. Trotz der heißen, stickigen Luft blieb Emerson kurz stehen und warf einen Blick in den Schacht.

»Eine unprofessionelle Vorrichtung«, bemerkte er mißfällig, während er auf ein um den Steg gewickeltes Seil deutete. »Auf diese Art haben wir das Geröll in Körben aus dem

Schacht geschleppt. Wenn wir weitermachen wollen, müssen wir uns etwas Stabileres einfallen lassen.«

»Es war gut, daß du dich durchgesetzt hast, Emerson«, bemerkte ich. »Eigentlich ist das hier eine sehr hübsche Pyramide. Verzeih mir meine diesbezüglichen abfälligen Bemerkungen.«

Am Eingang der Pyramide wartete Nefret auf uns. »Gütiger Himmel, wie überhitzt und staubig ihr beiden seid! Kommt sofort in den Schatten und trinkt etwas. Ihr seid so lange dort unten geblieben, daß ich mir schon Sorgen machte.«

»Ramses aber offenbar nicht«, bemerkte ich, als er, die Hände in den Taschen, den Helm zurückgeschoben, auf uns zuschlenderte.

»Hat es dir gefallen, Mutter?« wollte er wissen.

»Sehr. Es erstaunt mich, daß du nicht zu uns gestoßen bist.«

»Bei eingeschränkter Sauerstoffzufuhr ist es besser, wenn sich nicht so viele Leute dort tummeln. Ich nehme an, daß es da unten ohnehin nichts für mich zu tun gibt?«

»Keinerlei Inschriften, wenn du das meinst«, japste sein Vater. »Trotzdem gibt es jede Menge zu tun.«

»Das Aufregendste an der Sache ist«, bemerkte ich, während ich den Schmutz von meinem Gesicht wischte, »daß der Schacht tiefer als von Barsanti angegeben ist. Er hat ihn gar nicht komplett freigelegt! Der Boden besteht nicht aus Felsgestein, sondern aus Geröll und Sand!«

Emerson bedachte mich mit einem verschwörerischen Grinsen, und seine weißen Zähne strahlten in seinem schmutzverkrusteten Gesicht. »Vermutlich möchtest du, daß ich den Rest des verfluchten Schutts auch noch abtrage.«

»Wie kannst du daran auch nur eine Sekunde lang zweifeln?« Ich nahm die mir von Nefret gereichte Tasse Tee und fuhr mit wachsender Begeisterung fort. »Vielleicht befinden sich im tieferen Teil des Schachts noch weitere Gänge, die zu der *tatsächlichen* Grabkammer führen. Diese Aussicht mußt sogar du verlockend finden, Ramses.«

»Großartig«, erwiderte Ramses.

»Laß dich von deinem archäologischen Gespür nicht ins Bockshorn jagen, Peabody«, warnte mein Gatte. »Es ist unwahrscheinlich, daß sich dort unten etwas anderes als Geröll befindet. Es macht mir zwar nichts aus, zwei oder drei unserer Burschen damit zu beauftragen, den Schacht komplett freizulegen, trotzdem stehen wichtigere Projekte an.«

»Wie beispielsweise die umliegenden Grabfelder«, warf Ramses ein. »Während ihr unten wart, habe ich den Blick von der Pyramidenspitze genossen. Das nördliche Gebiet erscheint mir vielversprechend. Ich glaube, dort ist zumindest eine große Mastaba, die Mr. Reisner nicht lokalisiert hat.«

»Wo?« Emerson sprang auf. »Zeig sie mir.«

Ich packte ihn am Ärmel. Dieser war durchnäßt wie sein gesamtes Oberhemd, was teilweise an seiner Perspiration, teilweise aber auch an dem Wasser lag, das er sich über seinen erhitzten Kopf gegossen hatte. »Emerson, setz dich und ruh dich zunächst noch etwas aus.«

»Später, meine Liebe, später.«

Lächelnd beobachtete ich, wie er angeregt plaudernd mit Ramses verschwand. Zumindest kann ich das für Emerson behaupten. Ramses gab sich meist reserviert. Ich hoffte inständig, daß er irgend etwas fand, was ihn wirklich interessierte. In den letzten Jahren hatte er sich zum vagabundierenden Wissenschaftler entwickelt, studierte in einer Stadt, arbeitete in der nächsten und verbrachte nur noch wenige Monate mit uns gemeinsam. Emerson vermißte ihn sehr. Allerdings gab er Ramses das nie zu erkennen, da er befürchtete, dieser würde es als Vorwurf oder Aufforderung werten. Er muß seinen eigenen Weg finden und diesen verfolgen, so Emersons edelmütige Aussage.

Ramses war ein erfahrener Exkavator, doch sein Hauptinteresse galt den unterschiedlichen ägyptischen Sprachformen, und es war unwahrscheinlich, daß wir hier Inschriften finden würden; keine der frühen Pyramiden wies etwas Vergleichbares auf, und bei unserer Ruine handelte es sich vermutlich um ein sehr frühes Exemplar.

»Was er braucht, ist eine hübsche Mastaba«, murmelte ich. »Voller Tonscherben mit Hieroglypheninschriften.«

Aus Manuskript H

»Ich habe angeklopft«, meinte Nefret kleinlaut.

Ramses blickte von seinem Buch auf. »Ich habe aber nicht ›Herein‹ gesagt.«

»Normalerweise verschließt du die Tür, wenn du nicht willst, daß ich dein Zimmer betrete.« Sie wirkte überaus selbstzufrieden, ihre Augen glänzten, ihre Wangen waren gerötet und ihre Lippen leicht geöffnet. Vereinzelte Haarsträhnen hatten sich aus ihrem Knoten gelöst, und ihr Gesicht war staubverschmiert. »Ich habe eine Überraschung für dich. Komm und sieh sie dir an!«

Er legte sein Buch beiseite und erhob sich. »Du hast doch nicht schon wieder irgendein Tier angeschleppt, Nefret? Mutter hat sich kaum von diesem gräßlichen Hund erholt, da würde ein Kamel oder eine verwaiste Mäusefamilie das Faß vermutlich zum Überlaufen bringen.«

»Narmer entwickelt sich zu einem hervorragenden Wachhund«, behauptete Nefret. »Sobald ich ihm beigebracht habe, daß er keine Skorpione und Spinnen anbellen darf. Sei nicht so zynisch, Ramses, und komm.«

Sie führte ihn in den gegenüberliegenden Seitenflügel und riß eine Tür auf.

»Was ist das denn?« fragte er. Der Raum war schlicht und im ägyptischen Stil möbliert. An einer Wand stand ein langer, niedriger Diwan mit buntem Blumenmuster; darüber hingen Bücherregale und Drucke. Wer europäische Sitzmöbel vorzog, konnte sich auf einigen wenigen Stühlen niederlassen. Orientteppiche in dunkel schimmernden Rottönen bedeckten den Boden.

»Unser Salon. Ich sagte dir doch, daß ich Tante Amelia fragen wollte, ob wir nicht einen eigenen Bereich haben könnten. Mein Zimmer befindet sich auf der einen und deins auf der anderen Seite. Dazwischen ist eine Verbindungstür.«

Er hoffte, daß ihn sein Gesichtsausdruck nicht verriet. Es war schon schwierig genug, mit ihr unter einem Dach zu wohnen. Eine Verbindungstür ... Ich kann mich immer noch einschließen und den Schlüssel aus dem Fenster werfen, dachte er in einem Anflug von Selbstironie.

Dieser Teil des Hauses hatte früher den Harem beherbergt. Wunderschön geschnitzte Holzblenden bedeckten die Fenster und ließen Licht und Luft durch die filigranen Ornamente herein. Ramses steckte seine Finger durch die Löcher und rüttelte an dem Gitter. Es war an beiden Seiten fest montiert. »Das funktioniert jedenfalls nicht«, bemerkte er.

»Verflucht, daran hatte ich nicht gedacht. Du hast recht; es könnte passieren, daß wir aus dem Fenster steigen müssen.«

»Vermutlich kann Ibrahim die Blenden mit Angeln und Griffen versehen. Es wäre schade, sie komplett abzunehmen; sie sind sehr hübsch.« Er trat vom Fenster zurück. »Sehr schön, mein Mädchen. Wie hast du das geschafft?«

»Ich habe großzügig angeboten, daß wir hier einziehen und unsere renovierten, neu möblierten Zimmer den Vandergelts überlassen könnten. Dann bat ich Kadija und ihre Töchter, diesen Flügel in Windeseile zu säubern. Ich habe eigenhändig den Boden geschrubbt!«

»Er ist sehr sauber.«

»Welch überschwengliches Kompliment!«

»Was sollte ich bei einem Fußboden schon sagen? Hast du die Wände selber angestrichen?«

»Ich dachte, ich hätte die gesamte Farbe von meinen Händen entfernt.« Sie musterte sie kritisch.

»Unter deinen Fingernägeln. Es fällt kaum auf.«

»Aber du hast es bemerkt, Sherlock.« Belustigt grinste sie ihn an. »Ich habe es nicht allein gemacht. Geoff hat mir geholfen.«

»Geoff.«

»Ja, er ist sehr nett. Jetzt komm und sieh dir dein Zimmer an.« Sie öffnete die nächste Tür. »Ist es nicht schön geworden? Bei deinen Wänden habe ich auch mitgeholfen. Ich hoffe, die Farbe gefällt dir. Ich habe für uns beide neue Möbel gekauft – deine alte Matratze war so verschlissen wie ein Kohlensack, du hättest schon vor Jahren eine neue haben müssen. Jetzt brauchst du nur noch deine Bücher, Garderobe und alles andere einzuräumen.«

Die Wände waren blaßblau. Die Vorhänge und der passende Bettüberwurf waren mit einem in Rosatönen gehaltenen Blumenmuster bedruckt.

»Freundlich«, meinte Ramses.

Ihr Gesicht verdunkelte sich. »Du findest es abscheulich.«

»Nein, wirklich nicht. Das Blumenmuster wirkt – äh – freundlich.«

»Männer haben einen so langweiligen Geschmack«, maulte Nefret. »Wenn dir das Muster nicht gefällt, besorge ich einen anderen Stoff. Einfarbig oder gestreift. Mach schon, ich helfe dir beim Einräumen.«

»Jetzt?«

»Je eher, desto besser. Du hast deine Bücher ohnehin noch nicht ausgepackt.«

Wenn er es zugelassen hätte, hätte sie die schweren Kisten selbst getragen oder durch den Raum geschleift. Als sie sich stirnrunzelnd und mit vor Anstrengung vorgeschobener Zungenspitze hinter den Schreibtisch quetschte und diesen ein Stück vorzuschieben versuchte, schüttelte er sich schlagartig vor Lachen. Er hätte sie gern freundschaftlich umarmt, doch das hatte er schon seit Jahren nicht mehr gewagt. »Hör auf, Nefret. Ich werde die Schubladen herausziehen und alles in den eleganten neuen Schreibtisch umpacken, den du gekauft hast.«

»Das wäre sicherlich sinnvoller, nicht wahr?« Grinsend strich sie ihre verschwitzten Locken aus den Schläfen. »Ich bin so aufgeregt, daß ich nicht mehr klar denken kann. Trotzdem bestehe ich darauf, dir zu helfen; du würdest sonst nur die Schubfächer umdrehen und den Inhalt im Zimmer verstreuen.«

»Überlaß sie mir.« Er packte die Schublade gerade noch rechtzeitig, bevor sie ihr entglitt.

»Was in aller Welt hebst du denn darin auf?« wollte sie wissen. »Steine? Oh, ich hätte es wissen müssen! Tonscherben! Also wirklich, Ramses. Sie liegen auf deinen Krawatten verstreut. Und was ist das?«

Als sie den Gegenstand aus der Schublade nahm, löste sich die dünne Umhüllung aus Seidenpapier.

Vergleichbare Statuetten, die ägyptische Götter und Göttinnen mit Menschenkörpern und Tierköpfen symbolisierten, wurden in jedem besseren Andenkenladen an der Muski und in den Hotels verkauft. Diese Figurine war ungefähr 30 Zentimeter hoch mit einem Falkenkopf auf einem Männerkörper, der den typischen knielangen Überwurf mit breitem, juwelenbesetztem Kragen trug. Der gebrannte Ton war mit so schrillen Farben bemalt, daß es einem die Tränen in die Augen trieb; der Überwurf war rotweiß gestreift, der Kragen türkis, orange und vergoldet. Vogelschnabel, Kopfschmuck und Sandalen waren ebenfalls vergoldet.

»Gütiger Himmel«, entfuhr es Nefret, während sie die Figur mit gemischten Gefühlen betrachtete. »Hoffentlich ist das nicht dein Weihnachtsgeschenk für mich.«

»Es ist für mich. Von Maude.« Er hob die Schublade auf und wollte das Zimmer verlassen.

»Tatsächlich?« säuselte Nefret. »Warte einen Augenblick. Vermutlich soll sie Horus darstellen. Den jungen Horus, Verteidiger seines Vaters, Widersacher Seths, den goldenen Falken und so fort. Überaus passend.«

»Schwerlich. Vater ist nicht Osiris und wird es auch niemals sein, und normalerweise verteidigt er mich und nicht umgekehrt. Ich würde zwar gern mit unserem Freund Sethos Tacheles reden, aber selbst dem hat Vater stets einen Riegel vorgeschoben. Deine Phantasie geht wirklich mit dir durch.«

Sie ließ sich durch seine Kritik nicht beirren. »Wann hat sie dir das gegeben?«

»Gestern abend.«

»Oh. Ihr habt euch gestern abend getroffen?«

»Sie bat mich vorbeizuschauen.« Er spürte fast, wie sich ihre Augen in seinen Nacken bohrten. Macht nichts, wenn sie es weiß, dachte er und drehte sich zu ihr um.

»Noch weitere Fragen?« wollte er wissen.

Nefret blickte von ihm zu der Statue und dann erneut zu ihm. »Eine gewisse Ähnlichkeit ist vorhanden.«

»Insbesondere der Kopf.«

Nefret kicherte. »Deine Nase ist zwar etwas zu lang geraten, trotzdem hat sie nicht die geringste Ähnlichkeit mit einem Schnabel. Ich meinte die Statur. Insbesondere Brustkorb und

Schultern. Du solltest wirklich nicht mit entblößtem Oberkörper arbeiten, das ist nicht fair gegenüber dem armen Mädchen. Neulich konnte sie den Blick kaum von dir abwenden.«

Ramses biß die Zähne zusammen, um nicht zu fluchen. In solchen Augenblicken überkam ihn häufig das Bedürfnis, das von ihm geliebte Mädchen zu schütteln, bis ihre Zähne klapperten. Ihre blauen Augen funkelten ihn gnadenlos an, während sie ihn spöttisch anlächelte.

Er war nicht fähig gewesen, sich eine plausible Ausrede für Maudes Einladung auszudenken, insbesondere, nachdem sie ihn so flehentlich angesehen und erklärt hatte, daß sie ein Geschenk für ihn habe. Beim Anblick der kleinen Statue war er für Sekundenbruchteile sprachlos gewesen – er konnte sich einfach nicht vorstellen, weshalb sie annahm, daß ihm eine solche Scheußlichkeit gefiel –, trotzdem war es ihm gelungen, sich gebührend zu bedanken. Daraufhin hatte sie sich erneut wegen ihrer »seltsamen Anwandlung« in der Pyramide bei ihm entschuldigt; während er den Kaffee trank, den sie ihm aufgedrängt hatte, sann er fieberhaft auf einen plausiblen Grund, das Weite suchen zu können. Es handelte sich keineswegs um ein intimes Rendezvous – die aufenthaltsberechtigte Tante (er konnte sich den Namen der armen alten Dame einfach nicht merken) saß die ganze Zeit in einer Ecke und strickte, doch nachdem er sich verabschiedet hatte, war Maude ihm in den sternenhellen Garten gefolgt.

Nefret hatte ihm schon häufiger zu verstehen gegeben, daß er von Frauen keine Ahnung hatte. Diesmal hatte sie recht behalten. Er hatte Maude für ein verwöhntes kleines Geschöpf gehalten, das bekam, was es sich in den Kopf setzte. Das war sie zweifellos; aber keine Frau hätte die Dinge geäußert, die sie ihm gesagt hatte, sofern sie auf ihren Stolz bedacht war. Es war schauderhaft und ziemlich pathetisch gewesen, und als sie dann schreien wollte ...

Nefret besaß die unheimliche Gabe, seine Gedanken zu erraten. »Hat sie geschrien?« fragte sie teilnahmsvoll. »Und dann hast du sie geküßt? Das hättest du nicht tun sollen. Jemanden aus Mitleid zu küssen ist immer ein Fehler.«

»Hast du jetzt deinen Spaß gehabt?« fragte Ramses mit frostiger Stimme. Er wußte, daß sie das maßlos verärgerte.

Einen Augenblick später senkte sie die Lider und errötete. »Du weißt genau, wie du einem Menschen Schuldkomplexe vermitteln kannst. In Ordnung, ich entschuldige mich. Sie liebt dich. Das ist keineswegs lustig, weder für sie noch für dich. Hast du – «

»Nein!«

»Woher weißt du, was ich sagen wollte?«

»Egal, was du sagen wolltest, die Antwort lautet nein. Soweit ich weiß, verliebt sie sich ständig, und die Tatsache, daß ich neu im Rennen bin, macht mich zur Hauptattraktion. Sie hat bereits die meisten Offiziere und alle altersmäßig relevanten Ägyptologen hinter sich gebracht. Im nächsten Jahr, vielleicht sogar schon im nächsten Monat, wird sie einen neuen Helden finden.«

Nefret wickelte Horus, den Verteidiger seines Vaters, erneut in das Seidenpapier und legte ihn in das Schubfach zurück. »Hast du schon ein Geschenk für sie?«

»Muß ich das? Verflucht, vermutlich ja. Ich habe keine Vorstellung, was.«

»Eine heikle Sache«, sinnierte Nefret. »Es soll eine höfliche, aber keine ermutigende Geste sein. Überlaß es mir, ich werde schon etwas Passendes finden. Ich kaufe auch ein Geschenk für Jack – von unserer Familie. Das wirkt unpersönlicher.«

»Sieh mal, Nefret – «

»Vertraust du mir etwa nicht?«

»Nein.«

»Diesmal kannst du es. Versprochen.«

6

Die Erfahrung zeigt, daß der einheimische Beamte weder das Stadium der intellektuellen Reife erreicht hat, die richtigen Entscheidungen zu treffen, noch die moralische Stärke besitzt, die Konsequenzen dieser Entscheidungen zu tragen.

Aus Briefsammlung B

Es ist nett von Dir, so oft zu schreiben, liebste Lia, denn ich vermute, daß es eine ganze Reihe anderer Dinge gibt, die Du lieber machst. Ich liebe es, Deine Briefe zu lesen; Dein Glück spiegelt sich in jedem Wort, jedem Satz und jeder Erwähnung von Davids Namen. (Du erwähnst ihn recht häufig, weißt Du!)

Aber dein Glücksgefühl täuscht Dich, liebste Lia, wenn Du meinst, daß Du – wie drücktest Du es aus? – das Aufblühen neuer Interessen und Gefühle an mir festgestellt hast. Verliebte wollen stets, daß auch alle anderen verliebt sind! Manchmal wünsche ich mir, auch ich könnte so für jemanden empfinden – mich Hals über Kopf unsterblich und leidenschaftlich verlieben! In der Vergangenheit glaubte ich gelegentlich, daß es auch mich erwischt hätte – Du erinnerst Dich an Sir Edward und Alain K. und den einen oder anderen –, aber die-

ses Gefühl wurde im Keim erstickt, um bei Deiner blumigen Umschreibung zu bleiben. Du behauptest, daß es unvorhersehbar und nicht zu beeinflussen ist, also nehme ich an, daß ich nichts tun kann, um es zu umgehen oder zu provozieren. Ich hoffe nur, daß ich mich nicht unsterblich in jemanden wie Monsieur Maspero oder in unseren Koch Mahmud verliebe. Er hat schon zwei Ehefrauen. (Mahmud, nicht M. Maspero.)

Was meine derzeitigen Bewunderer – wie Du sie nennst – anbelangt, so werde ich Dir kurz berichten. Jack Reynolds hat nicht unbedingt zurückhaltend darauf hingewiesen – Zurückhaltung gehört nicht zu Jacks Charaktereigenschaften –, daß er um meine Hand anhielte, wenn ich ihn in irgendeiner Form ermutigte. Er erinnert mich an einen großen, tolpatschigen Hund, der mit einer Katze Freundschaft schließen will, aber keine Ahnung hat, wozu die Katze fähig ist. Wird sie kratzen oder schnurren, wenn er sie mit seiner riesigen, tolpatschigen Pfote anstupst? Zumindest weiß ich, daß Jack kein Hasardeur ist. Er und seine Schwester sind recht gut situiert. Ihr Großvater stellte irgendwelche Maschinenteile her. Jedenfalls meine ich, seine Vorstellung von der männlichen Überlegenheit bereits etwas angekratzt zu haben. Neulich erklärte er mir doch tatsächlich, daß ich ein putziges kleines Mädchen sei (!).

Die Freundschaft zwischen ihm und Geoff Godwin ist ungewöhnlich, da sie sowohl vom Charakter als auch vom Erscheinungsbild völlig unterschiedlich sind. Nein, Geoff ist überhaupt nicht weibisch! Du hast ihn im letzten Jahr kennengelernt, glaube ich, wenn auch nicht näher. Sein sanftes Gesicht und seine schmächtige Körperkonstitution sowie die Tatsache, daß er sich für Tiere und Blumen interessiert, haben Dich doch bestimmt nicht irreführen können? Seit kurzem leidet er an einer ziemlich unangenehmen Erkältung, trotzdem beharrt er darauf, daß ihm nichts fehlt, und wenn ich meine Besorgnis zum Ausdruck bringe, arbeitet er um so härter. Vor einigen

Tagen ist während der Ausgrabungsarbeiten eine Wand eingestürzt, und er erschien als erster auf der Bildfläche, räumte Steine aus dem Weg und grub eigenhändig einen der Männer aus, der unter dem Schutt begraben lag.

Ich möchte rasch hinzufügen, daß das Opfer lediglich Beulen und Prellungen davongetragen hat. Etwas Derartiges passiert ständig, weißt Du. Ich habe es nur erwähnt, um Dir zu beweisen, daß Du Dich in Geoff getäuscht hast. Ich bin wirklich nicht verliebt, aber ich mag ihn und empfinde gelegentlich Mitgefühl für seine Situation. Nicht, daß er sich beklagte. Es war Jack, der mir zu verstehen gab, daß sich Geoffs Familie ihrem Sohn gegenüber absolut verständnislos verhalten hat. Sie sind alle Jagd- und Angelfanatiker, und er ist der Schwan in einer Familie häßlicher Enten – der einzige, der sich für Literatur, Dichtung und Kunst interessiert.

Maude ist nach wie vor eine Plage. Normalerweise gelingt es Ramses, mit solchen Problemen allein fertigzuwerden – ich weiß nur leider nicht, wie –, doch wenn ich ihn danach frage, antwortet er mir, daß ich mich um meine eigenen Belange kümmern soll! Bei einigen der anderen Mädchen war es im großen und ganzen sein Äußeres, denke ich, und diese unerklärliche Aura der ... wie soll ich es nennen? Attraktivität? Er sieht recht gut aus, wenn man den schlanken, dunklen Typ mag – wie Du ja offensichtlich, da auch David diesen Typus verkörpert.

Bei Maude muß mehr dahinterstecken. Sobald er sich im Zimmer befindet, beobachtet sie ihn wie ein Hund seinen Herrn – und so behandelt er sie auch, nett und freundlich und kaum irritiert, wenn sie ihm im Weg steht. Ich glaube nicht, daß Ramses sich jemals Hals über Kopf verlieben könnte. Vielleicht gelingt das manchen Menschen einfach nicht.

Hinsichtlich der Geschichte mit Percy wollte ich Dich nicht beunruhigen. Es ist wieder einmal typisch für Dich, daß Du

Dich mitschuldig fühlst, aber die Geschichte wäre niemals ans Licht gekommen, wenn ich sie nicht ausgerechnet vor der Person ausgeplaudert hätte, von der Ramses verständlicherweise nicht will, daß sie sie erfährt! Ich schäme mich zutiefst, trotzdem nehme ich nicht an, daß ich eine Katastrophe heraufbeschworen habe, oder? Was kann Percy schließlich ausrichten, um Ramses zu schaden?

Ich führte ein ernstes Gespräch mit Emerson, in dem ich ihn bat, eine Mastaba für Ramses zu suchen. Daraufhin erwiderte er, daß das Problem nicht die Suche sei, da diese verfluchten Felsengräber überall in dem verdammten Ausgrabungsgebiet anzutreffen seien. Als ich das Thema vertiefen wollte, erklärte er mir, daß Ramses nach Herzenslust Mastaben erforschen könne, sobald er einen exakten Plan des Gebietes erstellt habe. »Eins nach dem anderen, Peabody!« Das Problem der meisten Exkavatoren ...

Die königlichen Pyramiden sind in der Regel von den Grabstätten der Privatleute umgeben, die (so muß man annehmen) glaubten, daß die unmittelbare Nähe zu den Gebeinen eines Herrschers der Wiedergeburt in einer anderen Welt förderlich sei.

Die Mastaben bestanden aus zwei Teilen: einem rechteckigen Monument aus Lehmziegeln in Form einer Bank, was ihr auch ihren Namen verlieh; und einem unterirdischen Teil, der tief in das Felsgestein hinabführte und die eigentliche Grabkammer beherbergte. Einige der größeren Mastaben, die die Pyramiden von Gizeh umgeben, enthalten wunderschöne Wandgemälde und Inschriften. Natürlich hatte Mr. Reisner diese für sich beansprucht. Ich mache ihm keinen Vorwurf; ich nenne lediglich Tatsachen.

Im Umkreis unserer Pyramide befanden sich ebenfalls Privatgräber. Mr. Reisner hatte einige dieser Monumente im Jahr zuvor erforscht und herausgefunden, daß ihre Entstehungsgeschichte einen großen Zeitraum überspannte, von den schlichten Hügelgräbern der frühen Dynastien bis hin zu zwei Jahrtausende später stattfindenden, gleichermaßen ärmlichen Begräbnissen. Deshalb hatte er sie uns überlassen. Diese Entscheidung stand ihm selbstverständlich zu.

Reisner hatte keinerlei Arbeitsaufzeichnungen von diesen Grabstätten erstellt, deshalb mußten wir die Ergebnisse seiner (stellenweise oberflächlichen) Exkavationen über Jack und Geoffrey in Erfahrung bringen (mit Hilfe detaillierter und hartnäckiger Fragen).

Die beiden jungen Männer tolerierten Emersons Inquisitur aus zwei Gründen. Erstens, weil es ohnehin keiner wagt, Emerson zu widersprechen. Aufgrund seiner Körperkonstitution, seines Fachwissens und seiner Eloquenz dominiert er jede Gruppe. Zweitens, weil ich mich bemühte, ihre Diskussionen so angenehm wie möglich zu gestalten, indem ich Emersons Vorträge mit meinen kleinen Aperçus untermalte und auch die anderen zur freien Meinungsäußerung animierte.

Das letzte dieser Streitgespräche fand eines Abends in unserem reizenden Innenhof statt. Ich hatte Einladungen ausgesprochen, als handelte es sich um eine ganz normale gesellschaftliche Zusammenkunft, doch Jack und Geoffrey mußten den Braten bereits gerochen haben. Trotzdem kamen sie. Der Anblick der lächelnden und im stillen Mitgefühl empfindenden Nefret war zweifellos ein nicht unerheblicher Faktor. Ramses war auch zugegen. Er war weder still noch mitfühlend. Maude hatte ich ebenfalls eingeladen, obwohl ich davon ausging, daß sie ohnehin aufgetaucht wäre.

Der einzige weitere Gast war Karl von Bork. Er hatte es sich zur Angewohnheit gemacht, häufiger bei uns hereinzuschneien, wie die streunenden Hunde, die Nefret unbedingt füttern mußte. Ich konnte ihm das kaum abschlagen; er gehörte zu unseren alten Freunden, und mir war klar, daß ihm seine Frau Mary und seine Kinder fehlten. Er brachte mir ständig kleine Geschenke aus den Basaren rund um Gizeh mit – zierliche Tonvasen oder ein silbernes Amulett oder buntes Spitzenband.

Seine gewohnte Redseligkeit schien ihm an diesem Abend abhanden gekommen zu sein. Es wäre auch schwierig gewesen, etwas zum Gespräch beizusteuern, da Emerson umgehend anfing, Jack und Geoffrey auszuhorchen.

Geoffrey war konzilianter als Jack, der den Abend teilweise damit zubrachte, Emersons Kritik an Reisner zu entkräften, und den Rest der Zeit darauf verwendete, Nefret verträumt anzustarren.

»Ich fand es bedauerlich, daß wir im westlichen Pyramidengebiet nicht mehr bewerkstelligen konnten«, bemerkte Geoffrey mit ruhiger, wohlklingender Stimme. »Alle Gräber entstammten den frühen Dynastien, und einige waren nicht einmal ausgeraubt worden. Ein Grab, das mehrere schöne Schmuckstücke aus Elfenbein und Karneol enthielt, war das einer Frau. Neben ihr lag das winzige Skelett ihres Neugeborenen. Das ist es doch, was die Vergangenheit zu neuem Leben erweckt.«

»Hmhm«, brummte Emerson unwirsch, um einen Anflug von Sentimentalität zu überspielen. »Dann schlagen Sie also vor, wir sollten die westlichen Grabfelder näher untersuchen?«

»Das ist selbstverständlich Ihre Entscheidung, Sir.«

»Nein, das entscheidet allein Ramses«, erwiderte Emerson. »Mrs. Emerson bedrängt mich wegen der Innenanlage der Pyramide, und ich werde vermutlich noch eine ganze Weile an diesem Projekt arbeiten, da –«

»Also wirklich, Emerson«, ereiferte ich mich. »Wie kannst du behaupten, ich würde dich bedrängen? Das liegt mir fern. Ich habe lediglich darauf hingewiesen, daß wir den Boden des Schachts freilegen sollten, um uns Gewißheit zu verschaffen, ob sich dort noch ein Zugang zu einem weiteren unterirdischen Gang befindet.«

»Das glaube ich kaum«, warf Jack Reynolds mit einem überheblichen Lächeln ein. »Der Schacht kann so tief nicht sein.«

»Bislang«, erwiderte Emerson betont sanftmütig, »sind wir weitere fünf Meter in die Tiefe vorgedrungen und haben die Felsformation immer noch nicht erreicht.«

»Was? Oh. Nun ja – äh – haben Sie denn irgend etwas gefunden?«

»Anhaltspunkte«, bemerkte Emerson. »Anhaltspunkte.«

So verhielt es sich in der Tat; er hatte Anhaltspunkte – Scherben der allgegenwärtigen Töpferkunst, Fragmente von Korbwaren und Holzspäne – gefunden, doch Emersons ominöser Tonfall und sein geheimnisvoller Blick ließen auf etwas wesentlich Interessanteres schließen. Nachdem er die Neugier unserer Gäste geweckt hatte, wechselte er das Thema.

»Die Friedhöfe überlasse ich vorübergehend Ramses. Ich glaube, daß er mit dem nördlichen Gebiet anfangen will. Es ist spät geworden.« Emerson erhob sich und klopfte seine Pfeife aus. »Zeit für den allgemeinen Aufbruch.«

Die beiden jungen Männer sprangen wie von der Tarantel gestochen auf. Schmollend folgte Maude ihrem Beispiel. Nefret und Ramses tauschten Blicke aus, dann räusperte sie sich und straffte ihre Schultern.

»Es besteht absolut kein Grund für euren Aufbruch. Wir können uns – äh – in unseren Salon zurückziehen, wo wir dich nicht stören, Professor.«

»Was? Wo? Ach so.« Emerson warf mir einen vielsagenden Blick zu und hüstelte. »Ach so. Ja.«

Karl lehnte die Einladung als einziger ab. Er war einige Jahre älter als die anderen, und ich denke, daß er das an diesem Abend auch spürte, da selbst sein Schnurrbart schlaff herabhing, als er sich in seiner formellen deutschen Art über meine und Nefrets Hand beugte. Wir verabschiedeten uns, und ich zog Emerson mit mir fort.

»Wann ist das entschieden worden?« wollte er wissen.

»Die Sache mit dem Salon? Aber Emerson, du weißt doch, daß wir uns darauf geeinigt hatten, Ramses und Nefret größere Unabhängigkeit einzuräumen.«

»Ja, aber – «

»Nefret fragte mich vor einiger Zeit, ob sie nicht einen eigenen Raum haben könnten, um Freunde zu empfangen. Sie hat ihn selbst eingerichtet. Er ist überaus geschmackvoll.«

»Gewiß. Aber – «

»Wir leben im 20. Jahrhundert, Emerson. Die gute alte Zeit der Anstandsdamen ist vorbei – Gott sei Dank, kann ich nur sagen. Sicherlich vertraust du Nefret, daß sie sich stets wie eine Dame benimmt.«

»Natürlich! Aber – «

»Wir können ihr lediglich Verständnis entgegenbringen, mein Lieber. Und bei Ramses verhält es sich nicht anders. Gelegentlich ist es erforderlich, die Zügel ein wenig zu straffen, wenn man einen begeisterungsfähigen jungen Menschen unter Kontrolle behalten will.«

Emersons Gesicht entspannte sich. »Peabody, manchmal redest du wirklich hanebüchenen Unsinn.«

»Deine Entscheidung, Ramses eine eigene und interessante Mastaba zu überlassen, ist nichts anderes, Emerson. Du möchtest, daß er zufrieden und glücklich ist und gar nicht erst auf den Gedanken kommt, wieder abzureisen, wie beispielsweise nach Petersburg, Capetown oder Lhasa.«

»Warum sollte er nach … Oh. Ich möchte die Grabfelder

ohnehin inspizieren, Peabody. Trotzdem hast du recht; wir wollen, daß der Junge bei uns glücklich ist. Allerdings werde ich das Gefühl nicht los, daß dazu mehr gehört als eine interessante Mastaba.«

Am darauffolgenden Tag fingen die Kinder mit der Arbeit auf den nördlich gelegenen Grabfeldern an. Daoud und mehrere unserer erfahrenen Männer begleiteten sie, und Emerson hatte dreißig unerfahrene Arbeiter und die gleiche Anzahl von Korbträgern mitgenommen. Nach Jacks Aussage hatte ihre Gruppe im vergangenen Februar eine große Mastaba in diesem Gebiet freigelegt. Jetzt fehlte jede Spur von ihr; der Treibsand hatte die Ruine erneut verschüttet. Wenn ich dieses Phänomen nicht gekannt hätte, hätte ich nicht geglaubt, wie rasch doch die kleinen Errungenschaften der Menschen von den Naturgewalten ausgelöscht werden können. Etwas erstaunt war ich, daß Mr. Reisner dieses Gebiet nicht weiter erforscht hatte, schließlich waren in seiner Mastaba Fragmente von Grabbeigaben mit der Inschrift eines bis dahin unbekannten Herrschers gefunden worden. Allerdings war das – verglichen mit den kostbar ausgestatteten Gräbern, die sich ihm in Gizeh präsentierten – unwichtiger Kram. Mit Sicherheit hätte er *letztere* keinem anderen Exkavator überlassen.

Zunächst suchte ich das schattige Plätzchen auf, das ich in der Nähe hatte einrichten lassen. Ich lege stets Wert darauf, daß ein Teppich, ein paar Stühle und ein Tisch an einem schattigen Ort bereitstehen, damit wir uns in den Pausen dorthin zurückziehen und ausruhen können. Unnötige Unannehmlichkeit ist ineffizient und darüber hinaus töricht. Normalerweise fand ich ein leeres Grab oder eine Höhle, doch diese Landschaft war so eben, daß ich mich mit einem Stück Segeltuch zufriedengeben mußte. Ich entledigte mich meiner Jacke und meines Sonnenschirms, rollte die Ärmel bis zum Ellbogen auf und öffnete meinen Blusenkragen. Im Innern einer Pyramide ist es immer sehr heiß.

Auf der Suche nach Emerson fand ich ihn bei Ramses und Nefret. Alle drei inspizierten einen der Pläne. »Hier ist es«, äußerte sich Emerson gerade und malträtierte den Bogen mit seinem Pfeifenmundstück. »Vergewissert euch, daß – «

»Emerson!« entfuhr es mir ziemlich laut.

Emerson fuhr zusammen, ließ seine Pfeife fallen und fluchte. »Was willst du?« fragte er unwirsch.

»Dich. Du hast gesagt, daß ich heute ins Innere der Pyramide vordringen kann. Wenn du mich nicht begleiten willst, nehme ich Selim mit. Allerdings hielt ich es für angeraten, dich zu informieren, daß ich – «

»Ach, verflucht«, schnaubte Emerson. »Ich komme. Ich wollte doch nur – «

Ich drehte mich auf dem Absatz um und marschierte davon. Selim, der mich grinsend beobachtet hatte, hielt mit mir Schritt. Wir waren kaum zwei Meter weit gekommen, als Emerson zu uns aufschloß. Er wischte gerade seine staubige Pfeife an seinem Oberhemd ab.

»Peabody«, hub er mit grollender Stimme an.

»Laß Ramses allein, Emerson.«

»Ich wollte doch nur – «

»Besitzt er die Kompetenz für diese Arbeit?«

»Verflucht, ich habe ihn doch selbst ausgebildet!«

»Dann laß sie ihn allein machen.«

Schweigend stapften wir nebeneinanderher. Schließlich meinte Emerson: »Habe ich dir eigentlich schon gesagt, daß du das Licht meines Lebens und die Freude meines Daseins bist?«

»Und habe ich erwähnt, daß du der bemerkenswerteste Mann bist, den ich jemals kennenlernen durfte?«

Emerson schmunzelte. »Wir werden diese Stellungnahmen zu einem späteren Zeitpunkt vertiefen, meine Liebe. Im Augenblick kann ich meine Zuneigung vermutlich am besten unter Beweis stellen, indem ich dich in deine Pyramide führe.«

Als wir den Schacht erreichten, trafen wir auf eine unerwartete und unliebsame Überraschung.

Unsere Männer hatten die mit Geröll gefüllten Körbe per Hand hochgezogen, was bei zunehmender Tiefe des Schachts immer beschwerlicher wurde, bis Selim sein Konstruktionstalent unter Beweis gestellt und einen wesentlich effizienteren Mechanismus entwickelt hatte. Mittlerweile beförderte eine massive Holzwinde mit Seil den Schutt nach oben. Am Ende des Seils befand sich eine Art Kiste ohne Deckel, mit der die vollen Körbe oder die Arbeiter transportiert wurden. Eine Fußraste sorgte dafür, daß sich das Seil nicht zu schnell abwickelte. Sicherlich hätte Selim mir das alles erklärt – in der Tat war es sogar schwierig, ihn davon abzuhalten. Ich hatte ihm versichert, daß ich ihm voll vertraute und seine Maschine für völlig sicher hielt.

Sie war nicht mehr da. Mit einem inbrünstigen Fluch kniete sich Emerson an den Rand des Abgrunds und spähte in die Tiefe. Dann blickte er auf. Ein weiterer lautstarker Fluch folgte. »Hölle und Verdammnis! Kommt alle nach oben. Auf der Stelle.«

»Was ist passiert?« fragte ich. Allerdings ahnte ich bereits, was geschehen war, und Emersons Reaktion erhärtete meinen Verdacht.

»Steinschlag«, erklärte Emerson, während er mich fortzerrte. »Wie zum Teufel das passieren konnte, ist mir schleierhaft; als ich neulich den oberen Teil des Schachts untersuchte, wirkte das Gestein recht intakt. Niemand geht mehr nach unten, bis ich sichergestellt habe, daß keine Gefahr besteht.«

Bei dem Gedanken an besagten Tag lief mir ein eiskalter

Schauer über den Rücken. Emersons Kopf hatte sich nur Zentimeter unter den Steinquadern befunden. Wenn sich einer davon gelöst hätte...

Wir kehrten ans Tageslicht zurück und suchten mein schattiges Plätzchen auf, wo ich ein Tuch befeuchtete und mir notdürftig den Schmutz von Gesicht und Händen abwischte. Emersons Reinigungsaktion war rascher und zwangloser: er streifte sein Hemd ab, goß sich einen Krug Wasser über Kopf und Schultern und schüttelte sich wie ein Hund.

»Jetzt geht es mir wieder besser«, bemerkte er. »Also dann, Peabody, lasse ich dich jetzt allein, damit du alles schriftlich fixierst, solange deine Erinnerung noch frisch ist.«

»Was hast du vor? Geh nicht ohne deinen Helm in die Sonne. Und ohne Hemd.«

»Es ist viel zu heiß«, brummte Emerson, während er das Weite suchte.

Meine Ermahnungen waren rein gewohnheitsmäßig. Mir war ohnehin klar, daß er sie nicht befolgte. Emerson von einer Kopfbedeckung zu überzeugen ist eine Leistung, die selbst ich nicht vollbringe, und seine Angewohnheit, während der Arbeit ständig irgendwelche Kleidungsstücke abzulegen, konnte ich ihm auch nie austreiben. Jeder normale Mann hätte einen Sonnenbrand, Sonnenstich oder Hitzschlag davongetragen, doch Emerson ist kein normaler Mann. Nach einer Woche Ägyptenaufenthalt ist er gleichmäßig dunkel gebräunt, und die Hitze scheint ihm nicht das geringste auszumachen.

Ich wußte, wohin er wollte, und als ich meine eigene Reinigungsaktion beendet hatte, folgte ich ihm.

Auch Ramses trug weder Helm noch Hemd. Er und Emerson standen am Rand einer Grube und blickten nach unten. Die Öffnung war ungefähr einen halben Meter breit, eineinhalb Meter tief, und Nefret befand sich auf ihrem Grund. Ich konnte nicht erkennen, was sonst noch dort unten war, da ihre zusammengekauerte Gestalt den Boden der Furche verdeckte. Die Tatsache, daß sie ihren Tropenhelm trug, war jedenfalls beruhigend.

»Was für eine nette, tiefe Furche«, bemerkte ich. »Äh-hm – was macht Nefret eigentlich da unten?«

»Sie dachte, sie hätte ein Skelett entdeckt«, entgegnete Ramses. »Du weißt doch, wie verrückt sie nach irgendwelchen alten Knochen ist. Trotzdem hast du recht, Mutter. Nefret, da unten ist es zu eng zum Arbeiten. Komm hoch, und wir werden die Furche erweitern.«

Nefret richtete sich auf. Sie hielt einen Besen in der Hand, und jetzt konnte ich auch eine unverwechselbar gerundete Form erkennen, die aus dem Geröll hervorlugte. Die Grube war tiefer als von mir zunächst angenommen; Nefrets Kopf befand sich einige Zentimeter unter der Oberfläche. Sie streckte die Hände nach oben. »Ihr habt völlig recht.«

Ramses beugte sich vor und packte sie an den Ellbogen, dann richtete er sich auf und zog sie mit einem eleganten Schwung nach oben.

Leise vor sich hin murmelnd stand Emerson brütend am Rand der Grube. »Behauener Stein«, brummte er. »Wie tief – «

»Etwas über drei Meter. Selbstverständlich werde ich die genauen Maße feststellen, sobald wir das gesamte Grab freigelegt haben. Bislang haben wir drei der vier Seiten ausmachen können, und ich entschied, versuchsweise an dieser Stelle zu graben, um – «

»Das brauchst du mir nicht zu erklären.« Emerson erhob sich. »Stelle lediglich sicher, daß ... äh ... hm, ja, Peabody. Zeit für das Mittagessen, was?«

Am Ende dieses Arbeitstages wurde offensichtlich, daß Ramses auf etwas recht Interessantes gestoßen war. Das Grab war relativ groß, was darauf hinwies, daß darin eine recht bedeutende Persönlichkeit bestattet worden war. Die Verwendung behauener Steine für die Außenmauern war ein weiteres Indiz für den gesellschaftlichen Rang des Verschiedenen. Allerdings waren die Dachquader von den aus Nilschlammziegeln bestehenden Innenwänden und von Holzstämmen gestützt worden; letztere waren eingestürzt, so daß die gesamte Decke eingebrochen war und Steinbrocken das Grab ausfüllten. Unter diesem Gestein und dem Treibsand lagen unzählige, größtenteils zerschellte Keramikkrüge. Kurz gesagt, das Innere der Mastaba war ein einziges Chaos, und Ramses hatte sich vorgenommen, es in der gewohnten Weise freizulegen, indem er das Monument in einzelne Abschnitte zerlegte und jeden von der Spitze bis zum Boden aushob, bevor er sich dem nächsten zuwandte.

Ich gestattete Emerson einen Blick – da ich selbst ziemlich neugierig war –, bevor wir den Heimweg antraten.

»Wie ich sehe, hast du die Wand abgestützt«, bemerkte er beiläufig.

»Ja, Sir. Du sagst doch immer, daß man kein Risiko eingehen soll«, erwiderte Ramses.

Insbesondere dann, wenn Nefret betroffen ist, dachte ich im stillen. Die Mauer befand sich neben den verstreuten Knochen, die – wie auch einige schlichte Töpfereien und ein paar zerbrochene Perlen – mittlerweile freigelegt worden waren. Teilweise waren die Gebeine und die Artefakte allerdings in die verkrustete Bodenschicht abgesunken, und Nefret versuchte gerade, ein letztes Foto des unappetitlichen Stillebens zu machen. Selim lehnte an der Wand und hielt einen Reflektor aus poliertem Zinn, mit dem er die letzten Sonnenstrahlen in die Grube projizierte.

Emersons skeptischer Blick taxierte die Stützpfosten. Sie wirkten stabil – ein Holzstamm verlief diagonal über dem besagten Bereich und wurde von einem kleineren, aber massiven Pfosten abgestützt, der tief im Boden verankert war.

»Das ist sicherlich ausreichend, Nefret«, bemerkte er. »Äh ... stimmst du mir zu, Ramses?«

»Ja, Sir«, erwiderte Ramses völlig emotionslos.

Ich hatte Karl zum Abendessen eingeladen. Emerson machte die üblichen Einwände; er wehrte sich schon aus Prinzip gegen jede Gesellschaft, obwohl er Fachgespräche eigentlich sehr schätzt und ihn die Anwesenheit von Gästen nicht im geringsten erschüttert. Gegenüber Karl war er die Freundlichkeit in Person, drängte ihn, einen Whiskey-Soda zu trinken, und bemerkte in seiner unverblümten Art: »Sie sehen ziemlich elend aus, von Bork. Ein schlechtes Gewissen, vielleicht?«

»Also wirklich, Emerson!« zischte ich.

Karls Barthaare zuckten. Vielleicht versuchte er, sich ein Lächeln abzuringen. »Ich kenne den Professor recht gut, Frau Emerson. Er hat in der Tat recht; ich habe Gewissensbisse, weil ich meine Mary und die lieben Kinder so oft allein lassen muß. Ihr heutiger Brief deutete an, daß meine kleine Maria erkrankt ist – «

»Vermutlich nur eine leichte Erkältung«, meinte ich aufmunternd.

»So umschrieb es Mary in ihrem Brief. Sicherlich will sie mich nicht beunruhigen.« Karl seufzte. »Ich wünschte mir, sie könnten hier bei mir sein, fernab von Schnee und Eisregen. Aber die Universität stellt uns kein Quartier, und meine Unterkunft im Dorf wäre unangemessen. Wer für Herrn Reisner arbeitet, hat das Privileg, in einem geräumigen Haus zu wohnen.«

Mr. Reisners dauerhafter Forschungssitz, der nach der gleichlautenden, seine Arbeit unterstützenden Institution den Namen Harvard Camp erhalten hatte, war ein Modellversuch. Trotzdem bezweifelte ich, daß »Herr Reisner« Wert auf die Gattin eines Assistenten und seine vier kleinen Kinder gelegt hätte.

Der Innenhof hatte sich zu unserem beliebten Aufenthaltsort entwickelt, und wir zogen uns nach dem Abendessen zum Kaffee dorthin zurück. Es dauerte nicht lange, bis ohrenbetäubendes Hundegebell ertönte. »Gäste«, beschwichtigte Nefret mit sanfter Stimme. »Da seht ihr, wie nützlich Narmer geworden ist.«

»Er bellt zwar keine Skorpione und Spinnen mehr an«, räumte Ramses ein, »aber er kläfft nach wie vor bei Hunden, Katzen, Vögeln – «

»Wer ist das?« wollte Emerson wissen. »Peabody, hast du noch jemanden eingeladen? Verflucht, wir haben noch Arbeit zu erledigen.«

»Vermutlich ist es Geoff«, erwiderte Nefret sachlich. »Er bot sich an, mir heute abend bei der Entwicklung der Fotos zu helfen. Es betrifft dich nicht, liebster Professor.«

»Hmhm«, brummte Emerson.

Es waren Geoffrey und Jack und Maude. Nefret meinte spöttisch, daß sie Animiergarderobe trüge, denn ihre Bluse hatte einen frivolen weiten Ausschnitt, ihr Rock war so eng, daß sie kaum gehen konnte, und in ihrem Scheitel steckte eine weiße Straußenfeder, die wie eine Signalflagge auf ihrem Kopf thronte. Ihr ständiges unverhofftes Auftauchen wurde langsam lästig; ich konnte Emerson wirklich keinen Vorwurf machen, daß er finster dreinblickte und grollte. Maude erklärte uns, daß sie uns nicht stören wollten (als wenn sie das nicht schon getan hätten), sondern lediglich Geoff ablieferten und Ramses fragen würden, ob er nicht Lust hätte, sie nach Kairo zu einer Tanzveranstaltung im Semiramis-Hotel zu begleiten.

Und tatsächlich zögerte Ramses eine ganze Weile, bevor er den Kopf schüttelte. »Ein anderes Mal vielleicht. Wie ihr seht, bin ich nicht entsprechend angezogen, und ich möchte euch auch nicht unnötig aufhalten.«

Natürlich hatte er sich nach der Exkavation umgezogen. Da sein Vater formelle Garderobe zum Abendessen jedoch ablehnt, kann ich Ramses auch nicht dazu zwingen. Sein Sporthemd und die ungebügelte Flanellhose waren mit Sicherheit unangemessen für ein elegantes Hotel.

»Du hast noch zu arbeiten«, erklärte Emerson in bestimmendem Tonfall.

»Nur Arbeit und kein Vergnügen macht aus Ramses einen Langweiler.« Jack grinste.

»Ich wollte, es wäre so«, murmelte ich – diese scheinbar rätselhafte Äußerung brachte mir einen fragenden Blick von Jack und ein schwaches Grinsen meines Sohnes ein.

Schließlich trollten sich die Reynolds – ohne Ramses. Nefret und Geoffrey verschwanden in der Dunkelkammer – zusammen mit Ramses –, und Emerson und Karl griffen zu ihren Pfeifen und diskutierten über die Mastaben der vierten Dynastie. Warum Emerson ausgerechnet dieses Thema ansprach, war mir schleierhaft; unsere Mastaba war augenscheinlich älter und weitaus weniger interessant als die schönen Grabstätten, die die Deutschen und die Amerikaner in Gizeh entdeckt hatten. Ich beteiligte mich nicht an ihrem Gespräch, da ich an diesem Abend merkwürdig nervös war. Während ich durch den Säulengang schlenderte, der den Innenhof umgab, hörte ich, wie Emerson Karl für den nächsten Tag zu einer Besichtigung unserer Mastaba einlud, als hätte er allen Ernstes etwas Weltbewegendes entdeckt. Selbstverständlich nahm Karl dankend an. Der arme einsame Kerl, vermutlich hätte er sogar einer Einladung zur Hinrichtung zugestimmt, um nicht allein sein zu müssen.

Als ich an der Dunkelkammertür vorbeiging, stolperte ich über etwas, das sich als Horus entpuppte. Vermutlich hatte er schmollend auf der Schwelle gelegen oder gekauert, weil ihn niemand hereingelassen hatte.

Als ich am nächsten Morgen zum Frühstück erschien, erklärte mir Nefret, daß Geoffrey gefragt habe, ob *er* sich unsere Mastaba anschauen dürfe.

»Das macht schon zwei«, meinte ich. »Emerson hat Karl ebenfalls eingeladen. Werden Mr. und Miss Reynolds auch auftauchen? Ich werde Fatima anweisen, daß sie zusätzlichen Proviant und vielleicht auch eine Flasche Wein einpackt.«

Emerson blickte von seinem Teller auf. »Gütiger Himmel, Peabody, ich glaube, du bist sarkastisch. Was hast du nur heute morgen?«

»Ich habe schlecht geschlafen.«

»Ach?« Emerson griff nach der Marmelade.

»Ich habe stundenlang wachgelegen. Ich bin ja so froh, daß ich dich nicht gestört habe.«

Emerson schob das Marmeladenglas beiseite, murmelte irgend etwas und verließ überstürzt das Zimmer. Das war vermutlich das Vernünftigste, was er machen konnte, wenn er mir damit auch ein Ventil für meine (zugegebenermaßen unberechtigte) Verärgerung nahm. Ich blickte zu Ramses. Er sprang auf, murmelte irgend etwas und verließ den Raum so fluchtartig, daß er über Horus stolperte. Sie fauchten sich gegenseitig an, und dann humpelte Horus bemitleidenswert zu Nefret.

»Ihm ist nichts geschehen«, meinte ich. »Vermutlich legt er sich absichtlich allen in den Weg, damit er hinterher jammern kann.«

Nefret stützte ihr Kinn auf ihren Händen auf und musterte mich ernst. »Es tut mir leid, daß du nicht gut geschlafen hast. Hattest du wieder eine deiner berühmten Vorahnungen?«

»Nein«, gestand ich. »Auch keinen Alptraum, wie du sie früher gelegentlich hattest.«

Wie schon häufiger hatte ich von Abdullah geträumt. Die Szenerie dieser Visionen war immer die gleiche. Auf unserem Weg zum Tal der Könige standen wir bei Sonnenaufgang auf den Klippen von Dair al Bahri. Im Verlauf der Jahre hatten es sich Abdullah und ich zur Gewohnheit gemacht, dort oben nach dem steilen Aufstieg stehenzubleiben, zu verschnaufen und den Blick zu bewundern, den er vermutlich genauso liebte wie ich. Re-Harakhte, der Falke des Morgenlichts, erhob sich über den östlichen Klippen, und seine glänzenden Flügel reflektierten das Sonnenlicht auf den Fluß, die Felder, die Sandwüste und die Gesichtszüge des Mannes an meiner Seite.

Als wir uns zum ersten Mal begegneten, war Abdullahs Bart bereits ergraut. In meinen Träumen waren sein Haar und sein Bart tiefschwarz und ohne die geringste Spur von Grau; seine Gesichtshaut war glatt, seine große Gestalt drahtig und kraftstrotzend. Träume verfolgen ihre eigene Logik; von daher erstaunte mich sein Äußeres nicht, obwohl ich es zu Lebzeiten nie so kennengelernt hatte; ich war einfach nur froh, daß ich ein weiteres Mal seine Gesellschaft genießen durfte.

»Die Hochzeit war sehr schön«, erklärte ich, wie man einem Freund Neuigkeiten mitteilt, den man lange nicht gesehen hat. »Wir waren lediglich betrübt, daß du nicht dort sein konntest.«

»Woher weißt du, daß ich nicht dort war?« Wie immer, wenn er mit mir scherzte, funkelten Abdullahs schwarze Augen. Dann wurde er ernst. »Ich freue mich für sie, Sitt; doch die See wird stürmisch werden.«

»Was weißt du von der stürmischen See, Abdullah, wo du nie den Ozean überquert hast?«

»Lehrt nicht dein Glaube, daß die, welche das Himmelstor passiert haben, allwissend sind? Wie dem auch sei, ich kenne die Stürme, und ich habe gesehen, daß sich der Himmel über deinem Pfad verdunkelt.«

»Ich wünschte, du wärest nicht so verflucht hochgestochen, Abdullah. Wenn du mich warnen willst, könntest du dich auch etwas deutlicher ausdrücken.« Als er lächelnd den Kopf schüttelte, fuhr ich fort: »Du kannst mir doch zumindest sagen, ob wir die uns drohende Gefahr heil überstehen.«

»Warst du jemals einem Sturm ausgesetzt, dem du nicht getrotzt hättest, Sitt? Indes, du wirst allen Mut aufbringen müssen, um diesen zu überstehen.«

Dann wachte ich auf und vernahm noch den Nachhall seiner Abschiedsworte in der Dunkelheit. »Maas salama – Allah sei mit dir.«

Ich hatte nicht die Absicht, dieses Gespräch vor Nefret zu wiederholen. Sie hätte mich für hoffnungslos überdreht und abergläubisch gehalten. Es hatte mich schon genug frustriert, daß ich für den Rest der Nacht keinen Schlaf mehr fand, aber ich hatte auch meine Pflicht gegenüber einem guten alten Freund erkannt.

»Ich wäre besserer Laune, wenn wir Fortschritte hinsichtlich unserer Ermittlungen bei den Fälschungen machten«, gestand ich. »Wir scheinen auf der Stelle zu treten.«

»Vielleicht liefert unser Kriegsrat irgendwelche Resultate. Wann treffen die Vandergelts ein?«

»Morgen.«

»Sofern der verfluchte Kahn nicht absäuft«, wandte eine Stimme aus dem Nebenzimmer ein. »Warum kann Vandergelt nicht wie jeder vernünftige Mensch den Zug nehmen, statt auf seiner verdammten Dahabije herumzureisen?«

»Weil er daran hängt.«

»Hmhm«, brummte besagte Stimme.

Eigentlich wollte ich kein weiteres gekochtes Ei, trotzdem klopfte ich mit meinem Löffel darauf herum und pellte es schließlich. »Hat Ramses irgendwas von Mr. Wardani gehört?«

»Nein.« Als sie meinen skeptischen Blick bemerkte, fügte Nefret entschieden hinzu: »Das hätte er mir... uns mitgeteilt.«

»Ich hoffe nur, er ist nicht wieder in der Nacht draußen herumgeschlichen. Das mag ich nicht, es ist viel zu gefährlich.«

»Ich auch nicht. Er hat mir hoch und heilig versprochen, es nicht zu tun. Tante Amelia, bist du jetzt aufbruchbereit? Du hast den Professor lange genug gequält.«

Ich hörte, wie Emerson fluchend vor der Tür herumstapfte. »Ein Mann sollte sich seiner Autorität nie zu sicher sein«, erklärte ich.

»Verstehe«, erwiderte Nefret grinsend.

Bei unserer Ankunft an der Ausgrabungsstätte war Geoffrey bereits eingetroffen und plauderte mit Selim und Daoud. »Ich frische mein Arabisch auf«, erklärte er, während er uns reihum die Hand schüttelte. »Daoud hat mir einiges von Ihren Funden berichtet, Professor. Ihr Leben ist sicherlich überaus abenteuerlich verlaufen!«

Emerson schielte mißtrauisch zu Daoud, woraufhin dieser den Blick senkte. »Glauben Sie ihm kein Wort. Daoud, hör endlich auf, Lügengeschichten über mich zu verbreiten, und mach dich an die Arbeit. Wo ist Karl? Wo sind unsere Arbeiter? Verflucht, diese ständige An- und Abreise kostet zu viel Zeit. Zelte. Genau das brauchen wir, einige Zelte. Selim –«

»Emerson, sei einen Augenblick still«, entfuhr es mir.

»Herr von Bork wollte einen Blick auf die Mastaba werfen«, bemerkte Geoffrey.

Ramses drehte sich auf dem Absatz um und eilte im Laufschritt davon. Nefret lachte. »Er hat Angst, daß jemand unerlaubt seinen kostbaren Schutthaufen anrührt. Kommst du mit, Geoff?«

Er reichte ihr seinen Arm. Das war zwar überflüssig, trotzdem hakte sie sich bei ihm ein und, so dachte ich bei mir, schmiegte sich an ihn, während sie losmarschierten.

»Hmmm«, meinte ich. »Ich frage mich ...«

»Ich auch«, erwiderte Emerson. »Ich dachte, ich hätte es bei mir. Ich hätte schwören können, daß es in diesem Notizbuch steckte.«

Er hatte den Inhalt seines Rucksacks auf dem Tisch ausgebreitet und durchwühlte die Unterlagen mit der ihm eigenen Hektik. Ich fragte, wonach er suche, fand es zwischen den Seiten seines Notizbuches und wollte ihm gerade einen kleinen Vortrag zu Ordnung und Systematik halten, als ich den Schrei einer Frau sowie ein gewaltiges Krachen vernahm. Beides kam von der Nordseite der Pyramide.

Emerson befand sich drei Meter vor mir und rannte in einem Wahnsinnstempo los, bevor der Nachhall des ohrenbetäubenden Lärms erstarb. So schnell ich konnte, folgte ich ihm mit zitternden Gliedern. Es mußte schon etwas Schwerwiegendes passiert sein, wenn Nefret schrie.

Als ich den Schauplatz des Geschehens erreichte, lag die Unglücksursache klar auf der Hand. Die Holzpfosten waren abgerutscht oder gebrochen oder hatten nachgegeben, und die Wand war eingestürzt; Geröll und Mörtel hatten eine Gestalt unter sich begraben, die bäuchlings und reglos auf dem Boden der Grube lag. Ich erkannte sogleich, daß es sich um Ramses handelte. Geoffrey kniete neben ihm und beseitigte eigenhändig die Steinbrocken. Nefret versuchte, sich Daouds Umklammerung zu entwinden, der einen Stoßseufzer der Erleichterung von sich gab, als er Emerson sah.

»Der Effendi befahl mir, sie nicht in die Grube zu lassen«, erklärte er.

»Ganz recht«, erwiderte Emerson. »Dort unten ist lediglich Platz für eine Person. Halt sie fest, Daoud. Kommen Sie da unten raus, Godwin.«

Er untermauerte seinen Befehl, indem er Geoffreys Jacke packte und ihn förmlich aus dem Graben herauszerrte. Dann ließ er sich elegant in das Loch gleiten und befreite Ramses mit einer Kompetenz, die nur er hätte demonstrieren können. Der größte Teil des Gerölls verteilte sich auf Ramses' Beinen und seiner Kehrseite. Ausnahmsweise trug er seinen Tropenhelm, außerdem stellte ich fest, daß er die Arme unter seinem Kopf verschränkt hatte und es von daher gut möglich war, daß seine Nase und sein Mund nicht voller Sand waren. Allerdings schien er bewußtlos. Vorsichtig tastete Emerson seine Arme und Beine ab, bevor er ihn langsam auf den Rücken drehte.

Ramses' Tropenhelm fiel ihm sogleich vom Kopf. Er hatte den Halsriemen nicht zugeschnallt. Auf seinem Gesicht, das beileibe nicht so bleich wie das seines Vaters wirkte, war eine winzige Blutspur, und mir fiel auf, daß er gleichmäßig atmete, was seinem vorübergehend kopflosen Vater allerdings entgangen war; er schob seine Arme unter Ramses' Kniekehlen und Achseln, und ich bezweifle keine Sekunde lang, daß seine übernatürlichen Kräfte, die sich aufgrund väterlicher Sorge noch intensivierten, ausgereicht hätten, um den Jungen mit einem Schwung aus der Ausgrabungsstätte zu heben. Allerdings ließen ihn Nefrets und mein Geschrei innehalten.

»Du darfst ihn nicht bewegen!« brüllten wir im Duett.

Ramses öffnete die Augen. Er blickte seinen Vater an und wandte dann den Kopf, um seine Umgebung zu sondieren. »Verflucht, Vater!« schnaubte er. »Du hast diesen Topf zerstört! Er war ein herausragendes Beispiel für die blauglasierte Keramik der 18. Dynastie!«

»Unmöglich«, entgegnete Emerson. »Was sollte ein solches Stück hier verloren haben?«

»Das Grab ist bereits in das Sedimentgestein abgesunken. Meine geschätzte Datierung lautet –«

»Hör auf damit!« Nefrets Gesicht war dunkelrot angelaufen. »Ramses, du hirnrissiger Idiot, hast du dir irgendwas gebrochen? Professor, er darf sich nicht aufsetzen! Tante Amelia – «

»Beruhige dich, Liebes«, beschwichtigte ich sie, während ich Ramses beobachtete, der sich mit Hilfe seines Vaters mühsam erhob, aber sehr gut in der Lage war, auf eigenen Füßen zu stehen. »Und unterlasse das Fluchen. Er scheint nicht ernsthaft verletzt zu sein.«

Das entsprach der Wahrheit. Nachdem wir uns in den Schatten zurückgezogen hatten, ließ er sich ungnädig von Nefret untersuchen. Das Hemd war ohnehin ruiniert, auch wenn sie nicht darauf bestanden hätte, es ihm vom Leib zu schneiden. Im Umgang mit der Schere war Nefret beinahe ebenso destruktiv wie mit ihrem Messer. Schließlich gab sie zu, daß sich das Ausmaß seiner Verletzungen auf Kratzer, Abschürfungen und Prellungen beschränkte. Ramses weigerte sich, es als Glück oder Gottes Gnade zu werten; er beharrte darauf, daß er bemerkt habe, wie der Stützpfeiler nachgab, und daß er umgehend eine Haltung eingenommen habe, die seine empfindlichsten Körperteile wirkungsvoll schützte. Er klang so selbstgefällig, daß ich es Nefret kaum übelnahm, als sie wie zufällig eine halbe Flasche Alkohol auf seinem Brustkorb verschüttete.

Ramses war entschlossen, erneut in seine Mastaba hinabzusteigen, und ich hatte keine Vorstellung, wie ich ihn davon abhalten sollte. Er ließ sich dazu herab, einen Schluck Brandy aus meiner Taschenflasche zu nehmen, und stolzierte dann mit entblößtem Oberkörper davon, wobei er versuchte, nicht zu hinken. Auf Emersons Kopfnicken hin trotteten ihm Daoud und Selim nach. Ich hoffte, daß sie ihn erfolgreicher davon abhielten, eine weitere törichte Handlung zu begehen.

»Was meinen Sie, soll ich ihm meine Hilfe anbieten?« Geoffrey, der auf dem Teppich saß, sprang auf.

»Ich bin ja so froh, daß Sie Handschuhe trugen«, bemerkte ich. »Ich kann Ramses und Emerson nie dazu bringen, und deshalb verletzen sie sich ständig ihre Hände und schürfen sich die Fingerknöchel auf.« Handschuhe boten einen gewissen Schutz, trotzdem vermutete ich in Geoffreys Fall eine leichte Eitelkeit. Er hatte schlanke, feingliedrige Hände, und seine Nägel waren immer sorgfältig manikürt. »Wir schulden Ihnen Dank für Ihre rasche Reaktion und ihr schnelles Eingreifen.«

»Ich befürchte, ich war Ihnen keine große Hilfe.«

»Und ich war völlig nutzlos«, bemerkte Karl voller Betroffenheit. Er hockte auf dem Teppich und hatte die Hände vors Gesicht geschlagen. »Ach Gott, es war ein so entsetzlicher Anblick. Ich war mir sicher, er hätte sich sämtliche Knochen gebrochen. Ich konnte nichts tun. Es ging alles so schnell...«

Emerson hatte seine Pfeife herausgeholt und rauchte. Er behauptete, daß diese schlechte Angewohnheit beruhigend auf seine Nerven wirkte, was vielleicht sogar zutraf. Vermutlich fiel nur mir auf, welche Anstrengung es ihn kostete, ruhig sitzen zu bleiben und sich zu unterhalten.

»Haben Sie gesehen, wie es passierte?« fragte er.

Karl rang die Hände. »Es ging alles so schnell! Er war in die Grube geklettert, um sich die Töpfereien anzusehen, und dann schrie Miss Nefret auf... Ich habe nichts gesehen.«

»Hmhm«, äußerte sich Emerson. »Nun, meine liebe Peabody, deine Erlaubnis vorausgesetzt, werden wir das Innenleben unserer Pyramide noch einen weiteren Tag auf sich beruhen lassen. Ich denke, ich werde kurz – äh – sehen, ob ich Ramses irgendwie helfen kann.«

»Gewiß, mein Lieber«, meinte ich mitfühlend. »Dein Wunsch ist mir Befehl.«

Karl entschuldigte sich mit der Begründung, daß er zu aufgewühlt sei, um an diesem Tag noch zu arbeiten, und trabte auf seinem kleinen, angemieteten Esel davon. Wir anderen arbeiteten bis zum frühen Nachmittag und traten dann den Heimweg an. Geoffrey und Nefret ritten voraus, und als Ramses zu ihnen aufschließen wollte, rief ihn Emerson zurück.

Seite an Seite ritten wir gemächlich weiter. Aufgrund des mir eigenen Taktgefühls schwieg ich und fragte mich insgeheim, wer von den beiden zuerst das Wort ergreifen würde.

Sie sprachen beide gleichzeitig.

»Vater, ich – «

»Ramses, du – «

Sie brachen ab, mieden jeglichen Blickkontakt, und ich meldete mich zu Wort. »Also wirklich! Emerson, du zuerst.«

»Es war nicht dein Fehler«, erklärte Emerson zähneknirschend.

»Dasselbe wollte ich gerade sagen, Sir.«

»Ach, tatsächlich?«

»Ich will keineswegs abstreiten, daß die grundsätzliche Verantwortung bei mir liegt. Allerdings ...« Er ereiferte sich. »Ich möchte verflucht noch mal wissen, was ich falsch gemacht habe!«

»Was ist denn eigentlich passiert?« wollte sein Vater wissen.

»Eine ganze Reihe von Dingen könnte passiert sein. Ein leichtes Erdbeben, ein plötzlicher Erdrutsch unmittelbar unter dem Stützpfeiler, eine unüberlegte Bewegung von einem der Arbeiter ... Ich habe nichts Außergewöhnliches bemerkt. Ich bin lediglich hinabgestiegen, weil Nefret unbedingt diese verfluchten Knochen freilegen wollte, und ich wollte absolut sichergehen ...«

»Verstehe«, erwiderte Emerson. »Gut gemacht. Hmhm.«

»Ich will mich keinesfalls herausreden«, ereiferte sich Ramses. »Aber wir sollten die Möglichkeit in Erwägung ziehen, daß es kein Unfall war.«

»Insbesondere«, entgegnete Emerson und rieb sich sein Kinn, »da es der zweite Unfall innerhalb eines einzigen Tages wäre.«

»Du meinst den Steinschlag im Schacht?« Ramses überlegte. »Das würde die Theorie erhärten, daß ein kleineres Erdbeben verantwortlich war. Das wäre nichts Ungewöhnliches.«

»Nein«, pflichtete ihm Emerson bei. »Aber ist es nicht etwas ungewöhnlich, daß es nur hier stattgefunden hat?«

Die Vandergelts trafen pünktlich ein. Ein Telegramm aus Medum, wo sie in der vorangegangenen Nacht vor Anker gegangen waren, informierte uns über ihr Eintreffen an jenem Morgen, so daß wir sie geschlossen begrüßen konnten. Emerson ließ Cyrus natürlich kaum Zeit für das Mittagessen und bedrängte ihn, unbedingt zur Ausgrabungsstätte mitzukommen, und auch Katherine stimmte dem Abstecher bereitwillig zu, da ihr, wie sie behauptete, nach zehn Tagen Bootsreise etwas Bewegung guttun würde.

»Wen erwartet ihr denn noch?« fragte Katherine, während wir über das Felsplateau ritten.

»Howard Carter ist der einzig weitere Gast in unserem Haus. Er war im Delta und hat nach einem neuen Exkavationsgebiet für Lord Carnavon Ausschau gehalten. Natürlich haben wir für das Weihnachtsfest eine ganze Reihe von Leuten eingeladen. Vermutlich kennt ihr die meisten davon.«

»Zweifellos. Cyrus ist so überaus gastfreundlich, unser Haus steht allen Archäologen rund um Luxor offen. Kommen die Petries auch? Wir erfuhren, daß er im Krankenhaus war. Ich hoffe, es ist nichts Ernstes.«

»Er mußte operiert werden, erholt sich aber recht gut.

Allerdings meinte Mrs. Petrie, daß er noch zu geschwächt für ein großes Fest sei, und von daher möchte sie natürlich auch nicht allein kommen. Was gibt's Neues in Luxor?«

Wir unterhielten uns recht angeregt über unsere gemeinsamen Freunde, als Ramses, der sich verspätet seiner guten Manieren erinnerte, vielleicht aber auch von seinem Vater geschickt wurde, zurückritt, um uns zu begleiten. Ich erklärte ihm, daß wir keinen Begleiter benötigten, konnte ihn jedoch nicht abschütteln, deshalb mußten wir das Thema wechseln. Mit einem verschwörerischen Augenzwinkern versicherte mir Katherine, daß sie die Geschichte von Mr. Davis und der Herzogin später fortführen würde.

Als wir zu den anderen aufschlossen, waren Emerson und Cyrus gerade in eine Auseinandersetzung über das Alter der Pyramide verwickelt.

»Reisner erwähnte sie im letzten Jahr, als er auf dem Weg nach Süden in Luxor Station machte«, beharrte Cyrus. »Er datierte sie auf die zweite Dynastie.«

»Pah«, schnaubte Emerson. »Viel zu früh. Der Plan der Stufenpyramide ist Ihnen doch vertraut, oder? Ihr Bau fiel in den Beginn der dritten Dynastie, korrekt? Dieses Monument wurde eindeutig später errichtet. Zugegeben, es weicht von den anderen ab, aber die protzige Konstruktion basiert auf der Tatsache, daß dieser König, um wen auch immer es sich dabei gehandelt haben mag, nicht so lange regierte wie Djoser. Kommen Sie mit ins Innere, und ich werde Ihnen zeigen –«

»Nein, Emerson!« erklärte ich entschieden. »Für ein solches Vorhaben ist Cyrus nicht entsprechend gekleidet.«

Cyrus, der einen tadellosen, maßgeschneiderten weißen Leinenanzug trug, strich sich über sein Ziegenbärtchen und grinste.

»Danke, Amelia. Ich glaube, ich werde das noch für kurze

Zeit verschieben. Sie wissen, daß ich nicht so erpicht auf das Innere von Pyramiden bin wie manch anderer. Wie steht es mit den Privatgräbern? Gelegentlich stößt man dort auf interessante Artefakte.«

»Sie werden Ihre Leidenschaft für interessante Artefakte wohl nie überwinden?« warf Emerson gutgelaunt ein (gutgelaunt für Emerson, wohlgemerkt). »Ich interessiere mich lediglich für die Gegenstände, die es mir ermöglichen, Rückschlüsse auf den Erbauer dieser Pyramide zu ziehen. Wenn Sie die Privatgräber vorziehen, dann kommen Sie, und wir schauen uns die westlichen Grabfelder an. Bislang scheinen die Gräber nur klein und armselig, aber ich bin fest entschlossen, das gesamte Gebiet freizulegen, im Gegensatz zu anderen Exkavatoren, die ...«

Arm in Arm schlenderten sie davon, während Emerson seinen Vortrag fortsetzte und Nefret neben ihnen hertrottete. Auf meine Frage, ob Ramses sich uns anschließen wolle – was dieser entschieden ablehnte –, folgte er den anderen.

Als ich der schlanken, hoch aufgeschossenen Gestalt meines Sohnes nachblickte, entfuhr mir ein leises Seufzen.

»Irgend etwas beunruhigt Sie«, bemerkte Katherine mit freundschaftlichem Mitgefühl. »Hat es etwa mit Ramses zu tun?«

»Ich bin nicht beunruhigt. Keineswegs. Aber ich wünschte mir, er würde seßhaft werden. Er kann sich einfach nicht entscheiden, was er wirklich machen will.«

»Meine liebe Amelia! Für einen jungen Mann seines Alters hat er bereits eine Menge geleistet. Die Ausführungen zur frühen ägyptischen Grammatik, die Bände über die Tempel in Theben – «

»Das ist ja das Problem, Katherine. Er arbeitet zu intensiv und nimmt zu wenig Rücksicht auf sich.«

»Stehen Sie da nicht im Widerspruch zu sich selbst?« fragte

Katherine lächelnd. »Möchten Sie denn, daß er zu Hause bleibt und Sie ihn bemuttern können?«

»Katherine, Sie wissen genau, daß ich nie zu den aufopfernden Müttern gehört habe. Die Wahrheit ist, daß er Emerson sehr gefehlt hat.«

»Emerson?«

»Und natürlich auch Nefret.«

»Natürlich.«

»Nun ja, wie dem auch sei. Allah wird's schon richten, hätte Abdullah jetzt gesagt. Haben Sie nicht Lust, einen Blick in die Pyramide zu werfen?«

»Weder heute noch an irgendeinem anderen Tag.« Ihr heiteres, sympathisches Lächeln wich einem ernsten Gesichtsausdruck. »Und Cyrus auch nicht, sofern ich das irgendwie verhindern kann. Nach Ihrer Abreise war er gelangweilt und ruhelos. Luxor ohne Sie ist einfach nicht mehr dieselbe Stadt. Ich glaube, Cyrus würde sogar sein geliebtes Schloß aufgeben und um eine Ausgrabungsgenehmigung im Gebiet von Kairo ersuchen, nur um in Ihrer Nähe zu sein. Mir würde das ebenfalls gefallen, trotzdem möchte ich nicht, daß Cyrus in irgendwelchen Pyramiden herumklettert. Können Sie nicht ein paar schöne, sichere Grabstätten für ihn finden?«

Ich nahm die mir entgegengestreckte Hand und drückte sie sanft, da mich dieser Beweis ihrer Zuneigung überaus bewegte, trotzdem mußte ich über ihre Naivität schmunzeln. Seit ihrer Eheschließung mit Cyrus hatte sie eine Menge über die Ägyptologie gelernt, dennoch galt ihr Hauptinteresse auf diesem Gebiet der Zufriedenheit ihres Gatten.

»Meine liebe Katherine, nichts würde mich mehr erfreuen, als Sie und Cyrus wieder als Nachbarn zu haben. Ich wollte, es stünde in meiner Macht, Ihnen diese Bitte zu erfüllen, aber wir haben in neuerer Zeit absolut keinen Einfluß mehr auf M. Maspero; wie Sie sehen, mußte mein geliebter Emerson sogar schon auf unbedeutende Grabfelder und nie fertiggestellte Pyramiden umsatteln. Allerdings versteht sich Cyrus besser mit M. Maspero als wir. Vielleicht ließe sich mit wohldosierter Schmeichelei etwas erreichen ... Welche Art von Gräbern schwebt Ihnen denn vor?«

»Das ist mir völlig gleich, liebste Amelia, solange besagte Gräber keine tiefen Schächte oder einsturzgefährdete Gänge aufweisen.« Sie beugte sich zu mir vor und senkte ihre Stimme. »Cyrus würde eher sterben als eingestehen, daß er nicht mehr der Jüngste ist.«

»Das sind wir alle nicht mehr«, erwiderte ich. »Nicht einmal Ramses und Nefret.«

»Eine alberne Klischeevorstellung, nicht wahr? Aber Sie wissen, was ich meine. Ihre Begeisterung für finstere unterirdische, mit Fledermausexkrementen und verwesten Mumien gefüllte Kammern kann ich leider nicht teilen.«

»Nun ja, die Geschmäcker sind verschieden«, erwiderte ich fröhlich. »Dem Himmel sei Dank, Katherine, sonst würden wir alle das gleiche wollen.«

Das Abendessen war ein voller Erfolg. Cyrus hatte einige Flaschen Champagner mitgebracht und bestand darauf, daß wir auf alles und jeden anstießen. Sein letzter Toast hatte den Charakter einer Ankündigung.

»Also, Leute, auf unsere besten Freunde und unsere Beinahe-Familie. Wir haben euch so entsetzlich vermißt, daß wir unser Haus in Luxor aufgeben und nach Kairo umsiedeln wollen – nicht wahr, Katherine? Nach Weihnachten werde ich M. Maspero aufsuchen und ihn um einen Firman für die nächste Saison bitten.«

Aufgrund unserer freudigen Überraschung strahlte Cyrus. Dann bedrängte er Emerson hinsichtlich möglicher Ausgrabungsstätten mit Fragen.

Mein Gesprächsbeitrag war eher sporadisch, da ich über

unseren anstehenden Kriegsrat nachdachte. Wir hatten entschieden, ihn an diesem Abend abzuhalten; Howard wurde am nächsten Tag erwartet, und am Tag darauf war Weihnachten. Meiner Ansicht nach ist es ratsam, unangenehme Angelegenheiten so schnell wie möglich hinter sich zu bringen. Und diese Sache würde zumindest teilweise unangenehm verlaufen. Wir hatten Daoud und Selim gebeten, sich nach dem Abendessen zu uns zu gesellen, und ich überlegte noch, wie ich das Ganze am besten bewerkstelligte, als ich die anderen in den von Fackeln erleuchteten Innenhof führte.

Ein wesentlicher Aspekt war, den Diskussionsverlauf unter Kontrolle zu behalten und keine störenden Gefühlsausbrüche zuzulassen. Ich war mir ziemlich sicher, daß Emerson seine Emotionen nicht im Griff hatte. Er glaubt zwar von sich, daß er rational und unsentimental ist, aber da irrt er sich gewaltig.

Allerdings gab es einen Diskussionsteilnehmer, der sich mit Sicherheit jeder emotionalen Regung enthielt, und diesen nahm ich beiseite, während sich die anderen niederließen. »Ramses, ich halte es für das Beste, wenn wir unseren Freunden schildern, wie wir von den Fälschungen erfuhren und was wir in dieser Sache unternommen haben. Gib es wie eine Geschichte wieder oder vielleicht wie eine Aussage gegenüber der Polizei – «

»Du willst, daß *ich* das übernehme?« Fragend schossen Ramses' ausdrucksstarke schwarze Brauen hoch.

Ich wertete das als Ausdruck seiner Verblüffung und nicht als Ablehnung. »Ja, warum auch nicht? Du hast deine jugendliche Tendenz zur Langatmigkeit so gut wie überwunden. Fasse dich kurz und nenne die Fakten. Schildere alle wissenswerten Einzelheiten, spar dir überflüssige Erklärungen. Vermeide jede persönliche Stellungnahme. Versichere unseren Freunden, daß wir keinen Augenblick lang an Davids Unschuld gezweifelt haben, aber verkneif dir jede Gefühlsduselei und die Erwähnung unseres Mitgefühls und –« Mitten im Satz brach ich ab und musterte ihn genauer. Es war recht dunkel in dieser Ecke des Innenhofs. Ich stellte mich auf Zehenspitzen, um sein Gesicht besser betrachten zu können. »Beißt du etwa die Zähne zusammen, Ramses?«

»Nein, Mutter.«

»Du hast die Lippen so zusammengepreßt, als seist du wütend.«

»Ich bin nicht wütend, Mutter. Um ehrlich zu sein, ist das Gegenteil eher der Fall. Aber«, murmelte er nach einem Blick über meinen Kopf, »da kommen Daoud und Selim. Sag mir, wann ich anfangen soll.«

»Ich werde dir ein Zeichen geben«, versprach ich.

Daoud, der Dandy der Familie, trug zur Feier des Tages einen Seidenkaftan und einen riesigen Turban. Selim wirkte sehr attraktiv in seiner zwar weniger extravaganten, aber trotzdem eleganten Garderobe. Fatima servierte Kaffee, und Emerson bot Brandy an. Ich gehörte zu denen, die letzterem Getränk den Vorzug gaben, woraufhin Cyrus mich fragend anblickte.

»Also, was gibt's, Leute«, bemerkte er mit seinem liebenswerten amerikanischen Akzent. »Schätze, irgendwas liegt an. Wir sitzen hier zusammen wie auf einer Vorstandssitzung, und Amelia trinkt Brandy statt Whiskey-Soda, Emerson hat seinen Pfeifenhals bald durchgekaut, und Miss Nefret ist so nervös wie ein Vogel, dem eine Katze auflauert. Wissen Selim und Daoud, worum es geht, oder tappen die beiden ebenso im dunkeln wie wir?«

»Nicht mehr lange«, erwiderte ich. »Sie haben recht, Cyrus. Wir müssen euch etwas erklären – euch allen. Ich bitte darum, daß ihr – und auch Selim und Daoud – jedes aufwallende Gefühl der Überraschung, Empörung oder Verärgerung zurückhaltet, bis ihr die ganze Geschichte erfahren habt, denn es wäre unnötige Zeitverschwendung, darauf einzugehen – «

Ramses räusperte sich.

»Ja«, forderte ich ihn auf. »Fang an, Ramses.«

Seine Schilderung war recht kompetent. Sie begann bei dem Besuch von Mr. Renfrew mit dem Skarabäus und seinen Anschuldigungen gegenüber David. Selim schnappte unüberhörbar nach Luft. Daoud runzelte die Stirn, und Nefret setzte sich auf einen Hocker neben seinen Stuhl und nahm seine Hand.

Keiner sprach, bis Ramses seine Schilderung mit einer Zusammenfassung der negativen Ergebnisse unserer Besuche bei den Kairoer Antiquitätenhändlern beendete. »Trotzdem werden wir den Mann finden«, sagte er und erwiderte Selims finsteren Blick.

»Ganz recht«, warf ich mit schneidender Stimme ein.

Cyrus umschlang seine Knie mit seinen riesigen Händen. »Donnerwetter, ist das eine Geschichte! Ich hatte schon überlegt, wie ich das Thema aufs Tapet bringen könnte.«

»Hölle und Verdammnis«, meinte Emerson ungewöhnlich sanft. »Sie haben eine der Fälschungen gekauft, Vandergelt? Warum haben Sie das nicht erwähnt?«

»Ich wußte nicht, daß es eine Imitation ist«, protestierte Cyrus. »Verflucht, Emerson, ich kann es nach wie vor nicht glauben. Was mich verwirrte, war die Herkunft – die vermeintliche Herkunft, sollte ich vielleicht besser sagen. Es kam mir wirklich seltsam vor, daß David Abdullahs Sammlung an Händler veräußern sollte, statt sie Freunden – äh-hm – wie mir direkt anzubieten. Er hätte einen wesentlichen besseren Preis erzielt und mir darüber hinaus einen Gefallen getan.«

»Und das erregte keinerlei Verdacht bei Ihnen?« wollte Emerson wissen. »Also wirklich, Vandergelt, ein alter Hase wie Sie sollte es doch besser wissen.«

»Das mag sein.« Cyrus griff zu einem seiner langen Zigarillos und zündete es umständlich an. Nachdem Emerson vergeblich auf seine weiteren Ausführungen gewartet hatte, grinste er schließlich sarkastisch.

»Ihr seht, wogegen wir vorgehen müssen«, bemerkte er, an uns alle gerichtet. »Vandergelt kennt uns gut; er kannte und respektierte Abdullah. Trotzdem war selbst er bereit, an diese zweifelhafte Sammlung zu glauben.«

»Ich würde Abdullah deshalb nicht weniger schätzen, wenn er so etwas getan hätte«, verteidigte sich Cyrus. »Verflucht, Emerson, ich bewundere Ihre Prinzipien, aber sie sind völlig unrealistisch. Und ich könnte Davids Entschluß verstehen, die Kunstgegenstände ohne Ihr Wissen zu veräußern. Jeder hat schließlich ein schwarzes Schaf in seiner Familie.«

Selim meldete sich erstmalig zu Wort, und seine beherrschte Stimme klang schneidend. »Mein ehrenwerter Vater besaß keine Sammlung von Artefakten.«

»Bist du sicher?« fragte Cyrus. Der junge Mann funkelte ihn an, und Cyrus hob beschwichtigend die Hand. »Ich zweifle nicht an deinem Wort, Selim, ich möchte die Dinge lediglich klarstellen.«

»Abdullah war ein Ehrenmann und mein Freund«, wandte Emerson ein. »Ich hätte ihm niemals zum Vorwurf gemacht, was die meisten Männer, Ägypter wie Engländer, ohnehin praktizieren. Aber ich glaube nicht, daß er es hinter meinem Rücken getan hätte.«

»Niemals«, bekräftigte Selim. »Trotzdem ergibt diese Geschichte keinen Sinn, Vater der Flüche. Du behauptest, daß es sich um Fälschungen handelt. Wenn das so ist – und in diesen Dingen irrst du dich bekanntlich nie –, dann steht Davids Ruf und nicht der meines Vaters auf dem Spiel. Artefakte zu sammeln ist kein Verbrechen, der Verkauf von Fälschungen jedoch ungesetzlich. Käme David ins Gefängnis, wenn sich seine Schuld herausstellte?«

Daoud entfuhr ein lauter Entsetzensschrei. Die Zusammenhänge, die Selim aufgrund seiner raschen Aufnahmefähigkeit sogleich einleuchteten, hatten unseren begriffsstutzigen Freund verwirrt, allerdings verstand er diesen letzten Satz.

Nefret drückte seine Hand. »Er ist unschuldig, Daoud, und wir werden es beweisen. Und deshalb benötigen wir eure Hilfe. Die Fälschungen sind hervorragend, besser noch als die von Davids früherem Lehrherrn, Abd el Hamed. Ist euch jemand wie er bekannt?«

Daoud schüttelte den Kopf. Begriffsstutzigkeit ist nicht gleichzusetzen mit Dummheit; Daouds Verstand war völlig intakt, er arbeitete nur etwas langsamer. »Ich könnte niemanden nennen. Du, Selim?«

»In Gurneh jedenfalls nicht.« Selim klang glaubwürdig, was nicht weiter verwunderlich war. Genau wie sein Vater kannte auch er sämtliche Antiquitätenhändler seines Heimatortes. »Aber Ägypten ist groß. Assuan, Beni Hassan – jedes Dorf könnte ein solches Genie hervorbringen. Besser als Abd el Hamed, sagtest du? Kaum zu glauben.«

»Du kannst dich selbst vergewissern«, meinte Ramses. »Wie ich schon sagte, haben wir einige erwerben können. Ich hole sie, ja, Vater?«

Emerson nickte. »Ich nehme nicht an, daß Sie Ihre Neuerwerbung mitgebracht haben, Vandergelt? Worum handelte es sich?«

»Ich habe sie mitgebracht. Mir blieb nichts anderes übrig; der Kauf fand in Berlin statt, und ich hatte Bedenken bezüglich des Postversands.«

Er und Ramses schlenderten davon. Die Stimmung hatte sich verändert; als habe sich ein Gefühl der Erleichterung breitgemacht, wie es nach einer heftigen familiären Auseinandersetzung häufig der Fall ist (ein Zustand, den ich zur Genüge kenne). Wie gefaßt doch alle die Neuigkeit aufgenommen hatten! Neuer Optimismus keimte in mir auf. Mit diesen entschlossenen Verbündeten und unseren lieben, hilfsbereiten Freunden war der Fall schon so gut wie gelöst!

Nefret, die sich ihrer Fähigkeit rühmte, den besten türkischen Mokka zu kochen, brühte eine weitere Kanne auf; Selim lehnte sich zurück und zündete eine Zigarette an; Daoud blickte mich fragend an.

Schon bald darauf kehrte Ramses mit der Kiste zurück, in der er die Artefakte aufbewahrte. Emerson zog einen der kleinen Tische und eine der Lichtquellen näher heran. Er wickelte die Gegenstände aus und reichte sie Selim, der jedes Stück sorgfältig untersuchte, bevor er es an Daoud weitergab.

»Du hast recht, Vater der Flüche«, gestand Selim. »Sie zählen zu den besten Fälschungen, die ich jemals gesehen habe. Sind die Inschriften fehlerlos?«

»Ja«, antwortete Ramses. »Aber –« Er brach ab, da Cyrus zurückkehrte.

»Es dauerte eine Zeitlang, bis ich es gefunden hatte«, erklärte er. »Kann ich die anderen sehen?«

Cyrus inspizierte sie ebenso sorgfältig wie Selim. »Schon gut, ich gebe auf«, seufzte er schließlich. »Was ist denn daran nicht in Ordnung?«

»Nichts«, erwiderte Ramses. Er reihte sie auf dem Tisch auf: zwei Skarabäen und die kleine Statue eines Mannes mit einem sonderbar enganliegenden Gewand und einer merkwürdigen kleinen Kopfbedeckung. »Wir haben die Ladenhüter erstanden«, bemerkte er. »Die besten Stücke waren weg, sobald sie auf dem Markt auftauchten, was schätzungsweise im späten Frühjahr des letzten Jahres gewesen sein muß. Die Skarabäen sind – genau wie der uns gestohlene – Fayencearbeiten. Mit anderen Worten, aus einem Material modelliert, das sich leicht bearbeiten läßt. Es bedarf keiner außergewöhnlichen künstlerischen Begabung, die Gußform eines bekannten Stücks zu nehmen und bestimmte Details zu verändern, um den historischen Wert zu erhöhen.«

»Was willst du damit zum Ausdruck bringen, Ramses?« bohrte ich.

»Lediglich, daß diese Art von Kunstgegenständen von einer Person hergestellt werden könnte, die sich zwar in der Geschichte und den Hieroglyphen auskennt, die aber nicht zwangsläufig über ein außergewöhnliches künstlerisches Talent verfügen muß. Genau wie die Figurine. Sie ist aus Alabaster geschnitzt, einem relativ weichen Stein, und die Schlichtheit von Gewand und Kopfbedeckung machen Ptah vermutlich zu der Gottheit, die man am einfachsten nachbilden kann. Das Gesicht und die Hände sind relativ verkratzt und abgenutzt, wie ihr seht, und sein Szepter ist zerbrochen.«

»Hmmm«, seufzte ich. »Cyrus, fühlen Sie sich nicht gut? Was ist denn?«

»Ich bewundere Ihre Argumentation, junger Mann, und möchte ihr nur ungern widersprechen«, bemerkte Cyrus. »Aber vielleicht sehen Sie sich das einmal an.«

Vorsichtig entfernte er die Baumwollumhüllung von seinem Artefakt. Auf den ersten Blick wirkte es keineswegs besonders beeindruckend – es handelte sich um eine kleine, hingekauerte Gestalt aus einem bräunlichen Material. Bevor ich sie näher betrachten konnte, riß Emerson sie Cyrus unwirsch aus der Hand.

»Hölle und Verdammnis«, knurrte er und reichte sie Ramses und nicht mir, was ich zugegebenermaßen erwartet hatte.

»Laß mich mal sehen!« Nefret, die weniger Feingefühl besitzt als ich, stellte sich hinter Ramses und sah ihm über die Schulter. »Das begreife ich nicht«, sagte sie verblüfft. »Was ist daran so bemerkenswert?«

»Möchtest du sie sehen, Mutter?« fragte Ramses. Überaus

sanft schob er ihre kleine Hand von seiner Schulter und beugte sich zu mir vor.

»Der Händler behauptete, es stamme aus Abdullahs Sammlung?« wollte Emerson wissen.

»Korrekt.« Cyrus grinste.

»Das ist Elfenbein«, erklärte Ramses. »Die Gestalt symbolisiert einen König mit Krone und enganliegendem Mantel, wie sie zu bestimmten Zeremonien getragen wurden.«

»Wie alt ist das Stück?« fragte ich fasziniert. »Oder besser gesagt, wie alt sollte man es vermuten?«

»Das läßt sich zweifelsfrei feststellen«, erwiderte Ramses. »Auf der Unterseite befindet sich eine Hieroglypheninschrift. Keine Kartusche – die waren in jener Epoche nicht gebräuchlich –, nur ein königlicher Titel und ein Name. Der Horus Neterychet.«

»Djoser«, entfuhr es Cyrus. »Dritte Dynastie, Erbauer der Stufenpyramide. Es existiert lediglich eine weitere Statue von ihm. Nun, Emerson, mein Freund?«

Emerson griff zur Pfeife. »Vandergelt, ich muß mich bei Ihnen entschuldigen. Das hätte mich ebenfalls in Versuchung geführt. Das detailgetreue Gewand und die Technik, selbst die Hieroglyphen passen exakt in diese Epoche. Wie er das Elfenbein nachdunkeln konnte, ist mir ein Rätsel; hat es vielleicht durch ein Kamel geschleust. Wieviel haben Sie dafür gezahlt?«

»Weniger, als es wert wäre, wenn es echt ist, und viel zuviel, wenn das Gegenteil der Fall ist.« Cyrus' Grinsen verschwand. »Ich möchte niemanden als Betrüger bezeichnen, aber gestattet mir eine Frage. Hat irgend jemand mit David über diese Sache gesprochen?«

»Nein.« Ramses nahm das Los auf sich, ihm zu antworten. »Vielleicht hätten wir das tun sollen, aber so kurz vor der Hochzeit...«

»Das könnte ein Fehler gewesen sein, auch wenn es gut gemeint war«, murmelte Katherine.

Ich beschloß, mich einzuschalten, da wir uns vom Kern der Sache entfernten. »Sie haben immer noch Zweifel, Cyrus. Betrachten Sie es einmal unter folgendem Aspekt. Der Mann, der diese Artefakte verkaufte, war nicht David, und das bedeutet, daß er David als Sündenbock benutzt, und das bedeutet auch, daß er ein Fälscher und ein Verbrecher ist. Die Logik liegt klar auf der Hand.«

»Aha«, entfuhr es Cyrus.

»Und das«, dozierte Emerson, »beweist, daß Ihr Elfenbeinkönig eine Fälschung ist. Der Verdauungstrakt eines Kamels – «

»Ja, gewiß«, meinte Cyrus. »Wie dem auch sei, meine Freunde, ich glaube, ich werde sehr gut auf dieses kleine Artefakt achtgeben müssen, bis ihr euer verspätetes Plauderstündchen mit David hinter euch gebracht habt.«

7

Ihnen fehlt jegliche Fähigkeit zur Selbstverwaltung, doch unter der Führung von weißen Offizieren sind sie hervorragende Soldaten.

Aus Manuskript H

Die Mitteilung erreichte uns einen Tag vor dem Weihnachtsfest. Es handelte sich lediglich um den Hinweis eines Antiquitätenhändlers aus Kairo, und Ramses hätte sich nichts dabei gedacht, wenn er an seine Mutter gerichtet gewesen wäre. Allerdings hatte der Bote ausdrücklich darauf bestanden, sie ihm persönlich auszuhändigen, und hinzugefügt, daß er auf eine Antwort warten solle.

Ramses kritzelte ein paar Worte auf die Rückseite der Notiz und machte sich auf die Suche nach Nefret.

Wie es ihr und seiner Mutter gelungen war, Emerson zu überzeugen, zu zwingen oder auch zu bestechen, daß er die Exkavation für einige Tage ruhen ließ, war ihm schleierhaft; er vermutete, daß Nefret das mitleiderregende Bild eines verletzten Ramses mit schmerzvoll zusammengepreßten Lippen gezeichnet hatte, der zwei gebrochene Beine und mehrere angeknackste Rippen zu verbergen versuchte. Im Grunde genommen wollten sie lediglich Zeit gewinnen, um die Vorbereitungen für ein sentimentales, englisches Weihnachtsfest zu treffen. Sämtliche Schränke und Kommoden waren mit geheimnisvollen Päckchen gefüllt, der Duft von Gewürzen hing in der Luft, und die beiden Frauen schmückten das gesamte Haus mit Laternen, Girlanden, Palmwedeln und anderem geschmacklosem Firlefanz. Er fand Nefret im Innenhof, wo sie unvorsichtig am Ende einer langen Leiter balancierte und einige grüne Zweige unter einem der Torbögen zu befestigen versuchte.

»Wo zum Teufel hast du die denn erstanden?« fragte er verblüfft, da es in Ägypten keine Mistelzweige gab.

Als sie hinabstieg, hielt er die Leiter fest. »In Deutschland. Die Beeren fielen zwar schon ab, aber ich habe sie mit Stecknadeln befestigt. Wir sollten sie feierlich einweihen, findest du nicht?« Sie stellte sich auf Zehenspitzen, zog seinen Kopf zu sich hinunter und küßte ihn auf den Mund.

Normalerweise gelang es ihm, diese spontanen, für ihn qualvollen schwesterlichen Küsse abzuwehren. Diesmal war sie so schnell, daß er ihr weder ausweichen noch den Kopf drehen konnte. Da er wußte, daß sie ihr nichts bedeuteten, versuchte er sein Bestes und ließ sich keine Reaktion anmerken, doch als sie zurücktrat, sah sie ihn verwirrt und mit leicht geröteten Wangen an.

»Unter ästhetischen und botanischen Gesichtspunkten betrachtet, sind sie irgendwie mickrig«, meinte er, während er zu den verdorrten Blättern und den verfaulten Beeren hochblickte. »Aber vermutlich zählt allein die Geste. Wenn du deine Tätigkeit als junge Hausfrau beendet hast, dann komm hierher zu mir, wo uns Mutter nicht belauschen kann. Ich muß dir etwas berichten.«

Umgehend kam sie zu dem gleichen Schluß wie er. Vor Aufregung waren ihre Wangen hochrot, und ihre Augen funkelten. »Ich nehme doch an, daß du Aslimi nicht gebeten hast, ein seltenes und hübsches und außergewöhnlich kostspieliges Artefakt als Weihnachtsgeschenk für mich oder Tante Amelia aufzuspüren?«

»Das hätte ich vielleicht machen sollen, oder?« Eine vertrocknete Beere fiel auf seinen Kopf und rollte zu Boden.

»Sei nicht albern. Es handelt sich doch um ein geheimes Treffen! Wann?«

»Ich teilte ihm mit, daß ich sofort käme.«

»Aber nicht allein.«

»Es besteht nicht das geringste Risiko.«

»Dann besteht auch kein Grund, warum ich dich nicht begleiten sollte. Komm mit zum Professor.« Sie nahm seine Hand und zog ihn zur Treppe.

Emerson saß in seinem Arbeitszimmer und beschäftigte sich mit seinen Aufzeichnungen. Als Nefret, ohne anzuklopfen, hereinplatzte, blickte er stirnrunzelnd auf. Während sie ihm berichtete, zogen sich seine dunklen Brauen bedrohlich zusammen.

Zu diesem Zeitpunkt war Ramses klar, daß er nicht ohne Nefret würde aufbrechen können. Jetzt stellte sich das zusätzliche Problem, wie er seinen Vater davon abhalten sollte, sie zu begleiten. Falls seine Vermutung zutraf, würde sich Nefrets Begleitung als hervorragende Tarnung erweisen, die ihren Gesprächspartner keineswegs abschreckte, doch bei Emerson lag die Sache völlig anders. Er würde sich im Souk wie ein Wolf in einer Herde Schafe gebärden, und Wardani hatte keinerlei Anlaß, ihm zu vertrauen.

»Wieso glaubst du, daß die Mitteilung von Wardani stammt?« wollte Emerson wissen. »Aslimi gehört zu den Händlern, die wir bereits auf den Fälscher angesprochen haben.«

»Warum würde Aslimi so umständlich sein? Wardani versprach, mir Nachricht zu geben, sofern er etwas herausfände; er muß indirekt agieren, und etwas Derartiges erregt vermutlich keinen Verdacht: ein unverfänglicher Besuch im Souk, und das mitten am Tag.«

»Und wenn ich Ramses begleite, wirkt es vermutlich noch unverdächtiger«, beeilte sich Nefret hinzuzufügen.

Emerson gab nach, bestand jedoch darauf, daß sie zwei der Männer mitnahmen. Ramses leistete keinen Widerstand; die Ägypter waren beileibe nicht so auffällig wie sein Vater, und er konnte ihnen befehlen, daß sie sich im Hintergrund hielten.

»Versucht zurück zu sein, bevor eure Mutter euer Verschwinden feststellt.« Emerson seufzte auf. »Falls sie mich nach eurem Verbleib fragen sollte, werde ich die Wahrheit sagen – vermutlich habe ich bereits erwähnt, daß die absolute Ehrlichkeit zwischen Mann und Frau die einzig mögliche Basis für eine erfolgreiche Eheführung ist, aber –«

»Wir haben schon verstanden.« Nefret küßte ihn auf die Wange und wirbelte aus dem Zimmer – mit der Begründung, ihren Hut holen zu wollen.

»Paß auf sie auf«, brummte Emerson.

»Ja, Sir.«

Nefret wirkte außerordentlich damenhaft mit blumengeschmücktem Hut, langem Leinenmantel, blütenweißen Handschuhen und spitzenbesetzten Schuhen. Während sie über die von staubigen Bäumen gesäumte Landstraße zum Bahnhof schlenderten, hakte er sich bei ihr ein und zog sie näher an sich heran. Um mit ihr Schritt zu halten, ging er langsamer.

»Danke, mein Junge.«

»Wofür?«

»Daß ich mitkommen darf. Ohne vorherige Auseinandersetzung!«

»Tu mir den Gefallen und benutze dein Messer nur im Ausnahmefall.«

»Mein Messer? Welches Messer?«

Er wandte den Kopf und musterte sie. Nefret grinste. »Ja, Sir. Wie definierst du den ›Ausnahmefall‹?«

Ramses schien über die Frage nachzudenken. »Wenn ich dir im Todeskrampf zu Füßen liege und irgend jemand dich zu erwürgen versucht.«

»Ach so. In Ordnung. Damit werde ich schon fertig.«

Während sie durch die belebten Straßen des Souks schlenderten, blickte er mißtrauisch um sich und hielt sie fest umklammert. Hassan und Sayid hatte er angewiesen, ihnen mit einem gewissen Sicherheitsabstand zu folgen und das Geschäft nicht zu betreten. Aslimi war gerade mit einem Kunden beschäftigt, dem er ein schlecht gefälschtes Amulett zu verkaufen versuchte. Als er die beiden bemerkte, schrak er merklich zusammen und wurde blaß. Mit Ausnahme der Tatsache, daß Aslimi ein mieser kleiner Feigling und ein hinterhältiger Betrüger war, hatte das allerdings nichts weiter zu bedeuten.

Der arme Teufel war so verschreckt, daß Ramses ihre Unterhaltung allein bestritt. »Das von Ihnen aufgespürte Artefakt... So so, in Ihrem Büro? Wir ziehen uns dorthin zurück und warten, bis Sie diesen Herrn bedient haben. Nehmen Sie sich ruhig Zeit. Wir sind nicht in Eile.«

Wardani saß an Aslimis Schreibtisch und hatte seine Füße auf einen Stuhl gelegt. Er erhob sich, verbeugte sich vor Nefret und begrüßte Ramses mit einem kurzen Nicken. »Verriegle bitte die Tür. Guten Tag, Miss Forth. Ich hatte Sie zwar nicht erwartet, freue mich jedoch, Sie endlich kennenzulernen.«

»Du hast an der Tür gelauscht«, bemerkte Ramses, während er den Riegel vorschob.

»Ich habe durch das Schlüsselloch geschaut«, stellte Wardani richtig und bleckte seine weißen Zähne. Er trug europäische Kleidung und eine Nickelbrille; Bart und Haare waren von grauen Fäden durchzogen. Nefret begutachtete er mit einem Interesse, das fast schon dreist zu nennen war. Dann deutete er auf einen der Stühle. »Bitte, setzen Sie sich, Miss Forth. Es war klug von dir, sie mitzubringen, mein Freund; ich hätte selbst auf die Idee kommen müssen. Kein Herr würde die Begleitung einer Dame akzeptieren, sofern er mit Handgreiflichkeiten rechnete.«

Nefret ließ sich geräuschvoll auf den Stuhl plumpsen. »Ich kann genauso handgreiflich werden wie Ramses, Mr. Wardani. Darüber hinaus habe ich darauf bestanden, *ihn* zu begleiten. Sie haben Neuigkeiten für uns?«

»Die besten überhaupt, nämlich gar keine«, erwiderte Wardani. Er kramte ein massives, silbernes Zigarettenetui hervor und hielt es Ramses hin, der sich hinter Nefrets Stuhl aufgebaut hatte. Es einer Frau anzubieten wäre ihm nie in den Sinn gekommen. Belustigt beobachtete Ramses, wie Nefret eine Zigarette aus dem Etui herausfischte. »Danke«, sagte sie.

»Bitte sehr.« Wardani hatte sich bewundernswert rasch wieder gefaßt. »Bitte entschuldigt, daß ich euch keinen Kaffee anbiete. Ich möchte mich nicht lange aufhalten; Aslimi ist vermutlich einer von uns, aber er ist ein solcher Feigling, daß er mich allein aufgrund seiner Hysterie verraten könnte.«

»Trotzdem war es gut, daß du das Risiko eingegangen bist zu kommen«, bemerkte Ramses.

Grinsend wischte sich Wardani einen Tabakkrümel von der Unterlippe. »Sollte ich zulassen, daß du mich an Wagemut übertriffst? Beim letzten Mal bist du das Risiko eingegangen. Und dir war sicherlich bewußt, wie hoch dieses Risiko war. Hör mir jetzt zu. Meine Verbindungen reichen bis in den letzten Winkel dieser Stadt, und ich kenne jedes Gewerbe. Die Antiquitätenfälscher sind mir nichts Neues; ich kenne ihre Namen und ihre Arbeit, genau wie du. Aber keiner von ihnen kann der von euch gesuchte Mann sein. Kein Händler in dieser Stadt oder in Luxor hat mit Kunstgegenständen zu tun gehabt, die eurem Rais gehörten. Die meisten kennen David persönlich; seinen Namen kennt jeder. Niemand hat Artefakte von ihm erworben. Ich würde das nicht behaupten, wenn es nicht der Wahrheit entspräche.«

»Ich glaube dir«, warf Ramses ein.

Wardani war keineswegs so gelassen, wie er es ihnen gegenüber vortäuschte. Ständig blickte er zur Tür. »Also, ich habe dir dein Weihnachtsgeschenk gemacht, ja? Euer Fälscher ist nicht David. Er ist kein Ägypter, sondern einer von euch – ein Sahib.« Bei diesem Begriff verzog er verächtlich die Lippen, was seinem Gesicht einen völlig anderen Ausdruck verlieh; hinter seinem Charme verbarg sich eiskalte Skrupellosigkeit. »Das war's dann, ja? Sofern ich mehr erfahre, werde ich einen Weg finden, dich zu informieren.«

Das war das unmißverständliche Zeichen zum Aufbruch. Nefret erhob sich und reichte ihm die Hand. »Danke. Wenn ich im Gegenzug irgend etwas für Sie tun kann ...«

Er nahm ihre Hand, schob ihren Handschuh zurück und preßte seine Lippen auf ihr Handgelenk. Diese intime Geste war ein weiterer Test; auf dreiste Art und Weise versuchte er herauszufinden, wie weit er gehen konnte, ohne eine wütende Reaktion zu provozieren.

Nicht viel weiter, dachte Ramses im stillen.

Nefrets Reaktion war gekonnt – ein leises Auflachen und ein kurzes Innehalten, bevor sie ihm ihre Hand entzog. Wardani grinste anerkennend.

»Eins noch. Es hat nichts mit eurer Angelegenheit zu tun, ist aber vielleicht trotzdem interessant. Ich biete es dieser reizenden jungen Dame sozusagen als Weihnachtsgeschenk an. Mir ist zu Ohren gekommen, daß einer von euch kräftig in diesen anderen Handel investiert, von dem wir neulich sprachen. Er ist Engländer, allerdings kennt keiner seinen Namen.«

»Verstehe.«

»Mit Sicherheit. Ich nehme den Hinterausgang. Ihr wartet noch zwei Minuten und entriegelt dann die Tür. Und ich denke« – erneut bleckte er für Sekundenbruchteile seine blitzenden weißen Zähne –, »es wäre eine Geste der Höflichkeit, dem armen Aslimi etwas abzukaufen, ja?«

»Wir müssen ohnehin etwas erstehen«, seufzte Nefret, nachdem sich der Vorhang zum Hinterausgang wieder gesenkt hatte, »für den Fall, daß Tante Amelia fragt, warum wir in Kairo gewesen sind.«

»Ich dachte, du wüßtest mittlerweile, daß es vergebliche Liebesmüh ist, vor Mutter irgend etwas geheimzuhalten. Wo wir schon einmal hier sind, kann ich mich allerdings ebensogut umschauen, ob Aslimi irgend etwas Seltenes und Schönes und überaus Teures im Angebot hat.«

Als sie aus seinem Büro traten, verbeugte sich Aslimi feixend vor ihnen. Ramses bemerkte, daß seine Fingernägel abgekaut waren. Die Aussicht auf ein Geschäft schien ihn zu beleben, und als sie mit ihren Einkäufen aufbrachen – von denen keiner Nefrets Geschmack entsprach –, wirkte Aslimi wesentlich entspannter.

»Du glaubst ihm, nicht wahr?« fragte Nefret. »Es war nicht nur reine Höflichkeit?«

»Ich glaube ihm tatsächlich. Was für ein Schwätzer dieser Bursche ist!«

»Trotzdem mag ich ihn.«

»Ich auch. Ich nehme an, du hast seinen so beiläufig ins Gespräch gebrachten letzten Kommentar richtig interpretiert?«

»Er meinte den Drogenhandel, stimmt's?«

»Ja.«

»Dann war das also sein versteckter Hinweis, daß du ihm auch einen Gefallen schuldest. Seinen Lohn, mit anderen Worten.«

»Du hast es kapiert.«

»Ich kapiere immer alles.« Nefret ergriff Ramses' Arm und drückte ihn kurz, um ihm zu verstehen zu geben, daß er zu schnell ging. Er konnte es nicht erwarten, den Souk zu verlassen. Die Menschenmenge machte ihn nervös, insbesondere, wenn Nefret bei ihm war.

»Eine einfache geschäftliche Transaktion«, fuhr sie scherzhaft fort. »Information im Austauch für Information.«

»Es geht um erheblich mehr als um Informationen«, erwiderte Ramses nachdenklich. »Gegen einen Engländer kann er nichts vorbringen; eine Anschuldigung von seiner Seite würde entweder ignoriert oder fallengelassen. Allerdings weiß er, daß ich das für ihn übernehmen würde und daß ich Vaters Unterstützung nur schwerlich ablehnen könnte. Die er mir sicherlich anbieten wird.«

»Der Gedanke, daß ein Engländer in dieses schmutzige Geschäft verwickelt sein könnte, erscheint mir entsetzlich.«

»Mein liebes Mädchen, in diesem Geschäft gibt es keine Moral. Der Opiumhandel machte eine ganze Reihe von britischen Kaufleuten zu reichen Männern. Wir haben deshalb sogar Krieg gegen die Chinesen geführt.«

»Ich weiß. Wäre es nicht schön, wenn Percy sich als der gesuchte Schurke entpuppte?«

»Zu schön, um wahr zu sein, muß ich leider sagen.« Beide brachen in schallendes Gelächter aus; doch irgend etwas in ihrem Tonfall veranlaßte ihn schließlich zu der Frage: »Ist er dir in irgendeiner Form zu nahe getreten?«

»Verkneif dir deine brüderlichen Beschützerinstinkte. In einem solchen Fall wäre ich schon mit ihm fertig geworden.«

War das eine Antwort? Nein, dachte er insgeheim.

Nefret blickte über ihre Schulter und nickte. Ihre beiden Begleiter, die umsichtig hinter ihnen geblieben waren, gesellten sich zu ihnen. Sie waren ein schönes Quartett; Daouds Sohn Hassan hatte die sanften braunen Augen und das anziehende Lächeln seines Vaters geerbt. Er übernahm Nefrets Päckchen und sagte: »Habt ihr ein schönes Geschenk für die Sitt Hakim gefunden?«

»Ich denke, es wird ihr gefallen«, erwiderte Nefret.

Emerson behauptete, er habe dem an diesem Abend im Shepheard's stattfindenden Ball niemals zugestimmt. Das hatte er nicht – jedenfalls nicht ausdrücklich –, schließlich hatte ich ihn einige Tage vor dem Ereignis informiert, und er hatte nicht gesagt, daß er *nicht* teilnehmen würde. Emerson wandte sich an Cyrus, erhielt von dieser Seite jedoch keinen Beistand. Cyrus liebte gesellschaftliche Glanzlichter und freute sich schon darauf, seine Frau zu dem Ball auszuführen.

Das Fest begann erst um Mitternacht, doch wir hatten beschlossen, zuvor im Hotel zu dinieren. Abendgarderobe war obligatorisch. Emerson hatte sich einverstanden erklärt, obwohl ihm das verhaßt war und blieb. Aus diesem Anlaß zwängte er sich murrend und mit der gewohnten Unterstützung von mir in sein steifgestärktes Smokinghemd und alles andere. Dann half er mir bereitwillig, mein Abendkleid und meine Handschuhe zuzuknöpfen. Keiner von uns beiden nimmt einen persönlichen Bediensteten in Anspruch, obwohl ich sagen muß, daß Emerson einen gebrauchen könnte – wenn auch nur zu dem Zweck, daß er von Emerson verlegte oder achtlos unter das Bett getretene Kleidungsstücke wieder zum Vorschein brächte und Hemdknöpfe annähte; letztere reißen aufgrund der schwungvollen Methode meines Gatten, sich besagten Kleidungsstücks zu entledigen, ständig ab. Außerdem könnte er die in seinem Zimmer verstreuten Sachen bügeln und die von der Pfeifenglut entstandenen Brandlöcher stopfen, die häufig auf seiner Garderobe prangenden Blutspuren beseitigen und so weiter und so fort.

Was sagte ich noch gerade, bevor mich verständliche weibliche Verärgerung ablenkte? Nun ja, weder Emerson noch ich warten gern, es sei denn aufeinander. Als Emerson mir zu Füßen kniete, um meine Stiefeletten zu schnüren, als seine Finger zärtlich über meinen Rücken strichen, während er mein Kleid zuknöpfte ... Aber vielleicht sollte ich nichts mehr sagen. Jede sensible Frau wird verstehen können, warum ich Emersons Aufmerksamkeiten niemals für die zwar wesentlich kompetentere, aber weitaus weniger reizvolle Unterstützung einer Zofe eintauschen möchte. Fatima und ihr – überwiegend mit ihr blutsverwandter oder verschwägerter – Bedienstetenstab erledigten ohnehin den Großteil der Reparatur- und Hausarbeiten für die gesamte Familie und hätten sogar noch mehr bewerkstelligt, wenn ich ihnen nicht Einhalt geboten hätte.

Als ich fertig war, ging ich zu Nefret, um ihr meine Hilfe anzubieten, doch sie war bereits komplett angezogen. Fatima zerbrach sich den Kopf über ihre Frisur, und eine von ihren Stieftöchtern, das Kind der zweiten Ehefrau ihres verstorbenen Gatten, beobachtete die beiden interessiert. Elia war ein hübsches, kaum vierzehnjähriges Mädchen, die eine Anstellung als Nefrets Zofe anstrebte, da sie sie unendlich bewunderte. Nefret war genausowenig erpicht darauf wie ich, doch sie wollte das Mädchen nicht entmutigen, das intelligent und ehrgeizig war und auf unseren Wunsch hin die Schule besuchte.

»Ich möchte dich ja nicht drängen, meine Liebe, aber die anderen warten bereits«, erklärte ich, während ich das strahlende Gesicht im Spiegel begutachtete.

»Ich bin fertig.« Nefret sprang von ihrem Toilettentisch auf. »Mit Ausnahme meiner Stola ... Oh, danke, Elia. Sag jetzt nicht, daß Ramses ebenfalls wartet, Tante Amelia, er ist nie pünktlich.«

Allerdings trat er aus seinem Zimmer, als wir Nefrets verließen. Ich zupfte seine Krawatte zurecht und strich ihm einige Katzenhaare vom Ärmel, was er mit dem üblichen Gleichmut über sich ergehen ließ. Dann bestiegen wir in voller prunkvoller Abendgala unsere Kutschen und ließen uns zum Hotel chauffieren.

Mir war bereits zu Ohren gekommen, daß das Shepheard's nicht mehr als das eleganteste Hotel Kairos galt. Die jüngeren Mitglieder der gesellschaftlichen Eliten zogen das Semiramis oder das Savoy vor. Meiner Ansicht nach konnte uns gar nichts Besseres passieren, da wir vermutlich nicht auf diese törichten Zeitgenossen stießen, wenn wir dort waren. Mein Sinn für Humor wird hochgeschätzt, und ich habe nichts gegen angenehme kleine Scherze, aber manche der üblen Späße dieser Beamten und Offiziere der sogenannten Oberschicht hätten sogar einen Schuljungen entsetzt. Die grazilen Statuen der nubischen Jungfrauen vom Fuß des riesigen Treppenhauses zu entfernen und sie in die Betten der Gäste zu legen, gehörte noch zu ihren harmloseren »Eskapaden«. Ihre Scherze gingen stets auf Kosten anderer Leute, insbesondere derjenigen, deren Umgangsformen, Bildung, Nationalität und gesellschaftlicher Status von dem ihren abwichen.

Das Shepheard's hatte sich seit meinem ersten Besuch sehr verändert – in der Tat war es komplett renoviert worden. Trotzdem war es ein Teil von Kairos Geschichte, barg unzählige Erinnerungen an die Berühmten und die Berüchtigten, von denen ich sowohl die einen als auch die anderen vielfach persönlich kannte. Jeder Bereich dieses großartigen Bauwerks war mit anregenden Erinnerungen verknüpft: die Suite im zweiten Stockwerk, wo der geheimnisvolle Mr. Shelmadine von Krämpfen geschüttelt auf dem Teppich in seinem Salon zusammengebrochen war, nachdem er uns von der verborgenen Grabstätte der Königin Tetisheri erzählt hatte; die prachtvolle Eingangshalle mit den pastellfarbenen Lotussäulen, wo mich Emerson aus den Klauen eines maskierten Entführers gerissen hatte; die lauschigen Nischen und die weichen Diwane in der maurischen Halle, in der Nefret eine geschlagene Viertelstunde mit dem attraktiven und undisziplinierten Sir Edward Washington zugebracht hatte – und das ohne Anstandsdame.

Ich übertreibe wirklich nicht, wenn ich behaupte, daß ich jede wichtige Persönlichkeit in Kairo kannte. Viele mochte ich zwar nicht, trotzdem kannte ich sie alle. Für die dort lebenden oder in jedem Winterhalbjahr zurückkehrenden Europäer besaß Kairo das Charisma eines vertrauten Provinzstädtchens. Die verschiedenen gesellschaftlichen Zirkel überlappten sich zwar, kamen sich jedoch nie ins Gehege, und die soziale Rangordnung war so streng wie in einem Kastensystem. Die ägyptischen Armeeoffiziere genossen ein schlechteres Ansehen als die Offiziere der britischen Besatzungsarmee, und beide hatten einen geringeren Stellenwert als die britischen Verwaltungsbeamten. Der Neid, der hinterhältige Klatsch, die Cliquenbildung und der Kampf um Rang und Ansehen erschienen den Außenstehenden die lediglich froh waren, dort sein zu können, absolut lächerlich.

Abseits von allen befanden sich – irgendwo im luftleeren Raum – die Ägypter, um deren Land es sich handelte.

Nach einem hervorragenden Diner und reichlich Champagner schlenderten wir schließlich zum Ballsaal. Ich bin eine leidenschaftliche Tänzerin; nachdem ich mit Cyrus und Emerson getanzt hatte, führte mich Ramses pflichtschuldig auf die Tanzfläche, führte mich ebenso pflichtschuldig zu meinem Platz zurück und suchte das Weite. Kaum war er verschwunden, gesellte sich ein Gentleman zu mir und bat, sich vorstellen zu dürfen.

»Selbstverständlich hätte ich Ihren Gatten gebeten, diese Aufgabe zu übernehmen«, erklärte er, »aber ich kann ihn nirgends entdecken. Mein Name ist Russell, Mrs. Emerson. Thomas Russell.«

Das interessierte mich natürlich immens. Mr. Thomas Russell war der Polizeichef von Alexandria, und mir war zu Ohren gekommen, daß er ein beispielhafter Beamter war. Das brachte ich selbstverständlich zum Ausdruck und fügte hinzu, daß ich aufgrund meiner diversen Begegnungen mit der Kairoer Polizei keine sonderlich hohe Meinung von dieser Berufsgruppe hätte.

»Das kann ich verstehen«, erwiderte Russell höflich. »Ich freue mich schon seit langem auf eine persönliche Begegnung, Mrs. Emerson, da Sie und Ihre Familie eine nicht unerhebliche Reputation auf dem Sektor der Verbrechensbekämpfung besitzen. Ich wurde als Assistenzkommissar nach Kairo versetzt, und ich hoffe, letztlich vielleicht doch Ihre verdiente Anerkennung zu finden, was einigen meiner Kollegen bislang nicht gelungen ist.«

Ich gratulierte ihm zu seiner Beförderung – denn das war es in der Tat, da sich der Sitz des ägyptischen Polizeipräsidiums in Kairo befand –, und da das Orchester soeben erneut aufspielte, bat er mich um den nächsten Tanz.

»Natürlich unter der Prämisse, daß wir uns angemessen vorgestellt worden sind«, meinte ich scherzhaft. »Emerson zu suchen ist ohnehin zwecklos: vermutlich versteckt er sich pfeiferauchend hinter irgendwelchen Grünpflanzen und fachsimpelt mit den Dragomanen.«

Russell lachte. »Ja, ich kenne die Angewohnheiten des Professors. Raucht Ihr Sohn auch irgendwo hinter den Grünpflanzen? Ihn sehe ich ebenfalls nicht.«

»Sie kennen Ramses?«

»Beinahe wäre mir vor einigen Jahren die zweifelhafte Ehre

zuteil geworden, ihn zu verhaften«, erwiderte Russell. Aufgrund meines fassungslosen Blicks wurde er ernst. Rasch fügte er hinzu: »Nur ein kleiner Scherz, Mrs. Emerson.«

»Ach so«, meinte ich verwirrt.

»Gestatten Sie, daß ich es Ihnen erkläre.«

»Ich bitte darum.«

»Verstehen Sie, ich wußte nicht, wer er war«, hub Russell an. »Eines Nachmittags betrat ich ein Café in Alexandria und traf auf eine Gruppe junger Burschen – ich hielt sie alle für Ägypter –, die einem Vortragenden lauschten, der ihnen die Unzulänglichkeiten der britischen Belagerung vor Augen hielt, wie er sie nannte – «

»Ist sie das nicht?« wollte ich wissen.

»Äh... nun ja. Das war kurz nach der Geschichte in Deschascheh, und wir alle waren etwas angespannt; ich dachte, daß sich die Diskussion irgendwie erhitzte, und deshalb riet ich ihnen, ihrer Wege zu gehen. Ihr Sohn weigerte sich – recht höflich und in tadellosem Arabisch, aber auch recht entschieden. Wie die meisten anderen trug er europäische Kleidung, aber er trug sie wie ein Ägypter, verstehen Sie.«

»Verstehe.«

»Ich war an einen Widerspruch von Ägyptern nicht gewohnt und schon gar nicht von solchen Hitzköpfen wie diesen. Er schien ihr Anführer zu sein – er übernahm ohnehin die gesamte Gesprächsführung –, deshalb wies ich mich aus und erklärte ihm, daß er verschwinden solle oder ich ihn ansonsten festnähme. Daraufhin bedachte er mich mit dem entwaffnendsten Lächeln, das mir jemals begegnet ist, und wies sich *ebenfalls* aus, in einem so fehlerfreien Englisch wie zuvor sein Arabisch! Zu diesem Zeitpunkt hatten sich die anderen bis auf einen verdrückt, den Ramses mir als David Todros vorstellte. Dann lud mich der kleine Teufel – Verzeihung, Ma'am – völlig unverblümt dazu ein, etwas mit ihnen zu trinken.«

»Das hört sich ganz nach Ramses an«, gestand ich. »Diesen Vorfall hat er mir gegenüber nie erwähnt, Mr. Russell. Ramses neigt dazu, vieles für sich zu behalten.«

»Verstehe. Ich hatte schon von ihm gehört – jeder hier in Ägypten kennt Ihre Familie, Mrs. Emerson –, und weil mich seine Unverfrorenheit belustigte, nahm ich die Einladung an. Wir führten ein recht langes Gespräch. Ich vermute, er hat sich niemals mit dem Gedanken getragen, eine Tätigkeit bei der Polizei aufzunehmen? Einen Burschen, der aussieht wie ein Ägypter und darüber hinaus fließend Arabisch spricht, könnte ich mit Sicherheit gut gebrauchen.«

Ganz offensichtlich wußte Mr. Russell nichts von Ramses' Eskapaden als Ali die Ratte oder anderer ähnlich widerwärtiger Personen. Insgeheim flehte ich, daß er niemals davon erfahren möge. Ich erwiderte, daß meinem Sohn eine berufliche Laufbahn als Ägyptologe vorschwebte, und als die Musik verklang, reichte mir Mr. Russell seinen Arm, um mich von der Tanzfläche zu führen.

»Wenn Sie erlauben, möchte ich Sie vorsorglich warnen«, sagte er leise und in verändertem Tonfall. »Sie haben sich vielleicht gewundert, warum ich mich an den Freund Ihres Sohnes erinnerte. Sein Name taucht in den Unterlagen der Kairoer Polizei auf, Mrs. Emerson. Falls der junge Todros immer noch ein Freund – «

»Mittlerweile ist er aufgrund seiner Eheschließung mit uns verwandt, Mr. Russell. Im November hat er meine Nichte geheiratet.«

»Was? Geheiratet?«

Ich hielt seinem Blick stand. Nach einer Weile grinste er süffisant. »Dann ist es um so wichtiger, daß Sie meine Warnung beherzigen. Versuchen Sie, den Jungen vor Schwierigkeiten zu bewahren. Kitchener wird keine nationalistische Unterwanderung dulden.«

»Danke für Ihre Warnung.«

»Danke für diesen Tanz, Ma'am. Falls Ramses jemals seine Einstellung zur Ägyptologie ändern sollte, schicken Sie ihn zu mir.«

Aus Manuskript H

Ramses teilte die Abneigung seines Vaters hinsichtlich formeller Bankette und Bälle. Allerdings waren solche Ereignisse für ihn noch schwerer zu ertragen als für Emerson, den mit Ausnahme der Ägyptologie wenig interessierte und der auch keinen Hehl daraus machte; er zog die Gesellschaft seiner ägyptischen Freunde der von Beamten, Offizieren und »der besseren Gesellschaft« vor und gab das auch offen zu. Diese unverfrorene Nonchalance besaß Ramses noch nicht; er bezweifelte auch, daß ihm das jemals gelingen würde, solange seine Mutter in der Nähe war. Gelegentlich ließ er sich im Turf Club sehen oder in den Hotelbars, doch dann wirkte er eher wie ein Forscher, der die bizarren Sitten und Gebräuche irgendwelcher unterentwickelten Stämme beobachtete. Nie hielt er es dort lange aus. Diese arroganten Außenseiter, die fest von ihrer privilegierten Stellung gegenüber anderen Nationen und Völkern überzeugt waren, trieben ihm die Schamesröte ins Gesicht.

Der Ballsaal füllte sich rasch. Ramses war ständig in Bewegung; er verfügte über einen reichen Erfahrungsschatz, wenn es darum ging, den entschlossenen Matronen zu entwischen, die Jagd auf ledige Männer machten, weil sie irgendein soeben eingetroffenes weibliches Wesen im Schlepptau hatten. Vielen dieser jungen Frauen war es nicht gelungen, in ihrem Heimatland einen Ehemann zu finden, und deshalb waren sie auf dem Weg nach Indien, wo die Männer vermutlich weniger Auswahl hatten; da sie ausschließlich das Ziel der Eheschließung verfolgten und kaum Ansprüche stellten, versuchten es die späten Mädchen zunächst einmal in Kairo.

Er tanzte mit seiner Mutter und mit Mrs. Vandergelt, bemerkte, daß Nefret ziemlich gelangweilt mit dem Finanzminister plauderte, und flüchtete zur Bar. Maude und ihr »Zirkel« waren noch nicht eingetroffen, dennoch wurde er das entsetzliche Gefühl nicht los, daß sie noch kommen würden. Nefret hatte erwähnt, daß die Familie den Ball besuchen wollte, woraufhin Maude fragend in seine Richtung geblickt hatte. Oder entwickelte er sich bereits zu einem dieser blasierten Idioten, die meinten, daß jede Frau ihnen nachstellte? In diesem Fall sicherlich nicht, befürchtete er. Sie war eine Nervensäge, und er wußte nicht, was er dagegen unternehmen sollte. Er konnte einem völlig naiven Mädchen doch nicht auf den Kopf zusagen, daß sie ihn entsetzlich langweilte, und von ihr verlangen, daß sie ihn in Ruhe ließ. Frauen hatten es da wesentlich einfacher. Falls ihnen ein Mann zu nahe trat, erwartete man sogar, daß sie unhöflich reagierten.

Das heißt, sofern es sich um Damen handelte. Wenn nicht, galten sie als leichte Beute und mußten Schlimmeres als Langeweile ertragen. Nein, Frauen hatten es nicht unbedingt immer einfacher.

Nachdenklich in sein Whiskeyglas starrend, vernahm er das Rascheln langer Röcke, und als er aufblickte, stand Nefret vor ihm.

»Ich dachte mir schon, daß du hier bist«, meinte sie. »Rutsch ein Stück zur Seite.«

Bevor er aufstehen konnte, hatte sie sich neben ihn auf die gepolsterte Sitzbank geschwungen. Er glitt hinunter und gab dem Kellner ein Zeichen. Dieses unselige Individuum blickte entsetzt zum Bartresen, wo Friedrich, der Oberkellner, mit majestätischer Würde regierte. Schulterzuckend verdrehte Friedrich die Augen. Außer an Silvester hatten Frauen keinen Zutritt zur Bar, doch Nefret machte ohnehin, was ihr gefiel, und nur wenige Leute fanden den Mut, sie davon abzuhalten. Mit Sicherheit nicht Friedrich. Oder Ramses.

»Worüber hast du nachgedacht?« fragte sie, während sie ihre Handschuhe abstreifte.

»Über Frauen.«

»Frauen im besonderen oder im allgemeinen?«

»Was möchtest du trinken?«

»Champagner.«

»Du hattest bereits einige Gläser zum Abendessen.«

»Und jetzt werde ich noch mehr davon trinken.«

»In Ordnung, ein Glas. Du weißt, daß du dich eigentlich nicht hier aufhalten darfst; irgendein neunmalkluger Sahib wird sich sicherlich beschweren, und dann bekommt Friedrich Schwierigkeiten.« Er schickte den Kellner fort und musterte sie intensiv. Die dämmrige Nische wurde nur von einer auf dem Tisch stehenden Kerze erhellt, trotzdem konnte er Nefrets Empfindungen aufgrund ihrer geschürzten Lippen und ihres nervösen Klopfens auf die Tischplatte erraten. »Was ist los, Nefret?«

»Es ist nichts. Wieso meinst du ... Oh, verflucht!«

Der im Türrahmen stehende Offizier trug Galauniform – weinrotes, goldbetresstes Tuch, einen Degen und Epauletten. Er schien nach jemandem Ausschau zu halten.

Ramses schob den Tisch vor und sprang auf. »Was hast du vor?« zischte Nefret.

»Was hat Percy angestellt, daß du ihm so beharrlich aus dem Weg gehst? Es paßt gar nicht zu dir, dich vor jemandem zu verstecken.«

»Ich verstecke mich vor niemandem!« Nefret sprang ebenfalls auf. Sie hatte seine Frage nicht beantwortet, und während sie zum Eingang der Bar schlenderten, meinte er zu spüren, daß sie seinen Arm fester umklammerte als sonst.

Percy begrüßte sie überschwenglich. »Ich habe den Professor und Tante Amelia im Ballsaal gesehen, deshalb dachte ich mir, daß ihr hier irgendwo sein müßtet. Miss Reynolds sucht dich, Ramses, alter Junge. Darf ich dich um diesen Tanz bitten, Nefret?«

»Den nächsten habe ich dem Professor versprochen.« Sie zupfte an Ramses' Ärmel. »Sicherlich sucht er mich schon.«

Percy folgte ihnen in den Ballsaal. Emerson war nirgends zu sehen; vermutlich hatte er das Hotel verlassen, um unter den Händlern und Bettlern auf der Straße amüsantere Gesellschaft zu finden. Ramses fiel auf, daß seine Mutter mit dem Polizeibeamten Thomas Russell aus Alexandria tanzte, und er fragte sich, ob sie wieder ihre altbekannte Marotte auslebte und Russell einen Vortrag über die unbegreifliche Engstirnigkeit der Polizei hielt, weil diese keine Frauen einstellte.

Dann fiel sein Blick auf Maude, die gerade mit Geoffrey tanzte. Sie schienen sich nicht sonderlich zu amüsieren; Maudes Blicke wanderten ziellos durch den Saal, und Geoff wirkte gelangweilt. Er hatten die beiden jungen Reynolds nur selten auf ihren gesellschaftlichen Streifzügen begleitet, und Ramses fragte sich, warum Geoff an diesem Abend bei ihnen war. Allerdings lag die Antwort klar auf der Hand. Als Geoff Nefret entdeckte, hellte sich sein Gesicht auf, und sobald die Musik verklang, führte er seine Partnerin zurück zu ihrer Gruppe.

»Mir war nicht bewußt, daß ihr euch bereits kennt«, sagte Ramses, während er beobachtete, wie Percy die Hacken zusammenschlug und Maudes Hand küßte. Geoff sah aus, als wollte er Nefrets Hand ebenfalls küssen, wagte es jedoch nicht.

»Aber ja«, erwiderte Maude. »Man stelle sich meine Überraschung vor, als Leutnant Peabody sich vorstellte und erklärte, daß er dein Cousin sei. Ihr seht euch nur selten, nicht wahr?«

»Percy hat seine dienstlichen Verpflichtungen«, entgegnete Ramses. »Und wir unsere Arbeit. Er interessiert sich nicht für die Ägyptologie.«

»Aber, alter Junge, du weißt doch, daß das nicht stimmt. Ich kam zu dem Schluß, daß ich meinem Land als Offizier nützlicher sein kann. Trotzdem waren es persönliche Gründe, warum ich von meinem Studium der Ägyptologie Abstand nahm.« Percy seufzte. »Meine geschätzte Tante und mein Onkel mögen mich nicht sonderlich.«

»Tatsächlich?« entfuhr es Maude. »Dann tut es mir leid, daß ich mich so ungeschickt ausgedrückt habe. Es liegt mir wirklich fern, ein unangenehmes Thema anzusprechen.«

»Für mich ist es unangenehm«, meinte Percy sanft. »Aber das konnten Sie nicht wissen, Miss Reynolds. Ich befürchte, Tante Amelia hat mir gewisse Dummejungenstreiche nicht verziehen. Mütter sind nun einmal so. Gott schütze diese liebevollen, nachtragenden Seelen!«

Nefret entschlüpfte eine unhöfliche Bemerkung.

»Das ist schon lange her«, wandte Ramses ein.

»Wie schön, daß wenigstens *du* mir verziehen hast, alter Junge.« Percy klopfte ihm auf die Schulter. »Aber sie spielen gerade einen Walzer, und ich kann Onkel Radcliffe nirgends entdecken. Nefret?«

»Dieser Tanz gehört mir«, bemerkte Ramses. »Bitte entschuldigt uns.«

Schweigend drehten sie sich zu den beschwingten Klängen der *Lustigen Witwe* auf der Tanzfläche. Nefret sprach als erste.

»Onkel Radcliffe! Er würde es nie wagen, ihn in seinem Beisein so zu nennen.«

»Bist du sicher, daß du mir nichts erzählen willst?«

»Ich weiß nicht, worauf du hinauswillst.«

»Er war so verdächtig höflich zu mir. Und er hat sich ganz offensichtlich ein Bein ausgerissen, um Maudes Bekanntschaft zu machen.«

»Sie gehören doch zur gleichen ›Clique‹. Oberflächliche, eitle Lackaffen.« Sie lehnte ihren Kopf an seine Schulter. »Ich bin müde. Würdest du mich nach Hause bringen?«

»Selbstverständlich.«

Als sie zu seiner Mutter schlenderten, um diese über ihren Aufbruch zu informieren, stellten sie fest, daß Emerson bereits den gleichen Entschluß gefaßt hatte: »Und wenn du nicht freiwillig mitkommst, Peabody, schleife ich dich gewaltsam zur Kutsche. Carter trifft morgen früh zu unchristlicher Zeit bei uns ein, und wir haben zwei Dutzend Gäste zum Abendessen. Und was war da noch ... Oh. Du bist einverstanden? Oh. Warum zum Teufel hast du dann nichts gesagt?«

Selbst der unermüdliche Cyrus Vandergelt gähnte, so daß sie alle zusammen aufbrachen. Während sie auf die Bediensteten mit ihren Umhängen und Hüten warteten, gesellten sich Maude und ihr Bruder zu ihnen.

»He, ihr wollt doch nicht etwa schon gehen?« brüllte Jack. »Der Abend hat gerade erst angefangen, und du hast mir noch keinen Tanz gewährt, Nefret.«

Nefret entschuldigte sich mit irgendwelchen Ausreden. Maude stand lediglich schweigend da und wirkte betrübt. Percy war weit und breit nicht in Sicht.

Am Weihnachtsmorgen traf Howard pünktlich zum Frühstück ein, und anschließend setzten wir uns alle um den spindeldürren Baum im Salon und öffneten unsere Geschenke.

Genau wie Lia und David hatte auch Evelyn ein Päckchen geschickt, so daß wir eine Zeitlang beschäftigt waren. Ich hatte nicht damit gerechnet, daß Ramses von meinem Weihnachtsgeschenk begeistert sein würde – einem Dutzend schöner Oberhemden, deren Knöpfe ich selbst nachgenäht hatte –, doch neben dem Präsent, das Howard ihm mitgebracht hatte, wäre alles andere ohnehin verblaßt.

Der Inhalt der Holzkiste hätte vermutlich kaum jemanden zu Begeisterungsstürmen hingerissen – zwei verwitterte, zerbrochene Holzplatten mit einer dünnen Glasur, in die ein religiöser Text eingeritzt war –, doch Ramses errötete vor Aufregung, nachdem er die Holzwolle und das Einwickelpapier entfernt hatte.

»Sind das die Tafeln, die Lord Carnarvon vor einigen Jahren entdeckte? Möchte er, daß ich sie ... Gestattet er mir ...«

»Er möchte, daß du sie übersetzt und den Text veröffentlichst, sofern du daran interessiert bist.« Howard brach in schallendes Gelächter aus. »Ich schätze, die Antwort lautet ja. Schon gut, ich komme mir vor wie der Weihnachtsmann! Ich wünschte, ich könnte alle meine Freunde so leicht zufriedenstellen.«

»Vermutlich bezeichnet er sie bereits als die Carnarvon-Tafeln«, brummte Emerson. »Eine solche Eitelkeit!«

»Irgendeine Bezeichnung müssen sie schließlich haben«, erwiderte Howard einlenkend. »Es ist lediglich eine Sache der Höflichkeit, einen Fund nach der Person zu benennen, die die Entdeckung mit ihrem Vermögen finanziert hat – was darüber hinaus zu weiteren Fördergeldern führen kann!«

Seine Einstellung war vernünftig. Dennoch weiß ich nicht, warum ich mich schlagartig an jenen Abend vor vielen Jahren erinnerte, als wir im Mena House mit einem blutjungen, überaus idealistischen Wissenschaftler zu Abend aßen, der vehement abstritt, jemals für reiche Dilettanten arbeiten zu wollen.

»Wovon handelt der Text?« wollte ich wissen.

»Er geht auf die Herrschaft von Fürst Kamose zurück und scheint den Kampf gegen die Hyksos zu beschreiben. Genau Ihr Fall, was, Mrs. E.? Die Geschichte von Sekenenre und den Nilpferden, die Sie vor einigen Jahren so kompetent – äh – interpretierten, geht den Ereignissen dieser Legende nur um wenige Jahre voraus. Vielleicht sollten Sie eine Fortsetzung in Erwägung ziehen.«

»Im Augenblick nicht. Meine nächste Aufgabe besteht in der Überarbeitung der Geschichte von Sinuhe. Ich war nicht ganz zufrieden mit meiner früheren – äh – Interpretation.«

Howard lachte und nahm eines der von Fatima angebotenen Honigplätzchen. »Der arme alte Sinuhe! Aber was stimmte denn nicht an Ihrer früheren – äh – Interpretation, Mrs. E.?«

Eigentlich hatte ich das nicht erwähnen wollen, denn es erschien mir als Prahlerei, aber da er nun einmal danach fragte ...

»Ein amerikanischer Verleger hat mir vor kurzem eine nicht unerhebliche Summe für meine kleinen Geschichten angeboten«, erklärte ich bescheiden. »David und mir, sollte ich besser sagen, denn seine Skizzen waren vermutlich die Attraktion. Nur zum Spaß zeichnete er einige für ›Die Legende von den beiden Brüdern‹, doch die Reaktion war so positiv, daß wir uns zur Zusammenarbeit entschlossen! Kürzlich hat er mir die Zeichnungen für Sinuhe gesandt, woraufhin ich beschloß, die Gunst der Stunde zu nutzen und einige meiner Interpretationen zu korrigieren. Ich glaube nicht, daß Sinuhe die Schuld an –«

»Du irrst dich, Peabody«, warf Emerson ein. »Trotzdem«, fügte er rasch hinzu, »lehne ich es ab, jetzt darüber zu diskutieren.«

Zum Abendessen hatten sich ungefähr zwei Dutzend Gäste eingefunden, da ich sämtliche unserer archäologischen Freunde und Bekannten eingeladen hatten, die fern der Heimat und ihrer Lieben weilten. Sogar aus dem Nildelta waren sie angereist, und unter ihnen befand sich auch Petries Haufen, wie Emerson sich ausdrückte; Mr. Petrie war noch immer im Krankenhaus und ohnehin nicht als großzügiger Gastgeber bekannt. Truthähne gab es auch in Ägypten zu kaufen, und Fatima war mittlerweile in der Lage, einen hervorragenden Plumpudding zuzubereiten, so daß wir ein traditionelles englisches Weihnachtsmenü verspeisten. Dazu floß Cyrus' Chamagner in Strömen. Die zufriedenen Gesichter rings um mich herum erfüllten mich mit Dankbarkeit, daß es mir gelungen war, an einem solchen Tag christliche Nächstenliebe zu beweisen.

Die Tatsache, daß mehrere der Gäste zu meinen Verdächtigen zählten, tat dem keinen Abbruch. Und ich hegte auch keinen Hintergedanken, als ich die Gläser ständig nachfüllte. Die erste Ansprache richtete Howard an mich, und während ich geschmeichelt nickte, hoffte ich inständig, daß er unschuldig war.

Nach den üblichen Toasts – auf die Damen, die abwesenden Freunde, auf Seine Majestät und Präsident Taft – übertrafen sich die jungen Männer gegenseitig mit witzigen oder anrührenden Trinksprüchen. Wir tranken auf Mr. Petries Operationsnaht und die Carnarvon-Tafeln und auf Horus, der in Nefrets Zimmer eingeschlossen war und wie ein Waldgeist heulte. Da wir die archaische Sitte ablehnten, daß sich die Damen zurückzogen und die Herren bei Portwein und Zigarren zurückließen, führte ich die Gesellschaft nach Beendigung des Mahls in unseren Innenhof. Ich hatte mein Bestes versucht, diesen mit Girlanden aus Weihnachtssternen und bunten Laternen zu schmücken. An Nefrets Mistelzweigen hingen noch vereinzelte Beeren.

Da sich die meisten Gäste kannten und alle guter Dinge zu sein schienen, beschloß ich, meine Pflichten als Gastgeberin vorübergehend zu vernachlässigen und mich statt dessen einer kurzen klärenden Selbstbeobachtung hinzugeben. Als ich mich in einen dämmrigen Winkel zurückziehen wollte, stellte ich zu meiner Verblüffung fest, daß dieser bereits besetzt war. Ich hüstelte unüberhörbar, und die beiden Gestalten stoben auseinander.

»Biete Miss Maude eine Tasse Tee an, Ramses«, schlug ich vor. »Es sei denn, sie möchte lieber Kaffee.«

»Ja, Mutter.«

Als er sie zum Teetisch führte, warf sie mir im Vorübergehen einen bitterbösen Blick zu, allerdings meinte ich, aus Ramses' Stimme Erleichterung herausgehört zu haben. Wenigstens hoffte ich das. Ich hatte zwar nichts gegen das Mädchen, dennoch entsprach sie nicht *meinen* Vorstellungen von einer Schwiegertochter. Ägypten schien ihr nicht gut zu bekommen. Während des Abendessens war mir aufgefallen, daß sie etwas angegriffen aussah und daß sie in ihrem Essen lediglich herumstocherte. Möglicherweise hatte ihr das von Nefret für sie ausgesuchte Geschenk nicht gefallen – ein schöner, mit Silber- und Goldfäden durchwirkter Schal aus Damaskus. Vielleicht hatte sie etwas Persönlicheres erwartet.

Es war nicht das erste Mal, daß sich Ramses mit den Nachstellungen einer jungen Frau konfrontiert sah, und sicherlich auch nicht das letzte Mal. Ich glaube nicht, daß er daran *grundsätzlich* immer selbst die Schuld trug. Soweit ich das beurteilen konnte, hatte er das Mädchen keineswegs ermutigt. Natürlich hatte ich keine Ahnung, was er hinter meinem Rücken tat.

Wie schon so häufig zuvor redete ich mir ein, daß mich die Liebesgeschichten der Kinder nichts angingen, und konzentrierte mein Denken auf wichtigere Überlegungen.

Die Informationen von Mr. Wardani hatten die Situation eigentlich nicht verändert. Ich glaubte ihm nicht etwa, weil ich seiner Wahrheitsliebe vertraute (denn ich wußte aus Erfahrung, daß die ›gute Sache‹ häufig negative Auswirkung auf die Moral der sie vertretenden Personen ausübt), sondern weil seine Äußerungen sämtliche unserer bislang gefundenen Hinweise bestätigten.

Das machte die Situation lediglich noch verzwickter. Wir waren immer davon ausgegangen, daß der Schuldige kein Unbekannter sein konnte – sondern ein Fachkollege oder eine Bekanntschaft, wenn nicht sogar ein Freund. Wir waren der Aufdeckung seiner Identität keinen Schritt nähergekommen, dennoch mußte er das Gegenteil annehmen, da er uns ansonsten nicht so viel Aufmerksamkeit geschenkt hätte. Ich glaubte keineswegs, daß es sich beim Einsturz der Mastaba um einen Unfall gehandelt hatte. In Anbetracht dieses Zwischenfalls und des zuvor auf mich ausgeübten Anschlags nahm Emersons vermeintlicher Unfall an unserem ersten Exkavationstag erschreckende Züge an. Die interessante Tonscherbe konnte heimtückisch so plaziert worden sein, daß er während seines Abstiegs auf vorsätzlich gelockertes Geröll treten mußte.

Der vor unserer Abreise aus England stattgefundene Einbruch im Amarna House war völlig anders gelagert. Damals hatte niemand beabsichtigt, uns körperlichen Schaden zuzufügen. Einziges Ziel war die erneute Inbesitznahme des gefälschten Skarabäus gewesen. Dieser Zwischenfall warf zwei Fragen auf: Woher wußte der Schurke, daß wir dieses Stück besaßen, und warum hatte er es unbedingt wieder in seinen Besitz bringen wollen? Die einzig logische Antwort auf letztere Frage lautete, daß der Skarabäus uns möglicherweise irgendeinen Hinweis auf die Identität des Fälschers geliefert hätte.

Vielleicht, so sinnierte ich, hatten wir diesem Vorfall zu

wenig Bedeutung beigemessen. Ramses war derjenige gewesen, der den Skarabäus intensiv untersucht hatte. In der Tat ... Ja, er mußte die Inschrift übersetzt haben, da er sich des Ursprungs recht sicher gewesen war. Soweit ich Ramses kannte, und ich wage zu behaupten, daß ich ihn ziemlich gut kannte – wenn auch durch die leidvollen Erfahrungen, die nur einer Mutter vergönnt sind –, hatte er die Übersetzung schriftlich fixiert oder sich zumindest umfangreiche Notizen gemacht. Wir mußten uns diese Übersetzung einmal genauer ansehen. Ich würde niemals behaupten, daß ich über Fachkompetenz hinsichtlich der Hieroglyphenschrift verfüge, trotzdem kann man nie wissen, wann und wem eine plötzliche Eingebung kommt. Häufig ist das bei mir der Fall.

Mein detektivischer Spürsinn war geweckt. Neue Ideen keimten in mir auf; neue Wege der Ermittlungsarbeit taten sich vor mir auf. Fast hätte ich meine Pflichten als Gastgeberin vergessen, doch Emersons lauter Kommentar erinnerte mich schlagartig daran.

»Peabody! Wo steckt sie bloß? Was ... Aha!« Mit dem Eifer eines Spürhundes hatte er meine Wenigkeit entdeckt. Während er auf mich zukam, wollte er wissen: »Warum treibst du dich da im Dunkeln rum? Bist du allein?«

»Ja, natürlich. Was willst du denn?«

»Lediglich deine Gesellschaft, meine Liebe.« Emerson wirkte etwas betreten. Seine tiefe Zuneigung zu mir macht ihn über die Maßen mißtrauisch – nicht gegenüber mir, denn er zweifelt keine Sekunde lang an meiner Treue, sondern hinsichtlich einer Vielzahl von Männern, die er verdächtigt, eine unterschwellige Verliebtheit für mich zu empfinden. Er nahm meine Hand, zog mich hoch und gab mir einen raschen, aber zärtlichen Kuß zur Entschuldigung, bevor er mich aus meiner ruhigen Ecke entführte.

Da sich alle prächtig zu amüsieren schienen, konnte auch

ich mich nicht länger auf ernsthafte Gedanken konzentrieren und beschloß deshalb, zwanglos mit den jungen Leuten zu scherzen. Irgendwie lockt der Genuß von Champagner Menschen aus der Reserve, und er übte überraschende Wirkung auf Clarence Fisher, Mr. Reisners Stellvertreter, aus, den ich stets als extrem zugeknöpften, humorlosen Zeitgenossen empfunden hatte. Mit schiefsitzender Brille und zu Berge stehendem Haar nahm er an dem musikalisch untermalten Gesellschaftsspiel *Reise nach Jerusalem* teil und schubste Nefret ausgelassen von dem letzten freien Stuhl. Selbst Karl vergaß seine teutonische Reserviertheit und spielte begeistert Blindekuh. Ich ließ mich von ihm fangen, denn wenn ich mich ihm nicht in den Weg gestellt hätte, wäre er mit Sicherheit in den Springbrunnen gefallen. Dann fing ich Emerson – er hatte sich mir absichtlich in den Weg gestellt –, und er fing Nefret, die ihn unter den Mistelzweig zerrte und ihn dort ausgiebig küßte. Nach einer Weile mußte ich ihren Küssen Einhalt gebieten.

Nefret hatte Davids Zeichnungen von Sinuhe aus meinem Arbeitszimmer geholt. Howard war nicht der einzige, der sie anerkennend lobte; mehrere andere umringten ihn während der Durchsicht der Bögen, die er mit künstlerischer Sorgfalt behandelte.

»Amüsant«, meinte der kleine Mr. Lawrence, der sich auf Zehenspitzen gestellt hatte, um einen Blick zu erhaschen. »Wovon handelt denn die Legende? Ich kenne sie nicht.«

Da er meiner Ansicht nach etwas gönnerhaft geklungen hatte, erzählte ich sie ihm.

»Der Pharao wurde ermordet, während sein Sohn, der Kronprinz Sesostris, in Libyen kämpfte. Mehrere junge Adlige hatten ein Komplott geschmiedet, um Sesostris den Thron streitig zu machen; doch ein Spion informierte den Prinzen, und dieser kehrte in Windeseile zum Palast zurück. ›Der Falke flog mit seinen Begleitern‹, wie David ihn hier meiner Ansicht nach überaus gelungen gezeichnet hat – der beherzte junge Soldatenprinz in der Gestalt des Falkengottes Horus auf seinem Flug. Die nächste Zeichnung zeigt unseren in der Nähe der Zelte versteckten Freund Sinuhe, wo er die Unterredung der Verschwörer belauscht. Dann versteckte sich Sinuhe im Gebüsch ...« Ich blätterte weiter, und Howard prustete los.

»Der Gesichtsausdruck des alten Burschen ist ihm recht gut gelungen. Noch nie habe ich einen schuldigeren Blick gesehen.«

»Das ist eine der Fragen, über die sich die Wissenschaft streitet«, erklärte ich, während ich rasch die nachfolgenden Skizzen durchging, da Emerson bereits säuerlich dreinblickte. Er mag es nicht, wenn ich meine kleinen ägyptischen Geschichten zum besten gebe. »Sinuhe hatte sich sicherlich irgendeiner Sache schuldig gemacht, denn er war aus Ägypten geflohen und wäre in der Wüste beinahe verdurstet, bevor ihn ein asiatischer Stamm – so bezeichnete er diesen – rettete. In den Diensten des asiatischen Prinzen brachte er es zu Reichtum und Erfolg. Diese Zeichnung, die ihn mit seiner Gemahlin, der ältesten Tochter des Prinzen, und seiner riesigen Kinderschar zeigt, gefällt mir besonders gut. Sieht er nicht aus wie ein gestrenger viktorianischer Papa im Sonntagsstaat?«

Emerson räusperte sich. Rasch fuhr ich fort: »Doch im Alter sehnte er sich nach seiner Heimat. Er schickte dem Pharao einen reumütigen Brief, woraufhin ihm dieser verzieh und ihn aus dem Exil zurückholte. Er wurde in feinstes Leinen gehüllt und mit kostbarem Öl gesalbt, bekam ein Haus mit Garten und eine prachtvolle Grabstätte, und er war glücklich bis an sein Lebensende.«

»Was geschah mit seiner asiatischen Frau und den Kindern?« wollte Katherine wissen.

»Er verließ sie schlicht und einfach«, erwiderte Ramses.

»Er war ein Schuft und ein Hasardeur und ein entsetzlicher Lackaffe.«

»Das war nicht besonders nett von ihm«, bekräftigte Nefret. Sie betrachtete gerade die letzte zauberhaft kolorierte Skizze, die den alten Mann zeigte, der im Schatten sattgrüner Bäume neben einem blaßblauen Teich voller Lotusblüten saß. In der Ferne zeichneten sich die Umrisse der königlichen Pyramide ab, neben der Sinuhes Grab errichtet worden war. Das faltige Gesicht wirkte ergreifend friedlich.

»Dennoch sind seine Empfindungen irgendwie verständlich«, fuhr sie fort. »Trotz all seines Erfolgs und seines Glücks war er immer noch im Exil. Er wollte nach Hause zurückkehren.«

»Trotzdem war er ein Schuft«, beharrte Ramses.

Nefret lachte, und Mr. Lawrence musterte Ramses argwöhnisch. Ich glaube, er hatte die Ironie in dessen Worten bemerkt – insbesondere bei einem Wort.

Wie üblich ließen wir unser Fest mit traditionellen Weihnachtsliedern ausklingen. Der Frohsinn war Besinnlichkeit gewichen, und einige der Gäste schluckten unüberhörbar, während sie die vertrauten und geliebten Weisen anstimmten. Karl schluchzte, als er »Stille Nacht« zu singen versuchte; Jack Reynolds legte ihm mitfühlend den Arm um die Schultern, reichte ihm sein eigenes Taschentuch und sang den deutschen Text – wenn auch mit starkem amerikanischem Akzent – weiter. Ich war erfreut, daß die stimmungsvolle Atmosphäre dieses Tages den Amerikaner in einen mir bis dahin unbekannten, sympathischen Mann verwandelt hatte. Allerdings fiel mir auch die Tatsache auf, daß Jack der deutschen Sprache mächtig war. Ich hoffe, daß ich so gefühlvoll bin wie jeder andere Mensch, trotzdem sollten Gefühle niemals die menschliche Ratio untergraben.

Emerson sang lauter als alle anderen, doch gemeinsam

gelang es uns, ihn zu überstimmen. Immerhin hatte er viel Spaß.

Nach und nach verabschiedeten sich die älteren Gäste. Nefret blieb am Klavier sitzen, spielte einige Melodien und summte leise vor sich hin. Ich begleitete Karl zur Tür und fragte Mr. Fisher, der gleichzeitig aufbrach, ob er Karl nach Hause bringen könnte. Karl versicherte mir immer wieder seine aufrichtige Bewunderung und versuchte meine Hand zu küssen. »Und wenn ich für Sie in den Tod gehen soll, Frau Emerson, dann müssen Sie es nur sagen«, bemerkte er. »Sie haben sich einem einsamen Mann als Freundin erwiesen und einem Sünder ein Verbrechen verziehen, das er sich selbst niemals vergeben wird. Ihre Großherzig –«

Allerdings verhaspelte er sich bei den Silben und fand kein Ende, so daß ich ihn sanft, aber bestimmt an Mr. Fishers Brust drückte und beiden eine gute Nacht wünschte. Arm in Arm schlenderten sie singend davon. Mr. Fisher stimmte »The Holly and the Ivy« an und Karl »Vom Himmel hoch«. Beide waren beschwipst.

Bei meiner Rückkehr in den Salon versuchte Nefret Ramses soeben zu überreden, mit ihr gemeinsam zu singen. Er besaß eine recht angenehme Stimme, und ihr Duett klang sehr schön, doch er erklärte sich so gut wie nie bereit, vor Fremden zu singen. Vermutlich hielt er das für unter seiner Würde. Geoffrey bot sich an, seinen Part zu übernehmen, und wir kamen in den Genuß eines schönen, kleinen Konzerts mit unseren alten Lieblingsliedern und den neuesten Stücken aus Varieté und Theater. »When I was Twenty-One and You Were Sweet Sixteen« war in jenem Jahr überaus beliebt; im sanften Lampenschein wirkte Geoffrey mit seinen zerzausten Locken kaum älter, doch er verfügte über einen erstaunlich tiefen Bariton. Ich erinnere mich, daß er eines von Harry Lauders schottischen Liedern mit verblüffendem

Schwung und einem so übertriebenen Akzent vortrug, daß wir alle schmunzelten. Ich hatte ihn noch nie so ausgelassen erlebt.

Aus Briefsammlung B

Liebe Lia,

ich bombardiere Dich mit Briefen, nicht wahr? Allerdings mußte ich auf Deinen letzten rasch antworten, da er mir etwas vorwurfsvoll klang. Lia, mein Schatz, keiner wird Dich jemals als meine Vertraute ersetzen, und schon gar nicht Maude Reynolds! Wenn ich sie häufig erwähne, dann nur, weil dieses verfluchte Mädchen ständig in unserer Nähe ist! So scheint es jedenfalls. Und ich habe Dir auch geschildert, warum. Sie und ich könnten niemals Freundinnen werden, denn wir haben keine Gemeinsamkeiten. Trotzdem empfinde ich Mitgefühl für sie und bringe es deshalb nicht über mich, sie vor den Kopf zu stoßen. Sie hat sich mit Haut und Haaren verliebt, Lia; es handelt sich um einen der schlimmsten Fälle, die ich jemals beobachtet habe. Immerhin besitzt sie so viel Grips, zu wissen, daß er intelligente und mutige Frauen schätzt, trotzdem sind ihre verzweifelten Versuche, ihn zu beeindrucken, entsetzlich albern! Ich habe Dir von dem einen Mal berichtet, als sie uns ins Innere der Pyramide folgte; das erforderte ihren ganzen Mut, da sie völlig verängstigt war, und dann verfehlte die Geste – wie nicht anders zu erwarten – auch noch ihren Zweck. Als sie Ramses auf Risha sah, bestand sie darauf, reiten zu wollen, und machte sich absolut lächerlich, weil sie ungelenk auf ihm herumzappelte. Es ist unmöglich, von Risha abgeworfen zu werden, es sei denn, der Bursche legt es darauf an, und das wäre in ihrem Fall beinahe passiert.

Ramses verhält sich in dieser Sache recht geschickt – schließlich verfügt er über die entsprechende Erfahrung! –, dennoch verabscheut er das Ganze. Du weißt, daß er trotz seiner scheinbaren Unnahbarkeit sehr sensibel ist. Genau diese Eigenschaft zieht Frauen vermutlich an, nicht wahr? Insbesondere, wenn besagter Mann darüber hinaus groß und stark und attraktiv ist.

r eigentlich wollte ich Dir unser Weihnachtsfest schildern. Meine Lieben, wir haben Euch bitterlich vermißt. Tante Amelia und ich versuchten unser Bestes, doch Davids dekorativem Geschick konnten wir leider nicht das Wasser reichen. Euer Päckchen traf rechtzeitig ein – zwar etwas beschädigt, doch der Inhalt war intakt –, Du hättest Dir nicht solche Mühe machen sollen, mein Schatz, trotzdem waren die griechischen Ohrringe bezaubernd... (Im nachfolgenden sind mehrere Absätze mit oberflächlichem Geplänkel ausgelassen.)

Die einzig halbwegs interessante weitere Neuigkeit besteht in der Tatsache, daß noch zwei Männer um meine Hand angehalten haben – macht zusammen drei in dieser Saison, einschließlich Percy, was mich natürlich hoch geehrt hat. Ja, Jack Reynolds hat es gewagt, zweifellos ermutigt durch Mr. Vandergelts Champagner. Ich wies ihn höflich und freundlich ab, und er erklärte mir höflich und freundlich, daß er es erneut versuchen würde. Warum können Männer ein Nein nicht als Antwort gelten lassen? Allerdings war er der perfekte Gentleman, deshalb durfte er mich küssen – auf die Wange.

Selbst vor Dir möchte ich Geoffrey nicht kompromittieren. Er hat nicht direkt um meine Hand angehalten, sondern mir ohne Umschweife erklärt, daß ich ihn ohnehin nicht erhören würde; was er auch nicht erwarte, da er nicht gut genug für mich sei, niemand sei das... Diese Argumentation ist Dir sicherlich nicht neu. Mir auch nicht. Trotzdem hat er mich irgendwie beeindruckt – diese ruhige, wohlklingende Stimme und sein blasses, ernsthaftes Gesicht. »Du sollst lediglich wissen«, sagte er, »daß, wenn du mich irgendwann einmal brauchst, es für mich der größte Freundschaftsbeweis wäre, dir zu helfen.« Ich war so gerührt, daß ich ihm einen Kuß gewährte – nicht auf die Wange. Es war sehr schön.

Am nächsten Tag führten wir ein langes konstruktives Gespräch mit Howard. Er war sehr stolz auf das neue Haus, das er am Eingang zum Tal der Könige gebaut hatte, und zeigte mir unzählige Bilder davon – es handelte sich um ein ansprechendes kleines Domizil mit einer kuppelförmigen Haupthalle. Das zeigte mir, daß er weiterhin im Gebiet von Theben zu arbeiten beabsichtigte, und auf meine diesbezügliche Frage gestand er, daß er und Carnarvon die Hoffnung nicht aufgaben, eines Tages den Firman für das Tal der Könige zu bekommen. Mr. David war längst nicht mehr so enthusiastisch wie früher; er hatte das Gefühl, daß das Tal nichts mehr hergab.

»Das stimmt nicht«, warf Emerson ein.

»Spielen Sie mit dem Gedanken an eine Rückkehr nach Theben?« fragte Howard.

Emerson schüttelte den Kopf. »Nicht, solange Weigall dort Inspektor ist. Kann den Burschen nicht ausstehen.«

»Mir gegenüber war er auch nicht besonders zuvorkommend«, erwiderte Howard. »Aber was soll man machen?«

Da er keine Antwort parat hatte, verfiel Emerson in brütendes Schweigen und überließ es mir, die Unterhaltung auf das mir am Herzen liegende Thema zu lenken.

»Mir ist zu Ohren gekommen, daß sich Weigall fürchterlich über den Verkauf von Artefakten aufgeregt haben soll«, bemerkte ich forsch.

Howards langes Gesicht wurde noch länger. »Er hat *mich* der Fahrlässigkeit bezichtigt. Man stelle sich das einmal vor! Der Bursche legt sich mit jedem an, sogar mit Maspero, der ihn so gefördert hat.«

»Trotzdem kann ich seine Einstellung in gewisser Weise nachvollziehen«, fuhr ich fort. »Es ist eine Schande, daß diese schönen Objekte an private Sammler verkauft werden.«

Damit hatte ich Howards wunden Punkt getroffen, da er sich hinsichtlich der Beschaffung wertvoller Kunstschätze zum Fachmann für seine wohlhabende Klientel entwickelt hatte – von denen einer sein derzeitiger Arbeitgeber war. Er wirkte etwas verunsichert, verteidigte sich jedoch vehement. »Das ist ja alles gut und schön, Mrs. E., und prinzipiell stimme ich Ihnen zu, aber wir haben nicht einmal das erforderliche Personal für eine angemessene Überwachung, und das weiß Weigall ganz genau. Wie viele Stücke von unschätzbaren Wert sind denn durch seine Hände gegangen, als *ich* Inspektor von Oberägypten war?«

Howard wischte sich über seine von Schweißperlen übersäte Stirn, grinste mich entschuldigend an und ließ die Bombe platzen. »Da wir gerade von Artefakten sprechen, stimmt es eigentlich, was ich von Abdullahs Sammlung gehört habe?«

Ich verschüttete meinen Tee, Emerson fluchte, und Ramses fragte: »Was haben Sie denn gehört, Mr. Carter?«

»Daß sie von mehreren europäischen Händlern veräußert worden ist.« Sein Blick wanderte von mir zu Ramses, fand in dessen verschlossenem Gesichtsausdruck nichts Aufschlußreiches und musterte schließlich Emerson, aus dessen Zügen man wie in einem Buch lesen kann. »Vielleicht hätte ich das nicht erwähnen dürfen. Sollte es ein Geheimnis bleiben? Das kann ich mir allerdings kaum vorstellen.«

Ramses ließ sich nicht zu der Äußerung »Das habe ich euch

ja gleich gesagt« hinreißen, auch wenn ihm sicherlich danach zumute war. Statt dessen blickte er zu seinem Vater und erwiderte: »Wir spielten mit dem Gedanken, Sie ins Vertrauen zu ziehen, Mr. Carter.«

»Verflucht, dann können wir es ebensogut tun«, brummte Emerson. »Die Sache kommt ohnehin ans Licht. Abdullah besaß keine Sammlung, Carter. Die ihm zugeschriebenen Artefakte sind schlicht und einfach Fälschungen. Der Mann, der sie verkaufte, gab sich zwar als David aus, war es aber nicht.«

Diese Stellungnahme war typisch für Emerson – die nackten Tatsachen ohne Einzelheiten oder Erklärungen. Die sogenannte Holzhammermethode. Deshalb sah ich mich zu einigen klärenden Erläuterungen gezwungen und beschrieb, wie wir in diese Sache hineingezogen worden waren und was wir bislang herausgefunden hatten.

Natürlich unterbrach mich Emerson mitten in meinem Redefluß.

»Das reicht jetzt, Amelia. Also, Carter, jetzt können Sie Ihre Skepsis beweisen und die üblichen dummen Fragen stellen. Sind Sie sicher, daß die Artefakte Fälschungen sind? Woher wissen wir, daß David nicht der Verkäufer war? Haben wir –«

»Nein, Sir«, erwiderte Howard entschlossen. »Wenn Sie sagen, daß es sich um Fälschungen handelt, dann glaube ich Ihnen. Wissen Sie, ich habe mich auch gewundert. Ich kannte Abdullah recht gut – natürlich nicht so gut wie Sie, trotzdem würde ich es vermutlich wissen, wenn er in diese Antiquitätenschiebereien verwickelt gewesen wäre. Darauf gab es nie den kleinsten Hinweis. Mir hätte auf Anhieb klar sein müssen, daß das nicht stimmte.«

Ich sprang auf, legte meine Arme um Howards Schultern und drückte ihn gerührt. »Vielen Dank.«

Howard errötete erfreut und wurde dann vor Entsetzen

blaß – schließlich kannte er Emersons hitziges Temperament zur Genüge. Doch der meinte nur: »Hmhm.«

Ich hatte Howard *eigentlich* nie verdächtigt und war erleichtert, daß wir auf seine Hilfe zurückgreifen konnten. Die von ihm angeführten Theorien waren zwar nicht sonderlich konstruktiv, bewiesen aber wieder einmal sein gutes Herz.

Nach dem Abendessen brach Carter auf. Wir trennten uns in freundschaftlichem Einvernehmen, und er versprach uns seine Unterstützung und einen ausgedehnteren Besuch zu einem späteren Zeitpunkt. Nach einem ruhigen Abend im Kreise unserer engsten Freunde freuten wir uns auf die wohlverdiente Nachtruhe; wir ahnten ja nicht, daß die Tragödie unaufhaltsam ihren Lauf nahm.

Nachdem Emerson drei Tage »vergeudet« hatte, konnte er es kaum erwarten, seine Exkavation wieder aufzunehmen. Schon bei Tagesanbruch waren wir alle auf den Beinen. Cyrus und Katherine wollten den Tag in Kairo verbringen, deshalb ließen wir sie schlafen, obwohl ich nicht verstand, daß Emersons laute Aufforderung zur Eile sie nicht aufweckte. Kurz nach Sonnenaufgang brachen wir auf. Sosehr ich die kurze Unterbrechung durch unsere liebenswerten Gäste und die angeregten Gespräche auch genossen hatte, war es um so herrlicher, wieder in der klaren, frischen Morgenluft unterwegs zu sein. Wir nahmen die Landstraße durch das Ackerbaugebiet (Emerson weigerte sich, mich näher an die Pyramiden von Gizeh heranzulassen); die sanften Wogen des Flusses schimmerten rosafarben im Licht der aufgehenden Sonne, und die Wasservögel plantschten in den Bewässerungsgräben. Nefrets überschäumendes Temperament forderte seinen Tribut; sie schlug Ramses ein Wettrennen vor, und die beiden galoppierten los. Wir folgten ihnen in etwas gemäßigterem Tempo; ich ritt auf Davids eleganter Stute Asfur, und sie bewegte sich wie der Vogel gleichen Namens.

Die Aussicht auf einen weiteren Besuch im Innern der Pyramide hob mein Glücksgefühl. Unter Emersons Anleitung hatten die Männer das Geröll in dem Schacht oberhalb des Durchgangs entfernt. Eigentlich war ich mir ziemlich sicher, daß Emerson diese gefährliche Aufgabe eigenhändig ausgeführt hatte, da er eines Abends mit einem zerquetschten Daumen zurückkehrte, den er vergeblich vor mir zu verbergen versuchte. Er war erpicht darauf, sein neuestes Spielzeug auszuprobieren – eine moderne, funktionstüchtige elektrische Taschenlampe, die ihm die Vandergelts zu Weihnachten geschenkt hatten. (Meine Aufrichtigkeit zwingt mich zu dem Eingeständnis, daß es sich um ein amerikanisches Produkt handelte.)

Aufgrund unserer frühen Ankunft waren unsere Männer noch nicht eingetroffen, was Emerson natürlich mißfällig knurrend zur Kenntnis nahm. Erneut äußerte er seine Drohung, am Ausgrabungsort sein Lager aufzuschlagen. Ich versicherte ihm, daß ich ernsthaft darüber nachdenken würde. (Das hatte ich bereits.) Nefret sagte, daß sie gern einen Blick ins Innere werfen würde, da Ramses keine weiteren Skelette für sie entdeckt hatte, woraufhin unser Sohn einwarf, daß er sie begleiten wolle. Er wäre uns allen vorausgeeilt, wenn ich ihn nicht aufgefordert hätte, mir unterstützend seinen Arm zu reichen.

»Dein Vater ist recht gut in der Lage, Nefret in einer kritischen Situation zu helfen«, bemerkte ich. »Hast du Grund zu der Annahme, daß etwas passieren könnte?«

»Lediglich die Tatsache, daß der Ernstfall schon mehrfach eingetreten ist. Die Ausgrabungsstätte ist nicht bewacht worden.« Er zögerte einen Moment lang und erklärte dann: »Ich habe frische Hufspuren bemerkt.«

»Aber doch sicherlich nicht im Sand.«

»Nein.«

»Na also. Nun, ich kann mir nicht vorstellen, daß uns ein Widersacher eine Falle stellen könnte, die dein Vater nicht umgehend entdeckte.«

Der vor uns liegende Gang wirkte wie von zuckenden Blitzen erhellt, da Emerson heftig mit seiner heißgeliebten neuen Taschenlampe herumfuchtelte. Wir schlossen zu ihm und Nefret auf, und er strahlte mich an. »Großartig. Wir müssen noch ein Dutzend weitere besorgen, was? Ich frage mich, ob der Strahl bis zum Fundament reicht. Der Schacht ist mittlerweile fast sieben Meter tief.«

Selim hatte die aufgrund des Steinschlags zerstörte Winde durch eine neue ersetzt, und der Holzkasten baumelte leer an den Seilen. Emerson beugte sich über den Rand und leuchtete mit seiner Taschenlampe in die Tiefe.

Ramses' Sehvermögen ist genauso hervorragend ausgeprägt wie sein Gehör. Er hauchte nur ein einziges Wort. Bevor wir anderen uns rühren konnten, trat er den Riegel beiseite und sprang in den Kasten. Wie ein Senkblei stürzte er nach unten, und Ramses mit ihm.

Meine Vernunft suggerierte mir, daß er nicht am Boden aufprallen würde, da die Länge der Seile sorgfältig ausgemessen worden war. Dennoch hielt mich diese Logik nicht davon ab, unwillkürlich aufzuschreien. Emerson stieß einen Schwall übelster Flüche aus und stürzte sich auf den Griff der Winde. Unter Aufbietung sämtlicher Kräfte gelang es ihm, ein weiteres Abwickeln der Seile zu verhindern; allerdings befand sich Ramses zu diesem Zeitpunkt bereits am Boden.

Schließlich bemerkten wir dort unten Licht. Ramses hatte eine der von ihm mitgeführten Kerzen angezündet, und diese erhellte den Kasten und daneben eine zusammengekauerte, formlose Gestalt.

Es bestand kein Zweifel, daß es sich um einen menschlichen Körper oder dessen sterbliche Überreste handelte. Wenn die Person vom Rand des Schachts hinabgestürzt war, bestanden kaum Überlebenschancen, trotzdem hoffte ich inständig, daß sie hinabgeklettert war und erst unterwegs den Halt verloren hatte. Ich glaubte – wie hätte ich anderes vermuten sollen? –, daß ein armer, verwirrter Dorfbewohner genau wie seine Vorfahren auf der Suche nach wertvollen Gegenständen nachts in die Grabstätte des Pharaos eingedrungen war.

Ich kann nicht mit Bestimmtheit sagen, wann mir die Wahrheit dämmerte. Vielleicht lag es an Ramses' merkwürdig starrer Haltung, als er sich neben die zusammengekrümmte Gestalt kniete. Er hatte seine Kerze neben sich am Boden befestigt. Sein Körper befand sich in der Dunkelheit; der Kerzenschein erhellte lediglich seine reglosen Hände. Schließlich sprach er mit leiser, aber dennoch erregter Stimme. Sie hallte grollend und stockend durch den Schacht.

»Holt irgendwas … um sie zuzudecken. Ich werde … sie hochbringen.«

»Sie«, wiederholte Emerson. »Ramses. Wer …«

Er klärte uns auf. »Sie ist tot.«

»Bist du sicher?« rief ich.

»Ja. Gütiger Himmel, ja.«

»Ruf, wenn du bereit bist«, brüllte Emerson. Er reichte mir die Taschenlampe und umklammerte den Griff der Winde.

Ramses zog seine Jacke aus und beugte sich über den Leichnam. Nefret rannte bereits durch den gewundenen Tunnel in Richtung Tageslicht.

Das Mädchen war klein und schlank – gewesen –, trotzdem war es allein Emersons überwältigender Kraft zu verdanken, daß er sie und Ramses hochziehen konnte. Als ich ihm zu Hilfe eilte, knurrte er mich an, ich solle ihm aus dem Weg gehen. Nefret kehrte mit einem der Teppiche aus unserem provisorischem Ruhezelt zurück. Sie streckte die Hand aus, um den Kasten und seine Last ins Gleichgewicht zu bringen, und Ramses sprang auf den Boden.

Seine Jacke verdeckte das Gesicht und den Oberkörper der Leiche, nicht jedoch den zerrissenen Rock und die kleinen, zerfetzten Stiefel. Ramses beeilte sich, die zerschundene Gestalt auf den Teppich zu betten, dann faltete er die Ecken zusammen; doch als er das leblose Bündel hochheben wollte, legte ihm Emerson mahnend eine Hand auf die Schulter.

»Ich trage sie von hier fort«, erklärte er mit Grabesstimme. »Verflucht, mein Junge, du bist auch nur ein Mensch!«

Ramses wandte sein Gesicht zur Wand. Ich entkorkte meine Taschenflasche Brandy und reichte sie Nefret. Als wir die beiden verließen, hatte Nefret tröstend ihren Arm um seine eingesunkenen Schultern gelegt.

8

Bei den Stammesfrauen war ich ein begehrter Mann, denn sie schienen fasziniert von meinem goldblonden Haar und meiner hellen Haut…

Sie blieben nicht lange dort unten. Ramses hatte sich wieder gefaßt, und sein Gesichtsausdruck war so aufschlußreich wie der des Sphinx. Als er jedoch bemerkte, daß ich neben der Teppichrolle kniete, umfaßte er meine Schultern und zog mich fort. »Nein, Mutter. Tu es nicht. Nicht hier und nicht jetzt.«

»Nicht du, Tante Amelia«, fügte Nefret hinzu.

Ramses wandte ihr sein Gesicht zu. »Und du auch nicht, Nefret. Was versuchst du eigentlich zu beweisen – daß du ein Übermensch bist?«

»Ich habe schon eine ganze Reihe von Autopsien und Sektionen vorgenommen«, erwiderte Nefret ungerührt. »Woran ist sie gestorben?«

»Such dir etwas aus. Schädelfraktur, Genickbruch, zerschmetterte Wirbelsäule, Rippen…«

Emerson stieß eine Reihe von Flüchen aus. Ich sagte: »Und das Gesicht?«

»Es würde dir nicht gefallen.«

»Wie kannst du dann mit Gewißheit auf ihre Identität schließen?«

Nach einem langen Augenblick erwiderte Ramses: »Glaub mir einfach, Mutter. Es besteht kaum Zweifel. Das Haar ist identisch, und ebenso ihre Kleidung.«

»Vor allem die Stiefel«, warf Nefret mit unterkühlter, beherrschter Stimme ein. Sie blickte auf den Fuß, den ich freigelegt hatte. »Eine spezielle Maßanfertigung in London. Ich bezweifle, daß sie vielen Frauen passen würden. Mir mit Sicherheit nicht. Sie war stolz auf ihre kleinen Füße.«

Wir waren nicht mehr allein. Selim, Daoud, Ali und Hassan waren eingetroffen; etwas abseits kauerten die von uns angeworbenen, einheimischen Arbeiter und beobachteten uns schweigend.

»Genug davon«, erklärte Emerson in dem sonoren Tonfall, der keinen Widerspruch duldete. »Wie du siehst, Selim, ist ein tragischer Unfall eingetreten.«

Selims riesige dunkle Augen starrten auf die kleine Stiefelette, die ich enthüllt hatte, bevor Ramses mich wegzog. »Ist das die junge amerikanische Dame? Allah sei ihr gnädig! Wie ist das passiert? Was hat sie hier gemacht?«

»Es war ein Unfall«, wiederholte Emerson. »Wir müssen ihren Bruder holen und Vorkehrungen treffen, wie wir sie ... sie fortschaffen können. Kannst du einen Karren oder einen Wagen besorgen, Selim? Das ist zwar nicht sonderlich pietätvoll, aber – «

»Aber immer noch besser als jede Transportalternative«, schaltete sich Ramses mit frostiger Stimme ein. »Was Jack anbelangt, so müssen wir ihn nicht holen. Er scheint uns zu suchen. Interessant. Ich frage mich, warum? Schließlich kann er nicht wissen, was passiert ist.«

»Um Himmels willen, lenk ihn ab!« seufzte Nefret. »Er darf sie nicht so sehen.«

Sie rannte auf den näher kommenden Reiter zu. Ich zog den Teppich über den kleinen Stiefel und stürmte ihr hinterher. Wir mußten ihm die Nachricht schonend beibringen und dem unglückseligen jungen Mann den traurigen Anblick so lange ersparen, bis er die Wahrheit begriffen hatte.

Wartend verharrten wir, bis Jack die Zügel straffte und sein Pferd gewaltsam zum Stehen brachte. Er sprang aus dem Sattel, stürmte an Nefret vorbei und packte Ramses an der Frontpartie seines Hemdes.

»Wo ist sie? Was hast du mit ihr gemacht?«

Er war um einiges kleiner als Ramses, doch wesentlich stämmiger, und er kochte vor Wut. Ramses rührte sich nicht. Arrogant musterte er Jacks gerötetes, wutverzerrtes Gesicht und sagte: »Du erklärst mir besser, was du damit meinst.«

»Sie ist verschwunden, das meine ich damit! Heute nacht! Und du besitzt auch noch die verfluchte Dreistigkeit, hier herumzustehen und so zu tun, als hättest du nicht... Was zum Teufel hast du mit ihr angestellt? Wo hast du sie hingebracht?«

Mit einer unwirschen Handbewegung befreite Ramses sich aus der Umklammerung seines Gegenübers. »Beherrsche dich«, schnaubte er. »Ich weiß nicht, wieso du denkst, daß Maude und ich heute nacht zusammen waren; es stimmt nicht, aber das ist jetzt auch unwichtig. Ich habe eine schlechte Nachricht für dich, Reynolds. Die schlimmste überhaupt.«

»Die schlimmste überhaupt? Ich weiß nicht, wovon du redest.« Verwirrt blickte er von Ramses zu Nefrets tränenüberströmtem Gesicht. »Willst du damit sagen... Soll das heißen, daß sie tot ist?«

»Es tut mir wirklich leid«, erwiderte Ramses.

Vermutlich sind nur Männer in der Lage, die Reaktionen ihres Gegenübers konkret einzuschätzen. Ich hatte zwar keineswegs mit einer Verbrüderung der beiden gerechnet, aber auch nicht mit brutaler Gewaltanwendung, allerdings mußte Ramses die Bewegung vorausgeahnt haben. Abrupt drehte er sich zur Seite, so daß der von Jack auf sein Gesicht gerichtete Fausthieb lediglich seine Wange streifte. Mit einem lauten Fluch schoß Emerson vor, doch die schlagkräftige Auseinandersetzung – sofern man sie als solche bezeichnen konnte – war so schnell beendet, wie sie begonnen hatte. Jacks zweiter ungezielter Schlag verschaffte Ramses den entscheidenden Vorteil. Mit meisterhafter Präzision packte er den Arm des anderen Mannes, drehte ihm diesen auf den Rücken und zwang ihn in die Knie.

»Mr. Reynolds, ich finde, das reicht nun wirklich«, bemerkte ich mit strenger Stimme. »Vor Ihnen liegt eine tragische Aufgabe; stellen Sie sich ihr wie ein Mann!«

Meine Ermahnung zeigte die erhoffte Wirkung. Mein entschiedener, wenn auch freundlicher Tonfall erinnerte ihn an seine Pflichterfüllung. Jacks massiger Körper sank in sich zusammen.

»Ja, Ma'am«, murmelte er.

Seine fassungslose Wut war erschreckender Ruhe gewichen. Das schlimmste Leid lag noch vor ihm, doch im Augenblick verhielt er sich wie in Trance. Er fragte, ob er seine Schwester sehen dürfe, und nahm meine ausdrückliche Ablehnung mit einem abwesenden Blick hin. Ich verabreichte ihm gerade kleine Schlucke Brandy aus meiner Taschenflasche, als ich eine weitere Person auf dem Rücken eines Esels heranreiten sah. Es war Karl von Bork, der, wie er erklärte, gekommen war, um unsere Exkavationsfortschritte in Augenschein zu nehmen und uns gegebenenfalls seine Hilfe anzubieten.

»Aber«, fuhr er fort, und sein fröhliches Lächeln schwand, als er den bleichen, schwankenden Jack und unsere ernsten Gesichter bemerkte. »Aber, was ist denn los? Was ist passiert?«

Daraufhin sah ich mich zu einer erneuten Schilderung gezwungen. Mittlerweile klang das Ganze wie eine hanebüchene Geschichte; selbst ich konnte kaum glauben, daß sie der Wahrheit entsprach. Der zartbesaitete Karl war so tief betroffen, daß er sich nicht einmal zu unbequemen Fragen hinreißen ließ, wie beispielsweise, warum das Mädchen zur Ausgrabungsstätte gekommen war und was ihren Bruder dazu veranlaßt hatte, ihr zu folgen. Tränen füllten seine sanften braunen Augen und rollten in seinen Backenbart. Ich hätte *ihm* ebenfalls einen Schluck Brandy angeboten, doch als ich die Flasche an mich nahm, stellte ich fest, daß Jack sie geleert hatte.

»Viel länger kann ich das nicht mehr ertragen«, bemerkte Emerson in beiläufigem Tonfall. »Von Bork, hören Sie auf zu heulen, und seien Sie ein Mann. Wir brauchen Ihre Hilfe.«

Karl wischte sich mit seinem Handrücken die Tränen fort und nahm Haltung an. Ich rechnete schon fast damit, daß er salutierte.

»Ja, Herr Professor! Entschuldigen Sie, Frau Professor! Ich bin wie stets Ihr ergebener Diener.«

Es gelang mir, die ganze Angelegenheit kompetent und würdevoll zu meistern. Nefret und ich brachten den zusammengekrümmten Leichnam in eine ansprechendere Lage, denn ich hatte bereits die ersten Anzeichen der einsetzenden Totenstarre bemerkt. Das bedeutete, daß der Tod irgendwann in den frühen Morgenstunden eingetreten sein mußte. Eine exaktere Zeitangabe war unmöglich, und sie wäre auch nicht sonderlich hilfreich gewesen. Wir hielten uns nicht länger als nötig mit dieser unangenehmen Aufgabe auf, und schon kurze Zeit später machte sich der von Selim organisierte Eselskarren mit einem Troß unserer Männer auf den Weg nach Gizeh. Jack folgte ihnen zu Pferd; Karl trottete neben ihm her und wirkte etwas deplaziert auf seinem kleinen Esel, doch sein Mitgefühl und seine Hilfsbereitschaft beflügelten ihn. In seinem hochgestochenen Deutsch versicherte er mir, daß er seinem »Freund Jack« nicht von der Seite weichen würde, solange dieser ihn brauchte.

Nefret hatte darauf bestanden, sie zu begleiten. Sie verfügte über eine medizinische Ausbildung, und sie war eine Frau – beides Aspekte, die ihr von Nutzen sein konnten, behauptete sie, und warum sollte ausgerechnet ich ihr das verwehren? Ich versprach, sobald wie möglich nachzukommen.

Nachdem wir uns in den Schatten zurückgezogen hatten, bemerkte Emerson: »Verflucht, schon wieder ein verlorener Tag! Diese Burschen sind doch heute zu keiner Arbeit mehr fähig.«

Das bezog sich auf die von uns angeworbenen Einheimischen. Sie hockten in einiger Entfernung zusammen, rauchten und unterhielten sich leise. Ihre vorsichtig in unsere Richtung geworfenen Blicke bestätigten Emersons pessimistische Einschätzung.

Natürlich war mir klar, daß Emersons rüdes Verhalten lediglich dazu diente, seine wahren Gefühle zu verschleiern. Trotzdem hielt ich es für angeraten, ihn sanft zu ermahnen. »Wie kannst du nur denken, daß einer von uns noch zur Weiterarbeit in der Lage ist, Emerson? Das wäre hochgradig pietätlos.«

»Hmhm«, brummte Emerson und musterte zärtlich seinen Sohn. »Äh – alles in Ordnung, mein Junge?«

»Sicher, Sir. Danke der Nachfrage.«

Ramses stand da und blickte auf den Erdboden, wo der Sand aufgewühlt war und eine sanfte Mulde bildete. »Sie hat kaum geblutet«, bemerkte er abwesend.

»Verflucht«, knurrte Emerson. »Das hatte ich befürchtet.« Er hob seine Stimme zu einem unüberhörbaren Brüllen. »Selim! Schick die Männer nach Hause und dann komm mit Daoud hierher!«

»Ich bitte dich«, sagte ich.

»Zum Teufel damit«, schnaubte Emerson.

Mit Daoud im Schlepptau gesellte sich Selim zu uns. Der hünenhafte Daoud hatte ein ebenso großes Herz; Maude hatte zwar nie auf seine freundschaftlichen Gesten reagiert, dennoch liebte er alle kleinen jungen Geschöpfe, egal welcher Gattung, und sein naives Gesicht war vom Schmerz gezeichnet. Auf Emersons Geste hin ließen sie sich im Schneidersitz neben uns auf dem Teppich nieder, und Selim bemerkte mit ernster Stimme: »Die Männer sind besorgt, Vater der Flüche. Sie fragen sich, wie so etwas passieren konnte.«

»Das würden wir auch gern wissen, Selim. Es muß heute nacht passiert sein. Ihr Bruder ist nicht sonderlich gewissenhaft als Aufpasser, aber er hätte sicherlich bemerkt, wenn sie gestern abend nicht zu Hause gewesen wäre. Was hat sie hier ganz allein in der Dunkelheit gemacht?«

»Oh, Emerson, laß uns nicht die Zeit auf unerklärliche, um nicht zu sagen, unwahrscheinliche Theorien verschwenden«, entfuhr es mir. »Es gibt nur eine sinnvolle Erklärung für ihr Verhalten.«

Emerson stopfte gerade seine Pfeife. Er legte sie auf den Tisch (und verstreute dabei den Tabak über die gesamte Tischplatte) und nahm meine Hand. »Dieses eine Mal, meine Liebe, werde ich dich nicht für deine voreiligen Schlüsse rügen, denn ich befürchte, daß du recht hast.«

»Wie auch immer«, schaltete sich Ramses ein, »wir sollten trotzdem sämtliche Möglichkeiten ausleuchten, selbst wenn wir sie dann wieder verwerfen. Ihr dürft sicher sein, daß die anderen Fragen stellen werden.«

»Es war ein Unfall«, wandte Selim wenig überzeugt ein.

»Die Möglichkeit besteht. Das Ergebnis einer Wette oder eines dummen Scherzes.« Ramses nahm ein Päckchen Zigaretten aus seiner Jackentasche. Es war symptomatisch für seinen Gemütszustand, daß er mich nicht einmal um Erlaubnis fragte, ob er rauchen durfte. Er fuhr fort: »Vor einigen Wochen spielten Maude und ihre Clique ein ähnliches Spiel – sie animierten sich gegenseitig zu riskanten und sinnlosen Aktionen. Wenn Geoffrey und ich den ziemlich beschwipsten Jack nicht davon abgehalten hätten, hätte er versucht, in der Dunkelheit und ohne Hilfe auf die Große Pyramide zu klettern, um die amerikanische Flagge auf deren Spitze zu setzen. Ein ermittelnder Beamter ließe sich vielleicht davon überzeugen, daß Maude hierherkam, um die ›Zerreißprobe‹ zu bestehen, insbesondere nachdem ...«

Er brach ab, um seine Zigarette anzuzünden, und ich eilte ihm mit den Worten zu Hilfe: »Insbesondere nachdem sie – wie sagt man? Ich kann mir diese umgangssprachlichen Begriffe einfach nicht merken! – es zuvor vermasselt hatte.«

»Mutterseelenallein und mitten in der Nacht?« wandte Emerson ein.

»Ich gebe zu, es steht völlig außer Frage«, entgegnete Ramses. »Aber ein Unfall besitzt als Tatbestand erheblich mehr gesellschaftliche Akzeptanz als ein Selbstmord.«

»Selbstmord?« wiederholte Emerson ungläubig. »Gütiger Himmel, welchen plausiblen Grund könnte ein so junges, hübsches und wohlhabendes Mädchen denn gehabt haben, daß sie ihrem Leben gewaltsam ein Ende setzte?«

»Keinen«, erwiderte ich. »Eine krankhafte mentale Instabilität kann einen ansonsten gesunden Menschen zu einer solchen Handlung verleiten, aber so etwas traf auf sie keinesfalls zu. Keine Sekunde lang würde ich davon ausgehen. Es war Mord. Sie war bereits tot, als man sie in den Schacht warf. Ein solcher Sturz hätte eine Schädelfraktur oder ein gebrochenes Genick oder eine andere tödliche Verletzung zur Folge gehabt. Ramses sagte bereits, daß sie so gut wie keine Blutspuren aufwies.«

»Das ist die einzig logische Antwort«, meinte Emerson, während er über sein Kinngrübchen strich, »die auch erklärt, warum sie hierhergebracht wurde.«

»Nicht unbedingt«, wandte Ramses ein. Er sprang auf und ließ seine Zigarette fallen. Sie war bis zu seinen Fingern abgebrannt. »Ich schätze eure taktvollen Bemühungen, mich aus der Sache herauszuhalten, trotzdem sollten wir uns den Tatsachen stellen. Falls das einzige Motiv des Mörders darin bestand, seine Gewaltanwendung zu kaschieren, hätte er sie von jeder beliebigen Klippe hinunterstürzen können. Sie an diesen abseitigen Ort zu bringen zieht uns unweigerlich mit in die Sache hinein – mich, um genau zu sein. Egal, um welchen Tatbestand es sich handelt, mein Name wird sicherlich Erwähnung finden. War es ein Unfall, dann versuchte sie vielleicht, ihre Angst vor der Ausgrabungsstätte zu überwinden, um vor mir in einem besseren Licht dazustehen. War es Selbstmord, dann werden manche denken, daß es sich um eine Verzweiflungstat aufgrund von Zurückweisung handelte, oder vielleicht sogar –« Er bemühte sich nach Kräften, kühl und unbeteiligt zu wirken, doch das gelang ihm nicht ganz. Seine dunklen Augen sahen mich flehend an. »Es ist nicht wahr, Mutter«, erklärte er verzweifelt. »Du hast gehört, was Jack sagte – du weißt, wessen er mich beschuldigte. Mir ist egal, was er denkt, solange du mir glaubst.«

Sein Flehen hatte *mir* gegolten. Er bat um *mein* Verständnis. Manche Mütter wären jetzt zu ihrem Sohn gegangen, hätten ihn in ihre Arme geschlossen und zärtliche – und sinnlose! – Worte des Trostes gemurmelt. Offen gestanden, war auch ich sehr stark geneigt, genau das zu tun. Allerdings war mir bewußt, daß Ramses das nicht gutheißen würde.

»Ich glaube dir, mein Schatz. Selbst wenn es stimmte – ich weiß, daß es sich nicht so verhält, aber selbst wenn es so wäre –, muß jede Frau, die töricht genug ist, ihr Leben wegen eines Mannes zu beenden, das allein vor sich selbst verantworten.«

»Oh, Mutter!« Ein seltenes Lächeln huschte über sein Gesicht. »Du hast für jede Gelegenheit den treffenden Aphorismus.«

Emerson räusperte sich geräuschvoll und griff erneut zur Pfeife. »Verfluchte Zeitverschwendung, das Ganze«, brummte er. »Keiner würde ernsthaft vermuten ...«

»Einige schon«, wandte Ramses ein. »Alle bösen Zungen Kairos werden doch das Schlimmste von einer Frau wie Maude annehmen – schließlich war sie jung, vergnügungssüchtig und undiszipliniert. Ob der Tatbestand nun Mord, Selbstmord oder Unfall lautet, man wird jedenfalls vermuten, daß ein Mann dahintersteckte.«

»Da ich sämtliche Kairoer Klatschmäuler kenne, befürchte ich, daß du recht hast«, seufzte ich. »Laß uns trotzdem keine übereilten Schlüsse ziehen. Wir müssen zum Haus zurückkehren; ich versprach Nefret, sobald wie möglich nachzukommen. Selim, würdest du uns bitte gemeinsam mit Daoud begleiten? Vielleicht brauchen wir eure Hilfe.«

»Aywa, Sitt Hakim, wir kommen mit und tun, was wir können. Das ist eine traurige Geschichte.«

»Ramses«, bemerkte sein Vater, »woher wußtest du, daß sie dort unten war? Verflucht, ich habe das nicht so gemeint! Ich fragte mich nur, weshalb du dich so überstürzt in den Schacht hinabgelassen hast. Ich konnte nichts entdecken.«

Ramses griff in seine Jackentasche und zog einen Stoffetzen heraus. Es handelte sich um golddurchwirkte, transparente Seide. »Das hing an einem Felsbrocken. Es stammt von dem Schal, den wir ihr schenkten.«

Wie von mir vorausgesehen, gestalteten sich die Ermittlungen hinsichtlich Maude Reynolds Tod zur Farce. Warum mußten die Betroffenen posthum gequält werden, obwohl der Todesfall eindeutig war?

Genau diese Frage stellte ich Mr. Gordon, dem amerikanischen Konsul, nachdem ich ihn aufgesucht hatte, um mich über die unengagierte Vorgehensweise zu beschweren. Als ich einwarf, daß es sinnvoll sein könnte, zu untersuchen, ob sie zu besagtem Zeitpunkt unter Drogen- oder Alkoholeinfluß stand oder ob ihr die Verletzungen gewaltsam zugefügt worden waren, oder ob –

Bevor ich fortfahren konnte, unterbrach er mich mit einem entsetzten Aufschrei, was vermutlich sinnvoll war, da ihn mein nächster Vorschlag noch mehr schockiert hätte. Eine vollständige medizinische Untersuchung hätte den Namen des armen Mädchens von jedem Makel befreit. Ich selbst glaubte nicht, daß Maude schwanger war, doch halb Kairo vermutete das – die ›bösen Zungen‹, wie Ramses sie bezeichnete. Es wäre sinnlos gewesen, sie darauf hinzuweisen, daß sich die altmodischen Ansichten aus ihrer Jugendzeit geändert hatten – Gott sei Dank, kann ich nur sagen! Eine moderne, wohlhabende junge Frau mußte sich nicht aus Scham das Leben nehmen oder weil es keinen anderen Ausweg aus einem solchen Dilemma gab.

Eine Woche lang wurde in Kairo getratscht und getuschelt. Kein Skandal hielt länger an, da sich ständig neue Möglichkeiten der Zerstreuung boten. Maudes letzte Ruhestätte befand sich auf dem protestantischen Friedhof der Kairoer Altstadt. Ringsum von einer Mauer umgeben, war er ein hübscher Ort mit Baumgruppen und importierten Grünpflanzen, und er ähnelte gewissermaßen einem englischen Dorffriedhof. Die Beerdigung war gut besucht, und Jack erwies sich als der Prototyp männlicher Tapferkeit, als er die erste Schaufel Erde in ihr Grab warf.

Der Tatbestand lautete auf Unfall mit tödlichem Ausgang.

Für die Lebenden hatte die Tortur gerade erst begonnen. Ob Jack wußte, was man von seiner Schwester behauptete, kann ich nicht mit Gewißheit sagen. Er hätte es auch kaum abstreiten können, da selbst die schlimmsten Klatschmäuler nicht gewagt hätten, ihm das offen ins Gesicht zu sagen. Nachdem er die Benommenheit der Trauer überwunden hatte, befand er sich in einem kritischen Gemütszustand, verließ nur noch selten sein Haus und suchte – wie mir zu Ohren gekommen war – Trost im Alkohol.

Seine Freunde, zu denen ich mich selbstverständlich auch zählte, waren erleichtert, daß Geoffrey in sein Haus einzog und bei ihm blieb. Einige Tage nach der Beerdigung schickte mir der junge Engländer eine Nachricht mit der Bitte, mich aufsuchen zu dürfen. Ich lud ihn zum Tee für selbigen Nachmittag ein, denn ich wollte ihm gern helfen.

Nach meiner Rückkehr von der Ausgrabungsstätte beeilte ich mich, die Umgebung so angenehm wie möglich zu gestalten, denn ich hatte das Gefühl, daß er etwas Ablenkung brauchte. Wie üblich lag ich damit richtig. Ich gebe offen zu, daß mütterliche Instinkte nicht zu meinen nennenswerten Charakterzügen zählen, trotzdem wage ich zu behaupten, daß der Anblick des jungen Burschen jede Frau gerührt hätte. Sein anziehendes Gesichts wirkte eingefallen und seine Haut aschfahl. Er plumpste in einen Sessel und ließ seinen Kopf gegen die Kissen sinken.

»Sie sind so gütig zu mir, Mrs. Emerson. Wenn ich hier bin, fühle ich mich gleich besser. Sie haben aus diesem Haus ein Heim gemacht.«

»Zu seiner Schönheit haben Sie nicht unerheblich beigetragen, Geoffrey. Ich sage immer, ein Garten ist Labsal für die Seele. Wie Sie sehen, stehen Ihre Pflanzen in voller Blüte. Für diese besonders reizende Geste werde ich Ihnen immer dankbar sein. Was nehmen Sie in Ihren Tee?«

»Danke, nichts.« Er beugte sich vor, um seine Tasse in Empfang zu nehmen. Sein Blick musterte die Umgebung; ich nahm an, daß es nicht die blühenden Pflanzen und das rankende Efeu waren, die ihn interessierten.

»Nefret wird gleich hier sein«, bemerkte ich.

Eine leichte Röte huschte über seine bleichen Wangen. »Ihnen entgeht nur wenig, Mrs. Emerson. Obwohl das sicherlich nicht das Hauptanliegen meines Besuches war. Vielleicht sollte ich die Gelegenheit nutzen, um Ihnen unter vier Augen zu versichern, daß ich mich hinsichtlich Miss Forth niemals ungebührlich verhalten würde.«

Aufgrund seiner Förmlichkeit mußte ich meine Belustigung verbergen, und ich versicherte *ihm,* daß ich niemals einen solchen Verdacht gehegt hatte.

»Nicht, daß ich irgendeine Gelegenheit gehabt hätte«, erwiderte er mit einem betrübten Grinsen. »Ich mag sie sehr gern, Mrs. Emerson. Ihre Schönheit würde jeden Mann faszinieren, doch meine ihre gegenüber gehegten Gefühle entwickelten sich erst, nachdem ich ihren Geist und ihren Verstand kennen- und schätzengelernt hatte. Wenn ich wüßte, daß sie sie erwiderte, würde ich den Professor um Erlaubnis bitten, ihr den Hof machen zu dürfen.«

»Meinen Sie, daß sie Ihre Gefühle nicht erwidert?«

»Ich glaube, sie sieht in mir einen Freund. Auch diese Ehre weiß ich selbstverständlich zu schätzen. Sie kennt meine Gefühle. Ich habe ihr zu verstehen gegeben, daß ich ihr jederzeit zu Diensten stehe und daß ich mit Ausnahme einer positiven Einschätzung meiner Person nichts erwarten darf. Natürlich erhoffe ich mir mehr. Und diese Hoffnung werde ich niemals aufgeben, aber seien Sie trotzdem versichert, daß ich ihr meine Aufmerksamkeiten niemals aufzwingen werde.«

»In Nefrets Fall wäre das auch ein folgenschwerer Fehler«, erwiderte ich. »Ihre Gefühle und Ihr Verhalten sprechen für sich, Geoffrey.«

Bald darauf gesellte Nefret sich zu uns. Aus ihrer herzlichen, unbefangenen Begrüßung schloß ich, daß er (und ich) ihre Gefühle für ihn richtig einschätzten.

Wie bereits von mir vermutet, veranlaßte die Sorge um Jack Reynolds Geoffrey zu diesem Besuch.

»Ich weiß nicht, was ich tun soll«, gestand er, während er sich eine seiner blonden Locken aus der Stirn strich. »Es ist ganz natürlich, daß er um Maude trauert – sie standen sich sehr nahe. Trotzdem hatte ich gehofft, daß er mittlerweile etwas gefaßter wäre. Statt dessen wird er immer depressiver und verzweifelter. Mr. Fisher will Anfang nächster Woche mit der Arbeit beginnen, und Mr. Reisner kehrt noch vor Ende des Monats zurück, und er erwartet, daß wir bereits eine Menge geleistet haben – doch wenn Jack so weitermacht, wird er nicht in der Lage sein, auch nur irgendeine Arbeit in Angriff zu nehmen, geschweige denn, den von Mr. Reisner ausgearbeiteten Zeitplan einzuhalten.«

»Mr. Reisner ist doch kein Unmensch«, wandte ich ein. »Er wird sicherlich verstehen, daß Jack Zeit braucht, um den Verlust seiner Schwester zu verarbeiten.«

»Aber wieviel Zeit? Harte Arbeit ist die beste Medizin gegen den Kummer; ich bin sicher, Sie teilen meine Ansicht, Mrs. Emerson, und ich hätte erwartet, daß Jack ebenso denkt. Das paßt gar nicht zu ihm. Er war immer so charakterstark. Ich frage mich ständig ...« Er brach ab.

»Ob ihn noch etwas anderes bedrückt?« beendete ich seinen Satz. »Ein tieferes und unsäglicheres Gefühl als schlichte Trauer?«

Geoffrey starrte mich mit unverhohlenem Erstaunen an. »Woher wissen Sie das?«

»Tante Amelia weiß alles«, bemerkte Nefret. »Man kann sie weder schockieren noch verblüffen, deshalb hör auf, um den heißen Brei herumzureden. Du bist fast ständig mit Jack zusammen. Er muß doch irgendeinen Hinweis geäußert haben.«

»Es ist so unlogisch, so ungerecht – «

»Er begnügt sich nicht damit, daß Maudes Tod ein Unfall war«, erwiderte Nefret. »Das ist keineswegs unlogisch. Uns befriedigt diese Theorie ebenfalls nicht. Hat Jack einen speziellen Verdacht?«

Der junge Mann sank in sich zusammen. »Ja. Das ist auch der wahre Grund für mein Kommen. Ich hatte das Gefühl, Ramses warnen zu müssen – «

»Weshalb?« Die Frage kam nicht von uns, sondern von Ramses persönlich, der auf rätselhafte Art und Weise wie aus dem Nichts auftauchte. Ich vermutete, daß er im Arbeitsbereich Tonscherben gewaschen hatte, denn seine Hemdsärmel waren bis zu den Ellbogen hochgerollt.

»Ich wußte nicht, daß du hier bist, Godwin«, fuhr er fort, während er sich einen Stuhl nahm. »Habe dich seit dem Begräbnis nicht mehr gesehen. Weshalb mußt du mich warnen?«

»Tu nicht so, als hättest du unser Gespräch nicht mit angehört«, warf ich ein, während ich Tee eingoß.

»Zwangsläufig habe ich einiges mitbekommen. Was behauptet Jack von mir?« Er nahm die Tasse aus meiner Hand, lehnte sich zurück und schlug die Beine übereinander.

»Er ist nicht mehr Herr seiner Sinne«, murmelte Geoffrey. »Er ist unzurechnungsfähig.«

»Du meinst, er ist die meiste Zeit betrunken«, korrigierte Ramses. »In vino veritas – oder was er für die Wahrheit hält. Glaubt er immer noch, ich habe seine Schwester kaltblütig verführt und ... Und was dann?«

»Und sie dann umgebracht!« Nachdem ihm dieser Satz entschlüpft war, hätte Geoffrey seine Worte am liebsten zurückgenommen. Ramses' vorgetäuschte Überheblichkeit hatte ihn verärgert (was vermutlich so beabsichtigt war). Impulsiv drehte Geoffrey sich zu mir um und ereiferte sich: »Mrs. Emerson, verzeihen Sie mir! Ich wollte nicht so damit herausplatzen. Jack grämt sich vor Kummer und Schuldgefühlen. Wenn er wieder bei Sinnen ist, sieht er die Dinge klarer, aber augenblicklich ist er nicht normal, und ich befürchte, er könnte etwas tun, was er später bereut.«

»Etwas, was auch ich bereuen könnte?« bohrte Ramses. »Hat er Drohungen gegen mich geäußert?«

»Nicht nur Drohungen.« Mit zitternder Hand strich sich Geoffrey über sein Gesicht. »Letzte Woche hat er eines Abends seine beiden Pistolen herausgeholt, auf die er so stolz ist, und diese geladen.«

»Revolver«, murmelte Ramses nachdenklich. »Die Revolver.«

»Wie du meinst. Ich interessiere mich nicht für solche Dinge. Ich verabscheue Feuerwaffen. Mich beschlich ein ungutes Gefühl, als ich sah, daß er sie säuberte und polierte, als vergötterte er diese verfluchten Dinger. Schließlich schob er beide in seinen Gürtel und stürmte zur Tür. Ich wollte wissen, wohin er ging, und er sagte ... Ich kann seine Worte nicht in Gegenwart von Damen wiederholen; Kernaussage war, daß er den Schurken suchen wollte, der seine Schwester ermordet hatte. Er ist wesentlich kräftiger als ich, und in diesem Augenblick war er außer sich, doch es gelang mir, die Tür vor ihm zu erreichen, abzuschließen und den Schlüssel an mich zu nehmen.«

»Wie entsetzlich mutig«, murmelte Ramses. Nefret warf ihm einen vorwurfsvollen Blick zu.

Geoffrey zuckte die Schultern. »Nicht unbedingt. Mir war klar, daß er mich nicht mit der Waffe bedrohen würde. Wenn er nahe genug an mich herangekommen wäre, hätte er mich sicherlich zu Boden geschlagen, doch das gelang ihm nicht. Die Situation war ziemlich überspitzt und lächerlich – ich wich ständig aus und duckte mich und Jack verfolgte mich wie ein riesiger, tapsiger Bär. Schließlich war er erschöpft, und ich konnte ihm die Waffen wegnehmen. Ich tat es ihm und dir zuliebe.«

»Selbstverständlich. Aber«, meinte Ramses gedehnt, »ich werde etwas dagegen unternehmen müssen, nicht wahr? Jack zuliebe.«

»Red nicht solchen Unfug, Ramses«, erwiderte ich mit schneidender Stimme. »Solltest du dich mit dem Gedanken tragen, zu Jack zu gehen und ihn zu konfrontieren, dann vergißt du diese Idee besser. Ganz wesentlich ist, daß er mit dem Trinken aufhört. Überlaßt mir die Sache.«

»Jetzt gleich?« entfuhr es Geoffrey mit weit aufgerissenen Augen, als ich meinen Hut und meinen Schirm von einem nahe der Tür angebrachten Haken nahm. »Allein?« fügte er noch hinzu, und seine Augen wurden noch größer, als niemand Anstalten machte, mich zu begleiten.

»Gewiß. Ich bleibe nicht lange.«

Solche Dinge kläre ich am liebsten, sobald ich darauf aufmerksam werde, denn jeder Aufschub ist sinnlos. In diesem Fall war eine sofortige Reaktion ratsam; es war noch früh und Jack sicherlich noch nicht so betrunken, daß er unzurechnungsfähig war.

Um das Risiko einer Abweisung zu umgehen, gab ich keine Visitenkarte ab, sondern eilte zielstrebig in den Salon, wo der Hausherr sich nach Aussage des Bediensteten aufhielt.

Der Anblick des früher hellen und ansprechenden Raums bestätigte Geoffreys pessimistische Einschätzung. Die Dame des Hauses fehlte, und die arme alte Tante (deren Namen ich mir nie merken konnte) hatte die Tragödie so mitgenommen, daß Jack sie heimgeschickt hatte. Naturgemäß verrichten Bedienstete gewöhnlich nur das, was man ihnen aufträgt, und augenscheinlich verlangte Jack nicht viel. Feiner Sandstaub bedeckte sämtliche Möbelstücke, die Böden waren seit Tagen nicht mehr gewischt worden, und ein seltsam unangenehmer Geruch hing in der Luft. Jack trug noch immer seine Arbeitsgarderobe. Er kauerte in einem Sessel, hatte seine schmutzigen Stiefel auf den Tisch gelegt, ein Glas in der Hand und eine Flasche neben seinen Stiefeln stehen. Als er mich erblickte, sprang er so abrupt auf, daß die Flasche umstürzte.

»Das ist schon ein guter Anfang«, bemerkte ich, während ich die Flasche an mich nahm. Auf dem Boden bildete sich eine übelriechende Pfütze, trotzdem befand sich noch eine Menge in der Flasche. Ich trug sie zum Fenster und goß den Rest ins Freie.

Ich möchte den werten Leser nicht mit einer detaillierten Beschreibung meiner sich daran anschließenden Handlungen langweilen. Es dauerte nicht lange, bis ich – den protestierenden und Ausflüchte suchenden Jack im Schlepptau – mehrere weitere Flaschen im Haus aufgespürt hatte. Ich nahm nicht an, daß ich alle gefunden hatte, und er konnte sich natürlich mit Leichtigkeit Nachschub besorgen; es war die dramatische Geste, auf die ich setzte. Nachdem ich seine Aufmerksamkeit auf diese Weise sichergestellt hatte, schob ich ihn in der Eingangshalle in einen Sessel und redete sanft, aber bestimmt auf ihn ein, wie es seine eigene Mutter vielleicht auch getan hätte.

Schließlich brach er in Tränen aus, senkte den Kopf und schlug die Hände vor sein Gesicht. Es gelang mir, ihm ermutigend auf den Rücken zu klopfen, dann wandte ich mich zum Gehen. Während ich noch überlegte, ob ich den Versuch wagen sollte, seine Waffen ebenso wie den Whiskey zu konfiszieren, tastete ich nach dem Griff des Waffenschranks und zog daran. Er war verschlossen.

Als Jack aufblickte, meinte ich sachlich: »Ich bin froh, daß Sie Ihre gefährlichen Waffen unter Verschluß halten, Jack. Sie lassen den Schlüssel doch nirgends herumliegen, hoffe ich?«

»Nein. Nein, Ma'am. Ich bin übervorsichtig geworden, nachdem eine von ihnen gestohlen wurde. Es handelte sich um einen der Revolver, einen 45er – «

»Dann ist es ja gut«, erwiderte ich rasch, da ich mir keinen Vortrag über Waffen anhören wollte. Eigentlich hatte ich in Erfahrung bringen wollen, wo er den Schlüssel aufbewahrte, doch das erwähnte er mit keinem Wort und keiner Andeutung.

»Bis auf weiteres dann also Lebwohl«, fuhr ich fort. »Ich vertraue auf Ihr Versprechen zur Läuterung, Jack. Sie sind ein zu wertvoller Mensch, als daß Sie solchen Schwächen anheimfallen dürfen. Sollten Sie erneut in Versuchung geraten, denken Sie an die himmlischen Wesen, die Sie ständig beobachten; darüber hinaus können Sie mich jederzeit aufsuchen, wenn Sie den Trost eines Erdenbewohners brauchen.«

Oder ähnlich effektvolle Worte.

Ich war mir recht sicher, daß ich Jack die Unhaltbarkeit seines Verdachts gegenüber Ramses klargemacht hatte. Bei anderen war das nicht so leicht der Fall. Geschichten, die sich um Maudes Beziehungen zu zahllosen jungen Männern rankten, machten die Runde. Allerdings wurde der Name meines Sohnes in diesem Zusammenhang zweifellos am häufigsten erwähnt. Offenbar hatte das bedauernswerte Mädchen kein Geheimnis aus ihrer Schwärmerei gemacht. Wie so typisch für junge Frauen, vertraute sie ihre Empfindungen ihren Freundinnen an, und diese wiederum kolportieren sie ihren Brüdern, Verlobten und Müttern.

Nichts von alledem erfuhr ich aus erster Hand. Ich pflegte kaum Kontakt zu den britischen Beamten und ihren Gattinnen, und bei aller Geschwätzigkeit hätten letztere es nicht gewagt, das Thema in *meinem* Beisein aufzugreifen. Nefret war diejenige, die mir die Gerüchte anvertraute, und das lediglich auf mein Drängen hin. Als sie eines Nachmittags von einer Mittagsgesellschaft zurückkehrte, war ich gerade im Innenhof, und ein Blick in ihr aufgebrachtes Gesicht sprach Bände; ich stellte mich ihr in den Weg, da sie ansonsten in ihr Zimmer gestürmt wäre, und bat sie, sich zu mir zu setzen.

Sie gehört zu den Mädchen, die wütend besonders hübsch aussehen; ihre Augen funkelten, und ihre Wangen waren rosig überhaucht. Sie harmonierten mit ihrem Nachmittagskleid und den seidenen Rosen, die ihren eleganten Hut schmückten. Der einzige Makel bestand darin, daß sie keine Handschuhe trug und man die aufgeschürften Fingerknöchel ihrer Rechten sah. Als sie bemerkte, daß ich diese kritisch musterte, versuchte sie, sie hinter ihrem weiten Rock zu verbergen.

»Gütiger Himmel«, entfuhr es mir. »Wie ist das denn passiert?«

»Ich ... äh ... Würdest du es mir abnehmen, wenn ich behauptete, daß ich meine Hand in der Kutschentür geklemmt habe?«

»Nein.«

Nefret prustete los und umarmte mich rasch. »Trotzdem stimmt es. Hast du etwa gedacht, ich sei so undamenhaft, daß ich einer anderen jungen Dame einen Kinnhaken verpaßte?«

»Ja.«

»Ich hätte auch nicht übel Lust dazu verspürt. Warum habe ich deiner Ansicht nach dieses alberne Damenkränzchen besucht? Ich wollte wissen, was man über uns erzählt. Mir war klar, daß einige nicht davor zurückschrecken würden, mich zu piesacken – sie halten sich für so *gescheit* mit ihren kleinen Seitenhieben, den unterschwelligen Andeutungen, den geschürzten Lippen und den vielsagenden Blicken! Ich war völlig gefaßt, bis Alice Framington-French meinte, daß sie Ramses ja so fürchterlich bewunderte, weil er seinen *tragischen Verlust* mannhaft hinnähme. Daraufhin erklärte ich ihr, daß Maude uns allen fehlte, da wir sie sehr gemocht hätten, und sie erwiderte, nun ja, das sei aber etwas *anders* gelagert, nicht wahr, und ob ich Ramses nicht *endlich* davon überzeugen könne, daß er ruhiger würde und nicht ständig irgendwelche Frauenherzen bräche, das sei schließlich Aufgabe einer Schwester, nicht wahr – aber natürlich, er sei ja nicht mein *leiblicher* Bruder, nicht wahr, und dann tauschten sie und Sylvia Gorst *diese* vielsagenden Blicke aus ...«

Sie hielt inne, um Luft zu holen. Nefrets ununterbrochener Redefluß schien ihren Zorn noch verstärkt zu haben. Ich war weder überrascht noch wütend – zumindest hielt es sich in Grenzen. Niemand verfügt über eine üblere Phantasie als eine wohlerzogene Dame. Man muß lernen, das Denken und Handeln solcher Menschen zu ignorieren, da man ansonsten ständig aus der Haut fährt.

Das sagte ich auch Nefret, woraufhin diese widerwillig nickte. Sie zog die Hutnadeln aus ihrem Hut und fächelte sich mit ihrer Kopfbedeckung heftig Luft zu.

»Ich habe sie *nicht* geschlagen. Ich schürzte lediglich die Lippen und sagte, ja, es sei schade gewesen, daß sie Ramses im vorletzten Jahr nicht erobern konnte, denn sie habe ihm sicherlich entsprechende Avancen gemacht, allerdings nicht so offensichtlich wie *Sylvia,* und dann dankte ich ihr für das *hervorragende* Mittagessen, drehte mich auf dem Absatz um und marschierte aus dem Zimmer. Als ich dann in die Kutsche stieg, schlug ich mir die Tür vor die Hand.«

Ein ohrenbetäubendes Geräusch wie das einer Feuersalve ertönte im Hof. Vermutlich würde ich mich nie an die Lautstärke von Narmers abruptem Gebell gewöhnen. Für einen Hund seiner Größe besaß er ein erstaunliches Organ; es erinnerte beinahe an Höllenhunde.

»Es kommt jemand«, sagte Nefret überflüssigerweise, während ich den Tee wegtupfte, den ich auf meinem Schuh vergossen hatte. Ständig versuchte sie, mich von Narmers Nutzen als Wachhund zu überzeugen.

»Die Vandergelts kommen zum Abendessen«, erwiderte ich. »Geh und bring den Hund zur Räson, Nefret; du und Ramses seid die einzigen, denen er gehorcht. Als die Vandergelts neulich hier waren, sprang er Katherine an und riß ihr den Hut vom Kopf.«

Nefret beeilte sich, meinen Anweisungen Folge zu leisen, doch meine Besorgnis war vollkommen überflüssig. Das Bellen hörte schlagartig auf, die Tür wurde geöffnet, und die Vandergelts traten in Begleitung von Ramses ein.

»Wir trafen Ramses am Bahnhof und nahmen ihn mit«, erklärte Katherine.

Interessiert wandte ich mich meinem Sohn zu, dessen Verschwinden ich bis zu diesem Augenblick gar nicht bemerkt hatte. »Du warst heute nachmittag in Kairo?«

»Ja. Ich hatte eine Verabredung. Mrs. Vandergelt, wollen Sie nicht lieber diesen Stuhl nehmen? Er ist nicht so voller Katzenhaare wie die anderen.«

»Wo ist Horus?« wollte Cyrus wissen. Das bedeutete beileibe nicht, daß er besser mit dem Kater zurechtkam als wir anderen, aber sein Interesse beruhte auf der Tatsache, daß Horus der Vater des Nachwuchses ihrer Katze Sekhmet war. Früher hatte sie uns gehört, sich jedoch rasch mit dem angenehmen Leben im Schloß angefreundet.

»In meinem Zimmer, vermute ich«, erwiderte Nefret. »Ich werde nachsehen und mich rasch umziehen.«

»Du könntest kurz bei Emerson vorbeischauen und ihn informieren, daß unsere Gäste eingetroffen sind«, rief ich ihr hinterher.

Als Nefret zurückkehrte, trug sie ein Kleid aus blauer Wildseide, das sie in Paris erstanden hatte und bei dessen Preis ich zusammengezuckt war. Sie konnte es sich leisten, so viele teure Kleider zu kaufen, wie sie wollte, und dieses hier war besonders kleidsam; es betonte das Blau ihrer Augen und hatte eine Linienführung, wie sie nur hervorragende Modeschöpfer entwickeln können. An diesem Abend wurde die Wirkung von Horus' massiger Gestalt beeinträchtigt, der über ihrer Schulter baumelte und seine riesigen Hinterläufe bequem in ihre Armbeuge stemmte.

Bald darauf gesellte sich Emerson zu uns, und wir setzten uns zusammen, um die Neuigkeiten zu erfahren. Für uns gab es keinen vertrauteren Umgang als die Vandergelts. Kurze Zeit später rauchte Emerson seine Pfeife, Cyrus sein Zigarillo, und diverse männliche Accessoires lagen auf den Möbeln verstreut. Sobald er das Haus betrat, legte Ramses seine Jacke, Krawatte und Kragen ab, und Cyrus ließ sich bereitwillig davon überzeugen, seinem Beispiel zu folgen. Sicherlich brauche ich nicht zu erwähnen, daß Emerson diese Kleidungsstücke erst gar nicht trug. Nefret hatte Horus trotz seiner geräuschvollen Proteste auf dem Boden neben dem Sofa abgesetzt und nahm ihre bevorzugte Haltung im Schneidersitz ein.

Die Vandergelts waren erst vor kurzem von einer auf ihrer Dahabije unternommenen Kurzreise nach Medum und Dahschur zurückgekehrt. Sie hatten beschlossen, an Bord zu bleiben, statt bei uns zu wohnen, und ich argumentierte nicht mit ihnen, da ich weiß, daß es in den eigenen vier Wänden gemütlicher ist. Emerson wollte über Dahschur plaudern, doch dem setzte ich ein Ende; es bestand wenig Hoffnung, daß wir dieses Exkavationsgebiet jemals bekommen würden, und es hieße, Salz in die Wunden zu streuen, wenn wir darüber diskutierten. Ich wußte, daß Katherine unbedingt mehr von der Tragödie erfahren wollte. Sie hatten Kairo am Tag nach unserer gräßlichen Entdeckung verlassen und das Begräbnis versäumt.

»Unterschwellig plagten mich Gewissensbisse, weil ich nicht teilnahm«, erklärte sie. »Aber wir kannten das unglückliche Mädchen nur flüchtig und hatten bereits sämtliche Vorkehrungen für unsere Abreise getroffen.«

»Warum solltet ihr Gewissensbisse haben?« wollte Emerson wissen. »Beerdigungen sind reine Zeitverschwendung. An meiner braucht ihr auch nicht teilzunehmen. Das macht mir herzlich wenig aus.«

»Woher wollen Sie das heute schon wissen?« fragte Cyrus.

Emerson machen Cyrus' scherzhafte Seitenhiebe nichts aus, da die beiden sich hervorragend verstehen, doch mir hätte es etwas ausgemacht, mir – wieder einmal! – die unorthodoxen religiösen Ansichten meines Gatten anzuhören. Diese kannte ich bereits zur Genüge. Seine Augen glänzten verräterisch, als er den Mund öffnete ...

»Niemand hat euch vermißt«, sagte ich und schnitt Emerson das Wort ab. »Es herrschte rege Anteilnahme.«

»Alle starrten und rempelten sich gegenseitig an wie die Touristen vor einer Sehenswürdigkeit«, brummte Emerson. »Die meisten Anwesenden kannten das Mädchen überhaupt nicht. Leichenfledderer!«

Katherine blickte von mir zu Nefret, die wie gebannt auf die Katze starrte, und dann zu Ramses, der auf dem Rand des Springbrunnens hockte. »Wenn ihr dieses Thema nur ungern diskutiert, kann ich das verstehen«, sagte sie. »Aber dafür sind Freunde schließlich da, wißt ihr – um zuzuhören und vielleicht einen sinnvollen Rat zu geben.«

»Verdammt richtig!« ereiferte sich Cyrus. »Wir wären zutiefst getroffen, wenn ihr uns nicht wie sonst auch in die Sache einweihen würdet. Der Tod des bedauernswerten Mädchens war kein Unfall, das könnt ihr mir nicht weismachen, und deshalb steckt ihr in Schwierigkeiten, nicht wahr? Wie können wir euch helfen?«

Emerson seufzte so inbrünstig, daß ein Knopf von seinem Hemd absprang; Nefret blickte lächelnd auf, und ich sagte: »Ramses, bitte sei so nett – und biete uns einen Whiskey an!«

Ich brachte unsere Freunde auf den neuesten Stand hinsichtlich der Hintergründe von Maudes Tod und der daraus resultierenden Folgen. Sie waren keineswegs so empört wie ich, daß es keine abschließende Obduktion des Leichnams gegeben hatte. »Es ist so gut wie unwahrscheinlich, daß sie etwas gefunden hätten, was einen Mord nachweisen könnte«, bemerkte Cyrus spitzfindig. »Selbst ein Einschußloch oder eine Stichwunde wären kaum zu sehen gewesen, wenn die Verletzungen so gravierend waren.«

»Vermutlich trat der Tod aufgrund des Schlags auf ihren Hinterkopf ein«, erwiderte Ramses. »Es wäre schwierig gewesen, den Beweis zu erbringen, daß er von einem gebräuchlichen stumpfen Gegenstand und nicht von dem Sturz in den Schacht herrührte.«

»Das hast du uns gar nicht erzählt«, entfuhr es Nefret. »Woher weißt du das?«

»Ich bin mir nicht sicher. Aber ich denke ständig darüber nach und versuche mich an Einzelheiten zu erinnern. Ich sagte euch bereits, daß ihre Kleidung und der felsige Untergrund so gut wie keine Blutspuren aufwiesen. Das läßt darauf schließen, daß sie schon einige Zeit tot war, bevor sie in den Schacht geworfen wurde. Die einzig auffällige Blutung befand sich an ihrem Hinterkopf. Ihr Haar war blutdurchtränkt.«

»Dann wurde sie also von hinten erschlagen«, bemerkte ich. »Wenigstens war das ein rascher und relativ schmerzloser Tod. Können wir davon ableiten, daß sie ihren Mörder kannte und ihm vertraute, weil sie ihm den Rücken zuwandte?« Ich beantwortete meine eigene Frage, bevor Ramses oder Emerson mich darauf stoßen konnten. »Nicht unbedingt. Er könnte ihr aufgelauert und sie heimtückisch angefallen haben.«

»Aber sicherlich hätte sie nur ein Bekannter dazu überreden können, das Haus mitten in der Nacht zu verlassen«, wandte Katherine ein. »Man sollte doch annehmen, daß der Anschlag nicht in ihrem Zimmer stattfand. Ihr Bruder hätte den – äh – Vorfall doch bemerkt.«

»Brillante Logik, Mrs. Vandergelt«, bemerkte Ramses. »Jack zufolge speiste sie mit ihm zu Abend und zog sich dann wie gewöhnlich zurück. Erst am nächsten Morgen stellte er fest, daß sie verschwunden war und ihr Bett nicht angerührt hatte. Es besteht kein Zweifel, daß sie das Haus aus freien Stücken verließ. Eine der Türen war unverschlossen und unverriegelt. Entweder wurde sie aufgeweckt oder sie hatte bereits eine Verabredung getroffen – vermutlich letzteres, da sie ihr Hauskleid gegen Reitgarderobe austauschte und nicht zu Bett ging.«

»Und als Mr. Reynolds ihr Verschwinden bemerkte, machte er Jagd auf Sie«, folgerte Katherine. »Warum? Schauen Sie mich nicht so vorwurfsvoll an, Amelia, sondern denken Sie einmal darüber nach. Die Dame muß eine ganze Reihe von Verehrern gehabt haben; sie war jung, attraktiv und reich. In dieser Saison schien sie ihr Augenmerk auf Ramses gerichtet zu haben. Ich möchte Sie nicht kompromittieren, mein lieber Ramses – «

»Nein«, erwiderte Ramses. »Das ist – hm – ich verstehe, worauf Sie hinauswollen, Mrs. Vandergelt, und ich – hm – «

»Dachten Sie etwa, ich käme nicht auf diese Idee?« Sie lächelte spitzbübisch. »Wissen Sie, ich kenne Sie; ich bin mir sicher, daß Ihr Verhalten in Privatleben und Gesellschaft nichts zu wünschen übrig läßt. Warum sollte ihr Bruder ausgerechnet *Sie* verdächtigen, sie fortgelockt zu haben – um sie zu verführen, sollte man annehmen?«

Emerson schluckte geräuschvoll. »Gütiger Himmel, Katherine, was sind Sie doch für eine Zynikerin. Sie vermuten, daß jemand Reynolds diese Idee in den Schädel gesetzt hat?«

»Ein ziemlich bornierter Schädel, nicht wahr?« erwiderte Katherine nüchtern. »Er ist weder sonderlich phantasiebegabt noch spontan. Und dieses Szenario wäre so untypisch für Ramses, daß kein vernünftiger Mensch diesen Gedanken auch nur eine Sekunde lang verfolgte.«

»Danke«, murmelte Ramses leise.

»Keiner von uns hat diesen Gedanken verfolgt«, versicherte ich ihr. »Es ist überaus liebenswürdig von Ihnen, Katherine, daß Sie Ramses verteidigen, doch bei allem Respekt vor Ihrem Scharfsinn sehe ich nicht, wie uns das in irgendeiner Form weiterbringen könnte. Es sei denn, Sie gehen davon aus, daß das Mädchen von einem ihrer früheren Verehrer umgebracht wurde. Und er transportierte ihre Leiche die weite Strecke, weil er hoffte, damit den Mann zu belasten, der ihm Maudes Zuneigung geraubt hatte ... Hmmmm.«

»Bezähme deine übersteigerte Phantasie, Amelia«, schnaubte Emerson. »Falls es sich bei dem Tod des Mädchens um einen unabhängigen Vorfall handelt, könnte ein anderes Motiv vorliegen, aber es gab bereits – wie viele? – drei oder vier andere scheinbare Unfälle. Verflucht, die Sache muß mit unserer Suche nach dem Fälscher zusammenhängen. Sie wußte etwas – oder er dachte, daß sie etwas wüßte ...«

»Unfälle«, unterbrach ihn Cyrus. »Welche Unfälle?«

»Vermutlich«, sinnierte ich, »galten die abgefeuerten Schüsse nicht mir, sondern jemand anderem. Oder etwas anderem. Aber da war weit und breit kein anderes Ziel –«

»Schüsse«, hauchte Cyrus. Aufgeregt zerrte er an seinem Ziegenbart. »Mittlerweile sollte ich das bei Ihnen ja gewohnt sein, Amelia, aber zum Teufel, manchmal schaffen Sie es immer noch, daß mir das Blut in den Adern gefriert. Welche Schüsse? Wann? Wie viele dieser amüsanten kleinen Vorfälle gab es denn?«

Emerson war nicht gewillt zuzugeben, daß sein Beinahesturz von der Pyramide einer der besagten Vorfälle gewesen war, doch wir anderen überstimmten ihn; die Tonscherbe war so plaziert worden, daß er den tückischen Abstieg hatte nehmen müssen.

»Das Verrückteste an der ganzen Geschichte«, erklärte ich, »ist die Tatsache, daß wir keine Ahnung haben, warum der Schurke es ausgerechnet auf uns abgesehen hat. Wären wir ihm auf den Fersen, dann würde er uns vielleicht gern loswerden oder vernichten, aber wir haben nicht einen verfluchten Hinweis auf seine Identität, und das muß ihm bewußt sein. Ein sensibler Schurke (falls es diese Spezies gibt) würde alles vermeiden, um uns nicht gegen sich aufzubringen.«

Katherine und ihr Gatte blickten sich an. Cyrus schüttelte den Kopf. Katherine zuckte die Schultern.

»Denkst du das gleiche wie ich?« wollte Cyrus von seiner Frau wissen.

»Ich glaube schon, Cyrus.«

»Wovon redet ihr?« drängte ich.

»Ich verstehe nicht, warum ihr nicht darauf gekommen seid.« Katherine wandte mir erneut den Rücken zu. »Könnten wir uns irren, Cyrus?«

»Verflucht, ich wüßte nicht, wieso, Katherine.«

»Zum Teufel damit!« brüllte Emerson. »Vandergelt, wollen Sie mich mit Ihren geheimnisvollen Andeutungen und Ihren rhetorischen Fragen in den Wahnsinn treiben? Sie klingen wie meine Frau.«

»In Ordnung, alter Junge.« Cyrus grinste. »Sie liegen völlig daneben, und ich erkläre Ihnen auch, warum. Ihre Unfälle haben verflucht nichts mit den Fälschungen zu tun. Sie dienen einzig und allein einem Zweck: Jemand will Sie aus Zawiet el-Aryan vertreiben!«

Nach einer Gesprächspause, die mir unverhältnismäßig lang erschien, erklärte Emerson: »Peabody, wenn du mir jetzt erzählst, daß du bereits auf diese Theorie gestoßen bist, dann werde ich – dann werde ich dich nie wieder ins Innere einer Pyramide mitnehmen!«

»Dann werde ich dir nichts erzählen, Emerson.«

»Aber Mrs. Vandergelt, das ist absolut brillant!« entfuhr es Nefret. Sie klatschte in die Hände und sprang auf – und trat Horus empfindlich auf den Schwanz, der sich, davon bin ich überzeugt, so breit wie eben möglich gemacht hatte, weil er hoffte, daß ihn jemand treten und ihm damit einen Grund zur Beschwerde liefern würde. Er beschwerte sich überaus lautstark und griff Nefrets weitschwingenden Rock mit seinen Krallen an. Nefret versuchte, seinen Pfoten mit einem Sprung auszuweichen, stolperte über die Rüschen ihres Unterkleides und stürzte geradewegs in Ramses' Arme, der ihr zu Hilfe geeilt war. Um sie vom Zugriff der Katze zu erlösen, hob er sie hoch. Als er bemerkte, daß er kein Mitgefühl von Nefret erwarten durfte, die über ihren lädierten Rock fluchte, stürmte Horus aus dem Zimmer und stieß wie zufällig einen kleinen Tisch sowie eine Fußbank um. Ramses lachte schallend; Horus' Niederlagen heiterten ihn ungemein auf.

»Man kann es den Mädchen kaum übelnehmen«, flüsterte Katherine. »Gütiger Himmel, Amelia, der Bursche ist absolut unwiderstehlich, wenn er lächelt!«

»Hmmm«, erwiderte ich. »Aber er ist nicht eitel, das muß ich ihm zugute halten. Bitte, ermutigen Sie ihn nicht. Ramses, laß sie runter.«

»Ja, Mutter.«

Er setzte Nefret auf dem Sofa ab, und Emerson meinte säuerlich: »In diesem Haus wird es einem nie langweilig.«

Nefret hatte ihre Knöchel untersucht. »Es hätte schlimmer kommen können. Du warst flink wie eine Katze, Ramses. Danke.«

»Es ist keineswegs schwierig, schneller zu sein als dieser

Kater«, erwiderte Ramses. »Wenn er noch fetter wird, müssen wir einen eigenen Eselskarren für ihn mieten.« Als er den kritischen Blick seines Vaters bemerkte, wurde er wieder ernst. »Mrs. Vandergelt, Sie müssen uns für ziemliche Idioten halten.«

»Ich glaube«, erwiderte Katherine, »daß eure Zuneigung für David und Abdullah die ganze Sache erschwert. Ihr habt euch so intensiv auf die Fälschungen konzentriert, daß ihr an nicht anderes mehr denken könnt.«

»Man hat ins Amarna House eingebrochen«, wandte ich ein.

Cyrus schüttelte den Kopf. »Das können Sie nicht mit den hier auf Sie ausgeübten Anschlägen in Verbindung bringen, Amelia. Offensichtlich wollte der Eindringling lediglich den Skarabäus zurück. Hätte Ramses sich nicht eingeschaltet, wäre niemandem auch nur ein Haar gekrümmt worden.«

»Verflucht!« entfuhr es mir. »Katherine, Sie haben meinen sämtlichen Theorien den Boden entzogen. Ich hatte bereits mehrere Verdächtige fallengelassen, weil sie ein Alibi für die jeweiligen Anschläge hatten. Howard war im Delta, Geoffrey befand sich auf – äh – ich meine, er befand sich bei mir, als der unsichtbare Schütze seine Schüsse abfeuerte. Sie sind wild entschlossen, uns aus dem Exkavationsgebiet zu vertreiben, aber das hat noch lange nichts mit dem Fälscher zu tun. Wir müssen wieder ganz von vorn anfangen!«

Fatima erschien, um uns mitzuteilen, daß das Abendessen fertig sei. Während wir zum Eßzimmer schlenderten, bemerkte Emerson: »Es wird höchste Zeit, daß David hierherkommt. Verflucht, er hat lange genug auf Kreta herumgelungert.«

»Du weißt genau, daß sie das nächste Schiff nehmen würden, wenn er auch nur einen Hinweis erhalten hätte, daß einer von uns in Gefahr schwebt«, erwiderte ich. »Was hat Lia denn in ihrem letzten Brief geschrieben, Nefret?«

»Sie beschuldigte mich, ihr etwas zu verheimlichen«, murmelte Nefret niedergeschlagen. »Sieh mich nicht so skeptisch an, Tante Amelia, ich habe nichts verraten. Du kannst mir glauben, es ist verflucht – Verzeihung! – schwierig, Belanglosigkeiten zu schildern und alles zu vermeiden, was ihren Verdacht erregen könnte!«

»Da wir gerade vom Amarna House sprachen«, hub ich an.

»Wir sprachen keineswegs davon«, wandte Emerson ein. Fatima entfernte seine leere Suppentasse, und er sagte freundlich: »Hervorragende Suppe, Fatima.«

»Wir sprachen soeben davon«, nahm ich meinen Gesprächsfaden wieder auf, entschlossen, mich nicht von ihm ablenken zu lassen. »Ich wollte schon immer fragen und vergesse es ständig – schließlich sind so viele andere Dinge passiert – die Suppe war hervorragend, Fatima. Sag das auch Mahmud.«

»Ja, Sitt Hakim. Vielen Dank.«

»Der Einbruch«, meinte Cyrus. »Ich bin verdammt froh, daß Sie dieses Thema erneut aufgreifen, Amelia, denn Sie haben mich neugierig gemacht. Warum ging der Bursche ein solches Risiko ein, um den Skarabäus wieder in seinen Besitz zu bringen? Offenbar barg dieser keinen Hinweis auf seine Identität, ansonsten würden Sie doch nicht im dunkeln tappen.«

Erwartungsvoll blickten wir anderen zu Ramses. Dieses Interesse gefiel ihm gar nicht. »Ich weiß die Antwort ebenfalls nicht«, sagte er kurz angebunden.

»Schade, daß wir das Stück nicht fotografiert haben«, sinnierte ich. »Aber selbstverständlich rechneten wir nicht damit, daß er uns so rasch wieder abhanden kommen könnte. Hast du eine Abschrift der Übersetzung mitgenommen, Ramses?«

»Ich habe sie nicht schriftlich fixiert, Mutter.« Stirnrunzelnd nahm er sein Messer und zerlegte die ihm servierte Portion Brathühnchen. Es war – wie bei ägyptischem Geflügel häufig der Fall – etwas zäh.

»Ich schätze, Sie haben die Inschrift so fließend lesen können wie einen englischen Text.« Grinsend schüttelte Cyrus den Kopf.

»Ja, Sir. Allerdings«, erwiderte Ramses und fuhr dann zögernd fort, »ich habe eine Kopie der Hieroglyphen-Inschrift angefertigt. Möchten Sie sie sehen?«

»Wer, ich?« Cyrus lachte. »Das wäre sinnlos, da ich nur wenige Wörter entziffern kann.«

»Ich möchte sie sehen«, warf ich ein. »Warum hast du mit keinem Wort erwähnt, daß du eine Abschrift besitzt?«

»Niemand hat mich danach gefragt«, erwiderte Ramses.

Nefret warf ein Brötchen nach ihm.

»Dann wollen wir uns das einmal genauer ansehen«, meinte Emerson, als Ramses das Brötchen aufgefangen und es Nefret galant zurückgegeben hatte.

»Jetzt?« fragte Ramses.

»Nach dem Essen«, wandte ich ein. »Wenn du und Nefret eure kindischen Spielchen einstellt – noch dazu im Beisein von Gästen! –, sind wir um so rascher fertig.«

»Verzeihung, Tante Amelia«, murmelte Nefret. Allerdings bedachte sie Ramses mit einem durchtriebenen Grinsen, und seine schmalen Lippen verzogen sich leicht.

Während Fatima den Tisch abräumte, machte sich Ramses auf die Suche nach seinem Text. Als er das zerknüllte Stück Papier glättete, rückten wir alle näher zusammen. Im Gegensatz zu seiner üblichen Handschrift, die dem Gekritzel eines ägyptischen Analphabeten gleicht, sind die von Ramses zu Papier gebrachten Hieroglyphen sauber und leicht lesbar – immer vorausgesetzt natürlich, daß man der altägyptischen Schrift mächtig ist. Ich würde niemals behaupten, daß meine

Sprachkenntnisse hervorragend sind, doch die ersten Wörter waren selbst mir vertraut.

»Imy-re – äh – hmmm«, las ich laut vor. »Der Aufseher der Schiffe, Erbprinz und Fürst, oberster Gebieter. Das sind die Titel des hohen Würdenträgers, der den Text verfaßte, Cyrus.«

»Ganz recht, meine Liebe«, erwiderte Emerson sichtlich erheitert. Er tätschelte meine Hand. »Schlage vor, wir lassen Ramses den gesamten Text übersetzen – ohne ihn zu unterbrechen.«

»Ein hervorragender Vorschlag, Emerson«, erwiderte ich huldvoll.

Es handelte sich zweifelsfrei um ein erstaunliches Dokument. Die Ägypter waren hervorragende Schiffsbaumeister, und sie verfügten über astronomische Kenntnisse. Trotzdem war es kaum vorstellbar, daß die Umsegelung der Küste einem der frühen Kapitäne gelungen wäre – selbst dann nicht, wenn er die Gunst sämtlicher Götter des überaus umfangreichen Pantheons genoß und er für die Aufnahme neuen Proviants gelegentlich vor Anker ging. Ich jedenfalls glaubte das nicht; und auch Ramses' erklärende Kommentare machten deutlich, daß beinahe jede Textpassage späteren Quellen entnommen war. Der Mann, der diese zusammengestellt hatte, war offensichtlich mit solchen Quellen sowie der ägyptischen Sprache vertraut.

»Darüber hinaus stößt man auf gewisse Ungereimtheiten«, erklärte Ramses. »Ganz offensichtlich beginnt der Text mit den Titeln und dem Namen des vermeintlichen Verfassers. Das höfische Protokoll ließe erwarten, daß Datum, Pharaonenname und Titel den seinen vorausgehen. Sie sind zwar hier genannt, aber erst im Anschluß an die Titel des Beamten, und sie befinden sich nicht in der korrekten Reihenfolge.«

»Ich verstehe, was du meinst«, entfuhr es Emerson. »Der Bursche war ein Prinz und ein Fürst und oberster Gebieter und so weiter; warum sollte er seinen Posten als Schiffsinspektor vor seinen hochrangigeren Titeln erwähnen? Ist das von Bedeutung?«

»Wenn ja, dann ist mir die Bedeutung unklar«, erwiderte Ramses ziemlich schnippisch. Er war zwar nicht eitel, gab aber nur ungern zu, daß auch seine Kenntnisse des Ägyptischen gelegentlich nicht weiterhalfen – wie in diesem Fall.

»Also befand sich der Hinweis«, bemerkte ich, »der uns vielleicht weitere Informationen geliefert hätte, nicht in dem eigentlichen Text.«

Ramses gestand, zur gleichen Schlußfolgerung gelangt zu sein. Seiner Ansicht nach mußte der Hinweis allerdings so winzig gewesen sein oder so überaus geschickt versteckt, daß er ihn nicht bemerkt hatte. Er fügte noch hinzu, daß jede weitere Spekulation reine Zeitverschwendung sei, da sich das unselige Stück ohnehin nicht mehr in unserem Besitz befände. Dem mußte ich gezwungenermaßen zustimmen.

Da der darauffolgende Tag ein Freitag war und damit der Ruhetag unserer Männer, hatte sich Emerson einverstanden erklärt, mich nach Kairo zu begleiten und die Nacht im Shepheard's zu verbringen. Eigentlich paßte ihm das gar nicht – es paßt ihm nie! –, und jetzt sann er fieberhaft auf eine Ausrede, um das Ganze rückgängig zu machen.

»Es gefällt mir gar nicht, die Kinder allein zu lassen, Peabody«, bemerkte er scheinheilig. »Vandergelts Vorstellung, daß jemand uns an der Exkavation von Zawiet hindern will – «

»Hat die augenblickliche Situation nicht verändert, Emerson«, erklärte ich. »Die Gefahr ist immer noch die gleiche, und ich verlasse mich darauf, daß die Kinder vorsichtig sein werden.«

»Korrekt«, erwiderte das männliche »Kind« energisch, während das weibliche »Kind« die Lippen verzog und die Augen verdrehte.

»Hmhm«, brummte Emerson. »In Ordnung. Äh – Nefret, ich habe eine ganze Reihe von Notizen gemacht, die übertragen werden müssen. Das wird dich vermutlich den Großteil des Tages beschäftigen.«

»Ich hatte vor, Ramses nach Atiyah zu begleiten«, protestierte Nefret. »Kadija erwartet mich.«

»Das könnt ihr ein anderes Mal machen. Wir werden am frühen Samstagmorgen zurückkehren und unsere Arbeit erneut aufnehmen.« Als er ihr betrübtes Gesicht bemerkte, änderte er seine Taktik. »Ich weiß, daß du mich für übervorsichtig hältst, meine Liebe, tu mir trotzdem den Gefallen und versprich mir, daß du dich morgen nicht allzu weit vom Haus entfernst. Hier kann dir gar nichts passieren.«

9

Mit entblößtem Oberkörper, die Säbel zum Kampf gezückt, standen wir uns gegenüber. Ahmed war ein ungeschlachter Hüne, sein Körper von den Narben unzähliger solcher Auseinandersetzungen bedeckt, seine Reichweite erheblich größer als meine. Meine einzige Hoffnung bestand darin, ihn aufgrund meiner rascheren Reaktion und meiner Verteidigungskünste zu schlagen. Tränenüberströmt rief das Mädchen meinen Namen ...

Aus Briefsammlung B

Liebste Lia,

ich weiß nicht, ob Dich dieser Brief je erreichen wird – aber ich muß Dir unbedingt etwas erzählen – ich muß jemandem von ihm erzählen –, und außer Horus ist niemand da, und der ist kein guter Zuhörer, schon gar nicht, nachdem wir ihn letzte Nacht ausgesperrt hatten. Der Professor und Tante Amelia sind noch nicht zurückgekehrt, und außerdem habe ich versprochen, auf ihn zu warten, so daß wir es ihnen gemeinsam beichten können. Er ist kaum eine Stunde fort, doch es erscheint mir wie eine Ewigkeit. Wie konntest Du diese endlo-

sen Wochen und Monate der Trennung von David nur ertragen? Besonders diese gräßliche Zeit, als Du befürchten mußtest, daß Ihr niemals zusammenkommen würdet?

Klinge ich sehr verrückt? Ich bin es! Ich habe mich Hals über Kopf unsterblich verliebt! Vielleicht bringt mich dieser Brief wieder auf klare Gedanken. Ich hoffe, Du kannst alles lesen. Mein Hand zittert, und ich habe Herzflattern.

Das Ganze ist allein Percys Werk. Ist das nicht merkwürdig? Du hättest doch sicherlich nie damit gerechnet, daß ein Mann wie Percy, der mir so zuwider ist, für mein grenzenloses Glück verantwortlich zeichnet!

Als ich gestern nachmittag allein in unserem Salon saß, schaute Percy vorbei. Tante Amelia und der Professor wollten die Nacht in Kairo verbringen – sie, um »freundschaftliche Sozialkontakte« im Shepheard's zu pflegen, er, um jemanden am Deutschen Institut zu treffen –, und Ramses war nach Atiyah aufgebrochen, um Selim irgendwelche Anweisungen des Professors zu übermitteln. Percy ließ sich erst gar nicht ankündigen, sondern kam geradewegs nach oben, die aufgebrachte Fatima im Schlepptau. Ein zackiges Klopfen war die einzige Vorwarnung. Als ich ihn in schneidiger Pose auf der Schwelle stehen sah, hinter ihm die arme, ihn zurechtweisende und mich um Entschuldigung bittende Fatima, hätte ich ihm am liebsten das Tintenfaß entgegengeschleudert.

Warum ich das nicht machte? Weil ich ein Feigling und ein Dummkopf war. Ein Feigling, weil ich Angst vor Ramses' Reaktion hatte – sofern er erfuhr, daß ich ihn hintergangen hatte –, ein Dummkopf, weil ich glaubte, daß Percy trotz allem ein Gentleman war. Wann immer ich ihm begegnete, gab er mir mit bedeutungsvollen Blicken und verständnisvollem Nicken seine Komplizenschaft zu verstehen – ziemlich unangenehm und nervtötend, aber keineswegs bedrohlich. Ich glaubte nicht, daß Percy tatsächlich mit der Wahrheit her-

ausrücken würde. Und daß er – pfui, Teufel (soll heißen, Percy) – mit der eigenen Bloßstellung drohte, um mich zu erpressen, das erschien mir einfach zu absurd.

Deshalb erklärte ich Fatima, daß sie gehen könne, und bot Percy einen Stuhl an. Mit einer einladenden Geste bot er auch mir einen Sitzplatz an – auf dem Diwan. Er war so gepflegt gekleidet, daß es irgendwie fehl am Platz wirkte – an den einzelnen Kleidungsstücken gab es nichts auszusetzen, aber das Gesamterscheinungsbild schien irgendwie übertrieben.

Ich blieb stehen. »Ich bin wirklich sehr beschäftigt, Percy. Was willst du?«

»Mir dir plaudern.« Als er mich feixend musterte, begriff ich, daß er betrunken war. Keinesfalls so betrunken, daß er schwankte oder lallte, aber es reichte aus, um sein Spatzenhirn außer Kraft zu setzen.

Ich versuchte es mit abgedroschenen Phrasen. »Du befindest dich beileibe nicht in dem Zustand, in dem man sich in die Gesellschaft von Damen begibt.«

»Es erforderte meinen ganzen Heldenmut«, murmelte Percy blasiert. »Sei mir nicht böse, Nefret. Ich habe meinen Teil der Abmachung eingehalten, oder etwa nicht?«

»Genaugenommen kann ich mich an keine Abmachung erinnern. Du verschwindest besser, bevor Ramses zurückkommt. Er kann jeden Augenblick hier sein.«

Eine weitere Fehleinschätzung meinerseits – aber ganz ehrlich, wer hätte vermutet, daß er denselben dummen Fehler zweimal begehen würde? Er beschimpfte Ramses in übelster Form und schoß auf mich zu. Er umschlang mich tolpatschig, und ich zischte wütend: »Laß mich los.«

»Das meinst du doch gar nicht so. Ihr superintelligenten Frauen seid doch alle gleich; in Wahrheit wollt ihr einen Mann, der euch beschützt.«

Ich schaffte es, seinen tolldreisten Versuchen, mich zu küs-

sen, auszuweichen, bekam einen Arm frei und verlagerte mein Gewicht auf meinen linken Fuß. Während ich noch überlegte, welchen von Percys Körperteilen ich am ehesten empfindlich treffen könnte, sprang die Tür zum Salon auf.

Ich hatte Percy angelogen. Ich hatte Ramses keineswegs so früh zurückerwartet. Sein Anblick ließ mich für Sekundenbruchteile erstarren, und Percy nutzte die Gelegenheit und küßte mich auf den Mund. Das nächste, woran ich mich erinnern kann, war eine geräuschlose Explosion. Sie riß Percy den Boden unter den Füßen weg und katapultierte ihn über einen der Stühle und gegen die Wand; ich stolperte nach hinten und hätte unweigerlich mein Gleichgewicht verloren, wenn Ramses mich nicht gepackt hätte.

Dann bemerkte ich seinen Gesichtsausdruck.

Ich warf mich an seine Brust und umklammerte ihn mit beiden Händen. Für Sekundenbruchteile befürchtete ich, er wäre so wütend, daß er mir weh tun würde. Schließlich entkrampften sich seine Finger, die mich umschlossen hielten, und er sagte: »Steh auf und verlaß das Zimmer. Ich weiß nicht, wie lange ich das noch ertragen kann.«

Ich hatte keine Ahnung, wie lange ich das noch ertrug. Seine beherrschte Stimme hatte mich nicht täuschen können. Ich umschlang ihn fester und schmiegte mich an ihn. Ich wagte nicht einmal, meinen Kopf zu heben, der an seiner Schulter ruhte; ich hatte das Gefühl, daß er mich so unbeteiligt und gedankenlos wie ein Möbelstück beiseite schieben würde, wenn ich auch nur geringfügig nachgab; und was dann aus Percy wurde, war nicht auszudenken. Ich hörte, wie Percy jammerte und stöhnte, obwohl er nur leicht verletzt war; schließlich erhob er sich mühsam und trottete davon.

Ramses hob mich hoch – ich hatte auf seinen Füßen gestanden. Er hielt mich im Arm, schlenderte zur Tür und knallte sie zu.

»Laß mich los«, schnaubte er. »Tu nicht so, als würdest du gleich in Ohnmacht fallen. Du hast mein Hemd zerrissen, und ich glaube, diese schmerzhafte Stelle an meinem Hals stammt von deinen Zähnen.«

»Dann laß mich zuerst runter.«

»Oh. Tut mir leid.« Er setzte mich auf dem Boden ab.

»Nein, tut es dir nicht.« Ich hob den Kopf und untersuchte seinen Hals. »Kein Blut.«

»Würdest du das noch einmal wiederholen?«

»Hör auf damit!« Ich umklammerte seine Schultern und versuchte ihn zu schütteln. »Kannst du nicht einmal in deinem Leben zugeben, daß du ein Mensch mit menschlichen Empfindungen bist? Du wolltest ihn umbringen. Du hättest ihn umgebracht. Ich mußte dich mit allen mir zur Verfügung stehenden Mitteln daran hindern.«

»Warum?«

Diese Frage raubte mir den Atem. Meine Gefühle fuhren mit mir Karussell. Als ich wieder klar denken konnte oder das zumindest annahm, trat ich einen Schritt zurück und holte aus. Meine Faust traf seine erhobene Hand.

»Ich nehme an, das könnte die Antwort sein.« Sein Blick wanderte von meinem Gesicht zu meinem Hals. Meine Bluse war fast bis zur Taille geöffnet. »War Percy das?« fragte er.

»Ich glaube, du warst das. Als du uns auseinanderzerrtest.« Vielleicht entsprach das der Wahrheit.

»Tut mir leid.«

»Du brauchst dich nicht zu entschuldigen.«

»Wie dem auch sei. Du wirkst immer noch etwas aufgebracht. Setz dich, und ich besorge dir ein Glas Brandy.«

»Noch nicht. Ich meine ...« Ich konnte ihn nicht anschauen. Sein hämisches Grinsen ging mir durch Mark und Bein. Ich raffte meine Bluse zusammen. »Ich werde mich umziehen. Bleibst du hier? Oder willst du noch weg?«

»Ich bleibe hier.« Er schlenderte zum Fenster und wandte mir den Rücken zu.

Du weißt, wie Dich Deine Augen gelegentlich täuschen können – wie Formen und Schatten eine gewisse Gestalt annehmen und dann miteinander verschmelzen? So war es eigentlich nicht; physisch hatte er sich nicht verändert, er war derselbe wie immer. Ich kannte jede Bewegung seiner schlaksigen Gestalt, jede Locke seines zerzausten schwarzen Haars. Trotzdem hatte ich ihn noch nie gesehen. Du weißt, was ich damit sagen will, nicht wahr? Die Veränderung liegt im Herzen.

Ich muß irgendein Geräusch von mir gegeben haben – ein Seufzen, einen lauten Atemzug. Er wirbelte herum, und da war es wieder. Die mir vertrauten Gesichtszüge waren dieselben, aber jetzt sah ich die Zärtlichkeit, die er mit seinem albernen Grinsen zu verbergen versuchte, seine markanten Schläfen und Wangenknochen, und seine Augen – weit geöffnet, aufrichtig und ohne das übliche Mißtrauen.

Einige Sekunden lang verharrte er reglos und beobachtete mich. Dann streckte er seine Hand aus. »Komm zu mir«, sagte er.

Ich konnte mich nicht bewegen. Ich hatte das Gefühl, auf dem Kopf zu stehen und nicht auf meinen Füßen. Mir war schwindlig.

»Weißt du, es ist zu spät«, murmelte er. »Zu spät für mich, was auch immer du vorhast. Kannst du mir nicht wenigstens etwas entgegenkommen?«

Ich weiß nicht mehr, wieviel Zeit zwischen dieser herzzerreißenden Frage und dem Augenblick verstrich, als er mich an sich drückte und seine Lippen meinen Mund suchten.

Wieso war mir das nicht klar gewesen? Wie hatte ich nur so dumm sein können? Warum hatte mich niemand aufgeklärt? Er lachte mich aus, als ich mich diesbezüglich äußerte. Ich liebe sein Lachen, Lia. Sein Gesicht verändert sich völlig, seine

Augen strahlen, und sein Mund wird weich und ... Du siehst, ich bin mit Haut und Haaren verliebt.

Erst als Fatima an die Tür klopfte und fragte, wann sie das Abendessen auftragen solle, begriff ich, wieviel Zeit verstrichen war. Wir saßen im Dunkeln. Er küßte mich erneut und schob mich dann sanft von sich.

»Ich werde ihr sagen, in zehn Minuten. Ist das lange genug?«

»Ja. Nein. Sag ihr ... Sag ihr, daß wir kein Abendessen wollen. Sag ihr, sie soll verschwinden.«

An dieser Stelle habe ich meinen Brief unterbrochen, weil Narmer bellte und ich hoffte ... Aber er war es nicht. In diesem Zimmer halte ich es nicht länger aus; ich werde an der Eingangstür nach ihm Ausschau halten. Dann sind der Weg und die Zeit bis zu unserem Wiedersehen etwas kürzer ... ich stecke den Brief in einen Umschlag und lege ihn zu der anderen Post auf dem Tisch.

Ich hoffe, Du denkst jetzt nicht, daß ich an dieser interessanten Stelle abbrach, um literarische Spannung aufzubauen oder weil ich mich schämte, das Vorgefallene zuzugeben. Ich schäme mich keineswegs. Ich wußte ja gar nicht, daß ein solches Glück möglich ist! Wenn Ihr nicht das nächste Schiff nehmt, werdet Ihr die Hochzeit versäumen; selbst für Euch, meine liebsten Freunde, werde ich keinen Tag länger warten! Nicht, daß mich gesellschaftliche Konventionen kümmerten – aber der Professor wäre außer sich, und Tante Amelia würde uns einen Vortrag halten – sie verstehen das nicht, da sie in einer völlig anderen Welt leben –, und mein armer Schatz hat einen so gewaltigen Respekt vor ihnen, daß er sich vielleicht sogar in seinem Zimmer einschließen würde und die Tür nicht mehr zu öffnen wagte. Dann müßte ich durch sein Fenster klettern! Das würde ich auch machen, um bei ihm zu sein!

Gott sei Dank hat Ibrahim die Fensterverkleidungen mit Angeln versehen!

Was gestern abend geschah, dafür kann er nichts, das lag ausschließlich an mir ... fast ausschließlich ... Wenn ich nur daran denke, könnte ich vor Sehnsucht dahinschmelzen. Aber das ist nicht der einzige Grund, weshalb ich ihn so sehr liebe, Lia. Nach außen hin gibt er vor, den männlichen Ehrenkodex seiner Gesellschaftsschicht zu verachten, trotzdem verkörpert er alles, was diese Gentlemen von sich behaupten und selten beweisen – Höflichkeit, Stärke, Tapferkeit und Ehrlichkeit.

Aus Manuskript H

Ramses mußte Ali nicht fragen, wer der Besucher war. Das Pferd war schweißüberströmt, und man sah das Weiße in seinen Augäpfeln. Percys Pferde wirkten immer so, als wären sie zu lange geritten und nicht entsprechend gepflegt worden. Er verharrte gerade solange, bis er dem Stallknecht aufgetragen hatte, das Pferd abzureiben und ihm Wasser zu geben. Im Innenhof war niemand. Im Laufschritt eilte er durch den Gang zu ihren Zimmern. Schon als Kind hatte ihn irgend etwas an Percy abgestoßen, und er hatte ständig zwischen Ablehnung und Verachtung geschwankt. Und was er einige Wochen zuvor über seinen Cousin erfahren hatte, machte den Gedanken, daß er allein mit Nefret war, für ihn unerträglich.

Er bezweifelte nicht, daß sie sich zu verteidigen wußte, doch als er sie in Percys tolpatschiger Umarmung erblickte, siegte nackte Mordlust über jeden anderen Gedanken und jede Empfindung.

Ein herrliches Gefühl.

Ihr an ihn geschmiegter Körper und ihre Fingernägel, die sich in seine Haut gegraben hatten, brachten ihn wieder zur Besinnung. Langsam und vorsichtig löste er seine Hände von ihrer Taille. Ihr Gesicht war aschfahl. Er hoffte, daß er ihr nicht weh getan hatte. Das hatte er nicht gewollt.

Percy war mit einer solchen Wucht vor die Wand geprallt, daß mehrere Photos vom Regal gefallen waren, und jetzt kniete er und umklammerte seinen Unterleib. Einige passende Worte sorgten dafür, daß er aufsprang und das Weite suchte. Immerhin besaß er so viel Verstand, nichts zu erwidern, doch der Blick, den er Ramses zuwarf, sprach Bände. Nun ja, sie gaben ein überaus reizendes Bild ab, dachte Ramses – das verzweifelte Mädchen klammerte sich an ihren Retter, ihr goldener Schopf ruhte an seiner Brust, sein starker Arm umfing sie. Vermutlich war Percy nicht in der Lage, zu erkennen, daß er sie nicht umarmte, sondern hochhob. Sie stand auf seinen Füßen.

Jedenfalls hatte sie ihr Vorhaben durchgesetzt. Er hatte Percy nicht das Genick gebrochen. Das war vermutlich auch besser so. Sie wußte, daß er in der Lage war, einen Menschen umzubringen, doch der Mord an einem Familienmitglied hätte unangenehme Folgen für die Betroffenen nach sich gezogen.

Das war nett von ihr gewesen. Wenn sie nur endlich verschwinden würde und aufhörte zu reden, aufhörte, ihn zu berühren, und ihm die Gelegenheit gäbe, wieder zur Beherrschung zu finden ... Sie sagte, sie wolle keinen Brandy. Sie bat ihn, zu warten, während sie sich umzog. Ihr Haar hatte sich gelöst, ihre Lippen bebten und ihr Kleid war zerrissen. Erneut überkam ihn mörderische Wut, und er trat ans Fenster, weil er sie nicht anschauen konnte.

Dann vernahm er ein seltsames, leises Geräusch, halb Seufzen, halb Schluchzen, und er drehte sich um. Als er ihr Gesicht betrachtete, raubte es ihm den Atem. Dieser Blick war unverkennbar, er hatte lange genug darauf gewartet. Wenn er zu ihr ging, das wußte er, dann würde sie sich unweigerlich in seine Arme stürzen, trotzdem zwang er sich zur Zurückhaltung. Der nächste Schritt, der letzte, mußte von ihr kommen. Es lag an ihr, sofern ihre Zuneigung der seinen entsprach.

Schließlich stolperte sie auf ihn zu. Sie trafen sich auf halbem Wege.

Als sie in der Dunkelheit vor Sonnenaufgang schweigend in seinen Armen lag, spürte er eine Träne auf seiner Schulter und fragte, warum sie weinte.

»Ich fühle mich wie Sinuhe.«

Er lachte kurz auf und zog sie enger an sich heran. »Aber bestimmt nicht wegen mir, oder?«

»Du weißt genau, was ich meine«, prustete sie, und ihr Atemhauch streifte seine Haut.

»Ich glaube schon. Aber ich möchte es von dir hören.«

»Ich fühle mich wie ein Verbannter, der endlich heimgekehrt ist.«

Darauf hin schlief sie ein, aber er lag wach und hielt sie in seinen Armen, bis der Morgen dämmerte und sie sich lächelnd streckte.

Als Emerson und ich an jenem Morgen zum Haus zurückkehrten, standen sie wartend vor der Eingangstür – ein alter Mann und eine verschleierte Frau mit einem kleinen, überaus schmutzigen Kind. Ich hielt die Frau für eine von Nefrets erkrankten Patientinnen; sie war sittsam in das klassische dunkelblaue Gewand gehüllt, ohne das sich keine Frau, gleich welcher Gesellschaftsschicht, in die Öffentlichkeit gewagt hätte; doch die schwarzen, hinter ihrem Schleier sichtbaren

Augen waren stark mit Kajal umrahmt, und der billige Schmuck verriet eindeutig ihre Berufsgruppe. Der Mann, dessen staubiggrauer Bart nach parfümiertem Öl roch, trug einen farbenfrohen Seidenkaftan mit einem bunten Schal als Gürtel. Entweder hatten sie nicht den Mut aufgebracht, nach Nefret zu fragen, oder Ali hatte sich geweigert, sie einzulassen, was man ihm schwerlich übelnehmen konnte.

Ich wollte mich gerade der Frau zuwenden, als Emerson den alten Mann mit Namen anredete.

»Wie kannst du es wagen, meine Schwelle zu beschmutzen, Ahmed Kalaan? Du weißt, wo das Krankenhaus ist; bring sie dorthin.«

Die Frau schrak zurück. Der alte Mann packte ihren Arm. »Nein, Vater der Flüche, nein. Und schick mich nicht in die Küche, als wäre ich ein Bediensteter. Ich komme als Freund, um dir zu helfen.«

»Pah«, schnaubte Emerson. »Du mieser, hinterhältiger, alter ...«

Ihm fehlten die Worte. Die von ihm in besagtem Augenblick gern verwendeten Ausdrücke wären für meine Ohren wohl zu infam gewesen, geschweige denn für ein unschuldiges Kind. Trotz seiner Großspurigkeit wollte Kalaan den Zorn des Vaters der Flüche nicht riskieren. Mit einem unterdrückten Fluch stürzte er sich auf das Kind, dessen Gesicht an der Schulter der Frau ruhte. Es klammerte sich verzweifelt an seine Mutter – denn diese vermutete ich in der Frau –, doch Kalaans klauenartige Hände zerrten die Kleine von ihr fort und hielten sie uns entgegen, so daß wir ihr Gesicht sehen konnten. Ihre Haut war braun, ihr lockiges Haar schwarz, ihre Gesichtszüge fein geschnitten und augenblicklich vor Angst verzerrt. Es handelte sich um ein typisches, ägyptisches Kind ... mit einer Ausnahme.

»Seht – seht sie euch an!« geiferte Kalaan.

»Gütiger Himmel«, seufzte Emerson. Er blickte zu mir. »Peabody ... was – «

Obwohl ich zutiefst erschüttert war, bin ich es gewohnt, in Krisensituationen rasch zu reagieren. Und hier handelte es sich zweifellos um eine Krise. Ich sagte: »Wir können diese Angelegenheit nicht auf offener Straße klären. Schaff sie sofort ins Haus. Ali, öffne die Tür.«

Über Kalaans Gesicht huschte ein durchtriebenes Grinsen. Er drückte das Kind erneut in die Arme der Mutter und stolzierte mir hinterher. Fatima, die sich im Innenhof aufhielt, entfuhr beim Anblick des Trios ein entsetzter Aufschrei. »Sitt Hakim – wohin bringst du sie, Sitt? Wenn sie zu Nur Misur wollen, so ist sie hier. Sie möchte dich und den Vater der Flüche sehen – «

»Ist Ramses auch hier?« fragte Emerson.

»Aywa. Er traf kurz vor euch ein und ging mit Nur Misur in sein Zimmer. Möchtet ihr – «

»Jetzt nicht, Fatima«, erwiderte ich und machte der armen Frau die Tür vor der Nase zu.

Kalaan wählte den bequemsten Sessel, ließ sich nieder und grinste mich unverschämt an. Er hatte alles unter Kontrolle und war sich dessen bewußt. Mit einer schroffen Geste wies er die Frau ab, die wie ein geprügelter Hund auf ihn zukroch. Aufgrund seiner verzweifelten Umklammerung hatte das Kind ihren Schleier heruntergerissen. Sie war jünger, als ich erwartet hatte – vermutlich sogar jünger, als sie aussah, denn der von ihr geführte Lebenswandel läßt Frauen schneller altern.

»Setz dich, meine Liebe«, meinte Emerson, an mich gewandt. Er mußte sich so beherrschen, daß ich um seine Gesundheit bangte. Bevor er noch etwas sagen konnte, sprang die Tür zum Salon auf.

Nefret unterzog sich nicht der Mühe anzuklopfen. Das

machte sie ohnehin nur selten, und sie hatte keinen Grund zu der Annahme, daß wir nicht gestört werden wollten. Sie hielt Ramses' Hand umklammert und zerrte ihn hinter sich her, wie sie das für gewöhnlich tat, wenn sie uns aufgeregt etwas mitteilen wollte. Beide lächelten.

Der alte Mann zog das Kind grob von seiner Mutter weg und stellte es auf den Boden, so daß die Kleine in Ramses' Richtung blickte. »Salam aleikum, Bruder der Dämonen. Schau, ich habe deine Tochter hergebracht. Akzeptierst du sie als dein Kind?«

Ramses schüttelte den Kopf. »Nein«, erwiderte er mit rauher Stimme.

Sein Gesicht strafte seine Antwort Lügen. Sämtliche Farbe war aus seinen Wangen gewichen, und seine dunkle Haut wirkte bleich.

Das kleine Mädchen riß sich von dem Alten los, rannte mit ausgestreckten Armen auf Ramses zu und kreischte mit hoher, piepsender Stimme. Sie war noch zu klein, um sich verständlich auszudrücken. Ich verstand lediglich ein Wort. Es war der arabische Begriff für Vater.

Sein unvermitteltes Zurückschrecken ließ sie so abrupt innehalten, als hätte man sie geschlagen. Sie warf ihre schmutzigen Händchen vor ihr Gesicht und krümmte sich zusammen wie ein ängstliches, schutzsuchendes Tier. Doch bevor das Kind sein Gesicht verbergen konnte, hatte Nefret bemerkt, was uns schon zuvor aufgefallen war – riesige, dunkelgraue Augen von ungewöhnlicher Form – exakt die Farbe und Form meiner Augen.

Bis zu diesem Augenblick hatte sich Nefret weder bewegt noch gesprochen. Das Geräusch, das ihren halbgeöffneten Lippen schließlich entwich, war ein spitzer Schrei wie der eines waidwunden Tieres. Ihre funkelnden blauen Augen blickten von der schäbig gekleideten Frau zu dem Kind. Sie ließ Ramses' Hand nicht los; sie stieß ihn förmlich von sich und stolperte aus dem Zimmer.

»Nefret, warte!« Abrupt drehte Ramses sich um.

Das Kind mußte ihn zwischen seinen kleinen Fingern beobachtet haben. Es wimmerte leise.

Ich bin beileibe keine mütterliche Frau, doch das ertrug ich nicht länger. Hätte Emerson mich nicht daran gehindert, wäre ich aufgesprungen. Ungerührt musterte er Ramses.

Der alte Mann schüttelte sich vor Lachen. »Seht ihr es jetzt? Natürlich streitet ihr es ab, aber wer wird euch glauben, wenn man ihr Gesicht betrachtet? Für etwas Geld – eine überaus geringe Summe – werde ich ein Zuhause bei den Einheimischen für sie finden, wo sie geliebt und versorgt wird und für immer vor den Augen der Engländer verborgen bleibt.«

Vielleicht hatte das Kind die von der schleimigen Stimme geäußerte, unsägliche Andeutung nicht verstanden – ich hoffte es für sie –, doch uns anderen war sie nicht entgangen. Ich hatte angenommen, daß Ramses nicht noch bleicher werden konnte, doch da irrte ich mich. Er kniete sich zu Boden und nahm die Hände der Kleinen. Seine Stimme war fester, als es meine in diesem Augenblick gewesen wäre.

»Weine nicht, kleine Taube. Du brauchst keine Angst zu haben. Ich lasse nicht zu, daß er dich mitnimmt.«

Sie schlang ihre Arme um seinen Nacken und vergrub ihr Gesicht an seiner Schulter. Er hielt sie fest und erhob sich.

»Ich behalte sie«, sagte er in förmlichem Ton. »Sie bleibt hier. Verschwinde, Kalaan, solange du noch kannst.«

Kalaan leckte sich die Lippen. »Was sagst du da? Weißt du, was du da sagst? Du hast diese Frau, meine – äh – meine arme Tochter, entehrt. Gib mir Geld, und ich werde –«

»Nein«, wandte Emerson mit gefährlich ruhiger Stimme ein. »Ich denke, wenn du jetzt schleunigst verschwindest, dann kannst du es noch schaffen, bevor ich die Geduld verliere.«

Der alte Halunke kannte diesen Unterton in seiner Stimme. Er machte einen weiten Bogen um Ramses und eilte zur Tür. Die Frau schlurfte hinter ihm her. Sie und Ramses blickten sich nicht an. Nachdem sie verschwunden waren, sagte Ramses: »Entschuldigt mich, Mutter und Vater. Ich bin gleich zurück.«

Er verließ den Raum gemeinsam mit der Kleinen, die sich wie ein Äffchen an ihn klammerte. Emerson setzte sich neben mich und tätschelte meine Hand. Wir schwiegen, bis Ramses zurückkehrte.

»Ich habe sie bei Fatima gelassen, ihr jedoch versprochen, rechtzeitig zu ihr zurückzukehren, um der für das Kind sicherlich entsetzlichen Badeprozedur beizuwohnen«, erklärte er. »Was wollt ihr wissen?«

»Sie ist nicht dein Kind«, hub Emerson an.

»Nein.«

»Wer ist dann ...« Ich beendete diesen Satz nicht. Es gab nur einen weiteren Mann in Ägypten, von dem das Kind die Augen meines Vaters geerbt haben konnte. »Vielleicht weiß er es nicht«, fuhr ich fort. »Sollten wir es ihm nicht besser mitteilen?«

Ramses ließ sich in einen Sessel fallen und griff nach einer Zigarette. »Rein rechtlich gesehen, kann man ihn nicht belangen. Glaubt ihr, er würde irgend etwas zugeben?«

»Hmhm«, brummte Emerson. »Meine geliebte Peabody, darf ich dir einen Whiskey-Soda kredenzen?«

»Nein, dafür ist es noch zu früh. Aber ich könnte es mit einer dieser Zigaretten versuchen. Wie ich hörte, sollen sie die Nerven beruhigen.«

Stirnrunzelnd reichte mir Ramses eine Zigarette und zündete sie an. Das erwies sich zumindest als Ablenkung. Als ich schließlich aufhörte zu husten, war ich in der Lage, Ramses' Schilderung zu folgen.

»Sie sprach mich irgendwann im Souk an, zerrte an meinem Mantel und bat um ein Bakschisch. Als ich sie musterte, sah ich ... Ihr habt es ebenfalls bemerkt. Es war wie ein Schockerlebnis, nicht wahr? Nachdem ich mich wieder gefaßt hatte, bat ich sie, mich in ihr Haus mitzunehmen. Sie dachte, ich wollte ...« Ihm versagte die Stimme. Dann fuhr er fort: »Ihre Mutter hatte den gleichen Eindruck. Nachdem ich diesen Gedanken zerstreut hatte, redeten wir. Sie behauptete, nicht zu wissen, wer der Vater des Kindes sei. Vielleicht sagte sie die Wahrheit. Ihre Kunden unterziehen sich nur selten der Mühe, sich namentlich vorzustellen.«

»Großer Gott«, hauchte ich.

»Der Allmächtige hat nichts damit zu tun«, entgegnete Ramses und bot mir eine weitere Zigarette an. »Die Behausung war unsäglich – ein einziges Zimmer voller Müll, Fliegen und anderem Ungeziefer. Ich konnte sie doch nicht dort lassen. Deshalb besorgte ich ihnen eine gepflegtere Unterkunft und zahlte Rashida wöchentlich eine Geldsumme unter der Bedingung, daß sie sich – äh – zur Ruhe setzte. Ich machte es mir zur Angewohnheit, gelegentlich bei ihr vorbeizuschauen, um mich zu vergewissern, daß sie ihr Versprechen einhielt. Als Sennia mich schließlich Vater nannte, brachte ich es nicht übers Herz, ihr das zu verbieten. Sämtliche ihrer Spielgefährten hatten Väter; sie kannte das Wort und war noch zu klein, um zu begreifen, und ...«

»Du fingst an, sie zu mögen«, bemerkte ich.

»Auch ich bin nicht völlig immun gegenüber zärtlichen Gefühlen, Mutter. Nachdem sie mir vertraute, erinnerten mich ihr Lachen und ihre Gesten gelegentlich an ... an jemand anderen.« Er grinste mich an, und sein Gesicht war so jung und verletzlich, daß ich hätte schreien mögen.

»Warum hast du uns das nicht erzählt?« wollte ich wissen.

»Soll ich mit jedem Problem zu meiner Mutter rennen? Oh, ich hätte es euch irgendwann erzählt, aber ihr hattet schon genug Sorgen, und für diese Sache seid ihr ebensowenig verantwortlich wie ich.«

Es hätte mich auch erstaunt, wenn er anders reagiert hätte, dachte ich. Andere um Unterstützung zu bitten hatte noch nie zu seinen Gepflogenheiten gezählt.

»Ich frage mich, was Kalaan mit dieser Sache zu tun hat«, bemerkte Emerson nachdenklich.

»Er ist genausowenig Sennias Großvater wie du«, erwiderte Ramses. »Du weißt doch, wie er ist. Allerdings ist er ein gewiefter alter Halunke, der die Sache geschickt eingefädelt hat. Sie trug Lumpen, obwohl ich ihr anständige Kleidung besorgte, und ich habe sie schon seit Wochen nicht mehr so verdreckt gesehen. Was er sich damit erhoffte – «

»Geld, natürlich«, warf ich ein. »Zweifellos rechnete er damit, daß wir Stillschweigen in der Sache wahren wollten. Aber wie jemand, selbst eine ... eine so hinterhältige Figur wie Kalaan, davon ausgehen konnte, daß wir das Kind – irgendein Kind – verstoßen ...«

»Schon gut, meine Liebe«, unterbrach mich Emerson und tätschelte meine Hand.

Ramses drückte seine Zigarette aus und erhob sich. »Ich muß zu ihr zurück. Sie versuchte zwar, nicht zu weinen, trotzdem war sie sehr verängstigt.«

»Ich begleite dich«, erwiderte ich. »Die Gegenwart einer Frau beruhigt die arme Kleine vielleicht.«

Ramses blickte zu seinem Vater, der rasch einwarf: »Wo ist eigentlich Nefret? Sie kann hervorragend mit Kindern umgehen, und sie wird sich für ihre Fehleinschätzung bestimmt bei dir entschuldigen wollen, sobald sie die Wahrheit erfährt.«

»Ihr kanntet die Wahrheit ebenfalls nicht«, bemerkte Ramses. Sein Gesicht wirkte verschlossen, und der Unterton in seiner Stimme war neu für mich. »Trotzdem war euer Vertrauen so groß, daß ihr mir glaubtet, noch bevor ich erklärte, daß ich weder ein Lügner noch ein Feigling oder ein ... Dafür danke ich euch. Das bedeutet mir sehr viel.«

Ohne eine Antwort abzuwarten, stürmte er aus dem Zimmer.

»Ach du meine Güte«, entfuhr es mir. »Emerson, geh zu Nefret. Sie wird froh sein, wenn sie erfährt, daß sie sich in ihm geirrt hat, und mit allen Mitteln versuchen, das wiedergutzumachen.«

Ich eilte zum Badezimmer, aus dem laute Angstschreie ertönten. Fatima hatte kapituliert; breit grinsend beobachtete sie Ramses' Bemühungen, das Kind in die Wanne zu setzen. Wasser tropfte von seinem Kinn und hinterließ dunkle Flekken auf seiner Kleidung. »Sie ist doch schon gebadet worden«, erklärte er zu seiner Verteidigung. »Vielleicht ängstigt sie die Größe der Wanne. Aber, kleine Taube, das ist doch nur Wasser – schau, ich stelle nur deine Füße ... Nein? Nein.« Er wischte sich mit dem Ärmel über sein Gesicht. »Mutter, hast du irgendeine Idee?«

»Was ist denn hier los?« Die Hände in die Hüften gestemmt, baute sich Emerson im Türrahmen auf und musterte uns kritisch. »Welch ein Gebrüll! Haben wir einen Löwen im Haus? Wo ist er? Wo hat er sich versteckt?«

Er fing an, die Türen sämtlicher Badezimmerschränke zu öffnen und warf wahllos Handtücher auf den Boden, während das Kind ihn fasziniert beobachtete.

Es ist mir absolut rätselhaft, warum kleine Kinder Männer wie Emerson mögen. Man sollte doch vermuten, daß seine tiefe Stimme und seine hünenhafte Gestalt Kinder zutiefst abschrecken. Schon nach kurzer Zeit kicherte sie, weil er auf der Suche nach dem vermeintlichen Löwen das Badezimmer auf den Kopf stellte, und schließlich ließ sie sich von Ramses ins Wasser eintauchen. Mit meiner Hilfe jagte Emerson den Löwen aus dem Zimmer und verschloß die Tür, um ihn an einer Rückkehr zu hindern.

»Mein geliebtes Mädchen«, sagte er und nahm mich in seine Arme.

»Ich werde nicht weinen, Emerson. Wie du weißt, bin ich grundsätzlich kein sentimentaler Mensch. Doch als ich bemerkte, wie liebevoll er mit ihr umging und wie sehr sie an ihm hängt... Gütiger Himmel!«

Emerson wühlte in seiner Jackentasche und zerrte sein Taschentuch hervor. Er wirkte so überrascht und erfreut darüber, daß er tatsächlich eins fand, daß wir beide losprusteten – in meinem Fall etwas feucht.

»Aber, aber«, meinte Emerson, »wir werden schon ein Zimmer für die Kleine finden, oder? Sie wird uns keine Mühe machen.«

Ich ging davon aus, daß sie erhebliche Mühe machen würde – wie alle kleinen Kinder –, sagte jedoch statt dessen: »Gewiß, Emerson. Ist dir allerdings bewußt, daß die Drohungen des alten Burschen hundertprozentig zutreffen? Niemand wird uns abnehmen, daß sie nicht Ramses' Kind ist, auch wenn wir das vehement abstreiten.«

»Warum zum Teufel sollten wir irgend etwas abstreiten?« ereiferte sich Emerson. Energisch schob er sein Kinn vor. »Wir kennen die Wahrheit. Was sie sagen – wer wagte es überhaupt? –, laß sie doch reden!«

»Sicher, Emerson, aber Ramses' Reputation wird darunter leiden. Er wird ohnehin schon zu Unrecht verdächtigt.«

»Manche Männer wären stolz auf einen solchen Ruf.«

»Das ist leider richtig, aber unser Sohn gehört nicht zu dieser Spezies. Er würde es niemals zugeben, aber dieser Verdacht verletzt ihn tief. Und Nefret wird... Wo ist sie überhaupt? Hast du sie gesucht?«

»Noch nicht. Wollen wir gemeinsam auf die Suche gehen?«

Nefret war ausgegangen. Wir standen in ihrem Zimmer und lasen gerade die von ihr hinterlassene Notiz, als Ramses hereinplatzte.

»Sie schreibt, daß sie für einige Tage bei Freunden wohnen wird«, berichtete ich. »Damit meint sie die Vandergelts. Ramses, du darfst ihr nicht böse sein; hätte sie Zeit zum Nachdenken gehabt, wäre ihr vieles klarer, aber es war ein solches Schockerlebnis. Willst du sie nicht suchen?«

Ramses starrte auf den Zettel, den er gedankenverloren zerknüllt hatte. »Sie suchen«, wiederholte er. »Großer Gott!«

»Was ist denn?« bohrte Emerson.

»Ich hätte es wissen müssen ... Sie suchen. Ja, ich muß sie finden. Hoffentlich ist es noch nicht zu spät.«

Aus Manuskript H

Das Haus, in dem er Rashida und das Kind untergebracht hatte, war in Maadi, weit entfernt von Rashidas früherer Behausung und von einem berühmt-berüchtigten Haschischlieferanten. Es gehörte zu den Schlupfwinkeln, die er und David häufiger aufgesucht hatten, wenn sie in malerischen Verkleidungen die Souks durchstreift und diverse illegale Aktivitäten unternommen hatten. (Damals waren sie noch sehr jung gewesen; doch das war vermutlich keine Entschuldigung für einige ihrer Unternehmungen.)

Die alte Frau, der das Haus gehörte – und das teilweise dank seiner finanziellen Unterstützung –, war gebrechlich und fast blind, und ihr Kommen und Gehen hatte sie herzlich wenig interessiert. Trotzdem war sie auf ihre verhaltene Art freundlich, und er hatte ihr einen geringen Aufschlag gezahlt, um sicherzugehen, daß es dem Kind an nichts fehlte. Rashidas mütterliche Instinkte waren aufgrund ihrer zweifelhaften Vergangenheit etwas verkümmert; in gewisser Weise hing sie sehr an ihrer Tochter, trotzdem konnte Ramses sich nicht darauf verlassen, daß sie seinen Wünschen entsprechend handelte. Ihm war klar, daß er Sennia früher oder später seiner eigenen Mutter würde vorstellen müssen, und er nahm an, daß sie das Kind vermutlich eher akzeptierte, wenn man die Kleine an regelmäßiges Baden, saubere Kleidung und gewisse Tischmanieren gewöhnte.

Wieder einmal hatte er seine Mutter unterschätzt. Er hätte wissen müssen, daß sie sich selbst übertraf – für das Kind und für ihn.

Die alte Frau hockte auf einer Bank vor ihrer Haustür und blinzelte ins Sonnenlicht. Sie erklärte ihm, daß Rashida und das Kind am frühen Morgen aufgebrochen und bislang nicht zurückgekehrt seien. Natürlich dürfe er einen Blick in ihre Zimmer werfen. Schließlich zahle er für sie, nicht wahr?

Rashida war keine sonderlich gute Hausfrau, trotzdem bestätigte die Unordnung in ihrem Zimmer seinen Verdacht. Sie hatte gar nicht die Absicht gehabt, zurückzukehren. Die geschnitzte Holzkiste, in der sie ihre wenigen Habseligkeiten aufbewahrte, war ebenso verschwunden wie ihre Schminkutensilien. Auf dem Bett lag ein zerknülltes rosafarbenes Kleidungsstück – eines der Kleidchen, die er für das Kind gekauft hatte. Er hob es auf und glättete es mit seinen Händen. Zweifellos war er ein Idiot gewesen, daß er Rashidas Dankbarkeits- und Läuterungsbezeugungen geglaubt hatte, aber sie hatte so erleichtert gewirkt, ihrem früheren Leben den Rükken kehren zu dürfen, und geradezu glücklich, daß sich eine positive Perspektive für ihre Tochter bot.

Er durchsuchte das Zimmer. In der Kohlenpfanne fand er einige braune Zigarettenstummel, die einen schwachen und doch unverkennbaren Geruch verströmten.

Eine Stunde lang wartete er, schlenderte ungeduldig und mit wachsender Besorgnis durch den Raum, obwohl er sich ständig einredete, daß es keinen Anlaß für seine Befürchtungen gab. Kalaan war einer der berüchtigtsten Zuhälter in ganz Kairo. Er hätte das Mädchen überwältigen und sie allein zur Abschreckung anderer Leidensgenossinnen zu einer Wiederaufnahme ihres früheren Lebenswandels zwingen können. Sie hätte alles für ihn getan; er hatte sie zu lange gewaltsam manipuliert, als daß sie sich seinen Forderungen oder den Drogen hätte entziehen können, die ihr Ramses strikt untersagt hatte. Die Idee, ihren Gönner zu erpressen, kam Kalaans schmutziger Phantasie gerade recht. Vielleicht erklärte sie sich einverstanden, weil sie hoffte, daß der Engländer ihr Kind aufnehmen würde. Das wollte Ramses nur zu gern glauben.

Sofern das der Fall war, würde er sie zurückholen und Kalaans Aktivitäten mit allen Mitteln ein Ende setzen. Es war sein Fehler, daß sie erneut unter Kalaans Einfluß stand; wäre er nicht so eigensinnig gewesen und hätte seinen Eltern umgehend die Wahrheit geschildert, wäre diese Katastrophe nie eingetreten.

Jedenfalls war das wahrscheinlich. Sein einziger Trost – und noch dazu ein schwacher – bestand darin, daß er das nicht hatte vorausahnen können, selbst wenn sein schlimmster Verdacht zutraf. Er konnte nichts beweisen, es sei denn, er fand sie, bevor ...

Ihm fiel nur ein weiterer Ort ein, wo er sie suchen konnte. Am frühen Nachmittag traf er in Kairo ein; die schmutzigen Gassen von el Was'a dampften aufgrund der Hitze, und die meisten Leute hielten sich in ihren Häusern auf. In dem Etablissement, aus dem er sie geholt hatte, saßen zwei andere Frauen. Zunächst hielten ihn die beiden für einen Kunden; nachdem er diese Einschätzung widerlegt hatte, verkrochen sie sich in einer Ecke, und er verschwendete weitere kostbare

Zeit, um sie zu beruhigen. Sie stritten ab, Rashida überhaupt zu kennen.

Die Sonne sank bereits, als er sich eingestand, daß seine Suche vergeblich gewesen war. Trotzdem hätte er vermutlich nicht aufgegeben, wenn ihm nicht schlagartig eingefallen wäre, daß er noch eine weitere Verantwortung trug.

Den ersten Beweis für die Richtigkeit dieser Annahme erbrachte der Bedienstete Ali. Er stand wartend auf der Straße und blickte fieberhaft auf und ab, und als er Ramses schließlich erblickte, eilte er im Laufschritt auf ihn zu. »Allah sei gepriesen, du bist da. Schnell, beeil dich.«

Er kannte Ali lange genug, um zu wissen, daß der Ernstfall noch nicht eingetreten war, dennoch war er nicht darauf gefaßt, was ihn im Innenhof erwartete. Seine Mutter, sein Vater und Fatima waren dort. Seine Mutter umklammerte ein Whiskeyglas. Sein Vater hatte ein winziges, in Tweed gehülltes Bündel auf den Knien. Was daraus hervorlugte, waren ein zerzauster schwarzer Schopf, eine kleine Faust und zwei riesige Augen, so grau wie Gewitterwolken.

»Gott sei Dank!« entfuhr es seinem Vater.

»Du sollst doch nicht fluchen«, murmelte seine Mutter.

»Das war kein Fluch, sondern ein Stoßgebet aus tiefstem Herzen. »Schau«, fuhr Emerson auf Arabisch fort, »habe ich nicht gesagt, daß er zurückkommt? Ich lüge nie! Er ist da.«

»Sie wollte nicht zu Bett gehen«, erklärte seine Mutter. Ihre Stimme hatte noch nie so hilflos geklungen. »Wir mußten sie in deine Jacke einwickeln, damit sie aufhörte zu weinen. Ramses. Tu irgendwas.«

Ramses verspürte den plötzlich unbändigen Drang zu lachen. Er hatte Angst, er machte sich entsetzliche Sorgen und wagte kaum, sich gewisse Eventualitäten auszumalen; und trotzdem fühlte er sich irgendwie besser. Das Bündel kicherte, und ein Arm griff nach ihm.

»Ich muß mich erst waschen, bevor ich dich auf den Arm nehmen kann«, meinte Ramses, während er an seine diversen Aufenthaltsorte im Verlaufe dieses Tages dachte.

Sie nahm den Daumen aus dem Mund und murmelte irgend etwas.

»Was? Ach so – waschen? Ja. Natürlich. Bin gleich zurück«, fügte er hinzu.

Ihm blieb nicht die Zeit für ein Bad – dafür war die Situation offensichtlich zu angespannt –, deshalb wusch er sich lediglich Hände, Arme und Gesicht und tauschte seine europäische Kleidung gegen eine Dschellaba aus. Bei seiner Rückkehr streifte Sennia seine Jacke ab, sprang von Emersons Knie und stürmte auf ihn zu. Ihr kleiner brauner Körper war bis auf einen Lendenschurz nackt. Ramses hob sie hoch und fragte sich, was er von diesem Kleidungsstück halten sollte; die Kinder der untersten sozialen Schichten erledigten ihre Notdurft, wo auch immer sie dieses Bedürfnis überkam. Ihr Gesicht und ihr Körper waren unversehrt bis auf einige Kratzer und blaue Flecke, die sich kleine Kinder normalerweise zuziehen. Das hatte er bereits festgestellt, als Fatima sie baden wollte.

Erneut wickelte er sie in seine Jacke und hielt sie umschlungen, bis sie sich in seine Armbeuge schmiegte und den Daumen wieder in den Mund steckte.

»Es ist Schlafenszeit«, sagte er. »Jetzt bist du in Sicherheit. Gelegentlich bin ich zwar unterwegs, aber ich kehre immer zurück, und wenn ich nicht hier bin, werden sie auf dich aufpassen. Weißt du, wer das ist? Das sind meine Mutter und mein Vater. Wir müssen ihnen gehorchen.«

Seine Mutter hüstelte unüberhörbar.

»Und«, beeilte sich Ramses hinzuzufügen, »die beiden sind berühmte Zauberer! Da sie jetzt deine Freunde sind, kann dir niemand mehr etwas anhaben. Fatima ist ebenfalls deine Freundin. Geh mit Fatima.«

Fatima streckte ihre Hand aus, und diesmal ging die übermüdete Kleine widerstandslos mit ihr.

»Es tut mir leid«, meinte Ramses keineswegs zerknirscht. Er freute sich wie ein Schneekönig, daß die Kleine so an ihm hing.

»Ha«, entfuhr es seinem Vater. »Sie scheint eine weitere, für diese Familie charakteristische Eigenschaft geerbt zu haben – den Eigensinn. Wie wär's mit einem Whiskey, mein Junge? Du siehst aus, als könntest du einen vertragen. Wo hast du die ganze Zeit gesteckt? War Nefret nicht bei den Vandergelts?«

»Nefret«, wiederholte Ramses. Der einzig positive Aspekt seiner fieberhaften Suche hatte darin bestanden, daß er vorübergehend jeden Gedanken an Nefret verdrängte. Er wollte nicht an sie denken. Es schmerzte zu tief. »Ich habe nicht nach Nefret gesucht.«

»Ach«, entfuhr es seinem Vater. Er griff zur Pfeife. »Hast du sie gefunden? Wie hieß sie noch gleich?«

»Rashida. Nein, leider nicht.«

Seine Mutter stellte ihr Glas auf dem Tisch ab. »Das war vielleicht ein Tag«, meinte sie. »Es tut mir leid, daß ich darüber ganz vergaß, das Schicksal des bedauernswerten Mädchens zu berücksichtigen. Man darf ihr nicht übelnehmen, daß sie die Lügen des alten Halunken nicht entkräftet; eine Frau in ihrer Situation kann sich den Luxus der Moral keineswegs leisten.«

»Gut gesagt, Peabody«, erwiderte Emerson, und sein Gesicht entspannte. »Wir werden sie finden, Ramses, und ich werde Kalaan eigenhändig in Stücke reißen und diese überall in el Was'a verteilen. Ich wünschte, das könnte ich mit jedem Kairoer Zuhälter machen, aber solange es solche verachtenswerten Männer gibt, die diese Frauen gedankenlos aufsuchen, wird es auch diejenigen geben, die diese unglückseligen Geschöpfe ausnutzen. Weißt du, möglicherweise hält man sie versteckt. Vielleicht dauert es eine Weile, bis wir sie finden. Wo hast du nach ihr gesucht?«

Fatima war zurückgekehrt. Sie lächelte und nickte Ramses zuversichtlich zu, dann huschte sie durch den Innenhof und zündete die Lampen an. Die dunkelroten und orangefarbenen Hibiskusblüten und ihre sattgrünen Blätter schimmerten im Dämmerlicht; der Kontrast zwischen der ruhigen, friedlichen Schönheit dieses Hauses und der von ihm an besagtem Nachmittag aufgesuchten Plätze war beinahe unerträglich. Plötzlich war er so müde, daß er kaum noch die Augen offenhalten konnte.

»Ihre von mir angemieteten Zimmer befinden sich in Maadi«, murmelte er. »Dorthin ist sie nicht zurückgekehrt. Ich wartete mehr als eine Stunde – die alte Besitzerin des Hauses versprach, mir Nachricht zu geben, sofern Rashida wieder auftaucht. Dann suchte ich das Haus auf, in dem sie früher lebte ...«

»Wann hast du das letzte Mal etwas gegessen?« versetzte seine Mutter. »Du hast nicht zu Mittag gegessen, zumindest nicht bei uns, und ich nehme nicht an, daß du auch nur einen Gedanken daran verschwendet hast.«

»Ich weiß es nicht.«

»Fatima, bitte richte dem Koch aus, daß er sich mit dem Abendessen beeilt.«

»Ja, Sitt. Es ist fertig.«

Seine Mutter hatte recht (wie immer). Die heiße Suppe weckte seine Lebensgeister, und als das Hauptgericht aufgetragen wurde, war er fast wiederhergestellt.

»Was ist mit Nefrets Klinik?« fragte seine Mutter – sie diskutierten immer noch über Rashidas mögliche Aufenthaltsorte. »War sie schon einmal dort?«

»Nein«, erwiderte Ramses. »Sie kannte sie, meinte jedoch,

daß Kalaan den Mädchen verboten habe, diese aufzusuchen. Mir fällt nichts mehr ein, wo wir noch suchen könnten.«

»Vermutlich wird er sie eine Weile versteckt halten«, warf sein Vater ein. »Hölle und Verdammnis! Ich hätte den alten Dreckskerl gleich heute morgen erwürgen sollen, als ich die Gelegenheit dazu hatte. Aber was soll's; wir werden ihn finden, und dann wird er uns Rede und Antwort stehen, was er mit ihr gemacht hat.«

»Das hoffe ich«, erwiderte Ramses.

»Warum bist du besorgt?« fragte seine Mutter. »Der Gedanke, daß sie sich in der Gewalt eines solchen Mannes befindet, ist zwar widerwärtig, aber sie und viele andere haben auch schon früher in dieser Situation gesteckt. Glaubst du, daß er ihr etwas antun könnte?«

Es war reine Zeitverschwendung, seine Mutter in irgendeiner Weise verschonen zu wollen.

»Ich denke, sie könnte in Gefahr sein«, räumte er ein.

Fatima entfuhr ein wütendes Zischen. Seit ihrem England-Aufenthalt hatte sie sich soweit emanzipiert, daß sie sich in seiner oder der Gegenwart seines Vaters nicht mehr verschleierte – schließlich gehörte sie mittlerweile zur Familie –, und ihr rundes, gutmütiges Gesicht war von Besorgnis gezeichnet. Er tätschelte die braune Hand, die nach seinem Teller griff.

»Es wird alles gut, Fatima.«

»Sie ist eine schlechte Frau«, murmelte Fatima. »Aber sie ist noch so jung, Ra-meses.«

Es hatte seiner sämtlichen Überredungskünste bedurft, bis sie schließlich diesen Namen verwendete; es geschah nicht oft, und wenn, dann betonte sie ihn mit einem merkwürdigen Akzent. Wenn er ausgelassener Stimmung war, fragte er sich gelegentlich, ob dieser Name vielleicht im 13. Jahrhundert vor Christus so betont worden war.

»Sie ist keine schlechte Frau, Fatima, lediglich bedauernswert und unglücklich und sehr jung. Aus freien Stücken hätte sie das nie gemacht«, fuhr er fort. »Sie besaß weder die Durchtriebenheit noch den bösen Willen, an so etwas überhaupt nur zu denken. Irgend jemand zwang sie dazu – jemand, den sie mehr fürchtete, als sie mir vertraute.«

»Korrekt.« Emerson nickte. »Als du sie in ihrem Haus besuchtest, bekam Kalaan Wind von der Sache – verständlicherweise. In diesem Augenblick keimte die Idee in ihm auf, und er witterte seine Chance auf einen Erpressungsversuch. Keine Missetat bleibt ungesühnt, mein Junge; das solltest du nie vergessen. Gütiger Himmel, vielleicht war es sogar Kalaan, der der Kleinen beigebracht hat, dich Vater zu nennen.«

»So könnte es sich verhalten.«

»Ich glaube, ihr macht euch unnötig Sorgen«, wandte seine Mutter ein. »Kalaan hat zwar nicht das erhoffte Geld von uns erhalten, aber er hat auch keinen Grund, wütend auf sie zu sein. Sie hat getan, was er von ihr verlangte. Warum sollte er einen wertvollen Teil seiner Ware zerstören?«

Ramses schob seinen halbleeren Teller von sich. Seine Eltern beobachteten ihn mit besorgten Gesichtern. Wenn er ihnen seine Befürchtungen schilderte, würden sie ihn für verrückt erklären. Und vielleicht war er das ja auch.

Der nächste Tag brachte zumindest eine gute Nachricht – ein Telegramm von David, in dem dieser ihre Ankunft für den darauffolgenden Mittwoch ankündigte.

Emerson und ich saßen am Frühstückstisch, als Ali das Telegramm hereinreichte. Obwohl ich mich mit der mir eigenen Effizienz den unzähligen Veränderungen widmete, die die Ereignisse des vergangenen Tages mit sich gebracht hatten, mußte ich noch einiges klären. Ramses hatte sich noch nicht zu uns gesellt. Ich wußte, wo er war; gleich nach dem Aufstehen hatte ich nachgesehen, wie unsere kleine Schutzbefohlene die Nacht verbracht hatte. Sie war wach und verlangte nach ihrem Abu.

»Das müssen wir ihr abgewöhnen«, sagte ich zu Fatima, die das Kind mit auf ihr Zimmer genommen hatte. »Aber wie soll sie ihn eigentlich nennen?«

Zu diesem Thema hatte Fatima keine Meinung. Allerdings vertrat sie eine ganze Reihe von Ansichten hinsichtlich der Kleinen, und wir diskutierten gerade darüber, als Ramses zu uns stieß. Ich ließ die drei zurück und ging nach unten zum Frühstück. Emerson saß bereits am Tisch und trank seinen Kaffee; er war ziemlich aufgebracht.

»Was machen denn alle da oben?« wollte er wissen. »Ich dachte, du würdest sie mit herunterbringen. Sicherlich ist sie hungrig. Wo steckt Ramses?«

Geduldig erklärte ich ihm, daß kein zweijähriges Kind, egal welcher Nationalität, ein angenehmer Tischnachbar ist, erinnerte ihn daran, daß Ramses erst im Alter von sechs Jahren die Mahlzeiten gemeinsam mit uns einnahm, wies darauf hin, daß die Kleine nichts zum Anziehen hatte, und fügte noch hinzu, daß Fatima dafür sorgen würde, daß sie ein anständiges Frühstück bekam. Alis Auftauchen mit dem Telegramm lenkte Emerson von weiteren Vorwürfen ab, die ihm sicherlich auf der Zunge lagen.

»Endlich«, brummte er. »Das hat aber auch lange genug gedauert. Jetzt können wir wieder an die Arbeit gehen. Ich möchte so rasch wie möglich zur Ausgrabungsstätte aufbrechen. Beende dein Frühstück, Peabody.«

»Ich glaube nicht, daß ich dich heute begleiten kann, Emerson«, erwiderte ich. »Ich muß einiges einkaufen. Die Kleine besitzt weder ein anständiges Kinderbett noch eine Haarbürste oder andere dringend erforderliche Dinge. Wir müssen ein Kinderzimmer einrichten und ein Kindermädchen finden;

Fatima kann nicht auf sie aufpassen und auch noch ihre anderen Aufgaben erfüllen. Darüber hinaus muß ich jetzt auch noch sicherstellen, daß die Dahabije für Lias und Davids Ankunft vorbereitet wird. Fatima kann ich nicht mitnehmen, da das Kind sich bereits an sie gewöhnt hat, deshalb –«

»Verschon mich damit, Peabody«, knurrte Emerson. »Ah, da ist Ramses. Alles in Ordnung mit dir, mein Junge?«

Er sah aus, als hätte er kein Auge zugemacht. Ich reichte ihm das Telegramm und stellte erfreut fest, daß sich sein verhärmtes Gesicht aufhellte.

»Schön, die beiden endlich wiederzusehen«, bemerkte er.

»Schön, die beiden endlich an der Ausgrabungsstätte zu wissen«, brummte Emerson. »Diese ganzen Unterbrechungen haben meinen Zeitplan in ein Chaos verwandelt. Der gestrige Tag war ein herber Verlust, und deine Mutter plant, einen weiteren Tag in Kairo zu vergeuden, und Nefret ist irgendwo verschollen, und ... Ich hoffe doch, daß *du* keine anderen Pläne hast, Ramses?«

»Nein, Sir.«

Mehr sagte Ramses nicht. Emerson zog die Brauen zusammen – nicht aus Verärgerung, sondern aus väterlicher Besorgnis. Er ersparte sich jeden Kommentar; statt dessen versuchte er es mit einer anderen Taktik.

»Ich habe einen neuen Plan«, verkündete er.

Ich schwieg. Ebenso höflich und desinteressiert wie zuvor erwiderte Ramses: »Ja, Sir.«

»Falls Vandergelts Vermutung zutrifft, versucht irgend jemand, uns von der Ausgrabungsstätte fernzuhalten. Das bedeutet – das muß bedeuten –, daß sich in Zawiet el-Aryan irgend etwas befindet, von dem der Bursche nicht will, daß wir es finden. Trotzdem«, fuhr Emerson triumphierend fort, »werden wir es aufspüren. Nicht aufgrund unsystematischer Grabungsarbeiten oder unhaltbarer Theorien, sondern durch methodische Exkavation, nach deren Vorgaben wir jeden Zentimeter dieses Gebiets durchkämmen werden! Nun? Was hältst du davon?«

»Das wird harte Arbeit«, entgegnete Ramses. Allerdings schien er etwas interessierter.

»Wir werden entsprechend viele Männer beschäftigen. Mit uns vieren, dazu David, Lia, Selim und Daoud, sind genug Aufseher vorhanden.«

»Hervorragend, Emerson«, versetzte ich, während ich stirnrunzelnd die von mir zusammengestellte Liste überflog und einen weiteren Punkt hinzufügte.

Emerson blickte mir über die Schulter und las meine Aufzeichnungen laut vor. »›Kleine Emaillebadewanne‹. Hmmm. Das Problem bei deiner Mutter, Ramses, ist, daß sie keine nennenswerten mütterlichen Gefühle besitzt.«

Es kümmerte mich nicht, daß Emersons kleiner Scherz zu meinen Lasten ging, da Ramses tatsächlich grinste. Nachdem Emerson sich einen letzten Bissen Toast in den Mund gesteckt hatte, verließ er das Zimmer und bat Ramses mitzukommen. Mein Sohn blieb vor meinem Stuhl stehen, beugte sich zu mir hinunter und gab mir einen flüchtigen Kuß auf die Wange. Eigentlich landete er auf meinem Ohr, doch ich glaube, daß er für meine Wange bestimmt war. Als ich mich ihm zuwandte, trat er zurück und sah mich verstört an.

»Paß auf deinen Vater auf«, sagte ich leise. »Unauffällig, versteht sich. Er macht sich absolut keine Gedanken um seine eigene Sicherheit, und der von ihm in Aussicht gestellte Plan ist vermutlich gefährlich.«

»Ich weiß, Mutter. Ich versuche mein Bestes.«

»Und gib auf dich acht. Sei vorsichtig. Geh kein unnötiges Risiko ein.«

»Ja, Mutter. Danke, Mutter.«

»Ramses?«

»Ja, Mutter?«

»Mach dir keine Sorgen wegen Nefret. Ich werde bei den Vandergelts vorbeischauen und sie zurückholen.«

»Ich mache mir um sie keine Sorgen«, erwiderte Ramses. »Sie ist ein freier Mensch und kann tun und lassen, was sie will.«

Ich war selbst etwas bestürzt wegen Nefret. Wir alle sympathisierten mit ihrer Einstellung hinsichtlich der Männer, die die bedauernswerten Frauen erniedrigten, denen sie zu helfen versuchte. Trotzdem hatte sie meiner Ansicht nach etwas überreagiert. Zweifellos hatte sie mittlerweile darüber nachgedacht und war sicherlich beschämt, weil sie ihren Bruder voreilig verurteilt hatte. Ich hatte keinerlei Bedenken, ihr schlechtes Gewissen noch zu verstärken. Wenn ich bei den Vandergelts vorbeischaute, schlug ich sozusagen zwei Fliegen mit einer Klappe, denn ich konnte es kaum erwarten, ihnen die Situation darzulegen.

Cyrus hatte die *Valley of the Kings* in der Nähe von Gizeh vor Anker gehen lassen. Das war nur ein kurzer Spaziergang, dennoch nahm ich Alis Angebot an, mir eine Droschke zu besorgen, da ich Katherine und Nefret nach Kairo mitnehmen wollte. Nach einem angenehmen morgendlichen Einkaufsbummel für das Kind würden wir zum Mittagessen nach Hause zurückkehren. Cyrus konnte dort auf uns warten oder die Exkavation aufsuchen.

Diesen Plan arbeitete ich während der fünfminütigen Fahrt zum Hafen aus. Eine der Fähren war gerade eingelaufen, so daß ich mir einen Weg durch die Touristenströme bahnen mußte, um in den südlichen Bereich zu gelangen, wo die Dahabije vor Anker lag. Eines der an der Reling stehenden

Besatzungsmitglieder bemerkte mich und erkannte mich sofort. Er beeilte sich, den Bootssteg auszulegen, und brüllte so laut, daß Cyrus an Deck auftauchte.

»Alle Achtung, ich hatte nicht erwartet, Sie so bald wiederzusehen«, entfuhr es ihm. »Rechnete fest damit, daß Sie nach Zawiet aufgebrochen wären.«

»Ich hoffe, ich komme nicht ungelegen, Cyrus.«

»Bei Ihnen wäre das nie der Fall, Amelia. Kommen Sie und trinken Sie einen Kaffee mit uns, wir sitzen gerade beim Frühstück.«

Cyrus lebte wie ein Fürst; der Tisch war mit feinstem Kristall und Silber eingedeckt. Die goldfarbenen Damastportieren vor den riesigen Salonfenstern waren zurückgezogen und ließen das Sonnenlicht herein, das die herrlichen Farben der Orientteppiche prachtvoll zur Geltung brachte. Katherine sprang von ihrem Stuhl auf und umarmte mich.

»Wie schön, Sie zu sehen, Amelia. Wir wollten heute abend bei Ihnen vorbeischauen, weil wir schon seit einigen Tagen nichts mehr von Ihnen gehört haben.«

»Wir waren sehr stark eingebunden, Katherine. Zweifellos hat Nefret Ihnen den gestrigen Zwischenfall geschildert. Wo ist sie?«

»Aber, Amelia, ich habe keine Ahnung.« Katherines Lächeln verschwand. »Wieso dachten Sie, daß sie bei uns wäre? Was ist denn passiert?«

»Gütiger Himmel«, seufzte ich, denn mir hatte es den Atem verschlagen. »Ihr habt sie nicht gesehen?«

»Nun beruhigt euch doch, meine Lieben«, bemerkte Cyrus in seinem schleppenden, gedehnten Tonfall. »Laßt uns zunächst die Lage peilen, und dann werden wir wissen, was zu tun ist. Immer eins nach dem anderen. Hat Miss Nefret gesagt, daß sie zu uns wollte, Amelia?«

»Nein. Nein, was sie sagte – besser gesagt, schrieb –, war,

daß sie einige Tage bei Freunden verbringen wollte. Ich ging davon aus ...«

»Das ist verständlich. Aber wir sind beileibe nicht ihre einzigen Freunde, und vielleicht möchte ein junges Mädchen wie sie lieber mit Gleichaltrigen zusammensein. Das war gestern, sagten Sie? So so. Nun, wir werden sie schon aufspüren, machen Sie sich keine Sorgen. Und jetzt schildern Sie uns, was passiert ist.«

Wie Cyrus später einräumte, hatte er mit »den üblichen Problemen, in die Leute wie ihr immer wieder hineinschlittern« gerechnet. Er lauschte höflich interessiert und äußerte sich gelegentlich überrascht, doch als ich meine Schilderung beendet hatte, fragte er: »Keine Toten, Verletzten oder Entführten? Endlich einmal eine angenehme Überraschung! Es erleichtert mich, daß es nichts Ernstes ist.«

Aufgrund ihrer weiblichen Intuition begriff Katherine die Sachlage bedeutend rascher. »Es tut mir so leid, liebste Amelia. Auch für Ramses. Der Gedanke, Ihnen das ersparen zu wollen, hat alles nur verschlimmert, dennoch hielt er seine Handlungsweise für die einzig richtige.«

»Mir das ersparen? Katherine, auch nicht eine Sekunde lang zweifle ich an der Wahrheit seiner Worte. Zu etwas Derartigem ist er nicht fähig, und selbst wenn er das getan hätte, würde er die Verantwortung wie ein Mann tragen! Edelmütig und großzügig hat er sich der unschuldigen Kleinen angenommen! Und jetzt«, fügte ich erbittert hinzu, während Katherine tröstend auf mich einredete und Cyrus meine Schulter tätschelte, »jetzt muß er auch noch darunter leiden. Wenn selbst *Sie* ihn verdächtigen – «

»Um Gottes willen, nein, liebste Amelia! Sie haben mich mißverstanden. Ramses würde das ebensowenig fertigbringen wie ... wie Cyrus. Sie denken, daß Ihr Neffe der Vater des Kindes ist?«

»Er muß der Vater sein. Warten Sie, bis Sie sie sehen, Katherine. Die Ähnlichkeit ist verblüffend.«

Katherine hatte mir Kaffee eingegossen. Ich nahm einen Schluck. »Hervorragender Kaffee«, lobte ich. »Ich bin auf dem Weg nach Kairo, Katherine, um Einkäufe für das Kind zu erledigen. Ich dachte, daß Sie vielleicht Lust hätten, mich zu begleiten. Cyrus, Emerson ist mit Ramses nach Zawiet aufgebrochen. Er ist zu der Einsicht gelangt, daß Ihre Annahme korrekt ist, und hat beschlossen, das Ausgrabungsgebiet bis auf das nackte Felsgestein abzutragen.«

»Wenn das nicht der gute, alte Emerson ist«, rief Cyrus. »Man sollte ihn warnen, daß ihm die Schlange im Gebüsch auflauert und er geradewegs in die Gefahr hineinrennt. Schätze, ich werde ihn aufsuchen und mich mit einer Flinte auf einen Felsbrocken setzen. Cat, mein Schatz, du begleitest Amelia?«

»Mit dem größten Vergnügen. Das wird sicherlich lustig, noch einmal Sachen für ein Kind einzukaufen. Wie alt ist sie, Amelia?«

»Die Einzelheiten schildere ich Ihnen während der Fahrt«, erwiderte ich und leerte meine Kaffeetasse. »Ich denke, wir werden in Kairo zu Mittag essen; es ist bereits später, als ich annahm. Eßt ihr beiden heute abend bei uns? Wir haben vieles zu besprechen.«

»Mit Sicherheit«, murmelte Cyrus. »Ich hole nur eben meine Jacke, und dann mache ich mich auf den Weg.«

»Und ich werde Hut und Handtasche holen«, meinte Katherine. Ihre schönen grünen Augen musterten mich durchdringend. »Amelia –«

»Später, Katherine. Wir beide haben uns ebenfalls viel zu erzählen.«

Auf ihre Art sind Männer akzeptable Gesprächspartner und vermutlich auch pragmatischer als manch eine Frau;

trotzdem sind sie nicht in der Lage, gewisse Dinge zu verstehen. Die lange Fahrt nach Kairo bot mir die Gelegenheit, offen mit einer Frau zu sprechen, deren intelligenten Rat ich über die Maßen schätzte. Ich war mir gar nicht bewußt gewesen, wie verzweifelt ich mich danach sehnte, mich einer Freundin anzuvertrauen. Bei unserem Eintreffen auf der Muski war ich heiser vom vielen Reden.

»Verzeihen Sie mir, Katherine«, bemerkte ich etwas bestürzt. »Ich wollte Sie mit meinen Ausführungen keineswegs langweilen.«

»Sie hätten mir keinen größeren Gefallen tun können, Amelia. Sie sind meine liebste Freundin; Ihnen verdanke ich mein ganzes Glück. Ich wünschte nur, ich könnte Sie tatkräftiger unterstützen. Es ist unerträglich, die eigenen Kinder in Schwierigkeiten zu wissen und ihnen nicht helfen zu können.«

»Es sind keine Kinder, sondern junge Männer und Frauen, und sie müssen die Lösung ihrer Probleme selbst in die Hand nehmen. Ramses' unselige Verschwiegenheit ist mir verhaßt; er war immer schon so, und daran wird sich vermutlich auch nichts ändern; aber unter uns gesagt, Katherine, ich bin trotzdem sehr stolz auf ihn. Im Augenblick bin ich wegen Nefret aufgebracht. Das Leben wäre wirklich sehr viel einfacher, wenn ich nur mit Dieben und Mördern zu tun hätte.«

Die Männer mögen zwar verächtlich grinsen, sollen sie ruhig, dennoch hat ein Einkaufsbummel aufbauende Wirkung. Ich hatte noch nie Kleidung für ein kleines Mädchen gekauft; Nefret war schon 13, als sie zu uns kam. Der Einkauf erwies sich als sehr vergnüglich. Katherine mischte sich gelegentlich höflich ein und wies darauf hin, daß manche der von mir ausgesuchten Kleidungsstücke unpraktisch waren, und gab mir nützliche Anhaltspunkte, die ich nicht berücksichtigt hatte. Mit Paketen beladen, kehrten wir zu unserer Droschke zurück, darüber hinaus hatte ich noch eine ganze Reihe von Dingen bestellt, die uns angeliefert werden sollten.

Das Mittagessen nahmen wir im Shepheard's ein. Katherine bemerkte meine suchenden Blicke. »Sie halten nach Nefret Ausschau, nicht wahr?«

»Dumm von mir«, gestand ich. »Trotzdem kam mir der Gedanke, daß sie vielleicht hier ist. Sie müssen verstehen, sie hat nicht viele Freunde. Sie und Ramses und David waren ständig zusammen – vermutlich viel zu oft. Es ist überaus erleichternd, zu wissen, daß Lia bald wieder bei uns ist. Ich weiß, daß Nefret ihr mehr anvertraut als mir.«

»Das ist nur natürlich«, wandte Katherine ein.

»Ja.«

»Dann wollen Sie heute nachmittag also nicht bei ihren Freunden nach ihr fragen?«

»Das halte ich für ungeschickt, Katherine. Wie soll ich die Runde machen und mich nach ihrem Verbleib erkundigen, ohne einzuräumen, daß sie verschwunden ist und ich verflucht nicht weiß, wo sie sich aufhält? Zur Hölle mit dem Mädchen, es steht ihr nicht zu, uns so zu beunruhigen. Nicht, daß ich mir etwa Sorgen machte. Überhaupt nicht. Gütiger Himmel, wie spät es geworden ist. Wir müssen noch kurz bei der *Amelia* vorbeischauen.«

Gesagt, getan. Auf dem Hausboot fanden wir mehrere von Fatimas Nichten vor – unter ihnen auch die vielbeschimpfte Karima –, die bereits fleißig arbeiteten. Ein kurzes Gespräch mit Karima bestätigte mir, daß ich ziemlich überflüssig war. Mir war klar, daß Fatima ohnehin darauf bestehen würde, die Vorbereitungen persönlich zu überwachen und ihnen den letzten Schliff zu geben – einschließlich der Rosenknospen in der Waschschüssel und der getrockneten Blütenblätter zwischen den Laken. Nicht einmal Emerson hatte es gewagt, Einwände gegen diese Maßnahmen zu äußern (tatsächlich glaube ich, daß ihm das sogar gefiel, auch wenn er es niemals offen zugegeben hätte).

Ich setzte Katherine bei der *Valley of the Kings* ab, da sie vor ihrem Besuch bei uns noch ein Bad nehmen und sich umziehen wollte. Ramses und Emerson waren noch nicht zurückgekehrt, trotzdem war das Haus voller Menschen beziehungsweise Frauen. Eine von ihnen war Daouds Frau Kadija. Bei den anderen, die sittsam auf der Küchenbank saßen, schien es sich um die angehenden Kindermädchen zu handeln.

Von daher war es gut, daß die Männer verspätet eintrafen, da sie sich zweifellos über den überflüssigen, nun folgenden Tumult beschwert hätten, als ich die von Fatima für das Kind und sein Kindermädchen ausgesuchten Räume inspizierte und lobte, meine Einkäufe auspackte, mit den Kindermädchen plauderte und Kadija begrüßte. Kadija war eine überaus große, dunkelhäutige und stille Frau. Zumindest war sie in meinem Beisein normalerweise sehr einsilbig; Nefret behauptete, daß sie einen ausgeprägten Sinn für Humor habe und überaus witzige Geschichten zum besten gebe. Kadijas Mutter war eine Nubierin gewesen; von den Frauen der Familie mütterlicherseits hatte sie das Rezept für eine geheimnisvolle Salbe übernommen, die sie und Daoud jedem Heilungsbedürftigen andienten. Da selbst Nefret mittlerweile an ihre Wunderwirkung glaubte, hatte auch ich meine Bedenken fallengelassen, obwohl die Salbe die Haut des Patienten ekelhaft grün färbte.

Das Kind hatte vermutlich seit meinem Aufbruch keinen Schritt getan. Kadija trug sie, als ich eintraf, und setzte sie nur murrend ab, weil ich darauf bestand, daß die Kleine die von mir gekauften Kleidungsstücke anprobierte.

Sennia wollte kein Kleid tragen. Die winzigen Schuhe wurden noch rigider abgelehnt. Da Kinder gern mit Wasser herumspritzen, fand die Emaillebadewanne allerdings ebenso

Zuspruch wie einige Spielsachen, die ich zufällig erworben hatte. Wir – Kadija, Fatima, ich und Basima, die stolze Gewinnerin des Wettbewerbs um die Anstellung als Kindermädchen – saßen auf dem Boden des neuen Kinderzimmers und beobachteten die spielende Sennia, als von unten Stimmen zu uns heraufdrangen. Das Kind horchte auf und flog beinahe zur Tür.

»Halte sie auf, Kadija, sie ist unbekleidet!« entfuhr es mir.

Kadijas große fürsorgliche Hände packten die Kleine und hielten sie fest. »Da du jetzt bei den Engländern wohnst, muß du etwas anziehen«, erklärte sie. »Zieh ein hübsches Kleid an. Du möchtest doch, daß er stolz auf dich ist, oder?«

Wie von mir erwartet kam Ramses umgehend nach oben. Kadijas Aufforderung hatte Wirkung gezeigt; vor seinem Auftauchen blieb uns kaum Zeit, das ängstliche kleine Geschöpf in eines der neuen Kleidchen zu stecken. Nachdem er das Ergebnis bewundert hatte, bestand sie darauf, ihm ihren neuen Besitz Stück für Stück zu zeigen. Jedes Kleid, jedes Wäschestück, jedes Band und Spielzeug mußten untersucht und gelobt werden. Ramses war staubig und verschwitzt, doch seine verhärmten Gesichtszüge entspannten, während sie geschäftig hin und her lief, und als sie ihm schließlich eine Puppe auf den Schoß drückte, mußte er tatsächlich lachen.

»Mutter, was ist denn in dich gefahren? Die Puppe ist beinahe so groß wie das Kind!«

»Keine hatte dunkles Haar«, erwiderte ich mißfällig. »Es ist wirklich bedauerlich. Man sollte vermuten, daß blonde Lokken und blaue Augen das einzig wahre Schönheitsideal darstellen. Geh und zieh dich um, Ramses. Da sie jetzt weiß, daß du zurückgekehrt bist, wird sie dich vermutlich für eine Weile entbehren können.«

Nachdem er verschwunden war, unterhielt ich mich kurz

mit Fatima. Sie wollte wissen, wie »diese unsägliche Karima« mit der Reinigung der Dahabije vorankam, und versicherte mir, daß sie persönlich letzte Hand an die Sache legen würde. Da mir auffiel, daß auch ich eine Reinigung nötig hatte, zog ich mich in mein Zimmer zurück, wo ich feststellte, daß Emerson bereits seine Säuberungsaktion beendet und den Innenhof aufgesucht hatte. Als ich mich zu ihm gesellte, bot er mir sogleich einen Whiskey-Soda an und führte mich zu einem der Sofas. Es gab eine Menge zu berichten, doch aus irgendeinem Grund war uns beiden nicht nach einem Gespräch zumute. Emerson schob mir ein Sitzkissen unter meine Füße. Dann setzte er sich neben mich und legte seinen Arm um meine Schultern. Welche Schwierigkeiten auch immer vor uns lagen – und das waren sicherlich viele –, wir würden sie Hand in Hand, Seite an Seite, Rücken an Rücken konfrontieren.

Das äußerte ich gegenüber Emerson, woraufhin dieser erwiderte: »Du bringst deine Metaphern schon wieder durcheinander, Peabody, trotzdem bin ich grundsätzlich deiner Meinung. Vandergelt berichtete mir, daß Nefret nicht bei ihnen sei. Kann ich davon ausgehen, daß du sie nicht gefunden hast?«

»Du kannst ebensogut davon ausgehen, daß ich sie erst gar nicht gesucht habe. Ich wußte nicht, wo ich anfangen sollte. Emerson – sie befindet sich doch nicht etwa in Gefahr, oder?«

»Mit Sicherheit hat sie das Haus aus freien Stücken verlassen.« Emerson nahm seine Pfeife aus seiner Jackentasche. »Ali sagte, daß sie einen kleinen Koffer bei sich trug. Er wollte ihr eine Droschke besorgen, doch das lehnte sie ab. Sie ging zu Fuß in Richtung Straßenbahnhaltestelle. Wenn sie heute nacht nicht nach Hause kommt, werden wir morgen die Suche aufnehmen. Ich kann einfach nicht glauben, daß sie in Gefahr schwebt. Wenigstens«, fügte er nachdenklich hinzu,

»glaube ich es nicht, solange ich keinen tieferen Sinn hinter diesen Vorfällen erkenne.«

Narmers Gebell kündigte das Eintreffen unserer Freunde an. Katherine verschwendete keine Zeit. »Passen die Kleidchen? Wie gefällt ihr die Puppe? Kann ich sie sehen?«

»Frauen!« brummte Emerson. »Könnt ihr immer nur an Kleider, Spielsachen und Babys denken? Äh – vermutlich gehe ich jetzt besser und hole sie.«

Ich überzeugte ihn, unseren Gästen statt dessen Getränke zu servieren, denn kurz darauf kam Ramses mit dem Kind auf dem Arm die Treppe herunter. Sie trug eines der von mir erstandenen Kleidchen – ein hübsches weißes Hängerchen mit einem Kragen aus englischer Spitze – und die roten Lederschuhe. Beim Anblick der vielen Leute verbarg sie ihr Gesicht an Ramses' Schulter.

Ich setzte mich zu Katherine und Cyrus, der taktvoll Distanz wahrte und Emerson zum Vollidioten abstempelte, da dieser Sennia zu überzeugen versuchte, mit ihm zu plaudern. Seine tiefe, sonore Stimme wirkte merkwürdig im Vergleich zu ihren knappen, piepsenden Antworten. Sie klang tatsächlich wie ein kleiner Vogel. Schließlich willigte sie ein, sich auf Emersons Knie niederzulassen, wo er sie mit Keksen fütterte.

Erst in diesem Augenblick konnte Katherine ihr Gesicht genauer betrachten. Ihr stockte der Atem. »So langsam kann ich Nefret verstehen«, flüsterte sie. »Die Ähnlichkeit ist verblüffend, Amelia. Sie hat sogar Ihre Kinnpartie geerbt.«

»Das befürchte ich leider auch. Das arme Kind. Emerson, keine Kekse mehr. Das verdirbt ihr nur den Appetit.«

»Was habt ihr mit ihr vor?« fragte Cyrus.

»Diese Frage stellt sich uns im Augenblick nicht, Cyrus. Selbst wenn Percy seine Vaterschaft zugäbe, wäre er nicht in der Lage, die Verantwortung für ein Kind zu übernehmen. Er würde sie in irgendeine ägyptische Familie in Pflege geben, ihnen eine geringe Summe zahlen, und das wäre es.«

»Vielleicht ist sie in einer ägyptischen Familie aber besser aufgehoben«, wandte Cyrus ein. »Zu Selim oder Daoud oder einem der anderen hätte ich vollstes Vertrauen, wenn sie die Vormundschaft übernähmen.«

»Kadija würde sie sofort zu sich nehmen. Aber die Kleine ist auch Engländerin, und ich bin keineswegs bereit, die unverantwortliche Gedankenlosigkeit an den Tag zu legen, die so viele englische Herren gegenüber den unschuldigen Opfern ihrer kurzen Affären demonstrieren. Für mich ist das eine Sache des Prinzips.«

Prostend hob Cyrus sein Glas. Seine Augen waren von Lachfältchen umrahmt. »Nicht zu vergessen Ihres Dickkopfs? Sie wollen sich dem Geschwätz der Leute stellen und ihnen raten, sich zum Teufel zu scheren? Wir werden Sie auf jedem Schritt begleiten, Amelia, aber – nun ja – ist das hinsichtlich Ramses nicht etwas zuviel verlangt?«

»Selbstverständlich habe ich auch darüber nachgedacht. Ramses vertritt meine Einstellung, dessen bin ich mir sicher; er ist sogar noch dick... – äh – entschlossener als ich. Wir können ihre Existenz nicht mehr verleugnen, und Sie können sicher sein, daß es immer Gerede geben wird, ganz egal, was wir tun. Cyrus, würden Sie so nett sein und mir noch einen Whiskey-Soda eingießen? Danke. Emerson, ich sagte doch, keine Kekse mehr! Ich dulde keine Bestechungsversuche mit Süßigkeiten. Es wird Zeit, daß sie zu Bett geht. Heranwachsende brauchen viel Schlaf. Nein, Ramses, du bringst sie nicht nach oben, sie muß sich an Basima gewöhnen.«

Dieser Entscheidung folgte längeres Protestgeschrei. Es endete, als Emerson Basima einen Keks zusteckte, den sie dem Kind vor die Nase hielt, während sie es hochtrug. Ich tat so, als bemerkte ich es nicht.

Schmunzelnd meinte Katherine: »Sie hat schon einen eigenen Willen, nicht wahr? Bemerkenswert für ein Kind, das solche Lebensumstände kennenlernen mußte. Amelia, was wollen Sie hinsichtlich der Mutter des Mädchens unternehmen?«

»Da liegt das Problem«, gestand ich. »Das bedauernswerte Geschöpf scheint wie vom Erdboden verschluckt; Ramses hat sie gesucht, aber bislang erfolglos. Wenn wir sie finden, werden wir sie selbstverständlich schützen und unterstützen... Ich darf gar nicht daran denken, was das Kind alles gesehen, gehört und erfahren hat. Werden wir diese Erinnerungen jemals auslöschen können?«

»Kleine Kinder vergessen schnell, Amelia. Ich habe das Gefühl, daß ihr das Schlimmste erspart geblieben ist. Einer Mutter gelingt das – sie versucht es zumindest.«

Katherines erster Ehemann war ein Trinker gewesen, der seine Frau verprügelt hatte. Ich bezweifelte nicht, daß sie aus Erfahrung sprach.

Während des Abendessens hatte ich eine Idee, die ich so rasch wie möglich umsetzen wollte. Ich sah keinen Anlaß, Emerson einzuweihen – schließlich konnte ich mich irren –, deshalb erklärte ich ihm lediglich, daß ich Jack Reynolds schon seit mehreren Tagen nicht mehr gesehen habe und daß ich ihm einen Pflichtbesuch schuldig sei.

»Er trägt es recht gefaßt. Trotzdem verwahrlosen Männer häufig, wenn sich keiner um sie kümmert«, erklärte ich. »Katherine wird mich begleiten, nicht wahr, Katherine?«

Das Angebot der Herren, uns ebenfalls zu begleiten, lehnten wir ab, da ich befürchtete, daß, falls Jack betrunken war, er feindselig und unberechenbar reagieren könnte. In Begleitung zweier mit Laternen ausgestatteter Bediensteter machten wir uns zu Fuß auf den Weg. Es war eine zauberhafte Nacht, und Katherine betonte, daß ihr ein kurzer Spaziergang guttun würde.

Jack war allein und nüchtern. Er saß in seinem Arbeitszimmer, kam aber – seine Lektüre unter den Arm geklemmt – umgehend, um uns zu begrüßen. Ich war froh, daß es sich bei dem Buch nicht um einen Schundroman, sondern um den ersten Band von Emersons *Geschichte* handelte. Der Salon wirkte gepflegter als bei meinem ersten Besuch, Staubschicht und Alkoholdunst hatten sich erheblich reduziert.

Sofern Jack unseren Besuch störend fand, ließ er sich das jedenfalls nicht anmerken, statt dessen bot er uns mit perfekter Höflichkeit Sitzgelegenheiten und Erfrischungen an, lehnte letzteres für seine Person jedoch ab.

»Wir machten einen Spaziergang und beschlossen, kurz vorbeizuschauen«, erklärte ich.

Schon die wenigen Tage ohne die zerstörerischen Begleiterscheinungen des Alkohols hatten das gesunde und intelligente Aussehen des jungen Mannes wiederhergestellt. »Sie kamen vorbei, um nachzuschauen, ob ich wieder an der Flasche hinge«, erwiderte er unverblümt. »Ich habe diesen Verzicht akzeptiert, und Sie brauchen nicht zu befürchten, daß ich diesem Laster erneut verfalle. Wie Sie selbst betonten, habe ich Pflichten zu erfüllen.« Er schob sein Kinn vor und entblößte seine Zähne; er erschien mir wie Mr. Roosevelt vor der Schlacht.

»Freut mich, das zu hören«, entgegnete ich und hoffte, daß seine Äußerung der Wahrheit entsprach. »Dann möchten wir Sie nicht länger stören. Ist Geoffrey hier?«

»Ich brauche kein Kindermädchen mehr, Mrs. Emerson.«

»Sie haben mich falsch verstanden, Mr. Reynolds. Ich habe mich nach Geoffrey erkundigt, wie ich das bei allen meinen Freunden tun würde.«

»Schon gut, er ist nicht hier. Er brach gestern auf – ich weiß nicht, wohin. Er hinterließ eine Nachricht mit der Mitteilung, daß er einige Tage unterwegs sei. Ich war nicht zu Hause.«

»Verstehe. Dann also gute Nacht.«

Er bestand darauf, uns zur Tür zu begleiten, und als ich ihm zum Abschied meine Hand reichte, hielt er sie fest. »Ich hoffe, Sie verzeihen mir, Mrs. Emerson, wenn ich unbeherrscht war. Für Ihre Hilfe werde ich Ihnen immer dankbar sein.«

»Was sollte das Ganze?« fragte Katherine auf dem Heimweg neugierig. »Ich fand sein Verhalten überaus sonderbar, Amelia.«

»Männer sind überaus sonderbare Wesen, Katherine. Ich weiß nicht genau, was in ihm vorgeht. Ich dachte, ich hätte gewisse Ressentiments gegenüber Geoffrey festgestellt, aber ich könnte nicht sagen, ob Jack wütend war, weil sein Freund ihn verlassen oder weil er ihm überhaupt geholfen hat! Diese bedauernswerten Geschöpfe geben nur ungern zu, daß sie auf die Unterstützung anderer angewiesen sind. Ich muß gestehen, daß meine Besorgnis um Jack nicht der vorrangige Grund für diesen Besuch war.«

»Sie dachten, Nefret könnte zu ihm gegangen sein?«

»Eher zu Geoffrey. Sie versteht sich besser mit einigen der jungen Männer als mit den jungen Damen der Kairoer Gesellschaft, was wenig verwunderlich ist, wenn man bedenkt, daß letztere hoffnungslose Hohlköpfe sind. Sicherlich ist es kein Zufall, daß Geoffrey ebenfalls verschwand und lediglich eine nichtssagende Notiz zurückließ. Wenn sie verzweifelt war, und das traf mit Sicherheit zu, hätte er ihr seine Hilfe angeboten und sie – nun ja – nicht im Stich gelassen. Und im Hinblick auf Jack hätte er ihr Vertrauen nie mißbraucht. Ja, so muß es gewesen sein. Ich gestehe, es erleichtert mich, zu wissen, daß sie nicht allein ist.«

»Er gehört vermutlich nicht zu den Männern, die ihren Vorteil suchen?«

»Bei Nefret?« Ich mußte lachen. »Er ist der perfekte Gentleman, und Nefret beileibe keine Frau, die man leicht übervorteilen kann. Verlassen Sie sich darauf, wir werden bald von ihr hören.«

Bereits am folgenden Abend hörten wir von ihr. Der Brief war handschriftlich abgefaßt und per Boten abgegeben worden. »Ich hoffe, ihr habt euch um mich keine Sorgen gemacht. Geoffrey und ich sind in wenigen Tagen zurück. Wir haben heute morgen geheiratet.«

10

Ach, diese herrlich klaren Wüstennächte! Wie oft habe ich nicht schon, nur in eine Decke gehüllt, den Sternenhimmel betrachtet und an Ihn, ihren Schöpfer, gedacht. Einem Mann, dessen Gedanken und Taten nicht von solcher Erfahrung beflügelt werden, ist nicht mehr zu helfen.

Aus Manuskript H

Die Landungsbrücke zur *Amelia* war ausgelegt, und David stand pfeiferauchend an Deck. Sein schmales braunes Gesicht hellte sich auf, als er Ramses bemerkte, und er eilte schnellen Schrittes auf ihn zu.

»Ich hatte wirklich gehofft, wir würden dich heute nachmittag sehen«, rief er. »Du warst heute morgen nicht am Bahnhof.«

»Das tut mir aufrichtig leid, aber ich mußte noch etwas erledigen.« Er ergriff Davids ausgestreckte Hand. »Du hast mir gefehlt.«

»Ich müßte lügen, wenn ich behauptete, daß ich die ganze Zeit nur an dich gedacht habe.«

Ramses lachte. »In diesem Fall würde ich an deinem Gemütszustand zweifeln. Also – «

»Also hör auf, dich wie ein Engländer zu verhalten.« David breitete seine Arme aus. »Umarme mich wie einen Bruder.«

Normalerweise wurde die Landungsbrücke von den Dampfern benutzt, die Touristen aus Kairo an Bord hatten; lediglich Emersons Reputation (und, wie Ramses vermutete, ein großzügig bemessenes Bakschisch ihres Rais Hassan) hatte ihnen das Privileg der Mitbenutzung verschafft. Das Hausboot lag nur einen kurzen Fußweg vom Haus vor Anker, und dieser Vorteil ließ sie über die störenden Menschenmassen hinwegsehen, die mehrmals am Tag den Kai überschwemmten. Einige dieser Zeitgenossen tuschelten und musterten die beiden europäisch gekleideten Männer mit unverhohlenen Blicken.

»Zum Teufel mit ihnen, würde der Professor sagen«, bemerkte David, während er sich mit einer spöttischen Geste in Richtung einer besonders neugierigen Frau verbeugte. Er sah gut aus, stellte Ramses insgeheim fest; sein Gesicht war voller geworden, und seine Lippen umspielte ein energischer Zug. Schon seit Wochen freute sich Ramses auf diesen Augenblick. Und jetzt gab es so viel zu berichten, daß er gar nicht wußte, womit er beginnen sollte.

David ersparte ihm das Schlimmste. »Tante Amelia hat mir von Nefret erzählt. Willst du darüber reden?«

»Nein. Warum stehen wir eigentlich hier? Ich habe Lia noch nicht begrüßt.«

»Das hat Zeit«, erwiderte Lias frischgebackener Ehemann. »Um Himmels willen, Ramses, mir mußt du doch nichts vormachen! Was ist passiert?«

»Mutter hat dir die Sache mit dem Kind geschildert?«

»Ja. Ich werde nicht fragen, warum du mir nicht selbst davon geschrieben hast; schließlich verheimlichst du mir ständig irgendwelche Dinge! Es war bestimmt ein entsetzlicher Schock, als sie wie aus dem Nichts mit diesem Widerling von Kalaan auftauchte. Trotzdem muß sich hinter dieser Sache mehr verbergen. Nicht einmal Nefret würde Hals über Kopf verschwinden und heiraten, es sei denn ...«

»Es sei denn, sie liebt ihn.«

»Glaubst du das?«

»Was ich glaube, ist doch unwesentlich. Es ist aus und vorbei!« Der Wunsch, seiner Verärgerung und Frustration vor seinem besten Freund Luft zu machen, war beinahe überwältigend. Aber das konnte er nicht tun. Nicht einmal David durfte er eingestehen, was zwischen ihm und Nefret vorgefallen war. Vermutlich empfand ein Mensch, der gerade ein Bein oder einen Arm verloren hatte, ähnlich, wenn jemand die offene Wunde berührte, dachte er.

»Eine geschickte Taktik von Kalaan, an dich und nicht an Percy heranzutreten«, meinte David nachdenklich. »Ihn zu erpressen wäre reine Zeitverschwendung gewesen. Aber schließlich kennt jeder in Kairo dich und deine Eltern und weiß um euren Ruf.«

»Das ist die einzig logische Erklärung«, erwiderte Ramses. »Wenn man Kalaan gegenüber Nachsicht walten lassen will, dann wußte er die Wahrheit vermutlich selbst nicht.«

»Aber die Frau muß es doch wissen. Tante Amelia erzählte mir, daß du sie gesucht hast.«

»Aber nicht, um sie zu einem öffentlichen Geständnis zu zwingen, falls du das meinst. Ihr würde man ohnehin nicht glauben. Daran läßt sich nun einmal nichts ändern.« David runzelte unwillig die Stirn, doch Ramses schnitt ihm das Wort ab, bevor er protestieren konnte. »Daran läßt sich nichts ändern, habe ich gesagt. Vor uns liegen einige schwerwiegendere Probleme, die einer Klärung bedürfen. Ich wünschte, ich könnte dir und Lia noch eine Weile Ruhe gönnen, aber du kennst unsere Familie viel zu gut, als darauf zu hoffen! Was hat Mutter denn noch erzählt?«

»Eine ganze Menge.« David wußte genau, daß er ihm in

dieser Sache nicht weiter zusetzen durfte. Er legte seine Hand auf Ramses' Schulter, und sie schlenderten gemeinsam zum Hausboot zurück. »Was zum Teufel geht hier eigentlich vor? Mord, tätlicher Angriff – «

»Das Übliche eben«, murmelte Ramses.

»Ja, genau. Und die Fälschungen?«

»Davon hat sie dir auch berichtet?«

David grinste schwach. »Als sie Luft holte, schaltete sich der Professor ein. Ich fühlte mich wie ein Boxer, der eine Reihe von Tiefschlägen verkraften muß!«

»Du kennst doch Mutter.« Er hielt inne, um Rais Hassan zu begrüßen, und fuhr dann fort: »Hat sie erst einmal beschlossen, jemanden ins Vertrauen zu ziehen, dann ist sie nicht mehr zu bremsen.«

»Jedenfalls ziehe ich das ihrer früheren Einstellung vor, uns ständig im dunkeln tappen zu lassen.«

Seit ihrem Umzug war Ramses nicht mehr auf der *Amelia* gewesen. Ohne die früher überall verstreuten Bücher und Unterlagen mutete ihn der Salon merkwürdig an. David hatte noch nicht die Zeit gefunden, seine Zeichenmaterialien und die entsprechende Literatur auszupacken; der Raum wirkte beinahe ungemütlich steril.

Lia saß auf dem geschwungenen Divan unter den Bullaugen; die Strahlen der untergehenden Sonne umgaben ihr blondes Haar wie einen Heiligenschein. Einer der Bediensteten mußte ihnen bereits die Mitteilungen und Briefe der vergangenen Wochen ausgehändigt haben; ein Stapel Umschläge lag auf dem Sofa neben ihr, und sie las gerade einen Brief. Dieser umfaßte mehrere Seiten, und sie war so vertieft, daß sie Ramses' Anwesenheit erst wahrnahm, als er mitten im Zimmer stand. Sie stopfte den Brief in ihre Rocktasche und stürmte auf ihn zu. Als sie sich aus seiner herzlichen Umarmung befreit hatte, sah er die Tränen in ihren Augen.

»Ich bin froh, daß wir für eine Weile unter uns sind«, erklärte sie, während sie seine Hand nahm und ihn zum Divan führte. »Heute abend essen wir gemeinsam mit der Familie, und ihr wißt genau, wie das sein wird – jeder fällt dem anderen ins Wort!«

»Ich muß leider gestehen, daß einige Tage intensiven Feierns vor euch liegen«, bemerkte Ramses leichthin. »Selim hat ein Freudenfest organisiert und das ganze Dorf eingeladen, und Mutter sprach von einem Ball oder einer Abendgesellschaft, die sie euch zu Ehren geben will.«

»Das kann sie getrost vergessen«, erwiderte Lia aufgebracht. »Das lehne ich rundweg ab – was ist daran so lustig?«

»Wenn du dich aufregst, siehst du genauso aus wie Tante Evelyn. Eine hübsche kleine Hauskatze, die Tiger zu spielen versucht.«

»Sie spielt nicht«, entgegnete David. Er warf seiner Frau einen Blick zu, und Ramses wäre am liebsten im Erdboden versunken.

»Ich meine damit«, fuhr Lia fort, »daß wir nicht die Zeit für Bälle und Abendveranstaltungen haben, und schon gar kein Interesse an der sensationslüsternen Kairoer Gesellschaft. Ich kann dir nur schwerlich verzeihen, daß du uns nicht eingeweiht hast, Ramses.«

»In welcher Hinsicht?«

»In jeder Hinsicht!« Sie machte eine heftige Handbewegung. »Es war schon schlimm genug, daß du die Geschichte mit den Fälschungen vor uns geheimzuhalten versuchtest, aber du hättest wenigstens erwähnen können, daß man auf dich geschossen hat.«

»Auf Mutter«, erwiderte Ramses kleinlaut. »Man hat auf Mutter geschossen.«

»Oh, tut mir leid!«

»Ich entschuldige mich.«

Sie drehte sich zu ihm um und nahm seine Hand. »Nein, ich muß mich entschuldigen. Ich hätte dich nicht zurechtweisen dürfen; du hast schon genug Ärger. Glauben die Leute tatsächlich, daß du für den Tod dieses Mädchens verantwortlich bist?«

Ramses blinzelte verwirrt. Lia versetzte ihn immer wieder in Erstaunen. Genau wie ihre Mutter wirkte sie sanftmütig und naiv und doch besaß sie dieselbe Gabe, rigoros auf den Kern einer Sache zu sprechen zu kommen.

»Wir begegneten uns im letzten Jahr«, fuhr Lia fort. »Ich kannte sie weder besonders gut, noch mochte ich sie sonderlich, aber einen solchen Tod hat sie wirklich nicht verdient, von den Händen eines ... Oh, Karima. Ja, danke, wir nehmen jetzt den Tee ein.«

Es nahm eine ganze Weile in Anspruch, bis Tablett und Geschirr zu Karimas Zufriedenheit plaziert waren. Nachdem sie den Salon verlassen hatte, fuhr Lia exakt an dem Punkt fort, wo sie geendet hatte. »Von den Händen eines Menschen getötet, den sie kannte und dem sie vertraute.«

»Hat Mutter das gesagt?« fragte Ramses. »Das wissen wir doch gar nicht mit Bestimmtheit.«

»Aber es ist ganz offensichtlich! Sie war zwar eine leichtlebige, vertrauensselige Person, aber sie wäre niemals so töricht gewesen, nachts allein das Haus zu verlassen. Sie hat jemanden getroffen, und dieser Jemand war mit Sicherheit nicht ihr Geliebter!«

»Tut mir leid, aber ich muß dich einfach fragen, wie du zu dieser Schlußfolgerung gelangt bist«, murmelte Ramses.

»Sie war in dich verliebt«, erwiderte Lia nüchtern. »Aber du warst nicht derjenige, mit dem sie in besagter Nacht verabredet war. Also –«

»Lia!« entfuhr es David.

»Es stimmt, nicht wahr? Ich weiß nicht, warum Männer diese Dinge so aufregen! Es gibt lediglich zwei Alternativen, die Maude in besagter Nacht zu einem Verlassen des Hauses bewogen haben können: entweder eine Einladung von einem Mann, den sie liebte, oder die Drohung eines Mannes, der einen gewissen Einfluß auf sie ausübte.«

»Gütiger Himmel«, murmelte Ramses hilflos. Sein Gesicht brannte wie Feuer. Vielleicht hatte seine Mutter die Schwärmerei der bedauernswerten Maude erwähnt, aber er befürchtete, daß Lia die Information von Nefret erhalten hatte – im Zusammenhang mit einer ganzen Reihe brüskierender Kommentare. »Ich ... ich weiß nicht, was ich sagen soll.«

»Irgend etwas Sinnvolles, hoffe ich«, erwiderte sein Cousin. »Du hast sie doch keineswegs ermutigt, oder? Das hatte ich auch nicht erwartet. Warum fühlst du dich dann schuldig? Ist mein Syllogismus nun richtig oder falsch?«

»War das ein Syllogismus? Aber in Ordnung, ich weiß, worauf du hinauswillst. Trotzdem hast du etwas übersehen. Was wäre, wenn diese Nachricht den Eindruck erweckt hätte, sie stammte von mir?«

»Extrem unwahrscheinlich«, erwiderte Lia, während sie so entschieden den Kopf schüttelte, daß ihre blonden Locken im Sonnenlicht schimmerten. »Ihr habt euch häufig tagsüber und auch abends gesehen. Wenn dir an einem Rendezvous gelegen gewesen wäre, hättest du ihr das lediglich ins Ohr zu flüstern brauchen. Es wäre ohnehin töricht genug von ihr gewesen, auf eine schriftliche Mitteilung zu reagieren. Wie dem auch sei«, fuhr sie fort, bevor einer der beiden Männer auf ihre zweifelhafte Logik Bezug nehmen konnte, »es sind zu viele unangenehme Situationen aufgetreten, als daß man noch von Zufällen sprechen könnte. Ich glaube, sie wußte etwas über diese Vorfälle und ihren Verursacher. Vielleicht drohte sie ihm, ihn zu entlarven. Vielleicht erkannte sie, daß ihre Loyalität ihm gegenüber ins Wanken geraten war, seit sie einen anderen liebte – einen Mann, den er bereits angegriffen hatte.«

»Loyalität hinsichtlich wem?« wollte David wissen. »Damit meinst du doch bestimmt nicht ihren Bruder, oder?«

»Wieso nicht?« Mit zusammengekniffenen Augen wandte sie sich an Ramses. »Du hast doch auch schon daran gedacht, nicht wahr?«

Er stellte seine Tasse auf den Unterteller und lehnte sich zurück. »Ich darf dir gratulieren, daß du beinahe ebenso mißtrauisch bist wie ich. Ich verdächtige jeden, einschließlich Jack. Er hätte sie nicht einmal vom Haus fortlocken müssen. Vielleicht ist sie sogar in ihrem eigenen Zimmer oder im Innenhof getötet worden. Niemand hat nach Blutspuren gesucht. Die Bediensteten schlafen nicht im Haupthaus, und die alte Tante hätte die tätliche Auseinandersetzung nicht bemerkt. Und ihm blieb die ganze Nacht, um die Leiche zu beseitigen und dann nach Hause zurückzukehren.«

»Das würde bedeuten, daß Jack auch derjenige war, der auf Tante Amelia geschossen und die anderen Zwischenfälle in die Wege geleitet hat«, erklärte David nachdenklich. »Irgendeine Vorstellung, warum?«

»Mr. Vandergelt wies auf das mögliche Motiv hin«, erwiderte Ramses, »daß die Vorfälle dazu dienen sollten, uns aus Zawiet el-Aryan zu vertreiben. Es war reine Glücksache, daß keiner davon ein böses Ende nahm. Wäre jemand getötet oder ernsthaft verletzt worden, hätte Vater die Exkavation vermutlich umgehend gestoppt.«

»Das läßt darauf schließen, daß sich in dem Ausgrabungsgebiet irgend etwas befindet, dessen Entdeckung besagte Person verhindern will. Eine Grabstätte?«

»Bei Zawiet handelt es sich weder um das Tal der Könige

noch um Gizeh, David. Ehrlich gesagt, ist es das trostloseste Gebiet, das wir jemals erforscht haben; dort gibt es nichts außer einer leeren, eingestürzten Pyramide und einige armselige Gräber. Hinweise auf ein Verbrechen, vielleicht? Mutter hat eine Gabe, Leichen aufzuspüren. ›Jedes Jahr ein weiterer Toter‹, pflegte Abdullah zu sagen.«

Lias Gesicht entspannte. »Der geschätzte Abdullah. Tante Amelia scheint beinahe noch mehr daran gelegen, seinen Namen von jeglichem Verdacht zu befreien als den Davids.«

»Dieses Problem hätte ich beinahe vergessen«, gestand Ramses. »Ich bin zwar nicht völlig überzeugt, daß die auf uns ausgeübten Anschläge keinen Bezug zu den Fälschungen haben, trotzdem erkenne ich keinen Zusammenhang. Unsere Ermittlungen haben zu absolut nichts geführt. Was Zawiet anbelangt, so hat Jack dort im vorigen Jahr mehrere Monate gearbeitet. Von daher läge es nahe, daß er irgend etwas entdeckte oder jemanden im Boden verscharrte oder ... oder weiß Gott -!«

»Er war nicht der einzige«, bemerkte David. »Mr. Reisner und sein Mitarbeiterstab waren ebenfalls dort.«

»Mr. Reisner ist nicht hier, aber Jack. Lediglich zwei weitere der damaligen Mitarbeiter befinden sich gegenwärtig in Gizeh, Mr. Fisher und Geoffrey. Nefrets ...« Zum ersten Mal sprach er es aus. »Nefrets Ehemann.«

»Ich bin Ihnen und Cyrus zu tiefem Dank verpflichtet, daß Sie heute abend gekommen sind«, sagte ich zu Katherine. »Leider ist es heute abend etwas stickig.«

Wir saßen allein im Innenhof. Alles war vorbereitet; die abendliche Tafel eingedeckt und blumengeschmückt. Cyrus war nach oben gegangen, um Emerson in dessen Arbeitszimmer Gesellschaft zu leisten. Ich hatte keine Vorstellung, wo sich Ramses herumtrieb. Während der vergangenen Tage hatte er jede freie Minute in den schmutzigen Gassen der Kairoer Altstadt verbracht, um die bedauernswerte junge Frau aufzuspüren, deren Schweigen der fälschlicherweise gegen ihn erhobenen Anschuldigung Vorschub leistete. Er begleitete uns nicht einmal zum Bahnhof, um David und Lia abzuholen; gerüchteweise hatte er erfahren, daß Rashida am Abend zuvor gesehen worden war, und sich deshalb sofort auf die Suche begeben. Als er schließlich nach Hause zurückkehrte, sagte er lediglich, daß sein Informant sich geirrt habe. Seitdem hatte ich ihn nicht mehr gesehen.

»Ich bin sicher, Sie machen sich unnötig Sorgen«, bemerkte Katherine mitfühlend. »Sie sagten, Sie hätten Nefret heute morgen gesehen und ihr von dem Kind berichtet?«

»Ich hatte ihr in dieser Sache bereits geschrieben. Mir war klar, daß sie und Geoffrey im Shepheard's logierten; ich hätte mich schon früher persönlich bei ihr melden sollen, statt dessen jedoch war ich feige und informierte sie zunächst schriftlich.«

»Sie waren immer noch wütend auf sie.«

»Ja«, gab ich zu. »Und nicht nur wegen Ramses. Ich hatte immer gedacht, wir stünden uns sehr nahe, Katherine; aber warum hat sie ihre Verlobung mit Geoffrey dann vor mir geheimgehalten?«

»Sie waren verlobt?«

»Wenn auch nicht offiziell verlobt, so müssen sie sich doch zumindest einig gewesen sein. Eine Frau wendet sich doch keinem Fremden zu, wenn sie Kummer hat.«

»Es sei denn, ihr Weltbild wird völlig erschüttert«, murmelte Katherine.

»Wie meinen Sie das?«

»Ich glaube, das weiß ich selber nicht. Es war lediglich eine Eingebung.« Sie schüttelte unmerklich den Kopf und konzentrierte sich dann erneut auf unser Gespräch. »Ihr Entschluß kam vielleicht überstürzt. Sie hat Ihre Stellungnahme nicht angezweifelt, oder?«

»Nein; sie sagte lediglich, daß sie es hätte wissen müssen und daß er ihr hoffentlich verzeihen würde, und... Es war merkwürdig. Kein einziges Mal erwähnte sie seinen Namen – Ramses' Namen, meine ich. Sie sagte ständig ›er‹ und ›ihn‹. Geoffrey war nicht zugegen. Ich weiß nicht, ob das auf Taktgefühl oder seiner Furcht vor mir beruhte!«

»Sie haben doch nichts gegen den jungen Mann, oder?«

»Ganz im Gegenteil. Er entstammt einer guten Familie – nicht, daß ich darauf Wert legte! –, ist wohlerzogen, kultiviert und ein hervorragender Archäologe. Wie Sie wissen, ist das von Bedeutung, insbesondere für Emerson. Zweifellos steht ihre Verbindung unter einem guten Stern. Dennoch müssen wir eine ganze Reihe von Dingen klären. Während der verbleibenden Ausgrabungssaison ist Geoffrey Mr. Reisner verpflichtet, und Sie können sicher sein, daß Emerson niemals erlauben würde, daß Nefret ihre Pflichten wegen etwas so Überflüssigem wie Flitterwochen vernachlässigt. Und wo sollen die beiden wohnen? Das Harvard Camp ist eine Einrichtung für Junggesellen, und die Vorstellung, daß sie dort gemeinsam mit Jack Reynolds untergebracht wären, gefällt mir überhaupt nicht. Nein, es ist besser, wenn sie bei uns leben.«

»Vielleicht warten Sie zunächst ab, was die beiden zu dem Thema zu sagen haben«, erwiderte Katherine lächelnd.

Ein scharfes, wenn auch unterdrücktes Knurren von Narmer wies mich darauf hin, daß jemand in der Nähe war. Ramses und Nefret waren die einzigen, die diesen verfluchten Hund beruhigen konnten, und sie brauchte normalerweise länger als er.

Meine Vermutung erwies sich wie üblich als korrekt. Als Ramses Katherine bemerkte, fuhr er sich mit der Hand an den Kopf, stellte fest, daß er keine Kopfbedeckung trug, und senkte sie wieder.

»David und Lia werden in wenigen Minuten hier sein«, verkündete er. »Sie konnte sich nicht entscheiden, welchen Hut sie tragen sollte. Für mich sahen sie alle gleich aus.«

»Oh, warst du dort? Habt ihr gemeinsam den Tee eingenommen?«

»Ja. Bist du bereit für das Übliche, Mutter, oder wartest du auf Vater und die anderen?«

»Danke, ich werde warten.«

»Mrs. Vandergelt?«

»Vielen Dank, Ramses, ich habe noch Tee.«

Ich beobachtete, wie er zum Büfett schlenderte. Mit Ausnahme seiner windzerzausten Haare wirkte er sauber und adrett in seinem gefälligen Tweedanzug mit Krawatte. Trotzdem paßte es nicht zu ihm, daß er so früh mit dem Trinken anfing.

»Es wäre besser, wenn du ins Haus gingest und kurz nach Sennia schauen würdest«, bemerkte ich. »Ansonsten wird sie dich bestimmt suchen wollen.«

»Selbstverständlich.« Er stellte sein leeres Glas ab und machte sich auf den Weg zur Treppe.

Ein weiteres und diesmal ausdauerndes Knurren des Hundes sorgte dafür, daß Emerson und Cyrus aus dem Arbeitszimmer auftauchten.

»Dieser verfluchte Köter«, schnaubte Emerson. Er trat aus dem Haus, und dann hörte ich, wie er und Narmer sich anblafften. Der Hund schien Emersons Gebrüll als Versuch einer freundschaftlichen Konversation zu werten. Sein Knurren verwandelte sich in ein frustriertes Jaulen, als Emerson schließlich Lia und David einließ und die Tür verschloß.

Lachend wischte Lia die Abdrücke der staubigen Pfoten von ihrem Rock. »Es ist schön, wieder daheim zu sein«, erklärte sie, während sie alle Anwesenden umarmte.

Eigentlich rechnete ich fest damit, daß Emerson versuchen würde, die beiden in sein Arbeitszimmer zu entführen, um ihnen die Pläne des Exkavationsgebietes zu zeigen und in epischer Breite sein Vorhaben darzulegen; aber er reagierte völlig anders. Da er mich an jenem Morgen nicht zum Hotel begleitet hatte, war dies das erste Zusammentreffen nach der überstürzten Eheschließung des Mädchens, das er wie eine Tochter liebte. Ich überlegte, ob er verletzt war – nein, ich *wußte*, daß er verletzt war, weil sie ihre Empfindungen nicht mit ihm geteilt hatte. Nicht, daß Emerson das je erwähnen würde. Ich hoffte nur, daß er das Ganze mit Fassung trug und es nicht an Geoffrey ausließ.

Er und Nefret trafen so kurz nach Lia und David ein, daß ich mich fragte, ob sie gewartet hatten, bis wir alle versammelt waren. Die beiden hatten allen Grund, mit Protesten oder Ablehnung zu rechnen, und je größer die Gruppe, um so mehr Schutz bietet sie. Nefret stürzte sich in Lias Arme und überließ uns den bedauernswerten jungen Mann, dem sie das Jawort gegeben hatte. Ich muß sagen, er hielt sich tapfer; mir schüttelte er vor allen anderen die Hand, dann wandte er sich umgehend an Emerson und gestand ihm mit männlicher Entschlossenheit sein Fehlverhalten.

»Ich hoffe, Sie können mir verzeihen, Sir. Ich hätte mit Ihnen und Mrs. Emerson sprechen sollen; ich hätte eine angemessene Zeitspanne warten sollen. Ich habe dafür keine andere Entschuldigung, als daß ich sie über alles liebe.«

»Hmhm, nun denn«, brummte Emerson.

Seine Reaktion war gnädiger, als ich zu hoffen gewagt hatte.

Alle versuchten krampfhaft, sich unauffällig zu verhalten.

Geoffrey schlug sich weiterhin tapfer; seine an das weitere frischvermählte Paar gerichteten Glückwünsche waren außerordentlich liebenswürdig, und mir gegenüber benahm er sich wie ein aufmerksamer Schwiegersohn. Ich hätte mir lediglich gewünscht, daß er nicht soviel Rücksicht auf mein vorgerücktes Alter und das schwache Geschlecht genommen hätte, da er mich sanft in einen Sessel schob und mich mit überflüssigen Fußbänkchen und Kissen ausstaffierte, aber vermutlich würde es eine Weile dauern, bis ich ihn eines Besseren belehrte.

Nachdem wir uns rings um den Springbrunnen niedergelassen hatten, erschien das gesamte Hauspersonal mit Speisen und Getränken. In irgendeiner Weise waren sie alle mit David verwandt, und sie hatten voller Aufregung gewartet, bis sie ihn und seine Braut endlich beglückwünschen konnten. Es erheiterte mich, zu beobachten, wie Geoffrey David anstarrte, als dieser Fatima ein Tablett mit Kanapees abnahm, damit sie und Lia einander umarmen konnten. David küßte seine Cousins auf beide Wangen und schüttelte seinen entfernteren Verwandten die Hand, bis Fatima das Personal mit einem letzten liebevollen Blick auf David verscheuchte.

»Das Freudenfest findet übermorgen statt«, bemerkte ich. »Ich hätte es fast vergessen, Nefret. Du – und Geoffrey – ihr kommt natürlich auch.«

Ein weiterer Tag, dachte ich, und es würde mir vielleicht gelingen, seinen Namen in einem Atemzug mit dem ihren zu nennen, ohne zu zögern oder darüber nachzudenken.

»Natürlich.« Sie lächelte mich an.

Für mich hatte sie noch nie reizender ausgesehen. Sie trug ein neues Kostüm, und ihre Wangen waren rosig überhaucht.

Da Ramses noch nicht aufgetaucht war, fragte ich mich allmählich, ob er sich schmollend in sein Zimmer zurückgezogen hatte oder aus einem der Fenster geklettert war. Ich hätte es besser wissen müssen. Es war nicht seine Art, vor unangenehmen Situationen Reißaus zu nehmen; statt dessen hatte er gewartet, bis er sich sicher sein konnte, daß er im Mittelpunkt stand. Als er langsam die Treppe hinunterkam, trug er das Kind im Arm.

›Herausgeputzt‹ ist der einzig treffende Begriff, der mir in diesem Zusammenhang einfällt. Das winzige Persönchen trug ihr bestes Kleid, ihre auffälligste Haarspange, aufwendig mit Goldbändern verzierte Schuhe und mehrere glänzende Perlenschnüre (die ich nicht gekauft hatte). Sie war so rosig wie eine frisch erblühte Rosenknospe.

Vier neue Gesichter waren selbst für ein Kind mit einem so erstaunlichen Selbstbewußtsein zuviel. Sie vergrub ihren Kopf an Ramses' Schulter und umklammerte seinen Nacken, dennoch hatten unsere Gäste ihr Gesicht eindeutig wahrgenommen.

»Gütiger Himmel!« hauchte Geoffrey. Er saß neben mir auf dem Diwan; von daher war ich die einzige, die seine Äußerung hörte. Ramses gab erstickte Laute von sich, woraufhin Sennia kicherte und ihre Umklammerung lockerte.

»Im Umgang mit Fremden ist sie etwas scheu«, meinte er leichthin. »Am besten, ihr ignoriert das, bis sie Vertrauen gefaßt hat. Hier ist der Löwe, kleine Taube«, fuhr er auf Arabisch fort. »Er möchte mit dir reden.«

Woraufhin Professor Radcliffe Emerson, Vater der Flüche, Inhaber zahlloser Ehrungen und Titel, Schrecken der Unterwelt und berühmtester Archäologe seiner und aller weiteren Epochen, gutmütig brummte und ihren Nacken kitzelte.

Es wäre unmöglich gewesen, *ihn* zu ignorieren, trotzdem versuchten wir unser Bestes. In Lias Augen schimmerten Tränen der Rührung. Nefret erhob sich langsam. Ich werde nie erfahren, was sie vorhatte, denn im gleichen Augenblick tauchte wie das gräßliche, von einer feindseligen Gottheit gesandte Omen die massige, zähnefletschende Gestalt von Horus mit hoch aufgerichtetem Schwanz hinter einer Topfpflanze auf.

Wir hatten ihn seit drei Tagen nicht mehr gesehen. Er war noch am selben Morgen verschwunden, nachdem Nefret das Haus verlassen hatte, und ich gebe unumwunden zu, daß ich mir wenig Gedanken gemacht hatte, was mit ihm geschehen war. Zielstrebig stolzierte er auf Nefret zu, doch dann lenkte ihn das glucksende Lachen des Kindes ab. Emerson hatte sie dazu überredet, zu ihm zu kommen, und sie untersuchte gerade seine Jackentaschen, denn sie hatte schnell gelernt, daß sich darin immer etwas für sie befand. Im selben Moment trafen sich ihre und die Blicke des Katers.

Horus war sprachlos – sofern das bei einer Katze möglich ist. Er verharrte mitten im Sprung und starrte sie reglos an.

Allen Anwesenden war das heimtückische Temperament von Horus vertraut, einschließlich Geoffreys, der die Kratzwunden noch nicht vergessen hatte, die ihm der gescheiterte Versuch einbrachte, mit dem Kater Freundschaft zu schließen. Einige von uns reagierten sofort. Ramses sprang auf, ich griff nach einer Wasserkanne, Emersons muskulöse Arme umschlangen schützend das Kind, und Nefret warf sich auf Horus. Aufgrund unserer verzweifelten und unsinnigen Versuche, diesem Ungeheuer Einhalt zu gebieten, entstand ein entsetzlicher Tumult; Horus entwischte Nefret, biß Ramses in den Daumen, schüttelte das Wasser aus seinem Fell (das ich zu einem Großteil ohnehin verschüttet hatte), setzte sich fauchend auf Emersons Füße und starrte immer noch das Kind an. Die Kleine wand sich auf Emersons Schoß und wollte unbedingt auf den Boden zu dem kleinen Löwen, um mit diesem zu plaudern.

»Vorsicht«, drängte ich. »Bitte verhaltet euch ruhig. Wir

dürfen ihn nicht reizen. Emerson, halte sie fest. Ramses, kannst du ...«

»Ich kann es versuchen«, erwiderte Ramses. Er schlüpfte aus seiner Jacke, hob sie hoch und näherte sich Horus vorsichtig.

»Er wird ihr nichts tun«, bemerkte Nefret. Während sie auf allen vieren vorwärts robbte, lockte sie den Kater mit sanfter, einschmeichelnder Stimme. »Komm zu Nefret, böser Horus. Hast du mich vermißt? Du hast mir auf jeden Fall gefehlt. Komm und begrüße mich. Horus, sei ein braver Junge ...«

Das verfluchte Vieh drehte nicht einmal den Kopf. Ich vernahm ein weiteres Geräusch, dessen Lautstärke Nefrets gemurmelte Koseworte übertönte. Es klang zwar so unangenehm wie eine rostige Kettensäge, trotzdem handelte es sich zweifellos um Horus' wohlmeinenden Versuch eines Schnurrens.

»Gütiger Himmel«, entfuhr es mir.

»Gütiger Himmel«, wiederholte Emerson. »Peabody, glaubst du – «

Horus warf sich auf den Rücken und strampelte mit den Pfoten. Er bot ein Bild der Lächerlichkeit.

»Es ist eine Finte«, zischte Ramses. »Ein Trick, um uns abzulenken. Nefret, geh mir aus dem Weg.«

»Nein, das werde ich nicht tun.« Sie schob seine erhobene Jacke beiseite und griff nach dem Kater. Als sie Horus hochhob, blieb er teilnahmslos und bleischwer auf ihren Armen liegen und reckte lediglich den Hals, um Sennia weiterhin fixieren zu können. Nefret setzte sich neben Emerson, der von ihr wegrückte.

»Ich sage euch, er wird ihr nichts tun. Er möchte sich mit ihr anfreunden.«

»Pah!« schnaubte Emerson.

»Ich halte ihn fest«, versicherte ihm Nefret, während sie

Horus' Vorderpfoten unnachgiebig umklammerte. Dann blickte sie das Kind – zum ersten Mal – direkt an und lächelte. »Streck deine Hand aus, kleine Taube. Streichle den Löwen. Sanft, ganz sanft.«

Es war ein überaus rührender Augenblick, der sicherlich noch ergreifender gewesen wäre, wenn die Kleine nicht freudestrahlend an einem der langen Katzenohren gezerrt hätte.

»Sanft«, wiederholte Nefret, während wir anderen vor Entsetzen erstarrt zuschauten. Sie nahm die kleine Hand und legte sie auf den reglosen Kopf der Katze. »So.«

Während ich beobachtete, wie diese Kreatur geduldig das unsanfte Streicheln und die ungeschickten Finger hinnahm, empfand ich zum ersten Mal Zuneigung für den Kater. Bei ihrem Versuch, die kleinen Hände zu führen, erklärte Nefret Emerson, daß Horus sich nur gegenüber ausgewachsenen Tieren heimtückisch verhielt, einschließlich (und meiner Ansicht nach im besonderen) Menschen. Er hatte noch nie den Katzennachwuchs angegriffen, selbst wenn dieser an seinem Schwanz knabberte oder ihm auf den Rücken sprang.

Ich wandte mich an Ramses, der das Ganze mit betont ausdruckslosem Gesicht beobachtete. »Aus deiner Wunde tropft Blut auf den Teppich«, bemerkte ich. »Und vermutlich hast du auch deine Jacke völlig verschmiert.«

Das hatte er in der Tat.

Horus hatte das Eis nicht gebrochen, es war geschmolzen. Seine Unberechenbarkeit sorgte für ausgiebigen Gesprächsstoff. Unter erheblichen Schwierigkeiten gelang es uns schließlich, Sennia in ihr Kinderzimmer zurückzubringen, und Horus konnte unter noch größeren Schwierigkeiten davon abgehalten werden, ihr zu folgen. Wir ließen ihn auf der Türschwelle liegen, da er sogar Nefret anfauchte, als diese ihn verscheuchen wollte.

»Vermutlich muß ich mir eine neue Katze zulegen«, erklärte sie. »Horus ist mir untreu geworden.«

»Um ehrlich zu sein, bedaure ich das nicht«, meinte Geoffrey lachend. »Wie du weißt, mein Schatz, würde ich dir keinen Wunsch abschlagen, aber mein Nachtlager mit Horus zu teilen wäre mir schwergefallen. Er haßt mich.«

»Er haßt jeden«, erwiderte Ramses, während er seinen Suppenlöffel in die linke Hand nahm. Horus hatte seinen rechten Daumen glatt bis auf den Knochen durchgebissen; ich mußte ihn so fest verbinden, daß er merkwürdig abstand. Mir war klar, daß Ramses den Verband abnehmen würde, sobald ich nicht in der Nähe war, aber ich hatte zumindest meine Pflicht erfüllt. »Fast jeden«, fuhr er fort. »Du brauchst ihn nicht aufzugeben, Nefret; du und Geoffrey werdet doch hier wohnen, oder?«

»Darüber habe ich noch nicht nachgedacht«, erwiderte sie.

»Nun, dann wird es aber Zeit«, bemerkte Emerson. »Ich brauche dich bei der Exkavation, Nefret. Wir haben jede Menge alter Knochen für dich gefunden und schon seit Tagen nicht mehr photographiert.«

»Lia und ich werden die Photoarbeiten übernehmen«, warf David ein. »Und wir können anfangen, wann immer es dir recht ist. Ich habe ein schlechtes Gewissen, weil ich so lange fort war.«

»Also dann morgen«, hub Emerson an.

»Emerson, sei nicht töricht«, entfuhr es mir. »Sie sind gerade erst angekommen. Das Freudenfest findet übermorgen abend statt; Selim und die anderen planen es schon seit Wochen.«

»Und ich freue mich darauf«, erklärte Cyrus. »Ich habe in Luxor schon einigen solcher Feste beigewohnt, aber dieses ist sicherlich eine ganz große Sache.«

»Kein Champagner, Cyrus«, erinnerte ich ihn.

»Schon gut, ich weiß. Aber wer wollte uns davon abhalten, wenn wir uns vorher schon ein Gläschen genehmigen?« meinte er augenzwinkernd.

Wir trennten uns früher, als Emerson lieb war; er hatte sich vorgenommen, David die neue Dunkelkammer zu zeigen, und hätte ihm vermutlich noch stundenlang die Pläne des Grabungsgebietes erklärt, wenn ich ihn nicht darauf hingewiesen hätte, daß es für David und Lia ein langer, anstrengender Tag gewesen war. Nefret und Geoffrey brachen gemeinsam mit den beiden auf. Wir standen an der Tür (zusammen mit Narmer, der wie ein Irrer bellte) und beobachteten, wie Lia und Nefret Arm in Arm über die staubige Straße schlenderten, die beiden jungen Männer im Schlepptau. Es vermittelte mir ein seltsames Gefühl, daß ein anderer als Ramses Teil ihrer Gruppe war.

Er hatte uns nicht zur Tür begleitet. Emerson brüllte Narmer an, der ihn ungerührt ankläffte, und legte seinen Arm um meine Taille. »Es ist noch früh, Peabody. Was hältst du von einem letzten Whiskey-Soda?«

»Du verspürst das Bedürfnis danach, nicht wahr?«

»Bedürfnis? Überhaupt nicht! Allerdings«, fuhr Emerson nachdenklich fort, während er mich ins Hausinnere zog, »beschlich mich schon ein seltsames Gefühl, als ich ihnen nachblickte. Sie sind flügge geworden, Peabody. Vermutlich ist Ramses der nächste. Wir müssen über ihn sprechen, Peabody. Glaubst du, er – Äh-hm, aha, da bist du ja, mein Junge. Ich dachte, du hättest dich zurückgezogen.«

»Nein, Vater. Sagtest du nicht gerade, du wollest mit mir sprechen?«

»Steh nicht so da wie ein verfluchter Wachsoldat«, brummte Emerson. »Setz dich. Das ist ein Befehl«, fügte er wütend hinzu.

Grinsend gehorchte Ramses. Er hatte bereits Jackett und

Krawatte abgelegt; während Emerson zum Büfett schlenderte, folgte er dem Beispiel seines Sohnes und warf seine maßgeschneiderte Jacke nachlässig in Richtung Sessel. Natürlich verfehlte er sein Ziel.

Mit drei Whiskeygläsern kehrte er zurück. »Ja, ich wollte mit dir reden«, meinte er. »Hast du dich mit Nefret ausgesprochen?«

»Nun... ja, Sir, selbstverständlich. Du kennst doch ihr überschäumendes Temperament. Sie hat sich überschwenglich bei mir entschuldigt.«

»So? Wann war das?«

»Gleich nach dem Abendessen, als ich Geoffey offiziell gratulierte. Vorher fand ich keine Gelegenheit. Gegenüber Sennia hat sie sich ganz reizend verhalten, findet ihr nicht?«

Emerson runzelte die Stirn. Er ist nicht unbedingt sensibel (mit Ausnahme mir gegenüber), trotzdem hörte sogar er den merkwürdigen Unterton aus dieser sachlichen, emotionslosen Stimme heraus. »Versuche ja nicht, mich abzulenken«, brummte er. »Es macht dir also nichts aus, wenn die beiden hier wohnen?«

»Warum sollte es? Du hast doch gehört, daß ich während des Abendessens das gleiche vorschlug. Später wiederholte ich meine Worte vor Geoffrey. Die von Nefret so hübsch gestalteten Zimmer sind ideal für die beiden. Er nahm dankend an – natürlich nur unter der Voraussetzung, daß ihr einverstanden seid.«

»Hat Nefret denn zugestimmt?« wollte ich wissen.

»Jedenfalls hat sie nichts Gegenteiliges erwähnt. In der Tat hatte ich vor, meine Sachen noch heute nacht in mein früheres Zimmer umzuquartieren, wenn ihr mich also bitte entschuldigt – «

»Da ist noch eine Sache«, wandte Emerson ein. »Du hast sie bislang nicht aufspüren können?«

Ramses hatte nur kurz an seinem Whiskey genippt. Erneut griff er nach seinem Glas und verschüttete einen Großteil der Flüssigkeit. »Verflucht«, knurrte er, während er seinen Daumen fixierte. »Entschuldigung, Mutter. Da ist nicht nur diese eine Sache, Vater, da ist so verflucht – «

»Spar dir jede weitere Entschuldigung«, meinte ich mutlos. »Es ist einfach zuviel, nicht wahr? Hast du mit David schon über die Fälschungen gesprochen?«

»Wir haben beide mit ihm gesprochen, aber keiner von uns hat *ihm* die Gelegenheit gegeben, seine eigene Meinung beizusteuern! Dann ist da Maudes Tod, Mr. Vandergelts Theorie hinsichtlich der eingetretenen Vorfälle, mein Besuch bei Wardani – David wird meine Intervention mit Sicherheit nicht gutheißen, verflucht, ich muß es ihm trotzdem gestehen – und meine vergebliche Suche nach Rashida … Sie ist wie vom Erdboden verschluckt, Mutter. Mittlerweile hätte ich sie mit Sicherheit aufgespürt, wenn sie irgendwo in Kairo wäre – und noch lebte.«

»Wäre sie tot, hätte man ihre Leiche gefunden«, wandte ich ein.

»Nein. Über ihren Tod würde niemand berichten. Man hätte sie genau wie den Unrat auf der Straße beseitigt.«

Über seinem gesenkten Kopf traf mein Blick auf den Emersons, und in dessen stahlblauen Augen fand ich die Bestätigung für Ramses' traurige Worte.

»Was ist mit Kalaan?« fragte er.

»Ich habe herausgefunden, wo er wohnt. Das war gar nicht so einfach. Keine seiner Frauen wußte es – wie sollten sie auch –, und er hängt seinen Aufenthaltsort auch nicht an die große Glocke. Das Haus befindet sich in Heliopolis – ein recht elegantes Anwesen. Niemand war dort. Das Haus war verschlossen und wie leergefegt.«

»Woher weißt du das? Bist du heimlich eingestiegen?« wollte Emerson wissen.

»Nun, ja, so könnte man es nennen. Aufgrund der Staubschicht würde ich behaupten, daß er seit mindestens einer Woche nicht mehr dort war, und da außer ein paar Möbelstücken alles fehlte, glaube ich auch nicht, daß er in naher Zukunft zurückkehrt.«

Emerson legte seine Hand auf Ramses' Schulter.

»Wir werden ihn finden. Man hat uns bislang noch nie geschlagen, und das wird auch diesmal nicht der Fall sein. Wie sollten wir auch auf der Verliererseite stehen, wo wir doch deine Mutter und ihre fatale Schirmkollektion zur Hand haben?«

»Ganz recht«, erwiderte ich schroff und tätschelte Ramses' andere Schulter. »Geh jetzt schlafen. Morgen früh nimmst du das alles mit anderen Augen wahr. Vor dem Morgengrauen neigt man immer zum Schwarzsehen.«

Ramses entfuhr ein unterdrückter Laut – möglicherweise ein Lachen oder ein verhaltener Fluch –, dann erhob er sich schwerfällig. »Ja, Mutter.«

»Ich frage mich, inwieweit Nefret Geoffrey unterrichtet hat«, bemerkte ich. »Wir werden ihn ins Vertrauen ziehen müssen.«

»Selbstverständlich«, erwiderte Ramses. »Schließlich gehört er jetzt zur Familie, nicht wahr?«

Am nächsten Morgen brachte Ramses Sennia – ohne meine vorhergehende Erlaubnis – mit zum Frühstück. Der Anblick des Kindes riß Emerson aus seiner normalerweise schlechten morgendlichen Verfassung, und er verhielt sich so liebenswürdig, wie ich ihn um diese Uhrzeit schon seit vielen Jahren nicht mehr erlebt hatte. Horus begleitete die beiden. Er legte sich so dicht neben das Kind auf den Boden, wie es ihm eben möglich war, und ließ den Blick nicht von ihr ab. Bald darauf gesellten sich Lia und David zu uns, da sie es nach Lias Aussage nicht länger auf dem Hausboot ausgehalten hatten. Es war beinahe wie in alten Zeiten, alle lachten und fielen einander ins Wort, da David Emerson unbedingt von Kreta berichten und Lia einen Rundgang durch unser Haus machen wollte, und beide fütterten Sennia ständig mit irgendwelchen Leckerbissen, während Fatima wie ein unsichtbarer Geist über den Tisch wachte. Das neue Kindermädchen stand scheu im Türrahmen, sie fürchtete sich, näher zu kommen, war aber gleichzeitig nicht bereit, ihre Verantwortung gänzlich anderen zu überlassen. Schließlich war Sennia so mit Marmelade bekleckert, daß selbst Emerson keinen Protest einlegte, als ich sie auf ihr Zimmer bringen ließ. Im Triumphzug trug das Kindermädchen sie fort. Horus erhob sich und folgte ihnen.

»Mach dir keine Sorgen, Mutter«, bemerkte Ramses, der meinen Gesichtsausdruck exakt zu deuten wußte. »Ich mußte *ihn* heute morgen vor dem Schlimmsten bewahren; Sennia hielt seinen Schwanz mit beiden Händen umklammert und wollte gerade hineinbeißen. Als ich die beiden trennte, hat er mich nicht einmal gekratzt.«

»Wie lange hast du gewartet, ehe du sie auseinanderbrachtest?« fragte David. Er hatte Horus ebenfalls nie ausstehen können.

»Etwas länger als eigentlich erforderlich.« Ramses grinste. Es erleichterte mich, daß er wieder etwas erholter und entspannter schien. Davids Rückkehr wirkte sich positiv auf ihn aus.

Emersons Versuche, die Marmeladenflecken aus seinem Hemd zu entfernen, blieben fruchtlos. Sie sahen so gräßlich aus wie frische Blutspuren.

»Du ziehst dich besser um«, wandte ich ein.

»Das ist nicht erforderlich«, knurrte Emerson. »Ich dachte, wir könnten einen kleinen Ausritt unternehmen und – äh – «

»Uns kurz das Grabungsgebiet ansehen? Emerson, ich hatte dir bereits zu verstehen gegeben – «

»Ein Ausritt ist eine gute Idee«, warf David ein. »Ich habe Asfur und Risha noch nicht begrüßt. Was hältst du davon, Lia?«

Offenbar hatte sie mit etwas Derartigem bereits gerechnet, denn sie trug Reitgarderobe – nicht die widersinnige Kleidung, die früher einmal als der letzte Schrei für die berittene Damenwelt galt, sondern einen schmalgeschnittenen Hosenrock und die festen Stiefel, die die Mädchen normalerweise zur Exkavation trugen –, und ihr bereitwilliges Einverständnis signalisierte mir, daß sie es kaum erwarten konnte, das aufregende Leben wieder aufzunehmen, das sie mittlerweile ebenso liebte wie wir alle.

»Hat Nefret – oder Geoffrey – in irgendeiner Form erwähnt, daß sie heute vorbeikommen?« fragte ich, während wir durch den Garten zu den Stallungen schlenderten.

»Ich glaube schon, daß sie das vorhaben«, entgegnete Lia. »Werden sie tatsächlich ... Stimmt es, daß sie bei euch einziehen?«

»Gütiger Himmel, Lia, du hörst dich an, als gefiele dir diese Vorstellung absolut nicht.«

»Nein, ganz im Gegenteil, Tante Amelia. Ich meine, nein, so sollte es beileibe nicht klingen. Sind das die Stallungen? Was für ein herrlicher Garten! Schön, daß wir die Pferde endlich wiedersehen.«

»Selim hat sich hervorragend um sie gekümmert«, warf Ramses ein, während David Asfurs Nacken umschlang und die Stute ihn mit ihren Nüstern anstupste. »Also, wollen wir ausreiten? Mutter, vielleicht möchtest du lieber – «

»Wenn alle aufbrechen, schließe ich mich euch selbstverständlich an«, erklärte ich. »Die Stute, die Selim besorgt hat, leistet mir gute Dienste.«

Aus der geöffneten Tür am Ende des Stalles drangen unterdrückte Geräusche – Quieken, Krächzen und das Rascheln von Stroh. »Wie ich sehe, kuriert Nefret wieder die gewohnte Patientenschar«, bemerkte Lia, während sie einen Blick hineinwarf. »Was um Gottes willen befindet sich denn in diesem riesigen Käfig, und warum ist er zugedeckt?«

»Ach, du meine Güte«, entfuhr es mir. »Den hatte ich ganz vergessen. Ich hoffe, Mohammed ...«

»Ihm geht es gut«, sagte Ramses hinter mir. »Er muß lediglich abgeschirmt und zugedeckt werden, damit er keine Flugversuche unternimmt und sich verletzt.«

Er hob das über dem Käfig ausgebreitete Tuch, und Lia kreischte vor Mitgefühl und Bewunderung auf. Bei dem Vogel handelte es sich um einen jungen männlichen Wanderfalken, dessen Gattung schon in der Hieroglyphenschrift die Gottheit Horus symbolisierte. Reglos kauerte er mit seinen gewaltigen Klauen auf der Stange.

»Wer hat ihn denn gefüttert?« fragte ich schuldbewußt. Ich hatte kaum einen Gedanken an Nefrets Tiere verschwendet; ich wußte, daß ich mich auf Mohammed verlassen konnte, der auch die anderen versorgte, allerdings hatte er eine abergläubische Furcht vor diesem riesigen Raubvogel. Trotzdem war mir die Antwort bereits klar. Genau wie Nefret verstand sich Ramses hervorragend mit Tieren und näherte sich selbst ungezähmten Raubtieren, was nur wenige gewagt hätten. Der Raubvogel bewegte sich unruhig, wehrte sich jedoch nicht, als Ramses' schlanke braune Hand seinen Körper umschloß und vorsichtig sein Gefieder streichelte.

»Der Flügel ist verheilt«, erklärte er. »Sie wollte, daß er sich noch ein paar Tage ausruht, bevor sie ihn frei läßt.«

»Sie verabscheut es jedesmal, wenn sie sie freilassen muß«, meinte Lia leise. »Vermutlich hat sie ihm sogar einen Namen gegeben.«

»Harakhte«, erwiderte Ramses. »Schließlich konnte sie ihn nicht Horus nennen, da dieser verfluchte Kater bereits so heißt.«

»Das bedeutet ›der Horus am Horizont‹, erklärte ich. »Horus war nicht nur der Sohn des Osiris, sondern auch eine Sonnengottheit. Nachdem er die Schrecken der Unterwelt hinter sich gelassen hatte, schwang er sich durch die Pforten der Morgendämmerung in den neuen Tag hinein.«

»Danke, Tante Amelia«, meinte Lia.

Die Fenster wurden abends stets verschlossen, um nächtliche Räuber fernzuhalten. Ramses entriegelte einen der Fensterläden und drückte ihn auf. Leise krächzend hob der Falke Schultern und Flügel und ließ sie dann erneut sinken. Das Sonnenlicht fiel auf sein elegantes schwarzes Gefieder und den furchteinflößend gekrümmten Schnabel. Ramses griff in seine Jackentasche. Bevor er sich uns anschloß, mußte er noch kurz in der Küche gewesen sein, denn das von ihm hervorgezauberte Päckchen schimmerte feucht und tropfte trotz des schützenden Ölpapiers.

»Tut mir leid, aber das ist sicherlich kein appetitlicher Anblick«, sagte er, an Lia gewandt, während er das Papier löste. »Falken schätzen ihre Nahrung frisch und blutig. Ich hoffe, ich kann ihn zum Essen bewegen. Er ist – «

Er hielt inne; ich wandte meinen Kopf in Richtung seines Blicks und entdeckte Nefret auf der Türschwelle.

»Guten Morgen«, rief sie. »Wie geht es ihm?«

»Gut, wie du siehst. Möchtest du das übernehmen?« Ramses streckte seine Hand aus. Der eklige Inhalt des Päckchens wurde jetzt sichtbar und stank nach frischem Blut.

Über den Käfig hinweg trafen sich ihre Blicke, und mich beschlich der Gedanke (denn ich bin eine Verfechterin der schönen Künste), daß diese Szenerie ein hervorragendes Motiv für die Maler der präraffaelitischen Schule wie Holman Hunt oder den berühmten Dante Gabriel Rossetti abgegeben hätte. Auf der einen Seite die Jungfrau mit ihrem goldenen Lockenkranz, auf der anderen der große, dunkelhaarige Jüngling, seine ausgestreckte Hand von Opferblut befleckt; zwischen ihnen der Falke der Morgendämmerung, gefangen in der Dunkelheit. Was für eine weitreichende Symbolik, welche unterschwelligen Hinweise auf Mythen und Legenden! Das Sonnenlicht tauchte die beiden Gestalten in goldenes Licht, wie die von mir erwähnte Schule der Malerei es bevorzugte. Rossetti hätte die Jungfrau vermutlich in jagdgrünen Samt gehüllt …

Dann sagte die Jungfrau: »Wirf das vergammelte Zeug weg.«

»Das wäre aber wirklich eine Schande«, murmelte Ramses. Er warf die ekelerregende Masse zurück auf das Papier und legte es auf den Tisch.

»Wisch dir nur ja nicht die Hände an deiner Hose ab, Ramses«, rief ich einen Augenblick zu spät.

Die anderen waren näher getreten und beobachteten uns. »Verschwindet«, befahl Nefret.

Geoffrey, allen voran, warf ihr einen verletzten Blick zu. »Was machst du da, Liebling? Kann ich dir irgendwie behilflich sein?«

»Ich werde ihn freilassen. Geht mir aus dem Weg. Ramses, öffne die Hintertür.«

Als sie nach dem Käfig griff, hielt er ihre Hände fest. »Nicht ohne Handschuhe.«

Die dicken Schutzhandschuhe waren abgenutzt und voller Flecken. Sie nahm sie ihm ab und streifte sie über. Auf dem Hof vor den Stallungen hob sie den Falken auf ihren Unterarm. Er war noch nicht ausgewachsen und sie beileibe kein zartes, behütetes Geschöpf der Zivilisation, trotzdem war mir unverständlich, wie sie die Muskelkraft aufbringen wollte, die sie für ihr Vorhaben benötigte. Einen Augenblick lang rechnete ich damit, daß Ramses ihr seine Hilfe anbieten oder ihr zumindest eine praktischere und weniger dramatische Methode vorschlagen würde; aber sie blickte ihn nur an, und er schloß den Mund.

Einen Moment lang verharrte sie reglos, ihre freie Hand schützend über den gefiederten Kopf gelegt, und ich hätte schwören können, daß sie leise auf den Vogel einredete. Als sie sich bewegte, reagierte der Falke unvermittelt und mit faszinierender Anmut. Er breitete seine Flügel aus, und sie schwang ihn in die Lüfte; er erhob sich aus eigener Kraft und stieg immer höher. Mit zurückgeworfenem Kopf beobachtete sie ihn, bis sein triumphierender Schrei über die wiedergewonnene Freiheit den Morgenhimmel erfüllte. Daraufhin drehte sie sich um und schlenderte in den Stall zurück.

Geoffrey stand neben mir. »Großartig«, flüsterte er mit leuchtenden Augen. »Sie ist wie eine Göttin! Womit habe ich eine solche Frau verdient?«

»Zugegeben, ich habe keine Ahnung«, erwiderte ich und mußte lachen, weil er mich betreten anschaute. »Das war lediglich einer meiner kleinen Scherze, Geoffrey. Mit der Zeit werden Sie sich daran gewöhnen. Nein, folgen Sie ihr noch nicht. Es schmerzt sie jedesmal, wenn sie ihnen die Freiheit wiedergibt.«

Bald darauf brachen wir auf, und da ohnehin alle versessen auf einen Ausritt waren, sah ich keinen Grund, warum wir das Ausgrabungsgebiet nicht aufsuchen sollten. Für die prachtvollen Pferde war es sowieso nur eine kurze Strecke.

An diesem Tag arbeiteten unsere Männer nicht. Daoud und Selim trafen die Vorbereitungen für das Fest, von dem sie behaupteten, es würde das großartigste Ereignis von ganz Ägypten werden, und die Exkavation lag einsam und verlassen im gleißenden Licht der Mittagssonne. Eine trockene Brise trieb Sandwehen über das Plateau. Nefret hatte ihr Gesicht mit einem dünnen Schal geschützt, wie ihn die muslimischen Frauen trugen.

Nachdem wir die Pyramide begutachtet und die steile, gewundene Eingangstreppe inspiziert hatten, zogen wir uns zu meinem schattigen Plätzchen zurück und tranken den von mir mitgebrachten kalten Tee. David bemühte sich redlich, Begeisterung für die zerstörte Pyramide und die verfluchten Gräber an den Tag zu legen, dennoch war mir klar, daß ihn das Ganze wenig interessierte, was Emerson sicherlich auch nicht entging.

»Das Problem ist, daß wir einfach zu verwöhnt sind«, brummte mein Gatte unwirsch. »Vergiß nie, David, daß das die eigentliche Ägyptologie umfaßt. Ermüdende, langwierige Recherchen und nicht etwa Gold und Schätze.«

»Kein Wunder, daß ihr nach der Entdeckung der Grabstätte Tetisheris verwöhnt seid«, wandte Geoffrey ein. »Wie ich euch um diese Erfahrung beneide! Wir haben zwar rund um Gizeh schon einiges an Interessantem gefunden, aber das ist damit nicht vergleichbar.«

Da nicht ausreichend Sitzgelegenheiten für alle zur Verfügung standen, kauerte er Nefret anmutig zu Füßen. Seine Haut war fast noch heller als die Lias, sein Haar von der Sonne silberblond gebleicht; seine ebenmäßigen Gesichtszüge verliehen ihm etwas Unnahbares, solange er unbeteiligt blieb, was jetzt allerdings nicht der Fall war.

»Ich habe nachgedacht«, fuhr er in einem sympathischen Anflug von Schüchternheit fort. »Ich hoffe, ihr haltet mich nicht für anmaßend, wenn ich vorschlage... Professor, es handelt sich lediglich um einen Vorschlag...«

»Und der wäre?« drängte Emerson.

»Ich kenne mich in diesem Gebiet etwas aus, Sir – vielleicht sogar so gut, daß ich Ihnen Zeit und Mühen ersparen könnte. Ich würde mich gern Ihrem Mitarbeiterstab anschließen.«

»Jetzt?« Emerson nahm seine Pfeife aus dem Mund. »Natürlich würde ich das sehr begrüßen, aber ich glaube nicht, daß Reisner mir je verziehe, wenn ich ihm eine wertvolle Arbeitskraft wegnähme.«

Geoffrey setzte sich auf und schlang die Arme um seine angewinkelten Knie. »Er würde es nicht nur verzeihen, Sir, er würde für immer in Ihrer Schuld stehen, sofern Sie einen Ersatz für mich stellten – jemanden, dessen Qualifikation weitaus besser ist als meine.« Mit einem jungenhaften Grinsen fügte er hinzu: »Er jedenfalls hat nicht solche Skrupel wie Sie, Professor. Gib schon zu, Ramses, daß Reisner bereits mehrfach versucht hat, dich von einer Mitarbeit in seinem Stab zu überzeugen.«

Emersons Lider flackerten. »Das hatte ich bereits vermutet! Grrr! Verflucht, alle Exkavatoren sind gleich, der ganze Haufen besitzt überhaupt keinen Ehrenkodex. Ramses, stimmt das?«

»Ja, Sir. Ich glaube, ich erwähnte bereits, daß Reisner mir nach unserer gemeinsam in Samarra verbrachten Saison im letzten Jahr eine Anstellung in Gizeh anbot. Er machte daraus kein Geheimnis.«

»Warum sollte er auch«, erwiderte ich, während ich Emersons rotangelaufenes Gesicht beobachtete. »Mein lieber Emerson, du hast immer behauptet, daß Ramses die Freiheit besitzt, jede ihm angebotene Position anzunehmen.«

»Das schon, aber ...«, brummte Emerson. »Hmhm.«

»Ich habe kein Interesse daran, für jemand anderen zu arbeiten, Sir«, warf Ramses ein.

»Es stimmt, daß deine Talente hier verschwendet sind«, knurrte Emerson. »Vermutlich werden wir kaum auf Inschriften stoßen. Wohingegen die Mastaben der vierten Dynastie bei Gizeh ...«

Geoffrey blickte von Emersons gramzerfurchten Zügen zu

Ramses' ausdruckslosem Gesicht. »Es war nicht meine Absicht, Probleme heraufzubeschwören«, bemerkte er mit ernster Stimme. »Meine Entscheidung steht jedenfalls fest. Mr. Reisner zu verlassen ist hinsichtlich meiner weiteren Karriere vielleicht falsch, trotzdem treten andere Überlegungen in den Vordergrund. Glauben Sie etwa, Sir, daß ich mir der Ihnen drohenden Gefahren nicht bewußt bin – ich, der ich sogar Zeuge war, als Mrs. Emerson von einem unbekannten Gewehrschützen angegriffen wurde? Ich bin vielleicht keine große Hilfe, aber in Zeiten der Gefahr stehe ich meiner Frau zur Seite.«

Er griff nach Nefrets Hand und legte sie an seine Wange.

»Hmmm«, brummte Emerson. »Dann hast du es ihm also erzählt, Nefret?«

»Sie mußte mir nichts erzählen«, erwiderte Geoffrey ungehalten. »Selbst wenn mir eure Vergangenheit nicht bekannt wäre, wäre ich nicht so töricht, das Naheliegende zu ignorieren. Dafür haben sich einfach zu viele verdächtige Vorfälle ereignet. Der Tod der bedauernswerten Maude ist nur einer davon. Ich weiß nicht, was sich hinter all dem verbirgt, und werde auch nicht fragen, sofern Sie mich nicht aus freien Stükken darüber aufklären wollen. Ich bitte lediglich um die Gunst, alles in meiner Macht Stehende für Sie tun zu dürfen.«

»Ein nobles Angebot«, bemerkte Ramses. »Ich sehe keinen Grund, warum wir ablehnen sollten.«

Die Atmosphäre war so emotionsgeladen, daß wir alle aufschreckten und David anstarrten, als dieser sich räusperte. Er meldete sich nur selten zu Wort, wenn wir alle versammelt waren; jeder sprach lauter und schneller als er, und sein höfliches Naturell hielt ihn davon ab, einen anderen zu unterbrechen. Jetzt sagte er in ruhigem Ton:

»Dem stimme ich zu. Wir sollten Geoffrey wenigstens über

die möglichen Ursachen aufklären. Oder hast du ihm bereits von den Fälschungen berichtet, Nefret?«

»Nein. Ich dachte ... Ich hatte noch keine Gelegenheit.«

Ramses, der im Schneidersitz auf dem Teppich hockte, veränderte unmerklich seine Sitzhaltung. Nefret blickte zu ihm und senkte dann die Lider.

»Du wolltest mir diese Unannehmlichkeit ersparen«, erwiderte David liebenswürdig lächelnd. »Das war sehr nett von dir, meine Liebe, aber keineswegs erforderlich.«

Am Morgen hatte ich ihm die ganze Geschichte in groben Zügen geschildert. Jetzt wiederholte er sie vor Geoffrey, dem das Erstaunen eindeutig ins Gesicht geschrieben stand.

»Aber dann«, stotterte er, »dann ... dann erklärt das die Angriffe auf euch. Diese Person befürchtet ihre Entlarvung. Sie tötet sogar, um das zu verhindern!«

»Verflucht, das erklärt gar nichts«, erwiderte Emerson. »Genaugenommen klärt es zumindest nicht unser Problem. Wir machen keinerlei Fortschritte, was die Identität dieses Schweins anbelangt. Jeder könnte es sein, und er könnte sich überall aufhalten.«

»Überall im Umkreis von Kairo«, stellte ich richtig. »Es sei denn, er läßt die schmutzige Arbeit von angeworbenen Ganoven erledigen. Für diesen Fall stimme ich natürlich zu, daß er sich überall aufhalten könnte. Wenn wir einen der Schurken bei seinem nächsten Angriff schnappen könnten –«

David hob seine Hand. »Verzeih mir, Tante Amelia. Ich weiß, daß du die Methode bevorzugst, Kriminelle auf frischer Tat zu ertappen, aber ich möchte etwas weniger Gefährliches vorschlagen. Du warst so sehr um meine Empfindungen und meinen Ruf bedacht, daß du den naheliegenden Schritt übersehen hast. Tatsächlich handelt es sich um das einzige, was ein Ehrenmann in Erwägung ziehen sollte.«

»Was meinst du damit?« fragte ich skeptisch. Wenn Männer von Ehre reden, sind die Schwierigkeiten mit absoluter Sicherheit vorprogrammiert.

»Ich beabsichtige, jedem Händler zu schreiben, der mit diesen Fälschungen gehandelt hat, daß mein Großvater keine Kunstsammlung besaß und daß der Veräußerer ein Betrüger war. Ich schätze, ihr könnt mir eine entsprechende Liste zur Verfügung stellen?«

Für eine Weile hörte man lediglich das Pfeifen des Windes und das unermüdliche Surren der Fliegen. Ramses sprach – natürlich – als erster. »Ich habe eine Liste. Aber sie ist nicht vollständig.«

»Das ist immerhin ein Anfang«, erwiderte David. »Das Gerücht wird sich verbreiten. Und das verschafft uns vielleicht Informationen, wie wir den von uns gesuchten Mann entlarven können, aber das ist beileibe nicht das Wesentliche.«

Emersons Pfeife war erloschen. Langsam und entschlossen nahm er sie aus dem Mund, klopfte die Asche aus und steckte sie in seine Jackentasche. Dann stand er auf und reichte David die Hand.

»Ich bin«, hub er an, »ein verdammter Idiot. Das zeigt mir wieder einmal, daß Gefühle nie den gesunden Menschenverstand beeinflussen sollten. Reich mir die Hand, meine Junge, und nimm meine Entschuldigung an.«

»Nein, Sir. Es war mein Fehler, weil ich geheiratet und damit für allgemeine Verwirrung gesorgt habe.«

Lachend blickte er zu der beeindruckenden Gestalt auf, die sich vor ihm aufgebaut hatte. Was war er doch für ein attraktiver, aufrichtiger Bursche! Die Ehe hatte sein Selbstvertrauen und seine innere Reife noch bestärkt; insgeheim stellte ich mir vor (schließlich habe auch ich meine gefühlvollen Momente), daß sein Großvater in seiner Jugend wie David ausgesehen haben mußte – viele Jahre, bevor wir uns kennenlernten. Abdullah war bis zu seinem Todestag ein gutaussehender Mann gewesen. Und er war so stolz auf David. Dessen soeben geäußerte Worte hätten ihn vermutlich mit noch größerem Stolz erfüllt.

In den Dörfern wird die von den ausländischen Gästen mit tiefer Empörung beobachtete Trennung der Geschlechter nicht so stringent durchgeführt. Abgeschirmte Harems oder Frauengemächer findet man lediglich in den Häusern der Reichen, und nur ein wohlhabender Mann kann sich den Luxus einer Frau leisten, die nichts zur Haushaltsführung beiträgt. Eine solche Frau dient lediglich als schmückendes Beiwerk und als Hinweis auf seinen Erfolg. (Sicherlich muß ich in diesem Zusammenhang nicht näher auf gewisse unangenehme Parallelen zu unserer eigenen Gesellschaft eingehen; ich möchte nur an die Damen der englischen Oberschicht erinnern, die auch nichts anderes tun, als sich teuer zu kleiden und in ihren Kutschen spazierenzufahren, um andere teuer gekleidete Damen zu besuchen.)

Die ägyptischen Frauen aus der fellachischen Landbevölkerung arbeiten schwer, und es geht ihnen meiner Ansicht nach besser als vielen anderen ihrer Geschlechtsgenossinnen. Sicherlich sind sie in vielen Fällen nicht zu beneiden, trotzdem besitzen sie Rechte, die den Engländerinnen bislang noch verwehrt sind. Sie verfügen über eigenen Besitz, und bei einer Scheidung oder im Todesfall des Ehemannes steht ihnen per Gesetz ein Teil seines Eigentums zu. Von betagten Ägypterinnen, die mehrere Ehemänner überlebt haben, heißt es, daß sie zu den reichsten Bürgerinnen gehören, die häufig sogar Geld zu schwindelerregend hohen Zinsen verleihen (und zweifellos ihre Macht genießen).

Aber ich schweife ab. Das Dorf Atiyah, in dem unsere Männer mit ihren Familien lebten, verkörperte eine Struktur, die ihresgleichen sucht. Es war nicht nur ungewöhnlich sauber, sondern bot auch eine Reihe von Annehmlichkeiten, wie man sie in solch kleinen Orten nur selten antrifft. Abdullah und seine Familienangehörigen hatten hohe Löhne verlangt (und auch verdient), und ich wage zu behaupten, daß unsere langjährige Bekanntschaft einige ihrer Weltanschauungen veränderte. Ägypten unterlag einem Wandel, der zwar nur langsam und nicht immer positiv erkennbar wurde, aber die jüngeren Männer wie beispielsweise Selim standen neuen Ideen wesentlich unvoreingenommener gegenüber als noch ihre Väter.

Abdullahs Tod lag fast fünf Jahre zurück, doch wann immer ich durch das Dorf schlenderte, suchte ich automatisch nach der großen, würdigen Gestalt, die uns früher als erste begrüßt hatte. Jetzt war es Selim, der Sohn und Nachfolger jenes außergewöhnlichen Mannes, der uns zu unserem Freudenfest willkommen hieß. Das Dorf war mit bunten Fahnen und Girlanden geschmückt, der Lärm war ohrenbetäubend – Hundegebell, Trommelwirbel, Kindergeschrei –, und über allem lag das schrille Kreischen der Frauen. Eine Ehrengarde eskortierte uns zu Selims Haus, wo das Fest seinen Anfang nahm.

Teppiche und Kissen bedeckten den Boden des Hauptraums, und man drängte uns, Platz zu nehmen. Ich legte großen Wert darauf, neben Geoffrey zu sitzen, da ich annahm, daß er einige taktvolle Verhaltenshinweise begrüßen würde. Sicher, die Ägyptologen waren weniger engstirnig als andere Nicht-Ägypter, trotzdem begaben sich nur wenige von ihnen auf die gesellschaftliche Ebene ihrer Arbeiter, und einige hatten noch nie ägyptisches Essen probiert.

Ignorante Zeitgenossen sehen die Ägypter um eine Platte geschart, von der sie mit beiden Händen Speisen in den Mund schaufeln. In der Tat aber ist dieses Vorgehen überaus elegant und anmutig. Nachdem wir uns um ein riesiges, als Tisch dienendes Kupfertablett versammelt hatten, gossen Bedienstete Wasser über unsere Hände, das in eine Schale mit filigranem Deckel ablief, dann trockneten wir sie mit einem uns gereichten Tuch. Mit leiser, wohlklingender Stimme sprach Selim das Gebet – bismillah, im Namen Gottes – und forderte uns zum Zugreifen auf. Runde, flache Brotlaibe werden als Teller und Hilfsutensilien benutzt, man bricht ein Stück ab, preßt es zusammen und benutzt es dann quasi als Löffel, um die Speisen aufzunehmen. Um das geschickt zu tun, bedarf es einiger Übung, aber das ist im Umgang mit Messer und Gabel keineswegs anders! Messer waren nicht erforderlich; das Essen wurde in Form eines Ragouts gereicht, gedünstetes Fleisch mit Zwiebeln oder andere Speisen, die man leicht mit Daumen, Zeige- und Mittelfinger zu sich nehmen konnte. Selbstverständlich kommt nur die rechte Hand zum Einsatz; bei gebratenem Geflügel ist es manchmal erforderlich, daß zwei Personen es zerlegen, natürlich jeweils mit der rechten Hand!

Ich werde die einzelnen Speisen nicht näher erläutern; jedenfalls zählten einige meiner Lieblingsgerichte dazu, unter anderem auch eine riesige Schüssel mit gedünsteten Hibiskusblüten in Limonensaft. Als eine Platte der anderen folgte und es immer wärmer im Raum wurde, nahm Geoffreys normalerweise blasses Gesicht eine leichte Röte an, und schließlich fiel er mit einem unterdrückten Stöhnen gegen die Kissen.

»Ich möchte ja nicht kapitulieren, Mrs. Emerson«, flüsterte er. »Aber ich glaube, ich kann nicht mehr. In meinem ganzen Leben habe ich noch nicht so viel gegessen!«

»Sie haben sich hervorragend verhalten«, versicherte ich ihm. »Kosten Sie ab jetzt einfach nur.«

Als wir schließlich das Haus verließen und zum Dorfplatz schlenderten, wo das Freudenfest stattfinden sollte, verspürten wir alle ein unangenehmes Gefühl der Übersättigung. Man hatte Stühle für uns aufgestellt (ich bemerkte, daß Geoffrey sichtlich erleichtert war, weil er nicht länger auf einem Kniekissen kauern mußte), und bunte Laternen säumten den Platz.

Die grundsätzlichen Unterhaltungselemente dieser Feste bestehen aus Musik und Tanz. Die Ägypter lieben Musik; diese Tradition läßt sich bis weit in die Antike zurückverfolgen. Der Gesang der modernen Ägypter ist für westliche Ohren zunächst ungewohnt. Mittlerweile fand ich diese Musik bezaubernd, wenn sie gut vorgetragen wurde, und damit rechnete ich an besagtem Abend.

Die Trommler stimmten ihre Instrumente – mit Tierhäuten bespannte Keramikgefäße unterschiedlicher Größen – und gaben einen sanften Rhythmus vor. Es war phantastisch, die Bewegungen ihrer langen Finger und der geschmeidigen Handgelenke zu beobachten; und noch berauschender, den vielfältigen Klängen zu lauschen, die ihre Fingerfertigkeit hervorrief. Das Trommeln wurde schneller und lauter, und weitere Instrumente gesellten sich hinzu – Pfeife und Flöte, Laute und Zimbal und die Kemantsche, ein seltsam anmutendes, arabisches Saiteninstrument, das wie eine Geige mit einem Bogen gespielt wird.

Der Höhepunkt des Abends war die Vorstellung des berühmtesten Sängers aus der Umgebung, der sich gnädig bereit erklärt hatte, zur Feier des Tages aufzutreten. Er war beileibe nicht mehr jung; doch als er die Hände trichterförmig um seinen Mund legte und seine Stimme erhob, war deren Klang so bezaubernd, daß die anderen Musiker innehielten, so daß nicht einmal der leiseste Schlag der Trommel die einzigartige Darbietung unterbrach.

Mit Tänzern und Jongleuren männlichen und auch weiblichen Geschlechts – die allerdings nie gemeinsam auftraten –

und einem begnadeten Geschichtenerzähler nahm das Fest seinen Lauf. Schließlich handelte es sich nicht allein um ein Hochzeitsfest, sondern auch um die offizielle Legitimation zweier Menschengruppen, die jetzt gesetzlich *und* emotional verbunden waren. In diesem Zusammenhang hätte ich gern etwas gesagt, doch Emerson warnte mich bereits im Vorfeld, daß er mich mit allen Mitteln davon abhalten würde, sofern ich es wagte, eine Rede zu halten. Statt dessen formulierte er in seinem blumigsten Arabisch eine Ansprache, in der er die beiden jungen Paare erwähnte – und mehrere Gedichte rezitierte, die beileibe nicht so abgedroschen waren, wie ich befürchtet hatte. Seine Rede, und im besonderen seine Poesie, fand großen Anklang.

Der Abend endete mit einem Feuerwerk, das – wie Selim stolz erwähnte – überaus kostspielig gewesen war. Während wir davonfuhren, verhallten der Lärm der Knallfrösche und die Abschiedsgrüße unserer Freunde in der Dunkelheit. Die Heimfahrt in den offenen Kutschen war zwar lang, aber auch sehr romantisch, denn die Sterne funkelten wie Diamanten, und der nächtliche Wind kühlte die vor Freude und Aufregung geröteten Gesichter. Emerson hüllte mich fürsorglich in einen Schal. Falls er sich mehr erhoffte, so wurde das aufgrund der Anwesenheit unseres Sohnes vereitelt, der mit unbestechlicher Logik erklärte, daß die andere Kutsche mit fünf Insassen überfüllt gewesen wäre.

11

Ein Engländer, der sich den Usancen der Araber unterwirft, übt Verrat an jedem seiner im östlichen Mittelmeerraum lebenden Landsleute. Die Grundzüge ihrer Sprache zu beherrschen ist sinnvoll, um Betrügereien vorzubeugen; das Tragen einheimischer Kleidung ist gelegentlich angenehm und bequem; aber die Akzeptanz ihrer korrupten Moralvorstellungen untergräbt unser Ansehen. Die Frauen beispielsweise...

Aus Manuskript H

Nach der langen Nacht holte Emerson sie bereits wieder früh aus den Federn. Er war schon immer tagelang ohne nennenswerte Schlaf- und Erholungspausen ausgekommen und erwartete das auch von seinen Mitstreitern. Ramses wäre eher zusammengebrochen, als eine Schwäche zuzugeben, trotzdem forderte die Symbiose aus körperlicher Erschöpfung und mentaler Überlastung ihren Tribut, und gegen Ende des Tages hätte er am liebsten erleichtert aufgeseufzt, als seine Mutter verkündete, daß sie die Arbeit vorzeitig einstellten. Eine weitere gute Nachricht resultierte aus ihrer Beteuerung, daß sie für die nächsten Tage keine weiteren Einladungen annehmen würden – außer natürlich innerhalb der Familie. Sie hätten noch eine Menge aufzuarbeiten, behauptete sie.

Aber im Grunde genommen wollte sie Geoffrey und Nefret lediglich für eine Weile unter ihre Fittiche nehmen, um letzterer ins Gewissen zu reden und ersteren unter ihre Fuchtel zu bekommen – wo er jede Menge Gesellschaft hatte.

Als Lia Ramses zu einem Abendessen zu dritt auf die *Amelia* einlud und hinzufügte, daß er dort übernachten könne, falls sie sich verplauderten, kam es ihm vor, als hätte ihn jemand aus dem Fegefeuer errettet. Er hatte sich beileibe nicht so in der Gewalt, wie er gehofft hatte. Nach ihrer Heimfahrt von dem Freudenfest hatte er demonstrativ das Haus verlassen, um einen nächtlichen Spaziergang zu unternehmen, da er es nicht mit ansehen konnte, wie Nefret und ihr Ehemann ihre Schlafzimmer betraten. Da er erst spät zurückkehrte, hatte er kaum geschlafen.

Da er ohnehin beabsichtigte, verschiedene Themen mit David zu diskutieren, beschloß er, die drängendsten Probleme als erstes anzusprechen. Sie saßen auf dem Oberdeck, dem früheren Lieblingsplatz seiner Mutter, und der hatte sich kaum verändert mit seinen alten, gemütlichen Schaukelstühlen, den niedrigen Sitzhockern mit ihren zerschlissenen Seidenbezügen, der flatternden Markise über ihren Köpfen und dem Teegeschirr auf dem kleinen Tisch. Lia bestand darauf, daß er sein Jackett auszog und seine Füße hochlegte. Erst als er zur Ruhe kam, begriff er, daß seine Erschöpfung sehr stark mit seiner nervlichen Anspannung zusammenhing.

»Du *bist* wirklich ein kleiner Schatz«, sagte er grinsend.

Sie streckte ihm die Zunge heraus. »Du auch. Für einen Mann«, fügte sie hinzu.

David strahlte die beiden an. »Es ist schön, wieder hier zu sein und die Arbeit aufnehmen zu können. Du hattest recht, Ramses; das ist ein verflucht langweiliges Gebiet! Ich hatte das Gefühl, ständig das gleiche Grab zu photographieren – ein paar Knochen hier, einige Tonscherben dort, zersplittertes Holz und alter Mörtel. Nur der Professor würde einen solchen Müllhaufen archivieren lassen.«

»Geoffrey war uns heute eine große Hilfe«, wandte Lia ein. »Sein Arabisch ist zwar nicht sonderlich gut, aber er ist ein erstklassiger Exkavator, selbst gemessen an den Standards des Professors. Methodisch und gewissenhaft. Ramses – wie stehst du zu seiner Idee, die Seiten zu wechseln?«

»Darüber wollte ich mit euch beiden reden.« Sie reichte ihm eine Tasse Tee, die er dankend nickend annahm. »Das war ein recht ungewöhnlicher Vorschlag, der eigentlich gar nicht zu ihm paßte. Nicht so sehr wegen der Sache als solcher, sondern weil er Vater und Mr. Reisner zuvor nicht informierte – ganz zu schweigen von mir.«

»Ja, aber exakt so muß man mit dem Professor umgehen«, erwiderte David augenzwinkernd. »Für mich gehört er zu den furchteinflößendsten Persönlichkeiten, die ich kenne. Wenn man ihm nicht von Anfang an Paroli bietet, ist man zu ewigem Schweigen und zur Knechtschaft verdammt.«

»Wie du«, warf seine Frau mit einem zärtlichen Blick ein.

»Nun, es hat mich viel Mühe gekostet«, gestand David. »Sehr viel Mühe. Ich stimme dir zu, Ramses, daß Geoffrey vielleicht etwas vorschnell reagiert hat, trotzdem handelt es sich um einen plausiblen Vorschlag. Man kann ihm nicht übelnehmen, daß er in Nefrets Nähe sein möchte.«

»Oder mich aus dem Weg räumen will?«

Er hoffte, daß er das nicht näher erklären mußte. Falls sie es nicht selbst bemerkten, sah er sich zu dem heimlichen Eingeständnis gezwungen, daß er jeden Bezug zur Realität verloren hatte. Nach einer langen, nervtötenden Gesprächspause meldete sich Lia zu Wort.

»Er gehört nach wie vor zu den Verdächtigen, nicht wahr?

Daran hat sich nichts geändert. Und – ja –, falls er wirklich derjenige ist und er den Kampf nicht aufgibt, hat er ohne dich freiere Hand. Du bist eine nicht zu unterschätzende Gefahr!«

»Nur eine von vielen, aber je weniger, um so besser – aus dem Blickwinkel eines potentiellen Widersachers betrachtet.«

»Ihr beiden treibt mich noch in den Wahnsinn!« schnaubte David. »Als nächste werdet ihr Nefret verdächtigen! Überlegt doch mal, hat Geoffrey nicht ein Alibi für einen der Vorfälle? Laut Tante Amelia war er bei ihr, als die Schüsse abgefeuert wurden.«

»Das ist richtig«, erwiderte Ramses. »Ich reflektiere lediglich das schlimmstmögliche Szenario, wie meine geschätzte Mutter es mich gelehrt hat. Mr. Reisner wird erst gegen Ende des Monats aus dem Sudan zurückerwartet, aber Fisher nimmt in Kürze die Arbeit auf. Ich glaube, ich werde morgen im Harvard Camp vorbeischauen und ihn fragen, ob er mich daran beteiligt.«

»Wieso war mir eigentlich klar, daß du exakt das sagen würdest?« David raufte sich die Haare. »Und warum willst du unsere Meinung wissen, wenn du dich bereits entschieden hast?«

»Ich bin dagegen«, wandte Lia entschlossen ein. »Das würde ja bedeuten, daß du mit Jack Reynolds zusammenarbeiten mußt. Um Himmels willen, Ramses, er hat gedroht, dich zu erschießen!«

»Das ist einer der Gründe«, erwiderte Ramses und lachte über ihren verwirrten Blick. »Nicht, weil er mich bedroht hat, meine Liebe – damals war er sturzbetrunken, und er scheint sich mittlerweile beruhigt zu haben –, sondern weil auch er zu den Verdächtigen gehört. Und wenn ich mit ihm zusammenarbeite, kann ich hervorragend Sherlock Holmes spielen und ihn mit geschickten Andeutungen aus der Reserve locken.

Außerdem arbeitet noch ein weiterer Mann in Gizeh, den ich als Verdächtigen ansehe. Karl von Bork.«

»Ja, Tante Amelia erwähnte ihn«, bemerkte David. »Aber abgesehen von der Tatsache, daß seine Frau Künstlerin ist –«

»Dabei handelt es sich lediglich um das abseitige Verdachtsmoment von Mutter«, erwiderte Ramses. »Ich kann mir nicht vorstellen, daß er Mary in die Sache hineinziehen würde. Allerdings erhärtet sich der Verdacht gegen ihn. Er arbeitet schon seit langem in Ägypten – nicht ständig, aber so häufig, daß er mit Leichtigkeit die Bekanntschaft eines geschickten Antiquitätenfälschers hätte machen können. Er ist ein hervorragender Philologe. Er ist arm, und er vergöttert seine vielköpfige Familie. Und er ist Deutscher. Unser Betrüger verkaufte Kunstobjekte an mehrere deutsche Händler, und er beherrschte die Sprache. Von Bork kennt uns, und er kannte auch Abdullah. Das Allerschlimmste daran ist die Tatsache, daß er Mutter und Vater früher einmal um Geld betrogen hat. Seine Ehefrau war lebensgefährlich erkrankt, und er begriff nicht, wie schwerwiegend die Sache war, aber das zeigt doch eindeutig, wie weit er vermutlich gehen würde, wenn sich seine Familie in einer Notsituation befände.«

Lia atmete tief ein. »Ich würde ihn zum Hauptverdächtigen machen.«

»Was in einem Roman seine Unschuld bewiese.« Ramses grinste. »Jedenfalls haben wir uns noch nicht intensiv mit ihm beschäftigt, und es wird langsam Zeit.«

Der für diesen Tag letzte Dampfer tutete eine Reihe von Warnsignalen, und Lia hielt sich die Ohren zu. »Ich gehe nach unten, bespreche das Abendessen mit Karima und ruhe mich für eine Weile aus. Dann habt ihr Zeit für ein Gespräch unter vier Augen.« Ihr dünnes Kleid umschmeichelte ihre grazile Gestalt, während sie zum Treppenabsatz schlenderte, wo sie kurz stehenblieb. »Ich werde Karima bitten, dein früheres

Zimmer herzurichten, Ramses. Es steht dir zur Verfügung – wann immer und solange du willst.«

Nachdem ihr blonder Schopf verschwunden war, warf Ramses seinem Freund einen skeptischen Blick zu. David schüttelte den Kopf.

»Nein, mein Bruder, ich habe dein Vertrauen nicht mißbraucht. Aber ... nun ja ... du kennst doch die Frauen.«

»Ich glaube nicht.«

»Sie sind überaus romantisch«, erklärte David in einem so weltgewandten Tonfall, daß er Ramses in jeder anderen Situation belustigt hätte. »Unverbesserliche Kupplerinnen. Wir vier standen uns so nahe, und ihr beiden schient in jeder Hinsicht ideal zusammenzupassen ... Lia sprach davon, das ist alles. So, als hätte sie es gern gesehen.«

»Es hat sich aber nicht ergeben. Können wir das Thema wechseln?«

»Da ist noch eine Sache.« David beugte sich vor. Seine sanften braunen Augen waren voller Zuneigung und Besorgnis. »Ich werde dieses Thema nie wieder erwähnen, es sei denn, du fängst davon an – aber bei aller Liebe, geh nicht zu weit. Du hast nämlich die Angewohnheit, genau das zu tun. Meinst du, ich bemerkte das nicht? Du kannst kommen und gehen, wann immer du willst. Du kannst für Reisner arbeiten, um sie nicht jeden Tag um dich haben zu müssen. Aber wenn du dich aussprechen willst, dann komm zu mir.«

Ich vermutete schon fast, daß Ramses die Suche nach Rashida aufgegeben hatte, bis er mich eines Nachmittags bat, ihn zu Nefrets Klinik zu begleiten.

Ich fühlte mich geschmeichelt, daß er ausgerechnet mich darum bat, und brachte das auch zum Ausdruck. »Ich möchte das Krankenhaus ohnehin besuchen, wollte das Thema jedoch aufgrund der unsinnigen Kommentare deines Vaters nicht forcieren. Er äußerte sich dahingehend, daß er Nefrets Klinikbesuche zwar nicht gutheiße, sie aber einen stichhaltigen Grund habe, wohingegen meine schnöde Neugier beileibe nicht zu entschuldigen sei. Jetzt weißt du, Ramses – «

»Du läßt dich doch nie von schnöder Neugier leiten«, erwiderte mein Sohn mit Grabesstimme. »Und diesmal ist deine Anwesenheit zwingend. Dr. Sophia kennt mich zwar, trotzdem bin ich mir sicher, daß sie sich wohler fühlt, wenn du mich begleitest. Es ist sicherlich verlorene Liebesmüh, dennoch muß ich den Versuch unternehmen. Wenn du einverstanden bist, lade ich dich anschließend zum Tee ins Shepheard's ein.«

»Genug«, sagte ich und lachte. »Ich bin dabei! Natürlich erst, wenn ich meinen Hut aufgesetzt und meinen Schirm gefunden habe.«

Ich hatte mich schon in schlimmeren Gegenden von Kairo aufgehalten, war jedoch noch nie in el Was'a gewesen, obwohl sich das Shepheard's in unmittelbarer Nähe befindet. Allerdings hatte ich viel davon gehört. Das Viertel war noch schlimmer als in meiner Vorstellungskraft (die laut Emerson wirklich katastrophal sein kann). Da der Abend herannahte, bereiteten sich gewisse Häuser auf ihre Kunden vor. Ich bin froh, von mir behaupten zu können, daß meine Gegenwart (wenigstens vorübergehend) mäßigende Wirkung auf die Damen und ihre potentiellen Kunden hatte. Wer mich erkannte, flüchtete sich rasch hinter irgendwelche Vorhänge oder um die Ecke, und die vulgäre Konversation der beiden feilschenden Parteien verstummte abrupt.

»Vielleicht sollte ich jeden Abend hier vorbeischauen«, bemerkte ich, während ich mein Entsetzen und meinen Abscheu hinter einer Fassade der Gleichmut verbarg.

»Ich verdränge ständig, wie gräßlich das alles ist«, murmelte Ramses. »Vater wird mich umbringen, wenn er herausfindet, daß ich dich hierhergebracht habe.«

»Dann sollten wir ihm besser nichts erzählen.«

Wir wurden bereits erwartet, da Ramses unser Kommen schriftlich angekündigt hatte. Ich war tief beeindruckt von der hellen, freundlichen Einrichtung des Hauses und der überall vorherrschenden Sauberkeit. Die Ärztin war eine syrische Christin; die Frauen dieses Landes verfügen über erheblich mehr Freiheit als die Ägypterinnen, und sie engagieren sich in der Frauenbewegung.

Sophia zeigte uns ihr Büro, und Ramses nannte ihr den Anlaß unseres Besuches. Er mußte sich schon zuvor die genaue Wortwahl eingeprägt haben, da er lediglich die erforderlichen Fakten und weder Einzelheiten wie die frappierende Ähnlichkeit des Kindes mit mir noch den Namen des vermeintlichen Vaters erwähnte. »Es handelte sich um einen Erpressungsversuch«, schilderte er. »Der allerdings erfolglos blieb. Wir versuchten, das Mädchen zu finden, denn ich bin mir ganz sicher, daß sie nicht freiwillig an dem Plan mitwirkte, und möglicherweise läßt Kalaan seine Verärgerung jetzt an ihr aus. In einem solchen Fall würde sie vielleicht hier Zuflucht suchen.«

Obwohl Sophia so viel Feingefühl besaß, daß sie jegliches Wissen in dieser Sache von sich wies, war mir klar, daß ihr irgend etwas zu Ohren gekommen sein mußte – vermutlich die schlimmste und vernichtendste Version. Ich verstand auch, warum Ramses meine Begleitung wünschte. Uns gegenüber hatte sie sich ziemlich steif und formell verhalten; ich glaubte schon, daß das ihre normalen Umgangsformen seien, doch dann entspannte ihr reservierter Gesichtsausdruck. Meine Anwesenheit belegte seine Schilderung, die sie ansonsten vielleicht nicht akzeptiert hätte.

»Ich verstehe, kann mich jedoch an niemanden erinnern, auf den diese Beschreibung zutrifft. Sobald sie hier auftaucht, werde ich Sie benachrichtigen, halte es aber dennoch für unwahrscheinlich. Wir können nur wenigen helfen.«

Wir plauderten noch eine Weile. Sie hatte von Nefrets Heirat erfahren, bat mich, ihr die herzlichsten Glückwünsche zu übermitteln, und fügte augenzwinkernd hinzu, daß sie nachvollziehen könnten, warum Nefret so wenig Zeit an der Klinik verbracht habe. Als ich meine Bewunderung für ihre Arbeit zum Ausdruck brachte, schüttelte sie traurig den Kopf.

»Meine medizinische Ausbildung beschränkt sich auf die Gynäkologie, Mrs. Emerson. Wir brauchen einen Chirurgen, aber wo sollen wir diesen finden? Selbst wenn sich ein Mann bereit erklärte, diese Aufgabe zu übernehmen, bekämen wir vermutlich Schwierigkeiten mit der Glaubensgemeinde. Und Frauen sind nur selten auf diesem Spezialgebiet ausgebildet.«

Als wir aufbrechen wollten, sagte sie: »Vielleicht sollte ich besser nicht fragen; aber Sie erwähnten, daß der Vater des Kindes Engländer ist. Kann er Sie bei der Suche nach der jungen Frau nicht unterstützen?«

»Er war ein Tourist«, erwiderte ich. »Ich glaube, es handelte sich keinesfalls um eine längerwährende Beziehung.«

»Ihre berühmte Ironie spricht Bände, Mrs. Emerson. Diese unverantwortlichen Geschöpfe werden auch aus Schaden nicht klug.«

»Ich glaube, jetzt werden Sie ironisch«, entgegnete ich. »›Unverantwortlich‹ ist gelinde gesagt Untertreibung. Abgesehen von der moralischen Problematik, laufen sie Gefahr, sich äußerst unangenehme Krankheiten zuzuziehen.«

»Wie viele Männer – und Frauen – leiten ihre Handlungen von Sicherheitsüberlegungen und gesundem Menschenverstand ab?« lautete die Gegenfrage. »Die Schlaueren unter ihnen greifen zu den üblichen Vorsichtsmaßnahmen.« Ihr anziehendes Gesicht verfinsterte sich, und dann fuhr sie zögernd fort: »Die *ganz* Schlauen nehmen ausschließlich Mädchen, die noch ... noch unberührt sind.«

Als wir vor der Klinik standen, nahm Ramses meinen Arm. »Mutter, es tut mir leid. Ich dachte, du wüßtest das alles.«

»Ich weiß, daß solche Dinge passieren. Und ich bemerkte, daß sie noch sehr jung war ...« Ich war nicht in der Lage, meinen Satz zu beenden.

»Ich hätte dich niemals mitnehmen dürfen. Verzeih mir.«

Ich gab mir einen Ruck. »Du mußt *mir* verzeihen, Ramses. Ich glaube, ich gebe mich nur selten einer Schwäche hin. Aber es ist eine Sache, einen solch gräßlichen Akt als Abstraktum zu sehen, eine ganz andere jedoch, diese als Tat eines Mannes zu werten, den man kennt – eines Mannes, dessen Hand man geschüttelt hat.«

»Ja«, antwortete Ramses. »Ich verstehe.«

Die Terrasse des Shepheard's war wie jedesmal zur Teezeit überfüllt, dennoch habe ich nie Schwierigkeiten, einen Tisch zu finden. Inzwischen gehörte das Hotel Mr. Baehler, und der Direktor, der seinen Platz eingenommen hatte, war genauso zuvorkommend. Ich schlenderte in den Waschraum; als ich zurückkehrte, erwartete Freddy mich bereits, um mir einen hervorragenden Tisch in der Nähe der Brüstung zuzuweisen. Ramses gesellte sich erst später zu mir. Ich vermutete, daß er einen Bekannten getroffen hatte. Also vergnügte ich mich damit, die vorübergehenden Passanten zu beobachten, von denen mich einer, wie ich bald feststellen sollte, ebenfalls bemerkte.

Percy trug Zivilkleidung, deshalb erkannte ich ihn erst, als er auf mich zukam. Völlig verblüfft, gelang es mir nicht, mein Entsetzen und meinen Abscheu zu verbergen, selbst wenn ich das gewollt hätte. Er bemerkte meinen Gesichtsausdruck und sprach hastig auf mich ein.

»Tante Amelia! In der vergangenen Woche war ich ständig im Shepheard's, weil ich dich hier anzutreffen hoffte. Darf ich dich zum Tee einladen?«

»Nein. Am besten verschwindest du, bevor ich meine dir gegenüber gehegte Einschätzung so laut zum Ausdruck bringe, daß sie niemandem auf dieser Terrasse verborgen bleibt!«

»Ach.« Sein Gesicht nahm einen leidenden Ausdruck an. »Dann sind die Gerüchte, die ich gehört habe –«

»Ich weiß nicht, was du gehört hast. Sofern diese meinen Sohn eines der hinterhältigsten Verbrechen bezichtigen, das ein Mann begehen kann, handelt es sich um Lügen. Wenn du nicht jedes Gefühl für Anstand verloren hättest, würdest du Ramses exkulpieren und die Gesellschaft derjenigen meiden, die die Wahrheit kennen.«

»Aber genau das habe ich vor!« entfuhr es Percy hitzig. »Mich auf jeden Fall bei dir zu exkulpieren. Willst du denn nicht meine Version der Geschichte hören? Du warst doch früher nicht so ungerecht.«

Demonstrativ blickte ich auf die an meinem Revers befestigte Uhr. »Ich gebe dir 60 Sekunden.«

Er war stehen geblieben und setzte sich auch jetzt nicht, sondern umklammerte lediglich die Stuhllehne und beugte sich mit gesenkter Stimme vor.

»Vielleicht ist das Kind tatsächlich von mir. Diese Möglichkeit will ich gar nicht ausschließen. Nein – bitte laß mich ausreden! Ich schwöre, ich wußte nichts davon! Bei meinem letzten Aufenthalt in Kairo war ich jung und töricht und leicht zu verführen, aber der ... der Akt, der zu dem derzeitigen Problem führte, war ein einziger Fehltritt, den ich bitter bereue. Ich werde alles in meiner Macht Stehende tun, um die Sache geradezurücken. Geld – welchen Betrag hältst du für angemessen –«

Mit einem unterdrückten Aufschrei hielt er inne, richtete sich auf und fixierte über meine Schulter hinweg einen Punkt. Selbstverständlich wußte ich, noch bevor ich den Kopf wandte, worum es sich handelte.

»Die Tische stehen sehr eng zusammen, Ramses«, warnte ich meinen Sohn. »Falls du ihn schlägst, wird er vornüberfallen und vermutlich irgendwelche unschuldigen Gäste in Mitleidenschaft ziehen. Percy, ich sprach von einer Minute. Du solltest meine Warnung beherzigen.«

Ramses' lockerte seine Faust, trotzdem ergriff ich seinen Arm, um auf der sicheren Seite zu sein. Percy war so weit wie eben möglich zurückgewichen – lediglich ein, zwei Schritte –, er schien jedoch entschlossen, dem Gesagten noch etwas hinzuzufügen.

»Das war mein voller Ernst, Tante Amelia. Glaubst du, daß ich die Wahrheit gesagt habe?«

»Es interessiert mich nicht, ob du die Wahrheit gesagt hast oder nicht«, herrschte ich ihn an. »Was du getan hast, ist unentschuldbar, und deine Versuche, dich aus der Affäre zu ziehen, machen es nur noch schlimmer. In Wahrheit glaube ich nicht, daß ich Ramses noch lange zurückhalten kann, Percy, und ich bin mir auch nicht sicher, ob ich das will. Verschwinde und laß dich nie wieder bei uns blicken.«

»In Ordnung.« Er verbeugte sich und trat einige weitere Schritte zurück, wobei er vorsichtig zurückblickte, um keinen Touristen über den Haufen zu rennen. »Ich hatte eigentlich vor, Nefret zu besuchen und ihr meine Glückwünsche zu übermitteln, aber ...«

Ich lockerte meinen Griff um Ramses' Arm. Percy trat in aller Eile den Rückzug an und bahnte sich mit einer Schnelligkeit den Weg durch die dichtgedrängten Tische, die von einem ausgeprägten Sinn für Selbstschutzmaßnahmen zeugte.

»Setz dich«, sagte ich. »Eine öffentliche Szene würde das

Gerede der Leute lediglich schüren. Ich erinnere mich, daß du mich einmal um die Erlaubnis gebeten hast, Percy zu verprügeln. Heute tut es mir leid, daß ich das nicht zugelassen habe.«

»Ich hätte nicht die Kontrolle über mich verlieren dürfen«, murmelte Ramses. »Bislang konnte er nur vermuten. Jetzt weiß er es.«

»Oh, ich bin mir sicher, daß er bereits wußte, wie sehr du ihn verachtest.«

»Was hat er vor meinem Auftauchen gesagt?« Allmählich wich die Zornesröte aus Ramses' Wangen.

»Er gab zu, daß das Kind von ihm sein könnte. Es war der einzige Fehltritt, den er aufgrund seiner Jugend und seiner leichten Verführbarkeit beging.«

»Der hat Nerven«, erwiderte Ramses zähneknirschend. »Er gesteht die Sache lediglich ein, wenn man ihn festnagelt, und selbst dann versucht er noch, die Wahrheit schönzufärben.«

»Nun, mein Lieber, auf alle Fälle wird er uns in Zukunft meiden. Ich glaube, ich habe meine Einstellung deutlich gemacht. Sollen wir jetzt bestellen? Ich könnte eine schöne, heiße Tasse Tee vertragen.«

Zwei Tage später wurde der Leichnam einer jungen Frau im Uferschilf oberhalb des Staudamms gefunden. Vermutlich hätten wir nie davon erfahren, wenn die Kairoer Polizei aufgrund Ramses' hartnäckiger Nachforschungen nicht davon überzeugt gewesen wäre, daß uns eine solche Entdeckung interessierte. Mr. Russell, der stellvertretende Kommissar, informierte uns – Ramses, um genau zu sein. Unser Sohn berichtete uns erst davon, nachdem er die sterblichen Überreste inspiziert hatte. Eine genaue Identifikation war unmöglich, da die Leiche schon mehrere Tage lang im Fluß gelegen hatte, doch die allgemeine Beschreibung traf auf Rashida zu, die genau wie das Opfer eine Halskette aus billigen Perlen getragen hatte. Sie war übersät von Messerstichen. Die Polizei führte den Mord auf Drogenmißbrauch zurück, da bereits ähnliche Fälle bekannt waren, in denen der übermäßige Haschischkonsum zu einem Tötungswahn geführt hatte.

Von Kalaan fehlte immer noch jede Spur. Emerson glaubte, daß er Kairo verlassen hatte und sich versteckte. Ramses schien jegliches Interesse an ihm verloren zu haben. »Es gibt einfach zu viele von seinem Kaliber«, meinte er schulterzukkend.

Die folgenden Wochen verliefen ohne weitere Zwischenfälle. Das fand ich überaus alarmierend. Emerson machte sich lustig über meine Vorahnungen (in dieser Hinsicht belächelt er mich ständig); trotzdem wies ich ihn hartnäckig darauf hin, daß ein Widersacher, der bereits mehrere brutale Angriffe ausgeführt hat und der auch vor einem Mord nicht zurückschreckte, vermutlich nicht aus seiner Haut kann. Daraus resultierte weitere herbe Kritik von seiten Emersons hinsichtlich der Verwechslungsgefahr bei Metaphern, trotzdem wußte ich, was ich meinte, und er ebenfalls.

Wenn ich behaupte, daß alles ruhig verlief, heißt das keineswegs, daß sich nichts ereignete. Wir speisten mit den Vandergelts und sie mit uns; ich richtete eine Reihe zwangloser, aber trotzdem eleganter Abendveranstaltungen als Willkommensgruß für David und Lia aus und natürlich zu Ehren des anderen jungen Paares. Alle vier, nicht zu vergessen Emerson, hatten gegen meinen ursprünglichen Vorschlag, einen großen Empfang in einem der Hotels zu veranstalten, so heftig protestiert, daß ich schließlich nachgab. Ich persönlich halte auch nicht sonderlich viel von solch pompösen gesellschaftlichen Ereignissen, wollte aber die Gerüchteküche endlich zum Schweigen bringen. Alles in allem hatten wir der winzigen Enklave der besseren Gesellschaft von Kairo in dieser Saison reichlich Gesprächsstoff geliefert, und ich war mir sicher, daß »deren Mitglieder« mittlerweile boshafte Spekulationen hinsichtlich Nefrets überstürzter Eheschließung anstellten. Als ich das gegenüber Emerson erwähnte, warf er mir einen so schneidenden Blick zu, wie ich das an ihm beileibe nicht gewohnt war.

»Spekulationen welcher Art?« wollte er wissen.

»Das weißt du doch, Emerson. Sie werden die Tage zählen.«

»Bis wann?«

»Starr mich nicht so an und tu nicht so, als hättest du mich nicht verstanden.«

»Ich habe verstanden«, schnaubte Emerson. »Verflucht, Peabody, sind eigentlich alle Frauen so sensationslüstern und selbstgerecht?«

»Ja, ich glaube schon. Sie waren überglücklich, als sie bei der armen Maude Reynolds sozusagen ›das Schlimmste‹ annehmen durften, und ihren engstirnigen Hirnen zufolge gibt es nur einen Grund, warum eine junge Frau auf eine prachtvolle kirchliche Hochzeit mit Feier und dem ganzen Schnickschnack verzichten würde. Du weißt, daß ich das nicht glaube, Emerson, ich wollte nur ...«

»Ich weiß.« Sein ernstes Gesicht entspannte. »Du wolltest deine Zuneigung und Unterstützung für Nefret zum Ausdruck bringen und die Lästermäuler zum Teufel jagen. Mach dir keine Sorgen, Peabody. Sie interessiert sich nicht für das Gerede solcher Leute, und wir sollten es auch nicht tun.«

Daraufhin versandte ich meine Einladungen, und im Verlauf der darauffolgenden Tage besuchte uns praktisch jeder in der näheren Umgebung von Kairo lebende Archäologe, und einige kamen sogar von weither. Die Petries gehörten nicht dazu. Um ehrlich zu sein, konnte ich Mrs. Petrie ebensowenig ausstehen wie Emerson ihren Gatten. Da Frauen diplomatischer sind als Männer (beziehungsweise größere Heuchlerinnen, wie ich aus anonymer Quelle weiß), äußerte sich die zwischen Hilda Petrie und mir bestehende Antipathie in frostiger Höflichkeit, wenn wir uns gezwungenermaßen begegneten, und in wohlüberlegten Ausreden, um uns so selten wie eben möglich begegnen zu müssen. Wann immer ich sie einlud, antwortete sie mir, daß sie an Grippe erkrankt sei oder an einer Verstauchung litt oder nichts anzuziehen habe. Das konnte uns allen nur recht sein.

M. Maspero schlug meine Einladung ebenfalls aus. Mir war klar, warum *er* uns mied. Es war schlicht und einfach eine himmelschreiende Ungerechtigkeit! Daß Emersons herausragendes Talent in einem so stumpfsinnigen Gebiet wie Zawiet vergeudet wurde, wohingegen die Pyramiden und Grabfelder rund um Dahschur schlechter qualifizierten Archäologen vorbehalten waren, hätte selbst die unterkühlte Nonchalance des Franzosen Maspero ins Wanken bringen müssen.

Noch schlimmer war, daß das riesige Ausgrabungsgebiet rund um Gizeh immer noch zur Diskussion stand. Ursprünglich hatte man es in drei Parzellen unterteilt, die jeweils den Deutschen, den Italienern und Mr. Reisner zugesprochen wurden, doch Signor Schiaparelli vom Turiner Museum hatte die italienische Konzession bereits wenige Jahre später zurückgegeben. Rein theoretisch fiel dieses Gebiet dann den beiden anderen Parteien zu, doch diese stritten sich nach wie vor um eine exakte Teilung. Die naheliegende Lösung – wenigstens einen Teil des italienischen Gebietes dem berühmtesten Exkavator aller Zeiten zu übertragen – ich glaube, ich muß keinen Namen nennen –, wurde von sämtlichen Beteiligten ignoriert. Emerson weigerte sich strikt, die Sache in Gegenwart von Maspero auch nur zu erwähnen, und drohte mir mit Scheidung, falls ich es wagen sollte. Natürlich war das einer seiner kleinen Scherze. Trotzdem kam ich zu dem Entschluß, nicht mit M. Maspero zu sprechen.

Die vorübergehende Abwesenheit seines Sohnes hatte Emersons Situation keinesfalls optimiert. Seit zwei Wochen arbeitete Ramses anstelle von Geoffrey in Gizeh. Er hatte sein Vorhaben Emerson offen dargelegt, und dessen edle Gesinnung ließ keinen Widerspruch zu. Vielleicht war auch unterschwelliger Stolz daran beteiligt; Emerson hätte niemals zugegeben, daß er nicht nur Ramses' fundierte Kenntnisse vermissen würde, sondern auch ihn als seinen Sohn. Insgeheim hatte Emerson gehofft, daß Mr. Fisher, der Mr. Reisner bis zu dessen Rückkehr in Gizeh kommissarisch vertrat, dieses etwas unorthodoxe Abkommen ablehnen würde, solange sein Vorgesetzter nicht informiert war. Leider war sich Fisher der hohen Meinung Reisners hinsichtlich meines Sohnes bewußt und begrüßte den Plan von daher mit unverhohlener Begeisterung. Er schrieb umgehend an Reisner, der irgendwo in Mittelägypten weilte, und erhielt schließlich dessen Zustimmung, doch zu diesem Zeitpunkt arbeitete Ramses bereits seit einer Woche in Gizeh.

Für Emerson war das Wissen keinesfalls tröstlich, daß die Harvard-Boston-Forschungsgruppe in einem Gebiet arbeitete, in dem man bereits wundervolle Dinge entdeckt hatte. Kurz nach Ramses' Arbeitsaufnahme stießen die Amerikaner auf ein weiteres Grabmal, das prachtvolle Malereien und Schnitzereien enthielt, eine herrliche Statue aus Kalksandstein und andere interessante Objekte. Das reichte, um Emerson den Mund wäßrig zu machen, insbesondere, da er Tag für Tag zu seinen Knochenfragmenten und Töpferscherben zurückkehren mußte. Er wußte genau, daß Ramses' Motive, uns zu verlassen, uneigennützig waren; er wußte es und beneidete ihn trotzdem.

Ein positives Resultat dieser Vereinbarung war die Wiederaufnahme der Beziehungen zu Jack Reynolds. Obwohl er sich wieder gefangen hatte (mit etwas Unterstützung meinerseits), hatte er uns hartnäckig gemieden. Es gestaltet sich schwierig, eng mit einem Mann zusammenzuarbeiten, der einen des Mordes an der eigenen Schwester bezichtigt; ich fürchtete zwar keineswegs um Ramses' Sicherheit, denn mir war klar, daß er hervorragend auf sich selbst aufpassen konnte, trotzdem fragte ich ihn bei der ersten sich bietenden Gelegenheit, wie er und Jack miteinander zurechtkämen. Er versicherte mir, daß sich Jack überaus hilfsbereit und kollegial verhielte. Aus diesem Grund lud ich Jack zu einer unserer kleinen Abendgesellschaften ein, um mir selbst ein Urteil zu bilden.

Jack war pünktlich, korrekt gekleidet und offensichtlich nüchtern. Er hatte zwei riesige Blumensträuße für die beiden frischgebackenen Ehefrauen mitgebracht, die er ihnen mit ebenso blumigen Worten überreichte. Wie üblich waren die Herren in der Überzahl. Howard Carter war mit von der Partie, ebenso der junge Mr. Lawrence, der für Mr. Petrie gearbeitet hatte und voll des Lobes war. Ich muß sagen, daß Taktgefühl nicht zu den Charakterstärken des jungen Mannes gehörte. Lobeshymnen auf den Erzrivalen des Gastgebers tragen nicht unbedingt zu dessen Stimmungsaufschwung bei, und er beging einen weiteren Faux-pas, indem er sich über die ägyptischen Arbeiter ausließ. Ich schnappte einige Satzfetzen auf: »... entsetzlich häßlich, langweilig, dumm, mundfaul und arbeitsscheu ...«, bis Ramses ihn schließlich mit einer höflichen Frage zu Mr. Petries Gesundheitszustand unterbrach.

Jack, dem ich den mir gegenüberliegenden Platz zugewiesen hatte, um ihn beobachten zu können, hatte das ebenfalls mit angehört. »Auf unsere Leute trifft das bestimmt nicht zu«, wandte er ein. »Vielleicht hat das etwas mit dem Verhalten des Exkavationsleiters zu tun. Mr. Reisner hat sich mit seinen Arbeitern stets hervorragend verstanden.«

Ich warf ihm ein anerkennendes Lächeln zu. »Ganz recht. Es gab auch keine Probleme mit dem Diebstahl von Artefakten, nicht wahr?«

»Diebstahl ist immer ein Problem«, brummte Emerson. »Insbesondere, da Maspero sich weigert, seine Günstlinge zu diskreditieren. Diese widerliche Geschichte in Sakkara – «

Es gelang mir nicht, Emerson einen leichten Tritt vors Schienbein zu verpassen, da er am anderen Ende der Tafel saß, deshalb erhob ich meine Stimme zu besonders eindringlicher Lautstärke und brachte die Unterhaltung wieder auf das entscheidende Thema – zugegebenermaßen etwas abrupt.

»Vermutlich habt auch ihr alle von den Antiquitätenverkäufen des vergangenen Sommers gehört, die einer Sammlung unseres verstorbenen Rais Abdullah entstammen sollen? Einigen von euch ist vielleicht nicht klar, daß diese Artefakte Fälschungen sind und daß sie von einem Mann veräußert wurden, der sich als unser David ausgab.«

Als ich diese Äußerung das erste Mal während einer Abendgesellschaft machte, hatte sich Emerson an einem Bissen verschluckt, und ich mußte rasch zu ihm eilen, um ihm auf den Rücken zu klopfen. Als er mir später vorwarf, daß ich ihn hätte vorwarnen müssen, erwiderte ich, daß ich das selbstverständlich getan hätte, wenn ich meine Reaktion vorausgeahnt hätte. In der Tat handelte es sich um eine spontane Eingebung, wie das bei guten Ideen häufig der Fall ist, und ich hatte sozusagen die Gunst des Augenblicks genutzt.

Davids Entschluß, die Sache mit den Fälschungen offen anzugehen, hatte den gordischen Knoten gelöst: wir konnten unsere ehemals verdeckten Nachforschungen jetzt unverhohlen betreiben. Vermutlich würde es noch eine Weile dauern, bis er mit den Antwortschreiben rechnen durfte, doch für uns bestand kein Anlaß mehr, gegenüber unseren Berufskollegen Zurückhaltung zu üben. Einige von ihnen verfügten vielleicht über nützliche Informationen; möglicherweise verriet sich auch einer mit einem erstaunten Aufschrei oder einem schuldbewußten Blick, weil ihn meine unerwartete Offenheit überrumpelte.

Bislang hatte niemand davon erfahren. Deshalb schienen alle erstaunt, aber meiner Ansicht nach keineswegs schuldbewußt. Die Verblüffung resultierte teilweise aus meiner Erklärung, daß Abdullah keine Antiquitätensammlung besessen hatte. Einige waren sogar bestürzt, daß das nicht zutraf. Viele unserer Bekannten waren begeisterte Sammler – auf privater Ebene oder für ihre jeweiligen Institutionen. Grundsätzlich stimmten sie zu, daß illegale Exkavationen gestoppt werden müßten, sahen aber kaum eine Chance zur Durchsetzung.

Mr. Lawrences Taktlosigkeit gipfelte schließlich in der Äußerung eines Standpunktes, den viele vertraten. »Bei dem Burschen kann es sich keineswegs um einen Engländer handeln! Er muß Ägypter sein – vermutlich im Ausland erzogen, verfügt er über herausragende Kenntnisse im Antiquitätengeschäft. Und davon gibt es beileibe nicht viele. Seine Identität müßte doch leicht festzustellen sein!«

»Das könnte sein, wenn Ihre Annahme korrekt wäre«, erwiderte ich. »Ist sie aber nicht. Sie müssen lernen, keine voreiligen Schlüsse zu ziehen, Mr. Lawrence, sofern Sie in Ihrem Beruf Karriere machen wollen.«

Die Arbeit auf unseren Grabfeldern nahm ihren Lauf. Die Gräber waren klein und enthielten kaum Grabbeigaben, trotzdem hatte man sie ausgeraubt und die Skelette der Bestatteten geschändet. Es war extrem langweilig. Cyrus war ebenfalls gelangweilt; irgendwann erklärte er, daß er und Katherine einen Abstecher nach Luxor unternehmen und uns vorübergehend verlassen würden, da eine ganze Weile nichts Außergewöhnliches geschehen sei. Emerson begrüßte seinen Entschluß, da er ohnehin nicht glaubte, daß er Cyrus' Schutz brauchte. Also brachen sie auf, und wir wandten uns wieder unserem Schutthaufen zu.

Als wir eines Nachmittags die wenigen Fundstücke für den Transport in unser Haus zusammenpackten, machte ich meiner wachsenden Verärgerung Luft.

»Emerson, wenn ich noch einen einzigen prädynastischen Bierkrug zusammensetzen muß, schreie ich. Warum können wir nicht die Substruktur der Pyramide untersuchen?«

Geoffrey blickte von der Kiste auf, in die er gerade Tonscherben packte. Sein blondes Haar war schweißnaß. Er schob es zurück unter seinen Tropenhelm und meinte grinsend: »Ihre Schwäche für das Innere von Pyramiden ist allgemein bekannt, Mrs. Emerson, aber die Erforschung dieser hier wäre sicherlich reine Zeitverschwendung.«

»Ich entscheide, was Zeitverschwendung ist«, knurrte Emerson. Er setzte sich auf einen Felsen und kramte seine Pfeife hervor. Wie üblich hatte er seinen Helm verlegt, und die Sonne brannte unbarmherzig auf seinen entblößten schwarzen Lockenschopf.

»Komm in den Schatten und trink etwas«, warf ich ein. »Ihr anderen folgt am besten seinem Beispiel; ihr wirkt sichtlich erschöpft.«

Also zogen wir uns in den Schatten zurück, überließen Selim das weitere Packen, und ich goß jedem ein Glas Tee ein.

Nefret setzte ihren Hut ab und wischte sich über ihre feuchte Stirn. »Ich bin einverstanden«, erklärte sie.

»Womit?« Emerson beschäftigte sich bereits wieder mit anderen Dingen.

»Daß wir den Standort wechseln sollten. Hast du nicht

selbst gesagt, daß wir auch zukünftigen Archäologen irgend etwas zur Exkavation hinterlassen müssen, da sie vielleicht fortschrittlichere Techniken entwickeln werden? Immerhin haben wir in Erfahrung gebracht, daß dieses Grabfeld frühdynastisch sein muß. An anderer Stelle befinden sich spätere Grabstätten; sie liefern uns vielleicht Hinweise auf die Identität des Erbauers der Pyramide.«

»Er ist uns bereits bekannt«, erwiderte Geoffrey. »Die Vasen, die wir im Vorjahr in der Mastaba gefunden haben, tragen den Namen eines gewissen Königs Cha-ba.«

»Wer auch immer das war«, erwiderte Nefret skeptisch. »Er wird in keiner Königsliste erwähnt. Außerdem kann man aufgrund der in einem nahegelegenen Grab gefundenen Artefakte eine Pyramide noch lange nicht einem bestimmten Herrscher zuschreiben.«

»Manchmal ist das aber der einzige Anhaltspunkt, mein Liebling«, erwiderte Geoffrey sanft. »Die Pyramiden der dritten und vierten Dynastie enthalten keinerlei Inschriften. Und diese hier ist vermutlich noch älter. Mr. Reisner glaubt – «

»Aber ihr habt nur eine Mastaba erforscht. Auf der Nordseite befinden sich noch weitere.«

Geoffrey setzte sich auf und schlang die Arme um seine angewinkelten Knie. Die wenigen Wochen der Zusammenarbeit mit Emerson hatten den Burschen gestählt; seine nackten Unterarme waren gleichmäßig gebräunt, und sein verschwitztes Hemd klebte an muskulösen Schultern. »Deine Argumentation ist nicht von der Hand zu weisen, Liebste. Solange keine weiteren Zwischenfälle wie der auftreten, der Ramses um ein Haar gravierend verletzt hätte. Wenn ich nur daran denke, daß du an seiner Stelle dort unten gewesen wärest, gefriert mir das Blut in den Adern.«

Nefret kniff die Lippen zusammen. Geoffreys Besorgnis war nur natürlich für einen jungen Ehemann, dennoch würde er lernen müssen, daß sie sich nicht wie eine Mimose behandeln ließ. Da ich eine Auseinandersetzung befürchtete, mischte ich mich ein.

»Ich versichere Ihnen, Geoffrey, daß Emerson keine unnötigen Risiken eingeht und das auch seinen Leuten untersagt. Es war ein unglücklicher Zufall. Anders kann ich es nicht werten.«

Emerson ignorierte diesen Einwurf. »Ich möchte die Frage nach dem Erbauer endlich aus der Welt schaffen«, gestand er. »Und vielleicht auch entschlüsseln, warum sich in der Pyramide keinerlei Hinweis auf eine Bestattung findet. Sie müssen den Halunken doch irgendwo beerdigt haben, versteht ihr; und wenn nicht im Innern der Pyramide, wo dann? Und warum nicht in der Pyramide?«

»Nun, Sir...«, hub Geoffrey an.

Emersons saphirblaue Augen musterten ihn strafend, und er schloß abrupt den Mund. Uns anderen war völlig klar, daß seine Fragen rein rhetorischer Natur waren. Emerson war im Begriff, uns einen Vortrag zu halten. Und er schätzt es nicht, wenn man ihm dabei ins Wort fällt.

»Die andere sogenannte Pyramide hier in Zawiet el-Aryan war ebenfalls leer. Zugegeben, sie wurde nie vollendet; verflucht, es gibt keinerlei Hinweise auf eine Substruktur. Allerdings gab es eine verborgene Grabkammer mit einem Sarkophag, die von riesigen Felsquadern ummauert war. Der Deckel des Sarkophags befand sich noch an Ort und Stelle, trotzdem war das Innere leer. Was uns erneut auf die Frage bringt: Wohin haben sie die Mumie dieses Bas... – äh – Königs gebracht?«

»Und wie lautet deine Theorie, mein Lieber?« fragte ich, obschon ich wußte, daß er uns diese ohnehin schildern würde.

»Ich habe noch keine Theorie entwickelt«, ereiferte sich Emerson. »Aber ich will dir eins sagen, Peabody. Meine Arbeit an dieser Pyramide ist noch lange nicht abgeschlossen.«

»Oh, Emerson«, entfuhr es mir, während ich die Hände vor die Brust schlug. »Du glaubst, daß die Grabkammer ein Ablenkungsmanöver sein könnte – daß es noch weitere, bislang unentdeckte Gänge und Kammern gibt?«

»Reiß dich zusammen, Peabody«, erwiderte mein geliebter Gatte. »Du witterst ständig irgendwelche geheimen Gänge und Kammern; das resultiert aus deiner Lektüre drittklassiger Schundliteratur. So etwas gibt es in der Realität nicht.« Er wandte sich an Geoffrey, der voller Nervosität aufgesprungen war. »Sie gehörten nicht zu denjenigen, die im letzten Jahr das Innere der Pyramide inspizierten?«

»Ich sah sie mir an, genau wie alle anderen. Allerdings war ich für das Grabfeld verantwortlich. Mr. Reisner und Jack untersuchten die Pyramide.«

»Hmhm«, brummte Emerson. »Wir setzen die Exkavation der Privatgräber fort. Ich möchte mir die äußere Struktur genauer ansehen. Ich kann mir einfach nicht vorstellen, daß es nicht irgendeine Ummantelung gegeben hat, auch wenn Sie darauf angeblich keinen Hinweis fanden. Auf der siebten Ebene wird ein leichter Überhang sichtbar ...«

Der junge Mann lauschte scheinbar interessiert, während Emerson sich weiterhin über Bautechniken ausließ. Lias blaue Augen fixierten David mit einem so zärtlichen Ausdruck, wie man ihn häufig an jungen Ehefrauen feststellt. Nefret sah niemanden an. Mit gesenktem Kopf und gerunzelter Stirn starrte sie auf ihre Stiefelspitzen. Ich fragte mich, ob sie wohl an das andere kleine Paar Stiefel und an dessen Trägerin dachte. Obwohl Emerson es niemals eingestanden hätte, da er nicht sentimental erscheinen will, wußte ich, daß er das Innere der Pyramide bislang hauptsächlich deshalb gemieden hatte, weil er nur widerwillig an diesen mit gräßlichen Erinnerungen behafteten Schauplatz zurückkehrte. Wie schwierig würde es erst für Nefret werden?

Ich nahm mir fest vor, Emerson zu fragen, ob alle Hinweise auf den tragischen Vorfall beseitigt worden waren. Ramses hatte behauptet, er habe kaum Blutspuren bemerkt. Andere Dinge hatte er allerdings nicht erwähnt.

Aus Manuskript H

Ramses gestand David seine Besuche bei Wardani, die dieser absolut nicht guthieß.

Während dieser Unterhaltung saßen sie auf dem Oberdeck der *Amelia*. Es war noch nicht spät, doch Lia hatte sich bereits zurückgezogen, und die letzten Touristendampfer hatten längst abgelegt. Nur die Sterne, die schmale Mondsichel und die Glut von Davids Pfeife schimmerten in der Dunkelheit.

»Ein gewisses Interesse an meinen Angelegenheiten will ich dir ja gerne zugestehen«, erklärte David, nachdem er sich wieder beruhigt hatte. »Aber ich brauche keinen Aufpasser, Ramses. Und schon gar nicht in dieser Sache.«

»Ich weiß, daß du keinen Aufpasser brauchst, aber könntest du nicht wenigstens darüber nachdenken, ob du nicht besser eine der gemäßigteren Organisationen unterstützt? Du hast eine Frau – «

»Laß Lia aus dem Spiel. Würdest du einer Frau – oder einem Mann – zugestehen, daß er dich von etwas abbringt, was du als deine Pflicht ansiehst?«

Ramses seufzte. »David, ich weiß, wie du dich fühlst – «

»Nein, das weißt du nicht. Du versuchst es zwar, aber du kannst es gar nicht wissen! Du schwebtest nie in der Gefahr, verhaftet oder halb zu Tode geprügelt zu werden, nur weil du unbequeme Ansichten vertreten hast. Aufgrund deiner Nationalität und deiner gesellschaftlichen Stellung bist du unantastbar. Hast du jemals zugesehen, wie Männer ausgepeitscht werden, beispielsweise damals in Deschascheh?«

»Einmal.«

Eine unangenehme Stille trat ein. »Falls du dich fragst, warum ich nicht einschritt«, erwiderte Ramses zähneknirschend, »dann lag das daran, weil ich angebunden war und darauf wartete, daß ich an die Reihe kam.«

David beging nicht den Fehler, sich zu entschuldigen. »Du hast mir nie davon erzählt. Was ist passiert?«

Ramses zündete sich eine Zigarette an. »Oh, Vater kam dazu und brüllte Verwünschungen. Das Übliche, weißt du.« Trotz der Dunkelheit bemerkte er Davids Bestürzung. Mit sanfterer Stimme fuhr er fort: »In besagtem Sommer warst du in Paris. Die Geschichte schaukelte sich hoch. In Diplomatenkreisen würde man von einer heiklen Sache sprechen.«

»Du warst in Palästina. Deshalb warst du also – «

»Nein, das war nicht der Grund, warum ich im letzten Jahr krank war. Wie ich schon sagte, tauchte Vater auf, bevor sie richtig anfingen. Allerdings hat mein Verständnis für das osmanische Reich unter diesem Vorfall erheblich gelitten. Wardani sympathisiert mit den Türken. Was nur verständlich ist – dieselbe Religion und das Ganze –, trotzdem lehren uns die jungen Türken eine schreckliche Lektion. Auch sie begannen als Reformer und Revolutionäre. Nachdem sie inzwischen eine ganze Weile an der Macht sind, sind sie genauso korrupt wie das alte Regime, und das Bestrafungssystem in den Provinzen ist unverändert. Das Auspeitschen, die Verurteilung ohne Verhandlung und die Allmacht der häufig brutalen Dorfrichter bestimmen das Bild. Ich will nicht, daß so etwas auch hier eintritt, David, nicht, wenn ich es irgendwie verhindern kann. England besitzt zwar viele Entscheidungsbefugnisse, aber beileibe nicht in dem Maße wie der Sultan.«

Diese Begebenheit hatte ihm noch etwas anderes vermittelt,

aber das konnte er nicht einmal gegenüber David eingestehen. Einen Menschen zu beobachten, der von einem pflichtbewußten, brutalen Experten in Sachen Urteilsvollstreckung zu Tode geprügelt wurde, war eine neue Erfahrung für ihn gewesen. Die Sache hatte längere Zeit in Anspruch genommen, und man hatte dafür gesorgt, daß er jeden Schlag der Karbatsche und jeden Schrei mitbekam. Als sie schließlich die blutigen Überreste beseitigt und ihn statt dessen festgebunden hatten, hätte er am liebsten geschrien oder um Gnade gefleht, doch dann war sein Vater eingeschritten. Daß die Karbatsche das einzige war, wovor er Angst hatte, wäre Untertreibung gewesen; er hatte vor vielem Angst. Aber sie war das einzige, was er mehr fürchtete als den Tod.

Schließlich wandte David ein: »Sicherlich besteht nicht die geringste Gefahr, daß – «

»Ägypten erneut unter osmanische Oberhoheit gerät? Wie du weißt, ist das de facto immer noch der Fall. Was glaubst du, warum von einem *verschleierten* Protektorat die Rede ist? Die Briten haben das Land nie offiziell annektiert; Cromers Titel lauteten Generalbevollmächtigter und Generalkonsul, auch wenn er 30 Jahre lang die absolute Machtstellung in Ägypten innehatte. Jetzt bekleidet Kitchener diese Position. Er will die Nationalisten zur Strecke bringen, und das gelingt ihm mit verfluchter Hartnäckigkeit. Wardani ist der einzige Führer, der noch nicht im Gefängnis oder im Exil ist, und er kann den Behörden nicht mehr lange entwischen. Falls er der Versuchung erliegt, ein Attentat zu verüben, wird man ihn verhaften und umgehend exekutieren. Und dich könnte dasselbe Schicksal treffen, wenn man erfährt, daß du zu dem engen Kreis seiner Verbündeten gehörst.«

Nach seiner erregten Argumentation holte er tief Luft, hielt inne und bemühte sich, zur Beherrschung zurückzufinden.

»Über diesen Aspekt habe ich bislang nicht nachgedacht«, gab David in seiner leisen, höflichen Art zu. »Ich weiß, daß du Wardani wegen deiner mir gegenüber gehegten Besorgnis aufgesucht hast – «

»Nicht unbedingt. Er und ich hoffen, daß wir den anderen zur Durchsetzung unserer egoistischen Ziele gebrauchen können.« Ramses grinste zynisch. »Er war nicht in der Lage, mir bei der Sache mit den Fälschungen behilflich zu sein, es sei denn im negativen Sinne – aber das ist immerhin besser als gar nichts.«

Zwangsläufig war ihm die nächste Frage klar, und deshalb beendete er das Gespräch, indem er gähnend aufsprang. »Lia wäre es bestimmt nicht recht, wenn ich dich noch länger aufhielte, und ich muß noch einige Notizen machen, bevor ich schlafen gehe. Gute Nacht.«

In dieser Nacht brachte er seine Notizen nicht mehr zu Papier. Er mußte noch etwas anderes erledigen und kehrte erst kurz vor dem Morgengrauen durch ein offengelassenes Fenster ins Haus zurück.

Es dauerte eine Woche, bis Nemesis in der Gestalt von Wardani auftauchte. Als er an jenem Nachmittag aus Gizeh zurückkehrte, fand er ein reizendes kleines Briefchen von Lia vor, die ihn zum Abendessen einlud. »David läßt dir ausrichten, daß er dich gewaltsam holt, falls du nicht freiwillig kommst.«

Er hatte gehofft, noch einige Stunden Schlaf zu finden, bevor er erneut aufbrach, doch diese Einladung durfte er nicht ausschlagen. Die Mitteilung war eindeutig. Das einzige, was ihm nicht klar war, war die Tatsache, welche schlechte Neuigkeit David mit ihm besprechen wollte.

Darüber ließ David ihn nicht lange im Zweifel. Ramses hatte um Kaffee anstelle von Tee gebeten, weil er hoffte, daß dieser ihn beleben würde, und Lia war nach unten zu Karima gegangen und hatte sie allein auf dem Oberdeck zurückgelassen. Im Westen stand die Sonne bereits sehr tief, und die Silhouetten der Pyramiden von Gizeh waren in ein goldenes Licht getaucht.

»Ich habe eine Mitteilung von einem Freund erhalten«, bemerkte David. »Wir sollen ihn um elf im Café Orientale treffen.«

»Wir?«

»Er bestand darauf, daß du mitkommst.«

»Das klingt ganz nach ihm.«

»Wirst du mich begleiten?«

»Vermutlich *muß* ich das. Was hast du Lia erzählt?«

»Alles, was ich weiß, aber das ist nicht viel. Er teilte mir nicht mit, weshalb er uns sehen will, sondern nur, daß es wichtig sei. Ihr gefällt das überhaupt nicht. Trotzdem findet sie es beruhigend, wenn du bei mir bist.«

»Die vertrauensselige kleine Lia«, erwiderte Ramses. »Weiß sie denn nicht, daß du in den meisten Fällen durch mich in Schwierigkeiten geraten bist?«

Lia kam gerade noch rechtzeitig die Stufen hoch, um das Gesagte mit anzuhören. »David ist dazu ebenso prädestiniert wie du«, warf sie ein. »Aber heute abend wird es doch keine Schwierigkeiten geben, oder?«

Sie wirkte so reizend und besorgt, daß sich Ramses wünschte, er wäre wirklich der Bruder einiger Dämonen und könnte Wardani nach Timbuktu zaubern und David in einen gesetzten, pflichtbewußten Wissenschaftler verwandeln.

»Wo denkst du hin«, erwiderte er entschieden. »Gütiger Himmel, Lia, der Bursche ist doch kein Mörder, er ist – äh – einer unserer Freunde. Das Café Orientale ist ein absolut seriöser Ort. Wir müssen auch keine finsteren Straßen oder Gassen passieren, um dorthin zu gelangen.«

Die beiden letzten Sätze trafen auf jeden Fall zu. Das Café

befand sich auf der Muski im europäischen Viertel. Man hatte sie angewiesen, sich im Innenraum in den entlegensten Winkel zu setzen. Der gesamte Raum war dämmrig und wurde nur von einigen wenigen Hängelampen erhellt. Die Luft war stickig, heiß und von Rauchschwaden erfüllt. Nachdem sie fast eine Stunde lang gewartet hatten, zeigten die zahllosen Tassen Kaffee, die Ramses konsumierte, immer noch keine Wirkung; sein Kopf fühlte sich an, als schwebe er losgelöst über seinem Körper, und sein Magen schmerzte. Er hätte wissen müssen, daß dieser Bastard sie warten ließ.

Der Mann, der schließlich auf sie zutrat, trug die Uniform der ägyptischen Armee. Mit korrekt sitzendem Tarbusch und auf Hochglanz polierten Stiefeln stolzierte er auf sie zu.

»Findest du nicht, daß du etwas übertreibst?« fragte Ramses.

»Meinst du den Federbusch?« Wardani ließ sich auf einen Stuhl sinken. »Sofern du meine Abzeichen deuten kannst, wirst du feststellen, daß ich mein Regiment schon eine ganze Weile verlassen habe. In allen Ehren, versteht sich.«

Er reichte David die Hand. »Willkommen, mein Bruder, und meine herzlichen Glückwünsche. Wenn es nach deinem Freund gegangen wäre, hätten wir uns vielleicht nie wiedergesehen.«

»Das hat er mir erzählt«, erwiderte David.

»Tatsächlich?« Wardani klang erstaunt, und Ramses grinste.

»Auch wir sind Brüder«, erklärte David.

»Dann wird es dich vermutlich angenehm überraschen, daß dein Bruder der Auslöser für diese Zusammenkunft ist.« Er schnippte mit den Fingern und bestellte Kaffee.

Ramses schwieg. Schließlich fragte David: »Was meinst du damit?«

Wardani wartete, bis der Kellner im Zeitlupentempo drei

Gläser Wasser und drei winzige Tassen türkischen Mokka vor sie gestellt hatte. Dann blickte er abrupt zu Ramses.

»Man hat dich vor kurzem mit Thomas Russell gesehen.«

»Zweifellos hast du bereits deine Feuerschwadron zusammengetrommelt«, erwiderte Ramses, während er versuchte, seine Bestürzung zu kaschieren. Ihm war nicht aufgefallen, daß man ihn an besagtem Tag beobachtet hatte. »Warum sollte ich ihn nicht treffen? Er ist ein Freund der Familie.«

»Eine oberflächliche Bekanntschaft«, korrigierte Wardani. »Und ein Polizist.«

»Aber Russell ist doch in Alexandria stationiert«, entfuhr es David.

»Man hat ihn nach Kairo versetzt – als stellvertretenden Kommissar.«

»Und dafür kannst du Gott dankbar sein«, erwiderte Ramses. Er nahm einen Schluck Kaffee und wünschte, er hätte es nicht getan. »Er ist nicht korrupt, und er ist ein kompetenter Beamter, im Gegensatz zu seinem derzeitigen Vorgesetzten. Harvey Pasha ist ein aufgeblasener Idiot. Mir war klar, daß es keinen Sinn hatte, ihm deine Geschichte zu kolportieren. Er hätte sich über die Idee lustig gemacht, daß ein Sahib am Drogengeschäft beteiligt ist. Russell verhielt sich völlig anders. Mutter sagte, er habe mir eine Anstellung angeboten. Sie dachte, es sei ein Scherz. Aber das war es nicht. Es ist schön, so begehrt zu sein. Jeder will mich haben. Reisner, Fisher, Vater, Russell ... Fast jeder.«

David legte ihm eine Hand auf die Schulter und schüttelte ihn. »Komm zur Sache. Willst du damit andeuten, daß du für Russell arbeitest – als Polizeispitzel?«

»Nenn es, wie du willst. Ich werde jedenfalls alles Erdenkliche tun, um diesen Schweinehund zu finden und ihm das Handwerk zu legen.« Davids Umklammerung war seltsam verkrampft. Er atmete tief ein und versuchte, sich auf das schmale, dunkle Gesicht unter dem Tarbusch zu konzentrieren. »Wenn du weißt, daß ich Russell getroffen habe, dann weißt du auch warum. Wenn ich erfolgreich bin, wirst du es erfahren. Warum zum Teufel hast du mich heute abend in dieses Café bestellt? Ich hätte mich wesentlich sinnvoller beschäftigen können.«

»Nun, ich dachte mir schon, daß das dein Motiv ist«, erwiderte Wardani gelassen. »Aber einige meiner Leute hatten gewisse Zweifel. Paß auf dich auf, Ramses. Ich glaube, ich konnte meine Freunde überzeugen, daß du uns nichts Böses willst, aber einige dieser Burschen sind etwas hitzköpfig, und es gibt Leute in Kairo, denen es nichts ausmachte, dich aus dem Weg zu räumen.«

»Du verblüffst mich«, entgegnete Ramses. »Können wir jetzt gehen?«

»Nein!« David sprach weiterhin leise. »Erst, wenn ich mehr darüber weiß. Welche Leute?«

»Der Mann, den er sucht, um nur einen zu nennen.« Wardani zündete sich eine weitere Zigarette an. »Er ist ein Effendi und ein Mitglied deiner eigenen Gesellschaftsschicht. Vielleicht kennst du ihn sogar. Und wenn das der Fall ist, Ramses, dann kennt er dich ebenfalls. Vermutlich versuchst du, dich in irgendwelchen Verkleidungen in diese Banden einzuschleusen. Ich kann nur sagen, du solltest eine verdammt gute Tarnung wählen.«

»Wer noch?« drängte David.

»Der Mann, der das Mädchen umgebracht hat – oder vielleicht sollte ich besser sagen, die Männer, die diese Mädchen umgebracht haben.« Wardani grinste angewidert. »Sie in einem Atemzug zu erwähnen würde eine ganze Reihe von Leuten brüskieren, nicht wahr? Die Hure ist vielleicht von ihrem Zuhälter oder von einem ihrer Kunden getötet worden, aber die junge Amerikanerin ist bestimmt nicht freiwillig in den Schacht gesprungen. Wenn ihr nicht so – «

»Das reicht jetzt«, schnaubte David.

»Ich versuche doch nur zu helfen, alter Junge!« Wardani riß die Augen auf. »Aber ich verschwinde jetzt besser. Du wirst bald wieder von mir hören, David. Meine besten Grüße an deine Gattin. Und an die reizende Miss Forth – die, so glaube ich, ebenfalls geheiratet hat? Ihr Ehemann kann sich glücklich schätzen.«

Davids Hand hielt Ramses' Schulter hartnäckig umklammert. »Wir werden ihnen deine guten Wünsche übermitteln.«

»Oh, selbstverständlich«, betonte Ramses.

»Allerdings nicht dem ehrenwerten Mr. Godwin«, wandte Wardani ein. Er wirkte überaus selbstzufrieden, wie ein Schüler, der wider Erwarten seines Lehrers die richtige Antwort gefunden hatte. »Er ist ein vornehmer Sahib, nicht wahr? Er wäre entsetzt, wenn er erführe, daß ihr mit einem Taugenichts wie mir befreundet seid.« Er erhob sich und glättete sein Gewand. »Wir dürfen nicht zusammen aufbrechen. Bleibt noch eine halbe Stunde hier, trinkt noch einen Kaffee.«

»Wenn ich noch mehr Kaffee trinke, wird mir übel«, murmelte Ramses, während die schlanke, hochaufgeschossene Gestalt in Richtung Eingang schlenderte. »Dieser verfluchte Halunke mit seinen Anspielungen und seiner Arroganz und – «

»Nimm noch einen Tee oder eine Nargileh (A. d. Ü.: Wasserpfeife).« David schnippte mit den Fingern.

»Oder etwas Haschisch. Es ist recht schmackhaft, wenn man es Süßspeisen beimischt. Man muß lediglich Honig mit – «

»Sei still!« Davids sonst so sanfte Stimme wirkte wie ein Peitschenknall. »Warum hast du mir nichts davon erzählt?«

»Wovon? Wardani hat eine ganze Reihe von Themen in bemerkenswert kurzer Zeit angeschnitten. Normalerweise ist er wesentlich langatmiger. Mir wird übel«, fügte er hinzu und ließ seinen Kopf auf seine verschränkten Arme sinken.

»Trink deinen Tee«, meinte David. »Dann nehme ich dich mit zu Lia, und wir beide bringen dich ins Bett.«

»In Ordnung«, erwiderte Ramses zögernd. Eine Hand glitt unter seine Stirn und hob seinen Kopf.

»Du bist nicht betrunken«, meinte David, während er ihn musterte. Und du hast auch kein Fieber. Du bist todmüde, das ist alles. Kein Wunder, tagsüber die harte Arbeit und nachts die heimlichen Erkundungsgänge auf den Straßen – oder sind es die Kais oder die Wüstenpfade? Was hast du eigentlich geglaubt, wie lange du das durchhältst? Hier, trink aus.«

Der Tee war so heiß, daß seine Zunge beim Trinken schmerzte, dennoch nahm er einige Schlucke. »Das wirkt Wunder«, stellte er erstaunt fest.

»Komm, laß uns verschwinden.« David hakte ihn unter und zog ihn hoch. »Vielleicht brauchst du einen Drink. Wir werden im Shepheard's vorbeischauen und von dort aus eine Droschke nehmen. Und auf der Rückfahrt zur *Amelia* wirst du mir haarklein von deinen Aktivitäten berichten, so daß *wir* die Entscheidung treffen können, was *wir* als nächstes unternehmen.«

Das Nachtleben von Kairo nahm bis in die frühen Morgenstunden seinen Lauf, und die Straßen des europäischen Viertels waren hell erleuchtet und belebt. Lichter schimmerten in den dunklen Hainen der Ezbekieh Gärten.

»Ich will keinen Drink«, wandte Ramses ein. »Laß uns heimfahren.«

»In Ordnung.« David winkte einer der offenen Kutschen, und sie stiegen ein. »Also?«

»Also was?«

David schlug ihm mitten ins Gesicht, gerade so fest, daß es ihn aufrüttelte. »Wach auf! Noch bin ich nicht wütend, Ramses, aber das wird sich bald ändern, wenn du mir ständig Dinge verheimlichst. Warum hast du dich einverstanden erklärt, mit Russell zusammenzuarbeiten? Ein Mädchen wurde ermordet, deine Mutter wurde angegriffen, die Familie befindet sich vielleicht in Gefahr, und du planst den glatten Selbstmord, weil du einen Mann zur Strecke bringen willst, der nichts zu tun hat mit... Oh, großer Gott! Hat er doch, nicht wahr? Ich hätte es wissen müssen. Verflucht, so rede doch endlich!«

»Schlag mich nie wieder«, knurrte Ramses. »Ich werde reden. Ich hätte es längst getan, wenn du mich nicht pausenlos anschreien würdest. Ja. Ich meine, doch, das hat er. Es ist derselbe Mann, David. Genau dieser ›Sahib‹ verwendet auch deinen Namen.«

12

Im östlichen Mittelmeerraum muß ein Engländer bereit sein, eher zu sterben, als eine Spur von Feigheit zu zeigen. Der Mut des einzelnen erhöht das Prestige von allen; und die Feigheit eines Mannes wirft einen Schatten auf all seine Landsleute. In der mir eigenen Bescheidenheit beschloß ich, Vorbildfunktion zu beweisen …

Ich saß in dem kleinen Zimmer, das ich als Büro eingerichtet hatte, und blickte über den Garten, der jetzt erneut in seiner früheren Schönheit erstrahlte; und ich mußte immer wieder daran denken – man verzeihe mir meine Selbstgefälligkeit –, wie hervorragend unsere neuen Lebensbedingungen gewählt waren. Ursprünglich hatte Emerson Bedenken wegen der Größe des Hauses gehabt, doch wie sich herausstellte, brauchten wir so viel Wohnraum. Unser kleines Pflegekind benötigte (meiner sachverständigen Kenntnis zufolge) mehrere Räume, einschließlich eines Zimmers für sein Kindermädchen. Die Kellerräume, die ich für die Lagerung der Artefakte benutzte, füllten sich in Windeseile – natürlich nicht mit Statuen und Stelen, wie sie Mr. Reisner entdeckt hatte, sondern mit Knochen und zerbrochenen Steinkrügen und Töpferwaren.

Nefret und Geoffrey bewohnten den gesamten Flügel, der früher einmal den Harem beherbergte. Sie verfügten über die gewünschte Privatsphäre, genau wie das andere junge Paar – obwohl Ramses einen Großteil seiner Zeit mit ihnen verbrachte. Seit neuestem schlief er häufiger auf der Dahabije als in unserem Haus. Es ging mich selbstverständlich nichts an, wenn er das bevorzugte.

Ich hatte meine Zimmertür offengelassen, und da diese zum Hauptflur führte, hörte ich das leise Klappern von Nefrets Absätzen und rief sie im Vorbeigehen. Vermutlich wäre sie ansonsten nicht stehengeblieben. So schaute sie ins Zimmer und bemerkte: »Ich wollte dich nicht stören, Tante Amelia.«

»Komm rein.« Ich lehnte mich in meinem Sessel zurück.

»Es ist bald Teezeit. Ich wollte gerade – «

»Wenn du einen Augenblick wartest, begleite ich dich. Wo ist Geoffrey?«

Mir fiel auf, daß ich sie verunsichert hatte, denn sie schlenderte zum Fenster und blickte hinaus. Auf dieser Seite des Hauses war der geschnitzte Sichtschutz vor den Fenstern entfernt worden; die hölzernen Fensterläden standen offen und ließen die laue Nachmittagsluft herein. Mit dem Rücken zu mir erwiderte sie: »Er wollte Jack besuchen, da er um ihn besorgt ist.«

»Warum? Ramses behauptet, er verhielte sich völlig normal.«

Nefret wandte sich zu mir um. »Ramses ist ein verdammter Lügner.«

»Ramses lügt nie. Allerdings«, gab ich zu, »ist er ein Experte auf dem Gebiet der Doppeldeutigkeit. Wieso glaubst du, daß er uns hinsichtlich Jack – äh – irreführt?«

»Jack verhält sich sehr merkwürdig. Er schlug unsere letzte Einladung aus, und er meidet jede Gesellschaft. Geoffrey meint, daß er den Großteil seiner Freizeit mit dem Gewehr bewaffnet die Hügel durchstreift. Wenn er nichts anderes findet, schießt er auf Schakale.«

»Trinkt er wieder?«

Nefret hob ihre schmalen Schultern.

»Ich komme besser mit und bilde mir selbst ein Urteil«, sagte ich, während ich meine Unterlagen ordentlich zusammenlegte und mich dann erhob.

»Das hatte ich befürchtet. Bitte, Tante Amelia, bemühe dich nicht. Geoffrey sagte, daß er versuchen würde, Jack heute zum Tee mitzubringen.«

»Auch gut. Dann werde ich abwarten, ob er kommt.«

Nefret schlenderte zu mir und blieb vor dem Schreibtisch stehen. Sie nahm ein Blatt Papier in die Hand und überflog es. »Wird Ramses ebenfalls hier sein?«

»Ich weiß nicht. Er hat sich angewöhnt, den Tee mit David und Lia einzunehmen. In der Tat glaube ich sogar, daß er nach seiner Rückkehr von Gizeh gleich zur Dahabije aufgebrochen ist.«

»Wir haben die beiden in der letzten Zeit kaum zu Gesicht bekommen.«

»Du siehst sie doch jeden Tag im Grabungsgebiet«, stellte ich richtig. »Zweifellos ziehen sie die Zweisamkeit vor. Nefret, du weißt, daß ich es absolut nachvollziehen kann, wenn du und Geoffrey den Tee oder die anderen Mahlzeiten lieber in euren Räumen einnehmen wollt.«

»Danke, aber wir sind beide sehr glücklich mit dem gegenwärtigen Zustand.«

»Nefret ...«

»Ja?« Sie blickte mich unverhohlen an, und meine ursprünglich beabsichtigte Äußerung erstarb mir auf den Lippen. Es erweckte den Eindruck, als wäre vor meinen Augen eine Tür ins Schloß gefallen.

»Ich habe meine kleine Geschichte überarbeitet«, sagte ich

und deutete auf das Blatt in ihrer Hand. »Was hältst du davon?«

»Ich bin kein Experte, Tante Amelia.« Sie blickte auf das Blatt. Mich beschlich das Gefühl, daß sie es bis zu diesem Augenblick gar nicht wahrgenommen hatte.

»Für die Sprache? Ich auch nicht. Aber was hier gefordert ist, ist eine Erklärung für Sinuhes Motive, und das setzt nicht nur ein umfassendes Wissen hinsichtlich der menschlichen Psyche voraus, sondern auch Erfahrung im Umgang mit den gelegentlich verwirrenden Begriffen, die die alten Ägypter verwendeten.

Jeder vermutet, daß Sinuhe ein Mitglied der Verschwörung gegen den rechtmäßigen Erben war, und es ist in der Tat schwierig, eine andere Erklärung für seine Flucht und seine Furcht vor der Rückkehr nach Ägypten ins Feld zu führen. Allerdings behauptet Sinuhe, er habe von dem Plan lediglich erfahren, weil er ein Gespräch der Verschwörer belauschte – zumindest ist das meine Interpretation einer ziemlich rätselhaften Passage –, und daß er aufgrund seines Entsetzens überstürzt geflohen sei. Falls diese Version zutrifft, machte er sich lediglich der Feigheit schuldig.«

»Augenscheinlich trifft sie nicht zu«, erwiderte Nefret. »Das ist die offizielle Version – die diplomatische Lüge. Ich denke, er steckte bis zum Hals in der Verschwörung, und was er belauschte, war die Stellungnahme eines von Sesostris' Anhängern. Und diese beinhaltete, daß der neue Pharao bereits auf dem Weg zur Thronbesteigung war, daß er alles über die Verschwörung wußte und daß die loyalen Soldaten im Begriff waren, die Schuldigen zu verhaften.«

»Hmmm«, murmelte ich. »Ja, das ist auch meine Interpretation. Und als er viele Jahre später um Vergebung bat – «

»*Sie* hat ihm vergeben«, warf Nefret ein. Sie hob eine Zeichnung auf, von der ich wußte, daß es ihr Lieblingsmotiv war –

die Skizze von dem alten Mann, der friedlich in seinem Garten saß und die Symbole des ewigen Lebens betrachtete. »Er stand in den Diensten der Prinzessin, nicht wahr? Zu diesem Zeitpunkt war sie bereits Königin. Sie verzieh ihm, weil sie ihn liebte und weil sie wußte, wie sehr er sich nach seiner Heimat sehnte.«

Das sich daran anschließende Schweigen wurde lediglich von dem leisen Zwitschern der in dem Tamariskenbaum vor dem Fenster sitzenden Spatzen unterbrochen – bis Narmers plötzliches Gebell Nefret zum Lachen brachte, woraufhin ich fluchte (leise, versteht sich).

Ich legte meine Arbeit beiseite, und wir schlenderten in den Innenhof. Geoffrey war zurückgekehrt; abgesehen von Fatima, die den Tisch eindeckte, war er allein.

»Ist es Ihnen nicht gelungen, ihn mitzubringen?« fragte ich.

»Wen?« wollte Emerson wissen, der gerade auftauchte.

Ich erklärte es ihm. Geoffrey gab zu, daß er Jack nicht hatte überzeugen können, ihn zu begleiten. »Während ich bei ihm war, kam von Bork vorbei«, fügte er hinzu. »Vermutlich hatte Jack das Gefühl, daß er seinen Besucher nicht abwimmeln durfte.«

»Sie hätten Karl ebenfalls einladen sollen«, wandte ich ein.

»Oh, das hätte ich mir niemals erlaubt.«

Jack einzuladen hatte er sich allerdings erlaubt. Ich bedeutete Nefret, den Tee einzugießen. Geoffrey sprang auf, nahm ihr die Tasse ab und brachte sie mir. »Für Sie, Mrs. Emerson.«

»Vielen Dank. Ich denke, daß du mich so langsam Tante Amelia nennen könntest, natürlich nur, wenn es dir nichts ausmacht.«

»Darf ich?« Sein Gesicht hellte sich auf. »Ich hoffte, daß du mir das anbieten würdest, aber ich wagte nicht –«

»Zu fragen«, vollendete Emerson seinen Satz, während er an seinem Pfeifenmundstück kaute. Allerdings klang er keineswegs boshaft, und die Grübchen in Geoffreys hageren Wangen wurden sichtbar, während er von Emerson zu mir blickte. Ich nahm an, daß man ihn bereits gewarnt hatte, Emerson unter gar keinen Umständen mit Onkel Radcliffe anzureden.

»Und wie geht es Jack?« wollte ich wissen. »Was meinst du, soll ich ihn einmal einladen?«

»Jedenfalls trinkt er nicht«, erwiderte Geoffrey. »Wenigstens nicht viel. Wie du weißt, sind die Anzeichen untrüglich. Ich würde sagen, er leidet immer noch an seiner Melancholie.«

»Depression lautet der moderne Begriff in der Psychologie«, bemerkte ich.

»Peabody«, knurrte Emerson bedrohlich.

»Ja, mein Lieber. Ich bitte um Verzeihung. Ich kenne dein Verhältnis zur Psychologie. Nenn es, wie du willst, jedenfalls ist Jacks Gemütszustand kritisch. Wir müssen ihm helfen!«

»Einverstanden«, erwiderte Geoffrey aufrichtig. »Ich wollte ihn überreden, daß er heute abend mit uns den Empfang besucht, aber er behauptete, andere Verpflichtungen zu haben.«

»Ich besuche den Empfang nicht«, entgegnete Emerson in demselben Tonfall, in dem er auch erklärt hätte, daß die Sonne tagtäglich im Osten aufgeht.

»Oh, nein, Sir. Das hatte ich auch nicht erwartet.«

Nefret saß kerzengerade auf ihrem Stuhl und hielt ihre Teetasse umklammert. »Hast du etwa erwartet, daß ich dich begleite?« fragte sie mit gefährlich sanfter Stimme.

»Aber, mein Schatz, du hast doch zugestimmt!« Abrupt drehte sich Geoffrey zu ihr um. »Gestern. Erinnerst du dich nicht mehr? Sir John Maxwell wird dort sein, und du weißt doch, welchen Einfluß er auf die Antikenverwaltung ausübt.

Eine an ihn gerichtete Bitte – insbesondere von dir – könnte dem Professor große Dienste erweisen.«

»Oh.« Nefret stellte ihre Tasse auf dem Tisch ab. »Tut mir leid, daß ich nicht aufmerksam zugehört habe. Bist du sicher, daß du hingehen möchtest?«

»Was ist denn los, Geoffrey?« bohrte ich.

»Gar nichts, Ma'am. Mein Ehrenwort. Ich bat Nefret lediglich, nicht alles so aufzubauschen.«

Er warf seiner Ehefrau einen unterschwellig vorwurfsvollen Blick zu. Sie errötete. »Schon gut, einverstanden.«

»Zieh dein neues Kleid an«, drängte Geoffrey. »Dessen Stoff in den Blautönen der Ägäis schimmert. Es läßt deine Augen wie Aquamarine funkeln. Äh – würde es Ihnen etwas ausmachen, uns zu begleiten, Mrs. – äh – Tante Amelia?«

»Ich glaube, ihr braucht keine Anstandsdame«, erwiderte ich trocken. »Habt ihr Fatima mitgeteilt, daß ihr zum Abendessen nicht zu Hause seid?«

»Gütiger Himmel, das hatte ich völlig vergessen«, bemerkte Geoffrey schuldbewußt.

Fatima, die gerade ein Tablett mit Gurkenhäppchen herumreichte, beschwichtigte ihn sofort. Emerson hatte leise vor sich hin gebrummelt. »Ich will nicht, daß irgendwelche Leute bei der Antikenverwaltung für mich Fürsprache halten«, verkündete er schließlich laut.

»Irgend jemand muß es schließlich tun«, wandte ich ein. »Da du M. Maspero aus dem Weg gehst und mir verbietest –«

Natürlich fiel er mir ins Wort, und wir steigerten uns in eine kurze, herzerfrischende Diskussion hinein.

Nach der Teezeit verließen uns Nefret und Geoffrey, um sich umzukleiden, und Emerson und ich machten uns auf den Weg zum Kinderzimmer. Gezwungenermaßen hatte ich Sennia untersagt, den Tee mit uns gemeinsam einzunehmen, bis Emerson den richtigen Umgang mit Kindern erlernt hatte. Er erlaubte ihr nicht nur, sämtliche Kekse vom Teller zu naschen, sondern schmuggelte weitere Leckereien aus der Küche in seine Jackentaschen. Wir genossen die kurze Zeitspanne, in der Sennia wiederholt nach Ramses fragte und Emerson schließlich Löwe spielen mußte, bis sie Ruhe gab.

Später fanden wir uns in trauter Zweisamkeit am Eßtisch ein. Diese Situation war so ungewöhnlich, daß wir uns zunächst lediglich fragend anstarrten.

Emerson brach in lautes Gelächter aus. »Endlich allein! Gütiger Himmel, Peabody, ist es wirklich wahr! Was zum Teufel sollen wir machen, wenn sie uns alle verlassen haben?«

»Uns wird sicherlich etwas einfallen, Emerson.«

»Ganz recht, meine geliebte Peabody.« Über die gesamte Länge des Tisches hauchte er mir einen Kuß zu. Fatima strahlte sentimental, und Emerson schien verblüfft. »Also – äh –, was wollte ich noch gleich sagen? Es ist mir ein Vergnügen, allein mit dir zu sein. Wir müssen eine ganze Reihe von Dingen besprechen, Peabody. Verflucht, was ist das denn?« Mißtrauisch starrte er auf den ihm von Fatima servierten Teller.

»Hackbraten«, erklärte ich. »Rose hat Fatima einige ihrer Rezepte anvertraut, und sie hat sie Mahmud beigebracht.«

»Hmhm«, brummte Emerson.

Fatima wartete, bis er ein Lob äußerte, und schlenderte dann in die Küche, um Mahmud von ihrem gemeinsamen Erfolg zu berichten. »Schmeckt gar nicht so übel«, meinte Emerson kauend. »Etwas strenger als bei Rose vielleicht.«

»Das könnte am Fleisch liegen.«

»Vermutlich.« Emerson lehnte sich zurück und musterte mich mit ernstem Blick. »Verflucht, wir befinden uns in einem einzigen Chaos, Peabody.«

»Das ist doch ständig der Fall, Emerson.«

»Wie wahr. Diesmal sind es allerdings zu viele voneinander unabhängige Geschichten. Und eine davon werde ich heute abend klären.« Er griff nach seiner Taschenuhr. »Sie werden erst in einer Weile aufbrechen. Iß deinen Teller leer, meine Liebe, und dann werden wir den Kaffee bei ihnen einnehmen.«

Die gräßliche Vorahnung, die mich daraufhin beschlich, war mir beinahe angenehm vertraut. »Gütiger Himmel«, entfuhr es mir. »Du sprichst von Ramses, nicht wahr? Ramses und David. Wohin aufbrechen? Was haben die beiden vor? Ich hätte es wissen müssen! Warum haben sie uns nicht informiert?«

»Ich werde die Antworten auf diese Fragen heute abend bekommen«, erwiderte Emerson selbstgefällig. »Du mußt doch ebenfalls einen Verdacht gehegt haben, ansonsten hättest du doch nicht so rasch die richtigen Schlüsse gezogen. Danke, Fatima, das Essen war hervorragend.«

Nachdem sie die englischen Tischsitten beobachtet hatte, unterrichtete Fatima einen ihrer Neffen in den Aufgaben eines Butlers; allerdings hatte er noch nicht die Fertigkeit erworben, die sie als Mindestmaß ansah. Ich bezweifelte, ob er sie jemals zufriedenstellen würde; schließlich genoß sie es, uns persönlich zu betreuen und unseren Gesprächen zu lauschen. Als sie den nächsten Gang servierte, mußte ich mich zum Essen zwingen, da mich nervöse Besorgnis übermannte.

»Natürlich war ich mißtrauisch«, erwiderte ich. »Ramses bemüht sich, mir aus dem Weg zu gehen, dennoch sind mir die untrüglichen Zeichen aufgefallen; mit seinen dunklen Augenringen sieht er aus wie eine Nachteule oder wie der von Nefret befreite Falke. Auch David wirkt völlig verändert. Sie treiben sich wieder herum! Nachts, in der Altstadt, in ihren gräßlichen Verkleidungen! Was meinst du, ob sie Hinweise auf den Fälscher gefunden haben?«

Fatima hatte Davids Namen gehört. Aufgrund meiner nachfolgenden Äußerungen stieß sie einen kurzen Entsetzensschrei aus. Ich beruhigte sie (was keine leichte Aufgabe war, da ich selbst über die Maßen erregt war) und warnte sie, das Thema nicht vor Dritten zu erwähnen.

»Mach die Sache nicht so dramatisch«, kritisierte Emerson. »Ich vermute, daß sie – was ist schon Schlimmes dabei? – sich herumtreiben. Und deshalb verbringt Ramses seine Nächte auf der Dahabije.«

»Dann weiß Lia von ihren Aktivitäten.«

»Vermutlich zwingt David sie zur Geheimhaltung. Und ein Dritter könnte wiederum ihn und Ramses zur Diskretion verpflichtet haben.«

Ich starrte ihn entgeistert an. »Wardani?«

»Das macht Sinn, nicht wahr? Ich glaube, daß sie uns informiert hätten, wenn sie dem Fälscher auf der Spur wären.«

»Aber, Emerson, das könnte in einer Katastrophe gipfeln! Russell informierte mich, daß die Polizei Wardani auf den Fersen ist und daß David bereits auf einer Liste steht –« Ich brach ab, da Fatima mit schreckgeweiteten Augen auf der Schwelle stand und heftig zitternd eine Schüssel umklammerte.

»Setz sie ab, bevor du sie fallenläßt, Fatima«, bemerkte ich. »Ich habe dir doch erklärt, daß es keinen Grund zur Beunruhigung gibt. Wir werden dafür sorgen, daß David in Sicherheit ist. Du vertraust uns doch, oder?«

»Aywa. Ja, Sitt Hakim.« Vorsichtig stellte sie die Schüssel auf dem Tisch ab. Es schien sich um die arabische Version eines Biskuitauflaufs zu handeln mit Eiercreme, Sahne und Gelee. Undefinierbare Obststücke garnierten das Kunstwerk.

»Ich glaube nicht, daß ich das essen kann, Emerson«, zischte ich aus einem Mundwinkel.

»Wir nehmen ihn mit«, erklärte Emerson. »Pack ihn ein, Fatima.«

»Einpacken –«

»Stell ihn in eine Tasche oder in irgendeinen Korb«, erwiderte Emerson. »Die Kinder werden ihn mögen.«

Ich stellte mir schon lebhaft vor, wie Emerson mit einer Dessertschüssel unter dem Arm in Richtung Kai marschierte. Das hätte er auch gemacht, allerdings unterschätzte er Fatima; aufgrund der Vorstellung wurde sie blaß vor Entsetzen, und dann bestand sie darauf, daß Ali uns begleitete, dem sie die Schachtel mit der Schüssel in die Hand drückte. Der arme Kerl mußte mit Emersons Riesenschritten mithalten, so daß der gesamte Weg zur *Amelia* von seinem Seufzen und Keuchen untermalt war.

Wie Emerson es ausdrückt, entbehrt unsere Familie nie einer gewissen Situationskomik.

Es gelang uns nicht, unbemerkt über die Planken zu schlüpfen, da unsere Ankunft von einem aufmerksamen Wächter beobachtet wurde, der uns lautstark begrüßte. Als wir den Salon betraten, wo sie gerade das Abendessen einnahmen, sprangen die beiden jungen Männer auf, und alle drei lächelten uns zur Begrüßung verunsichert an. Das Auspacken des Biskuitauflaufs – der zu einem großen Teil über den Rand der Schüssel gelaufen war – sorgte für allgemeine Erheiterung. Karima verteilte den Rest auf Teller, und wir alle vertilgten pflichtschuldig unsere Portion.

Schon bald wurde Emerson unruhig. Er ist beileibe kein geduldiger Mann, und er hatte sich einiges vorgenommen. Da ich verhindern wollte, daß Karima und die anderen Bediensteten uns belauschten, versuchte ich das Gespräch mit vorsichtigen Hinweisen und Einwänden auf beiläufige Themen zu bringen, bis wir uns zum Kaffee auf das Oberdeck zurückzogen und Karima endlich verschwand.

Lia hatte bereits ihre Freude über unseren »so unerwarteten« Besuch ausgedrückt, und ich hatte mich dafür entschuldigt, daß wir – entgegen meines ehernen Standpunkts – ungeladen hereingeschneit waren. Ich zweifelte nicht daran, daß alle drei bereits den Anlaß für unser Kommen ahnten; die einzige Frage, die sich mir stellte, war, ob Ramses gestehen würde, bevor sein Vater ihn dazu zwang.

Emerson ließ ihm keine Zeit, sofern er das überhaupt beabsichtigt hatte. »Was zum Teufel habt ihr eigentlich vor?« wollte er wissen.

Die Umgebung hatte den Nachteil, daß ich ihre Gesichter nicht eindeutig erkennen konnte. Die Kerzen in den Keramikgefäßen spendeten ein sanftes Licht, das aber wenig ausrichtete. Ich bemerkte lediglich Ramses' Hände, als er seine Tasse auf einen nahegelegenen Tisch stellte. Sie waren immer verkratzt und aufgeschürft, da er, genau wie sein Vater, nur selten Handschuhe bei den Grabungsarbeiten trägt.

»Vermutlich sollte ich mich entschuldigen, weil ich mich dir und Mutter nicht anvertraut habe«, hub er an. »Aber ich habe mich zum Schweigen verpflichtet.«

»Dafür soll dich der Teufel holen«, knurrte Emerson.

»Ja, Sir.«

»Hat Wardani dich zur Geheimhaltung gezwungen?«

»Nein, Sir.«

»Wir sollten besser alles zugeben«, meinte David, während das leise Grollen meines Gatten seinen bevorstehenden Tobsuchtsanfall ankündigte.

»Das fände ich wirklich angebracht«, murmelte Lia. »Ich verabscheue Geheimniskrämerei, insbesondere vor Tante Amelia und dem Professor.«

»Ha!« entfuhr es Emerson. »Also, Ramses?«

Es schien, als habe Ramses' plötzlicher Entschluß, uns reinen Wein einzuschenken, ihn zum Reden beflügelt (möglicherweise war er auch froh, es endlich hinter sich zu bringen, so daß er den für diese Nacht ins Auge gefaßten Aktivitäten nachgehen konnte).

»Ich arbeite für Mr. Russell, der dem Drogenhandel endlich ein Ende setzen will. Bei einer der daran beteiligten Personen soll es sich um einen Engländer handeln. David und ich versuchen, uns in eine der Banden einzuschleusen, um die Identität dieses Mannes in Erfahrung zu bringen. Bislang – «

Ich konnte mich nicht länger beherrschen. »Russell, sagtest du? Zur Hölle mit diesem Mann, ich erklärte ihm ausdrücklich, daß du keineswegs Polizeibeamter werden solltest!«

»Polizeispitzel«, korrigierte Ramses. »Warum sollte ich das verschleiern? Vielleicht begreifst du jetzt, warum ich dich nicht informierte. Ein Spitzel ist wenig effektiv, wenn alle wissen, daß man einer ist.«

»Wir sind nicht alle«, erwiderte sein Vater ungeachtet der Bitterkeit in Ramses' Stimme, »und es ist keine Schande, für eine sinnvolle Sache zu spionieren. Woher hast du die Information, daß ein Engländer daran beteiligt sein soll?«

»Von Wardani. Mir kam bereits der Gedanke, daß er sie vielleicht erfunden hat, um uns in die Irre zu führen – darauf ist er spezialisiert –, trotzdem verstummen die Gerüchte nicht. Wir haben sie selbst gehört.« Er drehte sich zu mir um und fügte mit ernster Stimme hinzu: »Wo gehobelt wird, fallen Späne, verstehst du.«

Zweifellos entlastet ein Geständnis die Seele – immer abhängig natürlich von der Person des Geständigen und seinen Zuhörern. Ramses lehnte sich zurück und zündete eine Zigarette an; sein Vater kramte seine Pfeife hervor; Lia goß Kaffee ein, und David atmete geräuschvoll aus. »Ich gestehe, ich bin froh, daß es endlich gesagt ist«, bemerkte er sinnreich.

»Hmmm«, murmelte Emerson, während er seine Pfeife paffte. »Ihr habt noch eine Menge vor euch. Klärt mich darüber auf, welche Schritte ihr bislang unternommen habt.«

Ursprünglich hatte sich Mr. Russell auf den Küstenstreifen konzentriert und die ankommenden Schiffsladungen zu konfiszieren versucht. Wie Ramses zuvor erwähnt hatte, war das aufgrund der immensen Ausdehnung des Gebietes ein sinnloses Unterfangen. »Ich gewann den Eindruck«, fuhr Ramses fort, »daß es zweckmäßiger wäre, die illegale Fracht aufzuhalten und zu untersuchen, sobald sie Kairo über den Land- oder Wasserweg erreichte. In beiden Fällen würde sie in einem Lagerhaus landen oder in irgendeinem Versteck, von wo aus man sie den Drogenhändlern aushändigte.«

»Sicherlich existiert nicht nur ein solches Lagerhaus«, warf Emerson ein, der überaus interessiert gelauscht hatte. »Der gesunde Menschenverstand ließe vermuten, daß sie periodisch den Schauplatz wechseln.«

»Nicht, solange sie keinen Grund zu der Annahme haben, daß sie verdächtigt werden«, wandte Ramses ein. »Außerdem wäre es ohnehin schwierig, das Ganze auf einen bestimmten Standort festzunageln. Deshalb zäumte ich das Pferd von hinten auf – und beschäftigte mich mit den einheimischen Drogenhändlern. Es gelang mir, eine Anstellung in einer der Haschischspelunken zu bekommen.«

»Wie hast du das denn gemacht?« fragte Emerson neugierig.

»Ich begann eine Rauferei. Das war keineswegs schwierig; einige der Burschen werden im Verlauf der Nacht ziemlich aggressiv. Nachdem ich mein unseliges Opfer auf die Straße gesetzt und mich für die Störung entschuldigt hatte, bot mir der Besitzer einen Job als Türsteher an. Es dauerte nicht lange, bis ich das Belieferungssystem und die Lieferanten kannte. Um es kurz zu machen, ich arbeitete mich auf der Karriereleiter empor, bis ich zu den Kräften gehörte, die den Transport der ankommenden Schiffsfrachten ausführen.«

»Auf diese Weise hast du das Lagerhaus lokalisiert?« bohrte Emerson. Er klang unterschwellig neidisch, stellte ich fest.

»Eines davon. Aber das war beileibe nicht meine Absicht,

und schließlich dämmerte es meinem Spatzenhirn, daß ich nie über einen gewissen Punkt hinauskommen würde. Zwischen den Leuten, die mit dem Stoff handeln, und denjenigen, die das Geschäft finanzieren, klafft eine gewaltige Lücke, und von daher gibt es kaum Berührungspunkte. Ich zermarterte mir das Hirn und suchte nach einer Lösung für dieses Problem, bis mir David schließlich auf die Schliche kam.«

»Ich stehe in Wardanis Schuld, weil er mir die Augen geöffnet hat«, erklärte David. »Du hättest es mir niemals erzählt.«

»Es ist sinnlos, das zu vertiefen«, erwiderte Ramses. »Schließlich hatte David die glorreiche Idee, getarnte Polizeitruppen einzusetzen, so daß wir die Ladungen in Besitz nehmen konnten und daraufhin zu Helden würden. Russell erklärte sich einverstanden mit dem Plan; deshalb schloß David sich auf meine Empfehlung hin der Gruppe an, und als der Angriff stattfand, gaben wir unser Bestes für die Sache. Wir hatten unser Vorgehen bis ins kleinste Detail geplant, und es funktionierte reibungslos; aufgrund des Tumults und der Dunkelheit hätte niemand sagen können, wer wen verprügelte. Schließlich waren David und ich und unser zeitweiser Vorgesetzter die einzigen, die noch standen, und wir suchten mit dem Haschisch das Weite. Natürlich waren auch wir blutüberströmt und voller Prellungen.«

Emerson schmunzelte. Ramses nahm eines der kleinen Tonwindlichter und zündete daran seine Zigarette an. Der Lichtschein erhellte sein Gesicht und auch das von David; beide wirkten überaus amüsiert, und ich hätte sie am liebsten geschüttelt. Emerson natürlich auch. Manchmal sind Männer wirklich unverständliche Wesen.

»So«, meinte Emerson, »und was jetzt?«

»Jetzt planen wir eine Lauschaktion«, erwiderte sein Sohn. »Man wird uns nie in den inneren Kreis vorlassen, aber aufgrund unserer heldenhaften Leistung hält man uns für vertrauenswürdig; die Leute achten in unserem Beisein auch nicht ständig darauf, was sie sagen. Heute abend findet eine Zusammenkunft statt, die wir besuchen müssen. Wir sind zwar nicht eingeladen, werden uns aber in der Hoffnung irgendwo in der Nähe aufhalten, daß wir irgend etwas Interessantes belauschen. Das braucht natürlich seine Zeit, wenn ihr uns also bitte entschuldigt – «

»Noch nicht«, erwiderte Emerson entschlossen. »Da ist noch etwas anderes, nicht wahr? Nein, sagt jetzt nichts; *ich* werde es *euch* auf den Kopf zusagen. Du und David, ihr würdet eure Zeit nicht auf Polizeiarbeit verschwenden, sofern diese nicht mit unseren anderen Problemen in Verbindung stünde. Es handelt sich um denselben Mann, nicht wahr? Wie ist es euch gelungen, die Querverbindung herzustellen? Benutzt er wieder Davids Identität?«

Augenblicke später erwiderte Ramses: »Ja, beides ist korrekt. Sir – «

»Verflucht, Ramses, siehst du denn nicht, daß dein Versuch, mich in Unkenntnis zu lassen, nicht nur reine Zeitverschwendung, sondern auch teuflisch gefährlich ist? Es geht um euch, und deshalb will ich die Wahrheit wissen, mein Junge.«

Seine anfänglich aufgebrachte Argumentation endete in bittendem Ton. Ich zweifelte keine Sekunde lang daran, daß Ramses beeindruckt war. Er senkte den Kopf und murmelte: »Ja, Sir, ich weiß. Verzeih mir.«

»Schon gut«, knurrte Emerson. »Das ist eine wirklich unangenehme Sachlage! Der Saukerl scheint entschlossen, David auf die eine oder andere Weise ans Messer zu liefern. Es kann sich doch nicht um einen persönlichen Rachefeldzug handeln; David hat auf der ganzen Welt keinen einzigen Feind. Äh – oder doch, David?«

»Nein, Sir. Ich denke, er kam auf die Idee, meinen Namen bei der Veräußerung der Fälschungen zu verwenden, weil dieser ihnen eine glaubwürdige Herkunft garantierte. Und warum sollte er ihn dann nicht auch bei seinen anderen Geschäften benutzen? Ich bezweifle, daß der Bursche einen ausgeprägten Groll gegen mich hegt; aufgrund meiner Nationalität und meiner Abstammung war ich schlicht und einfach der prädestinierte Sündenbock.«

»So einfach ist das?« entfuhr es mir.

»So einfach und so fatal«, erwiderte Ramses. »Wir sind es gewohnt, mit Widersachern fertigzuwerden, die uns aus persönlichen Gründen hassen. Aber das vorliegende Motiv ist uns bislang nicht begegnet, und mit einer solchen Feindschaft waren wir noch nie konfrontiert. Ich glaube, David hat recht; dieser Bas ... dieser Mann erklärte ihn nicht aufgrund seiner Person zum Opfer, sondern wegen seines Hintergrunds – er ist Angehöriger einer ›minderwertigen‹ Rasse und hat sich zu allem Überfluß erdreistet, seine intellektuelle Überlegenheit zu demonstrieren und die Gesetze gegen die Mischehe zu verletzen. Was dieses absurde Denken um so gefährlicher macht, ist die Tatsache, daß es von denjenigen geteilt wird, die Davids Richter sein werden – falls es dazu kommen sollte.«

Emerson räusperte sich bedrohlich. »So weit wird es nicht kommen.«

»Ich bin keineswegs beunruhigt«, erwiderte David entschieden. Er nahm die ihm von Lia entgegengestreckte Hand. »Kein Verdächtiger hatte jemals eine beeindruckendere Schar von Verbündeten.«

»Ganz recht«, erklärte ich. »Keine Sorge, wir werden den Bas ... den Schurken aufspüren.«

»Treffend bemerkt, Mutter«, entgegnete Ramses. »Nachdem das also geklärt ist – «

»Noch eine Sache.« Emerson wandte sich an David. »Hast du schon eine Antwort von einem der europäischen Händler bekommen?«

»Ja, in der Tat. Ich hatte um eine Beschreibung der besagten Artefakte gebeten, falls du dich entsinnst. Heute erhielt ich einen Brief von Monsieur Dubois aus Paris. Er war leicht beunruhigt.«

»Das kann ich mir vorstellen«, knurrte Emerson. »Vermutlich behauptet er, daß der Gegenstand echt sei.«

»Korrekt. Wie er erklärte, könnten der Verkäufer und die Herkunft zweifelhaft sein, aber das bewiese noch lange nicht, daß das Artefakt eine Fälschung sei. Er hat ein Photo beigelegt.«

»Aha? Worum handelt es sich?«

»Das siehst du dir besser selbst an, Sir. Ich wollte es euch morgen zeigen, aber da ihr schon einmal hier seid...«

David sprang auf. Emerson folgte seinem Beispiel. »Wir gehen nach unten in den Salon, weil dort das Licht besser ist. Es wird ohnehin Zeit, daß wir uns auf den Heimweg machen.«

Der Salon war beileibe nicht so unaufgeräumt wie zu meiner Zeit, vermutlich, weil lediglich ein Mann für Unordnung sorgte. Da inzwischen nur noch zwei Schreibtische im Raum standen, fand auch ein Eßtisch Platz. Lia hatte einige der Teppiche durch andere ersetzt. Als sie meinen musternden Blick bemerkte, sagte sie mit nervöser Stimme: »Ich hoffe, es macht dir nichts aus, Tante Amelia. Einige hatten ziemlich große Brandlöcher.«

»Von Emersons Pfeife.« Ich nickte. »Mein liebes Kind, das hier ist jetzt dein Zuhause, das du nach deinem Geschmack einrichten kannst.«

David hatte das Photo gefunden. Leise fluchend entriß Emerson es ihm. »Laß mich mal sehen«, erklärte ich und zerrte an seiner Hand.

Auf den ersten Blick wußte ich die Gegenstände nicht zu deuten. Es waren vier Artefakte von unbestimmbarer Größe, da nähere Angaben fehlten. Dann meinte Emerson: »Geschnitzte Tierbeine – von einem Stier. Elfenbein?«

»So behauptete M. Dubois jedenfalls. Es ist etwas schwierig, das dem Photo zu entnehmen.«

»Intarsienarbeit«, brummte Emerson, während sein Finger über das Photo glitt. »Verflucht, das kann doch kein –«

»Doch, Gold und Lapislazuli. Hast du schon jemals etwas Vergleichbares gesehen?«

»Ja«, erwiderte Emerson abwesend. »Oh, ja. Kann ich es haben?«

»Gewiß, Vater.«

Emerson richtete sich mit dem Photo in der Hand auf. Sein Blick wanderte zu Ramses. »Dann geht jetzt euren Geschäften nach«, bemerkte er mit Grabesstimme. »Wenn ihr morgen früh nicht zurückgekehrt seid, werde ich nach Kairo aufbrechen und Nachforschungen anstellen... bei wem eigentlich?«

Ramses erwähnte einen Namen, der mir unbekannt war. Emerson schien er allerdings geläufig zu sein. Er nickte. »Dann gehört er also dazu. Das erstaunt mich nicht. Gute Nacht. Und viel Glück.«

Die Nacht war bewölkt, und ein naßkalter Wind zerrte an meinem Rock. Emerson schien es keineswegs eilig zu haben; in der einen Hand seine Pfeife, an der anderen mich, schlenderten wir gemächlich heimwärts; und als wir das Haus erreichten, deutete er auf die vor der Eingangstür stehende Mastababank. »Setz dich einen Augenblick hin, Peabody. Ich möchte etwas mit dir besprechen.«

»Eine angemessene Bestrafung für Mr. Thomas Russell? Ehrlich gesagt, Emerson, wenn ich darüber nachdenke, daß er hinter meinem Rücken –«

»Peabody, Peabody! Ramses braucht dich keineswegs um Erlaubnis zu bitten, wenn er einen Job annimmt. Und mich auch nicht«, fügte Emerson düster hinzu. »Mir gefällt die Sache ebensowenig wie dir. Aber, um Himmels willen, du darfst Ramses nicht verärgern, indem du Russell verantwortlich machst, als wären die beiden dumme Schuljungen, die Russell in Versuchung geführt hat. Das wollte ich auch gar nicht mit dir diskutieren.«

»Es geht um das Photo?«

»Ja. Ich habe eine Theorie entwickelt, Peabody.«

»Hinsichtlich der Fälschungen?«

»So könnte man es nennen.«

»Also, wirklich, Emerson, manchmal hätte ich nicht übel Lust, dich umzubringen«, entfuhr es mir so laut, daß das Türgitter knirschend aufsprang und das entsetzte Gesicht von Ali zum Vorschein kam. Auf meine strikte Anweisung hin schloß er das Gitter erneut, und ich fuhr aufgebracht fort.

»Wirst du mir deine Theorie jetzt erläutern, oder willst du weiterhin rätselhafte Andeutungen machen, bis ich die Geduld verliere?«

»Ich ziehe die rätselhaften Andeutungen vor«, erwiderte Emerson schmunzelnd. »Vielleicht kannst du es dir dann zusammenreimen, was? Allerdings will ich offen sein und dir darlegen, woran mich die auf dem Photo abgebildeten Artefakte erinnern. Sitzmöbel, ob nun für den Hausgebrauch oder für die Grabbeigaben, wurden häufig mit Füßen aus geschnitzten Tierknochen ausgestattet. Offenbar konnten sich das nur die Reichen leisten, und die hier verwendeten Materialien sind selten und teuer. Solche Elfenbeinfüße wurden schon einmal in Abydos gefunden, in einem der Königsgräber aus der zweiten Dynastie.«

Er machte eine einladende Pause. Ich schwieg. Auch mir war eine Idee gekommen, die ich ihm aber verflucht noch mal nicht mitteilen wollte. Emerson macht sich ständig über meine Theorien lustig – bis sie sich als richtig erweisen.

»Rätselhafte Andeutung zum zweiten«, erklärte Emerson. »Ich glaube, daß Vandergelts Vermutung korrekt ist. In Zawiet befindet sich irgend etwas, was wir nicht finden sollen. In der letzten Zeit ist es verdächtig ruhig geworden – «

»Weil wir an der falschen Stelle graben!« Dieser Satz entfuhr mir, bevor ich mich bremsen konnte. Ich schlug mir die Hand vor den Mund. Emerson brach in schallendes Gelächter aus und legte einen Arm um meine Schultern.

»Das ist eine Möglichkeit«, meinte er. »Möchtest du, daß ich fortfahre, oder sollen wir einen weiteren unserer kleinen kriminalistischen Wettbewerbe einläuten? Mit versiegelten Umschlägen und so fort?«

»Heißt das, daß du den Namen der Person bereits kennst, die für die Vorfälle verantwortlich ist?«

»Und für den Mord an Maude Reynolds? Nein, das weiß ich nicht. Und falls du die verfluchte Unverschämtheit besitzen solltest zu behaupten, daß du es weißt – «

»Nein«, gestand ich. »Mittlerweile sehe ich zwar einen schwachen Lichtstreif am Horizont; manche Zwischenfälle scheinen sich allmählich aufzuklären, aber hinsichtlich der Identität des Mörders tappe ich noch immer im dunkeln.«

»Wie dem auch sei, Peabody. Ich denke, ich werde eine Notiz in einem dieser kleinen Umschläge deponieren. Nur für den Ernstfall.«

Abrupt drehte ich mich zu ihm um und umklammerte seine Mantelaufschläge. Die Beleuchtung neben der Eingangstür lieferte genug Helligkeit, daß ich sein Grinsen und sein energisch vorgeschobenes Kinn bemerkte. »Für den Ernstfall, daß dir etwas zustößt? Was hast du vor?«

»Nun, ich werde noch an verschiedenen anderen Stellen rund um das Gebiet graben, das ist alles.«

»Was, du willst ›Heiß und kalt‹ spielen wie die Kinder, und einen Mordanschlag würdest du dann als Hinweis werten, daß du der Sache nähergekommen bist? Das kannst du keinesfalls riskieren, Emerson, wenigstens nicht, solange wir nicht unsere Reihen verstärkt haben.«

»Mit Ramses, meinst du? Er hat schon genug zu tun, auch ohne daß er sich um mich Gedanken macht. Zum Teufel, Peabody, wir sind doch immer ganz gut allein zurechtgekommen, du und ich. Nun – fast immer.«

»Ich bezweifle keine Sekunde lang, daß wir es nicht allein schaffen können«, bekräftigte ich. »Aber ich mache mir Sorgen um Ramses und David. Ramses ist immer so vorschnell, und David kann ihn nicht zur Vernunft bringen.«

»Ebensowenig wie ich dich.« Liebevoll drückte Emerson meine Schultern. »So ist das, wenn man im Glashaus sitzt, Peabody! Wir können den Jungen nur helfen, indem wir ihre Aktivitäten streng geheimhalten. Gib mir dein Wort, daß du keiner Menschenseele davon erzählst.«

»Schließt das auch Nefret ein?«

»Sie könnte ohnehin nichts unternehmen und wäre lediglich beunruhigt.«

Das stimmte, trotzdem war es nicht der tatsächliche Grund. Eine junge Ehefrau würde sich vermutlich ihrem Gatten anvertrauen, und wir kannten Geoffrey beileibe nicht so gut, daß wir auf seine Diskretion zählen konnten.

Ich wachte noch vor Tagesanbruch auf und konnte nicht mehr einschlafen. Der werte Leser wird sich sicherlich vorstellen können, warum. Die Jungen (für mich waren sie das nach wie vor) gingen bereits seit einer Woche ihrer gefährlichen und abscheulichen Tätigkeit nach. Solange ich nichts davon wußte, hatte ich tief und fest geschlafen; und jetzt fand ich kaum Schlaf, solange sie nicht wohlbehalten zurückgekehrt waren.

Überaus vorsichtig schlug ich das dünne Laken zurück und wollte gerade geräuschlos aus dem Bett gleiten, als ein Arm mich umschlang und zurückzog.

»Falls du auf der *Amelia* nach dem Rechten sehen willst, rate ich dir davon ab«, flüsterte mir Emerson ins Ohr. »Es ist kurz vor Sonnenaufgang; wären sie nicht zurückgekehrt, hätte Lia uns bestimmt aufgesucht.«

»Das sagst du«, konterte ich und wünschte mir, er hätte mein Gehör nicht so malträtiert. Emersons Flüsterton ist genauso penetrant wie ein Schrei.

»Ja, das sage ich.« Ein zweiter Arm umschlang mich und zog mich näher heran.

»Ich dachte, du würdest noch schlafen.«

»Offensichtlich bin ich wach.«

Ganz offensichtlich.

Falls er mich auf andere Gedanken bringen wollte, gelang ihm das, allerdings nur vorübergehend. Als ich schließlich aufstand und mich ankleidete, ging die Sonne auf. Im Einklang mit meiner Gemütsverfassung handelte es sich nicht um die schimmernden Rosatöne des gewohnten Sonnenaufgangs, sondern um ein trübes Grau. Nebelschleier hingen vor den Fenstern. Mir war klar, daß die Sonne den Nebel vermutlich innerhalb weniger Stunden auflösen würde, trotzdem verstärkte dieser Anblick meine trübsinnige Stimmung, die sich nach Emersons liebevoller Aufmerksamkeit erneut eingestellt hatte. Genau wie die Dunkelheit ist der Nebel eine große Hilfe für Attentäter.

Als ich zum Frühstück hinunterging, war ich erleichtert, Lia bereits dort anzutreffen. Nefret ebenfalls, doch im ersten Moment hatte ich nur Augen für meine Nichte, deren Begrüßung mir signalisierte, daß meine Besorgnis unbegründet war.

»David wird in Kürze hier sein. Er und Ramses haben die ganze Nacht diskutiert.«

»Ah«, entfuhr es mir. »Kommt Ramses auch?«

»Er ist zum Harvard Camp aufgebrochen.« Sie lächelte mitfühlend. »Mach dir keine Gedanken, Tante Amelia. Ich habe dafür gesorgt, daß Ramses zuvor sein Frühstück einnahm.«

»Hmhm«, meinte Emerson. Er blickte zu Nefret, deren unberührter Frühstücksteller Bände sprach. »Was ist denn los mit dir? Fühlst du dich nicht gut?«

»Nein, Sir.« Sie hätte es dabei belassen, doch Emerson stechender Blick läßt sich nur schwerlich ignorieren. »Ich habe schlecht geschlafen«, gab sie zu.

»Hast du wieder einen Traum gehabt?« wollte ich wissen.

»Ja.« Sie nahm ihre Gabel und stocherte in ihrem Rührei herum.

Mir war klar, daß sie das nicht vertiefen wollte. Sie sprach nie über diese Alpträume, die sie schon seit Jahren heimsuchten. Sie traten zwar unregelmäßig auf, waren aber entsetzlich, und sie behauptete stets, daß sie sich nicht daran erinnern könnte. Das bezweifelte ich; aber meine Versuche, sie zu einem Gespräch mit mir oder mit einem medizinischen Fachmann zu motivieren, hatten zu nichts geführt.

Schon bald gesellten sich die anderen zu uns: erst David und wenige Minuten später dann Geoffrey. Fatima war im siebten Himmel, daß sie so viele Leute bewirten durfte. Ständig drängte sie uns irgendwelche Köstlichkeiten auf und servierte uns immer wieder neue Teller mit dampfendheißen Speisen. Wir langten hungrig zu; doch als ich den Tisch überblickte, gewann ich den Eindruck, daß ich noch nie so viele ausgemergelte Gesichter und schlaffe Augenlider gesehen hatte. Die einzigen, die mir normal erschienen, waren Geoffrey und Emerson. Ich fragte mich, wieso der Bursche gut geschlafen hatte, während seine Frau von Alpträumen geplagt worden war ... Und dann wies ich den schrecklichen Gedanken weit von mir, der mir plötzlich durch den Kopf schoß.

Als fühlte er sich beobachtet, hob Geoffrey den Kopf und grinste mich fröhlich an. »Du hättest uns gestern abend begleiten sollen, Tante Amelia. Ich hatte ein überaus anregendes Gespräch mit Sir John.«

»Davon will ich nichts hören«, erklärte Emerson. »Es wird Zeit zum Aufbruch.«

Ich schlug vor, den Weg über das Plateau von Gizeh zu nehmen, doch Emerson mißinterpretierte meine Motive und weigerte sich so wortgewaltig, daß jedes Argument zwecklos war. Das von ihm vorgegebene Tempo ließ erst gar keine Diskussion aufkommen. Bei unserer Ankunft bat er uns, gemeinsam mit Selim und Daoud, zu einer Besprechung.

»Die Grabungsarbeiten auf den Friedhöfen werden vorübergehend eingestellt«, verkündete er. »Heute beginnen wir, den Schacht freizulegen. Durchgängig.«

Dieser unvorhergesehene und widersinnige Entschluß wurde von denen, die Emerson zur Genüge kannten, kommentarlos hingenommen. Als ich bemerkte, daß Geoffrey mit weit aufgerissenen Augen auf Einwände sann, mischte ich mich ein, um dem Burschen die zweifellos abfällige Reaktion meines Gatten zu ersparen.

»Es liegt mir fern, den diktatorischen Charakter deiner Entscheidungen in Frage zu stellen, Emerson«, warf ich ein, »aber könntest du mir vielleicht trotzdem erklären, warum du das vorhast und was du damit bezwecken willst – ?«

Emerson seufzte so inbrünstig wie ein geduldiger Lehrer, der sich mit einem besonders begriffsstutzigen Schüler konfrontiert sieht. »Ich hatte angenommen, das sei offensichtlich. Wenn du allerdings darauf bestehst. Wo ist nur Barsantis Plan?« Er durchwühlte seine Papiere. »Ah, da ist er ja.«

Nachdem wir uns alle um den Tisch versammelt hatten,

begann Emerson seinen Vortrag und benutzte sein Pfeifenmundstück als Zeigestock. »Der Eingang zur Substruktur besteht aus dieser langen, steilen Treppe und dem Durchgang. Welchen Sinn sollte der Stollen haben, der vom Ende des ersten Durchgangs direkt an die Oberfläche führt?«

»Vielleicht wurde er von den Grabräubern angelegt?« schlug Selim vor.

Emerson schnaubte vor Wut. »Du weißt genau, wie die Schächte der Grabräuber aussehen, Selim. Dieser Stollen wurde von erfahrenen Handwerkern gegraben und nicht heimlich und in aller Eile von irgendwelchen Grabschändern. Sicher, es könnte sich um eine spätere bauliche Veränderung handeln. Jedenfalls möchte ich in Erfahrung bringen, was und ob sich etwas darin verbirgt. Beantwortet das deine Frage, Peabody?«

»Lediglich teilweise. Das heißt, du willst dich auf die Substruktur konzentrieren.«

»Ich beabsichtige, das Innere der Pyramide freizulegen.« Emersons attraktives Gesicht nahm den Ausdruck diabolischen Vergnügens an. »Ich habe Reisner das Geständnis abgerungen, daß er dort unten im letzten Jahr verflucht nichts unternommen hat. Barsantis Exkavationen waren unsachgemäß. Ich werde diese Sache systematisch und methodisch angehen und alle erdenklichen Sicherheitsvorkehrungen treffen. Das ist auch der Grund, warum ich den Schacht vollkommen freilegen will, bevor wir die Substruktur inspizieren.«

Hätten mich nicht andere Überlegungen abgelenkt, hätte ich Emersons neuen Plan freudig begrüßt. Genau das hatte ich die ganze Zeit gewollt. Es war absolut richtig, den Schacht freizulegen, bevor er mit der Erforschung der Substruktur fortfuhr. Falls der Mörtel sich löste, würden tonnenweise Gestein und Sand in die unteren Gänge hinabstürzen.

Den Eingang des Stollens kennzeichnete eine leichte Senke, die sich kaum von dem unebenen Boden abhob, allerdings hatten wir seine exakte Lage festgestellt, als wir unseren Plan des Ausgrabungsgebiets skizzierten. Emerson wies seinen Männern ihre Arbeit zu und deutete auf einen Bereich, den wir bereits zum Schuttabladeplatz erklärt hatten. Kurze Zeit später lag alles unter einer dichten Sandwolke, und die Korbträger eilten geschäftig hin und her, während sie die schwere körperliche Arbeit mit leisem Summen begleiteten. Offenbar hatten sie ihr ängstliches Mißtrauen hinsichtlich der Pyramide überwunden, das sie nach der Entdeckung von Maudes Leichnam befallen hatte.

Als ich meinen optimistischen Eindruck gegenüber Emerson zum Ausdruck brachte, schüttelte er jedoch den Kopf. »Noch arbeiten sie unter freiem Himmel und weit entfernt von der Stelle, wo ihre Leiche gefunden wurde. Vielleicht können wir sie erst gar nicht dazu bewegen, in die tieferen Gesteinsschichten vorzudringen.«

»Wir wollen hoffen, daß das nicht der Fall ist.«

Energisch schob Emerson sein Kinn vor. »Dafür werde ich schon sorgen.«

Die Hände in die Hüften gestemmt, beobachtete er aufmerksam, wie die Männer ihre Körbe mit Geröll füllten. Mir war klar, daß er ihnen bei dem kleinsten Anzeichen auf eine Erschütterung unter ihren bloßen Füßen und den emsigen Händen zu Hilfe geeilt wäre. Natürlich blieb ich an seiner Seite, um *ihn* bei einem Erdrutsch retten zu können.

Er und Selim bemerkten den Gegenstand im gleichen Augenblick; ihre Schreie signalisierten den Arbeitern, in ihren Aktivitäten innezuhalten. Bevor ich ihn aufhalten konnte, stürmte Emerson zu der Stelle. Selbstverständlich folgte ich ihm.

Der Gegenstand war ein Knochen, der für ein menschliches Skelett jedoch zu groß gewesen wäre; andere, teilweise unter einer feinen Sandschicht verborgene lagen auf einer Fläche von ungefähr einem Quadratmeter ringsherum verteilt. Mit einem Blick erkannte Emerson den Ursprung der sonderbaren Fundstücke.

»Tierbestattungen«, brummte er. »Sie wurden mumifiziert; da liegt ein Stück Leinenbandage. In Ordnung, Selim, kehr den Sand beiseite, rühr aber nichts an, bis wir Photos gemacht haben.«

Wir stießen auf mehrere Schichten aus Tierknochen und Hörnern – von Schafsbock, Ziege, Gazelle und Ochse –, die vom Treibsand fein säuberlich getrennt worden waren. Obwohl wir uns unisono auf diesen Bereich konzentrierten, kamen wir nur langsam voran, da Emerson auf sachgemäßes Vorgehen bestand.

Wir legten noch immer Knochen frei, als ich der Sache Einhalt gebot. Gelegentlich wurde es erforderlich, daß ich mich diesbezüglich einschaltete, da Emerson bis in die Nacht oder bis zum Zusammenbruch seiner Mitstreiter weitergemacht hätte. An besagtem Tag machte ich mir Sorgen um David, der immer ungeschickter und fahriger wurde. Geoffrey hatte ihn bereits wegen seines abgespannten Gesichts geneckt, bis mein scharfer Blick seinen Scherzen über jungverheiratete Ehemänner ein Ende setzte.

An jenem Tag war es mir nicht gelungen, auch nur das Geringste aus irgendeinem von ihnen herauszubekommen. Meine Versuche, mich an David heranzupirschen, hatte Lia vereitelt, die ihm nicht von der Seite wich und die geflissentlich meine Anweisungen überhörte, sich zu trollen und sich an anderer Stelle nützlich zu machen. Ich gewann den Eindruck, daß David etwas wußte, was er *mir* nicht sagen wollte, und daß Lia und Emerson zu seinen verschwiegenen Verbündeten zählten.

Einen solchen Zustand lasse ich nicht zu. Deshalb ritt ich auf dem Heimweg an Emersons Seite. »Was ist heute nacht vorgefallen?« wollte ich wissen. »Konnten sie die Identität des gesuchten Mannes in Erfahrung bringen? Was werden sie als nächstes unternehmen?«

»Ich weiß es nicht«, erwiderte Emerson.

»Zur Hölle mit dir, Emerson! Ich lasse mich nicht für dumm verkaufen. Wenn du es mir nicht sagst – «

»Hör auf zu schreien!« brüllte Emerson. Geoffrey, der mit Nefret vorausritt, wandte den Kopf in unsere Richtung.

»Da siehst du, was du angerichtet hast«, bemerkte ich.

»Verflucht, ich habe überhaupt nichts gemacht! Er ist doch unsere Lautstärke gewohnt, schließlich brüllen wir uns ständig an.« Trotzdem senkte er die Stimme. »Ich hatte noch keine Gelegenheit, länger mit David zu reden. Er gab mir nur zu verstehen, daß sie gestern abend auf marginale Schwierigkeiten gestoßen seien, die aber glimpflich ausgingen. Heute nacht wollen sie einen weiteren Versuch wagen, und wenn sie keinen Erfolg haben, werden wir die Sache erneut besprechen.«

»Vermutlich muß ich mich damit zufriedengeben.«

»Ja, das mußt du wohl. Und ich auch.« Seine zusammengekniffenen Lippen und die weiß hervortretenden Fingerknöchel, die die Zügel umklammerten, signalisierten mir, daß er ebenso frustriert war wie ich. Kurz darauf fügte er noch hinzu: »Glaubst du etwa, daß ich sie begleiten möchte? Das wagte ich nicht; meine Gegenwart würde das Risiko nur erhöhen. Ich kann ihnen in keinster Weise helfen, außer vielleicht in Form eines Ablenkungsmanövers.«

»Und deshalb hast du angekündigt, daß du die Substruktur erforschen willst.«

»Das war ein Motiv.« Emerson grinste. »Ich will sehen, was sich dort unten verbirgt.«

Lia und David blieben nicht zum Tee. Ramses wollte sie auf der Dahabije treffen und, Lias beiläufiger Äußerung zufolge, vermutlich dort übernachten. Er hatte Waschzeug und frische Sachen mitgenommen.

»Bringt ihn morgen zum Frühstück mit«, sagte ich.

Das war keine Bitte, sondern ein Befehl; die einzig mögliche Antwort lautete »ja«, und Lia gab sie zähneknirschend.

Sie ließen die Pferde bei uns und schlenderten Arm in Arm fort. Mit Ausnahme von Nefret, die sich zu mir gesellte, gingen die anderen nach oben, um sich frischzumachen. »Geoffrey überlegt, ob Ramses ihm aus dem Weg zu gehen versucht«, bemerkte sie. »Ich versprach, dich danach zu fragen.«

»Und warum hegt er diese Überlegung?« fragte ich leicht verwirrt.

Sie antwortete mir nicht, sondern starrte mich ausdruckslos an. Ich fragte mich, ob sie diesen Trick von mir übernommen hatte; vermutlich provoziert er eher eine Reaktion als wiederholtes Nachfragen.

»Er genießt Davids Gesellschaft«, erwiderte ich schließlich. »Du weißt, daß sie sich sehr nahestehen. Er – äh – zweifellos nimmt er auch Rücksicht auf euch beide.«

Ich hoffte, daß sie mich nicht fragte, wie ich das meinte, da ich es selber nicht wußte. Offenbar gab sie sich damit zufrieden, denn sie nickte und verschwand.

Die Unterhaltung während des Abendessens war rein archäologischer Natur und wurde fast ausschließlich von Emerson und Geoffrey bestritten. Letzterer schien überaus interessiert an unseren Knochen (den von uns gefundenen, versteht sich). »Könnte es sich um Opfergaben für den verblichenen Regenten gehandelt haben?« fragte er.

»Der Stollen wurde keinesfalls für die Tierbestattungen angelegt«, erwiderte Emerson. »Sie sind späteren Ursprungs. Du hast selbst gesehen, daß sie in einem schmaleren Seitenschacht lagen.«

Der werte Leser ahnt zweifellos, wohin meine Gedanken während dieses Gesprächs abschweiften.

Nach einer (für mich) ruhelosen Nacht standen wir zeitig auf. Wieder lag dichter Nebel vor den Fenstern; und wieder stürmte ich nach unten. Nefret und Geoffrey hatten sich bereits zum Frühstück eingefunden, und Fatima hatte die Speisen vor dem Eintreffen der anderen aufgetragen. Ich war unglaublich erleichtert, als ich sie bemerkte, doch nach einem intensiven Blick auf Ramses mußte ich einen Aufschrei unterdrücken.

Um ehrlich zu sein, wurde er von Emerson unterdrückt, der mir gewaltsam seine Serviette auf den Mund drückte. »Du hast Butter am Kinn, meine Liebe«, meinte er. »Ich wische sie rasch weg.«

Mein geliebter Emerson und ich kommunizieren auch ohne Worte, und er hatte genau wie ich den erschöpften Gesichtsausdruck unseres Sohnes bemerkt. Schon bald darauf hatten sein scharfer Verstand und seine liebevolle väterliche Besorgnis den Tagesablauf vorprogrammiert.

»Ich bitte um eure geschätzte Aufmerksamkeit«, hub er an. »Gewisse Änderungen in der Planung machen es erforderlich, daß ich Ramses für einige Tage von Reisner loseisen muß. Geoffrey kann ihn solange vertreten.«

Geoffrey verschluckte sich an seinem Kaffee und nahm Zuflucht hinter seiner Serviette.

»Du kannst die Leute doch nicht wie Werkzeuge hin und her schieben, Emerson«, entfuhr es mir. »Hast du Mr. Reisner denn schon informiert?«

Geoffrey räusperte sich. »Tut mir leid, Sir, aber dem wird er nicht zustimmen.«

Emerson schlug mit der Faust auf den Tisch. »Reisner ist nicht der liebe Gott! Er wird zustimmen müssen, weil ich es so will. Ich brauche Ramses zur Durchsicht der Fahnen meines nächsten Buches. Gestern erhielt ich erneut einen verfluchten Brief von dieser verdammten Oxford University Press, der besagte, daß sie die Publikation um ein halbes Jahr verschieben müssen, wenn sie die Fahnen nicht bis Ende Februar zurückerhalten. Ich schätze deinen Umgang mit der Sprache, Geoffrey, glaube aber dennoch, daß ich dich nicht brüskiere, wenn ich behaupte, daß sie nicht vergleichbar ist mit Ramses' Sachkenntnis. Außerdem ist er mit der Materie vertraut.«

Diese Stellungnahme war verräterisch ausführlich für einen Mann, der sich normalerweise nur selten zu Erklärungen hinreißen läßt. Ich war mir sicher, daß ich sein eigentliches Motiv erkannt hatte, und bewunderte seine Genialität.

»Keine weiteren Einwände?« wollte Emerson wissen, während er jeden von uns bedrohlich musterte. »Hmhm. Dann werde ich auf dem Weg zum Ausgrabungsgebiet im Harvard Camp Station machen und Reisner meinen Entschluß mitteilen. Du reitest besser mit mir, Geoffrey, und bleibst in Gizeh – sofern du einverstanden bist. Ramses, komm bitte in mein Arbeitszimmer, damit ich dir vor unserem Aufbruch die nötigen Anweisungen geben kann. Alle anderen halten sich bereit.«

»Ja, Sir«, erwiderte Ramses. Dann begleitete er Emerson aus dem Zimmer.

Ich ließ ihnen fünf Minuten, bevor ich ihnen folgte. Emerson verließ gerade sein Arbeitszimmer. Durch die geöffnete Tür bemerkte ich, daß Ramses bereits auf dem Sofa eingeschlafen war. Er lag reglos da wie eine Ritterstatue auf einem Grabrelief, und er wirkte so unschuldig mit seinen schlaff herabhängenden Händen und den geschlossenen, von dunklen Wimpern umrahmten Lidern. Leise schloß Emerson die Tür.

»Ich konnte es nicht mehr aushalten«, erklärte ich. »Waren sie letzte Nacht erfolgreich? Äh... ihm fehlt doch nichts, oder?«

Emerson hauchte mir einen Kuß zu. »Er braucht nur Schlaf.

Und das war die einzige Möglichkeit, mit der ich sein Fernbleiben von der Arbeit erklären konnte.«

»Noch dazu ausgesprochen geschickt, Emerson.«

»Hmhm.« Emerson kratzte sich sein Kinngrübchen, eine Angewohnheit, wenn er tief in Gedanken versunken ist. »Er war noch nie so geschafft, Peabody. Das ist mehr als körperliche Erschöpfung, dahinter verbirgt sich nervöse Anspannung. War er in dieses Mädchen verliebt?«

»In Maude? Aber nein.«

»Und du würdest es mit Sicherheit wissen.« Er hakte mich unter und führte mich aus dem Haus. »Gütiger Himmel, wir klingen wie zwei Klatschmäuler. Was den gestrigen Abend anbelangt, so wirst du David zweifellos zur Rede stellen, sobald ihr unter vier Augen seid. Ich werde dafür sorgen, daß auch er heute einige Stunden Ruhe bekommt.«

»Werden sie heute nacht wieder herumstreifen?«

»Ich weiß nicht. Ramses schlief schon im Stehen ein, und ich wollte die anderen nicht warten lassen.«

Der Nebel löste sich zwar langsam auf, bedeckte allerdings immer noch die Hochebene von Gizeh; nachdem Geoffrey und Emerson in einen Seitenpfad abgebogen waren, verschwanden ihre Silhouetten in der undurchdringlichen Nebelwand. Wir anderen setzten unseren Weg über die Hauptstraße fort, die von dem üblichen morgendlichen Verkehr belebt war – von Kamelen bis Fahrrädern war alles anzutreffen. Zu viert nebeneinander herzureiten wäre unhöflich gewesen (und aufgrund der Launenhaftigkeit der Kamele auch keineswegs sicher). Ich wies die Mädchen an, mir und David zu folgen, und dann versuchte ich, Informationen aus ihm herauszubekommen. Die direkte Methode hielt ich für die sinnvollste.

»Was ist mit Ramses' Händen passiert?«

»Mit seinen Händen?« Davids erstaunter Blick hätte nicht einmal ein Kind täuschen können.

»Sie waren grün.«

»Gütiger Himmel. Ich dachte, wir hätten den Mist abgeschrubbt.«

»Ich erkenne Kadijas Heilsalbe, und das sogar an einem nebligen Morgen und obwohl besagte Person alles daransetzt, ihre Handflächen zu verbergen. Es ist gar nicht so einfach, sie mit Wasser und Seife zu entfernen. Was ist passiert?«

»Lediglich Abschürfungen von einem Seil«, erwiderte David. »Er hing daran und mußte in aller Eile hinunterklettern.«

»Weil man auf ihn schoß?«

»Um Himmels willen, nein.« David unterdrückte ein Kichern. »Sie wollten lediglich ... hm ... das Seil durchtrennen. Es wäre ein tiefer Sturz gewesen, verstehst du. Auf das Kopfsteinpflaster.«

Er versuchte abzuschweifen, so daß ich ihn erneut bedrängte. »Wann war das?«

»Vorgestern nacht.«

»Deshalb ist er mir gestern aus dem Weg gegangen«, sinnierte ich. »Haben sie ihn genau wahrgenommen?«

»Seiner Meinung nach nicht.«

»Seiner Meinung nach nicht«, wiederholte ich. »Und wie steht es mit dir?«

»Mich auch nicht. Ich war bereits unten.«

»Und was war gestern abend?«

»Nichts.« David griff nach einem Taschentuch und wischte sich die Stirn. »Irgend etwas ist schiefgelaufen. Ach, verflucht. Ich kann es dir auch erzählen.«

»Das solltest du auch.«

»Also gut. Du mußt dir vorstellen, daß Ramses gerade belauscht hatte, daß Failani den – äh – Effendi gestern abend treffen sollte, und dann trat jemand ans Fenster und bemerkte ihn. Leider wurde der Treffpunkt nicht genannt. Wir verfolgten Failani sechs Stunden lang. Er besuchte eine Reihe aufschlußreicher Plätze, falls dort allerdings ein Treffen stattfand, ist es uns entgangen. Das war auch zu erwarten, da wir ihm in ... gewisse Lokalitäten nicht folgen konnten.«

Ich beschloß, diesen Punkt nicht weiter zu vertiefen. »Du erwähntest, daß Ramses vorgestern abend beobachtet wurde, auch wenn man ihn nicht erkannte. Ist euch nicht der Gedanke gekommen, daß Failani eine Bespitzelung vermutet haben könnte? Daß er Katz und Maus mit euch gespielt hat, statt seine Verabredung einzuhalten? Daß er dafür sorgte, daß man *euch* verfolgte?«

»Doch, Ma'am«, erwiderte David zerknirscht. »Wir haben daran gedacht. Aber erst später.«

»David, das alles wird zu gefährlich. Ihr müßt aufhören.«

»Darauf habe ich keinen Einfluß«, meinte David sanft, aber entschieden. »Wohin mein Bruder geht, da werde auch ich hingehen.«

Kurz nach uns traf Emerson im Ausgrabungsgebiet ein und gab sich erstaunt, als ich nach Mr. Reisners Reaktion fragte. »Er hatte nichts zu entscheiden. Was gab es da noch zu sagen?« Er musterte David von Kopf bis Fuß und runzelte die Stirn. »David, ich kann dich für einige Stunden entbehren. Geh zur Südseite und stelle eine Photoserie der dortigen Pyramidenbasis zusammen. Verflucht, irgendein Hinweis auf eine Ummantelung muß sich doch finden lassen! Selim? Wo zum Teufel ist ... Oh. Kommt, wir machen uns an die Arbeit im Schacht.«

»Willst du, daß ich David bei den Photoarbeiten helfe?« fragte Nefret.

»Nein, Lia kann ihm dabei zur Hand gehen.« Er vermied es, sie anzuschauen, was mich insgeheim betrübte. Emerson und ich hatten die Kinder hinsichtlich unserer Pläne zwar gelegentlich im ungewissen gelassen, aber noch nie hatten wir Nefret in stummem Einvernehmen als Außenseiterin behandelt. Sicher, in gewisser Weise war sie das. Ihre Loyalität gebührte jetzt in erster Linie einem anderen, und obwohl mir klar war, daß Geoffrey nicht der von uns gesuchte Schurke sein konnte, war es dennoch ungewiß, ob wir auf seine Diskretion oder sein Verständnis zählen durften. Ramses' und Davids nächtliche Aktivitäten gestalteten die ohnehin heikle Situation um so prekärer.

Diese Erkenntnis machte mir erneut bewußt, wie nahe unsere Familie sich immer gestanden hatte. Irgendwann würde Geoffrey sicherlich auch zu unserem engen Kreis zählen. Zweifellos. Jeder normale Mensch brauchte eine gewisse Zeit, bis er sich an uns gewöhnte.

Lia und David schlenderten davon, allerdings nicht, um zu photographieren, sondern um einige Stunden Schlaf nachzuholen. Wir anderen widmeten uns erneut der Arbeit im Schacht. Die Dimension der Tiergruft wurde deutlich, sobald wir tiefer gruben. Sie war schmaler als der eigentliche Schacht, und Emersons Vermutung, daß sie erheblich späteren Ursprungs war, bestätigte sich aufgrund einiger Funde von Fayence-Amuletten und hölzernen Tierfiguren, die bei den Knochen lagen. David und Lia nahmen das Mittagessen mit uns ein; ich war froh, daß der Bursche wesentlich erholter aussah, und als wir unsere Arbeit im Schacht wieder aufnahmen, begleitete er uns. Wir förderten immer noch Knochen zutage, als eine plötzliche Bewölkung am Himmel die Szenerie in ein merkwürdiges Zwielicht tauchte.

»Verflucht!« zischte David, der gerade etwas zu bergen versuchte.

Emerson warf einen frustrierten Blick in die Wolkendecke. Von den Strahlen der verdeckten Sonne durchbrochen, hing sie wie ein violetter Vorhang am westlichen Himmel. »Verflucht«, wiederholte er.

Ihn beunruhigten keineswegs die zunehmenden Schwierigkeiten bei den Photoarbeiten, sondern die möglichen Konsequenzen eines Wolkenbruchs. Umgehend brüllte er seine Befehle.

»Nefret, hör auf, diese Knochen zu sortieren und verstau sie statt dessen in Körben. Selim – Daoud – entfernt das Segeltuch von unserem Rastplatz und zieht es über die Exkavation. Wir brauchen schwere Steine, um die Ecken zu befestigen. David, pack die Kameraausrüstung zusammen. Peabody – Lia – «

Ich war bereits auf dem Weg zu unserem Schutzzelt, um unsere Notizen und Unterlagen sowie den restlichen Proviant einzupacken. Es war ein erhebender Anblick, wie alle fluchtartig ihren Aufgaben nachgingen. Der Regen ließ auf sich warten, aber der Himmel verdunkelte sich zunehmend, und der einsetzende Wind zerrte so heftig an dem Segeltuch, daß wir es nur mit Mühe ausbreiten und befestigen konnten. Die angeworbenen Arbeiter marschierten in ihr Dorf zurück; nur unsere loyalen Männer blieben und arbeiteten genauso fieberhaft wie wir.

Ich lag bäuchlings auf einem Stück Segeltuch, hielt es fest, bis Daoud einen weiteren Stein geholt hatte, und bewunderte die ungewöhnliche Witterungsveränderung. Der Osthimmel war klar, und doch überschattete bedrohliches Dämmerlicht die Felder. In nördlicher Richtung hoben sich die Silhouetten der Pyramiden schwarz vor dem glutroten Himmel ab. Eine weitere Silhouette wurde sichtbar – Pferd und Reiter näherten sich uns in gemächlichem Tempo. An Rishas eleganten Konturen bestand kein Zweifel, und auch nicht an denen unseres Sohnes. Irgend jemand hat einmal behauptet, daß Ramses wie ein Zentaur ritt, und in diesem Augenblick war die Ähnlichkeit verblüffend, denn Roß und Reiter gingen fließend ineinander über.

Er war noch ein ganzes Stück entfernt, als ein lautes Krachen meine Aufmerksamkeit erregte. Ein weiterer identischer Laut, und mir war alles klar. Ich hatte nicht etwa ein Donnern wahrgenommen, sondern eine Gewehrsalve. Ich sprang gerade noch rechtzeitig auf, um einen dritten Schuß zu hören und Ramses vornüber auf die Mähne des Pferdes fallen zu sehen.

Dort verharrte er, und als Risha schließlich stehenblieb, richtete er sich auf und blickte mit besonders blasiertem Gesichtsausdruck auf die aufgeregte Gruppe, die ihn und seinen Hengst umringte. Wir waren in aller Eile losgerannt, genau wie Risha, der in unsere Richtung galoppiert war. Nachdem er seinen Reiter abgeliefert hatte, wandte er den Kopf und schnüffelte forschend an Ramses' Arm. Mein Sohn musterte mich mit fragend hochgezogenen Brauen.

»Steck deine Pistole weg, Mutter. Darf ich fragen, wen du zu erschießen versuchtest?«

Fassungslos starrte ich auf meine Pistole. Mir war gar nicht bewußt gewesen, daß ich sie aus meiner Jackentasche gezogen hatte. Emerson umklammerte mein Handgelenk. »Richte sie nicht auf dein Gesicht, Peabody, verflucht! Ramses, bist du verletzt?«

»Nein.«

»Warum bist du dann auf dem Pferd zusammengesunken?« fragte ich aufgebracht, während Emerson mir die Pistole abnahm.

»Es schien mir ratsamer, eine kleinere Zielscheibe abzugeben.«

»Du hast Blut auf deinem Hemd«, bemerkte Nefret.

»Marmelade«, erwiderte Ramses. »Ich habe den Tee gemeinsam mit Sennia eingenommen.«

13

Meine Verletzungen waren kaum der Rede wert, doch das Mädchen bestand darauf, sie mit abgerissenen Stoffstreifen aus ihren durchsichtigen Gewändern zu verbinden…

Mein Vorschlag, uns auf die Suche nach dem im Hinterhalt lauernden Attentäter zu begeben, wurde einhellig abgelehnt. Ramses behauptete, er könne nicht sagen, aus welcher Richtung die Schüsse gekommen seien; Nefret hielt ein solches Vorhaben für extrem riskant, und Lia wies darauf hin, daß die hereinbrechende Dunkelheit die Suche zum Scheitern verurteile. David erhielt keine Gelegenheit zu einer Äußerung, und Emersons wutschnaubende Kommentare weigere ich mich auf diesen Seiten wiederzugeben.

Also packten wir alles zusammen und machten uns auf den Heimweg. Als wir unser Haus erreichten, regnete es bereits in Strömen. Der Regen klatschte in den Springbrunnen und bildete Pfützen auf den Bodenfliesen im Innenhof. Fatima hatte das herannahende Unwetter ebenfalls bemerkt und sämtliche Gartenmöbel und Sitzkissen abgedeckt.

Sobald Emerson seine wertvollen Kisten mit den Knochen und Fragmenten in Sicherheit gebracht hatte, stürmte er durch den Innenhof in Richtung Vordertür. Da ich das vorausgesehen hatte, trat ich ihm in den Weg, als er zu den Arkaden schreiten wollte, wo der Portier sich zum Schutz vor dem Regen auf eine der Bänke gesetzt hatte.

»Wohin willst du eigentlich?« wollte ich wissen. »Du bist ja völlig durchnäßt. Zieh dich sofort um.«

»Warum? Ich werde doch sofort wieder naß«, erwiderte Emerson.

Die Tür zur Straße sprang auf, und Ramses und David, die die Pferde in die Stallungen gebracht hatten, traten heraus. »Was ist denn?« fragte David.

Diese Frage konnte ich ihm keineswegs übelnehmen; meine und Emersons Haltung wirkte wohl etwas aggressiv. »Ich versuche, ihn daran zu hindern, daß er Mr. Reynolds' Haus stürmt und ihn des versuchten Mordes bezichtigt«, erklärte ich, während ich den Hemdsärmel meines aufgebrachten Gatten fester umklammerte. »Genau das hattest du doch vor, nicht wahr, Emerson?«

»Ich möchte dort sein, bevor er die Zeit findet, das Beweismaterial verschwinden zu lassen«, schnaubte Emerson. »Aus dem Weg, Peabody.«

»Dafür ist es bereits zu spät«, wandte Ramses ein. »Vorausgesetzt, daß er Beweise verschwinden lassen mußte.«

»Ganz recht«, bekräftigte ich. »Wir sollten uns in einer ruhigen, vernünftigen Diskussion auseinandersetzen und nicht zu überstürzten Handlungen greifen. Geht jetzt alle und zieht euch um, und dann treffen wir uns im Salon zu einem Kriegsrat!«

Da ich Emerson zunächst noch überzeugen mußte, bevor ich mich um meine eigenen Belange kümmern konnte, gesellte ich mich als letzte zu der Gruppe. Der Salon wirkte recht behaglich mit seiner angenehmen Beleuchtung und dem sanften Plätschern des Regens vor den Fenstern. Nefret hatte Lia frische Sachen ausgeliehen, und David trug eine von Ramses' Galabijas, und Geoffrey ...

Ihn hatte ich völlig vergessen! Aufgrund meiner Schuldgefühle begrüßte ich ihn herzlicher als eigentlich erforderlich. Auf meine Frage hin erklärte er, daß er am Nachmittag zum Haus zurückgekehrt sei, um einige Minuten auszuruhen, dann aber fest eingeschlafen sei. An diesem Punkt unterbrach er seine Schilderung wegen eines heftigen Hustenanfalls.

»Der Husten hat sich verschlimmert«, bemerkte ich. »Du solltest mich – äh – Nefret besser – «

»Vielleicht hat er mehr Vertrauen zu *dir*«, meinte Nefret stirnrunzelnd und lächelte dann über meinen Faux-pas. »Er weigert sich, einen Arzt zu konsultieren beziehungsweise mir zu gestatten, ihn zu untersuchen.«

»Es hat lediglich mit dem Staub zu tun«, protestierte Geoffrey.

»Trink einen Whiskey-Soda«, riet Emerson. Er hat wenig Verständnis für Krankheiten, weder für seine eigenen noch für die anderer. »Und dann können wir zum Geschäftlichen übergehen. Hat dir Nefret von der neuesten Torheit deines Freundes Reynolds berichtet?«

»Ja, Sir«, erwiderte Geoffrey leise. »Und ich glaubte, er wäre auf dem Weg der Besserung.«

»Ich habe den Eindruck«, bemerkte Ramses, »daß ihr alle eines der Grundprinzipien der britischen Gesetzgebung außer acht laßt. Wir haben nicht den geringsten Beweis, daß Jack Reynolds diese Schüsse abgefeuert hat.«

»Ich war im Begriff, diesen Beweis zu liefern, wenn deine Mutter mich nicht daran gehindert hätte«, erwiderte Emerson, während er mir mit feindseligem Blick einen Whiskey-Soda reichte.

Ramses beugte sich vor, stützte die Unterarme auf seinen Knien ab und faltete die Hände. »Das ist ja alles schön und gut, Sir, und ich stimme dir zu, daß einer von uns ihn aufsuchen sollte; aber zunächst müssen wir eruieren, was wir uns davon erhoffen. Er hatte genug Zeit, um die Waffe zu säubern und wegzulegen. Falls er ein Alibi für die fragliche Zeit besitzt, um so besser; falls nicht, was ich für wahrscheinlicher halte, ist das noch lange kein Beweis für seine Schuld.«

»Hmhm«, brummte Emerson. »Schließlich schadet es nicht, ihn danach zu fragen, oder? Seid ihr damit einverstanden, wenn ich Reynolds aufsuche und ihn taktvoll und vorsichtig frage, wo er war und was er heute nachmittag gemacht hat, um schätzungsweise ... Wie spät war es eigentlich?«

Eine weitere kurze und wenig aufschlußreiche Diskussion schloß sich seinen Worten an. Keiner von uns hatte sich die fragliche Zeit gemerkt. Schließlich erklärte Emerson, daß wir lange genug diskutiert hätten und daß er sofort aufbrechen wolle. Allein.

Selbstverständlich begleitete ich ihn. Das Unwetter war fast vorüber, und die Abendluft war wohltuend. Emerson hatte sich mit einer Taschenlampe ausstaffiert und ich mit meinem Schirm. Er weigerte sich, unter dem Schirm neben mir herzugehen, da er behauptete, die Spitzen piekten ihn ständig ins Gesicht; deshalb marschierten wir durch Pfützen und Schlammlöcher wie zwei Fremde, die zufällig dasselbe Ziel hatten.

Genau wie Emerson hing ich meinen Gedanken nach. Ich hatte Lia und David zum Bleiben und zu einem gemeinsamen Abendessen überredet, war mir allerdings sicher, daß sie im Anschluß daran gemeinsam mit Ramses aufbrächen – und daß er und David kurz darauf nach Kairo fahren und sich Gefahren aussetzen würden, die nicht auszudenken waren. Ich wünschte mir beinahe, daß eine der Kugeln Ramses erwischt hätte – natürlich kein lebenswichtiges Organ, sondern eine Stelle, die einige Tage für Bewegungsunfähigkeit gesorgt hätte.

Das kleine Haus, das früher einmal von Frohsinn und (meistenteils) harmlosen Freuden erfüllt gewesen war, wirkte einsam und verlassen. Nur wenige Lichter brannten. Der Regen tropfte in einer melancholischen Melodie von den umstehenden Bäumen. Der Portier hatte sich ins Haus zurückgezogen. Wir mußten rufen und minutenlang klopfen, bevor es eine Reaktion gab, und diese war beileibe nicht positiv.

»Verschwindet«, brüllte eine Stimme auf arabisch. »Der Effendi ist nicht zu Hause.«

Emerson brüllte zurück. Seine Stimme ist unverwechselbar; kaum, daß er den Mund öffnete, sprang die Eingangstür auf, und der mißmutige Bedienstete ließ uns ein. Wir schickten ihn mit der Bitte weg, unseren Besuch anzukündigen, während ich Emerson zu überzeugen versuchte, seine Füße abzuwischen.

»Wozu diese Mühe?« wollte er mit einem kritischen Blick auf den unsauberen Boden der Eingangshalle wissen.

Man ließ uns ziemlich lange warten, und mein Gatte verlor schon fast die Geduld, als schließlich jemand kam. Der werte Leser wird mein Erstaunen nachvollziehen, daß es sich um Karl von Bork handelte. Eigentlich hätte mich das nicht überraschen müssen, da ich mitbekommen hatte, daß Karl sich angewöhnt hatte, den Großteil seiner Zeit mit seinem Freund Jack zu verbringen. Trotzdem konnte ich mir nicht recht vorstellen, welche Gemeinsamkeiten die beiden – abgesehen von ihrem Interesse an der Ägyptologie – teilten. Erst als er uns in den Salon bat, musterte ich ihn genauer.

Offenbar verbrachten er und Jack einen gemütlichen Herrenabend zu Hause. Männer empfinden es vermutlich um so gemütlicher, je unordentlicher ihre Umgebung ist. Karl hatte in aller Eile sein Jackett übergestreift und sich verknöpft; sein Versuch, sein Haar mit den Händen zu glätten, war nicht von Erfolg gekrönt. Sein Gesicht war gerötet, sein Blick glasig. Er fing an, Jack zu entschuldigen, der sich, wie er erklärte, unwohl fühlte.

»Betrunken, meinen Sie?« bohrte ich. »Es tut mir wirklich leid, Karl, daß ich mit ansehen muß, wie Sie seine Schwächen ausnutzen und ihn zum Trinken animieren.«

»Hier geht es nicht um Alkohol«, warf Emerson ein. Er rümpfte die Nase. Dann stürmte er zur Tür von Jacks Arbeitszimmer und drehte den Knauf.

Zerzaust und ohne Jackett kauerte Jack in einem Schaukelstuhl und blickte geistesabwesend zur Tür. Da die Sofakissen ringsum verteilt lagen, nahm ich an, daß Karl darauf gelegen hatte, als der Bedienstete uns meldete. Auf einem nahegelegenen Tisch befanden sich ein Aschenbecher, eine Pfeife und eine Schale Mandelgebäck – ein Keks war angebissen. Jack hielt seine Pfeife mit schlaffen Fingern umklammert. Die rauchgeschwängerte Luft im Raum duftete nicht nach gewöhnlichem Tabak. Es handelte sich um den gleichen sonderbaren Geruch, den ich früher einmal für Verwesungsgestank gehalten hatte. Jetzt bestand an seiner Herkunft kein Zweifel.

Abrupt wandte ich mich an Karl. »Sie sollten sich schämen!« entfuhr es mir. »Wie konnten Sie nur! Was würde Mary dazu sagen?«

Tränen traten in seine Augen. Er warf die Hände vor sein Gesicht. »Ich fühlte mich so einsam ohne sie«, jammerte er. »Und ohne die Kinder. Ach Gott, es ist entwürdigend – ich habe meine geliebte Frau hintergangen ...«

Er schluchzte hemmungslos und klang zunehmend unverständlicher. Abwesend tätschelte ich seine Schulter. Emerson nahm Jack die Pfeife aus der Hand und schüttelte ihn heftig. Die einzige Reaktion war ein entseeltes Lächeln.

»Der ist fertig mit der Welt«, meinte Emerson. »Bis die Wirkung nachläßt, wird es einige Stunden dauern. Wie lange sind Sie schon bei ihm, von Bork?«

Sein schroffer Tonfall brachte Karl wieder zur Besinnung. Mit dem Handrücken wischte er sich über die Augen.

»Ich weiß nicht, Herr Professor«, murmelte er. »Jedenfalls ziemlich lange.«

Ich reichte ihm mein Taschentuch. »Reißen Sie sich zusammen, Karl. Es ist von äußerster Wichtigkeit, daß Sie uns eine plausible Stellungnahme liefern.«

»Ich bezweifle, daß ihm das gelingt«, erwiderte Emerson sarkastisch.

Durch gezieltes Nachfragen gelang es uns, Karl einige bruchstückhafte Informationen zu entlocken. Er sei in Kairo am Institut gewesen und nicht in Gizeh. Bei seiner Ankunft habe das Unwetter noch nicht eingesetzt... Wenigstens glaubte er das. Jack sei kurz nach ihm eingetroffen. Nein, er erinnere sich leider nicht mehr daran, wann das gewesen sei. Irgendwann habe es angefangen zu regnen... Seitdem hätten sie zusammengesessen. Was das Haschisch anging, so habe man sich nicht zum ersten Mal gemeinsam dem Genuß hingegeben. Jack habe das gräßliche Zeug besorgt. Dessen Bezugsquelle war ihm allerdings unbekannt.

Schließlich war unser Freund so tief deprimiert, daß er seinen Tränen freien Lauf ließ. Bald schon wurde ersichtlich, daß wir an diesem Abend – und vermutlich auch an allen weiteren – nicht mehr aus ihm herausbekommen würden.

Emerson beendete seine Inquisition und schlenderte zum Waffenschrank. Der Schlüssel steckte im Schloß; er drehte ihn um und öffnete die Tür. »Ich sehe lediglich einen seiner berühmt-berüchtigten Revolver.«

»Vor einigen Tagen erwähnte Jack, man habe ihm eine Waffe gestohlen.«

»Genau das hätte er vorgeschoben, sofern er sie für einen Mordanschlag benutzen wollte«, bemerkte Emerson. »Allerdings handelte es sich heute nicht um eine Pistole.«

Er nahm jede einzelne Waffe in die Hand und untersuchte sie. »Nein«, erklärte er, nachdem er die letzte zurückgelegt hatte. »Falls eine davon benutzt wurde, hat man sie später gereinigt und die Munition entfernt. Wenigstens besitzt er so viel Verstand, daß er keine geladene Waffe in diesem Schrank aufbewahrt. Für uns gibt es hier nichts mehr zu tun, Peabody.«

»Sollten wir nicht die Dienstboten verhören, Emerson?«

»Das ist zwecklos«, erwiderte Emerson. »Sie sagen lediglich das, was man ihnen aufgetragen hat oder was wir ihrer Ansicht nach hören wollen. Von Bork, wir sprechen uns morgen wieder.«

Die zerknirschte Gestalt murmelte ein kaum hörbares »Ja, Herr Professor.« Emersons ernstes Gesicht entspannte unmerklich. »Begehen Sie keine Dummheit«, bemerkte er.

Als wir aus dem Haus traten, beschlich mich das Gefühl, soeben ein Gefängnis verlassen zu haben – einen Kerker, der zwei Männer in Fesseln hielt, die schwieriger zu durchbrechen waren als Eisenketten. Geräuschvoll sog Emerson die klare Abendluft ein.

»Laß den verfluchten Schirm geschlossen, Peabody, es hat aufgehört zu regnen. Merkwürdig, nicht wahr, daß unser alter Freund von Bork erneut einem Mordverdächtigen ein Alibi verschafft?«

»Ich kann mir nicht vorstellen, daß er vorsätzlich gelogen hat, Emerson. In dem anderen Fall war er so reumütig – so dankbar, daß wir ihm verziehen hatten. Ist es denkbar, daß Jack ihn verführt hat? Die Droge übt verheerende Wirkung aus.«

»Du bist einfach zu gutgläubig, meine Liebe. Was die unberechenbare Wirkung von Haschisch anbelangt, hast du allerdings recht. Sie ist abhängig von der körperlichen Verfassung des Benutzers und der Reinheit der Substanz. In den meisten Fällen wird eine Euphorie ausgelöst, deshalb rauchen viele dieses verfluchte Zeug, aber es treten auch andere Reaktionen auf, von denen die meisten jedoch leicht zu simulieren sind.«

Die Wolkendecke lichtete sich; Sterne schimmerten am Himmel über Kairo. Emerson verlangsamte seine Schritte. Er kramte seine Pfeife hervor, und ich ließ seinen Arm los, damit er sie stopfen konnte. Schließlich kenne ich sein bevorzugtes Hilfsmittel zur Unterstützung seiner Denkprozesse.

»Willst du damit zum Ausdruck bringen, daß Karls Gewissensbisse lediglich vorgetäuscht waren, Emerson? Daß er uns die ganze Zeit über etwas vorgemacht hat?«

»Das ist eine Möglichkeit.«

»Aber das würde ja bedeuten... Gütiger Himmel, das bedeutet, daß Karl der von uns Gesuchte ist! Er hat Jack unter dem Vorwand mit der Droge versorgt, daß sie diese gemeinsam rauchen wollten – dann nutzte er Jacks Dämmerzustand aus, um sich fortzustehlen und Ramses zu verfolgen... Sein Jack verschafftes Alibi war ziemlich dürftig, verstehst du. Sämtliche Zeitangaben blieben unklar.«

Ein Streichholz glühte auf. Emerson schmunzelte. »Du ziehst wieder einmal voreilige Schlüsse, Peabody. Deine Argumentation weist eine Reihe von Unstimmigkeiten auf. Wir kommen der Wahrheit zwar allmählich näher, sind aber dennoch weit entfernt davon, die Zusammenhänge zu erkennen – unsere ›Unfälle‹ im Gebiet von Zawiet el-Aryan, das Drogengeschäft, die Fälschungen, der Mord an Maude Reynolds.«

»Du glaubst, daß man sie auf einen gemeinsamen Nenner bringen kann?«

»Es muß so sein. Anderenfalls würde es nicht mit rechten Dingen zugehen.«

»Der Allmächtige«, bemerkte ich, »spielt nicht immer mit offenen Karten.«

»Und deshalb glaube ich nicht an ihn. Eine akzeptable

Gottheit würde sich besser benehmen als die Geschöpfe, die sie aus Staub erschaffen hat.«

Ich ziehe es vor, theologische Diskussionen mit Emerson zu vermeiden. Seine Ansichten sind erschreckend unorthodox und kommen meinen geheimen Gedanken manchmal entsetzlich nahe.

Wir waren zu Hause eingetroffen; der Portier erhob sich, um uns einzulassen. Ich erschauerte. »Emerson, können wir die Jungen nicht von ihrem nächtlichen Streifzug durch Kairo abhalten?«

»Hast du wieder eine deiner seltsamen Vorahnungen, Peabody?«

»Ich weiß auch so, daß sie in Gefahr sind. David schilderte mir, was gestern nacht geschah. Das erscheint mir überaus verdächtig.«

»Dir erscheint immer alles verdächtig«, erwiderte Emerson. »Aber ich weiß, was du meinst. Nach dem Abendessen werden wir uns mit den beiden auseinandersetzen.«

Wir begaben uns ohne Umschweife zu Tisch, da wir uns wider Erwarten verspätet hatten, und Emerson schilderte den anderen, was wir in Jacks Haus angetroffen hatten. Es handelte sich keineswegs um ein angemessenes Tischgespräch, aber das ist bei uns ohnehin selten der Fall.

Geoffrey schien von allen am empfindlichsten getroffen. »Haschisch! Das ist ja schlimmer, als ich befürchtete. Von wem könnte Jack es bekommen haben?«

»Da der Handel illegal ist, müßte er es sich heimlich besorgt haben«, entgegnete Ramses. »Aber das ist nicht weiter schwierig.«

»Karl ebenfalls«, murmelte Nefret. Mir war klar, daß sie an Mary und die Kinder dachte.

»Wir wollen keine Zeit auf unnötiges Bedauern verschwenden«, wandte ich mit schneidender Stimme ein. »Statt dessen sollten wir unsere geballte Intelligenz auf die Beantwortung der Fragen konzentrieren, die aus dieser Entdeckung resultieren.«

Man stimmte mir zwar zu, dennoch blieben die Antworten dürftig; und das hing teilweise mit dem Problem zusammen, daß wir die andere, von mir insgeheim als »Haschisch-Expedition« bezeichnete Sache nicht ins Gespräch bringen durften. Ich konnte Ramses' Hartnäckigkeit verstehen, mit der er es ablehnte, daß Nefret von diesem Aspekt des Falles erfuhr, doch der verzweifelte Versuch, dieses Thema mit keinem Wort zu erwähnen, gestaltete die Diskussion verflucht schwierig. Mehrmals mußte ich mir eine Andeutung verkneifen, und Ramses saß da wie ein Raubvogel, bereit, sich bei dem kleinsten Ausrutscher auf den Übeltäter zu stürzen.

Schließlich erklärte Emerson: »Ich versprach von Bork, mich morgen erneut mit ihm auseinanderzusetzen. Gleichzeitig werde ich Reynolds zur Rede stellen. Auch wenn ich nichts erreiche, werde ich ihn wenigstens Gottesfurcht lehren.«

»Vermutlich eher die Furcht vor Emerson«, meinte ich. »Kannst du ihm nicht seine Gewehre wegnehmen?«

»Keine schlechte Idee«, gab Emerson zu und strich sich über sein Kinn. »Sein Waffenarsenal ist einfach zu verlockend – nicht nur für Reynolds, sondern für jeden, der zur Selbstbedienung neigt. Wenn ich dich richtig verstanden habe, ist er bereits einmal bestohlen worden. Weißt du, welche Waffe dabei entwendet wurde, Geoffrey?«

»Nein, Sir.« Angewidert verzog der junge Mann seine Lippen. »Wie ich bereits erwähnte, verabscheue ich Feuerwaffen und kann sie auch nicht voneinander unterscheiden.«

»Du erwähntest die Revolver«, warf Ramses ein. »Zwei, nicht wahr – neue Fabrikate, 45er Kaliber. Darüber hinaus besitzt er eine Winchester-Büchse, zwei Schnellfeuergewehre und eine Pistole. Zumindest besaß er sie an dem Tag, als wir das erste Mal bei den Reynolds zum Essen eingeladen waren und ich seine Waffensammlung begutachtete.«

Da ich Geoffreys skeptischen Blick bemerkte, erklärte ich: »Ramses' Erinnerungsvermögen läßt ihn nur selten im Stich, Geoffrey. Nicht wahr, Emerson? Fehlte denn irgend etwas?«

»Lediglich einer der Revolver. Reynolds ist nicht der einzige in Kairo, der ein Gewehr besitzt, aber ... Hmmm, ja. Morgen werde ich seine Sammlung konfiszieren.«

Da es nicht mehr regnete, schlenderten wir zum Kaffee in den Innenhof. Ich hatte keineswegs vor, Ramses ohne ein persönliches Gespräch – oder, wie er es genannt hätte, einen Vortrag – fortzulassen, und ich zermarterte mir das Hirn, wie ich das in die Wege leiten sollte. Doch dann bat Nefret, sie und Geoffrey zu entschuldigen. Sein Husten hatte ihm den ganzen Abend zu schaffen gemacht, und ich bemerkte, daß sie seinetwegen besorgt war. Arm in Arm schlenderten sie davon; sobald die Tür hinter ihnen ins Schloß gefallen war, wandte ich mich an meinen Sohn.

»Nachdem euer Plan gestern abend vereitelt wurde und man dich heute nachmittag tätlich angegriffen hat, leuchtet dir vermutlich ein, daß ihr heute nacht nicht umherstreifen solltet.«

»Pst!« zischte Emerson mit einem skeptischen Blick über seine Schulter.

»Dein Flüstern ist lauter als meine Stimme«, konterte ich. »Niemand kann uns belauschen. Gütiger Himmel, es ist entsetzlich, daß man seinen liebsten und nächsten Familienangehörigen etwas verschweigen muß! Ramses, versprich es mir.«

»Versprochen.«

»Es wäre extrem töricht, wenn ... Oh.«

Emerson beugte sich vor, und David zog seinen Stuhl näher

heran. Sicherlich wirkten wir wie eine Verschwörerbande, da wir die Köpfe zusammengesteckt hatten und uns gegenseitig zuflüsterten.

»Wie kam es zu deinem Sinneswandel?« fragte ich, während sich Ramses' und meine Nasenspitze beinahe berührten. »Schließlich nehme ich nicht an, daß dich die Besorgnis um meine mütterlichen Empfindungen dazu bewogen hat.«

»Schlichte Logik«, erwiderte Ramses ausweichend. »Wir wurden heute nacht beschattet. Leider begriff ich das erst viel zu spät, und dann wurde es problematisch, den Burschen zu entwischen. Weshalb sie mißtrauisch wurden, ist mir allerdings unklar.«

»Fanden sie vielleicht heraus, daß du vor dem Fenster an einem Seil baumeltest?« warf Emerson sarkastisch ein.

»Das wäre möglich. Tatsache ist, daß wir unsere angenommenen Identitäten nicht mehr aufrechterhalten können, und es würde zu viel Zeit in Anspruch nehmen, uns erneut in die Organisation einzuschleusen. Da wir inzwischen wissen, daß der von uns gesuchte Mann gleichzeitig der Fälscher ist, können wir vermutlich auch zu anderen Methoden greifen.«

»Er ist ein umtriebiger kleiner Bursche«, warf Emerson in seiner normalen Lautstärke ein. Sogleich gemahnte ich ihn zum Flüstern. Er fluchte – leise – und beugte sich noch weiter vor. »Drogenhandel, die Herstellung von Fälschungen und die Exkavation historischer Stätten. Ganz zu schweigen von Mord und einer Reihe präparierter Unfälle zu unseren Lasten. Trotzdem ist uns das zugrunde liegende Motiv noch immer unbekannt.«

»Das alles muß dazu dienen, uns vom Ausgrabungsgebiet fernzuhalten«, murmelte David. »Der heutige Anschlag auf Ramses resultiert bestimmt nicht aus unseren verdeckten Ermittlungen im Drogengeschäft. Sie können unter gar keinen Umständen wissen, wer wir wirklich sind.«

»Vielleicht von einem Informanten aus den Reihen der Polizei?« warf ich ein.

Ramses schüttelte den Kopf. »Russell ist der einzige, der unsere Identität kennt. Und er ist ein viel zu kompetenter Polizist, als daß er diese Information preisgäbe. Der heutige Zwischenfall ähnelte den früheren Vorfällen, und das läßt auf das von Mr. Vandergelt angedeutete Motiv schließen.«

»Ja, aber was zum –« Emerson unterbrach sich. »Hölle und Verdammnis!«

»Ganz meine Meinung«, pflichtete ihm Ramses bei. »Diese Heimlichtuerei ist zum Haareraufen, nicht wahr? Trotzdem denke ich, daß unser Freund zunehmend nervöser wird. Wir bedrängen ihn von allen Seiten, und das darf auch nicht aufhören. Brauchst du mich morgen wieder bei deinen Grabungsarbeiten, Vater? Unter den gegebenen Umständen halte ich es für sinnvoller, wenn wir mit vereinten Kräften agieren.«

»Mr. Reisner wird das gar nicht gefallen«, bemerkte ich. »Insbesondere, da Geoffrey zu verstehen gegeben hat, daß er bei uns bleiben will.«

»Dann wird er sich damit abfinden müssen«, erwiderte Emerson.

Aus Manuskript H

Die sich entfernenden Schritte mußten so leichtfüßig wie die eines Kindes gewesen sein; Ramses erwachte erst aufgrund des leisen Zuschnappens des Riegels, und sein schlaftrunkener Verstand reagierte nur langsam. Es dauerte mehrere Sekunden, bis er begriff, daß er auf dem Sofa im väterlichen Arbeitszimmer lag. Er lächelte schläfrig, als er sich wieder erinnerte. Emerson hatte die anderen ins Exkavationsgebiet befohlen, während er sich ausruhen sollte. Er mußte lange und fest geschlafen haben. Draußen schien die Nachmittagssonne.

Er stand auf, streckte sich gähnend und verließ den Raum. Im Innenhof traf er auf Sennia, die von Basima beaufsichtigt wurde; das Kind lief geschäftig mit einem kleinen Eimer zum Springbrunnen und goß dann die Blumen, den Boden und Horus. Als sie Ramses bemerkte, ließ sie das Eimerchen fallen und rannte freudestrahlend auf ihn zu.

»Sie ist klatschnaß«, warnte ihn Basima.

»Das sehe ich. Ist schon in Ordnung, Basima«, fügte er lachend hinzu, als ihn zwei nasse Arme umschlangen und Sennias feuchtes Kleid seinen Hemdstoff durchnäßte. »Ich muß mich ohnehin umziehen.«

»Aber erst nach dem Essen«, sagte Fatima, die unter den Arkaden hervortrat. »Der Vater der Flüche meinte, du würdest arbeiten und dürftest nicht gestört werden, aber hin und wieder muß man auch eine Stärkung zu sich nehmen. Ich hole Suppe, kalten Lammbraten, Salat, Brot und – «

»Nein, mach dir keine Umstände. Sennia und ich werden die Teezeit vorziehen. Würde dir das gefallen, kleine Taube?«

»Mit Marmelade«, jauchzte Sennia.

Sie lernte die englische Sprache rasch, obwohl ihr Geplapper immer noch eine seltsame Mischung aus beiden Sprachen war. Während sie auf seinen Knien schaukelte, erklärte sie ihm, daß die Blumen viel Wasser benötigten und daß sie mit ihrer Hilfe noch schöner würden.

»Meinst du, daß Horus schön wird, wenn er begossen wird?« fragte Ramses. Der Kater warf ihm einen vernichtenden Blick zu.

Während er mit der Kleinen scherzte, beschäftigte sich sein Unterbewußtsein erneut mit dem Geräusch, das ihn geweckt hatte. Um wen konnte es sich gehandelt haben, wenn Fatima nicht ins Zimmer gekommen war, um ihn nach seinen Wünschen zu fragen? Oder hatte er sich das leise Geräusch lediglich eingebildet?

Als Fatima mit Tee, Gebäck und Milch für Sennia zurückkehrte, bemerkte er beiläufig: »Vermutlich sind die anderen noch im Ausgrabungsgebiet.«

»Alle außer Effendi Geoffrey. Er fühlte sich nicht wohl und wollte sich in seinem Zimmer ausruhen. Ich hoffe, er ist nicht ernstlich erkrankt. Er ist kein besonders kräftiger Mann.«

»Er ist zäher, als es scheint«, erwiderte Ramses. »Nein, kleine Taube, Katzen mögen keine Marmelade. Und iß nicht von demselben Löffel, mit dem du Horus gefüttert hast.«

Sie war eine Freude und gleichzeitig eine willkommene Ablenkung, dieses unschuldige und doch für seine Misere verantwortliche Geschöpf, und es gelang ihr wie kaum jemandem, ihn sein Unglück vorübergehend vergessen zu lassen.

Nachdem Sennia zum Baden und Umziehen auf ihr Zimmer gebracht worden war, schlenderte er aufgrund seiner Ruhelosigkeit zu den Stallungen. Ohne ein bestimmtes Ziel vor Augen zu haben, ritt er in Richtung Wüste; die Weiten des Himmels und der unberührte Sand verhalfen ihm stets zu einem klaren Kopf. Diesmal hätte er sich allerdings gewünscht, daß seine Ratio nicht so ausgeprägt und er von Wut und Eifersucht getrieben wäre; aber die Beweislage spitzte sich zu, und alles deutete auf denselben Mann. Er hoffte, daß er sich irrte. Von all seinen persönlichen Problemen gestaltete sich dieses als das schlimmste.

Er ließ Risha das Tempo bestimmen und achtete kaum auf seine Umgebung, bis ein kalter Wind sein Haar aus der Stirn wehte und plötzliche Bewölkung eintrat. Als er aufblickte, bemerkte er das herannahende Unwetter; es lag zwar noch in weiter Ferne, schien sich aber bedrohlich zusammenzubrauen. Unwillkürlich hatte Risha die Richtung eingeschlagen, in die sie schon so oft geritten waren; sie waren kaum eine Meile von Zawiet entfernt. Er entschied, daß er ebensogut weiterreiten und seine Hilfe anbieten könnte, sofern die anderen noch dort waren. Wie er seinen Vater kannte, war das vermutlich der Fall.

Er befand sich bereits in Sichtweite der kleinen Gruppe, als der erste Schuß so nah an ihm vorüberpeitschte, daß er hätte beschwören können, dessen Windgeräusche gehört zu haben. Seine Hände griffen in die Zügel, doch Risha, dessen Instinkte bei weitem besser ausgeprägt waren, verfiel in einen geschmeidigen, atemberaubenden Galopp.

Nachdem seine aufgebrachte Familie schließlich ihre Kritik und ihre Fragen eingestellt und ihn hinsichtlich irgendwelcher Einschußlöcher untersucht hatte, war es zwecklos, die Suche nach dem Gewehrschützen aufzunehmen.

Er und David brachten die Pferde in den Stall und rieben sie ab. Dort erfuhr er, womit er insgeheim bereits gerechnet hatte. Aber das war immer noch kein stichhaltiger Beweis, sagte er sich im stillen. Offensichtlich teilte keiner der anderen seinen Verdacht; sein Vater hätte ohne Umschweife Reynolds' Haus gestürmt, wenn seine Mutter das nicht verhindert hätte. Deren Anweisungen befolgend, zogen er und David sich auf sein Zimmer zurück, um sich umzuziehen.

»Es muß Jack Reynolds sein«, meinte David, während Ramses seinen Kleiderschrank nach trockenen Sachen durchforstete.

»Den Gerüchten zufolge handelt es sich um einen Engländer.«

»Das bedeutet gar nichts. Wardani verwendete die Begriffe Sahib oder Effendi oder Engländer völlig wahllos; vermutlich meinte er damit eher eine bestimmte Gesellschaftsschicht und keine Nationalität.«

»Ich scheine keine frischen Hemden mehr zu haben«, murmelte Ramses.

»Du hast viele Sachen auf der *Amelia* deponiert.« David warf seine nassen Kleidungsstücke auf den Boden und unterstützte Ramses bei der Suche. Schließlich öffnete er ein Schubfach und griff hinein. »Was ist das?«

Er hatte die kleine Horus-Statue gefunden. »Maude hat sie mir geschenkt«, erklärte Ramses. »Es war ein Weihnachtspräsent. Ich vermute, sie kaufte sie im Souk.«

»Reizend, diese westliche Naivität«, murmelte David.

»Wie meinst du das?«

»Behaupten das nicht die Europäer von der ägyptischen Handwerkskunst? Daß sie primitiv und naiv ist? Das heißt lediglich, daß sie diese weder verstehen noch sich der Mühe unterziehen, diese besondere Tradition zu schätzen. Das hat kein Ägypter hergestellt.«

Ramses warf die soeben aus seinem Kleiderschrank gezerrte Galabija über einen Stuhl und trat zu David.

»Woher weißt du das?«

»Das zu erklären ist schwierig. Die handwerkliche Arbeit ist wirklich recht gut; aber die Brust- und Armmuskulatur, die Gesichtszüge – nun, das ist eben nicht ägyptisch. Das entspricht westlichem Vorbild, obwohl der Künstler den klassischen Stil zu imitieren versuchte. Sie muß die Statue ...«

Ihm versagte die Stimme, da er schlagartig die Konsequenz seiner Analyse begriff.

»Selbst gefertigt haben?« beendete Ramses den Satz.

»Warum hast du sie mir nicht schon eher gezeigt?« wollte David wissen.

»Weil ich mich wie ein Gentleman verhalten wollte«, entgegnete Ramses frustriert. »Es erschien mir indiskret, jemandem das Geschenk des Mädchens zu zeigen, insbesondere nachdem Nefret sich so schamlos darüber lustig machte. Außerdem ist mir der Gedanke nie gekommen. Mir fehlt einfach dein Sachverstand. Und Maude erwähnte ihr Hobby mit keinem Wort und zeigte uns auch nie irgendwelche Arbeitsproben...«

»Verflucht, er hat mit allen Mitteln verhindert, daß sie das tat«, schnaubte David. »Und erst recht, nachdem er erfuhr, daß du ihm auf die Schliche gekommen warst. Alles deutet auf ihn, verstehst du. Er wurde alarmiert, als Nefret den eindeutigen Hinweis auf die Fälschungen und den Londoner Händler gab; wie hätte er ansonsten wissen können, daß der Professor den Skarabäus besaß? Er mußte Maude umbringen, weil sie dir die Wahrheit gestehen wollte.«

»Das klingt plausibel«, pflichtete ihm Ramses bei. »Vielleicht begriff sie seine wahren Motive oder die Tragweite des Verkaufs der Fälschungen gar nicht; möglicherweise dachte sie sogar, daß es sich um einen netten kleinen Scherz handelte, mit dem er eine Reihe gestandener Wissenschaftler in die Irre führen wollte. Trotzdem vergessen wir etwas. Warum mußte er den Skarabäus erneut in seinen Besitz bringen?«

David hatte die Figur von allen Seiten begutachtet. »Weil sie ihre Arbeiten signierte«, antwortete er. »Das war Teil des Scherzes. Schau dir das an. Bist du sicher, daß sich das nicht auch auf dem Skarabäus befand?«

Sie waren in den glatten Sockel der Statue eingeritzt – zwei winzige Hieroglyphen. Das Symbol für die Eule – das altägyptische M; das darunterstehende Zeichen symbolisierte den Buchstaben R. Zusammen ergaben sie nicht nur Maudes Initialen, sondern auch ein ägyptisches Wort.

Ramses hatte ein ausgeprägtes visuelles Vorstellungsvermögen, doch er mußte nicht einmal konzentriert die Augen schließen, um diesen Teil der Inschrift zu reflektieren.

»Ja, ich erinnere mich«, meinte er schließlich. »Es handelt sich um einen Titel – der Begriff bedeutet Aufseher oder Überwacher. Das war eine der von mir festgestellten Besonderheiten – die Tatsache, daß die Inschrift mit den Titeln des Würdenträgers *begann,* der den Text verfaßt hatte. Dieser Halunke hat mich förmlich darauf gestoßen, und ich Idiot habe es schlicht und einfach ignoriert!«

»Typisch, daß du dich selbst zur Rechenschaft ziehst, weil du nicht allwissend bist. Aber wie hättest du wissen sollen, was es bedeutete?« David streifte die Galabija über seinen Kopf. »Ich glaube«, fuhr er fort, als sein Gesicht zum Vorschein kam, »daß er unnötig in Panik geriet, als er begriff, daß der Skarabäus offenbar in euren Besitz gelangt war. Der Einbruch in euer Haus war mit Risiken verbunden.«

»Aber nicht für ihn. Die von ihm angeworbenen Männer kannten ihn nicht, und er hinterließ kein Indiz, das auf ihn gedeutet hätte.«

»Es wäre besser, wenn wir die Statue dem Professor zeigten«, wandte David ein. »Bist du bereit?«

»Nach Mutters Ansicht vermutlich nicht.« Lediglich mit Hose und Stiefeln bekleidet, schloß Ramses das Schubfach und schlenderte erneut zum Schrank. »Verflucht, hier muß doch irgendwo ein frisches Hemd aufzutreiben sein ... Aha. Sie liegen im obersten Fach.«

Sein erboster Tonfall brachte David zum Lachen. »Da liegen sie doch immer.«

»Tatsächlich? Warum knöpfen Frauen diese verdammten Dinger jedesmal zu, bevor sie sie weglegen? Das macht doch nur doppelte Arbeit. David, ich möchte nicht, daß du die Sache heute abend gegenüber Vater – oder Mutter – erwähnst.«

»Aber es handelt sich um das eindeutigste Beweisstück, das wir bislang gefunden haben, Ramses. Wir können es ihnen nicht vorenthalten.«

»Der letzte Nagel in Jack Reynolds' Sarg«, murmelte Ramses. »Nein, David. Es wäre zu einfach.«

David schob einen Stapel Papier von einem der Stühle und

setzte sich. »Dann also heraus damit. Wenn es nicht Jack ist, dann mußt du Geoffrey verdächtigen. Ramses, bitte hör mir zu – «

»Es ist nicht das, was du denkst.« Er stopfte sein Hemd in den Hosenbund.

»Ich hatte keinerlei Vermutung – «

»Doch, das hast du. Aber du irrst dich. Glaubst du etwa, ich will ihn als Schuldigen abstempeln? Denk doch, was das für Nefret bedeutete! Trotzdem wäre es beinahe noch schlimmer, ihn nur wegen ihr zu decken; falls er der von uns gesuchte Mann ist, ist er völlig skrupellos und gefährlich wie eine hinterhältige Schlange. Heute nachmittag benutzte er eines der Pferde aus den Stallungen und kehrte erst kurz vor Einsetzen des Unwetters zurück – du hast doch gehört, was Mohammed sagte. An jenem Tag könnte er Mutter lediglich deshalb verfolgt haben, um sich ein Alibi zu verschaffen; warum zum Teufel hätte er ihr ansonsten folgen sollen? Es wäre keineswegs schwierig gewesen, dafür zu sorgen, daß einige Feuerwerkskörper detonierten, während er galant zu ihrer Rettung eilte. Er hatte Zugang zu Jacks Waffenschrank und Einfluß auf den naiven armen Jack und dessen Schwester – «

Davids pfeifender Atemzug unterbrach ihn. Er zuckte die Schultern. »Du brauchst kein Blatt vor den Mund zu nehmen, falls ich irgend etwas übersehen habe. Gütiger Himmel, ich wollte, es wäre so.«

»Das alles ist überaus komplex«, murmelte David.

»Ich weiß. Laß mir noch einen Tag Zeit, bevor wir diese neue Information preisgeben. Ich werde heute abend hierbleiben und ein Auge auf ihn haben. Vielleicht unternimmt er etwas – oder sperrt sich dagegen –, was die Sachlage eindeutig klärt.«

Was sie von seinen Eltern im Verlauf des Abendessens erfuhren, hätte man als weiteren Todesstoß für Reynolds ansehen können. Ramses wertete es allerdings als Pluspunkt. Die Hauptdrahtzieher im Drogengeschäft griffen nur selten selbst zu ihrer Ware. Schließlich wußten sie es besser.

Also verbarg er sich bei Einbruch der Nacht im Garten und beobachtete ein bestimmtes Fenster. Es war bereits stockfinster, als eine Gestalt auftauchte und durch die Dunkelheit in die von Ramses angepeilte Richtung schlich. Von Narmer kam kein Laut; nachdem Ramses seine Tätigkeit für Russell aufgenommen hatte, hatte er angeordnet, daß der Hund nachts eingeschlossen wurde.

Langsam näherte sich Ramses dem Fenster seines früheren Zimmers. Er nahm nicht an, daß sie dort war, vergewisserte sich jedoch, daß er kein Geräusch hörte, bevor er über den Sims kletterte. Bald darauf fand er, was er suchte. Er entfernte die Munition, dann legte er die Waffe zurück unter die Matratze.

Bis zu diesem Punkt war es ihm gelungen, nur an seine augenblickliche Mission zu denken, doch als er sich erneut aufrichtete, zogen vor seinem geistigen Auge so lebhafte und schmerzvolle Bilder vorüber, daß er in seiner Verzweiflung die Lider zusammenpreßte, um diese zu verdrängen. Wie in Dreiteufelsnamen sollte er ihr das erklären?

Normalerweise stehe ich vor Emerson auf, der ein Langschläfer und Morgenmuffel ist. Man stelle sich daher mein Erstaunen vor, als ich die Augen aufschlug und eine in diffuses Dämmerlicht getauchte, statuengleiche Gestalt bemerkte, die sich vor dem sternenhellen Fenster abzeichnete. Es war Emerson – er war wach, angekleidet und rauchte seine Pfeife.

Mit einem Aufschrei setzte ich mich ruckartig auf. »Was ist geschehen?«

»Bislang nichts«, lautete seine gelassene Antwort. »Allerdings wird noch einiges geschehen. Bevor wir die Arbeit aufnehmen, muß ich Reynolds und von Bork aufsuchen und Reisner einen Höflichkeitsbesuch abstatten. Willst du mitkommen?«

»Selbstverständlich.«

»Das war mir klar. Brauchst du Hilfe bei den Knöpfen?«

»Danke, nein. Ohne deine Unterstützung bin ich vermutlich schneller fertig.«

Emerson schmunzelte. »Fatima wird noch schlafen. Ich gehe in die Küche und koche dir einen Kaffee, meine Liebe.«

Falls ich irgendeine Motivation brauchte, um in Windeseile meine Sachen überzustreifen, so war es dieses großzügige Angebot. Emerson bemüht sich zwar redlich, dennoch würde Fatima vermutlich eine Stunde lang mit dem Aufwischen beschäftigt sein, sofern er nicht gleich die ganze Küche in Brand setzte.

Wie nicht anders zu erwarten, fand ich ihn fluchend vor, da er gerade seine verbrühte Hand verarztete. Er hatte eine Tasse fallenlassen und die Kaffeekanne umgeworfen. Mitten auf dem Tisch lag eine tote Maus – vermutlich eine von Horus' Morgengaben.

Ich machte den Kaffee und fegte die Scherben der zerbrochenen Tasse zusammen, während Emerson die Maus entsorgte. »Es sieht nach einem herrlichen Tag aus«, bemerkte er, als er sich zu mir an den Tisch gesellte.

»Wofür?« fragte ich leicht gereizt. (Ich hatte mir mit einer Scherbe in den Finger geschnitten.)

»Unter anderem«, erwiderte Emerson, »für die Exkavation. Teilweise ist mir der infame Plan inzwischen klargeworden. Ich weiß, was sich hinter den Aktivitäten des Fälschers verbirgt und was wir unter gar keinen Umständen in Zawiet finden sollen.«

»Vermutlich willst du mich darüber aber im unklaren lassen.«

»Ich gebe dir einen Anhaltspunkt. Zwei der von dem Fälscher veräußerten Artefakte waren überaus ungewöhnlich – die kleine Elfenbeinstatue und die Stuhlbeine. Beides entstammt einer frühen Dynastie. Wie es der Zufall will, datiert unsere Pyramide ebenfalls aus dieser Zeit. Aufgrund eines weiteren merkwürdigen Zufalls will jemand verhindern, daß wir dort arbeiten.«

»Gütiger Himmel«, hauchte ich. »Das ist – ich wollte sagen – ja, natürlich. Die prachtvoll mit Goldintarsien eingelegten Beine der Bestattungsliege, die Statue eines Königs oder seines Vaters oder Großvaters ... Ein Königsgrab!«

»Oder ein Versteck«, warf Emerson ein. »Angenommen, unser Freund entdeckte es im Vorjahr und beschloß, die Schätze zu behalten. Wie hätte er sie veräußern können, ohne Verdacht zu erregen? Indem er vorgab, daß die echten Artefakte zu einer größeren Sammlung von glaubwürdiger Herkunft gehörten.«

»Brillant, Emerson! Und er kann nicht das gesamte Grab ausgeräumt haben, denn sonst würde er nicht versuchen, uns von der Ausgrabungsstätte fernzuhalten. Einige der Grabbeigaben müssen immer noch dort sein!«

»Möglicherweise ist das der Fall«, erwiderte Emerson. »In der letzten Saison glaubte er vielleicht, daß deren Bergung keine Eile hatte; Reisners Konzession erstreckt sich auch auf dieses Gebiet, und er hatte nicht die Absicht, dorthin zurückzukehren. Keiner konnte ahnen, daß er es mir anbieten würde.«

»Und er – der Fälscher – fand es erst vor kurzem heraus. Für Reisner gab es keinen Anlaß, es gegenüber irgend jemandem zu erwähnen, mit Ausnahme Masperos, und deine Angewohnheit, deine Pläne bis zum letzten Augenblick geheimzuhalten –«

»Für diesen Halunken muß es ein ordentlicher Schock gewesen sein«, bekräftigte Emerson. »Er kann einem fast leidtun.«

Das Auftauchen von Fatima, die bei unserem Anblick verblüfft den Mund aufriß, beendete unsere Diskussion. Ich unterbrach ihre Entschuldigungen und entschuldigte mich statt dessen für das Chaos in der Küche.

Im Innenhof war es bereits so hell, daß wir die Konturen der Möbel und des Springbrunnens erkennen konnten. Der Himmel war noch trübe und farblos, dennoch wußte ich, daß uns ein herrlicher Tag erwartete. Allerdings nahm ich meinen Schirm mit, da er nicht nur Schutz gegen den Regen bietet.

»Sollen wir den anderen eine Nachricht hinterlassen?« fragte ich, als der verschlafene Portier die Tür öffnete.

»Wir werden zurücksein, noch bevor sie unsere Abwesenheit feststellen«, meinte Emerson. »Es wird nicht lange dauern.«

In dieser Einschätzung täuschte er sich allerdings. Als wir Jack Reynolds' Haus erreichten, war der Vogel bereits ausgeflogen.

Jedenfalls einer der beiden. Nachdem wir uns vergewissert hatten, daß Jack nicht zu Hause war und daß keiner der Bediensteten seinen Aufenthaltsort zu kennen schien, stürmte Emerson ins Gästezimmer und schüttelte den schlafenden Karl von Bork. Das abrupte Erwachen und der Anblick Emersons, der wutschnaubend vor ihm stand, hätten selbstbewußtere Gestalten als Karl aus der Fassung gebracht. Ich brauchte eine ganze Weile, bis ich ihn soweit beruhigt hatte, daß er sich artikulieren konnte, und seine Schilderung klang ziemlich zusammenhanglos. Nach unserem Aufbruch hatte er Jack im Arbeitszimmer zurückgelassen und war ins Bett getorkelt. Seitdem hatte er ihn nicht mehr zu Gesicht bekommen. Er hatte nichts gehört oder gesehen, und er wußte von nichts – außer daß er selbst ein elender Wurm war, das erbärmlichste Geschöpf auf Gottes weiter Erde, der unsere Freundschaft und Marys Liebe nicht verdient hatte.

Das war zwar richtig, aber nicht sonderlich hilfreich, deshalb ließ ich ihn händeringend und jammernd zurück. Emerson hatte sich noch einmal in Jacks Arbeitszimmer begeben. Als ich zu ihm trat, hatte er gerade den Waffenschrank geöffnet.

»Ein Gewehr fehlt«, erklärte er. Seine Wut war eiskalter Beherrschung gewichen, und er ging seiner Überprüfung mit der ihm eigenen Entschlossenheit nach. Nach seiner Rückkehr ins Gästezimmer inspizierte er diesen Raum und Karl von Borks zusammengesackte Gestalt, ohne die Waffe jedoch aufzuspüren. Dann eilten wir zu den Stallungen, wo wir erwartungsgemäß feststellten, daß Jacks Pferd verschwunden war. Der Stallknecht war unauffindbar; in der Tat hatte ein Großteil des Personals aufgrund von Emersons lautstarker Argumentation fluchtartig das Weite gesucht.

Emersons vorletzte Handlung bestand darin, den Waffenschrank komplett zu leeren. Die Pistolen am Gürtel, die anderen Waffen unter seinem Arm, verharrte er gerade so lange, bis er ein letztes Wort mit Karl gewechselt hatte.

»Sie gehen zur Arbeit und berichten weder Junker noch sonstwem von der Sache«, ordnete er an. »Falls Sie unschuldig sind, sind wir möglicherweise sogar in der Lage, Sie aus dieser Misere herauszuholen. Aber ob nun schuldig oder nicht, wegzulaufen wäre der schlimmste Fehler, den Sie machen könnten.«

In aller Eile kehrten wir nach Hause zurück. Aufgrund der Begrüßung unseres Portiers stürmten alle aus dem Frühstücksraum, auch Lia und David, die gerade eingetroffen waren. In kurzen Zügen skizzierte Emerson ihnen die Situation.

»Und jetzt beendet euer Frühstück«, schloß er. »Ich persönlich könnte noch eine Tasse Kaffee vertragen. Peabody, du hast nichts gegessen; beeil dich, mein Schatz, wir müssen aufbrechen.«

»Aufbrechen?« ereiferte sich Geoffrey. »Zur Exkavation? Aber, Sir, sollten wir uns nicht besser auf die Suche nach Jack begeben? Wenn er irgendwo da draußen mit einem Gewehr herumirrt, könnte er zur Gefahr werden.«

»Wo sollten wir suchen?« fragte Ramses, denn Emersons leicht verärgerter Gesichtsausdruck dokumentierte, daß er keine Zeit verlieren wollte, indem er auf das Naheliegende hinwies.

»Wenigstens seid ihr bewaffnet«, bemerkte Geoffrey.

»Bewaffnet?« Schlagartig schien Emerson zu dämmern, daß er Jacks Waffenarsenal mit sich herumtrug. Mit einem Krachen ließ er sie fallen. »Keine davon ist geladen.«

»Ich weiß, wo er seine Munition verwahrt«, warf Geoffrey hilfsbereit ein. »Laßt mich gehen und – «

»In seinem Schreibtisch«, unterbrach ihn Emerson. »Der verfluchte Idiot verschloß nicht einmal die Schubfächer. Ich trage keine Waffen bei mir, Geoffrey. Im Gegensatz zu Mrs. Emerson; aber ich habe nichts dagegen, da sie meines Wissens noch nie getroffen hat. Erspare mir freundlicherweise deine Argumentation und befolge meine Anweisungen.«

Niemand außer Geoffrey hatte es gewagt, sich mit ihm anzulegen. Sie wußten warum. Allerdings läßt sich keiner von uns lange den Mund verbieten, und nachdem wir uns an den Frühstückstisch gesetzt hatten, begannen die unvermeidlichen Spekulationen.

»Vielleicht ist er nur zur Jagd aufgebrochen«, meinte Lia. »Sind Sportler nicht immer früh auf den Beinen?«

Sie wirkte so reizend und besorgt, daß niemand ihre optimistische Wunschvorstellung widerlegen mochte. Ramses, der seit unserer Rückkehr kaum etwas gesagt hatte, grinste sie an. »Das könnte möglich sein.«

Emerson beendete unsere Unterhaltung, indem er uns an die Arbeit erinnerte. Selbstverständlich war ich voll bewaffnet, denn die kleinen Seitenhiebe meines Gatten ignoriere ich. Pistole, Messer und Werkzeuggürtel befanden sich an ihrem angestammten Platz, und beim Hinausgehen nahm ich meinen Schirm vom Haken.

Bei unserer Ankunft in Zawiet waren unsere Männer bereits eingetroffen. Unter Selims Aufsicht entfernten mehrere von ihnen gerade die Zeltplane von dem Schacht, und Emerson stürmte zu ihnen, um sicherzustellen, daß es keine gravierenden Schäden gab. Etwas Wasser war eingedrungen, aber das war kaum der Rede wert.

Ich kann nicht behaupten, daß ich konzentriert arbeitete. Das Gebiet war mir relativ eben vorgekommen, und das war es auch, verglichen mit den verwitterten Klippen und den Bergen rund um Theben, wo wir zuvor gearbeitet hatten; dennoch bot es genügend Felsvorsprünge, die einer ganzen Reihe von Attentätern Deckung geliefert hätten. Ich nahm Selim beiseite. Im Verlauf meiner Schilderung verkrampften sich seine jugendlichen Züge zu einer wütenden Grimasse. Schon bald darauf wachten Männer an verschiedenen kritischen Punkten rund um die Pyramide und auf deren Spitze.

Am späten Vormittag sichteten und photographierten wir eine weitere Schicht aus Tierknochen. Darunter befanden sich auch Papyrusfragmente, auf die sich Ramses stürzte. »Demotisch«, verkündete er nach kurzem Überfliegen. »Du hattest recht mit deiner Datierung der Fundstücke, Vater. Hier steht der Name Amasis des Zweiten.«

Die Grube war inzwischen fast zwei Meter tief, und wir hatten den Boden offenbar erreicht. Wir stießen auf keine weiteren Knochen, sondern lediglich auf eine dicke Sandschicht. Emerson, der auf dem Rand der steil abfallenden Senke kauerte, rief seinen Männern unumwunden zu, daß sie mit den Grabungsarbeiten aufhören und hochkommen sollten.

»Was ist denn?« fragte ich, während ich zu ihm eilte. »Besteht die Gefahr eines plötzlichen Einsturzes?«

»Vor einem plötzlichen Einsturz wird man leider nur selten gewarnt«, erwiderte Emerson sarkastisch. Er strich sich über sein Kinn. »Wir haben das Ende des Nebenschachts erreicht. Bei genauem Hinsehen erkennst du die Oberfläche eines der ursprünglichen Steinquader, die den Stollen auskleideten. Es kann sich nur um wenige Schichten handeln; wir haben bereits zwei Meter bewältigt, und ich rechne damit, daß wir in weniger als fünf Metern Tiefe auf die letzten Felsquader stoßen werden.«

»Wir brauchen Seile«, wandte Selim ein. »Um das Gestein nach oben transportieren zu können.«

»Ich möchte auch, daß die Männer angeseilt werden«, erwiderte Emerson. »Und nie mehr als drei werden gleichzeitig in die Tiefe gelassen, Selim. Zwei Männer halten jeweils ein Seil, und richte ihnen aus, daß ich ihnen beide Arme brechen werde, falls sie loslassen.«

Wenn ich Emerson nicht überzeugt hätte, daß er seine Kraft und Kompetenz an anderer Stelle sinnvoller einsetzen könnte, wäre er einer der drei Männer in der Grube gewesen. Langsam und vorsichtig wurde mit der Arbeit begonnen. Die Felsquader waren nicht so gewaltig wie die in Gizeh, trotzdem wog jeder einzelne mehrere hundert Pfund, und die Männer brauchten lange, bis sie sie so weit angehoben hatten, daß sie ein Seil darunter anbringen konnten. Emerson befahl die Männer nach oben, bevor der Steinbrocken hochgehievt wurde, und entfernte sich vom Rand der Grube.

»Das wird vermutlich den ganzen Tag in Anspruch nehmen«, bemerkte ich, während ich in die Tiefe spähte.

»Falls erforderlich, sogar eine Woche«, erwiderte Emerson

und wischte mit seinem Ärmel über seine schweißnasse Stirn.

»Selbstverständlich. Da die Sache nicht eilt, könnten wir eigentlich das Mittagessen einnehmen, oder?«

Zähneknirschend erklärte sich Emerson einverstanden, und wir zogen uns zu unserem schattigen Plätzchen zurück, während die Arbeiter rauchten und sich ausruhten. Kurz darauf bemerkte ich in nördlicher Richtung einen Reiter und machte die anderen auf ihn aufmerksam. Keiner reagierte; abgesehen von der Tatsache, daß ein Attentäter sich beileibe nicht so auffällig genähert hätte, hätte man die schlanke, elegante Erscheinung des Reiters kaum für den stämmigen Amerikaner halten können. Es war Geoffrey, den Emerson nach Gizeh geschickt hatte, damit er feststellte, ob Jack zur Arbeit erschienen war.

»Er ist nicht da!« lauteten die ersten Worte des jungen Mannes, als er auf uns zueilte. »Er ist am Vormittag nicht aufgetaucht, und zu Hause ist er auch nicht. Dort war ich ebenfalls.«

»Hmhm«, brummte Emerson und kaute dann weiter. Ich sagte: »Setz dich, Geoffrey, und trink ein Glas Tee. Du wirkst sehr überhitzt.«

Lächelnd und kopfschüttelnd küßte Geoffrey seine Ehefrau und sank ihr zu Füßen. »Diese Gelassenheit erstaunt mich, Mrs. – Tante Amelia –, obgleich ich mich mittlerweile daran gewöhnt haben sollte.«

»Wir demonstrieren lediglich die Eigenschaften, für die unsere hochstehende Rasse berühmt ist«, meinte Ramses gedehnt. »Britisches Phlegma, Noblesse oblige, Gelassenheit selbst in Krisensituationen... Habe ich noch etwas ausgelassen?«

»Sei nicht so blasiert«, konterte Nefret.

»Das hatte ich vergessen«, fuhr Ramses fort. »Die Blasiertheit. Kann ich noch ein Sandwich bekommen?«

»Wie verhielt sich Mr. Reisner?« drängte ich.

»Er war nicht gerade begeistert«, gestand Geoffrey. »Ich erzählte ihm von den Problemen –«

»Was?« brüllte Emerson entgeistert.

»Oh, ich ging nicht ins Detail, Sir, ganz bestimmt nicht. Das war nicht erforderlich. Er meinte, daß Probleme bei euch an der Tagesordnung sind und daß er es im Anschluß an deren Klärung begrüßen würde, wenn er wenigstens einen Teil seines Mitarbeiterstabes zurückbekäme.«

Emerson schmunzelte, woraufhin Geoffrey skeptisch bemerkte: »Ich vermute, daß Jack hier ebenfalls nicht auftaucht. Ich möchte ja kein Schwarzseher sein, aber wie könnt ihr in dem Bewußtsein weiterarbeiten, daß er irgendwo da draußen wartet und beobachtet?«

»Und uns auflauert«, versetzte Ramses.

»Bislang hat noch kein Krimineller meine Exkavationen unterbrochen«, erklärte Emerson. »Wir sind im Begriff, eine bedeutende Entdeckung zu machen. Zweifellos wird das eine große Überraschung werden für ... Ach, verflucht! Wird es nicht, nicht wahr? Ramses!«

»Ich habe doch gar nichts gesagt«, protestierte sein Sohn.

»Ich habe die Blicke bemerkt, die du mit David ausgetauscht hast. Du hast es also herausgefunden, nicht wahr?«

»Daß es sich um ein Königsgrab aus der dritten Dynastie handelt? Ja, Sir. Das war die logische Folgerung aus den von uns gesammelten Informationen. Aber«, fuhr Ramses hastig fort, »keiner von uns hat eine Vorstellung, wo es sein könnte. Vermutest du es in dem Stollen, Vater?«

»Nein«, erwiderte Emerson, offensichtlich verärgert, daß er seine Fehlbarkeit eingestehen mußte. »Die Grabkammer muß relativ leicht zugänglich sein, da unser Freund diese ansonsten nicht ohne fremde Hilfe aufgespürt hätte. Die Fundstücke in dem Schacht sind jahrtausendelang nicht berührt worden. Es gibt nur zwei Möglichkeiten. Entweder befindet sich dort unten ein verborgener Eingang zu der tatsächlichen Grabkammer, oder die gesamte Pyramide ist ein Ablenkungsmanöver, und der König wurde in einer der unscheinbaren Grüften auf den Grabfeldern bestattet. Ich tippe auf ersteres, da – «

Ich sah mich gezwungen, ihn zu unterbrechen. »Geoffrey, ist alles in Ordnung? Dieser Husten ist ja entsetzlich; vielleicht hilft dir eine Tasse Tee.«

Der junge Mann richtete sich auf. »Mir geht es schon wieder besser«, meinte er kurzatmig und lächelte Nefret an, die ihren Arm um seine Schultern gelegt hatte. »Ich war lediglich ... lediglich überrascht.«

»Sprich weiter, Vater«, sagte Ramses. »Wieso denkst du, daß sich die verborgene Grabkammer in der Pyramide befindet?«

»Was? Ach so. Nun, würde eine Bestattung auf den Grabfeldern potentiellen Dieben und auch uns leichteren Zugang ermöglichen. Der Schatz muß sich in der Pyramide befinden – unter dem Boden eines Tunnels oder einer der Kammern oder sogar unter der vermeintlichen Grabkammer. Dennoch werde ich unsere Männer erst hinunterschicken, wenn der Schacht völlig ausgehoben ist. Einverstanden?« Ohne eine Antwort abzuwarten, sprang er auf. »Dann macht euch also wieder an die Arbeit.«

Die anderen folgten ihm und ließen mich allein mit Geoffrey und Nefret zurück. »Sorge dafür, daß er sich eine Weile ausruht«, bemerkte ich.

»Ja, Tante Amelia.« Mehr sagte sie nicht. Als ich ihren verschlossenen Gesichtsausdruck und ihre zusammengepreßten Lippen bemerkte, beschlichen mich nicht etwa Selbstvorwürfe, sondern der bohrende Schmerz des Verlustes. Würde unsere Beziehung jemals wieder wie früher sein?

Im Verlauf des Tages schwand meine Wachsamkeit. Jack war nicht aufgetaucht, und ich hoffte, daß er vielleicht die Flucht ergriffen hatte. Als ich diese Möglichkeit gegenüber Emerson erwähnte, schnaubte er lediglich ungehalten. Er konzentrierte sich voll und ganz auf seine Arbeit.

Ich bin überzeugt, daß Emerson einen sechsten Sinn für die Archäologie besitzt – so wie ich für das Verbrechen. Er bemerkte die Anzeichen, die nur wenigen Exkavatoren aufgefallen wären; als die Katastrophe eintrat, war er als einziger von uns darauf vorbereitet.

Die Männer hatten vier der Felsquader entfernt und eine weitere Schicht freigelegt. Es war eine harte, langwierige Tätigkeit, und die Seile, mit denen sie sich auf Emersons Befehl hin gesichert hatten, verhedderten sich ständig; stöhnend und fluchend gingen sie ihrer Arbeit nach. Schließlich sollte der fünfte Felsbrocken geborgen werden. Man zog die in der Grube arbeitenden Männer hoch und bewegte dann den Steinquader. Er war schon halb an der Oberfläche, als das Seil riß oder die Knoten nachgaben – ich weiß nicht genau, was passierte, ich sah nur, daß der Brocken abstürzte. Eine Ecke traf auf dem Boden auf, und aufgrund dieses Aufpralls gab der gesamte Untergrund mit einem Krachen nach, das der Explosion einer Dynamitladung entsprach. Eine Sandwolke wirbelte aus dem Abgrund hoch, und Emerson stürzte sich auf einen der angeseilten Männer, der den Halt verloren hatte und unweigerlich vom Rand der Grube abgerutscht wäre.

Alle kamen angerannt. Als sich die Staubwolke gelegt hatte, richtete sich Emerson auf, zählte seine Männer und seufzte erleichtert auf. »Gott sei Dank ist nichts passiert«, verkündete er und wischte sich mit seinem Handrücken über den Mund, was nicht sonderlich effektiv war, da Hände und Gesicht gleichermaßen schmutzig waren. Ein Stöhnen des von ihm geretteten Arbeiters ließ ihn aufhorchen; er richtete den Burschen auf, untersuchte ihn, klopfte ihm den Staub ab und übergab ihn zwei seiner Freunde. »Es ist nichts passiert«, wiederholte er.

»Das entledigt uns der mühsamen Aufgabe, den Schacht freizulegen«, bemerkte Ramses, während er in die Tiefe spähte.

»Verschwinde vom Rand der Grube«, wies ich ihn an. »Du auch, Geoffrey. Gütiger Himmel, der Stollen muß inzwischen ungefähr 20 Meter tief sein.«

»Hmmm, ja«, erwiderte Emerson. »Auch gut. Die Felsquader über die Treppe zu bergen dauert zwar länger, ist aber bei weitem nicht so gefährlich. Es tut mir leid, Selim, aber ich befürchte, daß eine weitere deiner Winden den Geist aufgegeben hat.«

»Solange es keiner unserer Männer ist, Vater der Flüche.«

»Treffend gesagt.« Emerson klopfte ihm auf die Schulter. »Kommt, wir wollen uns die Sache da unten einmal genauer anschauen.«

»Hat das nicht Zeit bis morgen?« fragte ich.

»Warum sollten wir warten? Es ist doch noch heller Tag.«

Er hatte kaum die Hälfte der Strecke zwischen der Öffnung des Schachts und dem Eingang zur Treppe überwunden, als er abrupt stehenblieb – aus gutem Grund. Jack Reynolds hatte uns nicht in einem Hinterhalt aufgelauert. Er war die ganze Zeit hiergewesen und hatte sich am Fuße der in das Felsgewölbe gehauenen Treppe verborgen. Jetzt erhob er sich, staubig, mit hochrotem Gesicht, wutblitzenden Augen und angelegtem Gewehr. Es war auf Emerson gerichtet.

14

Man wird als Sahib geboren und nicht dazu gemacht. Der Kodex unserer Gesellschaftsschicht ist eindeutig: kompromißlose Ehrlichkeit, unerschütterlicher Mut, Respekt gegenüber den Frauen und anderen hilflosen Geschöpfen – und ein feinsinniges Ehrgefühl, wie es nur den Angelsachsen eigen ist.

»Tu's nicht, Emerson!« kreischte ich – denn ich hatte die plötzliche Anspannung seiner durchtrainierten Schultern wahrgenommen und wußte, daß er umgehend zum Angriff übergehen würde. »Versuche, vernünftig mit ihm zu reden!«

Emerson erwiderte etwas, was ich nicht verstand – zweifellos handelte es sich um einen Fluch –, doch dann reagierte er auf Jacks bedrohliche Geste und wich langsam zurück, während der junge Mann näher kam. Schließlich blieb Jack stehen. »In Ordnung, Professor. Jetzt sind wir uns nahe genug, um uns nicht gegenseitig anschreien zu müssen. Ich habe eine trockene Kehle. Mein Wasservorrat hat sich schon vor einiger Zeit erschöpft.«

Seine Stimme schnarrte, weil er durstig war, trotzdem klang er relativ vernünftig. Ich faßte mir ein Herz und bemerkte: »Jack, ich trage eine Wasserflasche bei mir. Wenn Sie erlauben –«

»Nein danke, Ma'am. Erst wenn ich meine Rechnung mit Ramses beglichen habe.«

»Ramses?« wiederholte ich. »Das kann nicht Ihr Ernst sein, Jack. Wir alle wissen von dem Schatz, und Ihr augenblicklich widersinniges Verhalten erhärtet unsere Theorie, wo er sich befinden muß. Sie bemühen sich vergeblich, wenn Sie die Substruktur jetzt noch verteidigen wollen. Sie können uns doch nicht alle töten.«

»Würdest du die Güte besitzen und ihm nicht irgendwelche Flausen in den Kopf setzen, Peabody?« schnaubte Emerson.

Jack runzelte die Stirn. »Ich habe keine Ahnung, wovon Sie sprechen, Mrs. Emerson. Kommen Sie nicht näher – das gilt auch für dich, Nefret. Ich will lediglich Ramses. Ansonsten möchte ich niemanden verletzen.«

»Keiner von uns wird tatenlos zusehen, wenn du ihn erschießt, Jack«, hub Nefret an. »Bitte – «

»Erschießen?« Ihm versagte die Stimme. »Glaubt ihr etwa, ich würde einen Unbewaffneten erschießen? Ich will lediglich eine ehrliche Auseinandersetzung.«

Allmählich dämmerte mir die Wahrheit, doch diese war so entsetzlich, daß mein Verstand sie nicht wahrhaben wollte. Emerson reagierte als erster auf Jacks Äußerung. »Wenn Sie niemanden erschießen wollen, warum richten Sie dann die Waffe auf mich? Senken Sie sie, dann können wir alles besprechen.«

»Sobald Sie mir Ihr Wort geben, daß Sie sich nicht einmischen. Ich will einen gerechten Kampf und nicht, daß sich alle gleichzeitig auf mich stürzen.«

»Einen Augenblick, Vater«, warf Ramses ein, da Emerson wutschnaubend auf eine Antwort sann. »An was genau denkst du dabei, Reynolds? Sofern das eine Herausforderung sein soll, liegt die Wahl der Waffen bei mir.«

»Verflucht, doch keine Waffen«, schnaubte Jack. »Ein Faustkampf reicht mir völlig.«

»Mir auch«, erwiderte Ramses rasch.

»Nein, Jack!« schrie Geoffrey. »Du kannst nicht gewinnen. Er kämpft nicht wie ein Gentleman!«

»Halt dich aus der Sache raus, Geoff.« Jack strich sich mit seinem Ärmel über sein verschwitztes Gesicht. »Er hat Maude ermordet und will mir die Schuld in die Schuhe schieben, und wenn ich kann, werde ich ihn umbringen; aber das erledige ich mit meinen bloßen Händen in einem fairen Kampf. Falls er mich tötet ... nun, welchen Sinn hat mein Leben denn noch? Maude ist tot, du hast die Frau geheiratet, die ich begehrte, und er hat genug manipuliertes Beweismaterial gegen mich, um mich an den Galgen zu bringen. Dennoch werde ich keinen Menschen kaltblütig erschießen.«

Aufrichtigkeit – die Aufrichtigkeit eines rechtschaffenen, ziemlich törichten Mannes – klang aus jedem seiner Worte. Falls er die Wahrheit gesagt hatte, und dessen war ich mir sicher, bedeutete das, daß die gegen ihn sprechenden Beweise von jemandem manipuliert worden waren, ebenso wie seine Handlungen und Überzeugungen. Die Liste der von mir Verdächtigten schrumpfte schlagartig zusammen.

Und jetzt erkannte dieses Individuum, daß sein Plan ins Wanken geriet, weil er nicht reflektiert hatte, wie weit die Grenzen eines Ehrenmannes gesteckt sind. Er durfte nicht tatenlos zusehen, wie der absurde Faustkampf seinen Lauf nahm; Jack würde verlieren, da Ramses *nicht* wie ein Ehrenmann kämpfte, und im Zuge eines Verhörs (unter Berücksichtigung der besonderen Methoden meines Gatten) würde Reynolds den tatsächlichen Übeltäter preisgeben.

Er mußte umgehend handeln, und das tat er auch. Er hatte die Hände in den Taschen; schlagartig riß er den Revolver hoch und zielte mit der für ihn charakteristischen, eiskalten

Berechnung auf den einzigen Bewaffneten. Die Kugel traf den armen, fassungslosen Jack am Oberschenkel; er ließ sein Gewehr fallen und brach im Sand zusammen. Ramses, der zum Sprung angesetzt hatte, blieb abrupt stehen, da der Pistolenlauf umschwenkte, allerdings nicht in seine, sondern in meine Richtung.

»Mach dir nicht die Mühe, deine kleine Schreckschußpistole hervorzuzaubern, Tante Amelia«, versetzte Geoffrey. »Und ihr anderen rührt euch nicht von der Stelle. Bevor ihr mich erreicht, habe ich mindestens drei von euch umgelegt, und sie wird die erste sein.«

»Dann wirst du bei mir anfangen müssen«, erwiderte Nefret mit leiser, sachlicher Stimme. »Ich werde sehen, was ich für Jack tun kann.«

»Tu, was du nicht lassen kannst«, murmelte ihr Ehemann unschlüssig. »Aber rühr die Waffe nicht an.«

»So unvernünftig würde sie nie sein«, meldete sich Ramses zu Wort. »Du könntest und würdest abfeuern, bevor sie den Revolver überhaupt erreicht hätte. Du hast soeben bewiesen, daß du ein hervorragender Schütze bist und daß dein Abscheu vor Waffen Teil der Fassade war, die du uns und allen anderen vorgegaukelt hast. Es war eine meisterhafte Darbietung.«

»Aus deinem Mund klingt das in der Tat wie ein Kompliment«, erwiderte Geoffrey. »Ich habe schon einige Geschichten über deine Fähigkeiten in der Kunst der Verstellung gehört. Aber du bist mir bereits auf die Schliche gekommen, nicht wahr? Hast du zufällig gestern abend die Kugeln aus meiner Pistole entfernt, während ich heimlich das Haus verlassen hatte, um Jack anzuraten, sich rar zu machen? Keine schlechte Idee, trotzdem hast du mich unterschätzt, falls du damit rechnetest, daß ich die Waffe nicht überprüfen würde. Ich ersetzte die Munition aus Jacks Vorrat, als ich heute morgen sein Haus aufsuchte.«

Währenddessen nahm ich eine Bestandsaufnahme unserer derzeitigen Lage vor. Sie war alles andere als ermutigend. Nefret kniete neben Jack, der zwischen uns und dem Eingang zur Substruktur kauerte. Mit geballten Fäusten und bedrohlich zusammengezogenen Brauen stand Emerson gut und gerne drei Meter entfernt von mir, Lia und David befanden sich hinter ihm. Ramses stand als einziger nahe genug, um Geoffrey gefährlich werden zu können, aber aus Angst um mich wagte er keine Bewegung. Ich wußte, daß er trotz seines unbeteiligten Gesichtsausdrucks eiskalt kalkulierte und überlegte, wie er das Blatt zu unseren Gunsten wenden könnte. Er blickte zu seinem Vater und dann erneut zu Geoffrey.

»Ich habe dich unterschätzt«, gestand er.

»Das zeigt nur, wie irreführend die menschliche Physiognomie sein kann«, erwiderte Geoffrey mit seinem anziehenden, jungenhaften Grinsen. »Ich sehe aus wie ein Ästhet, nicht wahr? In meiner Jugend versuchte ich den Anforderungen meiner Familie gerecht zu werden, aber es war vergebens. Ich konnte noch so gut jagen, schießen oder reiten, dennoch machte sich mein alter Herr lustig über meine Statur und meine weichen, mädchenhaften Züge. Daraufhin beschloß ich, meinen eigenen Weg zu gehen und aus meinen Defiziten Kapital zu schlagen. Das funktionierte recht gut, bis ihr mir in die Quere kamt. Sicherlich könnt ihr verstehen, warum ich es genießen werde, möglichst viele von euch umzulegen, bevor man mich schnappt.«

»Das ist doch Unsinn«, erwiderte ich ungehalten. »Dein Schicksal ist augenblicklich noch ungewiß; sofern du niemanden von uns verletzt, ist die Möglichkeit, dem Gesetz zu entkommen – «

»Peabody, würdest du bitte davon Abstand nehmen, irgendwelche Vermutungen anzustellen?« brüllte Emerson.

»Emerson, würdest du bitte still sein?«

Langsam erhob sich Nefret. »Geoffrey, du weißt, daß ich dir zur Seite stehen werde, wenn du keinen weiteren Schaden anrichtest. In guten wie in schlechten Zeiten, weißt du noch? Gib Tante Amelia ... Nein, gib Ramses den Revolver.«

Sein Gesicht entspannte, als sein Blick zu ihr schweifte.

Auf diesen Augenblick hatte Emerson gewartet. Mit der lautstarken Aufforderung »Runter, Peabody!« machte er einen Satz nach vorn.

Erst sehr viel später begriff ich den ausgesprochen heldenhaften Mut hinter dieser Geste. Sie dokumentierte die berechnende Entschlossenheit, Geoffreys Pistolenmündung von mir und seinem Sohn abzuwenden. Emerson war klar, daß Ramses eher einen Angriff riskiert als zugesehen hätte, wie ich kaltblütig niedergeschossen wurde, und auf diese Entfernung hätte Geoffrey auch ihn nicht verfehlt.

Wir alle reagierten exakt so, wie mein werter Gatte es vorausgeahnt hatte. Die Kugel sauste über meinen Kopf hinweg, da ich mich auf den Boden fallen ließ. Ich hörte Emersons Aufschrei und Nefrets Kreischen; ich sah, daß Ramses sich auf Geoffrey stürzte, ihm die Waffe entriß und ihm gleichzeitig einen schmerzhaften Kinnhaken verpaßte.

Geoffrey taumelte zurück. Er war dem Rand des Schachts gefährlich nahe gekommen; ein letzter Schritt und er verlor das Gleichgewicht. Für Sekundenbruchteile nahm ich sein Gesicht wahr, den zu einem lautlosen Entsetzensschrei aufgerissenen Mund und seine hektisch in der Luft rudernden Arme. Im gleichen Augenblick warf sich Ramses flach auf den Boden und tastete sich vor.

Die Zeit schien stillzustehen. Als die aufgewirbelte Sandwolke sich über Ramses' dunklen Schopf und sein verschwitztes Hemd senkte, sah ich, daß seine Arme und sein Oberkörper im Schacht verschwunden waren. Seine Hände umklammerten Geoffreys rechtes Handgelenk. Diese Umklammerung war das einzige, was die erbärmliche Kreatur noch von ihrem gräßlichen Tod trennte. Die Wände des Schachts waren zu glatt, als daß seine Füße Halt gefunden hätten. Er schien bewußtlos zu sein, denn er hing reglos und mit schlaff herabhängendem Kopf in der Tiefe.

Emersons Fluchen zerstreute meine schlimmste Befürchtung. Doch eine andere war beinahe ebenso gräßlich, da mich der Eindruck beschlich, daß Ramses die Balance verlieren würde, sobald er versuchte, zurückzukriechen, geschweige denn, sich und Geoffrey aus dem Schacht herauszumanövrieren. Ich packte ihn an seinem Gürtel und schrie um Hilfe.

Diese stand schon bereit. Aufgrund der schlechten Sichtverhältnisse und meiner übersteigerten Erregung hatte ich nicht bemerkt, daß David und Selim mir zur Seite geeilt waren. Mit einem entsetzten Aufschrei umklammerte unser junger Rais Ramses' Beine und versuchte ihn zurückzuzerren. David legte sich flach auf den Boden und griff in die Tiefe. »Geoffrey! Reich mir deine andere Hand«, rief er.

Geoffrey hob den Kopf. Er war nicht in Ohnmacht gefallen, sondern konzentriert und bei vollem Bewußtsein. Seine Rettung befand sich in Reichweite. Der Mann, den er umzubringen versucht hatte, hielt ihn fest, und die Hand des Menschen, dem er so übel mitgespielt hatte, streckte sich ihm hilfsbereit entgegen.

Sein Mund verzog sich zu einem Grinsen. Er hob seinen freien Arm; doch statt Davids Hand zu packen, bohrte er seine Nägel brutal in Ramses' weiß hervortretende Fingerknöchel und entwand sich dessen Umklammerung. Der finstere Schacht verschlang ihn wie der Schlund eines Ungeheuers, und sein Schrei erstarb in einem gräßlichen Knirschen.

Erschauernd sank ich auf die Knie. Eine weniger couragierte Frau hätte vermutlich in dieser Position verharrt und dem Allmächtigen gedankt, aber ich vergeude keine Zeit auf ein

Gebet, wenn ich mich um drängendere Angelegenheiten kümmern muß. Ich eilte zu Emerson. Er war zwar blutüberströmt, aber auf den Beinen, und Nefret versuchte, ihn zu stützen. Sanft schob er sie beiseite.

»Nur ein kleiner Kratzer, Peabody. Hat mich allerdings flachgelegt, verflucht. Ist Ramses – «

»Unverletzt«, erwiderte Ramses. Er und David hatten sich zu uns gesellt. Beide waren blaß, aber beileibe nicht so bleich wie Nefret. Sie schwankte und wäre gestürzt, wenn Emerson sie nicht aufgefangen hätte. »Ohnmächtig«, bemerkte er, als ihr goldener Schopf an seine Brust sank. »Kein Wunder.«

Als ich einen erneuten Blick auf den Schauplatz der Tragödie warf, bemerkte ich, daß Selim in Richtung des Pyramideneingangs stürmte. Ich wußte, was er vorhatte, und dankte ihm im stillen, daß er aus eigener Initiative handelte. Schließlich mußte irgend jemand die Vorkehrungen für die Beseitigung der sterblichen Überreste treffen, und Jack war noch immer bewußtlos, Ramses sah aus, als kämpfte er gegen eine Übelkeit an, und Emersons Hemd war blutdurchtränkt; kurzum, die Situation war so prekär, daß sie sogar mir über den Kopf wuchs. Lia war die einzig weitere Anwesende, die die Ursache für den zuletzt eingetretenen Ernstfall begriff; über Nefret gebeugt, entfuhr es ihr: »Tante Amelia, sie ist – «

»Ja, Lia, ich weiß. Daoud, transportiere Nefret so schnell und so vorsichtig wie möglich zurück zum Haus. Lia, begleite sie. Und suche Kadija auf, denn sie wird wissen, was zu tun ist. Emerson, zieh dein Hemd aus, damit ich dich untersuchen kann.«

Allerdings gestattete er keinem anderen, seine Adoptivtochter anzurühren. Der drängende Unterton in meiner Stimme hatte meine ihr gegenüber gehegte Besorgnis offenbart; ihm war klar, daß irgend etwas nicht stimmte. Ohne eine weitere Frage marschierte er davon, und seine energischen Bewegungen demonstrierten mir, daß er nicht ernsthaft verletzt war.

»Und was soll ich jetzt tun, Tante Amelia?« fragte David.

»Begleite sie«, sagte Ramses, bevor ich etwas erwidern konnte. »Sag Vater, daß er Risha nehmen soll.«

Das war ein vernünftiger Vorschlag; der gewaltige Hengst war den anderen an Kraft und Geschwindigkeit weit überlegen, und er war leicht zu handhaben. Hin und her gerissen im Konflikt mit seinen Pflichten, zögerte David. Ungehalten erklärte Ramses: »Verflucht, beeil dich. Mutter und ich werden auf Moonlight zurückreiten.«

Als David davonrannte, warf er mir noch einen entschuldigenden Blick zu, den ich jedoch für überflüssig hielt. Ich entkorkte die an meinem Gürtel hängende Brandyflasche.

»Ich will keinen Brandy«, murmelte Ramses.

»Du sollst ihn auch nicht trinken. Streck deine Hände aus. Es gibt nichts Schmutzigeres als Fingernägel und menschliche Gebisse.«

»Beim Allmächtigen, Mutter!«

»Flüche muß ich von Zeit zu Zeit akzeptieren, aber Blasphemie lasse ich nicht zu«, erwiderte ich streng. »Und jetzt strecke deine Hände aus.«

»Vater wurde verletzt«, murmelte Ramses. Er verzog keine Miene, als der Alkohol über die blutigen Striemen auf seinen Handrücken floß. »Ich dachte, es wäre nur ein Schuß gefallen. Was hat Nefret denn eigentlich?«

»Das ist nicht der Rede wert«, erwiderte ich und hoffte, daß das der Wahrheit entsprach. »Laß mich kurz mit Selim und Daoud reden, und dann machen wir uns auf den Weg.«

Es überraschte mich nicht, als Selim mir berichtete, daß Geoffrey tot war. Ich schätze, man wird mich nicht der Hartherzigkeit bezichtigen, wenn ich gestehe, daß ich das insgeheim sogar gehofft hatte. Ich erteilte Selim die notwendigen

Instruktionen und schlenderte dann zu Jack, der mittlerweile wieder bei Bewußtsein war. Nefret hatte seine Verletzung fachmännisch verbunden, trotzdem war er meiner Ansicht nach zu schwach für einen Ritt. Also gab ich ihm einen kleinen Schluck Brandy und wies ihn an, noch so lange zu verweilen, bis Selim ein Transportmittel organisiert hatte. Als ich zu Ramses zurückeilte, stand er noch immer an derselben Stelle, an der ich ihn zurückgelassen hatte, und blickte abwesend nach Norden. Zum ersten Mal handelte er ohne vorherige Auseinandersetzung; er hob mich auf Moonlight und schwang sich dann auf Geoffreys Pferd. In atemberaubendem Tempo galoppierten wir nach Hause.

Als ich den Salon betrat, erwarteten sie mich bereits – Emerson, Ramses und David. Ich war zu müde und zu mitgenommen, um mich mit gewählten Worten zu artikulieren; und es wäre auch herzlos gewesen, sie auf die Folter zu spannen.

»Sie hatte eine Fehlgeburt«, erklärte ich. »Es ist vorbei. Für sie besteht keine Gefahr. Lia und Kadija sind bei ihr.«

Ramses setzte sich genau wie Königin Victoria, die nie darauf achtete, ob überhaupt ein Stuhl bereitstand. Glücklicherweise stand er vor dem Sofa.

»Sieh mich nicht so an«, entfuhr es mir. »Es geht ihr gut. So etwas ist ... ist nicht ungewöhnlich.«

»Trotzdem erhöht es meine Schuld, meinst du nicht?« wollte Ramses wissen. »Nicht nur ihr Mann, sondern auch ihr –«

»Das ist morbide und inkonsequent«, ereiferte ich mich unumwunden. »Dieser verfluchte Kerl war ein Mörder, und du hast sogar noch versucht, ihm das Leben zu retten.«

»Weiß sie das? Mein Kinnhaken katapultierte ihn in den Schacht. Sie hat nicht gesehen, was danach geschah.«

»Sie muß es wissen. Wenn nicht, werde ich es ihr sagen. Was das ... was das andere angeht, so war es nicht annähernd ... Sie war nur ... Ich spreche von Wochen und nicht von Monaten.«

Ramses erhob sich. »Entschuldigt mich bitte. Falls ihr mich braucht, bin ich in meinem Zimmer.«

David wollte sich ihm anschließen. Stirnrunzelnd und diabolisch grinsend, wandte sich Ramses an seinen Freund. Noch nie hatte er seinem Vater so ähnlich gesehen. »Laß mich um Himmels willen allein!«

»Ach du meine Güte«, entfuhr es mir. »David – «

»Das geht schon in Ordnung, Tante Amelia. Ich kann ihn verstehen. Wenn er mich braucht, bin ich für ihn da.« Er folgte Ramses aus dem Zimmer.

Emerson nahm meine Hand. »Setz dich, meine Liebste. Bist du sicher, daß Nefret nichts fehlt?«

»Aber ja«, erwiderte ich gequält. »Sie ist jung und gesund; schon in wenigen Tagen wird sie wieder bei Kräften sein. Aber ich mache mir Sorgen um Ramses. Er scheint sich mit Selbstvorwürfen zu plagen, und dafür besteht absolut kein Grund, Emerson, ganz gewiß nicht; von Anfang an hatte Geoffrey das alles so eingefädelt. Ich muß zu Ramses, Emerson, und ihm erklären – «

»Nein, mein Schatz. Nicht jetzt.«

»Bitte, Emerson, komm und setz dich zu mir. Und wenn du nichts dagegen hast, könntest du deinen Arm um meine Schultern legen.«

»Meine geliebte Peabody!« Er hielt mich fest umschlungen und schaukelte mich so sanft wie ein kleines Kind. »Es wird alles gut werden, Peabody. Wir werden diese Sache genauso bewältigen wie jedes andere Problem. Weißt du, es hätte schlimmer kommen können.«

»Mag sein, aber es war schon schlimm genug«, erwiderte ich. Aufgrund seiner Nähe und Vitalität empfand ich ein wohliges Gefühl der Geborgenheit. »Schmerzt deine Wunde, mein Schatz? Vielleicht sollte ich dich noch einmal untersuchen. Ich war etwas in Eile, als – «

»Nein«, wandte Emerson hastig ein. »Mit diesem Verband fühle ich mich ohnehin schon halb mumifiziert.«

»Wenn ich darüber nachdenke, welche Greueltaten dieser verfluchte Mann begangen hat, tut es mir fast leid, daß er einen so raschen Tod hatte«, bemerkte ich zornig. »Ihm ging es nur um Geld, nicht wahr? Er schreckte vor keinem Verbrechen zurück, solange es lukrativ war – Drogenhandel, Grabschändung, der Verkauf gefälschter Artefakte – ja, sogar seine Eheschließung mit Nefret.«

Emerson schüttelte den Kopf. »Ihr Vermögen war sicherlich ein Anreiz, aber wie du weißt, Peabody, besitzt sie die alleinige Verfügungsgewalt. Ich denke, er liebte sie so sehr, wie es sein Gefühlsleben zuließ. Auf seine merkwürdige Art und Weise.«

»Merkwürdig, in der Tat. Wie konnten wir nur so begriffsstutzig sein, Emerson? Das gesamte Beweismaterial, das Jack für mich verdächtig machte, belastete gleichermaßen Geoffrey, nachdem ich erkannt hatte, daß der Halunke der Geliebte der bedauernswerten Maude gewesen ist. Warum mir diese Eingebung nicht eher kam, weiß ich nicht.«

»Ich auch nicht«, erwiderte Emerson.

»Der beschränkte Jack wäre nie auf die Idee gekommen, Fälschungen herzustellen, um damit den Profit seiner illegalen Antiquitätenverkäufe zu erhöhen«, fuhr ich fort. »Er vertraute Geoffrey; nicht im Traum wäre ihm eingefallen, daß sein Freund seine Schwester nur umgarnte, um sie dann für seine scheußlichen Machenschaften zu benutzen. Sie war wie Wachs in seinen Händen, bis sie ihr Herz an einen anderen verlor, und weil sie darauf hoffte, dessen Zuneigung zu gewinnen, hinterging sie Geoffrey.«

»Aber Peabody, das erscheint mir doch etwas weit hergeholt«, bemerkte Emerson süffisant. »Sie war zwar ein bedauernswertes, törichtes kleines Geschöpf, aber war sie so dumm, zu glauben, daß sie mit derartigen Avancen Ramses' Zuneigung gewinnen könnte? Und wie erfuhr Geoffrey rechtzeitig genug von ihren Absichten, um diese zu unterbinden?«

»Natürlich warnte sie ihn«, erwiderte ich nachdenklich. »Für ein törichtes, romantisches Mädchen wie sie war das schlichtweg Ehrensache. Sie begriff einfach nicht, wie skrupellos er war. Frauen verhalten sich gelegentlich wie Vollidioten, sobald ein Mann im Spiel ist.«

»Aber, meine Liebe, ich glaube, daß ich aus deinem Mund bislang noch nie eine so schnöde Verallgemeinerung hinsichtlich deiner Geschechtsgenossinnen vernommen habe.«

»Es ist nett von dir, daß du mich mit deinen kleinen Scherzen aufzumuntern versuchst, Emerson.« Ich entzog mich ihm und glättete mein Haar.

»Das war kein Scherz.« Trotzdem blitzten in seinen Augen Belustigung und Zärtlichkeit auf, während er seinen Arm erneut um meine Taille schlang. »Was ist denn, Peabody? Was beunruhigt dich? Wieder einmal haben wir eine schlimme Zeit relativ unbeschadet überstanden, und obschon das Ende grausam genug war, war es immerhin ... ein Ende.«

»Gott sei Dank war es kurz und definitiv«, stimmte ich ihm zu. »Selbst die ... die andere Geschichte ... So grausam es klingen mag, aber man muß den betrüblichen Vorfall als heimlichen Segen werten.«

»Sieht sie das auch so?«

»Um Himmels willen, Emerson, das habe ich ihr doch nicht zu verstehen gegeben! Für wie beschränkt hältst du mich eigentlich? Sie weinte fast nur. Und, ach, Emerson –« Ich konnte meine Tränen nicht mehr unterdrücken. Emerson murmelte leise Koseworte und hob mich auf seinen Schoß.

»Sie wollte mich nicht um sich haben«, schluchzte ich an seiner Schulter. »Sobald sie mich nur ansah, brach sie erneut in Tränen aus.«

Eine Woche später begrüßte ich meinen lieben, alten Freund Doktor Willoughby, der mit dem Morgenzug aus Luxor angereist war. Mein Telegramm hatte lediglich ausgesagt, daß er gebraucht würde; da er eine wirklich gute Seele war, hatte er seine Patienten und seine Praxis verlassen und war umgehend gekommen. Während unserer Kutschfahrt zum Haus erzählte ich ihm die ganze Geschichte, ohne irgend etwas zu verschweigen, denn ich vertraute gleichermaßen auf seine Diskretion und auf seine Erfahrung als Nervenarzt.

»Körperlich ist sie völlig wiederhergestellt, Doktor, sie versucht zu essen und zu helfen und bemüht sich um alles, worum ich sie bitte. Es bricht mir fast das Herz, wenn ich sehe, wie sehr sie sich anstrengt – welche Mühen es sie kostet, zu lächeln und sich erfreut über meine Besuche zu zeigen. In Wahrheit will sie mich gar nicht sehen, Dr. Willoughby! Keinen von uns. Die meiste Zeit liegt sie apathisch und schweigend im Bett, und sobald sie sich allein glaubt, bricht sie erneut in Tränen aus.«

»Meine liebe Mrs. Emerson, das erstaunt mich keineswegs«, erwiderte der gute Mann besänftigend. »Ich habe nur selten eine so tragische Geschichte gehört. Schon wenige Wochen nach der Heirat in den Witwenstand versetzt zu werden – das Bewußtsein, daß der geliebte Gatte ein skrupelloses Ungeheuer war – die Konfrontation mit seinem grauenvollen Tod – und dann die zerstörte Hoffnung auf eine Mutterschaft! In so kurzer Zeit dürfen Sie keine völlige Wiederherstellung ihrer Gefühlswelt erwarten, Mrs. Emerson. Sie müssen sich nicht entschuldigen, daß Sie mich zu Rate gezogen haben; es hätte mich betroffen gemacht, wenn Sie es nicht getan hätten.«

Was mich am meisten beunruhigte, hatte ich ihm allerdings nicht geschildert. Obwohl sie es zu verbergen versuchte, entzog sie sich mir und Emerson, dessen Anblick sie jedesmal zu Tränen rührte; Ramses jedoch wollte sie überhaupt nicht sehen, und er unternahm nichts, um diesen Zustand zu ändern. Sicherlich, so sagte ich mir, war sie nicht so ungerecht, daß sie ihn für das Vorgefallene verantwortlich machte. Das war und blieb meine einzige Interpretation, denn ich wagte nicht, sie rundheraus zu fragen, warum sie sich so verhielt. Lia, von der ich mir aufschlußreiche Informationen erhofft hatte, war entweder nicht in der Lage oder nicht bereit, mir Klärung zu verschaffen. Sie behauptete – und ich sah keinen Anlaß, an ihren Worten zu zweifeln –, daß Nefret auch ihr gegenüber verstockt sei. Wäre ich nicht so angespannt gewesen, hätte ich mir auch um Lia Sorgen gemacht; sie war nur noch ein Schatten ihrer selbst und blühte lediglich in der Gesellschaft ihres Mannes auf. Ich glaubte den Grund für ihren Kummer zu verstehen; empfanden wir schließlich nicht alle dasselbe?

Dr. Willoughby blieb zwei Tage bei uns. Dreimal konsultierte er Nefret allein, wollte seine Diagnose aber erst nach der Schlußvisite besprechen. An besagtem Nachmittag warteten wir alle im Innenhof auf ihn, und als er auftauchte, sprang Emerson auf und goß für jeden einen Whiskey-Soda ein, selbst für Lia, die nie Whiskey-Soda trank. Mit einem höflichen Nicken nahm Willoughby sein Glas in Empfang.

»Ich will nichts beschönigen, liebe Freunde«, meinte er ernst. »Die Situation ist prekärer, als ich dachte. Ich glaube, daß sie mich bis zu einem gewissen Punkt ins Vertrauen zieht, trotzdem quält sie etwas, das sie nicht einmal mir anvertrauen will.« Seine sanftmütigen grauen Augen – die Augen eines Mannes, der Kummer gewohnt war – blickten sorgenvoll von einem zum anderen. »Eines müssen Sie verstehen; und vielleicht erleichtert Sie das. Für das, was geschehen ist, glaubt sie allein sich selbst verantwortlich. Der Grund für ihr derzeitiges Dilemma ist nicht wie von mir vermutet Trauer, sondern ihre tief empfundene Schuld.«

»Schuld!« ereiferte ich mich. »Um Himmels willen, woran denn? Das ist lächerlich, Dr. Willoughby. Niemand macht sie für irgend etwas verantwortlich; wie sollten wir auch? Das werde ich richtigstellen.«

»Wenn das so einfach wäre!« Seufzend schüttelte Dr. Willoughby den Kopf. »Ich bin kein Anhänger der modernen Psychoanalyse, Mrs. Emerson, dennoch hat mich jahrelange Erfahrung gelehrt, daß den Ursachen mentaler Störungen nicht mit rationaler Argumentation beizukommen ist. Sie können einen Menschen, der an Melancholie leidet, nicht heilen, indem Sie ihm Glücksmomente suggerieren. Und genausowenig schaffen Sie Nefrets Schuldgefühle aus der Welt, indem Sie ihr erklären, daß sie unbegründet sind. Damit muß sie allein fertigwerden.«

Meine eigene Erfahrung vermittelte mir, daß er recht hatte. »Aber können wir nicht wenigstens eruieren, warum sie Schuldgefühle hat?« beharrte ich.

»Das ist die Aufgabe des Fachmanns«, erwiderte Willoughby. »Und weder meine noch Ihre – schon gar nicht Ihre, Mrs. Emerson, wenn ich das betonen darf. Die Macht der Liebe ist stark, und doch kann sie die erforderliche medizinische Diagnose und Behandlung negativ beeinflussen.«

»Mit anderen Worten«, erwiderte Emerson brüsk, »wir sollen uns aus der Sache raushalten.«

»Ich hätte es vermutlich anders formuliert.« Willoughby lächelte. »Seien Sie guten Mutes, meine Freunde, schließlich habe ich Ihnen zunächst die schlechte Nachricht mitgeteilt. Die gute ist, ich bin sicher, daß sie bald wieder gesund wird.«

»Können wir denn irgend etwas für sie tun?« wollte Emerson wissen.

»Ursprünglich spielte ich mit dem Gedanken, sie nach Luxor in meine Klinik verlegen zu lassen. Inzwischen glaube ich, daß es ratsam wäre, sie von sämtlichen Einflüssen fernzuhalten, die sie an die Tragödie erinnern.«

»Uns eingeschlossen?« fragte Ramses, der bislang geschwiegen hatte.

»Ich weiß es nicht«, gestand Willoughby betrübt. »Wir könnten eine Krankenschwester für sie engagieren; in der Schweiz gibt es ein auf solche Fälle spezialisiertes Privatsanatorium.«

»Ich werde die beiden begleiten«, erwiderte ich unumwunden. »Natürlich ohne Nefrets Wissen, falls Sie das für ratsam halten.«

Willoughby grinste mich an. »Ich wußte, daß Sie das sagen würden. Dann sollten wir keine Zeit verlieren.«

Bald darauf wurden die nötigen Vorkehrungen eingeleitet. Mit der Unterstützung des Arztes berichtete ich Nefret von unserem Vorhaben.

Es war mein erster Besuch nach mehreren Tagen. Ich hatte Skrupel wegen dieser Unterredung, obwohl ich wußte, daß es für sie das beste war; der sensible Leser wird diese Konfliktsituation verstehen. Nefret saß in einem ihrer bezaubernden Hauskleider am Fenster; ihre Betreuerin Kadija schlüpfte bei meinem Eintreten aus dem Zimmer. Mir war klar, daß diese ruhige, liebenswürdige Frau ihr beim Ankleiden und Frisieren geholfen hatte. Sie sah besser aus, und sie begrüßte mich mit einem angedeuteten Lächeln.

»Dr. Willoughby hat dir bereits mitgeteilt, daß wir dich in

die Schweiz schicken wollen?« fragte ich, während ich mich neben sie setzte.

»Ja, es tut mir leid, daß ich euch so viele Schwierigkeiten bereite.«

Ihre apathische Stimme ging mir zu Herzen und brachte meine übliche Selbstbeherrschung ins Wanken. Ich griff nach ihrer Hand. »Weißt du denn nicht, daß wir für dich jede Schwierigkeit in Kauf nähmen? Schließlich lieben wir dich wie eine Tochter.«

Sie zuckte zusammen, als hätte ich sie soeben geschlagen. Die Finger der von mir umklammerten Hand bewegten sich, aber nicht, um sich mir zu entwinden, sondern um meine fester zu drücken. »Du weißt nicht, was ich getan habe.«

»Ich weiß nicht, was du deiner Meinung nach getan hast. Aber das würde meine Liebe zu dir nicht beeinflussen.«

Ihre Augen füllten sich mit Tränen, doch sie weinte nicht. »Bald schon werde ich mich besser fühlen. Das verspreche ich.«

»Da bin ich mir ganz sicher. Möchtest du nicht – darf ich dich in die Schweiz begleiten?«

Für Augenblicke schwieg sie. Dann murmelte sie wie zu sich selbst: »Ich muß den Anfang machen. Ansonsten verletze ich sie nur noch mehr.«

Mein Mitgefühl – und selbstverständlich meine Neugier – quälten mich, dennoch hätte ich es nicht gewagt, sie zu bedrängen. Also wartete ich und hielt ihre Hand, bis sie nickte. »Es wäre schön, wenn du mitkommen würdest.«

»Ich danke dir«, erwiderte ich tief berührt. »Was ist mit ... den anderen? Emerson ist so besorgt um dich, daß er es nicht mehr mit ansehen kann. Ich glaube nicht, daß ich seine Temperamentsausbrüche noch lange ertrage.«

Erneut lächelte sie. »Der Gute. Würde er denn seine Exkavation verlassen?«

»Er würde das prachtvollste Grab von ganz Ägypten aufgeben, um bei dir sein zu können.«

Ihre Lippen zitterten. »Wenn er das wirklich möchte ...«

Ich entschied, daß ich mein Glück besser nicht überstrapazierte, indem ich Ramses ins Gespräch brachte. Umgehend stürmte ich zu Emerson, um ihm die gute Nachricht mitzuteilen, und war selbst den Tränen nahe, als sein gramzerfurchtes Gesicht sich aufhellte.

Während der vergangenen Woche hatte Emerson weder im Ausgrabungsgebiet gearbeitet noch die Felsquader entfernen lassen, die den Stollen blockierten. Gütiger Himmel, wir waren vollauf damit beschäftigt gewesen, Geoffreys Familie zu telegrafieren, die Vorkehrungen für ein stilles Begräbnis zu treffen und uns mit verschiedenen Regierungsbeamten sowie mit Mr. Russell von der Polizei auseinanderzusetzen. (Bei dieser Begegnung erklärte ich ihm unverblümt, daß Ramses niemals Polizist werden würde.) Der arme Jack Reynolds brauchte Trost und Betreuung, Karl von Bork mußte wieder auf den Pfad der Tugend gebracht werden. Die Vandergelts waren nach Kairo zurückgekehrt, als sie von der Tragödie erfuhren, und Katherine war mir eine wertvolle Hilfe hinsichtlich der beiden zuletzt genannten. So war es ihr Vorschlag, daß Karl die Verantwortung für Jack übernehmen sollte, und die Reaktion unseres deutschen Freundes bestärkte mich in der Hoffnung, daß das der rettende Anker für beide Männer war.

Hinsichtlich Geoffreys Beerdigung möchte ich Stillschweigen wahren. Ich war dort, weil ich das als meine Christenpflicht ansah. Ramses begleitete mich als einziger aus unserer Familie. Ich hatte ihm erklärt, daß seine Anwesenheit nicht erforderlich sei, aber er kam trotzdem mit.

Ich hatte keine Vorstellung, was ich mit Ramses anstellen sollte. »Laß ihn allein«, riet Emerson. »Laß mich allein«, war die unausgesprochene Botschaft, die mir auch Ramses überaus deutlich zu verstehen gab.

Nachdem sich seine Besorgnis um Nefret etwas gelegt hatte, erklärte Emerson schließlich, daß er die Substruktur der Pyramide erforschen wolle. Mir gegenüber behauptete er, daß er das lediglich vorhabe, weil er hoffte, »Ramses damit auf andere Gedanken zu bringen«. Ich äußerte mich nicht zu seinen Motiven – jedenfalls nicht laut.

Als wir an jenem Morgen nach Zawiet aufbrachen, war herrliches Wetter; in zarten Rosatönen kündigte sich im Osten der Sonnenaufgang an. Ein lauer Wind zerzauste Lias Haar. Alle waren mitgekommen – ausgenommen natürlich Nefret –, und sechs unserer vertrauenswürdigsten Männer erwarteten uns bereits. Nichts erinnerte mehr an das vergangene Drama; selbst die Blutspuren hatte der Wüstensand verweht.

Als Selim sich zu uns gesellte, wußte ich aufgrund der auffälligen Nervosität des jungen Mannes sogleich, daß er Neuigkeiten für uns hatte.

»Nun?« wollte mein Gatte wissen.

»Oh, Vater der Flüche, alles ist vorbereitet. Wir haben das Geröll aus dem Tunnel entfernt und Reisigbesen mitgebracht.«

»Emerson!« entfuhr es mir aufgebracht. »Wie konntest du nur?«

»Aber, Peabody«, hub Emerson an.

Aufgeregt mischten sich die anderen in unser Gespräch ein. Ich war erfreut, daß sogar Ramses auflebte. »Was hast du denn gesehen, Vater?« fragte er. »Reisigbesen? Wieso denn das?« wollte Lia wissen, und David ereiferte sich: »Ich dachte, der Durchgang wäre vollständig blockiert.«

Selbstbewußt musterte Emerson mich. »Eigentlich ist es allein Selim zu verdanken. Nachdem er einige der gestürzten

Felsquader tiefer in den Schacht manövriert hatte, fand er heraus, daß er sich in den weiteren Verlauf des Durchgangs zwängen konnte. Ich bat ihn, den Bereich vor der Grabkammer genauer zu inspizieren. Ich hatte bereits – äh – zufällig festgestellt, daß der Boden dort sehr uneben war. Die Oberfläche war staubig und voller Geröll, und es war zu finster für eine genaue Überprüfung, und ich – äh – hmhm.«

»Warum hast du mir das nicht mitgeteilt?« versetzte ich ungehalten.

»Weil du dann mit Sicherheit selbst dort unten herumgekrochen wärest«, konterte Emerson. »Und dann von einstürzendem Gestein zerquetscht oder lebendig begraben worden wärest. Ich wollte, daß der Schacht völlig geräumt wurde, bevor wir weitermachten, und dann – nun ja, du weißt selbst, was passiert ist. Ich bin mir immer noch nicht im klaren, ob wir die richtige Stelle gefunden haben.«

»Dann sollten wir uns vergewissern«, kreischte ich, während ich in Richtung Treppe stürmte.

Selbstverständlich bestand Emerson darauf, mich zu begleiten. Selim hatte einiges mehr geleistet, als lediglich einige Felsquader beiseite zu räumen; der Weg war frei, und wir erreichten problemlos den Gang, der in der sogenannten Grabkammer mündete. Dort angelangt, bemerkte auch ich, was Emersons geschultem Auge aufgefallen war. Nachdem das jahrtausendealte Geröll teilweise beseitigt worden war, sah man es eindeutig – die Oberfläche war leicht abgesunken und an mehreren Stellen von auffällig gleichmäßigen Rissen durchzogen.

»Gib mir den Besen!« schrie ich und entriß ihn Selim.

Meine energisch eingeleitete Reinigungsaktion des Bodens wirbelte eine solche Staubwolke auf, daß die anderen zurückwichen und ich einen Niesanfall erlitt. Den überflüssigen Rat meines Gatten befolgend, mäßigte ich meine Aktivitäten; und bald schon bewahrheitete sich Emersons Vermutung. Ein Teil des Felsgesteins war herausgefräst und durch kunstvoll eingelassene Steinquader ersetzt worden. Ursprünglich war dieser Kunstgriff nicht unterscheidbar von der naturgegebenen Oberfläche gewesen, doch der Zahn der Zeit hatte den Mörtel an einigen Stellen porös werden lassen.

»Diesen hier hat er entfernt«, bemerkte Ramses und deutete auf einen der Steinquader. »Er hat sich nicht einmal die Mühe gemacht, den Mörtel zu ersetzen. Vater, soll ich ...?«

»Paß auf deine Hände auf«, brummte Emerson und reichte ihm ein kleines Brecheisen.

Dieser Beweis väterlicher Zuneigung trieb mir die Tränen in die Augen – besser gesagt, weitere Tränen, da die staubige Luft dafür gesorgt hatte, daß wir alle wie Trauergäste weinten.

Nach kurzer Zeit hatte Ramses den Stein entfernt. Emersons ausgesprochene – man sollte fast sagen, himmlische – Geduld hielt an. Normalerweise hätte er mit roher Gewalt jeden, einschließlich meiner Wenigkeit, beiseite geschoben, um eine solche Entdeckung als erster zu begutachten. Diesmal jedoch reichte er Ramses die Taschenlampe und trat einen Schritt zurück.

Ramses lag flach auf dem Boden und richtete den Strahl der Taschenlampe ins Innere.

»Was ist?« kreischte ich.

Ramses blickte zu mir auf. Staub und Schweiß hatten sein Gesicht mit einer starren Maske überzogen. Im Bereich seiner Mundwinkel knirschte diese unmerklich. »Sieh selbst, Mutter. Neben mir ist noch genug Platz.«

Während ich mich bäuchlings auf den Boden legte und in die Öffnung spähte, hielt er mit ruhiger Hand die Taschenlampe. Zunächst bemerkte ich lediglich ein chaotisches Gewirr aus verwinkelten, gerundeten, glatten und unebenen

Konturen. Dann nahmen sie zu meiner Verblüffung Gestalt an. Es handelte sich um Alabaster- und Granitgefäße, die in einem merkwürdigen Rahmen aus zerfasertem Holz und Gewebe lagen – einem umgestürzten Bett oder einer Liege. Darunter befand sich eine weitere Holzoberfläche – ein Sarg, dachte ich, war mir allerdings nicht sicher. Ringsum verstreut lagen weitere Gegenstände.

Überwältigt von meinen Eindrücken, ließ ich mir widerspruchslos von meinem Gatten aufhelfen, der daraufhin meinen Platz einnahm. Nachdem jeder, auch Selim, einen Blick riskiert hatte, meldete sich Emerson zu Wort. Aufgrund seiner Emotionen klang seine Stimme heiser, möglicherweise lag es aber auch am Staub, dennoch äußerte er sich so getragen wie ein Vortragsredner.

»Wie ihr sicherlich festgestellt habt, befinden sich keine kleinen, tragbaren Gegenstände in Griffweite. Die Zeit war knapp, und er wagte nicht, mehr als einen Stein zu entfernen. Er raubte, was er mit seinen Händen packen konnte, einschließlich der Beine der Begräbnisliege, da er den Rest in dieser Saison bergen wollte.

Er vermied die Erwähnung von Geoffreys Namen – eine Angewohnheit, die wir uns alle zu eigen gemacht hatten.

»Er packte lediglich zu und zerrte die Artefakte dann nach oben, nicht wahr?« warf Lia ein. »Welch ein Chaos er damit angerichtet hat!«

»Besonders ordentlich war das Ganze auch vorher nicht«, erwiderte Ramses. »Offenbar handelt es sich um eine erneute Bestattung, und zwar in aller Eile. Die Grabräuber, die die ursprüngliche Gruft entdeckten, müssen gefaßt worden sein, bevor sie ihre gräßliche Tat vollendeten, und der gottesfürchtige Nachfolger von König Cha-ba, sofern es sich um diesen handelt, beschloß, die noch vorhandenen Grabbeigaben sorgfältiger zu verbergen. Äh ... stimmst du mir zu, Vater?«

»Selbstverständlich, mein Junge, selbstverständlich. Und über mehr als viertausend Jahre blieb das Grab unangetastet – mit Ausnahme der naturgegebenen Verfallsprozesse. Sie verwendeten Zedernbalken für die Dachkonstruktion der Grabkammer und zum Abstützen der Felsquader, allerdings war das Holz von Liege und Sarkophag nicht so stabil. Sämtliche der dort unten liegenden Holzgegenstände werden bei der leichtesten Berührung zu Staub zerfallen.«

Lia hustete, und David legte seinen Arm um ihre Schultern. »Wir gehen ins Freie, Professor, sofern du uns nicht mehr brauchst.«

»Wir alle werden gehen«, sagte Emerson. »Komm, Peabody.«

Als wir ins Tageslicht hinaustraten, beschlich mich das Gefühl, daß ich nicht nur eine Strecke von mehreren hundert Metern hinter mir gelassen hatte, sondern auch eine Zeitspanne von 4500 Jahren. Der Fund war einzigartig; noch nie zuvor hatte man ein Königsgrab aus dieser frühen Epoche entdeckt. Und dieses zwar zweifellos unvollständige Grab würde die Frage nach dem ursprünglichen Besitzer der Pyramide lösen, neue Einblicke in den künstlerischen und gesellschaftlichen Status quo jener Ära liefern – und den Namen des berühmtesten Ägyptologen aller Zeiten in neuem Glanz erstrahlen lassen.

Wir reinigten und erfrischten uns, denn der stets dienstbeflissene Selim hatte Kannen mit Wasser herbeigeschafft. Emerson scharrte unsere Männer um sich. Noch bevor er sich artikulierte, wußte ich, was er sagen würde.

»Ich überlasse es dir, Selim, den Steinquader zurückzuschieben und die Stelle zu kaschieren. Ich weiß, daß du diese Arbeit ebenso sorgfältig verrichten wirst wie seinerzeit dein Vater, und ich vertraue darauf, daß keiner von euch auch nur ein Wort über den heutigen Fund verlauten läßt.«

Aufgrund des in ihn gesetzten Vertrauens glühte Selims

Gesicht vor Stolz, dennoch erwiderte er lediglich: »Ja, Vater der Flüche. Dein Wunsch ist uns Befehl. Aber das Warten wird uns schwerfallen.«

»Uns allen«, bekräftigte Ramses mit einem Seitenblick auf seinen Vater, der ungeduldig an seinem Pfeifenmundstück kaute. Genau wie Emerson sprach er Arabisch. »Vor uns liegt mindestens eine Woche Arbeit, wenn wir die Methoden des Vaters der Flüche befolgen. Aber so viel Zeit bleibt uns nicht mehr.«

»Verstehe. Wir werden das Geheimnis wahren, und bei eurer Rückkehr wird das Grab sicher verschlossen und unangetastet auf euch warten.«

Das war also geklärt. Ich wußte, daß ich die Auflösung des Haushalts und die Einlagerung unserer Sachen Selim und Fatima überlassen konnte. Schließlich nahm ich nicht an, daß wir je wieder dieses Anwesen bewohnen würden. Zu viele negative Erinnerungen waren damit verknüpft.

Die Frage, was aus Sennia werden würde, beschäftigte mich eher marginal. Sie würde mit uns kommen, und das zum einen, weil ich eine panische Angst vor ihrem Temperamentsausbruch hatte, sofern ich ihr Ramses wegnahm, zum anderen, weil mein Sohn den Verdacht geäußert hatte, daß sie trotz der liebevollen Betreuung von Daoud und Kadija in Ägypten nicht sicher genug sei. Ich bezweifelte, daß Kalaan Hand an sie zu legen wagte – er war nach wie vor verschwunden und hätte einen Vergeltungsschlag Emersons nie riskiert –, trotzdem versuchte ich erst gar nicht, Ramses umzustimmen. Sie war das einzige Wesen, das ihn zum Lachen brachte.

Einige Tage vor unserem Aufbruch nach Port Said versammelten wir uns ein letztes Mal im Innenhof, gemeinsam mit

Cyrus und Katherine, die sich von uns verabschieden wollten. Emerson und David rauchten Pfeife. Ramses saß auf dem Rand des Springbrunnens und spähte ins Wasser.

»Sind Sie ganz sicher, daß ich mich nicht an Ihrer Pyramide versuchen soll?« fragte Cyrus wenig zuversichtlich.

»Pah«, erwiderte Emerson launig.

»Das hatte ich erwartet. Nun ja, es sieht so aus, als überließe mir Maspero im nächsten Jahr einen Teil von Abusir. Wenn ihr also weiterhin in Zawiet arbeitet, sind wir wieder Nachbarn.«

»Darauf trinken wir«, rief ich, und Emerson reichte die Whiskeygläser herum.

Warum Ramses seine Ankündigung bis zu diesem Abend hinauszögerte, weiß ich nicht. Jedenfalls hätte er kaum länger warten können.

»Ich werde euch nicht begleiten.«

»Was sagst du da?« wollte ich wissen. Mir war nicht entgangen, daß Emerson wie gebannt auf eine Topfpflanze starrte. Offenbar war ihm diese Information nicht neu.

»Ich werde noch einen Monat für Mr. Reisner arbeiten, vielleicht auch länger«, erwiderte Ramses. »Nachdem er zwei seiner Mitarbeiter verloren hat, leidet er an Personalmangel.«

»Unsinn«, entfuhr es mir. »Wir schulden ihm nichts. Ich verbiete dir ausdrücklich –«

»Er wird hervorragende Erfahrungen sammeln«, bemerkte Emerson mit einem vielsagenden Blick in meine Richtung.

Als wir wieder allein waren, diskutieren wir die Sache, und ich sah gezwungenermaßen ein, daß ich Ramses' Einstellung nicht ändern konnte. Das war mir noch nie gelungen. Sennia würde gemeinsam mit ihm auf der *Amelia* bleiben, zweifelsohne von allen weiblichen Familienmitgliedern betreut werden und Anfang April mit ihm und Basima zurückkehren. Bis dahin ... Wer ahnte schon, was bis dahin alles passieren könnte? Ausnahmsweise fand selbst ich keine Antwort auf diese Frage.

Aus Manuskript H

Ramses hatte David ebenfalls nicht in seine Pläne eingeweiht. Er hatte mit einer Auseinandersetzung gerechnet, aber keineswegs damit, daß er in deren Verlauf den kürzeren ziehen würde.

»Du hast keine Handhabe, mich in irgendeiner Form am Bleiben zu hindern«, erklärte David bedrohlich ruhig und erschreckend zutreffend. »Wie schade, daß du nicht Ramses der Große bist; dann könntest du mich in Ketten legen und von deinen königlichen Bewachern über Bord werfen lassen.«

Unter dem Vorwand, packen zu müssen, hatten sie sich nach dem Abendessen in Ramses' Zimmer zurückgezogen; die beiden saßen inmitten der ringsum verstreuten Kleidungsstücke auf dem Boden und funkelten sich an.

»Die Ehe ist deinen Manieren keineswegs förderlich«, bemerkte Ramses ungehalten. »Oder deinem Sinn für Humor. Was wird Lia dazu sagen?«

»Sie bleibt natürlich auch. Sie teilt meine Meinung, daß du nicht allein sein solltest.«

»Gütiger Himmel, nein! Ich bin recht gut in der Lage ...« Davids amüsierter und zugleich wohlwollend fragender Blick veranlaßten ihn zu seinem süffisanten Grinsen. »Bin ich nicht, nicht wahr? Du brauchst mich keineswegs daran zu erinnern, wie oft du mich schon aus einer brenzligen Situation befreit hast. Aber augenblicklich versucht niemand, mich umzubringen, David.«

»Bist du sicher?«

Ramses hielt den Atem an und sagte Sekundenbruchteile später: »Was weißt du von der Sache? Und von wem hast du es erfahren?«

»Die Sache mit deinem Cousin? Es bedarf keiner überragenden Intelligenz, um zu dem Schluß zu kommen, daß er derjenige war, der Sennia und ihre Mutter in einem überaus günstigen Moment auf den Plan rief. Er versuchte, dich zu brüskieren und zu verletzen, und das ist ihm gelungen, nicht wahr?«

»Voll und ganz.«

»Du kannst mir ebensogut alles erzählen. Du hast keine Ahnung«, fügte David hinzu, »wie herrlich es ist, wenn ich das sagen darf, statt mir diese Aufforderung ständig von Tante Amelia anhören zu müssen.«

»Wenn du es ebenfalls bemerkt hast, dann hat mir meine Einbildungskraft also keinen Streich gespielt. Ich fragte mich schon, ob ich verrückt bin. David, du weißt nicht, wie sehr ich ... Ich muß es doch nicht sagen, oder?«

»Nein. Dafür bist du einfach zu britisch.« David grinste.

Während er versuchte, seine Gedanken zu strukturieren, schwieg Ramses. Die Tatsache, daß seine logischen Folgerungen fast ausschließlich auf dem beruhten, was seine Mutter als Intuition bezeichnete, entbehrte nicht einer gewissen Ironie. In diesem Fall war es das Wissen um den Charakter und die Denkweise des Menschen, der überall auf der Welt seine Spur hinterläßt. Im Hinblick auf Percy war sie schleimig und klebrig wie die einer Schlange.

»Ich weiß nicht, wie Percy das mit Sennia herausgefunden hat, aber vermutlich ist er im Anschluß an seine Rückkehr nach Kairo durch sämtliche Bordelle gestreift. Das zählt zu seinen üblichen Gepflogenheiten. Ihr Anblick hat ihn möglicherweise ziemlich erheitert – eine Miniaturausgabe von Mutter, die in den Slums von Kairo aufwächst und die das gleiche Schicksal wie Rashida erwartet –«

Ein unterdrückter Wutschrei von David unterbrach ihn. Seine Lippen zuckten. »Er haßt Mutter beinahe ebensosehr wie mich. Sie war auch diejenige, die seine kindlichen Intrigen damals durchschaute und ihm auf den Kopf zusagte, was sie von ihm hielt. Zweifellos hat Percy auch dieses Treffen im Souk arrangiert. Was danach passierte, ist mein Fehler. Ich hätte Mutter und Vater gleich aufklären müssen. Aber ich dachte, es sei besser –«

»Ich hätte genauso reagiert«, bemerkte David.

»Nein, mit Sicherheit nicht. Du bist nicht so eigensinnig wie ich. Ich bin es gewohnt, meinen eigenen Weg zu gehen. Damals war ich Percy ausgeliefert. Natürlich hatte ich zu diesem Zeitpunkt keine Ahnung, daß er von Sennia wußte, und auch keine Vorstellung, was er mit diesem Wissen vorhatte. Erst sehr viel später dämmerte es mir. Keiner außer uns weiß davon, David; nicht einmal Mutter hat einen Verdacht, und ich sehe keinen Grund, sie zu informieren. Die Gefahr, daß er sich erneut an sie wendet, besteht nicht, da sie ihn ohnehin schon zutiefst verabscheut.«

David nickte ernst. »Was hatte Kalaan mit der Sache zu tun?«

»Er wacht über diese Mädchen wie ein Schäfer über seine Herde. Falls Rashida ihm nicht gebeichtet hat, tat es eines der anderen Mädchen – von dem Engländer, der häufiger kam als normalerweise üblich. Kalaan nahm an, daß sich daraus Profit schlagen ließ; falls er jedoch versuchte, Percy zu erpressen, war er an der falschen Adresse. Im Grunde ihres Herzens sind sie Seelenverwandte, der Kairoer Zuhälter und der feine englische Herr, und deshalb schmiedeten sie ein Komplott. Rashida hätte nie den Mut aufgebracht, von sich aus an Mutter oder Vater heranzutreten; dafür brauchte Percy Kalaan, und der wiederum vermutete natürlich, daß bei uns Geld zu holen wäre.«

»Damit hatte er sich empfindlich verschätzt.«

»Und Percy vermutlich ebenfalls. Das machte ihm zwar nichts aus; ihn interessierte auch nicht, was mit Sennia geschah, er zielte lediglich darauf ab, mich vor Mutter und Vater und auch vor Nefret bloßzustellen. Ihm war klar, was sie von Männern hielt, die Frauen wie Rashida aufsuchen; an jenem Morgen, als wir in el Was'a auf ihn stießen, hat sie ... Du weißt doch davon, oder? Nefret muß es Lia geschrieben haben.«

David nickte. Trotzdem wich er dem Blick seines Freundes aus, der schließlich bemerkte: »Was hat sie Lia denn noch berichtet?«

»Nun – hm – Verschiedenes. Red weiter, Ramses, ich unterbreche dich, wenn du – äh – mir bereits Bekanntes ansprichst.«

»Hat Nefret gegenüber Lia erwähnt, daß Percy ihr nachstellte? Ja, mit Sicherheit hat sie das. Mir hätte sie das nie eingestanden – sie denkt immer, daß sie mit allem allein fertig wird. Dennoch muß es mehrere solcher Vorfälle gegeben haben.«

»Vielleicht verschwieg sie es dir aus Angst vor deiner Reaktion«, murmelte David.

»Möglicherweise. Wie auch immer, die Sache spitzte sich zu, als ich eines Tages nach Hause kam und sah, wie Percy Nefret zusetzte.« Er beobachtete David genau, denn er kannte seinen Freund viel zu gut, als daß ihm irgendwelche Anzeichen für dessen Verunsicherung entgangen wären. »Unterbrich mich, wenn du bereits informiert bist«, sagte er sanft.

David schüttelte den Kopf. Er wirkte so zerknirscht, daß

Ramses Mitleid mit ihm hatte; es war verflucht unangenehm, zwei Menschen gegenüber loyal zu bleiben, und David hatte Lia mit Sicherheit Stillschweigen zugesichert. Die Frage war nur, worüber? Sicherlich hätte Nefret nicht einmal ihrer besten Freundin anvertraut, daß sie sich einem Mann hingegeben hatte, den sie nicht liebte; und selbst wenn, hätte Lia dieses schmerzvolle persönliche Geständnis keinesfalls preisgegeben, auch nicht ihrem Ehemann...

Und *er* hatte auch nicht das Recht, darüber zu sprechen. Sorgfältig auf seine Wortwahl achtend, fuhr Ramses fort: »Nun, sie waren im Salon, verstehst du. Als ich das Zimmer betrat, hielt er sie umschlungen und versuchte gerade, sie zu küssen. Es hätte mich ohnehin brüskiert, mit ansehen zu müssen, wie jemand sich einem Mädchen aufdrängt, aber nach allem, was ich über Percy wußte, reagierte ich völlig kopflos. Ich schlug auf ihn ein, bis Nefret mich packte und sich an mich klammerte. Das war die einzige Möglichkeit, mit der sie mich an der Ermordung dieses Halunken hindern konnte, aber das begriff er nicht. Er nahm an, daß sie und ich...«

David wartete darauf, daß er fortfuhr. Schließlich wandte er ein: »Das wäre doch eine logische Schlußfolgerung, oder?«

»Jedenfalls für Percy. Er hat keine Ahnung von Kameradschaft oder freundschaftlicher Zuneigung. Du kannst dir vorstellen, welche Wirkung diese anrührende Szene auf einen so verflucht eitlen und egozentrischen Menschen hatte. In seiner Wut muß er Kalaan aufgesucht und mit ihm den Plan für den folgenden Tag ausgeheckt haben. Schade, daß du das verpaßt hast; unsere Familie hat wirklich einen Hang zum Melodramatischen, aber das war die absolute Spitzenleistung von allen Beteiligten.«

David ließ sich von seinem ironischen Tonfall nicht irreführen. »Nun sag schon. Falls du dich dazu überwinden kannst.«

»Mutter hat dir keine wortwörtliche Schilderung kolportiert?« Es gelang ihm nicht, sich noch länger zu verstellen; als er nach einer Zigarette griff, bemerkte er voller Beschämung das Zittern seiner Hand. »David, sie war großartig! Vater ebenfalls. Sie glaubten mir. Gütiger Himmel, ich weiß nicht einmal, warum! Ich muß verflucht schuldbewußt gewirkt haben, als ich Sennia sah und Kalaan dreist behauptete, sie wäre meine Tochter. Die Ähnlichkeit war so frappierend, daß sie für sich sprach, und dann rannte die Kleine mit ausgestreckten Armen auf mich zu und nannte mich Vater, und ich ...« Er warf die nicht angezündete Zigarette beiseite und schlug die Hände vor sein Gesicht. »Jetzt weiß ich, wie sich der arme alte Feigling Petrus gefühlt haben muß«, murmelte er kaum hörbar.

Tröstend legte David ihm eine Hand auf die Schulter. »Du hast abgestritten, daß sie dein Kind ist? Das entsprach der Wahrheit.«

»Ja, aber sie vertraute mir, verstehst du, und ich ... Lediglich ein einziges Mal habe ich es abgestritten.« Er rieb sich die Augen und versuchte zu grinsen. »Irgendwann bin ich vielleicht in der Lage, mir das zu verzeihen. Aber Nefret wird das niemals gelingen. Sie verachtet mich nicht allein wegen des Vorwurfs der vermeintlichen Vaterschaft, sondern weil ich diese dementiert habe.«

»Aber, mein Bruder –«

»Bitte, laß mich zum Ende kommen. Ich mußte die Verantwortung für Sennia übernehmen, um sie Kalaans Einfluß zu entziehen; nur ein männlicher Verwandter war dazu in der Lage. Trotzdem haben meine Eltern nie an mir gezweifelt.«

»Nefret allerdings schon. Und das wirst du *ihr* niemals verzeihen?«

Ramses schwieg. Augenblicke später bemerkte David: »Falls sie einen Fehler gemacht hat, dann mußte sie diesen bitter büßen. Vielleicht gibt es einen Grund, warum es für sie schwieriger war als für deine Eltern.«

»Ich weiß es nicht. Sie hat mir immer wieder zu verstehen gegeben, daß ich von Frauen keine Ahnung habe. Die Frage, ob ich ihr verzeihe, stellt sich nicht; wie sollte ich ihr irgend etwas vorwerfen können, wenn sie so unglücklich ist? Wenn sie es zuließe, würde ich ihr das auch vermitteln. Ich nehme ihr nicht einmal übel, daß sie mich nicht sehen will. In gewisser Weise war ich verantwortlich für Geoffreys Tod, und sie hat ihn geliebt.«

»Das kann ich nicht glauben«, erwiderte David. »Sie mochte ihn, trauerte um ihn, und sie war wütend auf dich. Und Percy – «

»Nein, das geht zu weit.« Aufgebracht schüttelte Ramses den Kopf. »Wenn Percy sie schon nicht haben konnte, blieb ihm immerhin die Genugtuung, daß ich sie auch nicht bekam. Aber er hätte unter gar keinen Umständen wissen können, daß Geoffrey bei Nefret Chancen hatte. Das war keinem von uns klar.«

»Und was ist mit Rashidas Tod?«

»Du hast dich das also auch gefragt?« Ramses sprang auf und schlenderte ziellos durch den Raum. »Ich denke ständig, daß ich bis in die Tiefen von Percys verrottetem Verstand vorgedrungen bin, und habe mich doch noch jedesmal getäuscht. Ich habe nicht einmal begriffen, daß er mich so sehr haßte und mir deshalb mit allen Mitteln Schaden zufügen wollte. Die Geschichte mit Sennia war wochenlang geplant; lange bevor ich ihn an jenem Nachmittag zusammen mit Nefret vorfand, stand diese Sache für ihn fest. Wie kam er überhaupt auf diese Idee? Ist irgend etwas passiert, was diese Kurzschlußhandlung provozierte – und wovon ich nichts weiß?«

»Ramses. Mein Bruder ...« Von seinen Emotionen überwältigt, sprang David auf und streckte ihm seine Hand entgegen.

»Ist schon in Ordnung«, erwiderte Ramses rasch. »Mach dir keinen Kummer. Das war eine rein rhetorische Frage; du kannst Percys Motive ebensowenig nachvollziehen wie ich.« Er trat ans Fenster und blickte ins Freie. »Um ehrlich zu sein, habe ich Angst vor ihm, David. Sein Denken ist so abartig und hinterhältig, daß ich unmöglich einschätzen kann, wozu er fähig ist. Allerdings gehe ich bei Sennia kein Risiko ein. Kalaan würde nicht wagen, jemandem etwas anzutun, der unter Vaters Schutz steht, aber Percy...«

Vater. Der Begriff hatte neue und schmerzliche Bedeutung für ihn gewonnen, und das nicht nur, weil das kleine Mädchen ihm die Liebe bewies, die ihr leiblicher Vater weder wollte noch verdiente. Die unverblümte Stellungnahme seiner Mutter hinsichtlich Nefrets Zustand hatte ihn im wahrsten Sinne des Wortes umgehauen. Als heimlichen Segen hatte sie das bezeichnet... Vermutlich werde ich es niemals genau erfahren, dachte Ramses. Vielleicht ist es so auch besser.

Trotzdem war er froh, daß David sein Gesicht nicht sah.

Ich bedränge den Allmächtigen nur selten mit meinen Bittgesuchen, da seine göttliche Fügung mit Sicherheit an anderer Stelle dringender gebraucht wird. Allerdings betete ich in jener Nacht, während ich schlaflos neben meinem schlummernden Gatten lag. Seine Gegenwart war wie immer tröstlich, dennoch benötigte meine geschundene Seele zusätzlichen Beistand – die Hoffnung, daß die Zukunft positiver sein würde als die bedrückende Gegenwart.

Auf meine stummen Bitten erhielt ich keine Antwort. Doch ich schlief bald darauf ein und träumte.

»Nun, Abdullah«, sagte ich. »Du hast mich vor den herannahenden Stürmen gewarnt. Hätte ich gewußt, wie entsetzlich sie werden würden, hätte ich ihnen vielleicht nie getrotzt. Ich weiß nicht, ob ich jetzt den Mut aufbringe.«

Die aufgehende Sonne erhellte sein markantes, anziehendes Gesicht und die ebenmäßigen weißen Zähne, die in seinem schwarzen Bart aufblitzten. »Erinnerst du dich noch an die Schlange, Sitt Hakim? Dieses Individuum, das Emerson entführte und gefangenhielt, so daß wir nicht wußten, ob er überhaupt noch lebte?«

»Ich erinnere mich. Und ich erinnere mich auch, daß du ihn gerettet hast, Abdullah.«

»Damals verlorst du nie den Mut.«

»Oh, doch«, erwiderte ich, während ich an die Nacht zurückdachte, in der ich hemmungslos schluchzend auf dem Boden zusammengebrochen war und mir ein Handtuch vor mein Gesicht gepreßt hatte, damit niemand es bemerkte.

»Und dann gingst du zum Fenster und hast nach einer durchweinten Nacht den Sonnenaufgang gesehen.«

»Das weißt du also auch? Also wirklich, Abdullah, ich bin mir nicht sicher, ob ich deine Allwissenheit gutheißen kann. Gibt es eigentlich noch irgend etwas an mir, das du nicht weißt?«

»Wenig, sehr wenig.« Seine schwarzen Augen funkelten vor Übermut.

»Hmmm. Wie kann ich ihnen helfen?«

Abdullah schüttelte den Kopf. »Wie kann eine Frau nur so weise und doch so verblendet sein? Vielleicht ist es gut, daß du nicht alles weißt. Du würdest helfen wollen und scheitern, Sitt. Du verhältst dich nicht immer taktvoll.«

Es war ein solcher Trost, seinem früher im Scherz geäußerten Vorwurf zu lauschen und dabei sein Augenzwinkern zu sehen. Er nahm meine Hand in die seine; sie war so warm und kraftvoll, als lebte er noch. »Das schlimmste Unwetter steht dir noch bevor, Sitt. Du wirst mit deinem ganzen Mut um dein

Überleben kämpfen müssen; aber dein Herz ist untrüglich, und letztlich ziehen die Wolken weiter, und der Falke des Lichts wird die Pforten der Morgendämmerung durchdringen.«